충무공과 함께 걷는

충무공과 함께 걷는 남파랑길 이야기

❷ 전남 구간

발행일	2022년 10월 11일		
지은이	김명돌		
펴낸이	손형국		
펴낸곳	(주)북랩		
편집인	선일영	편집	정두철, 배진용, 김현아, 장하영, 류휘석
디자인	이현수, 김민하, 김영주, 안유경	제작	박기성, 황동현, 구성우, 권태련
마케팅	김회란, 박진관		
출판등록	2004. 12. 1(제2012-000051호)		
주소	서울특별시 금천구 가산디지털 1로 168, 우림라이온스밸리 B동 B113~114호, C동 B101호		
홈페이지	www.book.co.kr		
전화번호	(02)2026-5777	팩스	(02)2026-5747

ISBN 979-11-6836-471-4 04810 (종이책) 979-11-6836-472-1 05810 (전자책)
979-11-6836-468-4 04810 (세트)

성웅 이순신의 발자취를 따라 걸으며 인생사를 생각하다

충무공과 함께 걷는

남파랑길 이야기

2

전남 구간

충무공의 정신을 붙들고 한평생을 살아온
한 도보여행가의 남파랑길 종주기

김명돌 지음

북랩

일러두기

1. 역사 속의 날짜는 음력 기준이며 지명은 당시와 현재의 표기를 혼용하였음.
2. 이순신에 대한 전투일자와 전개 과정 및 각 해전의 사상자 수 등은 여러 가지 기록에 따라 상이할 수 있음.
3. 이순신의 승수는 23전 23승, 32전 32승, 혹은 45전 45승, 60전 60승 등 다양하며 이 책에서는 23전 23승의 전개 과정을 묘사했음.
4. 본문 중 왜군과 일본군을 혼용하여 사용했음.
5. 성웅 이순신이 아닌 인간 이순신에 대해 쓰고 싶어서 호칭을 '이순신'으로 통일하였음.

차례

제1권

부산·경남 구간

- 진해구 상리마을 입구에서 진해드림로드 입구까지 15.7㎞

9코스: 가고파 꼬부랑길 [민족의 태양 이순신]

- 진해드림로드 입구에서 마산합포구 마산항 입구까지 16.9㎞

10코스: 청량산 숲길 [나 또한 신선을 찾아가네!]

- 마산합포구 마산항 입구에서 구서분교 앞 사거리까지 15.6㎞

11코스: 한국의 아름다운 길 [김성일과 홍의장군]

- 구서분교 앞 사거리에서 암아교차로까지 16.0㎞

고성 구간

12코스: 당항만둘레길 [당항포해전]

- 진전면 암아교차로에서 고성 배둔시외버스터미널까지 18.0㎞

13코스: 당동만해안길 [엉규이무덤]

- 배둔시외버스터미널에서 광도면 황리사거리까지 20.9㎞

통영 구간

14코스: 자유인의 길 [적진포해전]

- 광도면 황리사거리에서 용남면 충무도서관까지 13.8㎞

15코스: 거제로 가는 길 [무신정권]

- 충무도서관에서 거제시 사등면사무소까지 16.9㎞

거제 구간

16코스: 우정의 길 [도요토미 히데요시의 야욕]

- 사등면사무소에서 고현버스터미널까지 13.0㎞

17코스: 맹종죽순체험길 [칠천량해전]

- 고현버스터미널에서 장목파출소까지 19.1㎞

18코스: 대금산진달래길 [율포해전과 장문포해전]

- 장목파출소에서 김영삼 대통령 생가까지 16.4㎞

19코스: 충무공 이순신 만나러 가는 길 [옥포대첩]

- 김영삼 대통령 생가에서 장승포시외버스터미널까지 15.5㎞

20코스: 양지암등대길 [동서 분당의 출현]

- 장승포시외버스터미널에서 일운면 거제어촌민속전시관까지 18.3㎞

사천 구간

34코스: 이순신바닷길 [사천해전]

- 하이면사무소에서 삼천포대교사거리까지 10.2㎞

35코스: 실안노을길 [사천왜성의 패배]

- 대방동 삼천포대교 사거리에서 대방교차로 12.7㎞

남해 구간

36코스: 창선도 가는 길 [오다 노부나가, 적은 혼노지에 있다!]

- 대방동 대방교차로에서 창선파출소까지 17.5㎞

37코스: 고사리밭길 [선비와 사무라이]

- 창선면 창선파출소에서 적량마을까지 14.9㎞

38코스: 말발굽길 [도요토미 히데요시, 꿈속의 꿈이런가!]

- 창선면 적량마을에서 진동리 삼동하나로마트까지 12㎞

39코스: 지족해협길 [도쿠가와 이에야스, 간토의 너구리]

- 삼동하나로마트에서 물건마을까지 9.9㎞

40코스: 화전별곡길 [붕당의 역사]

- 물건마을에서 천하몽돌해변 입구까지 17.0㎞

41코스: 구운몽길 [노도 문학의 섬]

- 미조면 천하몽돌해변 입구에서 원천항까지 17.6㎞

42코스: 남해바래길 [이순신과 권율]

- 이동면 원천항에서 가천다랭이마을까지 15.6㎞

43코스: 다랭이지겟길 [선조의 파천과 환도]

- 가천다랭이마을에서 평산항까지 13.5㎞

44코스: 임진성길 [이순신과 이원익]

- 남면 평산항에서 서상여객선터미널까지 13.5㎞

45코스: 망운산노을길 [차수약제 사즉무감]

- 서면 서상여객선터미널에서 중현하나로마트까지 12.6㎞

46코스: 이순신호국길 [노량해전]

- 중현하나로마트에서 금남면 남해대교 북단까지 17.6㎞

하동 구간

제2권

전남 구간

PART 1

광양 구간

PART 2

여수 구간

PART 3

순천 구간

보성 구간

PART 5

고흥 구간

PART 6

보성 구간

해남 구간

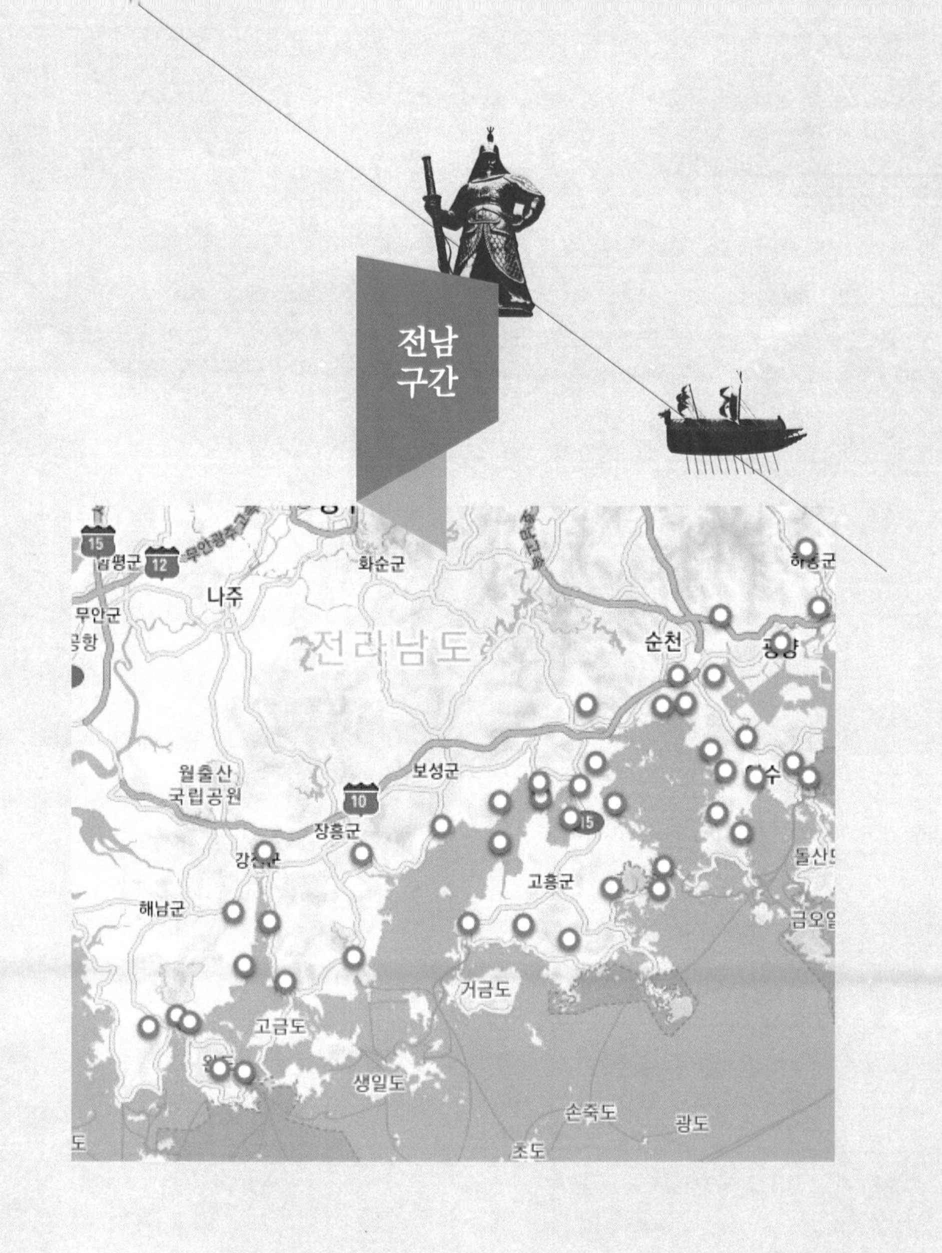

전남
구간
15
12
10
화순군
나주
무안군
전라남도
순천
월출산
국립공원
보성군
장흥군
해남군
고흥군
거금도
고금도
생일도
손죽도
광도
초도

광양 구간

하동읍
하동군
865
861
옥룡면
진상면
봉강면
백운산추동섬
고전면
19
840
진월면
옥곡면
IC
하동
JC
IC
IC
10
59
순천
순천
옥곡
IC
진월
금성면
광양
광양읍
2
58
IC
IC
동광양
광양시
동순천
대도
863

섬진강 자전거길

[난중일기]

하동읍 섬진교 동단에서 진월면 진월초등학교까지 13.7㎞

섬진교 동단 → 섬진강 → 섬진강휴게소 → 진월초등학교

"어머님도 없이 두 번이나 남쪽에서 설 명절을 보내니 북받치는 회한을 가누지 못하겠다."

2020년 12월 1일 13시 15분, 경상남도 하동군 하동읍 광평리 섬진교 동단을 출발하여 섬진교를 건너 전라남도 광양시 다압면 신원리로 들어가며 48코스를 시작한다.

"가장 위대한 여행은 지구를 열 바퀴 도는 여행이 아니라 단 한 차례라도 자기 자신을 돌아보는 여행이다"라고 마하트마 간디는 말했다. 자신을 돌아보고 역사를 돌아보는 충무공과 함께 걷는 남파랑길 부산에서 출발하여 경상남도를 지나고 드디어 전라도에 접어든다. 경남 하동과 전남 광양을 잇는 섬진교에서 'Sunshine 광양'의 노래를 부른다.

백운산 정기 속에 샘솟는 기상/ 참되고 복된 문화 꽃피운 터전

햇살도 따스하게 빛나는 광양/ 모두가 꿈꾸는 세상 이뤄보리라

뽐내자 꿋꿋하게 광양의 기상/ 펼치자 광양의 꿈 세계를 향해

광양은 빛 광(光)자와 볕 양(陽)자를 쓴다. 빛(光)은 만물을 낳게 하는 기운을, 볕(陽)은 만물을 성장하게 하는 기운을 가졌다. 햇빛과 햇볕이 비추는 빛과 볕의 고장 광양을 찾아온 암행어사 박문수는, "복숭아꽃 떨어져 물 위로 흐르는 계절 쏘가리는 살찌고/ 한식(寒食) 지나 봄바람 불어오니 고기가 모래 위에 뛰노네./ 백성들이 살기 좋은 으뜸으로는 조선에서 전라도 땅이요/ 전라도에서 광양 땅이요 광양에서는 성황(城

隍)이라네"라고 예찬했다.

광양, 한양(漢陽), 양양(襄陽), 담양(潭陽) 등 볕 양(陽)자가 들어가는 지역은 예부터 사람 살기 좋은 고장이다. 섬진교 건너 신원교차로에 세워진 48코스 안내도에는 48코스에 포함되지 않는 북쪽 3㎞ 지점의 다압면 광양매화마을을 소개하고 있다. '섬진강과 매화의 고장 다압'이다. 지리산 하면 떠오르는 강이 섬진강이고 섬진강 하면 떠오르는 꽃이 매화다. 광양 매화마을, 섬진마을은 광양9경 중 제2경이다. 매년 3월이면 섬진강 하류 백운산 자락은 새하얀 매화로 눈부시다. 섬진강변을 따라 향기로운 매화를 곱게 수놓으며 봄이 가장 먼저 오는 매화마을은 매년 200만 명이 넘는 관광객의 마음을 설레게 한다.

'섬진강매화로'를 따라 남쪽 섬진강 하구 망덕포구를 향해 걸어간다. 길이 212.3㎞의 섬진강(蟾津江)은 전북 진안 백운면 데미샘에서 발원하여 임실, 순창, 남원, 구례, 곡성, 승주, 광양, 보성, 화순, 담양, 하동 등 3개 도 11개 시군의 젖줄 역할을 하고 망덕포구에서 광양만으로 흘러든다. 단군시대에는 모래내, 백제시대에는 다사강, 고려 초에는 두치강이라 불리다가 고려 말부터 섬진강이라 불렸다. 광양시 도사면 섬진리에는 섬진나루와 두꺼비바위가 있어 금두꺼비의 전설을 전해준다. 망덕포구까지 이르는 길은 걷기 좋을 뿐만 아니라 오감을 만족시키기 더없이 좋다.

뒤돌아보니 파란 하늘 파란 섬진강 위로 하동과 광양을 잇는 다리가 천국과 지상을 잇는 듯하다.

'국토종주 섬진강 자전거길'을 따라 남파랑길을 걸어간다. 섬진강 자전거길은 전북 임실 생활체육공원에서 시작하여 전남 광양 배알도해수욕장까지 총 174㎞에 이르는 구간으로, 섬진강변을 따라 조성되어 자연미를 가장 잘 살린 자전거길이다.

섬진강자전거길에 '맹고불고불길'에 대한 안내판이 서 있다. 진월제방에서 오사제방에 이르는 6.2㎞의 길은 전 행정안전부장관이었던 맹형규 장관이 디자인하고 사업비를 지원하여 아름다운 자전거길을 만들게 되었고, 그래서 붙여진 이름이 맹고불고불길이란다. 옛 경전선 폐철로를 활용한 하모니철교, 그 바로 남쪽에 새로이 건설된 복선 섬진철교, 짙푸른 물길의 아름다운 섬진강 풍경을 바라보며 강바람 불어오는 자전거길을 걸어간다.

광양갈대쉼터를 지나서 끝없이 섬진강을 따라 길게 뻗은 월길제방 사계절 꽃길을 걸어간다. '광양매화마을 6.8㎞, 광양 48코스 종점 8.9㎞ 섬진강 끝들마을 휴양소 4.2㎞' 이정표가 나그네가 지금 어디에 있는지 좌표를 가르쳐준다. '너는 지금 세상의 어디에 있는가', '너는 거기에서 무엇을 하고 있는가'. 주마등처럼 생각들이 스쳐간다. 인간은 영원한 시간과 무한한 공간에 존재하는 한낱 티끌에도 미치지 못하는데도 겸손할 줄을 모른다.

진월주도배수펌프장을 지나고 거북이등 터널을 지나서 돈탁마을을 지나간다. 갖가지 표정들의 장승들이 정겹게 다가온다. 썬글라스 낀 놈, 웃는 놈, 비웃는 놈, 화난 놈, 엄숙한 놈…. 진월면 오사리 제방 위에 붉은 우체통 두 개가 서 있다.

'섬진강 자전거길 하늘의 강', '바다와 하늘이 만나는 섬진강', '마음의 편지를 보내는 곳'.

편지를 써 볼까? 누구에게 보내는 편지를 쓸까. 아니다. 편지를 쓰되, 답장을 써야 한다. 자연이, 섬진강이, 남파랑길이 보내는 편지에 답장을 써야 한다. 먼저 살다 간 사람들, 먼저 지나간 시간들에게 답장을 써야 한다. 역사는 과거가 나에게 보내는 편지다. 고전이나 고사성어는 과거의 사람들이 오늘을 사는 사람들에게 보내는 편지다. 『징비록』은 유성룡이, 『난중일기』는 이순신이 보내는 편지다. 이제 남파랑길에서 그들이 쓴 편지를 읽고 답장을 보내야 한다.

이순신은 여수에서 한산도로 진을 옮기고 선조에게 장계를 올리면서 "만약 호남이 없으면 나라가 없습니다(若無湖南 是無国家)"라고 했다. 호남은 호강(금강)의 남쪽, 곧 전라도다. 남파랑길에서 만나는 첫 전라도 지역은 광양이다.

정유재란이 끝나갈 무렵 이순신은 명나라 수군과 함께 광양 앞바다에서 해상 봉쇄작전을 폈다. 고니시 유키나가가 이끈 왜군은 순천 해룡면 신성포에 머무르면서 일본으로 돌아갈 기회를 엿보고 있었는데, 이순신이 광양만 해상을 봉쇄하자 꼼짝없이 갇히게 되었다. 이순신에 의해 봉쇄가 이루어졌던 1년 동안 광양만에서는 크고 작은 싸움이 여러 차례 벌어졌는데, 광양만 연안에는 임진왜란 당시 군량미를 쌓아두었던 창고 터가 곳곳에 있으며, 소섬, 염소섬, 나팔섬, 북섬, 징골, 통사촌 등 전장과 관련하여 붙여진 지명들이 많다.

전라좌수사 이순신의 관할은 5관 5포이며 5관의 다섯 고을은 순천, 보성, 낙안, 광양, 흥양이고, 5포의 다섯 해안기지는 고흥에는 있는 사도, 여도, 녹도, 발포와 여수 돌산도에 있는 방답이다. 그중에 전란 중 최고의 이순신의 사람들이 있었으니, 순천부사 권준, 방답첨사 이순신, 흥양현감 배흥립, 녹도만호 정운, 광양현감 어영담 등이었다. 그 가운데 광양현감 어영담에 대한 『난중일기』 첫 기록이다. 1592년 아직 임진왜란이 일어나기 전 이날의 일기는 단 한 줄이다.

매화마을
梅花村
Maehwa Village
국토교통부
행정안전부
4대강종주 인증서
Certificate of 4 Rivers cycling road
귀하는 대한민국 4대강(한강, 금강, 영산강, 낙동강)
자전거길을 종주하였음을 인증합니다.
This certifies that the person whose name appears above
has completed Korea 4 rivers bicycle path.
2021 년 10 월 21 일
K water 통합인증센터
국토종주 인증서
귀하는 633km의 대한민국 국토종주
자전거길을 종주하였음을 인증합니다
2021년 10월 21일
6.8km
광양매화마을
Gwangyang Maehwa Village
광양48코스 종점
Gwangyang 48 Course End Point
섬진강 끝들마을 휴임소
4.2km
남파랑길
NAMPARANG TRAIL
NAMPARANG TRAIL | Gwangyang 48 section
광양매화마을
섬진강 자전거길
섬진강 자전거길
하늘의강

1월 22일 맑음. 아침에 광양현감이 와서 인사했다.

광양현감 어영담은 이순신을 도와 옥포와 당항포, 적진포 등에서 많은 전공을 세웠다. 어영담의 활약상은 의병장 조경록의 『난중잡록』에 잘 기록되어 있다.

어영담은 경상도 함안 사람으로 대담한 군략이 세상에 뛰어나고 유달리 강개로웠으며, 과거하기 전에 이미 여도만호가 되었고, 급제 후에는 영남 바다 여러 진의 막하에 있었다. 바다의 깊음과 도서의 험하고 수월함이며, 나무하고 물 긷는 편의와 주둔할 장소 등을 빠짐없이 다 가슴 속에 그려두었기 때문에 수군 함대가 전후에 걸쳐 영남 바다를 드나들며 수색 토벌할 때면 집안 뜰을 밟고 다니는 듯이 하고 한번도 궁박하고 급한 경우를 당하지 않았다. 대체로 수군의 전공은 영담이 가장 높았는데도 단지 당상관에 올랐을 뿐 선무훈에는 참여하지 못하여 남쪽 사람들은 다들 가석히 여겼다.

임진왜란 초기 이순신이 원균의 구원 요청을 받고 가장 큰 어려움은 전라좌수영 관할이 아닌 경상도 해역으로 출전해야 한다는 것이었다. 경상도 해역의 지형과 해로에 대하여 잘 알지 못했던 이순신은 즉시 함대를 출전시키기 어려웠다. 이런 상황에서 함대를 출전시키도록 결정적인 역할을 한 참모는 광양현감 어영담이었다. 어영담은 영남 바다 여러 진에 근무한 경험이 있었기에, 이순신은 함대 출전에 앞서 어영담에게서 영남의 해로에 대한 정보를 물었다. 이순신은 어영담을 함대의 중부장으로 삼고 그와 더불어 작전을 수립했다. 어영담은 해로에 대한 작전뿐만 아니라 함대의 지휘관으로서 각 해전마다 많은 커다란 공을 세웠다. 그런 어영담이 1593년 11월 광양현감직에서 파직되고 말았다. 군량을 빼돌려 파직되었다는 소식을 들은 고을 백성들이 전라좌수사 이순신에게 하소연했다.

"우리 고을 현감은 백성을 위하는 참 목민관이요, 전란을 당해서는 나라를 위해 목숨 바쳐 싸운 용감한 장수입니다. 억울하게 파직되었으니 굽어살펴주십시오."

이순신은 붓을 들었다. 고을 주민 126명이 연명으로 작성한 소장(訴狀)을 빠짐없이 옮겨 적었다.

"광양현은 영남현과 맞닿아 있어 전쟁이 일어난 뒤로 사람들이 두려움에 떨며 달아날 궁리만 하고 있었습니다. 그런데 어영담이 이를 진정시켜 편안하게 하여 마침내 온 고을 백성이 예전처럼 안도하게 되었습니다. 게다가 여러 번 경상·전라 두 지역의 변장(邊將)으로 임명되어 물길의 형세를 훤히 다 압니다. 그는 계책이 뛰어난 사람입니다. 신이 그를 중부장(中部將)으로 임명하여 함께 일을 의논하고 계획하였습니다. 여러 차례 죽음을 무릅쓰고 적을 치는 데 앞장서서 큰 승리를 거두었습니다. 호남의 한 고을이 이제까지 보전된 데에는 이 사람이 한몫하였습니다."

이순신은 부하의 신원보증을 서주면서 전란이 평정될 때까지 그 자리에 그대로 있게 요청하지만 그의 뜻은 받아들여지지 않았다. 일곱 달 후 이순신은 파직된 어영담을 조방장(助防將)으로 임명해달라는 요청을 했고, 조방장(자문역)으로 끝까지 이순신을 보필하던 어영담은 이듬해인 1594년 4월 진중에 번진 전염병에 걸려 세상을 등졌다. 이순신은 이날의 일기에 적었다.

> 4월 9일 맑음. 아침에 시험을 마치고 급제자 명단을 내붙였다. 큰 비가 왔다. 조방장 어영담이 세상을 떠났다. 이 애통함을 어찌 말로 할 수 있으랴!

이순신의 『난중일기』는 임진왜란이 일어난 1592년 1월 1일부터 노량해전에서 최후를 맞이하기 이틀 전인 1598년 11월 17일까지 7년간 2,539일간의 대기록이다. 마흔여덟 살에서 쉰네 살에 노량에서 전사할 때까지 이순신의 삶을 담고 있다. 작전일지도, 상황일지도 아닌 전쟁터의 한 외로운 장수의 인간적인 기록이다. 옥문에서 풀려나와 백의종군길에 어머니의 부고(訃告)를 듣고 가슴을 치며 발을 동동 굴리는 애통함을 기록한 글이다. 또한 명량해전 대패의 복수를 하기 위해 이순신의 가족이 있는 아산으로 쳐들어간 왜군들과 싸우다가 전사한 막내아들 면의 죽음을 듣고 통곡하고 울부짖는 범부(凡夫)의 글이다. 눈물과 원망을 숨기지 않고 애써 다듬지 않은 것이 외려 한 인간의 솔직하고 깊은 내면을 볼 수 있어 울림이 큰 글이다.

『난중일기』에는 임진왜란·정유재란 당시의 전투 기록뿐만 아니라 이순신이 가족, 친지, 상관, 동료, 부하들과 겪은 일상이나 자신의 건강에 대한 소소한 사실까지 기록되어 있다. 『난중일기』는 이러한 가치를 인정받아 2013년 유네스코 세계기록유산으로 등재되었다. 이순신의 『난중일기(亂中日記)』는 1592년부터 이렇게 시작한다.

> 1월 1일. 새벽에 아우 우신과 조카 이봉, 맏아들 회가 와서 이야기했다. 다만 어머님도 없이 두 번이나 남쪽에서 설 명절을 보내니 북받치는 회한을 가누지 못하겠다. 전라병사의 군관 이경신이 상관의 편지와 선물, 그리고 장전(긴 화살)과 편전(짧은 화살) 등을 가지고 와서 바쳤다.
>
> 1월 2일 맑음. 나라(인순왕후 심씨)의 제삿날이라 출근을 하지 않았다. 김인보와 함께 이야기했다.
>
> 1월 3일 맑음. 좌수영의 동헌에 나가 별방군을 점검하고 다섯 고을과 다섯 해안기지에 공문을 보냈다.

『난중일기』는 전라도 순천부 내례포 전라좌수영, 지금 여수에서 쓰기 시작한 일기로 효성 지극한 이순신의 어머니에 대한 첫 번째 기록으로 시작한다. 이후 『난중일기』에는 어머니를 생각하는 부분이 모두 90여 차례나 나온다. 1591년 2월 13일 전라좌수사로 부임한 이순신은 전쟁이 일어날 것을 생각하고 새해부터 일기를 쓰기 시작했다.

이순신의 형제는 희신, 요신, 두 형과 아우 우신이 있었다. 1580년 발포만호(36세) 때 형 요신이 사망하고 녹둔관 재직(39세) 시에 아버지가 사망했다. 1587년 43세 때 맏형 희신이 사망하고, 통제사 재임 기간인 1596년 4월 아산으로 돌아간 아우 우신이 처와 함께 병사했다. 이봉(1563~1625)은 형 요신의 맏아들로 임진왜란 때 숙부인 이순신을 따라 종군했고, 이회(1567~1625)는 이순신의 맏아들이며 아래로 울, 면이 있다. 이회는 진영에서 이순신을 뒷바라지하며 참전했고, 이순신이 전사할 때 함께 있었다.

1592년 설날이라 가족들이 새해 인사를 하러 왔고 병마절도사가 선물을 보냈다. 평온하다. 다만 어머니가 곁에 없어 회한을 가눌 수 없다. 그러나 불과 석 달 뒤 이런 평온은 한순간에 뒤집히고 만다. 『난중일기』가 없었다면 그해 첫날 아침의 평온을 짐작할 수도 없다. 『선조실록』에는 1592년 1월부터 3월까지 기사가 없다. 4월 13일 "왜구가 쳐들어왔다"가 1592년(선조 25) 『조선왕조실록』의 첫 기사이다.

이순신은 『난중일기』라는 이름을 모른다. 그저 하루하루를 되돌아보고 겪은 일을 적은 일기를 남겼을 뿐이다. 그리고 해가 바뀔 때마다 한 책씩 묶고 그해의 간지를 『임진일기』, 『계사』, 『일기, 갑오년』, 『병신일기』, 『정유일기』, 『일기, 무술』로 붙여두었다. 그것을 정조의 명에 의해 규장각에서 『이충무공전서』로 편찬하면서 『난중일기』라는 이름을 붙인 것이다. 『이충무공전서』가 가지는 중요한 의의는 무엇보다 『난중일기』를 처음으로 활자화한 것이다. 이순신이 직접 쓴 초고본 가운데 『이충무공전서』에 수록된 이후 없어진 것이 많다. 『이충무공전서』에 이 일기를 싣지 않았다면 볼 수 없는 부분이 많았을 것이다.

『난중일기』 친필초고가 1795년 정조의 명으로 윤행임과 유득공에 의해 처음 해독되었고, 그 후 1935년 조선사편수회에서 다시 해독하여 『난중일기초』가 간행되었다. 1955년 홍기문의 『난중일기』 번역서가 최초로 나왔고, 1968년 이은상의 『난중일기』 완역본이 출간되었는데, 이 두 번역서가 오늘날 『난중일기』 번역서의 모범이 되었다. 그 후 2010년 노승석이 『교감완역 난중일기』를 출간하였다.

『난중일기』에는 무엇보다 이순신의 정신과 인간적인 면모, 활약상 등이 고스란히 담겨 있다. 특히 눈에 띄는 대목은 전쟁 중에 항상 어머니를 걱정하는 효자로서의 모습과 혼자만의 사색을 통해 우국충정을 드러낸 모습이다. 또한 전쟁에 시달리는 민초들에 대한 연민과 무능한 조정에 대한 탄식, 상관과의 갈등 문제 등을 서슴없이 드러낸다.

만남! 이순신과 광양현감 어영담의 만남을 생각하며 섬진강 끝들마을을 지나간다.

한강, 낙동강, 금강, 영산강의 4대강 자전거길이 임시 개통됐다는 뉴스를 접하고 국토종주를 한 해가 2012년, 세월이 흘러 섬진강 자전거길 끝 지점을 이제 남파랑길에서 걸어간다.

섬진강이 만든 들판은 끝없이 넓고 광활하다. 맹고불고불자전거길 마지막 지점을 지나서 망덕포구로 나아간다. 섬진강휴게소를 지나고 선소마을을 지나고 진월정공원을 지나서 진월초등학교에서 48코스를 마무리한다.

남해대교 북단 노량 앞바다에서 이른 새벽부터 시작하여 47코스 27.6㎞와 48코스 13.2㎞, 총 40.8㎞를 걸어온 남파랑길을 택시를 타고 단숨에 달려간다.

둥근 달이 환하게 비치는 12월의 첫날, 노량해전이 펼쳐진 밤바다를 바라보며 홀로 술잔을 기울일 때, 어느덧 충무공이 다가오고 둥근 달과 셋이서 아름다운 나들이 남파랑길을 노래한다.

윤동주길

[전라도를 철저히 섬멸하라]

진월초등학교에서 중동근린공원까지 15.1㎞

진월초등학교 → 망덕포구 → 광양제철소 → 백운그린랜드 → 중마금호 해상보도 → 중동근린공원

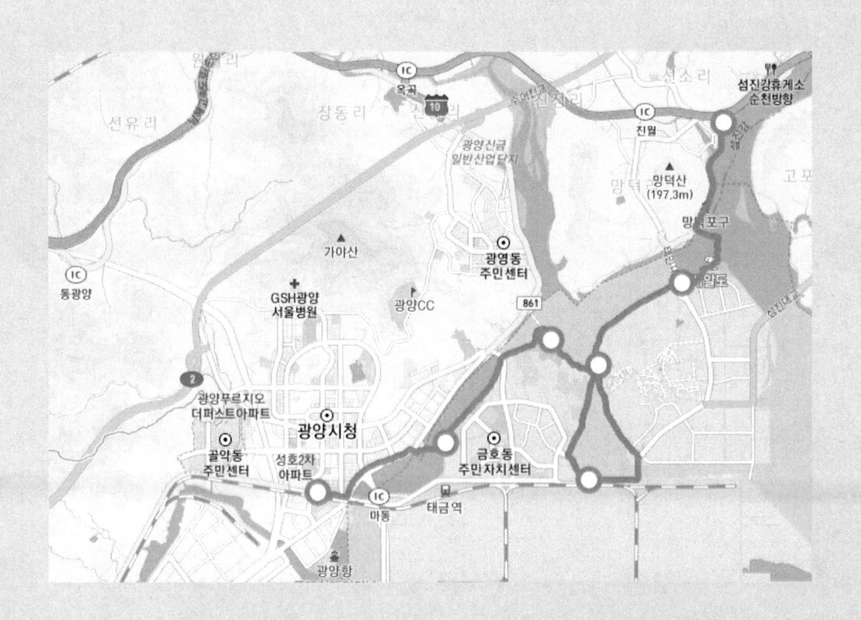

"사람마다 귀는 둘이요 코는 하나야! 목을 베는 대신에 조선놈의 코를 베는 것이 옳다. 병졸 한 놈이면 코 한 되씩이야! 모조리 소금에 절여서 보내도록 하라."

12월 2일 새로운 하루의 신선한 아침, 윤동주의 「새로운 길」을 노래하며 진월초등학교에서 새로운 길 49코스를 시작한다.

내를 건너서 숲으로/ 고개를 넘어서 마을로/ 어제도 가고 오늘도 갈/ 나의 길 새로운 길/ 민들레가 피고 까치가 날고/ 아가씨가 지나고 바람이 일고/ 나의 길은 언제나 새로운 길/ 오늘도… 내일도…/ 내를 건너서 숲으로/ 고개를 넘어서 마을로.

'기적은 하늘을 날거나 바다 위를 걷는 것이 아니라, 땅에서 걸어다니는 것'이라는 중국 속담처럼 걸을 수 있는 일상의 기적, 남파랑길을 걷는 위대한 체험을 하며 오늘도 새로운 길을 간다. 이른 아침 한가로운 시골마을 진월초등학교 앞에 주차를 하고 망덕포구로 나아간다.

'윤동주와 망덕포구 시비를 세우면서'라는 안내판 앞에서 시비에 새겨진 「참회록」을 읽어간다.

파란 녹이 낀 구리거울 속에/ 내 얼굴이 남아 있는 것은/ 어느 왕조의 유물이기에/ 이다지도 욕될까.// 나는 나의 참회의 글을 한 줄에 줄이자./ 만 이십사 년 일 개월을/ 무슨 기쁨을 바라 살아왔던가.// 내일이나 모레나 그 어느 즐거운/ 날에 나는 또 한 줄의 참회록을/ 써야 한다./ 그때 그 어느 젊은 나이에/ 왜 그런 부끄러운 고백을 했던가.// 밤이면 밤마다 나의 거울을/ 손바닥으로 발바닥으로 닦아보자./ 그러면 어느 운석 밑으로 홀로/ 걸어가는 슬픈 사람의 뒷모양이/ 거울 속에 나타나온다.

「참회록」은 윤동주가 만 24년 1개월을 살고 쓴 시다. 그리고 윤동주는 28세에 사망했다. 윤동주가 천지개벽을 한 오늘의 대한민국에서 산다면 과연 어떤 시를 썼을까? 1917년 12월 30일 만주 간도성 화령현 명동촌에서 출생한 윤동주는 1938년 4월 서울 연희전문학교에 입학을 했고, 1940년 4월 훗날 육필시고 『하늘과 바람과 별과 시』를 지켜낸 후배 정병욱을 만났다. 1942년 도쿄로 유학을 갔고, 독립운동가 혐의로 검거되어 1943년 7월 14일 투옥되어 1945년 2월 16일 큐슈 후쿠오카 형무소에서 28세로 사망했다.

망덕포구에는 윤동주시비공원과 윤동주유고를 보관했던 정병욱 가옥이 있다. 정병욱 가옥은 윤동주 시인이 생전에 써서 남긴 원고가 온전히 보관되었던 곳으로, 그 원고로 유고시집 『하늘과 바람과 별과 시』가 1948년 1월 출간되었다. 광양시에서는 이러한 인연을 기념하기 위해 '윤동주길'을 만들고, 윤동주 시인의 육필원고를 새겨 2010년 2월 시비(詩碑)를 세우게 되었다.

잘 단장된 '하늘과 바람과 별과 詩 윤동주 쉼터' 데크에서 바다로 흘러가는 망덕포구의 섬진강을 바라본다. 고요하다. 강도 바다도 하늘도 침묵하고 나그네도 묵언수행이다. 섬진강은 전북 데미샘에서 발원하여 경남, 전남 3개도 550리를 굽이돌아 망덕포구에서 그 여정을 마무리하고 광양만과 남해로 흘러가고, 그 끝자락에 망덕포구가 자리한다. 망덕포구는 민물과 바닷물이 섞여 있는 기수지역으로 전어, 장어, 백합, 젖굴, 재첩 등이 유명하다.

망덕포구는 옛사람들이 섬진강을 거슬러 다압, 구례, 곡성으로 가는 유일한 길목이었다. 광양만을 한눈에 피수(망)할 수 있는 위치라 하여 '망뎅이'라고 한 것이 한자음을 빌려 망덕(望德)이 되었다.

망덕포구는 광양9경의 제5경이며, 2018년 7월 발표한 '남해안 오션뷰 명소 20선'에 선정되었다. 오래된 수문과 자그마한 섬인 배알도, 해상보도교 등 고즈넉한 분위기를 자아내고 있다. 진월공원 안에 전라좌수영 수군주둔지라 설명한 '광양선소터' 표석이 있다.

태양이 빙그레 한 번 웃고는 황금주단을 깔면서 하늘로 올라가 눈부신 아침햇살이 쏟아져 내려온다. 한반도의 남쪽 한 귀퉁이 섬진강과 바다에 소망의 빛이 내린다. 진월교 건너 끝나는 곳에 망덕포구 먹거리타운이 시작된다는 등대 모양의 홍보물이 세워져 있다. 안내판에는 '백두대간 한반도 최장맥 산골 망덕산', '여기는 호남정맥 시발점 망덕포구입니다'라고 쓰여 있다. 망덕산(197.3m)은 백두대간을 이어온 호남정맥의 끝이다. 백두대간은 백두산에서 시작하여 지리산까지이며, 호남정맥은 지리산에서 서쪽으로 뻗어 전라북도 주화산을 시작으로 마이산(686m), 만덕산(762m), 내장산(763m), 추월산(731m), 무등산(1,187m), 제암산(779m), 조계산(884m), 백운산(1,222m)을 거쳐 섬진강 하구에 있는 망덕산에서 그 장대한 끝을 맺는다.

'윤동주길'을 지나고 다리를 건너 광양시 태인동으로 들어선다. 뒤돌아보니 윤동주 쉼터와 유유히 흐르는 섬진강 하구가 손짓하고, 앞에는 광양의 새로운 명소 배알도수변공원이 반긴다. 배알도수변공원은 섬진강과 남해바다가 만나는 곳에 위치하며, 배알도(拜謁島)라는 이름은 섬 모양이 건너편의 망덕산을 향해 절을 하는 형상이라고 해서 붙여졌다. 옛 문헌에서는 사도(蛇島), 즉 뱀섬이라고 불렀다. 이곳이 섬진강자전거길 시발점이자 종점이다. 공사 중인 배알도수변공원을 연결하는 해상보도교가 완공되면 망덕산과 연계하여 광양의 주요 관광자원으로 각광받을 것으로 보인다.

태인대교를 건너면서 강물 같은 바다를 바라보고 데크길을 따라 배알도 해변도로를 걸어간다. 바다를 포기하지 않고 달려온 강물이 드디어 바다의 품에 안겼다. 강물은 바다를 포기하지 않고 바다는 겸손하게 강물을 받아들인다. 나그네는 길에 연한 길을 포기하지 않고 걷고 또 걷고 한없이 걸어간다.

광양제철소가 점점 다가오고 제철소 정문을 끼고 자전거도로를 따라 걷는다. 광양시 향토청년회가 내건 '내 고장 주소 갖기가 광양 사랑의 실천입니다' 현수막이 눈길을 끈다. 옆에는 '죽음의 행렬을 멈춰라! 노동자가 살아야 포스코가 산다!'라고 쓰인 현수막이 섬뜩하다. 해파랑길 구간인 포항 포스코에서는 볼 수 없었던 풍경이다.

광양제철소는 포항제철에 이어 1981년에 세워졌다. 우리나라 최남단 중앙에 위치한 해안 경영의 요충지로 하동, 순천, 여수, 구례와 접한 광양만의 중심지에 자리하고 있다. 포항제철보다 연면적이 훨씬 크며, 단일 규모로도 세계 제일이다. 해파랑길에서는 포항제철 담장을 끼고 한참 돌았는데, 이곳에서는 스치듯 벗어난다.

작은 어촌마을이던 광양은 1980년대 포스코가 광양을 제2제철소 부지로 선정하면서 철강산업을 기반으로 전남 동부권 대표적인 산업도시로 성장했으며, 포스코는 세계적인 철강사로서 자리매김을 했다. 광양시는 전남에서 유일하게 10년 연속으로 인구가 증가하고 있다. 통계청 자료에 따르면 광양시 인구는 2010년 145,512명에서 2019년 156,750명으로 늘어나 현재까지 15만 명대이다.

무지개다리
Sunshine
GWANGYANG
백두대간 한반도 최장맥 산골 망덕산
여기는 호남정맥 시발점 망덕포구입니다
호남정맥 백운산 지맥 분포
망덕포구
하늘과 바람과 별과 詩
윤동주
쉼터
Sunshine
GWANGYANG

제철삼거리에서 우측 강변 백운둘레길 겸 금섬해안길을 따라간다. 철조망 펜스가 쳐진 금섬해안길을 따라가다가 해안로가 끝나면서 광양제철중학교 입구를 지나 계속하여 우레탄 탐방로를 따라간다. 태안도를 건너갈 해상보도교인 아름다운 무지개다리를 건너간다.

길이 300m, 폭 4m의 무지개다리에는 광양의 과거와 미래, 땅과 하늘이라는 다양한 이야기가 있고, 봉황, 여우, 돼지 철 조형물이 있다. 광양 백운산의 삼정전설에 기인하여 만들어진 조형물로 아직 돼지의 정기를 받은 사람은 나타나지 않았다고 한다. 무지개다리에는 밤이면 매일 5회 멀티미디어 조명쇼가 펼쳐진다.

다리를 내려오면 차도 옆에 있는 남파랑길 이정표가 종점 1.7㎞, 이순신대교 먹거리타운 1.4㎞를 안내한다. 광양과 여수를 잇는 이순신대교가 점점 다가온다.

1597년 1월 도요토미 히데요시는 수군 7,200명 등 12만여 명의 군사를 조선에 출병시켰다. 당시 울산 서생포왜성, 부산 증산왜성, 가덕왜성, 진해 안골왜성 등 남해안 5개 왜성에 주둔해 있던 병력 2만여 명을 합하면 왜군의 규모는 14만여 명에 이르렀다. 임진왜란 때는 고니시 유키나가가 선봉장이고 가토 기요마사는 2군 사령관이었으나, 정유재란 때는 바뀌어 가토 기요마사가 선봉장, 고니시 유키나가가 2군 사령관을 맡았다.

선봉장인 가토 기요마사는 1597년 1월 14일 전함 130척에 1만 명의 병력을 이끌고 부산 다대포에 상륙해, 양산을 거쳐 울산 서생포에 자리를 잡았다. 이어 고니시 유키나가의 2군이 상륙해 진해 웅천으로 들어갔다. 나머지 병력은 7월 초 조선으로 건너왔다. 7월에 이르러 조선에 정박한 왜군은 600여 척에 이르렀다. 정유재란이 본격적으로 시작되었다.

도요토미 히데요시는 조선을 다시 침략하며 장수들에게 "전라도를 철저히 섬멸하고, 충청·경기도와 이외 지역은 가능하면 공격하라. 작전이 완료되면 점령지에 성을 쌓고 성주를 정하라"라고 명령했다. 전라도를 주요 공격목표로 삼은 이유는 처음 침략 당시 전라도 공략에 실패하는 바람에 결국 조선을 정복하지 못했다고 판단했기 때문이다. 왜군은 전라도를 섬멸하기 위해서는 조선 수군이 틀어쥐고 있는 남해안 제해권을 빼앗아야 한다는 것을 잘 알고 있었다. 이를 위해 필요한 것은 삼도수군통제사 이순신을 제거하는 것이었다.

고니시 유키나가는 이순신이 바다를 지키는 한 수송로가 단절되어 전쟁에서 이기기 어려울 것을 알고 이순신에 대한 선조와 조정의 '이간질' 흉계를 꾸몄다. 계략은 성공했다. 이순신은 파직되어 백의종군을 했고, 원균은 새로 삼도수군통제사가 되었다.

1597년 7월 16일, 칠천량해전으로 원균을 패퇴시킨 일본군의 사기는 충천했다. 일본군은 숙원인 호남지역으로 밀물처럼 거침없이 들어왔다. 명과 일본의 4년간 지루한 강화 협상 결렬로 재침한 정유재란은 이제 참혹한 현장이 되었다. 전라도에서 잔학행위는 시작되었다. 산도, 들도, 마을도 모두 불태우고 아이들은 묶어서 포로로 잡아갔다. 가는 곳마다 불을 지르고, 어린아이 눈앞에서 부모를 베어 죽였으며, 시체가 무수히 쌓여 있어 눈을 뜨고는 차마 볼 수 없었다. 종군 승려 경념의 『조선일일기』는 승려로서 9개월간 본 그대로, 느낀 그대로 쓴 일기이다.

> 1597년 7월 29일. 시체들로 뒤덮인 섬들이 해변에 산을 이루고 있음이여! 도대체 어디까지 계속될지 그 끝이 보이지 않는구나.
>
> 들도 산도 섬도 죄다 불태우고 사람을 쳐 죽인다. 산 사람은 철사줄과 대나무 통

으로 목을 묶어서 끌고 간다. 조선 아이들은 잡아 묶고 그 부모는 쳐 죽여 갈라 놓는다. 마치 지옥의 귀신이 공격해 온 것과 같았다.

8월 3일, 전주를 목표로 2개 군으로 나누어 진군했다. 좌군대장 우키타 히데이에와 고니시 유키나가는 남해안을 따라 고성, 사천, 하동, 구례, 남원을 거쳐 전주에 도착하도록 했으며, 우군대장 모리 히데모토와 가토 기요마사는 서생포·밀양·초계를 거쳐 전주로 향했다. 수군 역시 하동에 상륙해 섬진강을 거쳐 구례로 진군하도록 했다. 조선 수군이 없어진 호남은 이제 무인지경이라 여기는 듯했다.

8월 12일 고니시 유키나가는 남원성을 포위 공격했다. 명군 3천여 명과 조선군 1천여 명은 5만여 명에 달하는 일본군을 한 차례 격퇴했으나 중과부적으로 끝내 함락되었다. 일본군은 남원성 등을 점령하고 조선의 백성을 무참히 학살하고 조선인의 코를 베었다. 임진왜란과 정유재란은 전쟁의 성격이 달랐다. 도요토미 히데요시는 일본 장수들에게 조선인을 많이 죽이도록 경쟁을 시키며 조선인의 코를 베라는 명령을 냈다. 강항은 『간양록』에서 히데요시의 그 당시 명령을 이렇게 적고 있다.

사람마다 귀는 둘이요 코는 하나야! 목을 베는 대신에 조선놈의 코를 베는 것이 옳다. 병졸 한 놈이면 코 한 되씩이야! 모조리 소금에 절여서 보내도록 하라.

남원성이 함락될 때 『난중잡록』의 저자 의병장 조경남은 가족을 이끌고 지리산으로 피난했다. 그리고 당시의 상황을 기록했다.

정유년 8월 15일 추석날 밤, 밤새 외로운 성을 내려다보니 적이 달무리처럼 에워싸 위급하였다. 포성은 진동하고 불빛은 낮과 같이 밝았다.

사람을 보면 죽이건 안 죽이건 번번이 코를 베었으므로 그 뒤 수십 년간 우리나라에는 코 없는 사람이 매우 많았다.

일본군들은 죽은 자들의 코뿐만 아니라 산 자들의 코를 베기도 했다. 1차 침입 때는 귀를 베어갔지만 2차 때는 더욱 참혹하게 코를 베기 시작했다. 세계 전사에 없는 만행이었다. 사람들은 "이비(耳鼻)야! 이비(耳鼻)야!" 하고 울부짖었다. 그 말이 변하여 "에비야! 에비야!"의 슬픈 전설이 되었다.

정유재란은 히데요시의 울분으로 수많은 인명이 살상되었다. 이때의 전쟁에서 일본군 한 명에게 조선인 코 3개씩이 할당되었고, 이것들을 항아리에 넣고 소금에 절여서 히데요시에게 보내졌다. 이것이 지금도 남아 있는 교토 다이부쓰 앞의 이총(耳塚), 즉 코(귀)무덤이다. 이총은 임진왜란의 전승기념물로, 13만 명 이상의 조선인 사망자의 귀와 코가 매장되어 공양된 곳이다.

도요토미 히데요시는 조선인의 잘린 코와 귀들을 보내오면 반드시 위령제를 거행할 것을 명령했다. 죽은 사람들의 원령이 해악을 끼칠까 두려워한 어령신앙에 입각한 행위였다. 흔히 일본인은 종교를 갖고 있지 않는 사람들이 많다고 한다. 하지만 일본인에게는 어령(御霊)신앙이라고 불리는 독특한 믿음이 있다. 어령신앙은 특히 사무라이의 심성을 형성했고, 현재까지도 일본인의 마음속 한구석을 차지하고 있는 신앙심이다. 어령신앙이란 사람의 영혼을 무서워하는 신앙으로 자연재해와 인재는 원령(怨霊)에 의해 일어난다고 믿는다. 이러한 어령신앙은 적군의 사망자까지도 아군과 동시에 위령하도록 만들었다. 이는 죽은 조선인을 위한 위령제가 아니라 살아 있는 자신들을 위한 행위였다.

1898년 '도요토미 히데요시 3백 년 축제' 때에는 이총 주위에 목책이 둘러졌고, 1915년 5월에는 후시미의 협객 오바타 이와지로 등이 헌납한 석책으로 정비되었다. 이총은 근대에 들어와서는 히데요시의 성시(盛時)를 엿보는 관광과 수학여행의 중요대상지가 되었다.

그 무렵 조선 백성들의 참상은 땅 위의 지옥을 이루었다. 『징비록』에는 "부자가 서로 잡아먹고 부부가 서로 잡아먹었다. 뼈다귀를 길에 내버렸다"라고 했고, 남원 지역 의병장 조경남의 『난중잡록』에는 "굶어 죽은 송장이 길에 널렸다. 한 사람이 쓰러지면 백성들이 덤벼들어 그 살을 뜯어먹었다. 뜯어먹은 자들도 머지않아 죽었다", "명나라 군사들이 술 취해서 먹은 것을 토하면 주린 백성들이 달려들어 머리를 틀어박고 빨아먹었다. 힘이 없는 자들은 달려들지 못하고 뒷전에서 울었다"라고 했다.

500만 명이 넘던 조선 인구의 3분의 1이 전쟁 중에 죽었고, 전쟁 전에 9만 명에 이르던 한양 인구는 4만 명으로 줄었다. 전국의 인구는 전쟁 전의 6분의 1에 불과했다. 전쟁 전에 170만 결이었던 농토는 전쟁이 끝났을 때 54만 결로 줄어들었다. 소도 말도 모두 잡아먹고 없었다.

1592년 침략 당시 일본은 조선을 발판으로 삼아 명나라를 공격하려 했다. 도요토미 히데요시는 조선 8도를 나누어주겠노라 약속했기에 다이묘들에게도 점령지는 자신이 다스릴 영토라는 인식이 있었다. 그래서 부산성과 동래성에서 대규모 학살한 것을 제외하고는 조선인을 상당히 잘 대우하려는 노력도 보였다. 그 결과 상당수의 순왜자도 생겨났다. 하지만 정유재란은 달랐다. 자존심 상한 미치광이 도요토미 히데요시의 분노로 전쟁에 지친 군인들의 잔혹성이 그대로 표출된 전쟁이 되었다.

여행은 세상 속에서 흐르는 물이 되고 바람이 되고 햇살이 되고 구름이 되고 풀잎이 되고 자연이 되어 과거로 미래로 흘러간다. 진정한 여행은 새로운 풍경을 보는 것이 아니라 새로운 시야를 갖는 것. 남파랑길에서 새로운 풍경은 물론 이순신을 만나고 남쪽 바다의 역사를 만나고 임진왜란, 정유재란을 만난다.

그리고 그 발걸음은 이제 빛과 별의 고장 광양의 백운그린랜드 공원을 지나고 중마금호수공원을 지나고 '길호마을 옛터' 표지석을 지나서 횡단보도를 건너 중동근린공원으로 나아간다. 11시 7분, 산책로가 잘 다듬어져 있는 중동근린공원에서 49코스를 마무리한다.

50코스

이순신대교길

[새와 짐승도 슬피 울고]

중동근린공원에서 광양터미널까지 17.6㎞

중동근린공원 → 구봉산 등산로 → 사라실예술촌 → 광양버스터미널

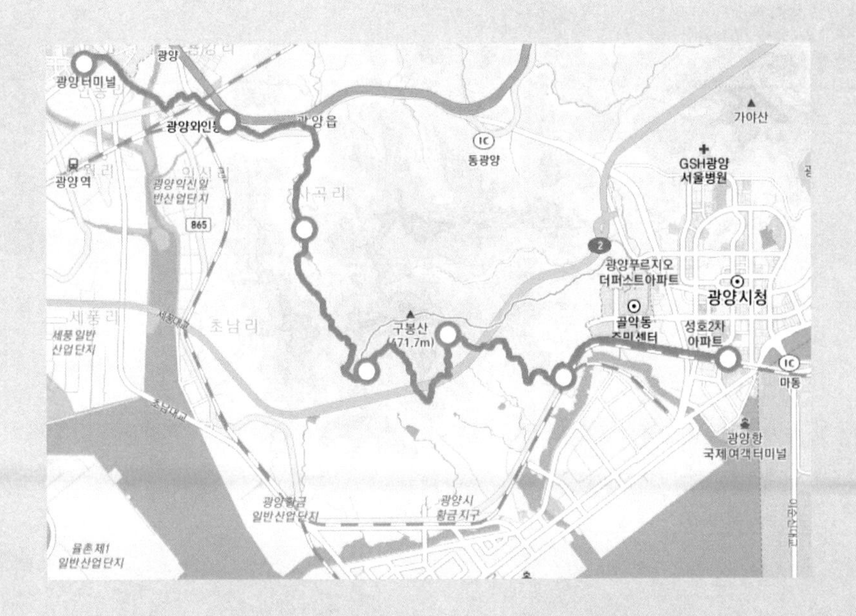

"내가 꼭 죽어야 할 의리는 없지만 국가가 선비를 기른 지 500년에 나라가 망하는 날을 당하여 한 사람도 죽는 사람이 없다면 어찌 통탄스러운 일이 아니겠는가?"

중동근린공원에서 50코스를 시작한다. 오늘은 남파랑길 770㎞를 통과하는 날. 동해안 해파랑길 770㎞ 거리를 돌파한 행복한 시간들을 회상한다.

2014년 뜨거운 여름, 부산 오륙도해맞이공원에서 강원도 고성 통일전망대까지 걸었던 동해바다의 추억이 밀려온다. 과거의 향기는 라일락 꽃밭보다 향기가 더 진하다고 했던가. 세네카는 "견디기 힘들었던 것이 달콤한 추억이 된다"라고 말했으니, 그 뜨거운 여름날의 고행이 일신우일신, 산티아고 순례길로 이어지고 남파랑길에 선 오늘의 자신을 만들어냈다. 오늘부터는 국내 도보여행 최장거리 역사를 쓰는 순간들이 펼쳐진다. 아직 가보지 않은 길, 새 힘과 용기로 힘차게 발걸음을 내딛는다.

금강산도 식후경, 산길로 접어들면 아침도 점심도 굶어야 하기에 인근에서 해장국으로 식사를 하고 도심 외곽의 도로를 따라 걸어가다가 구봉산 등산로 안내도 앞에서 걸음을 멈춘다. "험준한 산을 오르려면 처음에는 천천히 걸어야 한다"라는 세익스피어의 말처럼 임도길을 따라 천천히 올라간다. 등산은 인내력의 예술이다. 산은 누구나 오를 수 있다. 하지만 아무에게나 너그럽지는 않다. 사람들은 산을 정복했다고 하지만 산은 결코 정복당한 적이 없다. 정복하는 것은 산이 아니라 자기 자신이며, 산은 그들 또한 스쳐가는 바람으로 여긴다.

산 중턱에 광양만을 바라보며 무덤들이 모여 있다. 저 무덤의 주인들은 무슨 생각을 하고 있을까? 무덤은 다음 세상으로 가는 정거장. 이 세상 마치는 날 나는 무슨 생각을 할까. 최고의 잘 죽기(well dying)는 최고의 잘 살기(well being)이다. 이 세상에서의 마지막이 될 그날, '참 잘 살았다!' 하면서 떠날 수 있기를 소망한다. 어느 인디언의 시다.

> 오늘은 죽기 좋은 날/ 모든 생명체가 나와 조화를 이루고/ 모든 소리가 내 안에서 합창을 하고/ 모든 아름다움이 내 눈 속에 녹아들고/ 모든 사악함이 내게서 멀어졌으니/ 오늘은 죽기 좋은 날/ 나를 둘러싼 저 평화로운 땅/ 마침 순환을 마친 저 들판/ 웃음이 가득한 나의 집/ 그리고 내 곁에 둘러앉은 자식들/ 그래 오늘이 아니면 언제 떠나가겠나.

인생의 전반기 60년을 사는 동안 얼마나 많은 일들이 일어났으며, 얼마나 많은 욕망과 감정의 부침을 경험했던가. 희로애락애오욕의 파도를 넘어오는 과정에서 얼마나 많은 마음공부를 해왔던가. 지구라는 행성 위에 살고 있는 자신은 자연과 하나고 세상과 하나다. 세상에 따로 떨어져 존재하는 것은 하나도 없으니, 지구 위의 모든 존재는 하늘과 땅, 그 사이의 허공으로 이어져 있다. 모든 것이 하나임을 아는 데서 진정 모든 것을 사랑하는 마음이 나온다. 깨달음의 나이에 새삼 깨달음이 밀려온다.

광양항 뒤편으로 이순신대교와 여수의 묘도가 보인다. 구봉산전망대로 가는 갈림길에서 주춤, 남파랑길이 아닌 전망대로 가기로 한다. 광양9경 중 제8경 구봉산전망대에 올라 광양만 일대와 광양시 전경을 감상한다. 옛날 봉수대가 있던 구봉산(471.7m) 정상에 9.4m 높이의 세계 유일 아트 디지털봉수대가 자리하고 있어 새로운 일출과 일몰 명소로 각광받고 있다. 낮에는 광양제철소, 이순신대교, 광양항, 여수산단, 순천왜성, 하동, 남해까지 한눈에 굽어볼 수 있고 밤에는 은하수처럼 펼쳐지는 광양만의 멋진 야경을 볼 수 있다. 매화와 봉화를 동시에 이미지화하여 광양의 대표 산물이자 인류 역사와 궤를 같이하는 철로 광양의 빛과 생명력을 표현했다.

광양9경의 제4경 이순신대교가 지척에 보인다. 총연장 2,260m, 왕복 4차선 교량으로 주탑과 주탑 사이의 거리는 1,545m로 국내 최장으로 세계 4위 규모이며, 1,545m로 설계한 것은 이순신 탄신 해인 1545년을 기념하기 위한 것이다. 또한 이순신대교 양쪽 주탑 높이는 270m로 서울 남산, 63빌딩보다도 높아 콘크리트 주탑으로는 세계 최고 높이다. 중국 오악의 하나인 태산의 높이 또한 1,545m이니 태산 같은 충무공의 위용과 맞물려 우연치고는 흥미롭다.

여수와 광양을 잇는 두 개의 징검다리 '이순신로' 6.6㎞는 2019년 '남해안 해안경관도로 15선'에 선정되었다.

진안 데미샘에서 발원한 섬진강이 긴 여행 끝에 몸을 부리는 곳이 광양만이고, 광양만의 광양시 남부와 여수반도를 연결한 것이 이순신대교와 묘도대교다. 이 다리 덕분에 두 지역 간의 거리가 좁아져 경제효과도 크지만 다리 외형도 아름다워 관광명소로 자리 잡았다.

이순신대교가 중앙을 가로지르는 광양만은 구국의 성지이다. 정유재란 때 왜군의 퇴로를 차단하기 위해 진을 쳤던 전적지로 광양만을 가운데 두고 순천왜성에는 고니시 유키나와의 왜군이 주둔하고 묘도에는 조·명연합 수군사령부가 있었다. 이순신대교와 광양만에 울려 퍼지는 이순신의 목소리가 구봉산까지 들려온다.

승진해야 할 사람이 승진을 못하고 순서를 바꿔 아랫사람을 올리는 일은 옳지 못합니다.

벼슬길에 갓 나온 내가 어찌 권세 있는 집에 발을 디뎌놓고 출세하기를 도모하겠느냐.

나와 율곡은 성이 같은 까닭에 만나볼 만도 하지만 그가 이조판서로 있는 동안에는 만나는 것이 옳지 않습니다.

화살통을 드리는 것은 어려운 일이 아닙니다. 다만 사람들이 이를 보고 대감이 받는 것을 어떻다 말하겠습니까.

죄가 있고 없는 것은 나라에서 가려낼 일이지만 한 나라의 대신이 옥중에 계신데 이렇게 방에서 풍류를 즐기고 있다는 것은 미안한 일이다.

이 오동나무는 나라의 땅 위에 있으니 나라의 물건입니다.

경거망동 말고 태산과 같이 무겁게 행동하라.

한 사람이 길목을 지키면 천 명의 적을 떨게 할 수 있다.

석 자 칼로 하늘에 맹세하니 산과 강물이 벌벌 떨고 한 번 휘둘러 쓸어버리니 피가 산과 강을 물들인다.

장수의 직책을 띤 몸으로 티끌만 한 공로도 바치지 못했으며 입으로는 교서를 외우나 얼굴에는 군인으로서의 부끄러움이 있을 뿐이다.

어두울 무렵이 되어 코피를 한 되 남짓이나 흘렸다. 밤에 앉아 생각하고 눈물짓곤 하였다. 어찌 다 말하랴!

나를 죽이지 못할 고통은 나를 더욱 강하게 할 것이다.

죽고 사는 것은 천명이다. 죽게 되면 죽을 것이다.

내 인생의 방해자는 언제나 나 자신이었다. 내가 쌓고 내가 파괴하며 살았다.

신에게는 아직 열두 척의 배가 남아 있나이다.

나를 알고 상대를 알면 백 번을 싸워도 위기가 없다.

바다에 맹서하니 어룡이 감동하고 산에 맹세하니 초목이 아는구나.

무릇 죽기를 각오하면 살 것이요 살려고 하면 죽을 것이다.

두려움을 용기로 바꿔라.

철행이다.

이 원수를 모두 멸할 수만 있다면 죽음이라도 사양하지 않겠다.

싸움이 급하니 나의 죽음을 적에게 알리지 말라.

이순신은 청렴결백했고 솔선수범했다. 유비무환의 자세와 따뜻한 인간애에 바탕을 둔 리더십, 용기와 결단, 거북선 개발과 같은 창의성, 철저한 기록정신, 뛰어난 정보 활용능력과 전략. 고매한 인격과 탁월한 지략을 지닌, 어떤 장수도 따를 수 없는 위대한 인물이었다. 이순신의 살신성인이 없었다면 오늘의 대한민국은 있을 수 없다. 이순신은 가고 없지만 그 위대한 인격과 정신은 오늘도 살아 있다.

임진왜란은 잊지 말아야 할 전쟁이었지만, 조선은 변하지 않았다. 이 처절한 전쟁의 당사자인 선조나 사림들은 어떠한 책임도 지지 않았다. 왜적에게 당한 치욕의 역사를 반성하지 않았고 백성들에게 죽음보다 더한 고통을 안겨준 자신들의 무능함을 부끄러워하지도 않았다. 그들은 자신들의 과오를 숨기고 진실을 왜곡했다.

그때 망하지 않았던 조선은 300여 년이 지난 1910년 8월 29일에 결국 망했다. 경술국치일, 역사의 반복이 이제 다시는 없어야 한다. 임진왜란 당시 명과 일본의 회담 내용이었던 일본의 한강 이남 할지는 결국 해방 후 남과 북의 38선으로, 휴전선으로 이어졌다.

광양 백운산 자락에는 조선이라는 나라와 운명을 같이한 조선의 마지막 선비 매천 황현(1855~1910)의 생가와 매천역사공원이 있다. 황현은 1855년 봉강면 서석촌에서 출생, 1910년 한일합방 치욕에 맞서 절명시를 남기고 56세를 일기로 자결했다. "인간의 위대성을 나타내는 나의 공식은 운명애이다. 필연적인 것은 감내하고 그리고 사랑해야 한다"라고 말한 니체처럼 한 나라의 운명과 자신의 운명을 동일시한 채 전부를 걸어버린 사람이 황현이었다. 전라도 광양 땅에서 어린 시절을 보내면서 천재로 이름을 날렸던 황현이 벼슬길에 오르지 않고 한 생애를 보내오다가 오백 년 사직의 조선왕조가 무너졌을 때 한 시대에 책임을 지고 생을 마감한 것은 가히 운명적인 선택이었다.

1905년 11월 17일 일본은 한국의 외교권을 박탈하기 위해 강제로 을사늑약을 체결했다. 일본의 추밀원장 이토 히로부미와 조선의 대신들이 조약을 맺었는데, 이 을사늑약에 찬성한 박제순, 이지용, 이근택, 이완용, 권중현 등을 일컬어 '을사오적'이라고 하였다. 이때 황현은 비록 세상을 등지고 살았지만 나라가 망해 가는 현실을 보고 식음을 전폐하고 통곡하기를 여러 날 하면서 심정을 글로 남겼다.

한강수가 한숨짓고 북악산이 시름하거늘

세도 집 양반네들 아직도 티끌 속에 묻혔구나.

읽어보소 역대 간신들의 전기를

나라나 팔아먹지 어느 뉘 나라 위해 죽었던가.

황현은 이때 순절한 민영환, 홍만식, 조병세, 최익현, 이건창을 위해 「오애시(五哀詩)」를 지어 추모했다. 1910년 8월 29일, 결국 조선은 국권을 상실하고 말았다. 그 소식을 접한 황현은 중대한 결단을 내렸다. 그 당시 황현의 근황을 동생인 황원은 이렇게 기록했다.

"내가 꼭 죽어야 할 의리는 없지만 국가가 선비를 기른 지 500년에 나라가 망하는 날을 당하여 한 사람도 죽는 사람이 없다면 어찌 통탄

해파랑길 완보 인증서

Haeparang Trail Completion Certificate

완보기간 : 2014.07.29~2014.08.2
(25일간)

성 명 : 김명돌

인증번호 : 20210106-02

위 사람은 해파랑길 770km 전구간을 완보하였기에 이 증서를 드립니다.

This certifies that the above person has successfully completed the 770km Haeparang Trail.

2021 년 01 월 06 일

(사)한국의 길과 문화 이사장

스러운 일이 아니겠는가? 나는 위로 하늘로부터 받은 떳떳한 양심을 저버리지 아니하고 아래로는 평소에 읽어온 책을 저버리지 않았다. 이제 길이 잠들려 하니 참으로 통쾌하다" 하고서 세세한 가사 처리에 관한 것까지 썼다. 그런 뒤 드디어 아편을 마시고 혼절했다. 새벽에 집안 사람들이 그가 아편을 마신 것을 알고서 해독을 서둘렀으나 선생은 이를 물리치고 "세상일이 이와 같으니 선비는 마땅히 죽어야 한다"라고 했다. 오시(午時)에 이르자 전신이 혼미해지기 시작하여, 초 6일 닭이 두 번 울 때 절명했다. 이때 그의 나이 56세였다. 그때 매천 황현은 절명시 4수를 지었다.

> 새와 짐승도 슬피 울고 바다와 산도 찡그리니
>
> 무궁화 삼천리는 이미 망해버렸네.
>
> 가을 등잔에 책을 덮고 천고의 일 생각하니
>
> 글 아는 사람 노릇 어렵구나.

황현의 서릿발 같은 기상을 생각하면서 구봉산 임도길을 따라 내려가다가 남파랑길과 다시 만나 배나무재를 넘어서니 멀리 광양의 진산 백운산 능선이 보인다.

백운산(1,222m)은 하늘이 보이지 않을 만큼 울창한 원시림을 끼고 흐르는 맑고 깨끗한 4대 계곡이 유명하다. 정상인 상봉에서 동으로 매봉, 서로는 따리봉, 도솔봉, 형제봉으로 이어지는 주 능선과 각각 20㎞ 능선을 따라 성불계곡·동곡계곡·어치계곡·금천계곡이 수려한 경관을 자랑한다.

광양9경의 제1경은 백운산계곡, 제3경은 백운산 자연휴양림, 제7경은 백운산 옥룡사지 동백나무숲이다. 광양의 백운산에는 신성한 정기가 흘러 예부터 광양 처녀가 아기를 낳을 때는 백운산의 정기를 받기 위해 친정인 광양에 와서 출산을 했다고 한다.

맥문동 농장을 지나 황금둘레길 팻말을 만나고 황금둘레길을 따라 사곡저수지에 도착한다.

사곡저수지가 있는 점등마을은 1975년 폐광할 때까지 국내의 몇 안 되는 금광이 있던 곳이다. 광양시에서는 금광역사를 스토리텔링하여 '황금둘레길'이라 칭하며 관광명소화 작업을 추진 중이라고 한다. 황금둘레길의 일환으로 저수지 주변에 데크길이 조성되어 있다. 점등마을을 지나고 구봉산 등산로가 끝나는 지점에 위치한 우리나라 3대 광맥이었던 본정마을을 지나간다.

본정마을은 이웃 마을 중 제일 먼저 터를 잡은 우물이 있는 마을에서 전래된 이름이며 우리나라 3대 광맥이었다는 안내문이 붙어 있다. 마을이 온통 보랏빛 향기로 가득하다. 사라실예술촌 레지던시 작가들이 '본정 창조마을 만들기 사업'을 하고 있다. 수령이 400~600년이나 되는 높이 20~30m의 당산나무 보호수 6그루가 나그네를 반겨준다.

사라실예술촌에 도착한다. 폐교를 리뉴얼한 사라실예술촌은 지역 예술인의 창작활동을 돕고 시민들에게 문화와 예술 및 다양한 교육의 기회를 제공하는 복합예술공간이다.

사라실은 사독의 옛 이름으로 마을 뒷산 옥녀봉에 살던 옥녀가 베틀로 비단옷을 짤 때 작업실로 쓰던 곳이라 하여 "사라실"이란 이름이 붙었다고 한다.

'낭만나무'라고 하는 플라타너스들이 70~80m 높이로 임도변에 도열하여 나그네의 낭만을 북돋운다. 어릴 적 학교 운동장에 있던 플라타너스가 생각난다. 석정마을을 지나고 광양 동천을 건너가는 초남교를 지나간다. 광양 구시가지가 점점 가까워진다. 종점인 광양터미널이 지척에 있다. 예로부터 광양 사람을 한마디로 표현하는 말들이 있다.

광양 사람은 고춧가루 서 말 먹고 뻘 속 십리를 간다.
광양의 죽은 송장 하나가 순천의 산 사람 셋과 맞먹는다.
광양 여자가 순천 남자한테 시집을 가면 잘살지만, 순천 여자가 광양 남자한테 시집오면 게을러서 못산다.
광양 큰애기한테는 두 말도 않고 장가든다.
옛날에 광양 사람이 순천에서 광양까지 수만 마리의 벼룩을 풀숲으로 몰고 왔는데, 광양에 도착해서 세어보니 한 마리도 빠뜨리지 않고 다 몰고 왔더라.

모두가 억척같은 광양 사람 예찬이다. 아름드리 노거수들이 위용을 자랑하는 유당공원에서 휴식을 하며 하루를 정리한다.

1528년 광양현감 박세후가 광양 남쪽의 부족한 기운을 채우기 위해 연못을 파고 우양버드나무를 심어 조성했다. 동학농민운동 지도자 김인배가 관군에 잡혀 처형당한 곳으로 일제강점기, 여순사건, 6·25 한국전쟁 등 근대사를 관통하는 역사의 현장을 고스란히 나이테에 새기고 있는 역사의 현장을 나무는 보았다.

광양읍수와 이팝나무는 광양9경으로 연못과 고전적 조경미를 이루고 있다. 광양읍수는 조상들의 군사적 목적과 바닷바람을 막는 지혜를 볼 수 있는 문화적 자료이며, 이팝나무는 매우 크고 오래된 나무로서 생물학적 보존가치가 인정되어 광양읍수와 함께 천연기념물 제235호로 지정되었다.

인근 광양터미널에 도착하여 50코스를 마무리한다. 오늘 하루 32.7㎞를 걸었다.

광양터미널 인근에 숙소를 정하고 삼겹살 2인분을 앞에 두고 770㎞를 돌파한 날을 자축한다. 전체 90코스 가운데 50코스를 통과하였으니, 이제는 내리막길에 가속도가 붙는다.

51코스

정채봉길

[순천왜성]

광양공영버스터미널에서 여수 율촌파출소까지 14.5㎞

광양공영버스터미널 → 도원보건지료소 → 충무사 → 순천왜성 → 여수 율촌파출소

"일본군은 얼레빗 명군은 참빗!"

12월 3일 7시 20분, 공영버스터미널에서 51코스를 출발한다. 오늘은 광양에서 순천을 거쳐 여수로 들어가는 날이다. 신도교를 건너기 전 광양읍을 돌아보고 시가지를 벗어나서 들판을 걸어간다. 고향 같은 정취가 느껴지는 시골 마을이다. 월평마을을 지나 논길 사이 농로를 따라 걷는다. 뒤에서 경운기 오는 소리가 난다. 경운기 타고 일하러 가는 노부부다. 할아버지는 운전을 하고 할머니는 경운기 뒤칸에 타고 가는 정겨운 모습이다. 할머니가 한참 동안이나 물끄러미 쳐다본다.

포장된 지방도로가 나오고 신촌마을 느티나무 보호수를 지나간다. 광양미곡종합처리장 앞을 지나고 충무공로 밑 굴다리를 지나서 산성마을에 들어서니 광활한 평야가 펼쳐진다. 논 가운데 난 농로를 따라 끝이 보이지 않는 직진이다.

기분 좋은 시원한 공기를 마시며 들판을 걸어간다. 이곳이 간척지이니 예전에는 모두 갯벌이거나 바다였을 것이다. 습지의 물가에 쪽배가 외로이 바람에 흔들린다. 홀로 대지를 걸어가는 나그네처럼 처연한 모습이다.

광양하수처리장을 지나면서 길은 제방 위로 올라선다. 오른편은 습지고 왼편은 바다와 현대제철 공장이 있다.

방조제길을 1㎞ 이상 걸어서 배수갑문을 지나고 도로를 따라가다가 충무사와 순천왜성이 있는 해룡면 신성리 신성마을에 도착한다.

충무사(忠武祠)로 들어선다. 임진왜란이 끝난 뒤 약 100년 후인 1690년 이곳에 이주해온 주민들이 신성리 전투에서 많은 왜군들이 죽어 그 왜귀가 밤이면 자주 출몰하여 몹시 불안해서 이곳에 사당을 짓고 충무공 이순신의 위패와 영정을 모시고 제사를 지내게 되었고, 그 뒤부터는 안락한 생활을 하였다 한다.

일제강점기인 1944년 일본인들이 사당을 불태웠다. 1947년 순천향교 유림에서 성금을 모아 상당, 영당, 재실을 다시 지었고 1987년 복원하였다. 후에 충장공 정운 장군과, 송희립 장군의 위패와 영정을 같이 봉안하고 이충무공 유적보존회에서 관리하고 있으며, 충무공 탄신일과 귀천일에 제향한다.

충무사에서 나와 신성리마을을 지나간다. 신성리마을은 광양만과 순천을 연결하는 포구였는데 광양제철소와 율촌산업단지 조성으로 바다가 매립되자 포구로서의 기능은 완전히 잃은 마을이 되어버렸다.

'정채봉길' 안내표시가 보인다. 동화작가 정채봉(1946~2001)은 이곳 해룡면 신성리에서 태어나서 3살에 광양으로 이사를 가서 자랐다. 불교 환경에서 자랐지만 정신적인 방황에 시달리면서 가톨릭 신앙을 갖게 되었다. 다양한 종교체험은 그의 작품이 불교와 가톨릭의 영향을 동시에 받게 했다. 대한민국 성인동화 장르를 크게 개척한 작가로 평가받고 있다. 2001년 간암으로 세상을 떠났고, 2011년에 그의 문학정신을 기리는 정채봉문학상이 제정되었다. 그의 동화 「사소한 것이 소중하다」이다.

싱싱하게 새해 아침이 밝았다. 아랫강에 사는 자라는 얼음물로 세수를 하고 거북이한테 세배를 갔다. 거북이는 바닷가 모래밭에서 자라의 세배를 받았다. 거북이가 덕담을 하였다.

"올해는 사소한 것을 중히 여기고 살게나."

자라가 반문하였다.

"사소한 것은 작은 것 아닙니까? 큰 것을 중히 여겨야 하지 않는가요?"

거북이가 고개를 저었다.

"아닐세. 내가 오래 살면서 보니 정작 중요한 것은 사소한 것이었네. 사소한 것을 잘 챙기는 것이 잘 사는 길이야."

…(중략)…

"그러면 우리 일상생활에서 해야 할 사소한 일은 어떤 것입니까?"

거북이가 대답했다.

"평범한 생활을 즐기는 것, 곧 작은 기쁨을 알아봄이지. 느낌표가 그치지 않아야 해. 다슬기의 감칠맛, 상쾌한 해바라기, 기막힌 노을, 총총한 햇빛…."

자라는 일어나서 거북이에게 넙죽 절하였다.

"어르신의 장수 비결을 이제야 알았습니다. 느리고 찬찬함, 곧 사소한 것을 중히 알아보는 지혜이군요."

느리고 사소한 것에도 느낌표를 그치지 않겠다는 마음으로 순천왜성으로 가는 길, 인근에 있는 신성리 순천 정유재란역사공원의 논란이 떠오른다. 2025년 마무리 예정인 한중일 평화정원 조성사업에는 한중일 장군 5인의 동상이 세워지는데, 여기에 고니시 유키나가 동상이 포함되었다.

청원인은 "임진년에 왜국은 조선을 침공하여 조선 땅을 유린하고 조선 백성을 무참히 도륙하고 학살했다"라며 "(순천시가) 임진왜란 때 조선 침략 선봉에 서서 조선 땅을 불태우고 강물을 핏물로 만든 왜놈 동상을 세금으로 만든다"라고 주장했다. 이어 "더구나 공원 이름도 '평화'가 붙었는데 이곳에 임진왜란 '전범' 동상을 세운다"라고 목소리를 높였다. 결국 순천시는 여론에 밀려 고니시의 동상을 철회했다.

해룡면 신성리 뒷산 순천왜성으로 걸어 주차장을 지나 탐방로를 따라 들어선다. 예전에 다녀간 곳이기에 생소하지가 않다. 3면이 바다였는데 지금은 매립으로 그냥 산성 같다. 산줄기는 광양만으로 길쭉하게 뻗어 있고 서쪽을 제외한 삼면이 바다와 접해 있었는데, 산줄기의 끝부분 구릉 꼭대기에 왜성이 자리 잡고 있다. 이 때문에 바다에서 왜성을 보면 마치 섬 위에 올라앉아 있는 것처럼 느껴지고, 이 섬은 육지와 좁고 예리한 다리로 연결된 듯한 착각을 일으켜 '예교성'이라고 이름이 붙었다.

고니시가 거주하며 지휘했던 5층 망루 천수각이 세워졌던 천수기단(天守基壇)에 오르면 앞뒤로 여수, 광양, 남해바다도 보이고, 구례, 남원 등의 내륙까지도 조망할 수 있다. 육지로 이어지는 서쪽에는 해자를 파서 바다와 통하게 했다. 해자 바깥쪽에는 목책도 설치했다.

이순신과 진린이 공격했던 순천왜성 주변 그 바다는 현재 율촌산업단지 조성을 위해 매립되면서 좁은 수로만 남긴 채 육지로 변했고, 고니시 군의 탈출을 막기 위해 조선 수군이 주둔했던 섬인 장도는 매립용 흙으로 사용하면서 훼손됐다.

임진왜란 이후 왜군은 7년 동안 전쟁을 벌이며 울산에서 전남 순천까지 한반도 동남해안에 31개의 왜성을 쌓았다. 부산 11개, 울산 2개, 경남 17개, 전남 1개로 전라도에 유일한 왜성 1개가 순천왜성이다. 비교적 잔존상태가 양호한 곳으로 내성 부분만 복원되어 있으며 외곽은 그 흔적만 남아 있다.

정유재란을 시작하며 도요토미 히데요시는 전라도를 공격하여 군량을 확보하고 북상하라는 지침을 내렸다. 거침이 없던 일본군은 이순신의 명량해전으로 바닷길로의 수송이 막히고 북침이 여의치 않자 퇴각하여 남해안에 곳곳에 거점을 마련하였다.

특히 울산과 사천, 그리고 순천이 일본군의 3대 거점이었다. 이때 일본군이 순천에 주둔하면서 쌓은 성이 순천왜성이었다.

순천왜성은 임진왜란 7년 전쟁 동안 왜군이 쌓은 왜성 가운데 가장 서쪽에 있다. 순천왜성은 예교성, 왜교성, 왜성대, 망해대 등 여러 이름으로 불렸다. 이 산의 산줄기는 광양만 바다로 길쭉하게 뻗어 있고, 서쪽을 제외한 삼면이 바다와 접해 있는데 산줄기의 끝부분 구릉 꼭대기에 왜성이 자리 잡고 있다. 성안 가장 높은 곳에는 기와로 지붕을 덮은 5층 망루가 세워졌다. 왜장 고니시가 거주하며 지휘했던 천수각이다. 천수각이 세워졌던 천수대에는 아직도 주춧돌이 남아 있다. 고니시는 순천, 광양, 흥양, 보성, 낙안, 장흥 등 주변 고을에 군사를 배치해 순천왜성의 방어벽을 쳤다.

1597년 9월 2일부터 순천왜성을 쌓은 고니시 유키나가는 전쟁이 끝날 때까지 이곳에 주둔했다. 일본군이 퇴각하는 상황에서 매우 짧은 시기에 왜교성을 쌓을 수 있었던 것은 조선 민중들의 피와 땀의 결정체였다. 일본군은 침략 초기부터 부유한 백성들은 약탈과 살해를 일삼고 일반 민중들은 자신들의 편으로 끌어들이는 방법을 썼다. 고니시 유키나가는 가난한 백성들을 회유하기 위해 순천부 사람들에게 곡식을 주는 대신 민패(民牌)를 나누어주었다. 민패를 발급받는 것은 일본의 백성이 된다는 것을 의미했다. 때문에 민패와 함께 쌀을 받기도 했지만 이후에는 그에 따른 세금과 부역의 의무를 져야 했다. 일본군과 그들에게 동조한 조선의 백성들이 한 마을에 거처하면서 농사를 짓게 하고, 수확이 끝나면 민패를 받은 사람들에게 각각 쌀 3말씩을 거두었다. 아울러 승려를 비롯한 조선의 민중들을 왜교성을 쌓는 데 동원했다. 이들의 협력 덕분에 왜교성은 짧은 시간에 완성되었고, 일본군은 견고한 수비체제를 구축할 수 있었다.

정채봉길
Jeongchaebong-gil
여수시
Yeosu
율촌면
시민과 함께하는 해양관광 휴양도시
여수시

순천왜성은 고니시 유키나가가 이끈 1만 4천 명의 일본군이 주둔하면서 조·명연합군 육군 3만 6천, 수군 1만 5천의 병력이 일본군과 격전을 벌였던 곳이다.

1598년 8월 18일 도요토미 히데요시가 죽었다. 죽음이 가까이 다가오는 것을 느낀 도요토미 히데요시는 어린 아들 도요토미 히데요리를 도쿠가와 이에야스와 이시다 미쓰나리에게 부탁하며 죽었다. 도쿠가와 이에야스는 당시 전쟁에 나가 있는 고니시 유키나가, 가토 기요마사, 시마즈 요시히로 등에게 도요토미 히데요시의 죽음을 감추고 명령서를 위조하여 철군 명령을 내렸다. 일본군에게 철군 명령은 더없는 희소식이었다. 하지만 도요토미 히데요시의 사망 소식은 소문으로 돌았고, 일본군의 사기는 떨어지고 있었다. 이때를 틈타 병력과 사기에서 우위를 점하고 있는 조·명연합군은 남해안의 왜성을 공격하기로 했다. 목표는 가토 기요마사가 지키고 있는 울산왜성, 시마즈 요시히로가 지키고 있는 사천왜성, 고니시 유키나가가 지키고 있는 순천왜성이었다.

1598년 9월, 명나라 총사령관인 군문 형개가 경리 양호와 상의하고 수륙 4로병진작전을 계획했다. 즉, 마귀가 동로(울산 가토 군)를, 동일원이 중로(사천 시마즈 군)를, 유정이 서로(순천 고니시 군)를, 진린이 수로(순천 고니시 군)를 각각 담당했다. 이때 총병력이 약 14만 2천 7백여 명이었다.

순천왜교성은 명나라 장수 유정(劉綎)이 지휘하는 3만 5천여 명의 서로군과 진린이 지휘하는 수로군이 함께 공격하기로 하였다. 그리고 5천여 명의 군사를 이끈 도원수 권율과 이순신이 보좌하는 역할을 맡았다. 이처럼 조선에서 벌어질 전투의 지휘권을 외국 장수가 가졌다.

9월 20일, 조·명군은 수륙연합으로 왜교성을 공격했다. 이때 수군의 전과는 괄목할 만했다. 일본군의 해상기지였던 장도(獐島)를 공격하여 적의 군량 300여 석과 우마 등을 탈취하고 조선인 포로 300여 명을 쇄환하였다. 장도를 차지함으로써 고니시 유키나가 군의 퇴로를 차단했다는 점에서 매우 중요한 의미가 있었다. 그러나 유정은 전쟁을 하고 싶지 않았다.

10월 3일 조·명연합군은 수륙합동작전으로 동시에 왜교성을 공격, 점령하기로 하였다. 진린은 유정과의 약속을 굳게 믿고 일본군을 섬멸할 계획으로 총공격을 가하였다. 그리고 진린의 공격으로 일본군 진영에는 커다란 혼란이 일어났다. 이 기회를 포착하여 유정이 이끄는 육군이 공격을 가하였다면 좋았겠지만 10월 1일 사천왜성에서 조·명연합군이 왜군에게 대패했다는 소식을 들었던 유정은 전혀 군사를 움직이지 않았다.

진린은 육군이 왜교성을 공략, 점령했을 것으로 생각하고 일본군 선박을 나포하는 데에 몰두하였다. 그런데 그때가 썰물이라 자신의 함대가 모래에 얹혀버리는 상황이 될 수 있다는 사실을 미처 깨닫지 못하였다. 결국 명의 전선 39척이 썰물 때문에 모래 위에 얹혀 움직이지 못하게 되었다. 일본군은 이 기회를 놓치지 않고 쳐들어와 명의 선박들을 포위, 공격하였다. 이순신이 선물로 준 진린의 판옥선에도 일본군들이 기어올라 타고 있었다. 이때 이순신은 진린과 군사 2백여 명을 구했다. 하지만 명나라 군사 800여 명이 전사했다. 진린은 조선 수군의 도움으로 위기에서 가까스로 벗어났으나 그 피해는 막대했다. 육군이 돕지 않아 수군이 참패하자 진린이 격분했다.

10월 4일 진린이 유정의 진영에 가서 '수(帥)'자 기를 찢고 "심장이 약하다"라며 질책하니, 유정은 "장관 중에 사람이 없는데, 어찌 혼자서 할 수 있겠소"라고 하였다. 결국 유정은 전쟁 실패로 황제의 위엄을 훼손시킬 수 없다는 명분론을 구실 삼아 10월 6일 아침 철수를 결정했다.

명나라 군대가 왜교성을 포위하자 조선 민중들의 반응은 열렬했다. 전라도 백성들은 모두 일본군을 섬멸할 시기가 멀지 않았다고 여겨 80세 된 노파와 10세 된 아이들까지도 모두 기뻐 뛰며 앞을 다투어 군량을 가지고 와서 군영 앞에 모인 곡식이 한 달 동안 먹을 수 있을 정도였다. 하지만 유정은 10월 7일 순천부유로 철수하면서 그 군량을 제대로 관리하지 않았다. 철수하면서 순천까지 길바닥에 쌀이 낭자하였고, 남은 식량이 거의 3천여 석이나 되었다. 그 곡식은 불에 태워지거나 일본군의 손에 들어가고 말았다.

사로병진 작전은 실패로 끝나고 삼로의 명군은 멀리 후퇴했다. 그러나 이순신은 진린과 함께 그대로 왜교 앞바다에 남아 날마다 도전하여 적이 감히 움직이지 못하였다. 이후로도 유정은 가급적 전쟁을 회피하면서 사세를 관망하였다.

고니시 유키나가는 이 틈을 교묘하게 파고들었다. 고니시 유키나가는 유정에게 뇌물을 주어 안전한 철병을 확약받았다. 유정은 진린에게도 일본군의 철병을 보장하도록 통고하였다. 고니시 유키나가는 유정의 약속을 믿고 묘도(猫島)쪽으로 10여 척의 배를 보냈다가 수군에게 모두 붙잡혀 죽고 말았다.

고니시 유키나가는 포섭 대상을 확대하여 진린에게도 뇌물을 주어 다시 철병을 꾀하였다. 그런데 이번에는 이순신의 수군에 의해 좌절되었다. 고니시 유키나가는 다시 한번 진린을 뇌물로 회유하여 남해에 있는 사위 소 요시토시를 불러온다는 명목으로 1척의 작은 배가 포위망을 벗어날 수 있도록 해달라고 요구하였다. 이순신의 만류에도 진린은 고니시 유키나가의 요구를 받아들이고 말았다. 결국 한 척의 배가 이순신의 수군 옆을 지나쳐 남해로 갔다. 남해에서 고니시 유키나가를 기다리던 시마즈 요시히로는 왜교성의 상황을 소상히 알게 되었고, 고니시 유키나가를 구출하러 가기로 하였다.

이순신 역시 남해 쪽의 일본군이 고니시 유키나가를 도우러 오리라 예상하였다. 하지만 이순신은 결단코 고니시를 고이 일본으로 보내줄 생각은 전혀 없었다. 이러한 상황을 좌시하면 역으로 조·명연합 수군이 일본군에게 협공당할 우려가 있었기에 이순신은 협공당하기 전에 선공을 취하기로 하였다. 고니시 유키나가를 도우러 오는 일본군에게 선제공격을 가하기 위해 부대를 이동하여 노량 앞바다에서 기다렸다. 그리고 1598년 11월 19일 새벽, 노량 앞바다에서 전투가 시작되었다. 왜교성 전투의 마지막 회전이자 임진왜란 7년 전쟁의 막을 내리는 노량해전의 시작이었다.

이순신이 전사하고 노량해전이 끝나자 유정은 고니시 유키나가가 탈출한 왜교성에 진입했다. 일본군은 없었고 수급은 필요했다. 유정은 일본군에 포로로 잡혔거나 그들에게 협력했던 백성들의 수급을 베어 전투 끝에 얻은 승리로 포장했다. 일본군의 회유에 넘어갔던 조선 백성들은 명나라 장군의 전공 욕심에 의해 무참하게 희생되었다. 임진왜란 내내 '일본군은 얼레빗 명군은 참빗'이라는 말이 돌았다. 명군의 횡포는 이루 말할 수 없이 가혹했던 것이다.

순천왜성을 내려와 신성교를 지나 현대제철 정문을 지나간다. 오른쪽은 이젠 하천으로 변해버린 바다와 순천왜성이 있고, 왼쪽은 율촌산업단지 도로가 이어진다.

10시 58분 여수시 율촌면 조화리로 들어선다.

드디어 여수에 왔다. 태조 왕건이 여수를 방문했을 때 이름 없는 작은 바닷가 마을에 물이 너무 곱고 예쁘다는 뜻에서 '여수(麗水)'라고 했다. 물이 좋으면 인심도 좋고 여자도 예쁘다고 하던가. 여수 '시민의 찬가'를 부르며 힘차게 걸어간다.

> 오동도 밝은 햇살 동백꽃에 바람 일고/ 한려수도 뱃길 따라 이름다운 산과 들/ 진남관 호국문화 우리 얼 높인 터전으로/ 희망찬 아침이다 우리 모두 함께 가자/ 푸르른 바다 저 바다는 오대양 육대주 관문이다/ 미래로 뻗어가는 세계 속의 우리 여수

여수 율촌산업단지 도로를 따라 20여 분을 걸어 율촌파출소 앞에서 51코스를 마무리한다. 드디어 이순신의 전라좌수영의 도시 여수에 왔다.

여수 구간

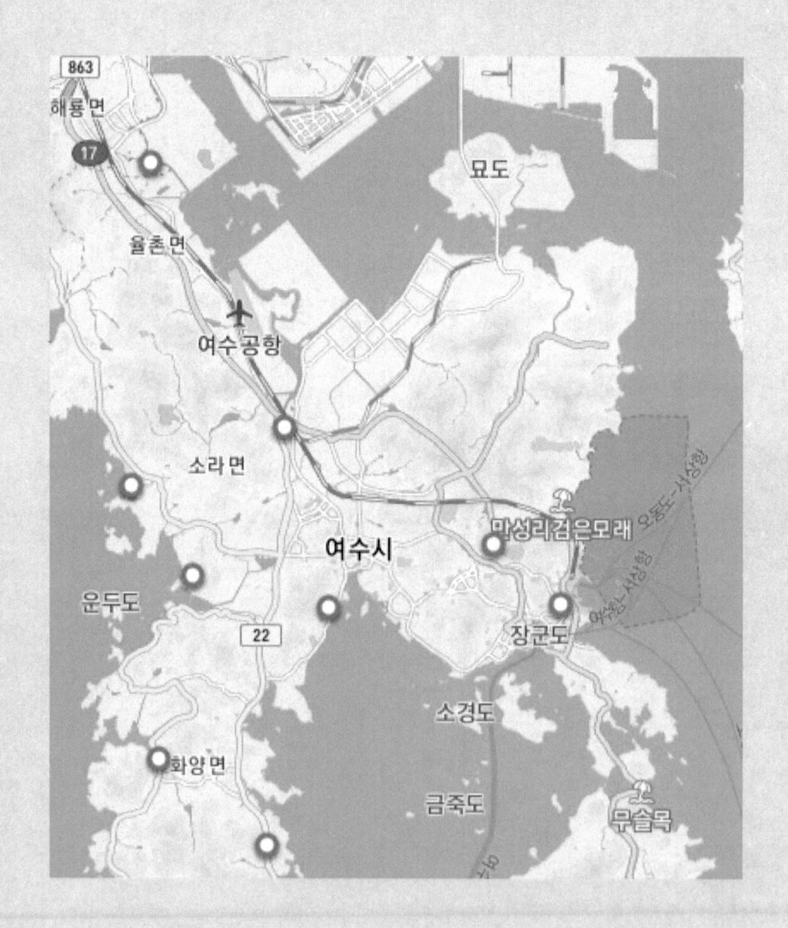

863
해룡면
17
묘도
율촌면
여수공항
소라면
여수시
만성리검은모래
운두도
22
장군도
소경도
화양면
금죽도
무슬목

52코스

★ ★ ★ ★ ★ ★ ★ ★

여수로 가는 길

[전라좌수사 이순신]

여수 율촌파출소에서 소라면 소라초등학교까지 14.8㎞

율촌파출소 → 득실교회 → 여수공항 → 소라초등학교

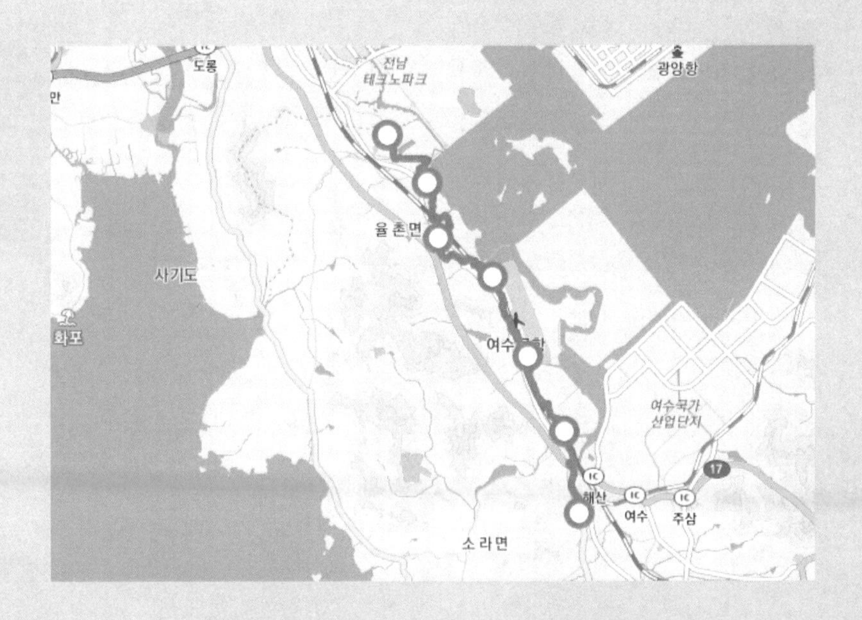

"충무공의 충성은 해와 달을 꿰뚫었고 공로는 종묘 제기에 새겨졌으니 한 조각 작은 대(台)는 있어도 그만 없어도 그만일 것이다."

율촌파출소 앞에서 52코스를 시작한다.

율촌성당을 지나고 율촌면소재지 거리를 벗어나 소공원을 지나 율촌천을 따라 포장된 농로를 걸어간다. 전용도로 아래 굴다리를 지나서 득실마을을 걸어간다. 농촌 주택을 교회로 사용하는 득실교회가 정겨운 시골 교회의 모습이다.

어린 시절 시골 교회에서 마룻바닥에 무릎 꿇고 간절히 기도하던 추억이 스쳐간다. "내가 어렸을 때는 말하는 것이 어린아이와 같고 깨닫는 것이 어린아이와 같고 생각하는 것이 어린아이와 같다가 장성한 사람이 되어서는 어린아이의 일을 버렸노라"라는 성경 말씀처럼 이제는 장성한 믿음의 길을 간다. 하느님은 무소부재하시니 교회 안에만 계시는 것이 아니라 교회 밖에도, 그 어디에도 함께하신다. 남파랑길에서도 함께하시는 보이지 않는 손의 가호를 기원하며 한 걸음 한 걸음 길을 간다.

헤르만 헤세는 "우리가 믿어야 할 신은 우리들 마음속에 있다. 자기 자신을 긍정하지 못하는 사람은 신도 긍정할 수 없다"라고 했다. 자신의 인생을 뚜벅뚜벅 걸어가기 위해서는 자신을 긍정하고 자신의 목표와 욕구를 들려주는 내면의 목소리에 귀를 기울여야 한다. 모든 인생은 혼자 떠난 여행, 나 홀로 여행이다. 누군가를 만나 함께 걷기도 하고 목적지가 바뀌기도 하지만 결국은 혼자서 가는 여행이다. 그러니 혼자 자신의 행복을 좇아 걸어갈 수 있어야 한다. 혼자 행복할 수 있어야 자신의 생각대로, 자신이 원하는 삶을 살아갈 수 있다. 행복해지기를 원하는 사람은 우선 고독해져야 한다. 고독을 두려워하지 않는 나그네가 고독 속으로 고독의 길을 간다. 고려 말 조선 초의 문신 권근(1352~1409)은 『독락당기(独樂堂記)』에서 이렇게 썼다.

> 글은 혼자도 보는 것이어서 강론이 필요치 않고, 시는 혼자도 읊조리는 것이어서 화답이 필요치 않고, 술은 혼자도 마시는 것이어서 꼭 손님이 있지 않아도 되며, 느지막이 일어나고 피곤하면 잠자며, 더러는 정원을 거닐고 더러는 평상에 누워, 오직 생각 가는 대로 그림자와 함께 다니니, 이것이 내가 한가히 지내며 홀로 즐기는 것이다.

가을바람에 지는 낙엽을 바라보며 흩어져 날리는 추억의 편린들이 아련한 그리움으로 다가온다. 전라선(익산역~여수엑스포) 철로 위로 KTX가 지나간다. 전라선 철길 옆 흙길 농로를 따라 걸어간다. 기사식당에서 한식뷔페로 푸짐한 점심 식사를 하고 다시 침묵의 길을 걸어간다.

나 홀로 여행을 하면서 침묵을 통해 자신의 마음과 가까워지고 진정으로 갈망하는 것들을 알아간다. 무엇이 자신을 앞으로 나아가게 하고, 어떤 길로 나아갈지 방향을 아는 사람은 목표를 잃고 방황하지 않는다. 목표라는 항구를 향해 운항하지 않으면 결코 순풍은 불지 않는다. 파울로 코엘료의 소설 『연금술사』는 보물을 찾아 나선 양치기 산티아고의 이야기다. 산티아고는 보물을 찾아가는 과정에서 여러 번의 위기를 만난다. 그러나 그는 그때마다 자신이 왜 떠났는지, 해야 할 일이 무엇인지를 끊임없이 되새기며, 길을 떠날 때 품었던 희망을 버리지 않았고, 그 덕분에 목적지를 가리키는 표지들을 발견할 수 있었다. 결국 목표를 이루는 사람은 마음에 품은 희망을 잃어버리지 않고 끝까지 모험을 계속하는 사람이다.

자신이 걸어가야 할 길을 아는 나그네가 외진마을을 지나고 봉정마을로 진입한다. 시골길을 걸어 여수공항을 지나간다. 하늘을 나는 것과 물속을 항해하는 것은 인류의 오랜 꿈이었다. 19세기 말에서 20세기 초에 걸친 각종 과학기술의 발달은 이런 꿈을 이루어주었다. 창의적인 이순신도 거북선은 건조했지만 하늘을 나는 비행기는 과연 상상이나 했을까.

임진왜란이 일어나기 전날인 1592년 4월 12일, 이순신은 전라좌수영에서 성공리에 거북선을 시험하였다. 어느 날 나주의 나대용이 이순신이 전라좌수사가 되었다는 사실을 알고 거북선 설계도를 들고 찾아왔고, 이순신은 새로운 전함을 만들 생각으로 나대용과 함께 연구와 시험을 거듭했다. 그리고 세계 최초의 철갑선인 거북선을 만들었다. 온 세계가 나무로밖에 배를 만들 줄 몰랐던 시대였다.

군함의 시대는 주로 군함을 움직이는 동력에 따라 나뉜다. 고대는 노선(櫓船)시대로, 노선이란 사람의 힘을 노를 저어 동력을 얻는 배를 말한다. 노선시대는 16세기 범선시대가 시작되기까지 군함의 역사에서 가장 긴 기간을 차지한다. 군함으로서의 노선은 적선을 충돌 공격해 파괴하기 위한 '충각'을 뱃머리에 붙였다. 이때의 전투방식은 군함들이 서로 충돌한 후 활과 칼로 싸우는 형태였다.

범선(帆船)은 바람의 힘을 빌려 동력을 얻는 선박으로, 범선시대에는 대양을 항해할 수 있게 되었다. 포르투갈과 스페인은 탐험 항해를 주도하며 식민지를 건설해 향료와 노예무역을 시작했다. 부(富)가 유럽으로 몰렸고, 해양력 경쟁이 본격화되었다. 그리고 최종 승자인 영국은

'해가 지지 않는 나라'를 건설했다. 당시 해전에서는 주로 함대가 일렬로 움직이면서 서로 마주 보고 함포로 교전했다.

1588년 8월 8일 스페인의 무적함대는 칼레해전에서 영국 함대에게 커다란 손실을 입고 패했다. 이때 영국의 전투함은 무적함대보다 높이가 낮은 대신 속도가 더 빨랐고 포의 성능과 운용술, 선원의 경험이 앞섰다. 이후 스페인의 무적함대는 1596년과 1597년 영국 원정을 시도했으나 폭풍으로 모두 실패하고 말았다. 1604년 양국은 평화협정을 체결했고 영국은 오르막길을, 스페인은 내리막길을 걷기 시작했다. 이때 영국의 여왕은 '훌륭한 여왕 베스'라는 별명으로 국민들에게 경애를 받은 엘리자베스였다. 엘리자베스의 재위 기간은 1558년부터 1603년까지이고 선조의 재위 기간은 1567년부터 1608년으로 비슷한 시기였다. 죽음의 위기를 넘기며 가까스로 여왕이 된 엘리자베스의 치세와 서자의 손자로 운 좋게 왕위를 차지한 선조의 치세, 역사는 참으로 많은 교훈을 준다.

임진왜란 당시에 판옥선과 거북선, 안택선과 세키부네는 범선이라 할 수 없었다. 하지만 이순신은 적군이 올라탈 수 없도록 거북선의 갑판을 두꺼운 철판으로 덮고 날카로운 쇠못을 줄지어 박았으며, 배의 둘레는 판자로 막고, 거기에 여러 개의 구멍을 뚫어놓아 그곳으로 화살과 화포를 쏠 수 있게 하였다. 또, 배의 양쪽에는 노를 많이 달아 여럿이서 젓게 되어 있고, 돛을 달아 바람의 힘으로도 갈 수 있었다. 게다가 화약을 넣어 태우면 입에서 시뻘건 불길이 뿜어져 나와 적에게 공포심을 갖게 했다. 왜군은 조총을 앞세우고 노선시대의 선상 백병전 전술을 펼쳤고, 이순신은 노선이었지만 범선시대의 화포전 운용과 학익진 등의 전술로 승리할 수 있었다.

칼레해전이 일어났던 1588년 이순신은 백의종군하다가 녹둔도 전투

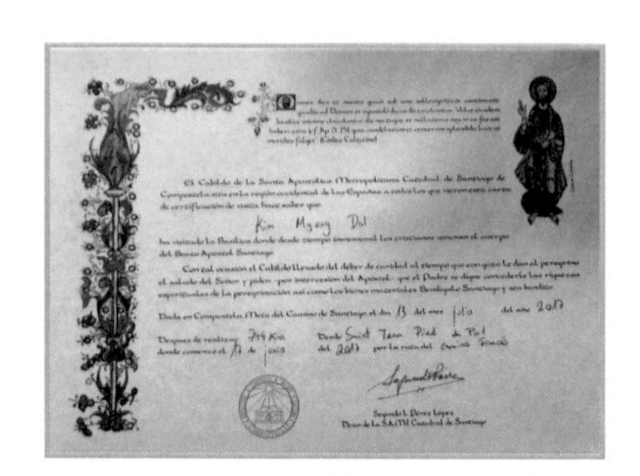

Kim Myung Dal

에서 공을 세운 후 집으로 돌아와 한거했다. 이순신은 1585년 함경도 조산보의 만호가 되었고, 1587년 43세에 녹둔도 둔전관을 겸했다. 이때 여진족과 녹둔도 전투가 있었고, 북병사 이일의 모함으로 처형될 위기에서 파직되고 백의종군을 했던 것이다.

저 북녘 땅 가장 북쪽 끝자락, 두만강과 푸른 동해가 만나는 녹둔도에는 이순신을 기리는 비석이 있다. 이순신이 조산만호로서 녹둔도 둔전관을 겸할 때 추수하고 있는 농민을 습격한 여진족을 물리친 것을 기념하여 세운 비다.

녹둔도 전투 당시 이순신이 높은 봉우리에 올라 여진족을 무찌른 뒤로 여진족은 무서워 다시 나오지 못했다. 그래서 뒷사람들이 그 봉우리를 '승전봉'이라 부르고, 그곳에 '승전대(勝戰台)'라 새긴 비석을 1762년(영조 38) 세워 자리를 지키고 있다.

이순신이 난생처음 참가해 패배한 전투였고, 이 전투에서 부상당하기도 했지만 최선을 다한 분투였다. 전투에서 진 일로 처음으로 파직되고 백의종군을 하게 되었지만 다시 혁혁한 승전의 공을 세웠다. 『이충무공전서』에 전하는 지금은 러시아 땅이 되어버린 녹둔도 승전대에 무장 이순신의 시작을 알리는 비문이다.

> 충무공의 충성은 해와 달을 꿰뚫었고 공로는 종묘 제기에 새겨졌으니 한 조각 작은 대(台)는 있어도 그만 없어도 그만일 것이다. 하지만 공이 기이한 전술로 적을 섬멸한 것은 낮은 벼슬에 있을 때부터 이미 시작된 일이다. 또 조정에서 공을 알아주고 써주어 마침내 만고에 없는 공훈을 세울 수 있었던 것은 여기서부터 비롯되었으니 자취가 없어지게 할 수 없다.

전라좌수영의 도시 여수로 가는 길, 여수가 점점 다가온다. 임진왜란 당시 여수가 전라좌수영의 본영으로 불리게 된 것은 1479년(성종

10) 순천 내례포의 수군 만호영을 설치하면서 기존에 있던 해남의 수영을 전라우수영, 순천(지금의 여수)의 신설 수영을 전라좌수영이라 하면서부터이다.

1593년부터 1601년까지 삼도수군통제영의 본영이기도 했던 전라좌수영 여수는 1895년(고종 32년) 혁파될 때까지 조선시대 400년간 조선 수군의 본거지로서 전승의 사명을 다한 곳이며, 지금까지 이순신의 기백과 충정이 도도히 살아 숨 쉬는 역사의 고장이다. 이순신이 장수로서의 덕과 재능을 유감없이 발휘하여 구국제민의 뜻을 편 때가 전라좌수영과 인연을 맺은 8년간(1591~1598)이라 할 수 있다. 임진왜란 당시 여수의 전라좌수영 아래 그 속읍(屬邑)으로 수군이 편성되어 있는 순천부, 낙안군, 보성군, 광양현, 흥양현 등 다섯 고을의 5관(官)과 본시부터 해안방위의 소임을 맡고 잇는 속진인 방답진, 사도진, 여도진, 발포진, 녹도진 등 다섯 진포(鎭浦), 곧 5포(浦)가 있었다. 원래 조선의 군대는 남쪽 전선에서는 수군을 중시하고 북쪽 전선에서는 육군을 중시하는 정책을 썼다.

조정이 남쪽에 수군을 육성한 것은 고려 말 이래 왜구들이 끊임없이 침입한 탓이고, 북쪽에 육군을 육성한 것은 여진족과 지속적으로 전쟁을 치러왔기 때문이다. 따라서 일본군이 쳐들어온다는 말을 듣고 조선 조정이 주력한 것은 경상도와 전라도의 수군을 강화하는 일이었다. 전란을 1년 앞둔 때, 마치 운명처럼 이순신은 전라좌수사가 될 수 있었다. 지나친 승진이라 반대도 심했지만 이순신의 능력과 성품을 알아본 선조의 귀와 눈이 있었다. 전쟁 전의 선조는 그런대로 그러했다. 『선조실록』 1591년 2월 16일의 기록이다.

"전라좌수사 이순신은 현감으로서 아직 군수에 부임하지도 않았는데 관례를 뛰어넘어 좌수사에 제수하시니, 아무리 인재가 부족하기 때문이라 해도 관작을 함부로 주는 것이 이보다 심할 수 없습니다. 다른 사람으로 바꾸어 임명하소서."
그러자 상이 대답하였다.
"이순신의 일에 그러한 측면이 있는 것을 나도 안다. 다만 지금은 평상시의 규정에 얽매일 수 없다. 인재가 부족하여 마지못해 그렇게 하였을 뿐이다. 이 사람은 충분히 임무를 감당할 만하니 관작이 높은지 낮은지를 따질 필요가 없다. 다시 논의를 꺼내 그의 마음을 동요시키지 말라."

이순신은 10년 넘게 무과에 급제하기 위해 공부했고, 하급 관직에 있던 15년 내내 많이 배웠다. 그리고 드디어 47세에 전라좌수사가 되었다. 1591년 2월 15일 전라좌수사로 임명될 때 밀부와 함께 받은 유서로 '전라좌도 수군절도사 이순신에게 내리는 임금의 명령'이 이순신의 『임진장초』에 기록되어 있다.

그대가 한 지역을 맡게 되었으니 그 임무가 중하다. 때맞추어 군대를 동원하여 백성을 보호하고 적을 제압하는 것은 늘 있는 일로, 예부터 내려오는 법령과 규칙을 따르면 된다. 그러나 그대와 나 사이에 단독으로 처치해야 할 일이 있을 경우에는 밀부(密符)가 아니면 시행해서는 안 된다. 만약 비상시 명령이 있게 되면 반드시 밀부와 맞추어 보아 한 점의 의혹도 없을 때 명령을 따라야 하기 때문에 제29호 밀부를 내린다. 그대는 이것을 받으라. 이상과 같이 명령하는 바이다.

지휘관은 반란이나 전쟁이 일어났을 때 왕이 보낸 밀부의 절반을 자기 것과 맞추어 틀림없을 경우에 비로소 군대를 움직일 수 있었다. 이순신이 처음 전쟁이 났을 때 원균의 구원 요청을 받고 곧바로 경상도로 출정을 하지 않은 이유가 이것이었다. 이순신은 원균의 공문을 받은 즉시 조정에 보고하고, 출동해도 좋다는 명령을 기다리고 있었던 것이다. 이때 녹도만호 정운이 독대하여 이순신에게 출정을 강력히 요청하므로 이순신이 드디어 옥포로 나아간 것이다.

이순신은 1591년 47세에 전라좌수사가 되었고 1592년 48세에 임진왜란이 일어나서 수군을 지휘하여 전세를 승리로 이끌었다. 일본의 침략을 예견한 이순신은 병사들을 혹독하게 훈련을 시켰다. 병사들의 불평을 들으며 설득하는 한편, 새로운 무기를 만드는 일에도 착수했다. 쇠붙이를 모으게 하여 천자포, 지자포 등의 화포를 만들었다. 화포는 일찍이 왜구를 물리치기 위해 고려시대에 최무선이 발명한 것이지만 이를 보다 편리하게 고쳐 만들었다. 이어서 현자, 황자라는 새로운 화포를 만들어냈다. 이는 천자포, 지자포보다 작아 운반하기도 쉽고 성능도 훨씬 우수했다.

1593년 8월, 49세의 이순신에게 전라좌수사 겸 삼도수군통제사로 삼아 권한을 많이 주어 활약케 하였으나 1597년 3월, 53세에 왜군과 원균의 모함으로 이순신은 투옥되었다가 백의종군의 억울함도 당하기도 하였다.

이순신은 1597년 8월 다시 전라좌수사 겸 삼도수군통제사가 되었으며, 9월에는 명량해전에서 승리하였고, 1598년 11월, 54세에는 순천 왜교성의 고니시 유키나가의 퇴로 차단 작전을 명나라 장수 진린과 더불어 강행하던 중 11월 19일 아침 여수반도 건너편 남해도 관음포 앞바다에서 적탄에 맞아 전사했다.

이순신은 소통과 섬김의 지도자였고 마음과 정성을 다해 일을 대하고 사람을 대했으며 일관된 삶을 살았다. 이순신은 국가 존망이 달린 위기의 순간에 나라를 구했다. 이 한 가지만 두고도 오래오래 기억되고 존경과 칭송을 받아 마땅하다. 뿐만 아니라 나아가 이순신의 일생을 배워야 한다. 살아온 길, 살아가는 방식을 배워야 한다. 사람을 대하는 자세, 일을 대하는 자세, 세상을 대하는 자세를 배워야 한다.

"대장부로 태어나서 나라에 써주면 죽음으로 충성을 다할 것이요, 써주지 않으면 밭 갈며 살면 족하다. 만약 권세 있는 자에게 아첨하여 헛된 영화를 탐낸다면 나의 수치이다"라고 하는 이순신의 목소리를 들으며 여수공항 입구 신풍 삼거리에서 좌측 길로 전라선 철로 육교를 건너간다. 평행선을 달리고 있는 철길은 중단 없는 희망을 느끼게 한다. 인근에는 기독교에서 가장 존경받는 '손양원 목사 순교기념관'과 '애양원역사박물관'이 있다.

사랑의 원자탄이라 불리는 손양원 목사의 유적지 기념공원은 구 애향원교회 안에 자리하고 있다. 일제강점기 신사참배를 거부하고 1,100여 명의 나환자와 함께 생활했던 손양원 목사를 기념하는 장소다. 자신의 두 아들을 살해한 원수를 양자로 맞이해 목숨을 구해주는 등 일생을 통해 사랑을 실천했다. 가는 날이 장날이라, 종주 후 찾아갔을 때는 휴관이었다.

여수공항을 벗어나 약 5㎞의 평야가 나타난다. 논 사이 곧게 뻗은 농로를 따라 걸어간다. 신풍정미소가 나오면서 하천이 지나는데, 이를 경계로 율촌면에서 소라면 대포리로 넘어간다.

평야지대가 거의 끝나갈 즈음 농로 사거리가 나오고 쌍봉천을 좌측에 두고 계속 직진을 한다. 옛 전라선 폐철로 위에 새롭게 조성된 산책로와 자전거길 따라 양지바름공원으로 들어서서 구 덕양역 역사에 도착한다. 덕양시장 곱창거리가 나타난다. 곱창거리를 걸어 종착지인 소라초등학교를 찾아간다.

오늘은 드디어 800㎞를 돌파하는 날, 50코스 770㎞ 지점을 지나면서 해파랑길에 도착하는 기쁨을 누렸고, 오늘은 산티아고 가는 길 800㎞에 도착한 그날의 기쁨을 회상한다. 오늘이 걷기 27일째, 산티아고 가는 길도 27일 만에 800㎞ 목적지에 도착했다.

영상 40도를 웃도는 한낮의 태양 아래 걸었던 산티아고의 추억이 밀려오고 산티아고 순례길에서 만난 스페인의 영웅 엘시드(El Cid)가 바다 저 멀리에서 달려온다.

대한민국에 충무공 이순신이 있다면 스페인에는 국민 영웅 엘시드(1943~1099)가 있다. 스페인의 국토회복운동 기간 동안 산티아고(성 야고보)에 버금갈 정도로 가장 뛰어난 용사이자 경건한 신앙인이었다. 자신을 몰아낸 왕에게 끝까지 충성을 바치고, 죽은 뒤에도 자신의 죽음을 알리지 않고 자신의 주검을 말 위에 앉혀 적군을 향해 돌진하도록 했다는 전설적인 인물이다.

스페인의 철학자이자 문필가인 우나무노(1864~1936)는 엘시드를 '에스파냐의 얼'이라고 칭송했다. 군주에 대한 칭송, 약자에 대한 자비, 가족에 대한 사랑, 적에 대한 포용을 사랑하는 엘시드는 무슬림을 쫓아내고 가톨릭과 스페인을 되찾기 위한 국토회복운동의 상징이었으며, 스페인 국민을 하나로 결집시키는 정신적 구심점이기도 하다.

남파랑길과 산티아고 순례길의 가장 중요한 공통점 중 한 가지는 침략자들에 대항하여 이순신과 유성룡, 성 야고보와 엘시드 등 나라를 구하는 영웅들의 혼과 얼이 스며 있다는 점이다. 산티아고 가는 길이 순례자의 길이었다면 남파랑길은 충무공의 발자취를 찾아가는 순례의 길이면서 매일 두 개의 산을 넘어가는 탐험의 길이다.

2시 50분, 여수시 소라면 소라초등학교에 도착하여 52코스를 마무리한다. 오늘 하루 29.3㎞를 걸었다.

도착하자마자 반가운 얼굴이 나타났다. 광양과 용인에서 사업을 하고 있는 유재홍 회장이었다. 함께 회사를 방문하고, 저녁 식사를 하고 호텔 숙박비까지 지불한 유 회장은 여수공항에서 비행기를 타고 김포공항으로 날아갔다. 예수는 세 종류의 사람을 도우라고 했으니 과부, 고아, 그리고 나그네다. 신의 축복이 함께하길.

★ ★ ★ ★ ★ ★ ★ ★

효성의 길

[부디 나라의 치욕을 크게 씻어야 한다!]

소라초등학교에서 여수종합버스터미널까지 11.3㎞

소라초등학교 → 여천역 → 전남대여수캠퍼스 → 여수종합버스터미널

"아침에 흰머리를 여남은 올 뽑았다. 어찌 흰머리를 꺼려서이겠나? 다만 위로 연로한 어머니가 계셔서였다."

2020년 12월 4일, 소라초등학교 앞에서 출발하여 산업단지를 지나 호랑산임도길을 따라 흥국사 입구까지 가는 12.8㎞ 구간을 걸었으나 코스가 변경되어 2022년 3월 22일 12시 35분, 여수시 소라면 덕양로 소라초등학교 앞에서 53코스를 다시 시작한다.

전라선 폐선을 이용한 산책길, 자전거길로 이어져 있어 걷기 좋은 길이다. 맑은 봄날의 남파랑길, 붉게 핀 동백꽃이 나그네를 반겨준다. 2.1㎞ 구간의 선원뜨레공원을 지나간다. 다음 구간은 3.2㎞ 원학동공원으로 이어지고 여천동주민센터를 지나간다. 바닥에 '하루 만 보의 기적', '출발점 0m' 표식이 붙어 있다. '도착 10,900m, 체중 60㎏ 보통 걷기 기준으로 490.5㎉'를 소모한다는 내용이다. '옛철길공원갤러리'에 장창익 작가의 '월하매(月下梅)'가 전시되어 있다.

'봄, 보름달 아래 매화를 보라. 춘향 어미인 월매(月梅)의 마음을 느낄 것이다'라고 감상 해설이 쓰여 있다. 작가 장창익은 1980년 남농 허건 선생 문하로 입문했다고 한다. 남농 허건은 소치 허련의 손자다. 진도 첨찰산에는 고찰 쌍계사와 운림산방(雲林山房)이 돌담을 사이에 두고 있는데, 운림산방은 소치 허련(1809~1892)이 말년에 은거한 곳으로 아들 미산 허형, 손자 남농 허건으로 대를 이어 남종화의 진경을 보여준다.

'옛철길공원갤러리'에 '바다로 숨는 달', '추사난 양각 느티나무' 등 작품이 이어진다. 작품은 작가의 분신이다. 작가란 무엇인가? 여행작가에게는 사교의 시간도 소중하지만 사색과 고독의 시간이 더 필요하다.

길가에 아래로는 민들레가, 하늘로는 목련이 곱게 피어 반겨준다. 미평역을 지나서 베프로(路)를 걸어간다. 미평공원은 옛 미평역으로써 KTX 개통에 따른 철도 노선 변경으로 공원으로 조성했다. 연세가 많은 분들이 걷기 좋은 길이라 어르신들이 자주 눈에 들어온다. 평화롭게 오가는 어르신들의 모습에서 부모님이 그리워지고 효성 지극한 이순신의 슬픔이 다가온다.

이순신은 지극한 효자였다. 1983년 39세에 함경도 권관을 지낼 때 아버지가 돌아가셨어도 임종을 지켜보지 못했다. 벼슬을 그만두고 3년상을 마친 이순신은 어머니에게 더욱 효성을 다하였다. 아버지 이정은 벼슬을 하지 못했다. 아버지를 떠나보낸 지 10년이 흐른 뒤였음에도, 이순신은 『난중일기』에서 변함없는 그리움을 절절하게 표현한다.

1595년 7월 2일. 오늘은 돌아가신 아버지의 생신날이다. 슬픈 마음이 들어 나도 모르게 눈물이 흘렀다.
1595년 11월 15일. 아버지 제삿날이라 공무를 보지 않았다. 홀로 앉았으니 그리워서 마음을 달랠 길 없다.

『난중일기』의 시작은 1592년 1월 1일 어머니 생각으로 시작되며, 26곳이나 어머니 안부 걱정하는 기록이 나타나고 어머니를 생각하는 부분이 곳곳에 90여 차례나 나온다. 『난중일기』에 나타나는 이순신의 어머니 사랑은 상상을 초월할 정도이며 어머니에 대한 그리움은 끝이 없다.

1592년 2월 14일. 아산 어머니께 문안차 나장 두 명을 내어 보냈다.

1592년 3월 29일. 아산 고향으로 문안 보냈던 나장이 돌아왔다. 어머니께서 편안하시다니 참으로 다행이다.

1593년 5월 4일. 맑음. 오늘이 어머님의 생신이었으나 이 토벌하는 일 때문에 가서 장수를 비는 술잔을 올리지 못하니 평생의 한이 되겠다. 우수사 및 군관들과 진해루에서 활을 쏘았다. 순천부사(권준)도 모여서 약속하였다.

1593년 1월의 일기는 없다. 임진왜란 때는 고향인 아산으로 아우 우신과 아들, 조카를 보내 모시게 하고, 수시로 편지를 보내 안부를 물었다. 그리고 이순신은 충청지방이 전란으로 위험해지자, 본가는 부인에게 맡기고 어머니를 전라좌수영에서 약 20리 떨어진 여수시 웅천동 송현마을에 사는 휘하 장수 정대수의 집으로 모셔 왔는데, 1593년 6월부터 이순신이 한양으로 잡혀간 뒤인 1597년 4월까지 기거하였다. 노모의 안후를 살피기 쉬운 거리인데다 충무공의 군관으로 있는 정대수의 초당인지라 안심하고 모실 수 있는 곳이었다.

전쟁이 나고 1년 동안 바닷바람을 맞으며 생사를 넘나드는 전투를 수차례 치른 끝에 이순신에게도 흰머리가 많이 났다. 1593년, 전쟁이 소강상태에 접어든 어느 날 아침 이순신은 거울 앞에 앉았다. 그 순간 모친이 떠올랐다.

6월 12일. 아침에 흰머리를 여남은 올 뽑았다. 어찌 흰머리를 꺼려서이겠나? 다만 위로 연로한 어머니가 계셔서였다.

무인이자 시인인 박인로(1561~1642)는 이순신의 마음을 알고 이 시를 지었는가?

세월이 여류(如流)하니 백발이 절로 난다.

뽑고 또 뽑아 젊어지고자 하는 뜻은

북당(北堂)에 어머니가 계시니 그를 두려워함이라.

이순신은 1594년 설날에 여수 고음천(古音川) 정대수의 집에 계시는 모친을 찾아가 모처럼 새해 명절을 함께 보내고 늦게 여수 본영으로 돌아왔다. 그리고 1594년 1월 11일에는 고음천으로 어머니를 뵈러 가기도 했다.

1594년 1월 1일. 비가 퍼붓듯이 내렸다. 어머니를 모시고 함께 한 살을 더하게 되니, 이는 난리 중에서도 다행한 일이다. 늦게 군사훈련과 전쟁 준비할 일로 본영(전라좌수영)으로 돌아오는데, 비가 그치지 않았다. 신사과에게 문안하였다.

1월 11일. 흐리나 비는 오지 않았다. 아침에 어머니를 뵈려고 배를 타고 바람을 따라 바로 고음천에 도착하였다. 남의길과 윤사행이 조카 분(芬)과 함께 갔다. 어머니께 가서 배알하려 하니 어머니는 아직 잠에서 깨지 않으셨다. 큰 소리를 내니 놀라서 깨어 일어나셨다. 숨을 가쁘게 쉬시어 해가 서산에 이른 듯하니 오직 감춰진 눈물이 흘러내릴 뿐이다. 그러나 말씀하시는 데는 착오가 없으셨다. 적을 토벌하는 일이 급하여 오래 머물 수가 없었다. 이날 저녁에 손수약의 아내가 죽었다는 소식을 들었다.

1월 12일. 아침 식사를 한 뒤에 어머니께 하직을 고하니, “잘 가거라, 부디 나라의 치욕을 크게 씻어야 한다”라고 두세 번 타이르시며, 조금이라도 떠난다는 뜻에 탄식하지 않으셨다. 선창에 돌아오니, 몸이 좀 불편한 것 같아 바로 뒷방으로 들어갔다.

이순신의 어머니는 당시 80세의 노령으로 임진왜란이 발발하자 아들의 청으로 이곳에서 피난살이를 하고 있었다. 평소 이순신은 편지를 수시로 보내 안부를 여쭈었으나 자주 뵙지 못하는 사실을 늘 안타까

위했다.

어머니는 "잘 가거라, 부디 나라의 치욕을 크게 씻어야 한다"라고 이순신에게 당부했다. 이순신의 충효정신을 이해하는 데 근간이 되는 내용이다. 이순신의 어머니 초계 변씨가 어떤 사람이었는지는 알려진 것이 없다. 이순신이 이 어머니의 당부를 따른 것이 효행과 나라를 위한 충성을 함께 실천한 것이었다. 이순신은 그런 어머니에게 무척 의지했다. 이순신에게 어머니는 약하고, 또한 세상에서 가장 강한 분이었다.

1595년(을미년) 1월 1일. 맑음. 촛불을 밝히고 혼자 앉아 나랏일을 생각하니 나도 모르게 눈물이 흐른다. 또 팔순의 병드신 어머니를 생각하며 초조한 마음으로 밤을 새웠다. 새벽에는 여러 장수들과 병졸들이 와서 새해 인사를 했다. 원전, 윤언심, 고경운 등이 와서 만났다. 각종의 군사들에게 술을 먹였다.
1월 5일. 맑음. 공문을 작성하였다. 조카 봉과 아들 울이 들어와서 어머니께서 평안하시다는 소식을 들으니, 매우 기쁘고 다행이다. 밤새도록 온갖 생각들이 떠올라 잠을 이루지 못했다.
1596년 1월 1일. 맑음. 4경 초(새벽 1시경)에 어머님 앞에 들어가 배알하였다. 늦게 남양 아저씨와 신사과가 와서 이야기했다. 저녁에 어머니께 하직하고 본영으로 돌아왔다. 마음이 매우 산란하여 밤새도록 잠들지 못하였다.

이순신은 평소 어머니의 안부를 전해오는 사람이 조금이라도 늦으면 걱정으로 잠을 못 이루었다.

1595년 5월 13일. 하루 걸릴 탐후선이 엿새나 지나도 오지 않으니 어머니 안부를 알 수가 없다. 속이 타고 무척이나 걱정이 된다.
5월 15일. 새벽꿈이 어수선했다. 어머니 소식을 들은 지 이레나 되니 몹시 속이 타고 걱정이 된다.

5월 21일. 오늘은 꼭 본영에서 누가 올 것 같은데도, 당장 어머니 안부를 몰라 답답하다.

5월 22일. 비로소 어머니께서 편안하시다는 것을 알았다. 다행이다.

또한 어머니가 아프기라도 하시는 날에는 이순신은 눈물을 멈출 수 없을 정도로 염려하며 슬퍼했다.

1595년 6월 9일. 저녁 무렵에 탐후선이 들어와서, "어머니께서 이질에 걸리셨다"라고 한다. 걱정이 되어 눈물이 난다.

6월 12일. 새벽에 아들 울이 돌아왔다. 어머니의 병환이 좀 덜하다고 한다. 그러나 연세가 아흔 살(실제 81세)인지라 이런 위험한 병에 걸리셨으니 염려가 되고 또 눈물이 난다.

1596년 새해 첫날 이순신은 어머니를 찾아뵙고 인사를 드렸다. 그리고 10월 한산도에서 어머니의 수연을 베풀어드리고 이승에서의 마지막 이별을 하였다.

1596년 1월 1일 맑음. 4경 초(새벽 1시경) 어머님 앞에 들어가 배알하였다. …(중략)… 저녁에 어머님께 하직하고 본영으로 돌아왔다.

1596년 윤8월 12일. 맑음. 종일 노질을 재촉하여 이경에 어머님께 도착했다. 백발이 성성한 채 나를 보고 놀라 일어나시는데, 숨을 가쁘게 쉬시는 모습이 아침저녁을 보전하시기 어렵겠다. 눈물을 머금으며 서로 붙잡고 밤새도록 위안하며 기쁘게 해드림으로써 마음을 풀어드렸다.

윤8월 13일. 맑음. 아침에 진지를 어머니 곁에서 모시고 올리니 기뻐하시는 빛이 가득했다. 늦게 하직을 고하고 본영(여수)로 돌아왔다. 유시(오후 6시)에 작은 배를 타고 밤새 노를 재촉하였다.

『난중일기』에서 이순신은 엄한 지휘관이었고, 혹여 군사들이 탈영이라도 하면 가차 없이 목을 베어 내걸었고, 말을 듣지 않는 부하들은 절대 가만두지 않았다. 그런 그가, 늙으신 어머니께서 입맛이 없으시다고 걱정을 하고 아프시다고 눈물을 흘리며, 그리움과 염려로 잠 못 이루고 불안한 마음으로 악몽에 시달린다. 이순신에게 가장 힘든 것은 늙은 어머니 곁을 지켜드릴 수 없다는 것이었다.

하지만 이순신은 결국 어머니의 임종 또한 지켜드리지 못했다. 뿐만 아니라 여수에서 아산으로 아들을 찾아가는 배 위에서 아들을 애타게 찾다가 83세의 나이로 돌아가시게 하는 불효를 저질렀다. 그때, 이순신은 의금부 감옥에서 풀려나 백의종군을 시작했을 때였고, 여수의 어머니는 아들이 풀려났다는 소식을 듣고 고향 아산으로 뱃길로 달려가는 길이었다.

노모가 고음천에서 소식을 듣고 배편으로 아산 고향으로 올라오는 도중에 풍랑까지 만나 고통 끝에 83세로 숨을 거두었다는 소식을 들은 이순신의 애달픈 마음, 장례도 제대로 치르지 못하고 금부도사의 재촉에 못 이겨 백의종군길을 떠나야 했던 심정은 『난중일기』를 읽는 이의 눈시울을 뜨겁게 한다.

어머니에 대한 이순신의 효성은 칭송이 자자했고, 훗날 다산 정약용은 무과에서도 덕행을 평가하자고 주장한 『경세유표』에서 이렇게 썼다.

"이순신은 효자였다. 내가 일찍이 이순신의 『난중일기』를 보니, 어머니를 그리워해서 밤낮으로 애쓰고 지성으로 슬퍼한 모습이 사람을 감동시킬 만했다."

남파랑길
NAMPARANG TRAIL
남파랑길 여수 53코스 NAMPARANG TRAIL | Yeosu53 section

효도는 모든 행동의 근본이다. 『한시외전』에는 “나무가 고요하고자 하나 바람이 그치지 아니하고 자식이 봉양하고자 하나 어버이가 기다려주지 않는다”라고 했다. 『설원』에는 “효성이 흐려지는 것은 처자식에게 기울기 때문이다”라고 했다. 아침에 나가 늦게 들어오면 대문에 서서 기다리는 의문지망(依門之望)의 사랑, 어머니의 그 사랑은 읽어도 읽어도 다 읽지 못하는 책이다. 이어령은 어머니를 최초의 시요, 드라마이며 끝나지 않는 길고 긴 이야기책이라고 말한다.

“나의 서재에는 수천수만 권의 책이 꽂혀 있다. 그러나 언제나 나에게 있어 진짜 책은 딱 한 권이다. 이 한 권의 책, 원형의 책, 영원히 다 읽지 못하는 책, 그것이 나의 어머니이다.”

목책으로 둘러싸인 고인돌을 지나면서 인류 문명의 발달을 돌아본다. 17세기에 일어난 과학혁명과 18세기의 산업혁명의 결과 해전에도 새로운 함선과 무기들이 개발되었다. 세계 4대 해전의 살라미스해전은 노선시대였고 칼레해전과 트라팔가르해전, 그리고 한산해전은 모두 범선시대의 해전이었다. 노선과 범선의 시대에서 과학기술이 발달하면서 철선이 만들어지고, 철선 건조를 위해서는 강철을 만드는 방법과 증기기관의 발달이 필요했다. 아울러 함포도 개량되어 오늘날의 군함과 같은 형태가 되었다. 1765년 영국의 와트는 최초의 실용적인 증기기관을 발명했고, 1807년 미국의 풀턴은 최초의 상용 증기선인 ‘클레몬트’를 제작했다. 이제는 바람과 상관없이 원하는 장소에서 해전을 치를 수 있게 되었다. 이로써 범선함대를 가지지 못했던 미국, 독일, 일본 등의 나라들이 과학기술을 개발해 군함의 변화를 따라잡으며 신흥강국으로 부상했다. 현대에는 잠수함과 항공기의 발명에 따른 항공모함, 레이더와 같은 전자장비와 미사일의 개발로 이제 적 함정을 눈으로 보지 않고 공격하거나 방어한다.

세계적인 해전에 있어 영국의 넬슨은 여러모로 이순신과 비교되는 인물이다. 두 사람 모두 선견지명을 지닌 천재적인 전략가였고, 용기와 헌신, 카리스마까지 지닌 불세출의 영웅이었다.

프랑스가 유럽 대륙을, 바다는 영국이 지배하고 있던 1803년 나폴레옹은 영국 침공을 결심하고 선전포고를 했다. 이때 넬슨(1758~1805)은 함대 사령관에 임명되어 1805년 10월 트라팔가르해전을 승리로 이끌고 47세에 전사했다. 1798년 프랑스와의 나일강해전에서 프랑스 함대를 크게 무찔렀던 넬슨은 계속되는 프랑스와의 전쟁에서 용맹함과 능력을 인정받았지만, 전투에서 오른쪽 눈과 오른쪽 팔을 잃은 상태였다.

당시 넬슨은 이미 유명인사였지만 불륜관계였던 에마 해밀턴과의 소문이 사람들에게 퍼진 뒤 그의 사생활은 손가락질을 당하고 있었다. 그럼에도 불구하고 넬슨은 해군으로서의 뛰어난 재능과 다정다감한 인간미로 인해 살아있는 동안은 물론 죽은 후에도 영국의 국민적 영웅으로 추앙을 받고 있다. 넬슨의 묘비명에는 "이제 나는 내 임무를 다 했다. 만족한다. 하나님께 감사한다"라고 적혀 있다. 트라팔가르해전에서 죽기 직전 했던 말이었다. 마치 이순신이 "적에게 나의 죽음을 알리지 말라!"라고 한 것처럼. 자신의 임무를 다했다고 여긴 넬슨이 삶의 최후를 받아들이는 영웅적인 모습이었다.

넬슨은 해전마다 연승이었고, 마지막 그의 대업적인 트라팔가르해전에서 완승을 앞두고 전사했다. 이순신의 죽음에 자살설이 있듯이 넬슨의 죽음에도 자살설이 있다. 넬슨은 평소 명예로운 죽음을 찬미했다.

하트 모양의 포토존을 지나고 길바닥에 '하루 만 보의 기적'이라는 표시를 바라보면서 걸어간다. 남파랑길은 정자와 고목이 있는 지점에서 내려오면 여수종합버스터미널로 연결된다.

곰탕집에서 늦은 점심 식사를 하고 인근 터미널 앞에서 53코스를 마무리한다.

영취산둘레길

[의승 수군의 활약]

여수종합버스터미널에서 여수해양공원까지 7.3㎞

여수종합버스터미널 → 여수엑스포 → 여수해양공원

"바다가 조선입니다!"

여수종합터미널 앞에서 54코스 7.3㎞를 시작한다. 90개 코스 가운데 가장 짧은 구간이다. 가벼운 발걸음으로 산책하듯 여유 있게 길을 간다. 살면서 때로는 멀리서 바라보는 눈이 필요할 때가 있다. 친한 사람들과 멀리 떨어져서 그들을 생각하면 함께 있을 때보다 훨씬 더 그립고 아름답게 느껴진다. 어떤 대상과 어느 정도 거리를 두고 바라보면 많은 것들이 생각보다 훨씬 더 소중하고 아름답다는 것을 깨닫게 된다. 니체는 "안이하게 살고 싶다면, 항상 군중 속에 머물러 있으라. 그리고 군중 속에 섞여 너 자신을 잃어버려라"라고 말한다.

뱀이 허물을 벗지 못하면 죽고 말듯이 인간도 낡은 사고의 허물에 갇혀 있으면 성장은커녕 안에서부터 썩기 시작하여 마침내 죽고 만다. 따라서 인간은 항상 새롭게 살아가기 위해 사고의 신진대사를 해야만 한다. 멀리 떨어져서 바라보기 위해 오늘도 여수에서 남파랑길을 걸어간다.

좌수영로를 따라가다가 충민로를 따라 길게 올라간다. 충민로는 여수에 충민사가 있어서 붙여진 이름이다.

여수 충민사(忠愍祠)는 충무공의 사당으로 국내 최초이며 최고(最古)의 것이다. 아산 현충사보다 105년 전에 지은 충무공 사액사당 제1호이다. 이순신 사당 중 처음으로 임금의 편액을 받은 충민사는 이순신이 순국한 3년 뒤(1601) 우의정 이항복이 건립을 제안하여 삼도수군통제사 이시언의 주관하에 건립되고 그 후 조정에서 사액하여 국립사당이 되었다. 『선조수정실록』, 『징비록』 등의 기록을 봤을 때 전라좌수영 지역 주민과 군졸들이 자발적으로 건립했다고도 한다.

현 통영에 있는 충렬사는 순국한 65년 뒤(현종 4년, 1663)에 사액된 것이며, 현 아산의 현충사는 순국 106년 뒤(숙종 30년 1704)에 사액된 것으로, 여수의 충민사가 국가적 기념사업 제1호지이다. 그러나 대원군의 서원철폐령으로 인해 3곳 모두 사액서원임에도 불구하고 세상에 사표가 될 1인을 1개 서원 이외에서는 향사하지 못한다는 원칙과 그 당시 삼도수군통제영이 통영에 있다 하여 통영의 충렬사만 남기고 충민사와 현충사는 철폐되었다. 광복 후 충민사를 다시 세워 관리해오다가 1993년 국가사적지(381호)로 지정되었다.

한려수도 바닷길이 끝나는 전라좌수영의 도시 여수시에서는 곳곳에서 이순신과 거북선의 숨결을 느끼고 호국의 역사를 만난다. 지금도 전라좌수영과 이순신에 연관된 전설이나 유적지가 지천으로 널려 있다. 싸움에서 이긴 조선 수군이 승전고를 울리자 온 산이 종소리와 북소리를 울렸다고 하여 종고산(鐘鼓山)이라 부르는 언덕 아래 전라좌수영 성터에는 진남관(鎭南館)이 위용을 자랑하고 있다. 진남관은 1599년(선조 32) 전라좌수사 겸 삼도수군통제사 이시언이 정유재란 때 불타버린 진해루 터에 세운 75칸의 거대한 객사이다. 일제강점기 때 좌수영성과 대부분의 건물이 헐리는 중에 유일하게 남은 것이다. 전통 목조건물 중에 규모가 가장 큰 것으로 유명할 뿐만 아니라 생김새와 전망이 아름다운 건물로 손꼽힌다. 우정국이 생기고 최초로 그림엽서를 만들 때 우리나라 상징물로 사용되기도 했다. 종고산 정상에는 북봉연대(봉화대)가 있으며, 여수 본영과 5관 5포 사이에 일본군의 침입 정보를 전하는 역할을 했다.

이순신이 작전 계획을 짜고 명령을 내렸던 곳이라는 고소대(姑蘇台)에는 나라 안에 있는 비석 가운데 가장 크다는 전라좌수영대첩비와 타루비가 서 있다. 타루비(墮淚碑)는 1603년 가을 전라좌수영의 수군 장병들이 이순신을 그리워하여 세운 비다. 생각만 해도 눈물이 난다는 고사를 인용하여 타루비라 이름하였다. 지금은 보는 사람들로 하여금 저절로 눈물이 나게 한다.

여수중앙여고 고갯길을 지나면서 오르막은 내리막으로 바뀐다. 충민로에서 덕충안길로 들어선다. 힐스테이트아파트 단지를 지나 개천 옆 산책로를 따라 여수세계박람회장 방향으로 나아간다. 박람회장 입구 오동도로 향하는 길에 임호상 시인의 시 「오동도」가 적혀 있다.

2012년 열린 여수 국제엑스포장으로 들어선다. 엑스포장은 엑스포해양공원으로 이름을 바꾸었다. 여수엑스포항을 지나간다. 2015년 12월 29일 여수엑스포항에서 제주 한 달 살이를 계획하고 올레길을 걷기 위해 배를 탔던 추억이 스쳐간다.

2015년 12월 31일 올레 1~2코스를 걷고, 2016년 1월 1일 한라산 일출 산행 이후 17일간 26개 코스 425㎞ 제주 올레를 완주하였다. 이후 2016년과 2017년 한라산을 7차례 코스별로 오르고 한라산 둘레길을 구간별로 걸었다. 60여 개의 오름을 오르고 곶자왈을 찾아 원시의 밀림을 누볐으니, 모두 1,000㎞가 넘는 걷기 여행길이었다.

임진왜란이 일어난 다음 해인 1593년 제주목사 이경록은 군사 2백명을 뽑아 바다를 건너 힘을 합쳐 전진하여 왜군을 토벌하고자 하여 조정의 하명을 청하는 상소를 올렸다. 그러나 비변사에서는 "탄화 같은 조그만 섬이 현재까지 다행히 온전할 수 있었던 것은 적이 아직 침범하지 않았기 때문일 뿐입니다. 만일 적이 침범한다면 일개 섬의 힘만으로 잘 지킬 수 있을까 걱정이 되는데 어떻게 주장(主將)으로서 진(鎭)

을 떠나 바다를 건너 멀리 천 리 길을 올 수 있겠습니까?"라며 반대했다. 조정에서는 "제주도는 국가의 요지이며 그곳을 지키는 것도 공을 세우는 것"이라며 이를 허락하지 않았다.

충무공 이순신의 유적과 사당은 남해안 전역에 걸쳐 있다. 이순신의 명량해전은 제주도를 구했으나 제주도민들은 이를 아는지 모르는지 제주도에는 이순신을 기리는 아무런 흔적도 없다.

1593년 6월, 일본은 제주를 주목했다. 평양과 전라도에서 실패한 것을 깊이 부끄럽고 한스럽게 여겨 배를 모아 식량을 운반하고 강병을 더 조발해서 7월 중으로 2기로 나누어 1기는 제주로부터 곧바로 전라도로 침범해 가고, 또 다른 1기는 경상도로부터 곧바로 경기도로 들어가 동서에서 분탕질하며 이내 합세하여 서쪽으로 침범한다는 계획을 세웠다.

남해안에서 이순신 장군에게 연전연패한 일본 수군은 남해안을 경유하는 침범로를 포기하고 처음으로 전라도를 침범하는 우회경로로 제주를 거론한 것이었다. 그러나 일본군의 패전과 명나라와의 강화회담으로 제주에서는 아무 일도 일어나지 않았다.

전쟁이 소강상태로 접어든 1593년 10월, 이조판서 김응남은 선조에게 "제주에서 중국 강남을 가려면 매우 멀지만 전라도에서 요동에 가기는 매우 가깝습니다"라며 제주에 대한 지정학적 인식을 처음 거론했다. 그리고 제주에 대한 일본 공략에 대해 유성룡은 "다른 곳은 다 거론할 수 없거니와 제주가 특별히 염려됩니다. 이곳은 서남쪽으로 바다를 정면하고 있고 또 중국과 서로 가깝습니다. 왜적이 만약 이곳을 점거하게 되면 비록 천하의 힘으로 탈취하려 하여도 탈취하지 못할 것입니다"라며 위기의식을 느꼈다. 이에 선조도 동의하고 나섰다.

"적이 만일 제주를 빼앗아 점거한다면 말할 수 없는 상황이 된다."

하멜등대
여수항 해양공원
여수밤바다
여수항 해양공원 조성 현황
○ 공사기간 : 2001. 2. 15 ~ 2005. 12. 22
여수지방해양수산청
명량대첩축제

이에 유성룡은 답했다.

“적이 만약 제주에 웅거하게 된다면 비단 우리나라가 당해낼 수 없을 뿐 아니라 중원(中原)에도 또한 순식간에 배를 타고 이를 수 있습니다. 적이 이러한 형세를 모두 알고 있으니 더욱 염려됩니다.”

1597년 정유재란이 발발하자 제주는 위란지세에 처하기 시작했다. 경상우병사(兵使) 김응서가 비밀 장계를 보냈다. “도요토미 히데요시가 50만의 군대를 일으키면서 우선 30만의 군사를 먼저 내보내 전라도·제주도 등을 유린하고, 의령·경주의 산성은 기필코 공파한 뒤에야 그만둘 것인데, 6~7월 사이에 군사를 발동시킨다”라는 내용이었다. ‘제주도를 치라’는 제주 공략의 명령이 떨어진 것이었다.

요시라의 간계에 속은 김응서의 장계로 이순신은 모함을 받고 파직되어 백의종군하고 있을 때인 1597년 7월, 원균의 수군은 절영도와 가덕도에서 참패를 당하고 칠천량해전에서 궤멸되었다. 해로를 확보한 일본군은 육로로 남원성, 황석산성 등 전라도의 주요 거점들을 점령했다. 남해안을 마음껏 유린한 일본군은 제주로 갈 필요도 없이 서해로 진출하여 한양과 개성, 평양으로 쳐들어가고자 했다.

이 무렵 조정은 모든 병력을 권율 휘하에 두고 수전(水戰) 포기전략으로 나섰다. 그러자 12척의 배로 수군을 재건한 삼도수군통제사 이순신이 “신에게는 아직 12척의 배가 있나이다”, “바다가 조선입니다”, “호남이 없으면 나라가 없습니다”라고 절규하며 끝끝내 바다를 지켰다. 이순신은 남해안의 최서단 진도가 뚫리면 안 된다는 생각에 13척의 배로 명량(울돌목)에서 적을 기다렸고, 일본군은 서해로 본격 진출하기 위한 마지막 전투를 위해 330척의 함선으로 명량으로 나아갔다.

1597년 9월 16일, 바로 명량해전이었다. 이순신이 명량을 지키지 못했으면 조선은 일본군의 수중에 떨어졌을 것이고, 당연히 제주도도 초

토화가 되었을 것이다. 남해안의 제해권을 다시 이순신에게 빼앗긴 일본군은 제주 공략 또한 포기했다.

1598년 8월 18일, 임진왜란의 원흉 도요토미 히데요시의 죽음으로 전쟁은 끝이 났고 제주는 일본 침략의 공포에서 해방되었다.

1598년 11월 19일, 나라를 전란에서 구했던 유성룡이 파직당하던 그날, 이순신은 노량해전에서 "나의 죽음을 적에게 알리지 말라"라고 하며 전사했다. 임진왜란이 끝난 직후인 1599년부터 백성들은 이순신을 추모하며 자발적으로 사당을 지어 초상을 모시고 제사를 지냈다. 그러나 신들의 고향 제주에는 아직도 이순신의 사당이 하나도 없다.

엑스포장에서 나와 오동도로 나아간다. 해안산책로 너머로 남해도의 산들이 다가온다. 여수와 남해 간의 해저터널이 생긴다면 금방이라도 다녀올 것 같다. 오동항을 지나서 오동도에 들어선다. 오동나무는 사라지고 동백만 무성한 동백섬이다. 한려해상국립공원에 속하는 동백섬 오동도는 동백꽃의 향연이 펼쳐진다. 동백나무는 너무 이른 봄에 꽃을 피우기 때문에 곤충의 도움을 받는 대신에 동박새가 동백꽃 속의 꿀을 먹으면서 꽃가루받이를 해준다.

오동도에서 나와 산책로를 따라 자산공원으로 올라간다. 계단 옆에 피어 있는 동백꽃이 운치를 더한다. 엑스포공원과 오동도를 뒤돌아보고 전망대로 발걸음을 옮긴다. 자물쇠를 대신한 하트 모양의 나무에 새긴 사랑의 맹세와 언약이 차고 넘친다. 붉은 동백꽃 모양의 낭만우체통이 낭만을 더한다.

일출정에 올라 일출 대신 오동도와 그 뒤에 보이는 남해도의 망운산, 설흘산, 호구산, 금산이 나란히 줄을 서서 반갑다고 손을 흔든다. 케이블카가 오가는 탑승장을 지나서 정상으로 올라간다. 남파랑길 종주 직후 다시 찾은 자산공원에서 여수 돌산과 자산공원을 잇는 1.5㎞

구간의 국내 첫 해상케이블카인 여수해상케이블카를 왕복으로 탔다.

정상으로 올라서니 충무공광장의 이순신 동상이 반겨준다. 이리저리 사방팔방 여수의 전경을 감상한다. 멀리 영취산이 보인다. 영취산 둘레길의 추억이 다가오고 영취산 아래 홍국사 의승 수군의 함성이 들려온다.

『이충무공전서』의 1593년 1월 26일 자 장계에는 "임진왜란이 일어난 1592년 8월에서 9월 사이에 의승 수군이 조직되었다"라고 되어 있다. 1594년 1월의 장계에도 "의승 수군이 자원에 의해 조직되었으며 스스로 군량미를 조달하고 있다"라고 전한다.

'전라좌수영 산하의 의승 수군'의 총체적인 군사 활동은 이순신의 지휘를 받았다. 그들의 성격과 활동은 선조의 요청에 의해 휴정 서산대사와 유정 사명대사로 이어지는 전국 규모의 의승군과는 무관했다. 이들은 이순신의 규합에 호응하는 형식으로 만들어졌으나 자원에 의해 의병활동을 행하는 것이었으므로 군량미 등을 스스로 조달했다. 의승 수군의 조직은 1592년 8~9월에 4백 명으로 조직되었다가 이후 상설군으로 승장을 도장과 격장으로 구분했다. 도장이 승대장, 격장이 승장이 되었다.

1597년 석주관 전투에서 의승군 153명이 전몰한 기록에서 보듯, 의승 수군들은 이순신이 이끄는 전투에서 목숨을 걸고 싸웠다. 이순신의 장계에는 승장들의 전공이 기록되어 있다. 전라좌수영 산하의 의승 수군들은 임진왜란이 끝난 다음에도 훗날 병자호란 등에 나아가 활약을 했다.

매년 4월 초가 되면 진분홍 진달래가 만발한 영취산(510m)은 예로부터 영산으로 일찍이 성황신(城隍神)이 모셔진 곳이다. 영취산에는 홍국사를 비롯한 수많은 암자들이 있어 임진왜란 당시에는 이들 암자가 의승군들의 숙영지가 되었고, 전장에 나설 때면 흔들바위에서 소원을 빌고 돌탑을 쌓았다고 전해진다. 영취산 기슭 북암골 1만여 평의 비원에 자연 상사화(꽃무릇) 1천만 송이 자연 군락지가 온전히 형성되어 있다. 호국불교의 성지로 임진왜란 당시 승병 수군본부로 활용되었고, 의승수군의 훈련소였던 흥국사(興国寺)는 고려 명종 26년(1196년) 보조국사 지눌에 의해 창건된 사찰이다. 흥국사는 '나라가 흥하면 이 절도 흥하고 이 절이 흥하면 나라도 흥할 것'이라는 흥국의 염원을 담고 있어 나라가 흥하기를 기원하는 사찰이다.

지눌은 당시 문란해진 사회기강을 바로잡고 정해결사를 통해 승가와 사회가 가야 할 길을 제시하여 국가와 승가가 바로 되기를 기원하는 이념으로 흥국사를 창건했다. 이와 같은 흥국사의 창건이념은 임진왜란으로 나라가 위급할 때 활약한 의승 수군의 정신이기도 했다. 기암대사가 이 절의 승려 300여 명을 이끌고 이순신을 도와 왜적을 무찌르는 데 공을 세웠으나, 절은 전화로 전소되었다.

흥국사는 자운, 옥형 두 승병장의 휘하에 700여 명의 의승 수군이 활약한 본영이었다. 전국에서 모여든 승군들은 영취산 일원의 암자에서 기거하면서 무예를 연마하였는데 그중에서도 북암의 의승 수군들이 가장 패기가 충정하여 지휘부의 명령이 떨어지면 남해바다의 전장으로 나가서 이순신 장군이 이끄는 수군을 도와 싸웠다.

그러나 살아서 돌아온 승군은 거의 없었다. 꽃다운 젊은 의승 수군들은 그렇게 장렬히 전사했다. 그 숭고한 영혼들이 고도를 헤매다가 북암골 비원으로 돌아와서 붉은 충절과 열정을 발산하는 상사화 꽃무릇으로 피어났다고 한다. '피어나지 못한 사랑과 한없는 그리움'이 상사화가 되었다. 가을의 첫 전령사 영취산 꽃무릇은 중추절에 절정을 이룬다. 잎과 꽃이 따로 피고 져서 만나지 못하는 '이루지 못하는 사랑화'인 비극의 석산화(꽃무릇) 군락을 김용필 시인이 「石蒜花(석산화)」로 노래했다.

아련한 그리움인가/ 사랑의 분노인가
흥국사 영취산 북암골에/ 임진왜란 노량해전에서 산화된
승병 수군의 원혼들이/ 붉은 꽃무릇으로 피어나다
불같은 사랑을 피우면서도/ 잎과 꽃잎이 만나지 못하는 비극
이룰 수 없는 사랑의 아픔을/ 빨간 꽃잎에 눈물 가득 머금고
불꽃처럼 피다 지는 石蒜花(석산화) …(후략)

배롱나무와 단풍나무가 도열해 있는 도로를 따라 내려서다가 국궁장이 나오는 데서 왼쪽 숲길로 나아간다. 데크 계단을 따라 하멜전시관 방향으로 내려선다. 거북선대교 아래를 지나서 여수낭만포차거리를 지나고 하멜전시관을 지나간다. 여수구항 방파제에 높이 10m의 붉은색 콘크리트구조물 하멜등대가 바다를 향해 서 있다.

하멜등대는 여수 구항에 조성된 하멜 수변공원의 방파제에 있는 무인등대로 푸른 하늘과 바다, 빨간색이 한 폭의 그림같이 잘 어우러진다.

1653년 대만을 출발해 일본 나가사키를 향하던 네덜란드 상선 스페르베르호의 좌초로 제주도에 도착한 헨드릭 하멜과 그 일행은 1666년 조선을 탈출해 일본을 거쳐 본국으로 돌아갔다. 하멜을 포함해 살아남은 36명은 한성과 강진 전라병영에서 10여 년을 보내다가 가뭄으로 여수, 순천, 남원 등으로 분산 수용되었다.

1659년부터 7년간 여수에 억류되었던 하멜은 이곳 여수에서 문지기로 3년을 지내다가 현종 7년(1666) 9월 4일, 하멜을 비롯한 8명이 이곳

여수항에서 밤중에 배를 타고 탈출을 감행해 이틀 뒤 일본에 도착하고 나머지는 일본과의 외교적 협상으로 2년 뒤에 일본으로 갔다. 이후 하멜은 자신이 소속된 동인도회사에 밀린 노임을 청구하기 위해 그간의 경위를 기록한 체류일지와 조선 왕국의 정보를 정리해 제출했는데 이것이 바로 코레아와 네덜란드의 운명적인 만남이 되는 『하멜표류기』다. 하멜의 길은 원치 않는 길이었지만 유럽 세계에 최초로 조선을 알리는 길이었다.

하멜등대를 지나서 여수밤바다로 유명한 54코스 종점 여수해양공원에 도착했다.

55코스

여수밤바다길

[이순신과 거북선]

여수해양공원에서 여수소호요트장까지 15.6㎞

여수해양공원 → 이순신광장 → 남산공원 → 국도항 → 여수웅천마리나항만 → 용기공원 → 여수소호동다리 → 여수소호요트장

"신이 일찍이 섬 오랑캐의 변란이 있을까 염려하여 따로 거북선을 만들었습니다."

12월 5일 7시 여명의 시각, 버스커버스커가 노래한 '여수밤바다' 가사가 쓰여 있는 여수해양공원에서 남파랑길 55코스를 시작한다. 여수갯가길과 여수밤바다길이 중첩되는 길이다.

밤이면 낭만포차와 다양한 길거리 버스킹 공연이 펼쳐지는 여수 관광의 핵심 공간 여수해양공원의 동녘 하늘이 서서히 붉어져온다. 역사와 로맨틱한 낭만이 가득한 길 '여수밤바다로' 19㎞는 2019년 '남해안 해안경도로 15선'에 선정되었다. 전라좌수영 본영이 400여 년간 자리했던 여수의 역사와 풍요로운 자연을 만끽할 수 있는 드라이브 코스다. 여수 앞바다에 알록달록한 불빛이 비치면 "여수 밤바다 이 조명에 아름다운 얘기가 있어"라는 노래 가사처럼 환상적인 풍경이 펼쳐진다. 돌산도와 돌산대교, 여수항과 돌산대교 사이에 위치한 장군도를 바라보며 섬섬 여수의 길을 나아간다. 종포해양공원을 지나 여수 아침 바다를 나아간다. '구국의 성지 여수'의 이순신광장에 희망찬 아침이 밝아온다. 위용을 자랑하는 이순신 동상에게 경례를 한다.

빼앗긴 나라의 짓밟힌 꽃봉오리, 마스크를 쓰고 목도리를 한 여수 평화의 소녀상 앞을 지나 건어물시장이 늘어서 있는 이순신광장로를 따라간다. 여수의 진산인 종고산(199m)이 보이고 그 아래에는 진남관이 있다.

종고산에는 전해오는 전설이 있다. 전라좌수영 뒷산에서 한산대첩 직전 3일 밤이나 계속하여 종소리 같기도 하고 북소리 같기도 한 이상한 소리가 들려왔다. 사람들은 하도 괴이하여 한산도에서 대승을 거두고 돌아온 이순신에게 이러한 사실을 알렸다. 그러자 이순신은 "바다에 맹세했더니 고기들이 감동했고, 산에 맹세했더니 초목들이 알았구나" 하며, 무음산(無音山)을 쇠북 종(鐘)자와 북 고(鼓)자를 써서 '종고산'이라 이름했다고 한다.

전라좌수영이었던 여수에는 충무공의 발자취와 유적이 많이 남아 있다. 수영이었던 진남관과 거북선을 최초로 만들었던 여수선소, 이순신의 업적을 기록한 통제이공수군대첩비, 부하들이 세운 눈물의 비석 타루비, 우리나라 최초로 세워진 이순신의 사당 충민사, 의승 수군의 중심지 홍국사, 웅천동 송현마을의 어머니 모시던 곳 등이 있다. "만약 호남이 없었다면 국가가 없었을 것이다(若無湖南 是無国家)"라는 이순신의 글을 되새기게 하는 이곳 여수는 임진왜란 때 나라를 지키는 중요한 역할을 한 곳이다. 전라좌수영은 현재 당시의 모습이 거의 없고 성벽의 일부와 진남관(鎮南館)이 남아 있다. '남쪽의 왜구를 진압해 나라를 평안하게 하는 집'이라는 뜻의 진남관은 수군의 중심기지로 사용되었다. 2016년부터 현재까지 공사 중에 있다. 진남관은 조선시대 대표 건물로, 현존하는 지방 관아 중 최대 규모 목조 단층 건물이다.

여수연안여객선 터미널을 지나고 여수의 특산물 갓김치와 장어, 젓갈 등을 판매하는 상가 밀집지역을 지나서 돌산대교 하단을 향해 골목길을 내려간다. 주택길 사이를 지나 돌산대교 아래로 내려간다. 맞은편이 돌산도다. 해안데크길을 따라간다. 동쪽 하늘이 붉게 물들고 태양이 떠오른다.

참장어 하모거리를 지나 해안방파제를 따라 장어 가게가 이어진다. 빨간 지붕의 집들이 아침햇살에 더욱 빛난다. 이순신 장군을 신격으로 모신 우리나라 유일한 당산인 '국동영당'이다. 처음에는 최영 장군을 모셨으나 임진왜란 후 이순신의 영정을 모시다가 1943년 일제의 탄압으로 영정이 철폐되었고, 1982년 현재의 당우를 복원하였다.

여수수협공판장을 지나서 '남해안 최대 수산물 집산어항 국동항(菊洞港)'을 지나간다. 포구의 지형이 국화꽃을 닮아 국동항이라 이름 붙여졌다고 한다. 대경도로 가는 대합실 앞에 여수 10경이 안내되어 있다. 오동도, 거문도·백도, 향일암, 금오도 비렁길, 여수세계박람회장, 진남관, 여수밤바다-산단야경, 영취산 진달래, 여수해상케이블카, 여수이순신대교 등이다.

수많은 배들이 항구를 가득 메우고 있다. 이렇게 많은 배들이 얽혀 있는 것은 처음 본다. 아마 삼국지 적벽대전에서 조조는 배를 이렇게 다닥다닥 연결했을 것이다.

여수낚시레저 스포츠센터 건물 앞에서 낚싯배들이 출조를 기다리고 있다. 이곳은 낚시꾼들의 천국이다. 낚시로 잡힌 노란색 고기등대와 빨간색 고기등대가 이색적이다. 소경도로 가는 도선 대합실을 지나고 넙내리방파제를 지나서 신월동 해안길을 걸어간다. 아침의 여수 바다가 호수처럼 잔잔하다. 바다에 갈매기들이 한가로이 놀고 있다. 웅천어항 표지판을 지나 한적한 웅천해변공원을 걸어간다. 웅천에는 '이충무공 어머니 사시던 곳'이 있다.

이순신은 『난중일기』 곳곳에 어머니를 그리는 마음을 적었다. 『난중일기』를 보면 이순신이 어머니에게 얼마나 효성스러웠는지를 알 수 있다. 1593년 6월에서 12월 사이에 팔순에 가까운 어머니를 웅천동 송현마을 정대수 장군 집에 모셔놓고 이순신은 수시로 문안을 드렸다. 하루는 아침 일찍부터 어머니를 뵙기 위해 배를 타고 송현마을에 왔는데, 기운이 많이 떨어진 어머니를 보고 사실 날이 얼마 남지 않았다는 생각에 하염없이 눈물을 흘렸다. 또 하루는 송현마을에 가기 전 자신의 흰 머리를 뽑았는데, 이는 늙어가는 아들을 보며 마음 아파할 어머니를 생각해서였다.

이순신은 한산도에 있을 때에도 전라좌수영을 오가는 관리들에게 부탁하여 어머니의 안부를 꼭 묻고는 하였다. 또 얼마간 어머니의 안부를 듣지 못할 때에는 무척 애를 태웠고, 좌수영에 올 때는 반드시 어머니를 찾아뵙고 손수 진지를 차려드리면서 어린애처럼 기뻐하였다. 이처럼 한결같이 효성스러웠던 이순신은 백의종군길에 어머니가 돌아가셨다는 소식을 전해 듣자 그날 '하늘에 뜬 해조차 어두워진 듯 캄캄하다'며 슬피 울었다.

웅천과 소호를 연결하는 해상교량의 가설공사가 한창이다. 웅천친수공원 해수욕장을 지나며 건너편 '예술의 섬 장도'를 바라본다. 장도는 길이 물에 잠기는 시간에는 통행을 제한한다. 장도공원관리센터를 지나간다.

예울마루 앞을 지나서 선소유적지 가는 고갯길을 넘어 여수선소유적지에 도착했다. 1592년 임진왜란이 일어나기 하루 전날 『난중일기』의 기록에 나타나는 바로 그 장소다.

> 4월 12일. 맑음. 식후에 배를 타고 거북선의 지자포(地字砲), 현자포(玄字砲)를 쏘았다. 순찰사의 군관 남공이 살펴보고 갔다. 정오에 동헌으로 옮겨 앉아 활 10순을 쏘았다. 관아에 올라갈 때 노대석을 보았다.

선소유적지는 고려시대부터 선소마을을 형성하여 배를 만들었던 장소로 왜적의 침입에 대비하여 이순신이 나대용과 함께 거북선을 만든 곳이다. 가막만 최북단 후미진 곳에 자리하여 외해(外海)에서 보면 육지요 내해(內海)에서 보면 바다이면서 파도가 잔잔하여 호수와도 같은 천연 요새다.

앞으로는 가덕도와 장도가 방패 역할을 하고 뒤로는 병사들의 훈련장과 적의 동태를 살필 수 있는 망마산(望馬山)이 자리한 천혜의 요새이다.

망마산에는 이순신이 임진왜란 시 수군과 기마병을 훈련시키면서 산 정상에 꽂아둔 동백말채가 살아 자라고 있다. "동백말채가 살아 있으면 나의 영혼도 살아 있는 것이요, 이 동백말채가 죽어 있으면 나의 영혼도 죽은 것이다"라는 말씀을 남겼다는 전설이 있다. 유적으로는 자연적 지세를 이용하여 거북선을 대피시켰던 항만시설인 굴강(屈江: 선박수리·건조·피항)과 거북선을 매어두었던 계선주(繫船柱), 돌벅수(돌장승)와 수군들이 칼을 갈았다는 세검정지의 초석이 남아 있다.

굴강은 임진왜란 당시 이순신이 거북선과 판옥선을 건조, 이곳 앞바다에 진수한 곳이다. 계선주는 석암으로 제작되었으며 야간에 경비병 역할을 하고, 주간에는 거북선을 매어두는 기둥으로 사용하였고, 벅수는 돌로 깎아 세워둔 일반인을 금한다는 경계표시로 굴강 입구, 오솔길 등 3곳에 6기가 세워져 있다.

거북선은 이곳 선소와 중앙동 '본영 선소', 돌산읍 '방답진 선소' 세 곳에서 건조되었다. 이 거북선은 조선 함대의 선봉이 되어 적중에 마음대로 뛰어들어 전투를 벌일 수 있는 화력을 보유한 군선이었다. 거북선 1척에는 약 150명이 승선하고 80~90명이 격군으로 노를 저었다. 거북선은 1592년 5월 29일 사천해전에서 처음 출전했다. 『이충무공전서』의 「행록」에 기록된 '당포해전 승전보고서'이다.

> 신이 일찍이 섬 오랑캐의 변란이 있을까 염려하여 따로 거북선을 만들었습니다. 앞에는 용머리를 붙여 그 입에서 대포를 쏘고, 등에는 쇠못을 꽂았습니다. 안에서 밖을 내다볼 수는 있어도 밖에서 안을 들여다볼 수는 없어 적선 수백 척 속으로 뛰어들어서 포를 쏠 수도 있습니다.

이충무공
머니 사시던 곳
Admiral Yi Sun Shin's mother's
여수시 기념물 제1호
P 주차장
구국의 성지 여수
종고산
여수 평화의 소녀상
예술의섬
장도
여수
거북선의 고
소호동동다리
여수 선소유적
Shipbuilding Site, Yeosu
船所

이순신은 전라좌수사로 부임한 지 1년 만에 거북선을 만들었다. 『난중일기』에는 거북선의 겉모습은 어떻게 생겼는지, 구조는 어땠는지 등에 대한 언급이 없다. 거북선의 모양을 조카 이분은 「행록」에 기록했다.

> 공이 좌수영에 계실 때에 …(중략)… 또 전선을 새롭게 만들었다. 크기는 판옥선만 하며 위는 판자로 덮었다. 판자 위에 열 십(十)자 모양의 좁은 길을 내어 사람이 올라가 다닐 수 있게 하고, 남은 공간은 온통 칼과 송곳을 꽂아 사방으로 발붙일 곳이 없도록 하였다. 앞은 용머리 모양으로 만들었는데 입에 총구멍을 내었고, 뒤는 거북 꽁지 모양으로 만들었는데 꽁지 밑에도 총구멍을 냈다. 좌우에는 각각 여섯 개씩 총구멍이 있었다. 모양이 거북 형상과 같기 때문에 이름을 거북선이라 하였다.

이순신은 무인이고 문인이고 예인이고 발명가였다. 거북선은 이순신이 만들기 거의 200년 전에 이미 있었다. 『태종실록』 태종 13년(1413) 2월 5일 "임금이 임진나루를 지나다가 거북선과 왜선이 서로 싸우는 상황을 구경하였다"라고 기록되어 있다. 이 기록에 나오는 거북선이 이순신이 만든 거북선과 같은 것이라고 할 수는 없다. 이후 거북선에 대한 기록은 없다. 조선 초기에 거북선의 원형이 이미 있었고 혁신형 전함 판옥선이 있었기에 이순신의 거북선이 탄생할 수 있었다. 모든 조건이 제대로 갖추어졌다 할지라도 그걸 내 것으로 만드는 것은 언제나 창의적인 한 인간의 몫이다.

전투에서 거북선이 크고 중요한 역할을 하였지만 거북선은 기껏해야 다섯 척 내외에 불과했다. 거북선의 역할과 임무는 적의 지휘선을 공격하고 적 함대의 전열을 흐트러뜨리는 것이었다. 거북선은 후대에도 꾸준히 만들어졌다. 거북선은 끊임없이 제작되고 유지되다가 1895년(고종 32) 각 군영이 폐지되면서 함께 없어졌다. 이후 이순신이 만든 거북선은 500원짜리 지폐로 다시 태어났고, 현대의 정주영은 지폐 속의 거북선으로 영국에서 차관을 빌려 모래벌판에 조선소를 만들었다. 조선이 망하면서 바닷속으로 가라앉았던 거북선이 다시 살아나 오늘날 세계 조선강국으로 그 면모를 드러냈다.

임진왜란 당시 조선 수군의 주력 함선은 어디까지나 판옥선이었다. 임진왜란 발발 이듬해인 1593년에 약 200척이 있었다. 판옥선은 대규모 함대를 이룰 수 있었고, 대포를 실어 막강한 화력을 자랑했다. 조선의 군선은 원래 갑판이 하나인 1층짜리 배였다. 단층 갑판 위에 노 젓는 격군과 포와 활을 쏘는 전투병이 함께 타는 구조였다. 그런데 1510년(중종 5)에 일어난 삼포왜란과 1555년(명종 10)에 일어난 을묘왜변 때 왜구들이 한층 커지고 높아진 배를 타고 오자 뼈아픈 패배를 겪은 조선 수군은 전투함 혁신에 나서게 되었다. 그렇게 해서 만들어낸 배가 바로 판옥선이었다. 임진왜란 30~40년 전에 개발을 완료하여 임진왜란 때는 조선 수군의 전투함이 되었다. 판옥선은 조선 수군의 주력 함대로 최소 120명 이상의 전투원과 비전투원을 탑승시킬 수 있었다.

판옥선은 기존 배에 갑판을 하나 더 얹어 이중으로 만들었다. 포판이라 부르는 1층 갑판은 주위를 방패판으로 둘러싸서 적의 총탄과 화살을 막을 수 있었다. 그 안에서 격군은 안전하게 노를 저을 수 있었다. 그 위의 2층 갑판은 청판이라 하는데, 청판에는 여장(女裝)이란 걸 둘렀다. 여장은 그 뒤에 몸을 숨긴 채 적을 공격할 수 있도록 하기 위해 성 위에 낮게 덧쌓은 담을 말하는데 성가퀴라고도 한다. 수원화성 남한산성 등에 가면 볼 수 있다. 이곳에서 사수와 포수는 전투에 임했다. 높아진 적선에 대응해 배의 높이를 키우고 성벽에 두르는 여장을 배 위에 도입하는 혁신적 사고는 우리가 배워야 할 조상의 지혜이다.

판옥선은 대포에 해당하는 천자·지자·현자·황자총통으로 무장했다. 천자총통은 임진왜란 당시 사용하던 화포 중에서 가장 큰 화기로 거북선 및 판옥선에 장착하여 큰 성능을 발휘하였다. 포탄은 대장군전으로 그 무게가 30kg이나 되며, 사정거리는 1천 2백 보, 960미터였다. 지자총통은 천자총통 다음으로 큰 화기로 조란탄이라는 철환 2백 개나 장군전을 발사했다. 거북선 등 전선의 주포로 사용했다. 크기에 따라 현자, 황자총통으로 이어지며, 승자총통은 선조 초기에 김지(金之)가 전라좌수사 재임 시에 육전에서 사용하기 위해 개발하였다. 사정거리는 6백 보였다.

이순신 전승의 비결에는 전략과 전술, 잘 훈련된 수군들과 격군들이 있었지만 당시 조선의 군선과 함포능력은 일본의 그것보다 우위였다. 판옥선은 소나무로 만들고 나무못을 사용했고, 장거리함포를 장착했다.

판옥선에 비해 일본의 군함 세키부네는 삼나무로 만들고 쇠못을 사용했으며 기껏해야 1~2문의 대포만 탑재하고 주로 조총으로 전투를 수행하였기에 화력면에서 판옥선의 상대가 될 수 없었다. 판옥선은 조석 간만의 차가 크고 파도가 센 조선의 바다를 수호하는 데 초점을 두고 만든 함선으로 우수한 내구성으로 튼튼하다는 장점이 있다. 우수한 내구성 덕택에 판옥선은 갑판 위에 무거운 포대들을 배치하고 장거리 함포들을 발포해도 선체에 무리가 없었다. 그래서 천자·지자·현자·황자총통을 마음껏 발사할 수 있었다.

판옥선은 바닥이 둥근 평저선으로 속도는 늦었지만 360도 회전이 가능했다. 함포를 사격하면 포신이 뜨거워진다. 포신이 식는 동안 배를 제자리에서 돌려가며 좌현 정면, 우현에서 쏠 수 있었다.

당시 일본군의 군함에는 세키부네 외에도 안택선(아타케부네), 고바야

등이 있었다. 이 중에서 제일 큰 군함은 안택선이었지만 비중이 크지 않았다. 안택선은 주로 사령선 역할을 했는데 배 위에 가옥이 있어 사령관들이 첩과 함께 생활하기도 했다.

안택선의 크기는 판옥선보다는 크고 세키부네는 판옥선보다 작았다. 세키부네에는 비전투요원 수부 40명과 조총병 20명을 포함해 70~80명이 탑승했다. 고바야는 30명 정도 인원만 탑승하는 소형 선박이었다. 세키부네를 비롯한 일본 전통 선박은 소나무에 비해 가공하기 쉬운 삼나무나 전나무로 만들었다. 그 덕에 세키부네는 매우 얇은 판재가 사용되어 정밀한 구조로 만들어지지만 강도 면에서는 소나무에 비해 약했다.

안택선과 세키부네는 바닥이 뾰족한 첨저선으로 파도를 헤치는 능력이 뛰어나 속도가 빨랐다. 가볍고 빨랐기에 장거리 항해가 가능해 왜구들은 이러한 전함들로 조선과 명나라, 동남아시아까지 항해했다.

일본의 해전에서 함포의 역할은 크지 않았다. 가벼운 삼나무로 만든 함선들은 갑판이 함포의 진동을 이겨내지 못했다. 그래서 '칼의 나라'라는 위용답게 등선육박전술을 기본으로 삼았다.

조선 수군과 함포 사정거리의 격차를 느낀 일본 수군은 당연히 접근전을 전개하려 했다. 하지만 이순신은 지피지기로 백병전을 허용하지 않았다. 이순신은 임진왜란 시작부터 1597년 파직당할 때까지 단 한 척의 판옥선도 잃지 않았다. 이는 이순신의 유비무환, 철저한 준비의 결과물이었다. 임진왜란 발발 전 이순신이 경상우수사나 경상좌수사였다면 일본군은 조선 땅에 상륙하기도 전에 바다에서 참패를 당하고 일본 열도로 물러났을 것이다.

미국해군연구소(USNI)는 2016년 세계 해군 역사상 '7대 명품 군함' 중 하나로 거북선을 꼽으며 "속도가 빠르며 기동성이 좋았다", "뱃머리에 장착된 용머리 모양의 연기 분출 장치는 (적군에 대한) 강력한 심리적 무기"라고 했다.

'한국 배 거북선'을 서양에 최초로 소개한 사람은 미국이 1880년대 조선에 무관으로 파견한 조지 클레이턴 포크(1856~1893)다. 포크는 드라마 '미스터 선샤인'에서 배우 이병헌이 맡았던 '유진 초이'라는 인물의 모델이다. 포크는 조선에 근무하는 동안 거북선에 대한 보고서를 썼다. 이 내용이 1894년과 1897년 시카고 트리뷴, 선 등 미국 신문에 보도되면서 거북선의 존재가 서양 사람들에게 알려졌다. 당시 신문은 "귀갑(거북 등딱지)과 철제 갈고리로 무장해 일본 선박을 전복시키거나 구멍을 뚫어 침몰시켰다"라며 거북선을 소개했다.

돌로 만든 장승 '벅수' 한 쌍이 선소마을 입구를 지키고 선소 바다에는 거북선과 배 대신 수많은 물새들이 한가로이 놀고 있다. 선소마을에 살던 주민들이 선소 유적 복원을 위해 이주를 하면서 남긴 '우리의 정든 고향을 떠나면서'라고 남긴 '나의 살던 고향 船所' 표석의 글이 뭉클 가슴에 와닿는다.

'여수 이충무공의 얼이 담긴 거북선의 고장'이란 홍보판을 보면서 선소유적지를 떠나 길을 간다. 가막만 바다에서 거북선 한 척이 스르륵 모습을 드러낼 것만 같다. 소호항을 향해 해안도로를 따라간다. 소호동동다리 입구를 지나 요트마리나까지 이어지는 소호동동다리를 걸어간다.

소호동동다리의 끝에 있는 소호요트선착장 의자에 앉아서 지나온 가막만의 바다를 바라보며 55코스를 마무리한다.

전원으로 돌아가는 길

[이순신과 유성룡]

여수소호요트장에서 화양면 원포마을 정류장까지 14.7㎞

여수소호요트장 → 디오션리조트 → 화양면사무소 → 나진피서지 → 원포버스정류장

"이순신을 바꾸면 한산도를 지켜내지 못합니다. 한산도를 지키지 못하면 호남을 보전할 수가 없습니다."

올겨울은 얼마나 추울까. 남파랑길의 바닷바람이 날이 갈수록 차갑게 다가온다. 10시 40분, 파란 하늘 파란 바다를 바라보며 56코스를 시작한다.

소호요트경기장 앞에서 해안길을 걸어간다. 가막만 건너편 돌산도를 보면서 걸어간다. 가막만은 북쪽에 여수반도, 동쪽으로 돌산도, 서쪽의 고돌산반도(화양면), 남쪽으로는 개도를 비롯한 섬들로 둘러싸여 있으며, 남북 방향 약 15㎞, 동서 방향의 길이 약 9㎞인 타원형의 내만으로 청정지역으로 지정되었다. 여수의 바다는 일망무제 수평선이 없다. 여수의 바다는 끝이 보이는 지점이 섬이다. 섬으로 겹겹이 둘러싸인 섬섬 여수의 바다는 마치 잔잔한 호수와 같다. 구름 한 점 없이 푸른 하늘 푸른 여수의 바다가 눈물처럼 반짝인다. 바다가 아름답고 눈물이 수정처럼 아름다우니 눈물과 바다가 만나면 그 얼마나 아름답겠는가.

남해안은 경이로운 리아스식 해안이다. 여수반도, 가막만, 고돌산반도, 여자만, 고흥반도, 득량만, 장흥반도, 강진만, 해남반도로 이어지는 해안선은 한반도의 걸작이다.

그래서 부산 오륙도해맞이공원에서 해남 땅끝마을까지 채 400㎞도 되지 않는 도로 길이가 남파랑길 도보여행길로는 1,470㎞나 된다.

해안길의 끝에서 차도로 올라간다. '여기서부터 1.5㎞ 위험구간'이라는 안내판이 붙어 있다. 위험구간은 빨리 벗어난다는 원칙에 따라 발걸음이 빨라진다. 차도를 번갈아 가다가 화양면 나진리 나진마을을 지나고 소장마을을 지나간다. 끝없는 포장도로를 따라 걸어간다. 파란 바다 건너 돌산도가 손짓을 한다.

돌산도의 향일암은 전국 4대 관음 기도처 중의 한 곳으로 644년(백제 의자왕 4) 신라의 원효대사가 창건한 절로 당시는 원통암, 금오암이라 불리다가 1715년(숙종 41)에 인묵대사가 향일암이라 개칭하였다. 임진왜란 당시에는 이순신을 도와 싸웠던 승병의 근거지이기도 했다. 향일암은 금오산의 기암절벽 사이, 동백나무와 아열대 식물에 둘러싸여 있다. 암자 뒤편 금오산 정상에 오르면 오밀조밀한 섬과 남해 수평선의 일출 광경이 장관을 이루고 있다. 떠오르는 해를 향하여 향일암을 갔던 시간들이 떠오른다.

어촌마을로 들어선다. 굴개포구와 묵도의 풍경을 즐긴다. 한적한 바닷가 갈매기들이 끼룩끼룩 울며 날고 하얀 파도가 춤을 춘다. 파란 물결이 시원한 바람을 타고 일렁인다. 대지가 어머니면 바다는 넓은 가슴으로 안아 주는 연인 같다고 하던가. 푸른 바다가 자신의 포용력을 뽐내며 출렁인다. 주인 없는 빈 배 두 척이 파동에 일렁인다.

유성룡과 이순신은 임진왜란 6년 7개월 전쟁 가운데에 떠 있는 외로운 배들이었다. 허주(虛舟), 그들의 마음은 빈 배처럼 공허했다. 육지에서는 유성룡이 1593년 10월부터 전쟁이 끝나는 1598년 11월까지 5년 1개월 동안 영의정 겸 도체찰사로 전쟁을 총지휘했고, 바다에서는 이순신이 전라좌수사로 삼도수군통제사로 왜적을 막았다. 끝이 보이지 않는 전쟁 속에 각각 홀로 전장을 지켜야 하는 외로운 영웅들이었다.

유성룡과 이순신, 임진왜란은 이 두 인물을 위대한 역사의 인물로 만들었다. 우리 역사상 가장 위대한 만남은 유성룡과 이순신의 만남이라 할 수 있다. 이 두 사람이 만나지 않았다면 우리 역사는 어떻게 되었을까. 아마도 한민족의 우리가 아닌 '중국화 된 우리', '일본화된 우리'로 존재하지는 않았을까. 임진왜란은 우리에게 그런 전쟁이었다. 조선은 나라인가. 당시 율곡의 상소문을 읽으면 조선은 나라가 아니었다.

> 2백년 역사의 나라가 지금 2년 먹을 양식이 없습니다. 그러니 나라가 나라가 아닙니다. 이 어찌 한심하지 않습니까.
> 지금 국가의 저축은 1년의 저축을 지탱하지 못합니다. 이야말로 나라가 나라가 아닙니다.

그리고 10년 후 임진왜란이 일어나고 영의정 겸 도체찰사 유성룡은 위기를 극복할 때마다 말했다.

> 이 필시 하늘이 우리를 도운 것입니다.
> 이러고도 오늘날 우리가 있는 것은 하늘이 도운 까닭입니다.
> 아, 하늘이 도와서 우리가 다시 일어날 수 있겠습니다.
> 하늘이 도와서 국가를 다시 만들 수 있겠습니다.

두 사람이 똑같이 '정말 어떻게 할 수 없는 나라'라는 인식을 하고 있다. 그런 나라에 당시 군사적으로 세계 최강이라 할 수 있는 일본군이 쳐들어왔다. 결과는 불을 보듯 번연했다. 유성룡의 말대로 하늘이 돕지 않고는 다시 일어날 수 없는 그런 나라가 바로 조선이었다.

이런 임진왜란을 두고 많은 역사학자들 사이에 '십만양병론'의 허구와 정치적 조작에 대한 논란이 많다. 율곡의 십만양병론은 과연 사실인가. 십만양병론이 조작되었다고 비판하는 측에서는 "선조 때의 조선 인구는 230만 명으로 추산되는데, 거기서 성인 남성 10만 명으로 군대를 조직해 유지한다는 건 당시 인구 구성비로 보나 국가 예산으로 보나 가능하지 않았다"라고 하면서 율곡이 쓴 상소문과 서간, 문집 등 본인이 남긴 기록 어디에도 십만양병론이 나오지 않는다고 한다.

십만양병론은 율곡이 1584년 49세로 타계한 뒤 율곡의 제자 김장생이 작성한 율곡행장에 나타난다. 행장이란 죽은 사람이 살아온 일을 적은 글이다.

"일찍이 경연에서 청하기를 '군병 십만을 미리 길러 완급에 대비하여야 할 것입니다. 그렇지 않으면 십 년이 지나지 않아 장차 토붕와해(土崩瓦解)의 화가 있을 것입니다' 하니 정승 유성룡이 말하기를 '사변이 없는데도 군병을 기르는 것은 화근을 기르는 것입니다' 하였다."

김장생이 율곡 행장을 쓴 시기는 1597년으로 임진왜란이 발발한 지 5년이 지난 뒤였다. 김장생의 제자 우암 송시열은 율곡연보에서 김장생의 '일찍이 경연에서'라는 시기를 선조 14년(1583년) 4월, 즉 임란 발생 9년 전이라고 적시했다. 송복 교수는 "이 십만양병론은 오직 제자들이 쓴 율곡비문에만 있고, 또 그 제자의 제자가 편찬했다는 『율곡연보』에만 있다. 다른 기록에는 없고, 단지 비문에만 있고 연보에만 있다는 것은 이 '양병론'이 바로 정치적으로 만들어졌다는 것을 의미한다", "율곡의 제자들이 그의 비문에 『양병론』을 올린 이유는 율곡을 성인(聖人)의 레벨에, 반면 유성룡은 속류(俗流) 정치인으로 떨어뜨리는데 있음은 삼척동자도 알 수 있을 정도로 명백하다"라고 한다.

'하늘이 내린 인물' 유성룡은 24세 때 성균관에 들어가 이듬해인 명종 21년(1566) 대과에 급제하는데, 태학생이 된 지 1년 만의 급제는 드문 경우로서 보통 4~5년 공부하는 것이 기본이었다. 첫 관직은 승문원 권지부정자(종9품)로 말단 보직이지만 국가문서를 다루는 승문원은 엘리트 관료들이 가는 중요한 관서였다. 초고속 승진으로 1591년 이조판서를 겸하면서 좌의정으로 승진한 49세의 유성룡은 이때 왜란이 있을 것을 대비해 형조좌랑이었던 권율을 의주목사로, 정읍현감이었던 이순신을 전라좌수사로 각각 천거했다. 이 해에 광해군 건저 문제로 서인 정철의 처벌이 논의될 때 동인은 가볍게 처벌하자는 온건파와 강경파, 남인과 북인으로 나뉘었다. 유성룡은 온건파로 남인에 속해 강경파인 북인의 영수 이산해와 대립했다. 그리고 임진왜란이 끝날 때 북인의 탄핵으로 물러났다.

유성룡은 7단계를 뛰어넘는 기상천외의 발탁으로 이순신을 전라좌수사로 임명했다. 유성룡과 이순신은 어릴 적 한동네에 살았고, 이순신의 형 이요신은 유성룡과 동갑내기 벗이었으며, 유성룡은 이요신과 함께 퇴계 이황의 제자이기도 했다.

요시라의 반간계와 원균의 모함으로 선조가 이순신을 처벌하려고 할 때 유성룡은 있는 힘을 다해 선조를 설득했다.

"통제사는 이순신이 아니면 아무도 할 수 없습니다. 지금의 사태는 너무나 급박합니다. 이런 때 이순신을 바꾸면 한산도를 지켜내지 못합니다. 한산도를 지키지 못하면 호남을 보전할 수가 없습니다."

하지만 유성룡의 구명에 선조는 더욱 격노했다. 이순신이 삼도수군통제사에서 파직되어 압송될 때 선조는 유성룡을 경기도 지방으로 내보내고 이순신의 죄를 다스리게 했다.

선조는 전쟁이 끝나고 왜가 평정된 것은 '전적으로 명군 덕분이다'라고 거듭 강조했다. 하지만 호남을 지키고 나라를 살아남게 한 주도적인 역할은 이순신의 수군이었다. 명군의 역할은 오히려 보조적이었다. 바다에서는 조선과 일본의 전쟁이었고, 육지에서는 명군과 일본군의 전쟁이었다. 바다에서 이순신은 23전 23승을 했다. 하지만 육지에서 명군은 15전 2승 13패를 했다. 그것이 명군의 전적이었다.

남파랑길
NAMPARANG TRAIL
-랑길 여수 56코스 NAMPARANG TRAIL I Yeosu56 section
가막만횟집
金鰲峰
323m

평양에 주둔한 고니시 유키나가 군대가 의주까지 쳐들어가지 못한 것, 그리하여 명나라 군대가 압록강을 쉽게 넘어올 수 있었던 것, 그래서 조선이 일찍 망하지 않았던 것, 이 모두 이순신의 수군이 일본 함대를 제압했기 때문이었다. 만일 일본 수군이 서해로 나갈 수 있었다면 수륙이 합세해서 선조가 있는 의주까지 한달음에 쳐내려갔을 것이다. 그런 이순신을 역사의 이순신으로 만들고 존재케 한 사람은 유성룡이었다. 유성룡과 이순신의 만남은 숙명적이었다. 유성룡이 없는 이순신이 있을 수 없고 이순신이 없는 유성룡은 있을 수 없었다. 조선은 이 두 사람의 만남이 있으므로 해서 조선이었다. 두 사람의 만남은 조선의 행운이었고 나아가 우리 민족의 행운이었다.

이순신과 유성룡은 어릴 적 한양 건천동에서 이웃에서 자랐다. 홍길동전을 쓴 허균은 『성소부부고』에서 "나의 친가는 건천동에 있는데 창녕공주 댁 뒤부터 본방교까지 겨우 34집으로 조선 이래 많은 인재를 배출하였다. …(중략)… 근세 인물로는 유성룡, 나의 형(허성으로 추측됨), 이순신, 원균 등이 일시에 이곳에서 태어났다"라고 했다. 하지만 유성룡은 외가인 경북 의성에서 태어났다.

유성룡과 이순신은 편지를 보내 서로의 안부를 물었으며, 유성룡은 임진왜란 직전 『증손방수전략』이라는 책을 보내주었고, 이순신은 때로는 꿈에서 유성룡을 만날 정도로 각별한 사이였다. 32세에 무과에 급제해 47세가 되는 1591년 2월 13일 임진왜란이 일어나기 14개월 전 이순신은 전라좌수사가 되었다. 유성룡의 안목은 예리했다. 아무도 이순신을 주목하지 않을 때 그는 이순신을 주목했다. 유성룡은 『징비록』에 이렇게 기록했다.

조정에서 그를 추천해주는 사람이 없어 무과에 급제해 10여 년이 되도록 벼슬

> 이 승진되지 않았다. 그러다 비로소 정읍현감이 되었다. 내가 장수가 될 만한 인재로 이순신을 천거했더니, 정읍현감에서 차례를 몇 개나 뛰어넘어 수사로 임명되었다. 사람들은 그가 갑작스레 승진한 것을 의심하기도 했다.

유성룡은 이순신의 영원한 멘토였기에 이순신의 『난중일기』 곳곳에 유성룡이 등장한다.

> 1594년 7월 12일 맑음. …(중략)… 유성룡의 사망 소식도 순변사가 있는 곳에 도착했다고 한다. 이는 그를 질투하는 자들이 필시 말을 만들어 훼방하는 것이리라. 애통하고 분함을 참을 수 없다. 이날 저녁에 마음이 매우 어지러웠다. 홀로 빈집에 앉았으니, 심회를 스스로 가눌 수 없다. 걱정에 더욱 번민하니 밤이 깊도록 잠들지 못했다. 유성룡이 만약 내 생각과 맞지 않는다면 나랏일을 어찌할 것인가.
> 1596년 1월 12일. 맑았으나 서풍이 크게 불어 추위가 배로 매서웠다. 4경(새벽 2시경)에 꿈을 꾸었는데, 어느 한 곳에 이르러 영의정(유성룡)과 함께 이야기를 나누고 있었다. 한동안 둘 다 걸친 옷을 벗어놓고 앉았다 누웠다 하며 서로 우국에 대한 생각을 털어놓다가 끝내 속내를 쏟아내면서 극에 달했다. 얼마 후 비바람이 억세게 치는데도 흩어지지 않고 조용히 이야기하는 사이 만일 서쪽의 적이 급한데 남쪽의 적까지 동원된다면 임금이 어디로 가실 것인가를 되풀이하며 걱정하다가 말할 바를 알지 못했다. 예전에 영의정이 천식을 심하게 앓는다고 들었는데 잘 나았는지 모르겠다. 척자점을 쳐보니, "바람이 물결을 일으키는 것과 같다"라는 괘가 나왔다. 또 오늘 어떤 길흉의 조짐을 들을지 점쳤더니, "가난한 사람이 보물을 얻은 것과 같다"라고 했다. 이 괘는 매우 길하다.

임진왜란이 끝나가는 1598년 9월 24일부터 파직되는 11월 18일까지 유성룡은 이이첨 등 북인의 공격을 당했다. 정응태 무고사건, 그리고 유성룡이 일본과의 강화를 주도해서 나라를 그르치게 했다는 모함이었다. 일본과의 강화 주체는 명이었고, 조선은 처음부터 배제되어 있었다. 이 둘은 그냥 탄핵의 명분이었다.

이때 근 두 달 동안 역사에 없는 기이한 드라마가 전개되었다. 조정은 당을 지어 탄핵하는 상소를 쉴 새 없이 올리고, 유성룡은 물러나겠다는 사직서를 선조에게 쉴 새 없이 올리고, 선조는 사직을 허락하지 않는다는 불윤(不允)을 쉴 새 없이 되풀이했다.

이 무렵 이순신은 통제영이 있는 고금도에서 유성룡의 탄핵과 체임 소식을 들었다. 『연보(年譜)』에서는 그 소식을 듣는 순간 이순신이 "실성(失声)했다"라고 적고 있다. 그리고 크게 탄식하면서 "나랏일이 하나같이 이 지경에 이르다니"라고 말했다. 이때 이순신이 어떤 결심을 했는지는, 한 달 후 노량해전에서의 선택을 미루어 짐작할 수 있다. 이순신은 왜 죽어야 했을까.

당시 유성룡이 조정에서 가장 아끼는 사람으로 이원익과 함께 이항복과 이덕형이 있었다. 이원익은 선조에게 간곡히 권했다.

"오늘날 정승을 택하는데, 누구를 택해도 유성룡을 대신할 수 없습니다."

그러면서 유성룡을 파직하면 자신도 퇴임하겠다고 했다. 오성과 한음으로 불리는 이항복과 이덕형도 존경하는 유성룡을 위해 나섰지만 허탈감에 빠졌다. 선조는 결국 '강화를 주도해 나라를 그르쳤다'라는 북인들의 책임론을 받아들여 유성룡을 파직시켰다. 그리고 다음 달에는 역시 반대파들의 공격에 맞추어 삭탈관직까지 했다. 벼슬아치 명부에서 벼슬을 했다는 기록 자체를 삭제해버린 것이다.

임진왜란 5년 동안 영의정과 전시 최고 사령관인 도체찰사까지 겸직해서 명실공히 전시 수상으로서 임무를 끝까지 완수한 것, 그것이 유성룡 탄핵의 이유였다.

파직되던 다음 날 유성룡은 행장을 꾸려 서울을 떠났다. 그리고 노모(老母)가 계시는 태백의 도심촌(道心村)을 거쳐, 이듬해 2월 안동의 하회에 돌아왔다.

유성룡은 1607년 5월 6일 죽는 날까지 다시는 한양 성안에 발을 디디지 않았다. 죽기 3년 전인 1604년 7월 불후의 명작 『징비록』의 저술을 끝냈다. 유성룡은 『징비록』에서 이순신의 죽음에 대해 한없이 애석해하고 안타까워하는 심정을 토로했다.

> 그는 말과 웃음이 적었고 용모는 단정하였으며, 항상 마음과 몸을 닦아 선비와 같았다. 그러나 속으로는 담력과 용기가 뛰어났으며 자신의 몸을 돌보지 않고 나라를 위해 목숨을 바친 행동 또한 평소의 그의 뜻이 드러난 것이었다. 그의 형 이희신과 이요신은 그보다 먼저 사망했는데, 이순신은 그들의 자손까지 자기 자식처럼 아껴 길렀으며, 조카들을 모두 혼인시킨 후에야 자기 자식들의 혼례를 올렸다. 그는 뛰어난 재주에도 불구하고 운이 부족해 백 가지 경륜을 하나도 제대로 펴보지 못한 채 죽고 말았으니 참으로 애석한 일이다.

이순신이 노량 앞바다에서 전사한 1598년 11월 19일, 유성룡은 한양을 떠나 양평의 용진(龍津)을 건너 도미천에서 남산을 바라보며 귀거래사 한수를 남겼다.

> 전원으로 돌아가는 길 삼천 리
> 벼슬살이 나라 깊은 은혜 사십 년
> 도미천에 발 멈추고 바라보네 남산
> 그 남산빛 옛 모습 그대로이네

고향 안동으로 돌아가는 길은 길어도 천 리 길이다. 그러나 차마 돌아가기가 어려워 삼천 리가 되었다. 벼슬살이 햇수는 32년이지만 나라가 준 은혜는 40년만큼이나 많았다. 이제 모든 것 떨치고 돌아간다. 서울의 남산을 보는 것은 오늘이 마지막이다. 그 남산의 산색은 청정한 모습 그대로이다. 남산 또한 400여 년 전 고향으로 돌아가는 유성룡의 모습을 보았을 것이다. 그리고 이날 아침 남해 관음포 앞바다에서 이순신의 별이 떨어지는 것을 보았을 것이다.

사람도 지나가는 차량도 없는 한적한 고개를 넘어 바다가 내려다보이는 2층 카페에서 휴식을 취한다. 산티아고 가는 길에서는 매일 카페에 들렀고 매일 샐러드와 양고기를 먹었고, 매일 와인을 마셨다. 카페에서 와인을 주문하니 산티아고와는 달리 와인은 팔지 않는다. 와인 대신 시원한 키위주스를 마시며 산티아고 순례길의 추억 속으로 점점 들어간다.

남파랑길을 걸어 부산에서 왔다는 이야기에 카페 여주인이 탄성을 지르며 남편에게 이야기를 한다. 오늘은 아직 더 걷고 싶지만 다음 코스는 고봉산 산길로 올라가야 한다. 청나라 시인 원매는 "빨리 달리는 것과 잘 가는 것을 동시에 완벽하게 할 수는 없다. 갑자기 성장하는 것은 망하는 것도 졸지에 닥친다"라고 했다. 멈출 곳을 알면 위태롭지 않을 수 있다고 했으니 오늘은 여기까지다.

3시 10분, 원리스정류장에 도착해 56코스를 마무리한다. 여수해양공원 숙소에서 일몰을 감상하고 코로나로 한산한 여수밤바다의 주인공이 되어 서성인다.

57코스

고봉산 둘레길

[이순신의 술]

화양면 원포마을정류장에서 화양면 서촌마을까지 17.8㎞

원포버스정류장 → 고봉산전망대 → 서이산 → 서촌마을

"이제 적을 상대하여 승패의 결단이 호흡 사이에 걸렸다. 장수 된 자가 죽지 않았으니 누울 수가 있겠느냐."

12월 6일 일요일 아침 7시, 원포버스정류장에서 57코스를 시작한다.

'천 리 길도 한 걸음부터'가 아니라 자그마치 4천 리 길을 한 걸음 한 걸음 걸어가는 길, 도끼를 갈아서 침을 만드는 마부작침의 길, 아무리 어려운 일이 있더라도 끝까지 걸어가야 할 우공이산의 길이다. 원포마을 안길로 들어서서 마을 입구에 있는 보호수를 바라본다. 수령이 300년은 넘는 느티나무 당산목이다. 봉화산 등산로 초입에서 계단을 올라간다. 디오션CC를 통과했는데 등산로 입구 코스가 바뀌었다.

소나무 가지에 하현달이 걸려 있다. 아침 달이 쓸쓸하게 다가온다. 지난밤이 너무 짧았던 탓일까. 해가 떠올랐건만 달은 아직 지지 않았다. 무슨 사연 그리 많아서 날 새는 줄을 모르는 걸까. 너도 그랬구나. 나도 그랬는데. 바람 불어 차가운 산에 하늘은 멀고 외로이 산을 넘는다. 물 위에 바람이 흐르듯 흰 구름 가슴에 흐르고 아스라이 휘도는 산길을 걸어간다. "모든 산봉우리마다 깊은 휴식이 있다"라고 괴테는 노래했다. 「산이 날 에워싸고」 박목월이 노래한다.

산이 날 에워싸고/ 씨나 뿌리며 살아라 한다./ 밭이나 갈며 살아라 한다./ 어느 산자락에 집을 모아/ 아들 낳고 딸을 낳고/ 흙담 안팎에 호박 심고/ 들찔레처럼 살아라 한다./ 쑥대밭처럼 살아라 한다./ 산이 날 에워싸고/ 그믐달처럼 사위어지는 목숨/ 그믐달처럼 살아라 한다./ 그믐달처럼 살아라 한다.

여수반도에서 멋과 홍을 더해간다. 고요한 산길, 온 세상이 적막하다. 임도를 따라가다가 갈림길에서 가막만과 디오션CC를 바라보며 땀을 훔친 다음 봉화산 임도를 따라 걸어간다. 봉화산(372.4m)에서 고봉산으로 간다. 조금 더 걸으니 임도의 끝이 밝아지기 시작한다. 패러글라이딩 활공장이다.

환상적인 경관이 펼쳐진다. 바다 위에 고흥으로 이어지는 다리와 섬들, 그리고 고흥의 팔영산이 조망된다.

여수에서 고흥으로 연결된 백리섬섬길은 조화대교를 건너 조발도, 다시 둔병대교를 건너서 둔병도, 낭도대교를 건너서 낭도, 적금대교를 건너서 적금도, 그리고 팔영대교를 건너서 고흥반도에 들어간다. '기다려라, 고흥 땅! 이순신의 5포 중 4포가 있었던 곳, 내 곧 찾아가리라!' 하면서 임도를 따라 고봉산으로 올라간다. 전북 진안의 구봉산 자락에 은거했던 송익필의 시 「산길을 걷다(山行)」를 노래한다.

> 가노라면 쉬는 걸 잊어버리고/ 쉬노라면 가는 것 잊어버리네.
>
> 솔 그늘에 말 세우니 맑은 물소리/ 뒤에 오던 사람들 내 앞을 가네.
>
> 가는 곳/ 서로 다른데/ 다툴 것 뭐 있는가.

구봉 송익필(1534~1599)은 율곡 이이와 우계 성혼의 벗으로 '세 현자가 쓴 편지' 삼현수간(三賢手簡)으로 유명하다. 조선의 숨은 왕으로 불리는 송익필은 명문장가로 야사에서는 이순신의 스승으로 나오고 거북선을 맨 처음 고안한 사람이 송익필이라는 이야기도 전해진다.

이순신이 열두 살 무렵이던 어느 날 친구들과 전쟁놀이로 진법 연습을 하고 있었다. 그것을 물끄러미 바라보던 송익필이 이순신을 불렀다.

"오늘 밤 우리 집에 다녀가거라."

이순신이 찾아가자, 송익필은 방으로 들어오게 한 뒤 아무 말도 하지 않고 그냥 누워만 있었다. 막연히 기다리던 이순신이 고개를 돌리니 벽에 구선도(亀船図)가 눈에 들어왔다. 처음 보는 거북이 모양의 배가 하도 신기해서 이순신은 유심히 도면을 쳐다보았다. 한참을 그러고 있자니 송익필이 이제 됐으니 그만 돌아가라고 일렀다. 집에 돌아온 이순신의 머릿속에는 거북이 배가 떠나지 않았다. 이순신을 장래 장군감이라 여긴 송익필이 묵언으로 가르쳐준 것이었다. 세월이 흘러 전라좌수사가 된 이순신은 기억을 더듬어 거북선을 만들었다고 한다.

송익필은 비범한 재주에도 불구하고 출신 성분 탓에 벼슬길에 나서지 못한 불우한 천재였다. 성리학과 예학에 통달했고 문장에도 뛰어나 당대의 8대 문장가의 한 사람으로 꼽혔다. 벼슬은 못 했지만 조선의 숨은 왕으로 율곡 이이와 송강 정철 등을 움직였으며, 예학의 대가로 유명한 김장생이 그의 제자였다. 거북선뿐만 아니라 '십만양병설'도 사실은 그가 율곡 이이에게 귀띔을 해준 것이라는 이야기도 전한다.

지모가 출중했던 송익필에 대해 서기라는 학자는 "제갈량이 어떻게 생겼는지 알려면 마땅히 송익필을 봐야 한다. 구봉이 제갈량을 닮은 것이 아니라 제갈량이 그와 흡사하다"라고 했다.

야사에서는 임진왜란이 닥칠 것을 짐작한 이율곡이 선조에게 송구봉을 병조판서로 천거했지만 선조는 그를 만나고도 기용하지 않았다는 이야기가 전해진다. 서출이라며 신하들이 반대했지만 율곡을 신임했던 선조가 송구봉을 만났는데, 송구봉은 눈을 감은 채 얼굴을 들지 않고 말했다.

"그대는 왜 눈을 뜨지 않고 말을 하오."

"제가 눈을 뜨면 전하께서 놀라실까 염려되어 그럽니다."

"내가 놀랄 일이 뭐가 있겠소. 어서 눈을 떠보시오."

눈을 뜬 송구봉을 본 선조는 그의 눈빛에 놀라 그만 기절하고 말았다. 그 후 선조는 다시 송구봉을 만나려 하지 않았다. 눈도 제대로 쳐다볼 수 없는 신하를 조정에 둘 수 없다는 이유에서였다. 임진왜란 당시 항간에는 이런 말이 나돌았다고 한다.

"왜란을 평정할 책임을 최풍헌이 맡았으면 사흘이면 끝났고, 진묵이 맡았으며 석 달을 넘기지 않았고, 송구봉이 맡았으면 여덟 달만에 끝냈으리라."

최풍헌이나 진묵은 백성들 사이에서 도인(道人)으로 회자되는 전설적인 인물이었다.

참된 인재를 몰라보는 것도 모자라 이순신, 곽재우, 김덕령 같은 인걸들을 오히려 사지로 내몰았던 조정에 대한 원망이 담겨있는 말이라 하겠다.

야인이자 현인인 송구봉은 민간전승에서 신통력을 지닌 도인의 모습으로도 그려진다. 임진왜란이 일어나자 구원군을 끌고 온 명나라 장수 이여송은 이 기회에 조선을 차지하겠다는 음흉한 생각을 품었다. 어느 날 조정에서 그의 노고를 치하하는 술자리를 베풀어서 한창 주흥이 올랐었는데, 그때 웬 소년 하나가 소를 타고 들어와 이여송을 향해 소리쳤다.

"이여송 장군은 속히 나와서 나를 따라오시오. 나의 스승께서 보고자 하시오."

다들 어이가 없어 웃고만 있는데 이여송이 소년을 잡아 놀려먹을 생각으로 자리에서 일어났다. 그런데 이상한 일이 일어났다. 소를 탄 소년이 저 앞에 천천히 가는데 말을 탄 이여송이 아무리 빨리 달려도 그를 따라잡을 수 없었다. 이윽고 어느 초가집 앞에 이르러 소년이 말했다.

"이여송 장군을 모시고 왔습니다."

"수고했구나. 어서 방으로 모시어라."

방 안에 들어앉자 노인이 이여송과 그의 부하들에게 술을 따라 주며 말했다.

"그동안 조선을 위해 싸우느라 수고 많았소. 한 잔씩 드시구려."

술이 다 돌고 나자 노인은 이여송을 쏘아보며 한마디 했다.

"다른 마음 품지 말고 어서 그대 나라로 돌아가시오."

이여송이 노인과 눈을 마주치는 순간 기겁을 하고 자신도 모르게 뒤로 나자빠졌다. 이여송은 부들부들 떨며 그 길로 돌아 나와 명나라로 돌아가버렸다. 그 노인은 바로 구봉 송익필이었다. 그때 송구봉은 신선의 경지에 이르렀던 것이다.

역사에 쓰임받지 못한 인물들은 전설에 쓰임을 받는다. 전란이 휩쓸고 지나간 산하에 시체처럼 널려 있는 야담과 설화에는 백성들의 사무친 한이 서려 있다. 그러므로 풍운조화를 일으키는 영웅담은 통쾌함을 넘어 서글픔으로도 읽어야 한다.

시야가 훤히 트이며 전망대가 전망 좋게 서 있다. 고봉산에서 바라보는 여수 가막만 일원의 아름다운 해안 풍경이 아름답다. 산길에서 땀 흘리며 마신다고 준비해 온 막걸리를 한잔 마신다. 신선이 따로 없고 이태백이 부럽지 않다.

이순신은 술을 즐겼고 술을 자주 마셨다. 술 마신 기록이 『난중일기』에만 140여 회나 나온다. 임진왜란 전인 1592년 2월 이순신은 5포 순시를 나섰다. 2월 20일 늦게 여수를 출발하여 고흥에 이르니 좌우로 핀 산꽃과 교외에 자란 봄풀이 그림과 같았다. '옛날에 있었다던 영주(瀛州)도 이런 경치가 아니었을까' 하며 풍광에 취한 다음 날 일기다.

2월 21일 맑음. 공부를 본 뒤에 주인이 자리를 베풀고 활을 쏘았다. 조방장 정걸

이 와서 만나고 황숙도(능성현령)도 와서 함께 취했다. 배수립도 나와 함께 술잔을 나누니 매우 즐거웠다. 밤이 깊어서야 헤어졌다. 신홍헌에게 술을 걸러 전날 심부름하던 여러 하인들에게 나누어 먹이도록 했다.

2월 22일. (중략) 새로 쌓은 봉두의 문루에 올라가 보니, 경치의 빼어남이 경내에서 최고였다. 만호 정운의 마음이 미치지 않은 곳이 없었다. 흥양현감(배홍립)과 능성현령 황숙도, 만호(정운)와 함께 취하도록 마시고, 대포 쏘는 것도 구경하느라 촛불을 한참 동안 밝히고서야 헤어졌다.

홍양은 고흥의 옛 이름이다. 이순신이 삼도수군통제사로 한산도 본영에 있을 때 『난중일기』의 기록이다.

1595년 9월 14일 맑다. 저녁나절에 나가 공무를 봤다. 전라우수사, 경상우수사와 같이 와서 이별하는 술잔을 들고서 밤이 깊어서야 헤어졌다. 수사 선거이와 작별하며 준 시는 이러하다.

북에 가선 고난을 함께했고/ 남에 와선 생사를 함께했네.

이 밤 달 아래 한잔 술/ 내일이면 이별이라네.

9월 15일 맑다. 수사 선거이가 와서 보고 돌아가는데, 또 이별의 잔을 들고 나서 헤어졌다.

1595년 9월 14일, 충청·전라·경상 삼도의 수사들이 모여 이별주를 나누던 때 이순신이 비단에 적어 선거이에게 준 시 「충청수사 선거이와 이별하며」다. 짤막한 오언절구에 참 많은 사연이 담겨 있다. 젊은 날 추운 북쪽 국경에서 고난을 함께했던 정경과 남쪽 바다에서 목숨 걸고 싸웠던 전우애가 뭉클하다. 가을밤 휘영청 밝은 달 아래서 술잔을 기울이며 내일 이별할 마음의 준비를 하고 있다. 이순신의 생일날의 모습이다.

봉화산
고봉산 전망대
장수리 패러글라이딩활공장
남파랑길
NAMPARANG TRAIL
파랑길 여수 57코스 NAMPARANG TRAIL I Yeosu57 section

1596년 3월 8일. 맑음. 아침에 안골포만호(우수)가 큰 사슴 한 마리를 보내오고 가리포 첨사(이응표)도 보내왔다. 식후에 나가 출근하니, 전라우수사(이억기), 경상우수사(권준), 경상좌수사(이운룡), 가리포첨사, 방답첨사, 평산포만호, 여도만호, 전라우우후, 강진현감 등이 와서 함께하였고, 종일 술에 몹시 취하고서 헤어졌다.

3월 9일. 아침에 맑다가 저물녘에 비가 내렸다. 아침에 전라우우후와 강진현감이 돌아가겠다고 고하기에 술을 먹였더니 몹시 취했다. 전라우우후는 취하여 쓰러져서 돌아가지 못했다. 저녁에 경상좌수사가 와서 이별주를 마시고 전송하고는 취하여 대청에서 엎어져 잤다. 개(介, 여자 종)와 함께했다.

3월 10일. 비가 계속 내렸다. 아침에 다시 경상좌수사를 청했더니, 와서 이별주를 마시고 전송했다. 온종일 크게 취하여 나가지 못했다. 수시로 땀이 났다.

그리고 이순신은 3월 12일 "아침 식사 후에 몸이 노곤하여 잠을 잤더니 처음으로 피로가 가셨다"라고 쓰고 있다. 하지만 이순신은 13일부터 누워서 앓기 시작했고, 25일까지 몸이 불편하다고 쓰고 있다. 『난중일기』에는 만취·주취로 인한 실수도 여러 번 기록되어 있다.

"1594. 7. 25. 크게 취해 돌아와서 밤새도록 토했다."

"1596. 3. 9. 경상좌수사가 와서 이별주를 마시고 전송하고는 취하여 대청에서 엎어져서 잤다."

"1598. 11. 8. 위로연을 베풀어 종일 술을 마시고 어두워져서야 돌아왔다."

『난중일기』에는 술을 자주 즐겼다고 기록되어 있다. 이순신은 술을 왜 그렇게 많이 마셨을까? 이순신은 전쟁 스트레스를 술로 달래보려 한 것일까? 애주가 이순신은 스트레스를 술로 해소하기도 했지만 부하들과의 소통을 위해 술자리를 이용했고, 술자리를 통해 마음속 이야기를 털어놓으며 끈끈해지는 동료애를 쌓았다.

『난중일기』에는 몸이 불편하다는 기록도 많이 나타난다. 좋지 않았던 몸 상태가 술 때문이었을까? 불규칙한 생활패턴과 음주는 건강을 망치게 한 복합적인 원인이었겠지만 군사들과의 화합을 위해 희생을 마다하지 않은 이순신이었다.

1593년 3월경 남해에 전염병이 번졌을 때 이순신도 병에 걸려 12일 동안이나 고통을 당하며 군무를 보니 아들이 휴양하기를 권하자 "이제 적을 상대하여 승패의 결단이 호흡 사이에 걸렸다. 장수 된 자가 죽지 않았으니 누울 수가 있겠느냐"라고 했다.

부하들의 사기 저하를 걱정하여 아픈 티를 내지 못했을 이순신, 승리의 영광 뒤에 숨겨진 이순신의 고통이 다가온다. 『난중일기』는 이순신의 인간적인 면모를 볼 수 있는 유산이다. 모두의 생각과는 달리 이순신은 완벽한 인간이 아니었다. 인간적인, 너무나 인간적인 인간이었다. 이순신은 일기를 통해 스스로 성장하며 위대한 인물로 거듭났다. 기록은 기억을 할 수 있게 만들고 그 기억은 곧 역사가 된다. 나라를 구한 영웅의 숨겨진 이야기의 보물창고 『난중일기』는 기록의 중요성을 일깨워준다.

술은 인류가 가장 좋아하는 음식이고 인류의 발명품 가운데 가장 매혹적이다. 취하는 순간 삶의 무게는 몽롱한 눈꺼풀 밑으로 가려지고, 평소답지 않은 만용이 어디선가 슬금슬금 기어 나온다. 지나친 음주는 건강을 해친다. 그럼에도 주당들은 브레이크가 잘 잡히지 않는다.

건강이란 무엇인가? 1998년 세계보건기구(WHO)가 "건강은 육체적, 정신적, 영적 및 사회적으로 완전히 행복한 상태를 말한다. 단순히 질병이나 병약함이 없음을 뜻하는 게 아니다"라고 정의를 했다. WHO의 정의대로 정신과 육체와 영혼과 사회적 위치가 모두 갖추어진 사람은 얼마나 될까. 중요한 것은 내가 건강하다고 여기면 건강하고 내가 아프다고 여기면 환자다. 행복의 정의와 같다. 내가 행복하다고 여기면 행복하고 내가 불행하다고 여기면 불행하다. 건강은 행복과 한 배를 탔다. 건강해야 행복하고 행복해야 건강하다.

고봉산둘레길에서 한잔 마시며 바라보는 여수 가막만 일원의 아름다운 해안 풍경이 아름답다. 건강이 밑천이 되어 행복한 남파랑길을 걸어간다.

또다시 이어지는 내리막길을 걸어 카라반 캠핑장 앞을 지나 산전마을 버스정류장 맞은편 마을로 내려선다. 산전마을을 지나 제법 규모가 큰 구미제 저수지를 지나간다. 저수지에 산 그림자와 파란 하늘이 떠 있다. 이목교회를 지나고 이목리마을회관을 지나고 이목포구에서 서연마을 해안가를 지나간다. 이목구비에서 고흥으로 순시를 떠났던 이순신을 생각하니 바다 건너 고흥 팔영산이 나그네에게 어서 오라고 손짓을 한다.

남파랑길은 다시 바다를 뒤로하고 농로를 따라 올라간다. 바다를 안은 예쁜 마을이 점점 멀어진다. 경사가 점점 가팔라지며 서이산으로 올라간다.

시멘트길이 자갈길로 바뀌고 국제기도원 표지판을 지나는데 검은 맹견이 맹렬히 짖어댄다. 먼 산 떠가는 흰 구름을 바라본다. 산이 높건만 구름이 꺼리지 않고 흘러간다. 구름이 꺼리지 않으니 구름 같이 흘러가는 나그네도 꺼리지 않는다. 산과 구름과 나그네가 하나가 되어 흘러간다.

서이산 임도길 고갯마루에 도착했다. 서이산(296.3m)은 산 정상 부근의 바위 형상이 쥐의 귀를 닮았다 하여 서이산(鼠耳山)이라 이름 붙어졌다. 산의 경사가 가파른 편이며 서쪽은 여자만과 접하여 있다. “태산이 높다 하되 하늘 아래 뫼이로다. 오르고 또 오르면 못 오를 리 없건마는 사람이 제 아니 오르고 뫼만 높다 하더라”라는 양사언의 시가 절로 나온다.

포장길과 비포장길이 번갈아 가며 나타나다가 갑자기 시야가 밝아지며 서촌마을이 나타난다. 대나무 숲을 지나 서촌마을 뒤편으로 내려서자 서촌 경로당과 남파랑길 안내판이 종점이라 알려준다. 11시 30분, 57코스 한적한 서촌마을에 도착한다.

58코스

여자만 가는 길

[이순신의 칼과 활]

화양면 서촌마을에서 소라면 가사정류장까지 15.6㎞

서촌마을 → 석교 → 감도 → 소옥1제 → 여수펜션단지 → 관기방조제 → 가사정류장

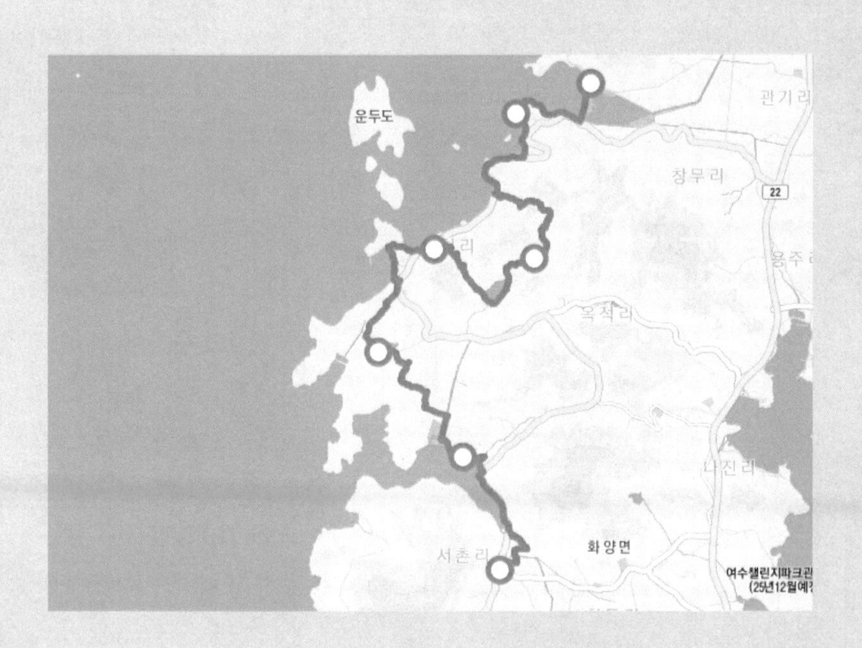

"석 자 칼로 하늘에 맹세하니 산하가 벌벌 떨고 한 번 휘둘러 쓸어버리니 산하가 피로 물든다."

서촌마을에서 남파랑길 58코스를 시작한다.

일일시호일, 오늘도 좋은 날이다. 인생은 날마다 처음이다. 누구나 매일 처음을 산다. 처음을 산다는 것, 얼마나 신선하고 감동적인가. 어제는 어제의 길, 남은 인생의 첫날인 오늘은 오늘의 길을 간다. 오늘도 산길로 해안길로 마을길로 농로길로 수없이 반복하며 걸어간다. 기분 좋은 바람이 함께하고 깊은 바다 소리에 귀를 기울이며 풀 냄새 해초 냄새의 향긋함을 즐긴다. 길은 가르침을 준다. 쉬엄쉬엄 가라고, 길과 함께 놀면서 여유 있게 가라고, 자연과 함께 호흡하면서 가라고.

도로를 따라가다가 화양천 따라 펼쳐진 논둑길에서 해안길로 나아간다. 여자만을 바라보며 석교마을 방향으로 나아간다. 한가로운 길, 바다에서 다시 산으로 올라간다. 앙상한 가지 아래 낙엽이 수북하게 쌓여 있고 몇몇 나무에는 아직도 노란 단풍이 꿋꿋하게 매달려 있다. 강한 자가 살아남는 게 아니라 살아남는 자가 강한 자다.

전염병 코로나19가 맹위를 떨치며 대한민국은 물론 세계를 공포의 도가니로 몰아가고 있다. 나그네는 코로나19 청정지역 남쪽 바다를 걸어가고 있으니 이 또한 천행이다.

『난중일기』에도 역병에 대한 기록이 나온다. 1593년 3월 당시 삼도 수군 총병력은 2만 1,500명인데 이 중 5,663명이 전염병에 걸렸다고 기록되어 있다. 『난중일기』와 『조선왕조실록』에는 이순신을 비롯한 조선 수군들이 전쟁이 끝날 때까지 질병으로 생사의 기로를 넘나들었다는 기록이 많이 남겨져 있다. 조선 수군에서 수인성 전염병인 이질이 번졌고, 말라리아(학질) 때문에 피해를 키웠다. 수군의 생활공간인 거북선과 판옥선 내부는 비좁고 밀폐된 공간이다. 게다가 당시는 불결한 환경이라 감염율이 높았다. 당시 수군은 면역력이 부족해 질병에 더 취약했다. 1594년부터 시작한 대기근이 전염병 피해를 키웠다. 이순신은 『임진장초』에 "군량이 부족하여 계속 굶게 되고 굶던 끝에 병이 나면 반드시 죽게 된다"라고 기록했다. 『난중일기』의 기록이다.

> 1594년 3월 6일. 몸이 몹시 불편하여 눕는 것도 어려웠다.
> 3월 7일. 몸이 극도로 불편하여 뒤척이는 것도 어려웠다.
> 3월 8일. 병세는 별다른 차이가 없었다. 기운이 더욱 축이 나서 종일 고통스러웠다.
> 3월 9일. 기운이 좀 나은 듯하여 따뜻한 방으로 옮겨 누웠다. 아프긴 해도 다른 증세는 없었다.
> 3월 10일. 병세가 차츰 덜해졌지만 열기가 치올라 찬 것만 마시고 싶은 생각뿐이었다.
> 3월 11일. 병세가 훨씬 덜하고 열기도 사라지니 매우 다행이다.
> 3월 12일. 몸이 매우 불편했다. 영의정(유성룡)에게 편지를 쓰고 보고문을 정서하는 것을 마쳤다.

이후 "몸이 몹시 불편하여 종일 신음했다"가 계속해서 기록 되다가 3월 27일에야 "몸이 좀 나은 것 같다"라고 한다. 이때 이순신이 아끼던 조방장 어영담은 결국 역병으로 죽고 말았다.

4월 9일 맑음. 아침에 시험을 마치고 급제자 명단을 내붙였다. 큰 비가 왔다. 조방장 어영담이 세상을 떠났다. 이 애통함은 어찌 말로 할 수 있으랴.

전라좌수사 이순신의 바다는 전라도였다. 하지만 옥포해전부터 모든 전투는 경상도에서 이루어졌고, 경상도의 물길을 아는 사람이 광양현감이었던 조방장 어영담이었다. 총애하는 어영담이 죽자 이순신은 깊은 시름에 잠겼다. 바람결에 이순신의 「한산도가」가 들려온다.

한산섬 달 밝은 밤에 수루에 홀로 앉아

긴 칼 옆에 차고 깊은 시름 하는 차에

어디서 일성호가(一声胡歌)는 남의 애를 끓나니

"긴 칼 옆에 차고 깊은 시름 하는 차에"라고 하는 구절에서 비장한 이순신의 모습이 나타난다. 이순신은 『난중일기』 1593년 9월 15일에, "검을 두고 하늘에 맹세하니 산하가 벌벌 떤다(尺劍誓天 山河動色)"라고 기록했다.

이순신의 칼, 겨레를 살린 칼 장검 두 자루가 현충사에 소장되어 있다. 길이가 197.5cm이고 무게는 5.3kg이나 된다. 칼날에 사용한 흔적이 없는 것으로 미루어 실제 사용한 적은 없는 것으로 보인다. "갑오년(1594) 4월에 태구련과 이무생이 만들었다"라는 글이 칼자루 속에 새겨진 이순신의 칼은 『난중일기』와 함께 이순신의 분신과도 같은 것이다. 『난중일기』가 이순신의 문(文)을 상징하는 것이라면, 이 칼은 무(武)를 상징한다 할 것이다. 친필로 새긴, 대구(対句)를 이루는 검명(剣銘)의 내용이다.

석 자 칼로 하늘에 맹세하니 산하가 벌벌 떨고(三尺誓天 山河動色)

한 번 휘둘러 쓸어버리니 산하가 피로 물든다(一揮掃蕩 血染山河).

이 칼을 만든 1594년 4월 무렵 이순신은 한산도에서 일본군과 큰 전투 없이 지루한 대치상태를 계속 유지하고 있었다. 그런 상황에서 경각심을 일깨우고자 이 두 자루 칼에 그 뜻을 새긴 것은 아닐까.

무인에게 칼은 죽임의 무기인 동시에 죽음을 막는 살림의 칼이다. 무인에게 칼이란 생명이며 존재 자체다. 늘 곁에 칼을 두고 살 수 밖에 없는 이순신이기에 그의 「한산도 야음(閑山島夜吟)」 시에도 칼과 활이 등장한다.

바다에 가을빛 저무는데(水国秋光暮)

찬바람에 놀란 기러기 떼 높이 나는구나(驚寒雁陳高).

걱정에 잠 못 이뤄 뒤척이는 밤(憂心輾転夜)

조각달이 활과 칼을 비추네(残月照弓刀).

대부분의 이순신 동상은 이순신이 칼을 차고 있는 모습이다. 그런데 창원에 있는 해군사관학교 '통해관' 앞 충무광장에 있는 이순신 동상은 최초로 왼손에 칼 대신 활을 잡고 등에 화살통을 메고 있다. 조선은 활의 나라였고, 조선은 1차 무기가 활이었다. 무인에게 활쏘기는 문인에게 글을 읽는 것과 같다. 하루라도 게을리하면 안 되는 일이었다. 활은 몸의 일부가 되어 쏘는 것이지 머리로 쏘는 것이 아니기 때문이다. 『난중일기』에서 전투가 없는 날이면 이순신은 부하들과 거의 매일 활쏘기 연습을 하였다. 기록의 사나이 이순신의 임진왜란 직전 1592년 『난중일기』 기록이다.

1월 12일 궂은비가 개지 않았다. 식사 후에 객사 동헌에 나갔다. 본영(정라좌수영)과 각 해안기지의 관리들에게 우수자를 뽑기 위해 활쏘기를 시험했다.

1월 14일 맑음. 동헌에 나가 공무를 본 뒤에 활을 쏘았다.

1월 25일 맑음. 동헌에 나가 공무를 본 뒤에 활을 쏘았다.

3월 15일 흐리다가 가랑비가 오더니 저녁에 갰다. 다락 위에 앉아서 활을 쏘고, 군관들은 편을 갈라 활을 쏘았다.

『난중일기』에 가장 많이 등장하는 것은 날씨이고, 두 번째 많이 등장하는 것이 활쏘기다. 이순신은 "오늘 18순을 쏘았다", "23순을 쏘았다", "36순을 쏘았다", 심지어는 "60순을 쏘았다"라고 기록했다. 1순은 5대이니 이순신은 하루 평균 100대 이상 활 연습을 하였고, 부하 장수들과 술을 마셔도 절대 그냥 마시지 않고 활쏘기 내기를 해서 진 사람은 고기와 술을 가져오도록 했다. 연무유희, 곧 놀이를 통해서 무술을 연마했다. 이순신은 활쏘기가 일상이었다. 스스로 활쏘기에 매진했고, 부하들에게도 칼로 적을 베는 것보다는 활로 사살하는 것이 중요하다고 가르쳤다.

아산 현충사에도 이순신의 활쏘기 터가 있고, 한산도에도 활쏘기 터가 있다. 이순신의 수군도 활과 포 공격으로 승부를 결정지었다. 해전에서 거의 칼을 사용하지 않았다. 칼은 최후의 개인 방어수단으로 지휘관이 칼을 뽑는 상황이 됐을 경우에는 이미 패배한 상황이었다.

이순신은 2차 출동했던 사천해전에서 왼쪽 어깨에 총상을 입었다. 갑옷이 피로 흥건히 젖었지만 아무런 내색 없이 전투를 지휘했다. 싸움이 끝나고 갑옷을 벗었을 때 상처는 이분의 『행록』에는 두 치라 했지만 『징비록』에는 서너 치로 남아 있다. 이는 요즘으로 치면 7~8인치나 되는데, 살을 도려내고 총알을 꺼냈다. 이순신의 왼쪽 어깨 총상은 노량해전에서 전사할 때까지 완전히 아물지 않았다. 그런 이순신이 하루에 100대 이상 활을 쏘았다는 사실은 놀라운 인내심이었다. 부하들 앞에서는 어깨의 상처를 숨기려고 아무 말 하지 않았던 이순신이었지만 서애 유성룡에게 보낸 편지에는 기록이 남아 있다.

"고름이 멈추지 않아서 고름 때문에 갑옷을 입기가 너무 불편합니다."

400년 전 이순신이 아물지 않은 상처를 숨기고 활쏘기 연습을 했던 모습이 스쳐간다.

이순신 활의 과녁은 도요토미 히데요시의 심장이었다. 바다에서 이순신이 쏜 화살은 오사카에 있는 도요토미 히데요시의 심장을 맞추었다. 명궁이었던 장인 방진처럼 이순신은 특히 활을 잘 쏘는 조선의 명궁이었다.

명장의 검은 눈물에 흔들리거나 사사로운 정에 치우치지 않는 법. 이순신의 칼은 적을 향해서도, 군율을 어기는 자들에 대해서도 냉혹했다. 진정 베어야 할 것은 밖이 아니라 안에 있다는 것을 알고 있었다. 징기스칸은 "내 안에 있는 거추장스러운 모든 것들을 깡그리 없애버렸을 때 나는 징기스칸이 되었다"라고 하며 "적은 내 안에 있다"라고 외쳤다. 칼로 베어야 할 것은 진정 삿된 마음이니, 남파랑길에서 거추장스러운 모든 것을 깡그리 베어내며 옥저수문길을 따라간다. 갈대들이 바람에 흔들린다. 논둑길을 걷다가 임도를 따라 올라간다. 바다에 있어야 할 게 한 마리가 산길을 걷고 있다.

숲속 임도를 걸어 고갯마루에서 지나온 길을 뒤돌아본다. 시골길, 산길, 바닷길을 번갈아 끊임없이 홀로 가는 남파랑길, '홀로 가는 길' 노래를 부르면서 나아간다.

閑山亭
남파랑길
남파랑길 여수 58코스
CU
추억의 고향길

나는 떠나고 싶다/ 이름 모를 머나먼 곳에/ 아무런 약속 없이/ 떠나고픈 마음 따라 나는 가고 싶다/ 나는 떠나가야 해/ 가슴에 그리움 갖고서/ 이제는 두 번 다시 가슴 아픔 없을 곳에/ 나는 떠나야 해…

외로움이 밀려오고 내 안의 나를 만난다. 떠날 수 있는 자의 자유와 기쁨을 만끽한다. 마상저수지에서 강태공들이 낚시를 즐긴다. 마상제 제방길을 따라가다가 임도를 따라간다. 산길 무덤가에 꽃이 피어 있다. 여자만 가는 길, 감도마을에 도착한다. 마을 뒷산 불암산(仏岩山)은 부처의 형상으로, 감도는 부처의 엄지와 검지손가락을 둥글게 모은 감중련(坎中蓮) 형국의 지형이라 감도라고 한다.

여자만이 반겨준다. 남자는 반겨주지 않는가. 여자만(汝自湾)의 옛 이름은 순천만이었다. 순천만은 여자만의 일부이다. 여지만은 여수시와 순천시, 보성군, 고흥군으로 둘러싸여 있다.

바다가 육지 쪽으로 들어와 있는 형태를 만(湾)이라고 하는데, 바다 쪽으로 육지가 돌출한 곶(串)과 반대되는 개념이다. 만은 일반적으로 물결이 잔잔하여 대피항으로 이용되기도 하며, 항만으로 발달할 조건도 좋다. 해안선의 굴곡이 심한 남해안의 다도해 해역이나 서해안에 많이 발달했다. 예로부터 항구도시로 활용되거나 해양 운송에 유리하여 해양과 육지의 관문 역할을 해왔다. 근대 이후 무역중심지로서나 신흥공업지역으로 발전한 곳도 많다.

여자만의 중앙에는 여자도가 있다. 여자만이라 불리는 것도 여자도에서 유래된 것으로 추정된다. 여자도는 송여자도와 대여자도 2개의 섬을 일컫는다. 감도에서 여자도 가는 여자호 배편이 있다. 여자도까지는 약 30분, 첫 도착지 송여자도에서 가장 높은 정상이 해발 48m이며,

두 섬을 합쳐도 해안선이 7㎞를 넘지 않는다. 두 섬을 연결하는 붕장어다리가 자랑거리다. 560m 길이의 섬과 섬을 잇는 연도교이다. 붕장어가 힘차게 움직이는 모습을 형상화했다. 붕장어는 일본에서는 아나고라 부르고 갯장어는 하모라 부른다. 여자분교장 조회대 뒤에는 이순신장군 동상이 위엄 있게 서 있다. 대여자도 해변은 지질박물관, 송여자도 둘레길은 잘 가꾼 바닷가 정원이었다.

감도마을을 지나서 임도길을 따라 올라간다. 이천리 소옥1제 저수지를 지나간다. 하천이 발원하면서 사방으로 흘러 저수지가 발달했다. 소옥1제제방길을 따라 소옥마을 방향으로 나아가서 임도를 따라 올라간다. 고갯마루를 내려서면 이천마을이다.

작은 섬 하나가 바다 위에 떠 있다. 무인도인 오도가 나타난다. 여수펜션단지를 지나 해안로를 따라간다. 멀리 바다 건너 고흥의 팔영산이 보인다. 808m 데크길을 따라 아늑하고 아름다운 여자만의 품을 느낀다. 이 데크길이 생기면서 남파랑길 58코스가 관기방조제로 가는 길로 변경되었다. 데크길을 지나 언덕 위 펜션단지를 바라본다. 그래서 지나온 데크길 이름이 여수펜션단지 해안데크길이다. 관기방조제를 지나간다.

방조제는 조수(潮水)를 막기 위해 세운 둑으로 주로 농업을 목적으로 해안에 설치된 제방이다. 방조제를 따라 가사리생태공원에 도착했다. 여자만 갯노을길 안내판이 길을 안내한다. 가사리 생태공원은 여자만 갯노을길의 3코스의 시작이고 2코스의 끝 지점이다.

가사리생태공원은 약 41만㎡ 규모의 습지로, 1등급 습지로 평가될 만큼 보존가치가 뛰어난 생태공원이다. 황금빛 갈대가 유혹한다. 바다와 하천이 만나고, 바다와 습지가 어우러진 생태공원의 데크길을 따라

가을의 사색과 낭만을 즐긴다. 2018년 국토교통부 선정 '남해안 오션뷰 20선'에 선정됐다. 여자만 갯노을길에서 철새들이 군무(群舞)를 즐기며 자유로이 날아간다.

오후 3시 45분 가사리정류장에 도착하여 58코스를 마무리한다. 여수 시전동 선소마을에 숙소를 잡았다. 일몰이 아름다웠다. 저녁 식사를 하러 나가니 주변의 밤거리에는 유흥가들이 즐비하고 휘황찬란했다. 임진왜란 후 420여 년 세월의 변화였다. 모텔에서 혼술을 하며 여수선소를 내려다보았다.

임진왜란 당시 조선 수군의 전선을 만들었던 선소는 모두 12곳이었다. 여수선소, 보성(득량)선소, 보성(낙안)선소, 돌산도의 방답선소, 흥양(고흥)선소, 발포선소, 망덕포구의 광양선소, 진도선소, 통제영선소, 남해선소, 안골포선소, 변산선소였다. 종주 후 방답진 선소를 다녀왔다.

성종 때 정승 신용개는 술 생각이 나는데 벗이 없으면 국화분 사이에 술상을 놓고 꽃과 주거니 받거니 대작을 했다. 오늘밤 나그네는 배를 만들던 선소의 고된 병사들, 격군들과 주거니 받거니 한잔 술을 나눈다. 피곤이 밀려온다. 생각으로부터 자유로울 수 없는 인간이 유일하게 쉴 수 있는 시간이 잠이다. 잠은 휴식이자 치유이고 망각이다. 잠이 없었다면 인간이 어떻게 쉼표를 찍었을 것이며 어떻게 다시 살아갈 힘을 얻었겠는가. 잠은 신이 내린 처방이다. 상처투성이인 인간의 삶에 내려온 신의 선물이다. 그래, 다 잊고 다 내려놓고 이제 푹 자자. 그리고 내일은 내일의 남파랑길을 가자.

여자만 갯노을길

[강항, 일본 유학의 아버지]

소라면 가사리정류장에서 궁항정류장까지 8.4㎞

소라면 가사리정류장 → 복산2구마을회관 → 복산보건진료소 → 궁항정류장

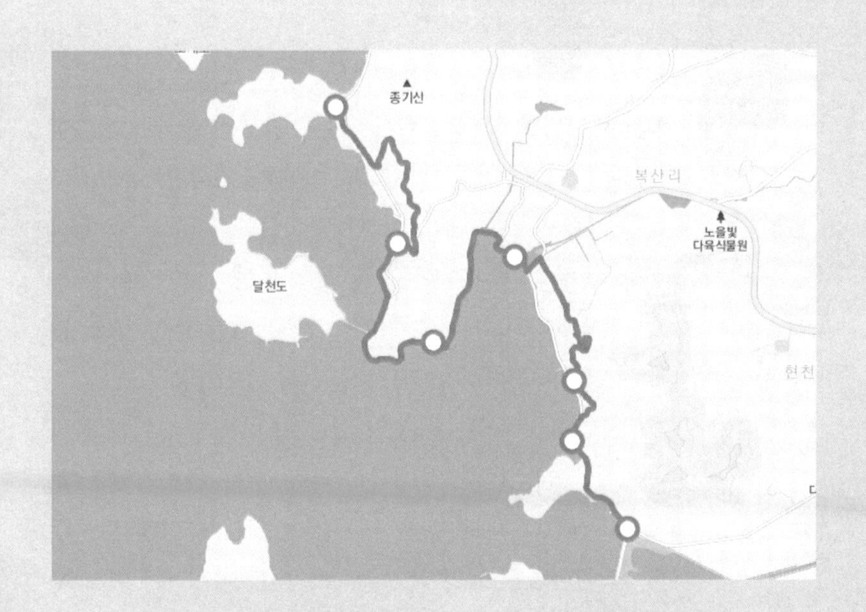

"오날이 오날이소서 매일에 오날이소서."

12월 7일 여명의 시각, 가사리정류장에서 59코스를 시작한다. 갈대가 춤을 춘다. 바람이 춤을 춘다. 나그네의 몸과 마음이 춤을 춘다. 날씨가 점점 추워지고 계절은 겨울로, 겨울로 흘러간다.

낮의 태양은 추위에 점점 힘을 잃어가고 쌀쌀한 바람은 점점 힘을 더해간다. 계절 앞에, 세월 앞에 굳세게 나아가려고 역발산기개세 항우의 힘을 발휘한다. 파도의 힘이 아무리 강하다 한들, 바람의 힘이 아무리 강하다 한들, 사자의 힘이 아무리 강하다 한들, 황소의 힘이 아무리 강하다 한들, 폭풍의 힘이 아무리 강하다 한들, 돈의 힘이 아무리 강하다 한들, 권력의 힘이 아무리 강하다 한들 아아, 어찌 해와 달의 힘을 이길 수 있을까. 세월(歲月)이 사정없이 휩쓸어간다.

어느 세상이 이보다 더 아름다울 수가 있을까. 바다와 하천이 만나는 가사리생태공원의 넓은 습지, 갈대들이 춤을 추는 경관을 바라보며 차도를 따라가다가 오른쪽 마을로 들어간다. 국사봉 탐방로 안내도가 있는 마을 뒷산 임도를 따라 복산2구 마을을 지나간다. 이 길은 남파랑길이면서 여자만 갯노을길 2코스다.

여자만 갯노을길은 고흥반도와 여수반도 사이의 바다, 고흥군과 보성군, 순천시, 여수시에 둘러싸인 내해 여자만(汝自灣)을 끼고 조성됐다. 여수시 율촌면 상봉리에서 화양면 이목리 일원까지 38.1㎞로 이어진다. 1코스는 소뎅이길로 두봉마을에서 갯벌노을마을, 2코스는 갯노을길로 갯노을마을에서 가사리생태공원, 3코스는 섬숲길로 가사리방조제에서 이목마을이다.

노을은 아름답다. 아침노을도 저녁노을도 아름답다. 산노을도 갯노을도 아름답다. 넓은 바다 비추는 붉은 갯노을, 여자만 갯노을길에 붉게 물든 황혼에 붉은 갯노을을 상상하며 아침의 갯노을길을 걸어간다.

리아스식 해안길을 따라 굽이치는 해안선과 그 아래 펼쳐진 갯벌을 쳐다보며 복산2구 마을회관을 지나간다. 여자만을 바라보며 경운기 하나 겨우 지나갈 정도의 농로를 따라 산허리를 끼고 올라간다. 복산2구 대곡마을을 지나간다. 아름다운 색상의 복산교회가 시선을 사로잡는다. 농로를 따라 마을 들판을 지나서 밀물이 빠져나간 갯벌을 바라보며 걸어간다. 길게 S자로 뻗어나가는 갯골은 또 하나의 물길을 그려내며 생명을 만들어가고 있다.

청정한 바다 여자만은 갯벌이 살아 있는 지구별의 보물이다. 어민들의 고단한 어로와 일상이 녹아 바다가 되었다. 해질 무렵 여자만은 아름다운 추억의 바다가 된다. 기다란 불기둥이 바다에 풍덩 빠지고 붉게 타는 노을에 바다는 온통 붉게 물들어진다. 하트 모양의 두 손이 사랑을 노래하고 있다. 쉼터 공간에 정자가 있고 손을 모아 염원하는 조각상이 있다. 무엇을 염원할까. 여자만의 불타는 노을처럼 '오늘이 오늘이소서! 우리들의 고운 사랑 꼭 이루어주소서!'라고 염원한다.

1597년 7월 칠천량해전에서 승리한 일본군은 전라도로 침공했고, 8월에 남원성을 점령하면서 시마즈 요시히로는 심당길 등 80여 명을 가고시마로 끌고 왔다. 이들은 시마즈에게 유용한 전리품이었다.

가고시마 미야마의 동서편 쪽 언덕에 자리 잡은 옥산신사의 본 이름은 옥산궁(玉山宮)이었다. 잡혀온 조선인 도공들은 옥산궁을 창건하여,

거기에 단군의 위패를 모시고 해마다 8월 한가윗날에 제사를 지냈다. 옥산신사는 미야마에서 바다를 바라볼 수 있는 유일한 언덕에 자리 잡고 있다. 고향으로 돌아가고 싶은 도공들은 옥산궁으로 달려와서 그 염원을 단군에게 빌었고, 남중국해의 푸른 물결을 바라보며 하염없이 눈물을 흘렸다. 한가위 달 밝은 밤에는 '오날이소서!'를 불렀다(청구영언).

오날이 오날이소셔

(오늘이 오늘이소서)

매일에 오날이소셔

(매일같이 오늘이소서)

뎔그디도 새디도 마르시고

(저물지도 새지도 말고)

새라난 매양 장식에 오날이소셔

(날이 샐지라도 매일같이 오늘이소서)

남원의 만인의총에는 '오늘이 오늘이소서'라고 적힌 기념탑이 서 있다. 고려 말에서 조선조 중엽까지 일상 속에서도 '오늘'의 기쁨을 누렸던 마음과 여유를 표현하며 이 노래는 널리 애창되었으나, 임진왜란과 정유재란을 겪으면서 이 노래도, 노래를 아는 사람들도 사라져갔다. 그리고 남원에서 납치돼 이곳으로 끌려온 도공들과 사기장들의 망향의 한을 달래며 400여 년이 지난 현재까지도 이 노래가 불려진다. 아름답고 작은 어항 가고시마현 구시키노에는 조선인 도공들이 상륙한 지점을 기념하는 돌비석이 서 있다.

1599년부터 1643년까지 대략 6천여 명의 조선인 피로인들이 본국으로 귀환했다. 그 귀환 경위는 자력으로, 쓰시마 도주 등의 매개로, 조선 사절 내일(來日) 때로 등 세 가지로 나눌 수 있었다. 자력으로 귀환할 때 탈출 방법은 훔친 배, 빼앗은 배, 자신이 직접 만든 배 등을 이용했다. 자력 탈출은 1604년까지로 한정되는데, 당시에는 조일 양국 간에 강화가 성립되지 않았으며, 양국관계는 여전히 '전쟁상태'에 있었기 때문에 귀환에는 위험이 따랐다. 귀환을 한 피로인들을 조선 조정은 죄인으로 취급했다.

강항은 1597년 정유재란 때 잡혀가 4년 만인 1600년 꿈에 그리던 고국으로 돌아왔다. 살아서 고향 땅으로 돌아올 수 있었던 것은 후지와라 세이카가 스승인 강항의 은혜에 보답하기 위해 도쿠가와 이에야스에게 탄원하여 허락을 받아낸 덕분이었다. 강항에게는 조정에서 벼슬을 내리려 했으나 강항은 죄인을 자처하며 고향으로 돌아가서 은거했다.

강항(1567~1618)은 세조 때의 명문장가 강희맹의 5대손으로 전남 영광에서 출생했다. 7세 때 『맹자(孟子)』 한 질을 하룻밤 사이에 읽어버릴 정도로 신동이었으며, 27세에 문과 급제, 공조좌랑에서 형조좌랑이 되었을 때 임란의 참상을 체험했다.

강항은 1597년 정유재란 때 마침 고향 영광에 내려와 있다가 전쟁 발발 소식을 듣고 서둘러 남원성에 군량미 운반을 도모했지만 실패하고, 다시 삼도수군통제사가 되어 명량대첩을 이룬 이순신의 휘하에 들어가기 위해 식솔들을 이끌고 바닷길로 이동하다가 아버지를 잃고 9월 23일 작은 섬에서 도도 다카도라 군의 포로가 되어 일본의 오쓰 성으로 옮겨져 포로생활을 시작했다. 『간양록(看羊録)』에는 포로로 붙잡혔을 당시의 상황이 기록되어 있다.

갯노을길

나는 일본군을 피해 배로 도망치다가 붙잡혔다. 일본 병사는 어린 내 아들과 딸을 바다에 내던졌다. 두 아이가 바닷물 속에서 허우적대며 울부짖는 참혹한 모습을 바라보며 고통스러워 견딜 수가 없었다. 그러나 그 목소리도 잠시 후에는 끊겨버렸다.

나는 서른이 되어서야 겨우 아들을 얻었다. 아내가 임신을 했을 때 나는 꿈을 꾸었다. 용이 수중에 떠 있는 꿈이었다. 그래서 나는 아들의 이름을 '용'이라고 지었다. 그때 누가 내 아들이 바다에서 죽으리라고 생각이나 했겠는가.

강항은 여러 차례 탈출을 시도하였으나 실패하고, 2년 뒤 1598년 교토 후시미에 있는 번주의 별저로 이송되었다. 비록 포로의 신분이었지만 강항의 인품과 학덕이 알려지면서 특별대우를 받았으며, 글을 배우겠다는 사람들이 몰려들기 시작했다. 강항은 일본 사회에 동화되지 않고 글을 가르치며 글씨를 판 돈으로 배편을 마련하여 탈출을 시도했지만 실패만 거듭했다. 이때 강항의 문하로 입문을 청한 사람이 있었다. 순수좌라는 승려였는데, 후일 일본 주자학의 개조가 되는 후지와라 세이카였다.

후지와라 세이카는 강항으로부터 조선의 주자학을 배우면서 그 깊이에 매료되어 승복을 벗어던지고 몸소 조선의 도포를 입고 서책을 대하는 것으로 조선 주자학의 진수를 온몸으로 터득하고자 하였고, 평소에도 유건(儒巾)을 쓰고 있을 만큼 주자학의 신봉자를 자처했다. 강항은 세이카에게 사서오경, 이황의 성리학, 과거제도, 장례제도 등에 대해 자세히 가르쳐주었다. 마침내 후지와라는 강항이 써준 사서오경에 왜인들이 읽을 수 있도록 '왜훈(倭訓)'을 달아서 일본 유학을 싹트게 하였다. 이는 일본에 심어지는 퇴계학(退溪学)의 싹틈이었고, 일본 유학이 정립되는 결과를 거두게 되었다. 백제 때 왕인으로부터 천자문(千字文)을 전해 받아서 문자를 익힐 수 있었던 일본은 강항의 가르침으로 주자학을 배워서 일본 유학을 싹틔웠다. 그들의 학문적 근원은 명백히 한반도에서 흘러간 것이었다. 강항은 세이카에 대해서 "세이카는 일본에서 주자가 전한 주를 배우는 유일한 사람이다. 일본에서 정주학에 대해서는 세이카 이외에는 아는 사람이 없다"라고 말했다. 이 말은 당시 일본은 성리학에 대해 별 관심이 없었고, 세이카의 학문은 당시 일본의 학자나 승려 사이에서 가장 뛰어났음을 말해주고 있다. 『간양록』에는 세이카가 말한 임진왜란에 대한 평가가 실려 있다.

> 일본 민중의 초췌가 지금만큼 심한 시대는 과거에 없었습니다. 만약 조선이 명과 힘을 합해 군사를 일으켜, 일본의 죄를 묻기 위한 침입을 해와도 성공할 것입니다. 일본어 글자 히라가나로 포고문을 만들어 민중을 지옥의 고통에서 구제하러 왔다고 널리 알리고, 군대가 통과하는 지역에 피해를 주지 않는다면 시라가와 검문소(일본의 북쪽)까지도 갈 수 있을 것입니다.

후지와라 세이카는 조선 침략을 행한 히데요시를 '소국의 소인배'라고 극히 낮춰 불렀다. 세이카는 불교를 버리고 본격적으로 유학의 길에 들어서서는 의복에도 신경을 써서 나름대로의 옷차림을 고안해냈다. 처음에는 스님의 복장이었지만, 유학을 강의할 때는 구별한다는 의미에서 조선이나 명나라의 복장을 참고로 한 일본적인 복장을 만들어 입었다.

임진왜란이 끝난 1600년 9월, 후지와라 세이카는 도쿠가와 이에야스에게 강의를 요청받고 알현했을 때도 스스로 고안한 복장을 입고 나갔다. 결국 그것이 에도시대 일본 학자의 복장이 되었다. 도쿠가와 이에야스는 역사서를 애독하고, 수많은 출판사업을 벌이기도 한 학자 장군이었다. 소문난 학자 세이카를 만났을 때 도쿠가와 이에야스는 잘 가르쳐달라며 인사를 건넸다. 그러나 세이카는 뭔가 마음에 들지 않는 듯 오히려 강의를 시작하지 않았다. 의아한 도쿠가와 이에야스가 이유를 묻자 세이카는 대답했다.

"장군님의 그 복장은 제 강의를 듣는 복장이 아닙니다."

이에야스는 편안한 평상복에 두건을 쓰고 있었다. 이에야스는 평소 서민들과 별 차이가 없는 간소한 옷차림으로 지내는 습관이 있었다. 그래서 이에야스는 되물었다.

"이 복장에 무슨 문제라도 있습니까?"

세이카는 대답했다.

"장군님께서 학문을 다과를 즐기듯 심심풀이 정도로 생각하고 계십니까? 학문을 취미 정도로 생각하는 분께 가르칠 것은 아무 것도 없습니다. 『대학』은 공자의 유서이며, 이것은 우선 자신의 몸을 가지런히 유지하는 것이 기본이라고 가르치고 있습니다. 자신의 몸을 가지런히 하지 않고서 어떻게 국가를 통치하실 수 있겠습니까. 예절을 분별하지 못하는 분께는 성현의 길을 가르칠 의미가 없습니다."

'감히!' 하는 세이카의 이 말에 놀란 이에야스는 금방 옷을 갈아입고 돌아와 정장 차림으로 강의를 들었다. 도쿠가와 이에야스는 강의에 매료되어 세이카를 고용 학자로 삼아 성리학적 가치관에 따라 일본을 통치할 것을 생각하고 관직에 들어올 것을 요청했다. 그러나 세이카는 이에야스의 출사 요청을 끝내 사양하고 대신 그의 제자 하야시 라잔을 추천했다. 하야시 라잔은 에도 막부 학문소의 대학두(大学頭)가 되었다. 이렇게 하여 강항이 전한 조선 성리학은 에도 막부의 정통사상이 되었고, 강항은 일본 성리학의 아버지가 된 것이었다.

『간양록(看羊録)』은 강항이 적지에서 보고 들은 왜국의 실상과 왜인들의 무지한 모습을 소상히 적어 선조에게 올리는 상소문 형식으로 된 글이다. 2차 대전 막바지 조선총독부는 일본 민족의 치부를 드러냈다 하여 『간양록』을 분서(焚書)로 지정하면서 "간양록을 불태워라"라고 명령했다. 왜인들에게 수치스런 글이라면 당연히 우리에겐 자부심을 부추기는 내용. 조선총독부는 『간양록』을 불태우라 했지만 초간본이 오히려 일본의 내각도서관에 보존되어 있으며, 아울러 불태워 없애고자 하였던 조선총독부의 만행까지 함께 적어 전한다.

『간양록』에는 1598년 8월 도요토미 히데요시의 죽음을 기록한 대목에서 신랄하게 적었다.

"도쿠가와 등은 발상(発喪)하기를 꺼려하여 이놈의 죽은 사실을 꼭 덮어두기로 하였습니다. 죽은 놈의 배때기를 갈라 그 안에다 소금을 빽빽이 처넣고 아무렇지도 않을 것같이 꾸미기 위해서 평소에 입던 관복을 그대로 입혀 나무통 속에다 담아두었습니다."

강항은 도요토미 히데요시의 죽은 시체의 배를 가르고 거기에다 소금을 빽빽이 처넣었다는 구절을 강조하고 있다. 이는 조선으로 향하는 일본군들에게 죽인 조선 병사의 코와 귀를 잘라 소금에 절여오라는 명령을 내렸기 때문이다. 강항은 히데요시의 그 명령을 이렇게 적고 있다.

"사람마다 귀는 둘이요 코는 하나야! 목을 베는 대신에 조선놈의 코를 베는 것이 옳다. 병졸 한 놈이면 코 한 되씩이야! 모조리 소금에 절여서 보내도록 하라."

조선 병사들의 코를 베어서 소금에 절여 보내라고 하였으니, 죽은 도요토미 히데요시의 배에 소금을 처넣게 된 것은 당연한 것이라 강항은 믿었을 것이다. 히데요시의 장사를 치른 그의 위패가 있는 곳에 황금전(黃金殿)을 짓고 그 밑에 '대명일본(大明日本)에 일세를 떨친 호걸, 태평의 길을 열었으니 바다는 넓고 산은 높다'라는 글을 써 붙였다. 강항은 구경삼아 그곳에 갔다가 그 문구를 뭉개고 그 자리에 글을 썼다.

반생 동안 한 일이 흙 한줌인데/ 십층금전은 울룩불룩 누구를 속이자는 것이더냐

총알이 또한 남의 손에 쥐어지는 날/ 푸른 언덕 뒤엎고 내닫는 것쯤이야

우연히 그 앞을 지나던 후지와라 세이카는 그 글귀를 발견하고 황급히 뜯어냈다. 내용으로 보아 강항이 지은 것이 분명했기 때문이었다. 후지와라는 '왜 조심성이 그렇게 없느냐!'라고 충고를 겸한 항변을 했다고 강항은 기록하고 있다. 일본에서 돌아온 강항은 선조에게 벼슬을 받으나 죄인이라 사양하고는 향리에서 독서와 후학 양성에 전념하다가 여생을 마쳤다.

일본 땅 시고쿠 에히메현 오쓰시에는 강항을 기리는 현창비가 서 있다. 현창비 왼편에는 똑같은 크기로 두 개의 비문석을 따로 세웠는데, 일문(日文)과 한글로 비문을 새겼다. 일문의 제목은 '일본 주자학의 아버지 유학자 강항의 비'라고 적었다. 1990년 3월 강항의 고향인 영광과 일본의 오쓰시에는 강항을 기리는 현창비가 건립되고, 그 제막식에는 두 도시를 대표하는 인사들이 교대로 참석하는 교류가 있었다. 아름다운 여자만 풍경 위로 조용필의 '간양록'이 구성지게 흘러간다.

이국땅 삼경이면 밤마다 찬서리고/ 어버이 한숨 쉬는 새벽달일세

마음은 바람 따라 고향으로 가는데/ 선영 뒷산의 잡초는 누가 뜯으리

어야어야어야 어야 어야/ 어야어야어야 어야 어야

피눈물로 한 줄 한 줄 간양록을 적으니/ 님 그린 뜻 바다 되어 하늘에 달을 세라

어야어야어야 어야 어야

오리 떼들이 무리지어 먹이활동에 여념이 없다. 해안 자전거 전용도로를 따라 걸어간다. 달천도가 다가온다. 달천교 앞 여자만 갯노을과 섬달천 안내판이 있다. 섬달천도는 해넘이와 낚시의 명소로 사람들은

연륙교를 사이에 두고 섬은 '섬달천', 육지는 '육달천'이라 부른다. 연륙교 주변 갯벌은 꼬막과 굴, 바지락 등을 채취하는 마을 공동 어장이다. 소라면 복산리에 주소를 둔 섬달천 입구 자전거여행자 쉼터를 지나서 복산4구 달천마을회관 앞을 지나 궁항마을 방향으로 진행한다. 소라면의 복산리를 지나서 사곡리 궁항마을에 들어선다. 9시 43분, 궁항정류장에서 59코스를 마무리한다.

★ ★ ★ ★ ★ ★ ★ ★

여자만갯가길

[이순신과 원균]

소라면 궁항정류장에서 순천시 와온해변까지 15.1㎞

궁항정류장 → 여수갯벌노을마을 → 봉전마을회관 → 가림산 → 와온해변

"가소롭다. 이처럼 나라가 위급한 때에도 예쁜 여인을 태우기까지 하니 그 마음 씀씀이는 무어라 형용할 수가 없다."

작은 어촌 궁항마을의 버스정류장에서 60코스를 시작한다. 오늘은 900㎞를 통과하는 날이다. 산티아고 순례길에서 800㎞ 지점 산티아고 데 콤포스텔라를 지나서 다시 세상의 땅끝이라 여겨지던 900㎞ 지점 피스테라에 도착한 날이 2017년 7월 16일이었다. 3년 전 그날은 순례 여정의 31일째 되는 날이었고, 오늘도 남파랑길 여정의 31일째 되는 날이다.

대서양 바닷가 묵시아에서 피스테라로 출발하는 성모 마리아 성당 앞에 있는 표석 '0㎞' 지점에서 피스테라까지 거리는 31.329㎞였다. 묵시아는 성모 마리아가 배를 타고 와서 이곳에 내렸다고 해서 '시작'이라는 의미를 가지고 있다. 피스테라는 세상의 '땅끝'이라 여겨지던 곳, 시작에서 끝으로 가는 마지막 여정이었다.

피스테라의 땅끝에 도착했을 때 놀랍게도 '0.00㎞' 표석이 세워져 있었다. 땅끝은 더 이상 갈 곳이 없다는 의미도 있지만, 그것은 곧 새로운 세상으로 출발한다는 의미도 있었다. 스페인 피스테라의 '0.00㎞' 땅끝에서 새롭게 시작한 순례의 여정이 대한민국 남파랑길 900㎞ 여수까지 이어지는 역사적인 날, 순례자는 자신이 경험해본 최장 900㎞를 넘어 이제부터는 가보지 않은 길을 걸어간다. 호기심과 설렘, 두려움과 용기가 서로 교차한다.

삶 속에서 용기가 필요한 때는 언제일까? 새로운 시작에는 용기가 필요하다. 홀로 새로운 길을 가기 위해서도 용기가 필요하다. 그 길이 멀고 험할수록 더욱 큰 용기가 필요하다. 나 홀로 여행은 익숙한 일상을 떠나 낯선 숲으로 홀로 들어가는 것, 두려움이 밀려온다. 이때 두려움을 용기로 승화시킬 수 있다면 더욱 큰 용기를 얻을 수 있다. 그리고 그 경험은 일상에서도 두려움에 떨고 있는 자신에게 큰 용기를 불어넣어줄 수 있다.

궁항마을에서 여자만을 끼고 왼쪽부터 보이는 섬의 이름은 모개도, 장구도, 복개도이다. 썰물 때는 1㎞ 가까이 갯벌이 형성되어 참꼬막과 바지락 등 패류들이 많이 생산된다. 청정갯벌 간조 시 복개도까지 바닷길이 열린다.

여자만 보물창고가 열리는 '여자만갯가길' 23㎞는 2019년 '남해안 해안경관도로 15선'에 선정됐다. 여자만갯가길의 출발점은 남파랑길의 60코스 종점인 노을 명소로 알려진 순천 와온해변이다. 와온마을에서 차를 남쪽으로 몰면 장척마을을 지나고 가사리습지생태공원을 지나서 여자만전망대까지가 여자만갯가길이다. 그동안 알려지지 않은 여자만을 드라이브로 즐길 수 있는 곳으로, 시종일관 여자만의 풍요로운 생태를 감상할 수 있고 전 구간이 노을전망대라고 해도 과언이 아니다.

여자만은 여수시 화정면 여자도를 중심으로 시계 방향으로 서쪽 고흥, 북쪽 보성, 순천, 동쪽 여수 땅이 둥그렇게 감싼 갯벌 내해를 말한다. 남북 약 30㎞, 동서 약 22㎞, 면적 26.4㎢로 여의도 약 9배 크기의 갯벌이 생태계의 보고를 이루고 있다.

순천만은 순천시 해룡면 와온(臥溫)해변부터 순천시 별량면 화포(花浦)해변까지의 바다를 말한다. 현재 교과서에는 여수반도와 고흥반도 사이에 있는 바다를 순천만, 광양 앞바다를 광양만, 여수 앞바다를 여수만이라 표기하고 있다. 그러나 여수의 돌산 연육교에서부터 여수 화양면 백야도 사이를 현지 원주민들은 가막만(駕莫灣)이라고 부른다. 고흥반도와 여수반도 사이에 있는 지형을 나이 많은 원주민들은 순천만이라 부르지 않고 여자만이라 부른다.

갈림길에서 해안도로를 따라가다가 배수갑문을 지나 자전거길을 따라간다. 자전거는 목표를 향해 계속 페달을 밟는 운동이다. 페달을 계속 밟지 않으면 넘어지게 돼 있다. 항상 목표를 잡고 앞을 향해 전진해야 한다. 이때 앞바퀴와 뒷바퀴의 호흡은 필수이다. 기업이든 전쟁이든 마찬가지다.

원균은 이순신을 능가하는 장군이라는 원균 명장설이나 원균 옹호론이 1980년대부터 유행했다. 이들은 박정희가 독재정권 옹호를 위해 이순신을 띄워주는 동시에 원균을 격하시켰다는 의심을 했다. 하지만 원균 옹호론을 처음 만든 사람은 이순신을 질시한 선조였다. 미국과 영국 해군 교과서를 집필한 이들이 쓴 책인 『해전의 모든 것』(휴먼 앤 북스 펴냄)에서도 이순신은 전설적인 명제독으로 설명하면서 원균은 조선 수군을 매장한 최악의 무능 제독으로 비꼬고 있다.

1540년에 태어난 원균은 이순신보다 나이가 다섯 살 많았고 무과도 이순신보다 9년 빠른 1567년에 급제했다. 나이도 무과도 관직도 선배였다. 비록 수사에 임명된 시기는 1591년 2월에 임명된 이순신보다 11개월 늦은 1592년 1월이었지만 원균은 나이와 경력에서 이순신보다 위였다.

이순신은 원균을 좋아하지 않았다. 처음부터 원균을 싫어했던 것은 아니었다. 두 사람의 갈등은 옥포해전과 한산도대첩 이후 장계를 올리는 과정에서 처음 발생했다. 이때 원균의 판옥선은 4척이었고 이순신은 24척이었다. 원균은 이순신에게 연명으로 함께 장계를 올리자고 했지만 이순신은 이를 거절하고 먼저 단독으로 장계를 올렸다. 이 때문에 원균은 벼슬이 더해지지 않고 이순신의 벼슬만 더해졌다. 원균이 이를 이순신의 탓으로 돌리면서 이후 두 사람 사이에 감정의 골이 깊어지기 시작했다.

이순신은 『난중일기』 곳곳에 원균을 비난하는 글을 남겨놓았다. 그 내용을 종합해보면 원균은 아군이 위험에 처해도 못 본 척하면서 자신의 전공을 높이기 위해 부하들을 시켜 적의 시신을 건지기에 혈안이 된 인물이다. 또한 조선 백성을 죽여 왜적의 머리로 보고하는 짓도 서슴지 않았다. 이순신이 원균을 싫어한 가장 큰 이유는 원균이 공을 세우는 데만 관심이 있고 백성과 나라는 안중에도 없다고 판단해서다. 또한 원균의 인간성에도 혐오감을 감추지 않았다. 이순신은 원균의 그런 행동을 가소롭게 여겼다.

1593년 5월 13일 저녁 이순신은 『난중일기』에 "저녁 바다의 달빛이 배에 가득하고 홀로 앉아 이리저리 뒤척이니, 온갖 근심이 가슴에 치밀었다. 자려 해도 잠을 이루지 못하고 닭이 울고서야 선잠이 들었다"라고 기록했다. 그리고 다음 날의 기록이다.

> 5월 14일. 맑음. 선전관 박진종이 왔다. 동시에 선전관인 천안수령 예윤이 또 왕명서를 가지고 왔다. 그들에게서 전란 중 임금의 사정과 명나라 군사들의 소행을 들으니, 참으로 통탄스럽다. 나는 우수사(이억기)의 배에 옮겨 타고 선전관과 대화하며 술을 마셨는데, 영남우수사 원균이 와서 술주정이 심하여 차마 말할 수 없으니, 한 배의 장병들이 놀라고 분개하지 않는 이가 없었다. 그의 거짓된 것을 차마 말로 할 수 없었다. 천안수령이 취하여 쓰러져서 인사불성이니 우습다. 이날 저녁에 두 선전관이 돌아갔다.

5월 24일 칠천량 바다 어귀에 있던 이순신에게 나대용이 사량도에서 명나라 관원을 발견하고 돌아와서 보고했다. 그리고 5월 27일 이순신은 경상우병사(최경희)의 편지를 받았는데, 원수사(원균)가 송응창이 보낸 불화살을 혼자서 사용하려고 꾀한다고 한다. 그때의 『난중일기』다.

> 5월 30일. 종일 비가 내렸다. 신시(오후 4시경)에 잠깐 개다가 다시 비가 왔다. 아침에 윤봉사와 변유헌에게 왜적에 관한 일을 물었다. 이홍명이 와서 만났다. 원수사(원균)가 송응창이 보낸 불화살을 혼자만 쓰려고 계획하기에 병사의 공문에 따라 나누어 보내라고 하니, 그는 공문을 내라는 말에 심히 못마땅해하고 무리한 말을 많이 했다. 가소롭다. 명나라의 수행 신하가 보낸 화공무기인 불화살 1,530개를 나누어 보내지 않고 혼자서 모두 쓰려고 하니 그 잔꾀는 심히 말로 다 할 수가 없다.
> 저녁에 조붕이 와서 이야기하였다. 남해현령 기효근의 배가 내 배 옆에 댔는데, 그 배에 어린 여인을 태우고 남이 알까 두려워했다. 가소롭다. 이처럼 나라가 위급한 때에도 예쁜 여인을 태우기까지 하니 그 마음 씀씀이는 무어라 형용할 수가 없다. 그러나 그의 대장인 원수사(원균)가 또한 그와 같으니, 어찌 하겠는가.
> 윤봉사가 일 때문에 본영으로 돌아갔다가 군량미 14섬을 싣고 왔다.

1593년 8월 4일 이순신은 『난중일기』에 "원균이 하는 말은 매번 모순적이니 참으로 가소롭다"라는 글을 남겼다. 또 8월 7일 일기에는 "적의 형세를 살피려고 우수사(이억기)가 유포로 가서 원균을 만났다고 하니 우습다"라고 쓰고 있다. 당시 원균은 같은 수군절도사임에도 불구하고 자신이 가장 선배라는 이유로 전라우수사 이억기와 이순신을 수하로 여겼다. 이억기는 원균보다 20세나 어렸고 이순신보다는 15세나 어렸다. 원균이 이순신을 제쳐두고 이억기만 자기 진영으로 불러 상관인 것처럼 지휘했으니, 우습다고 표현하고 있다.

갯벌체험장
아름다운 노을이 있는
여자만 햇볕에
뻘배 가득 고막을 싣고
집으로 돌아오는 아낙네
의 행복한 모습
한종근 作
여자만의 노을

8월 25일 원균은 이순신을 찾아와 술을 내놓게 한 뒤 잔뜩 취하자 이순신에게 행패를 부렸다. 이순신은 이날 일기에 "원균이 술을 마시자고 하여 조금 주었더니 잔뜩 취하여 흉악하고 도리에 어긋나는 말을 함부로 지껄였다. 매우 해괴하다"라고 적고 있다. 어쨌든 두 사람의 갈등은 점차 심해졌고, 이는 조정의 당파싸움에도 영향을 끼쳤다. 이순신과 원균의 갈등은 개인적인 차원의 문제를 넘어 나라와 백성의 안위가 걸린 중차대한 문제였다. 두 사람의 관계가 날로 악화되던 중에 이순신이 1593년 8월 삼도수군통제사에 임명되었다. 이는 원균이 이순신의 지휘를 받아야 하는 처지가 되었음을 의미한다. 하지만 원균은 이순신이 통제사가 된 이후에도 거의 명령을 따르지 않았다.

조정은 이를 해결하기 위해 결국 1594년 12월 원균을 충청수사로 발령을 냈다. 육군 병마사가 되어 떠난 것이다. 이순신으로서는 반가운 일이었다. 원균 대신 선거이가 경상우수사가 되었으나 선거이는 병으로 면직서를 올렸고, 대신 배설이 원균의 후임으로 왔다. 선거이는 병이 나은 뒤 충청수사로 왔다. 결국 통제사 이순신 휘하에 충청수사 선거이, 경상우수사 배설, 전라우수사 이억기 등이 포진했다. 배설은 이순신보다 6세 어렸고 무과도 이순신 뒤에 급제했다. 선거이는 무과는 이순신보다 빨리 급제했으나 나이가 이순신보다 5세 어렸다. 북방에 있을 때 선거이는 이순신과 함께 근무한 절친한 전우였다. 이억기는 평소 잘 따랐고, 모처럼 이순신이 통제사가 된 후 조선 수군의 위계가 제대로 섰다. 하지만 시간이 지나자 원균과의 갈등은 해를 거듭할수록 심해졌다.

1595년 2월 27일. 한식. 맑음. 원균이 포구에 있는 수사 배설과 교대하려고 여기에 도착했다. 교서에 숙배하게 했더니, 불평하는 기색이 많아 두세 번 타이른

후에 마지못해 행했다고 한다. 너무도 무지하니 우습다.

1595년 11월 1일. 새벽에 망궐례를 행했다. 늦게 나가 공무를 보았다. 사도 첨사가 나갔다. 함평, 진도, 무장의 전선을 내보냈다. 김희번이 서울에서 내려와서 조정의 관보와 영의정의 편지 및 흉악한 원씨의 답서를 바치니, 지극히 흉악하고 거짓되어 입으로는 말할 수 없었다. 속이는 말들은 무엇으로도 형상하기 어려우니 천지 사이에 이 원씨처럼 흉패하고 망령된 이가 없을 것이다. 투항해온 왜놈들에게 술을 먹였다. 오후에 방답첨사와 활 7순을 쏘았다.

1596년 11월 조정에서 이순신과 원균이 싸운 것에 대한 논란이 벌어졌다. 『선조실록』 11월 27일의 기록이다.

우의정 이원익이 아뢰었다.

"이순신은 스스로 변명하는 말이 별로 없었으나 원균은 기색이 늘 발끈하였습니다. 예전의 장수 가운데에도 공을 다툰 자는 있으나 원균의 일은 심하였습니다. 소신이 올라온 뒤에 들으니, 원균이 이순신에 대하여 분한 말을 매우 많이 하였다 합니다. 이순신은 결코 한산도에서 옮길 수 없으니 옮기면 일마다 다 글러질 것입니다."

상이 일렀다.

"난처한 일이다."

좌의정 윤두수가 아뢰었다.

"원균은 소신의 친족인데, 신은 오랫동안 그 사람을 보지 못하였습니다. 대개 이순신이 후진인데 지위는 원균 위에 있으므로 발끈하여 노여움을 품었을 것이니, 조정에서 헤아려 처치해야 할 것입니다."

상이 일렀다.

"내가 전일에 들으니, 당초 군사를 청한 것은 실로 원균이 한 것인데 조정에서는 원균이 이순신만 못하다고 생각하므로 원균이 이렇게 노하게 되었다 하고, 또

> 들으니 원균은 적을 사로잡을 때 선봉이었다 한다."
>
> …(중략)…
>
> 이원익이 아뢰었다.
>
> "원균은 당초에 많이 패하였으나 이순신만은 패하지 않고 공이 있으므로 다투는 시초가 여기에서 일어났습니다."

남인 이원익은 이순신을 옹호한 반면 서인 윤두수는 원균을 옹호했다. 그런데 선조 또한 원균을 옹호하고 이순신을 비판했으니 이는 매우 위험한 일이었다. 이틀 후 윤근수의 장계에는 "백전백승의 장수는 이순신이 아니라 원균"이라며, 이순신 죽이기의 서막이 올랐다. 그리고 이순신을 원균으로 대체하자는 것이 윤근수의 주장이었다. 이에 대해 선조는 "이렇게 써서 아뢰니, 매우 아름답고 기쁘다"라고 답했다. 육군 명장 김덕령을 제거한 데 이어 수군 명장 이순신을 제거하기 위한 작전이 착착 진행된 것이다. 이순신에게 서서히 죽음의 그림자가 드리워지고 있었다. 유성룡은 『징비록』에 기록했다.

> 조정 의논이 두 갈래로 갈라져 각각 주장하는 바가 달랐는데, 이순신을 천거한 사람이 나(유성룡)이므로, 나와 사이가 좋지 않은 사람들은 원균과 한세하여 이순신을 몹시 공격했으나 오직 우상(右相) 이원익만은 그렇지 않다고 밝혔다.

정유재란이 발발하기 전인 1597년 1월 27일, 윤두수는 "고니시 유키나가가 지휘하더라도 이순신을 체직해야 한다"라고 주장했다. 그러자 선조는 "비록 가토 기요마사의 목을 베어오더라도 용서할 수 없다"라고 했다. 이에 북인 영수 이산해는 "임진년에 원균의 공로가 많았다고 합니다"라고 동조했다. 이순신 제거에 선조와 서인 영수 윤두수, 북인 영수 이산해까지 나선 것이다.

이순신에 대한 증오에 사로잡힌 선조는 마침내 의금부도사를 보내 1597년 2월 이순신이 한양으로 압송되고 원균은 삼도수군통제사가 되어 칠천량해전에서 대패하고 목숨을 잃었다. 『선조실록』 1598년 4월 2일 사관의 논평이다.

> 원균이라는 사람은 원래 거칠고 사나운 하나의 무지한 위인으로 당초 이순신과 공로 다툼을 하면서 백방으로 상대를 모함하여 결국 이순신을 몰아내고 자신이 그 자리에 앉았다. 겉으로는 적을 일격에 섬멸할 듯 큰소리를 쳤으나 지혜가 고갈되어 군사가 패하자 배를 버리고 뭍으로 올라와 사졸들이 모두 어육이 되게 만들었으니 그때 그 죄를 누가 책임져야 할 것인가. 한산(칠천량)에서 한 번 패하자 뒤이어 호남이 함몰되었고, 호남이 함몰되고 나서는 나랏일이 다시 어찌할 수 없게 되어버렸다. 시사를 목도하건대 가슴이 찢어지고 뼈가 녹으려 한다.

왼쪽 섬이 하늘에서 보면 하트 모양의 모개도이다. 갯벌체험장 데크에 아낙네가 뻘배에 가득 꼬막을 싣고 귀가하는 '노을의 향기'라는 조각 작품 등 설명판이 연이어 서 있다. 하루 2번 열린다는 무인섬 복개도의 물길이 드러나고 있다. 빨주노초파남보 무지개 색으로 칠이 되어 있는 진목포구를 지나고 유채꽃 명소인 반월마을을 지나고 대광횟집 다리를 건너면서 순천으로 들어선다. '와온해변 2㎞, 순천만습지 22㎞' 이정표가 순천 땅임을 실감나게 한다. '순천시민의 노래'를 신명나게 불러본다.

> 새 천년 새 시작 세계로 나가는 평화로운 이 땅에/ 자연이 함께하고 갈대밭 노을진 풍경에 담겨진 하늘이 사랑한 귀한 땅 순천/ 전통과 역사가 숨 쉬는 아름다운 순천만 물줄기를 타고 우리의 꿈들을 응원한다./ 희망찬 꿈과 함께 간다. 랄랄라 살기 좋은 도시 꿈이 있는 도시 함께 가는 도시 아 순천

대숲 사이의 언덕을 올라간다. 데크길이 끝나고 여자만 갯노을길이 연결된다. 여수의 동쪽은 광양만, 서남쪽은 가마만, 서쪽은 바로 이곳 여자만이다. 갯노을길은 여자만을 낀 화양반도의 율촌, 소라, 화양면을 잇는 자전거 및 걷기길로 전 구간이 53.1㎞다. 갈대밭 너머로 노닐고 있는 오리 떼를 바라보며 배수갑문을 지나간다. 인기척에 놀란 오리 떼가 비상한다. 용화사 입구로 언덕길을 올라 대나무 숲을 지나자 발 아래로 와온마을과 여자만이 펼쳐진다. 와온해변에 도착해 60코스를 마무리한다.

순천 구간

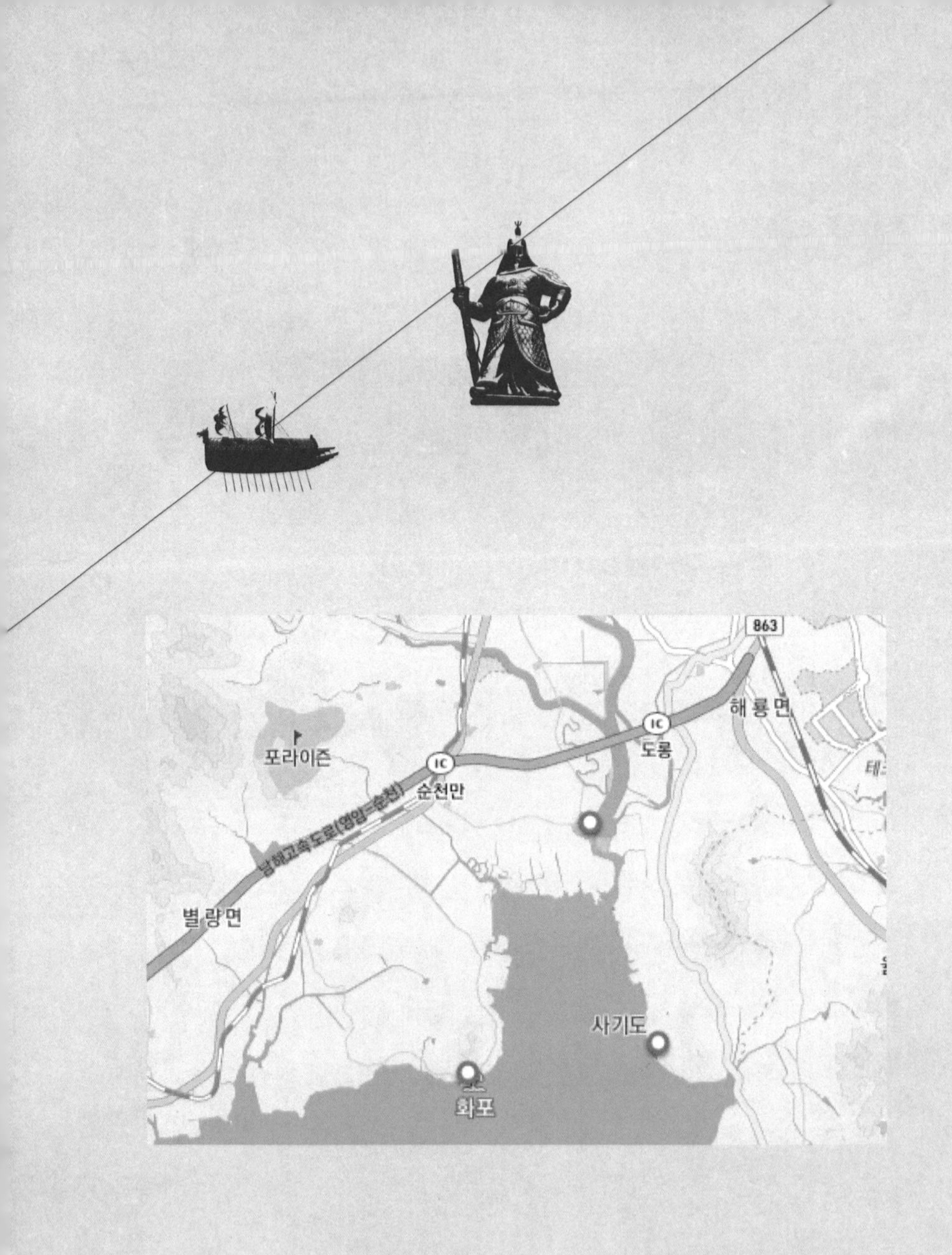
863
해룡면
포라이즌
도롱
순천만
남해고속도로(영암-순천)
별량면
사기도
화포

61코스 백의종군길

[하늘의 해조차 캄캄해 보였다!]

해룡면 와온해변에서 별량면 별량화포까지 13.7㎞

와온해변 → 용산전망대 → 순천만갈대군락지 → 순천만제방길 → 장산마을 → 별량화포

"꿈에 돌아가신 두 분 형님을 만나 서로 붙들고 울었다. 형님들이 말씀하시기를 '장사를 지내기도 전에 천 리 밖에서 종군하고 있으니, 누가 일을 맡아서 한단 말인가?' 하셨다."

2021년 10월 30일 와온해변에 시원한 바람이 불어온다. 가벼운 차림으로 61코스를 나선다. 종주 당시 순천만습지공원은 겨울철 철새보호를 위해 폐쇄되어 걷지 못하고 61-1코스로 우회하여 걸었기에 이제 다시 길을 나섰다. 순천시의 기 조성길인 '남도삼백리길' 중 '순천만갈대길'이 포함된 61코스다. 순천만갈대길은 와온해변에서 별량면 학산리 별양화포까지 이어지는 구간이다.

순천만의 일몰이 유명하여 남해안 오션뷰 명소 중 하나인 와온해변과 와온소공원을 걸어간다. 와온해변은 넓은 공원과 해변데크 산책로를 따라 특색 있는 갯벌경관과 갈대밭, 철새 등 순천만에서만 만나볼 수 있는 습지경관이 펼쳐져 오션뷰의 다채로움을 더해준다. 와온공원으로 이어지는 갈림길에서 아름다운 해안산책로로 들어선다. 순천시 전역이 유네스코 생물권보존지역이라는 안내판을 살펴보고 드넓은 갯벌 풍경을 감상하며 방조제를 따라 나아간다. 왼쪽 전면의 작은 섬은 사기섬(솔섬)이고 그 바다 건너 보이는 산은 봉화산, 왼쪽 끝이 오늘의 종점 별량화포다.

노을전망대를 지나간다. '순천만의 염생식물' 안내판에는 대표적인 칠면초와 갈대라고 설명하고 있다. 색깔이 일곱 번 변한다고 하여 이름 붙여진 칠면초는 순천만에서 개체 수가 가장 많은 우점종이며 가장 넓은 지역에 분포하고 있단다. '순천만의 화려한 미소 칠면초'는 순천만 9경이다.

생명의 땅 순천만은 2003년 습지보호구역으로 등록, 2006년 대한민국 연안습지 최초로 람사르협약에 등록되었으며, 넓게 펼쳐진 갯벌과 나지막한 산이 함께 하는 경관은 세계 어디에서도 볼 수 없는 순천만 갯벌의 특징이다. 1경(景)은 바람에 포개지는 30리 순천만갈대길, 2경은 바다와 강이 만나는 S자 갯골, 3경은 바다의 검은 속살 갯벌, 4경은 둥글게 둥글게 원형 갈대군락, 5경은 대대포구 새벽 안개 순천만 무진, 6경은 순천만 겨울 진객 흑두루미, 7경은 갯벌 속에 빠진 해 와온 해넘이, 8경은 소원을 빌어봐 화포해돋이다.

가야농원 근처 해변의 해상데크탐방로를 지나간다. 출입금지란다. 용산전망대에 오른다. 전망대까지는 400m, 짧지만 가파른 오르막길을 올라간다.

용산전망대 2층에서 환상적인 조망을 감상한다. 강과 바다가 만나는 곳, 강의 끝이자 바다의 시작점 순천만에 S자 갯골이 장관을 이루고 있다. 갯벌 생물들은 S자 갯골을 통해 갯골생물들은 육지로부터 유기물을 공급받는다. 해양생물들에게 생명선과 같은 탯줄인 셈이다.

아무도 없는 전망대에서 순천만을 바라보며 편안하게 여유를 부린다. 순천만습지 탐방로를 걸어간다. 끝이 보이지 않는 순천만갈대군락지를 지나간다. 순천만갈대군락은 누군가 만들어놓은 것처럼 동그란 원형 군락을 형성하고 있다.

세계 5대 연안습지인 순천만습지의 갈대밭은 사시사철 아름다운 길이나 칠면초가 붉게 물든 9월부터 갈대가 만발한 11월이 가장 유명하며 특히 석양이 아름답다.

무진교 위에서 생태체험선 선착장과 순천 습지를 가로지르는 순천동천을 바라본다.

순천만습지는 해안에 위치한 연안습지 중 우리나라를 대표할 만한 160만 평의 빽빽한 갈대밭과 690만 평의 광활한 갯벌로 이루어졌다. 겨울이면 흑두루미, 재두루미, 노랑부리저어새, 큰고니, 검은머리물떼새 등 국제적 보호 희귀종들이 찾아온다. 매년 10월 중순 천여 마리의 흑두루미가 하얀 베일을 쓰고 검은 옷을 입은 성직자의 모습으로 찾아왔다가 다음 해 3월이면 시베리아로 떠난다.

연인의 길에 들어선다. 10월부터 이듬해 4월까지 순천만습지에서 장산마을 사이 연인의 길(인안방조제) 일부가 철새서식지로 철새보호를 위해 통제한다. 하천 주변을 중심으로 사초, 갈대, 억새들이 자생군락을 이루고 있으며, 염습지 식물의 일종이며 새들의 먹이가 되는 칠면초가 군락을 이루고 있다. 특히 넓은 갈대군락은 새들에게 은신처, 먹이를 제공하는 주변의 논 역시 새들의 먹이 서식처가 되어주고 있다.

순천은 이순신과 특별한 인연이 있었으며, 전라좌수영이 있는 여수는 임진왜란 당시 순천부에 속해 있었다. 이순신은 백의종군을 하면서 순천에 도착하여 20여 일 정도를 머물렀다. 이때 순천에서 자신의 꿈을 『난중일기』에 기록하였는데, 아무래도 예지몽을 꾼 듯하다.

> 1597년 5월 6일 맑다. 꿈에 돌아가신 두 분 형님을 만나 서로 붙들고 울었다. 형님들이 말씀하시기를 “장사를 지내기도 전에 천 리 밖에서 종군하고 있으니, 누가 일을 맡아서 한단 말인가?” 하셨다. 두 형님의 혼령이 이와 같이 걱정하시니 슬프고 마음이 아프다. 또 남원의 추수 일을 감독하는 데 대해서도 걱정하시는데 그것은 무슨 뜻인지도 모르겠다.

이순신은 이때 왜 뜬금없이 남원의 추수일을 걱정했을까? 훗날 정유재란 최대 격전지이자, 일본군이 살육을 자행하고 조선 백성들의 귀와 코를 베어갔던 남원성 전투(1597년 8월)를 이순신은 석 달 전 미리 꿈으로 보았던 것일까. 구례와 순천에서 이순신이 걸었던 백의종군로를 나 홀로 걸었던 2014년의 추억이 스쳐간다.

1597년 4월 1일 의금부에서 풀려난 이순신은 "경남 초계(지금의 합천)에 있는 권율 도원수 휘하에서 백의종군(白衣從軍)하라"라는 선조의 명을 이행하기 위해, 이로부터 120일 후인 1597년 8월 3일 이순신 장군이 다시 삼도수군통제사로 제수받기 전까지 백의종군했다. 이때 움직인 동선을 '충무공 이순신 백의종군로'라고 한다.

구례·순천의 백의종군로는 총 7구간 76.5㎞로, 산수유 시목지에서 시작하는 구례구간은 1구간 산수유 지리산호반길 11.7㎞, 2구간 서시천 꽃길 따라 뚝방마실길 5.9㎞, 3구간 섬진강 벚꽃길 7.5㎞, 7구간 석주관 가는 길 14㎞이며, 백의종군로 순천 구간은 동해마을에서 시작하는 4구간 섬진강 징검다리길 11.8㎞, 5구간 송치재 장군의 눈물길 11.6㎞, 순천팔마비에서 끝나는 6구간 순천부 구국다짐길 14㎞이다.

이순신은 1597년 2월 26일 한산도에서 체포되어 서울로 압송되었다. 서울에 도착한 것은 3월 4일, 도착 즉시 의금부 전옥서에 투옥되었다. 그리고 4월 1일 투옥된 지 28일 만에 백의종군하라는 단서를 붙여 선조는 이순신을 석방했다. 처형될 위기에서 이순신은 천명(天命)을 받고 다시 살아났다. 우의정 정탁의 '신구차'는 선조의 마음을 움직인 명문이었다. 선조는 원균에게 삼도수군통제사 자리를 맡겨놓았지만 그래도 못 미더워 이순신의 백의종군을 통해 보험을 들어놓았던 것이다. 백의종군은 전장에서 공을 세울 기회를 다시 주는, 일종의 전시 상황 중 대기상태였다.

이순신이 풀려나자 많은 사람들이 찾아오고 위로했다. 자사 윤자신과 비변랑 이순지는 직접 찾아왔고, 영의정 유성룡과 우의정 정탁, 판서 김명원, 참판 이정형 등은 사람을 보내 위로했다. 전라좌수영에서 방답첨사를 지낸 동명이인 이순신은 술을 들고 찾아와 이순신에게 권했다. 의금부에서 풀려난 그날 밤, 이순신은 몸을 가누지 못할 정도로 술을 마셨다.

4월 2일 백의종군길을 나선 이순신에게 의금부에서 말 두 필을 내주었는데, 한 필은 이순신이 타고 다른 한 필은 짐을 운반했다. 금오랑 이사빈, 서리 이수영, 나장 한언향이 동행하며 감시했다. 용산나루에서 나룻배를 타고, 동작나루에 내려 남태령을 넘어 인덕원으로 갔다. 인덕원은 퇴임한 내시들이 살던 마을이었다.

4월 3일 저녁 무렵 수원에 도착했다. 고문의 후유증이 심한 상태에서도 33㎞ 강행군을 했다. 수원부사 유영건이 맞아주었다. 체찰사(유성룡) 수하의 이름 모를 군사의 집에서 묵었다.

다음 날 이순신은 오산으로 가서 황천상의 집에서 머물렀다. 황천상은 한때 이순신 휘하의 수졸로 근무하다 제대한 후 오산 역참에서 말을 돌보며 어렵게 생계를 꾸리고 있었다. 씨암탉 국과 텃밭의 푸성귀 반찬으로 대접을 한 황천상은 자신이 기르는 말 두 필이 전 재산이었다. 황천상은 뒷날 역리를 그만두고, 이순신이 백의종군을 하고 있던 초계면 매야실로 찾아가 전쟁이 끝날 때까지 생사고락을 함께했다.

황천상과 헤어진 이순신은 수탄(숯을 굽는 고개, 동탄 서탄)을 거쳐 평택 이내은손 집에 도착했다. 『난중일기』에는 "방이 비좁긴 하지만 따뜻하게 해주어 땀을 흘리며 잤다"라고 기록했다.

이순신은 4월 5일 아침 아버지 묘소에 도착했다. 1583년(39세) 함경도 건원보 권관시 돌아가신 아버지, 천 리 밖에서 문상하며 장례도 직접 치르지 못했다. 14년 만에 다시 찾은 선영, 이날의 『난중일기』다.

맑음. 해가 뜰 때 길에 올라 곧바로 선산에 이르렀다. 나무들이 두 차례 들불로 불타고 시들어 차마 볼 수 없다. 산소 앞에서 절하고 통곡했다. 한동안 일어나지 못했다. 저녁 무렵 외가로 내려와 사당에 절했다. 이어 조카 뇌의 집에 이르러 조상의 사당에 절하며 곡했고, 남양 아저씨가 별세했음을 들었다. 저물어서야 우리 집에 이르러 장인 장모님 신위 앞에서 절했다. 바로 작은형님과 여필 제수의 사당에 다녀온 뒤 잠자리에 들었다. 마음이 좋지 않았다.

작은형님은 요신이고 여필은 아우 우신이다. 저녁이 되어 선영에서 내려온 이순신은 아산시 음봉면 동천리 처가로 갔다가 밤이 늦어서야 염치읍 뱀골(원곡마을) 집에 도착했다.

4월 11일, 어머니 꿈을 꾸었다. 아들의 석방 소식을 들은 어머니는 여수에서 서둘러 이순신을 찾아 배를 타고 올라오고 있었다. 이순신은 아들 울을 중방포로 보냈다. 다음 날 정오까지 소식이 없자 이순신은 직접 중방포로 갔다. 그때 종 순화가 달려와 “노마님이 운명하셨습니다”라는 소식을 전했다. 이순신은 당시의 심정을 “하늘의 해조차 캄캄해 보였다. 곧바로 게바위로 달려가니 배는 벌써 도착해 있었다”라고 일기에 기록했다.

어머니 초계 변씨는 아들을 만나러 오는 선상에서 83세로 삶을 마감했다. 선상에서 상청을 차리고 고금도에서 마련해온 관에 입관하고 배를 중방포로 옮긴 후, 상여를 이용하여 시신을 뱀골 집으로 옮겨 모시고 왔다. 그 기간이 4월 13일부터 16일까지 사흘 걸렸다.

이순신이 발포만호(36세) 때 둘째 형님 요신이 사망하고 녹둔관 재직(39세) 시에 아버지가 사망했다. 43세 때 맏형 희신이 사망하고, 통제사 재임 기간인 1596년 4월 아산으로 돌아간 아우 우신이 처와 함께 병사했다. 부모 형제가 모두 세상을 떠났다. 장례 준비를 하던 4월 17일,

Suncheon
와온해변
제1코스
용산전망대
현위치
철새서식지
◀ 4.1km
0.6km ▶
남파랑길
남파랑길
NAMPARANG TRAIL
남파랑길 순천 61코스 NAMPARANG TRAIL I Suncheon61 section
남파랑길 61코스
종점
5.0km
낭만연인길
낭만연인길
장산
짱뚱어마을
744-7473
맛조개선별장
T. 744-7473
12
의금부 터
조선조 관리
양반 윤리에 관한 범
죄를 담당하던 관아
자리
충무공 이순신 백의종군로 출발지
①

금부도사의 서리 이수영이 공주로부터 와서 백의종군길에 오르라고 재촉하였다.

4월 19일 아침, 이순신은 어머님 영전에 눈물로 하직 인사를 하고, 장조카 뇌에게 장례를 부탁하고, 뇌의 집으로 가서 조상의 사당에 인사한 후에 길에 올랐다. 아산을 떠날 때 동행한 사람은 장남 회(薈), 막내 면(葂), 조카 봉, 해, 분, 완 그리고 주부 변존서 등 7명이었다. 동행한 말은 네 필이었다. 천안 광덕면 보산원 냇가에서 휴식하고, 일신역에서 하루 유숙했다.

다음 날 아침 일찍 길을 재촉하여 이산(현 공주시 노성면 읍내리)에 도착하니, 이산현감이 반갑게 맞았다. 동헌 객사에서 하룻밤 묵었다.

새벽에 이산을 출발하여 저녁에 여산에 도착하여 관노의 집을 어렵게 얻어 하룻밤 유숙했다. 이순신은 "한밤에 홀로 일어나 앉아 있으려니 서글픈 생각에 견디기 힘들다"라고 여산에서 하룻밤을 보내게 된 심정을 일기에 기록했다.

> 아침도 거른 채 출발하여 정오에 삼례에 도착해서, 그곳 역리의 집에서 점심을 먹고 다시 출발했다. 저녁나절 전주 남문 밖 이의신의 집에 도착하니, 죄인은 시내에서 잘 수 없다는 관례에 따라 전주부윤이 허겁지겁 달려와 "대감을 성내로는 모시지 못하지만 음식만이라도 대접하겠다"라며 정갈한 음식을 마련하여, 쓸쓸한 마음에 조금은 위로가 되었다.

다음 날 아침 일찍 출발하여 노원역에서 아침 식사를 하고, 해가 저물어 임실에 도착했다. 조그마한 고장이라 여장을 풀 만한 장소가 없어 부득이 동헌으로 들어가 현감에게 부탁하니, 임실현감은 죄인이 동헌 내로 들어올 수 없다는 규정을 내세워 일체의 편의 제공을 거절했다. 그러나 이미 밤이 깊어 민가를 얻을 수 없다는 사정을 말하고 현청의 방 한 칸을 빌려 유숙했다.

거의 뜬눈으로 밤을 지새우고 아침도 거른 채 깊은 침묵 속의 행군을 하여, 저녁에야 남원에 도착했다. 어둠이 깊어진 후 남원에서 10리 떨어진 이희경의 종 집에 여장을 풀고, 잠이 막 들려고 할 때 도원수 권율이 이웃고을 운봉에 머물고 있다는 전갈이 와서 곧바로 운봉을 향해 길을 떠났다. 남원에서 20㎞ 동쪽의 운봉에 도착한 것은 4월 25일이었다. 박롱의 집에 들어서자 소낙비가 내리기 시작했는데, 권율은 이미 순천으로 떠났다. 이순신이 운봉을 찾은 이유는 "권율 휘하에서 백의종군하고 공을 세워 죄를 면하라"라는 조정의 명령을 이행하기 위해서였다. 끼니도 힘든 형편의 가난한 박롱의 행랑채에 묵으면서 손님 대접할 길 막막해하는 박롱의 표정에서 그 난처함을 읽고, 이순신은 갖고 온 쌀을 내어 밥을 짓게 했다.

다음 날 남원을 거쳐 구례로 갔다. 구례현 내 손현필의 집에 머물 때 구례현감이 달려와 극진히 대접했다. 다음 날 순천 정원명의 집에 여장을 풀었다. 그리고 도원수에게 사람을 보내 구례 도착을 보고했다. 도원수 권율은 군관 권승경을 보내 상중(喪中)인 이순신을 조문하고 그 동안의 안부도 물었다.

다음 날인 4월 28일 아침, 권율은 권승경을 다시 보내 "상중에 몸이 불편할 터이니 원기가 회복된 후에 만납시다. 참, 그대와 절친한 군관이 통제영에 있다는 말을 들었는데 그를 불러 통제사 당신의 간호를 부탁할까 하는데 의향은 어떻소?" 하는 편지와, 군관을 나오도록 하는 공문을 만들어 왔다. 권율은 이순신이 상중이며 먼 길을 오느라 피로할 것이라는 점을 고려하여 순천에서 요양을 한 후 초계에서 백의종군하도록 배려한 것이다. 뜻밖에도 권율의 호의로 이순신은 약 2주간 순천에 머물면서 지친 몸을 요양할 수 있었다.

5월 14일 순천을 떠나 부유, 송치, 찬수강을 거쳐 구례 손인필의 집에 다시 여장을 푼 것은 저녁나절이었다. 손인필의 집은 아주 낮고 허술했으며 파리 떼가 극성을 부려 밥을 먹을 수 없는 지경으로 폐허나 다름없는 오두막집이었다.

5월 19일 이원익 체찰사가 구례에 왔을 때 이순신은 고을 밖에 있는 장세호의 집으로 거처를 옮겨가야 했다. 『난중일기』에는 "체찰사가 고을로 들어올 것인데 (죄인의 몸으로) 성내에 머물고 있는 것이 미안하여 동문 밖 장세호의 집으로 옮겼다"라고 기록했다. 이순신이 투옥될 당시 이원익은 우의정 겸 4도 체찰사로, 서로 아끼고 존경하는 사이였다.

이원익은 구례 지역에서 모은 군량미 중에서 쌀 두 섬을 이순신에게 보냈다. 이순신을 위로하기 위함이었다. 이순신은 그 쌀을 모두 방세로 지불했다. 천민이라도 은혜를 베풀어주는 사람에게 감사하는 이순신의 인품이다.

이순신은 순천에서 16일, 구례에서 10일을 머물렀다. 그동안 원균에 관한 소식으로 마음이 괴로웠다. 5월 26일 이순신은 연일 내리는 장맛비를 마시며 구례를 떠나 석주관으로 향했다. 석주관은 고려 말 섬진강을 통해 전라도와 내륙으로 침입하는 왜구를 막기 위해 성을 쌓고 군사를 주둔시킨 곳이다. 명나라와 일본의 강화회담이 진행되면서 석주관에 배치된 군인은 하나도 없었다. 이순신은 장맛비 속에 엎어지고 자빠지며 간신히 악양의 이정란 집에 이르렀지만 거절당했다. 이순신은 다른 집을 찾다가 다시 돌아와서 간청하여 겨우 하룻밤 유숙했다. 이정란의 집이었지만 그곳에는 김덕령의 아우 김덕린이 세들어 살고 있었다.

6월 3일 삼가현에 도착하니, 세차게 내리는 비 때문에 더 이상 갈 수 없었다. 연 삼 일을 굶은 종들은 배고픔을 참지 못해 민가에서 끌대 밥을 얻어먹고 돌아왔다. 종들을 매질하고 하동현감이 보내준 노자용 쌀로 얻어먹은 밥값을 갚도록 했다.

6월 4일, 원수부가 있는 초계(현 초계면사무소)의 인근 부락 모여곡에 도착했다. 처음 백의종군할 집으로 정한 곳은 문보의 집으로, 이틀 후 이어해의 집으로 거처를 옮기고 그곳에서 44일 간 머물렀다.

매실마을 도착 이틀 후 이순신은 거처할 집을 짓기 시작했다. 매실마을에 함께 기거한 사람 모두 14명이다. 자신, 회와 면, 조카 봉, 해, 분, 완, 군관 정상명, 이희남, 변존서, 윤선각, 그리고 종 경(庚), 인(仁), 경(京)이었다. 권율이 백의종군 중 군사훈련을 허가했다.

6월 11일 둘째 아들 열이 곽란을 앓아 간밤에 내내 신음하여 걱정으로 속이 탔다.

6월 12일 왜군이 다시 침략해왔다는 소식이 전해졌다.

7월 9일 밤에는 달빛이 대낮같이 밝아서 어머니를 그리는 슬픔으로 울다가 밤이 깊도록 잠들지 못했다.

7월 10일 열을 아산으로 보내야 하니 앉아서 날이 새기를 기다렸다. 솟구치는 정을 스스로 억누르지 못하고 통곡하며 떠나보냈다. 내가 무슨 죄를 지었기에 이 지경에까지 이르렀는가 탄식했다.

그리고 7월 16일 새벽 "조선 수군이 칠천량에서 크게 패했다"라는 소식을 접한 이순신은 권율에게 "제가 직접 해안지역을 보고 돌아온 후 대책을 세우겠습니다" 하고 길을 나섰다.

8월 3일 선전관 양호가 가져온 선조의 교서로 삼도수군통제사로 재임명 되었다. 통제사로 재임명 교서를 받은 곳은 진주시 수곡면 원계리 손경례의 집이었다. 이순신의 백의종군은 이렇게 끝이 났다.

이순신은 곧바로 임지로 출발, 오후 8시경 하동 횡천면 여의리에 행보역에서 잠시 말을 쉬게 한 후 밤길을 재촉하여 하동읍 두곡리 섬진강 두치에 이르렀을 때 날이 밝아왔다. 밤에 비가 내려 냇물이 크게 불어나 간신히 내를 건넜다.

이순신이 이곳을 지나간 지 불과 한나절 후에 왜군이 이곳에 상륙했다. 하늘이 도왔다. 이때 왜군은 남원성을 향해 수륙으로 함께 전진하여 하동에 도착했고, 수군은 이미 섬진강 하구에 다다르고 있었다. 불과 한나절 차이로 이순신은 두치진에서 섬진강을 건너 전라도 연안으로 향하고, 왜 수군은 두치진으로 상륙하여 남원으로 향했던 것이다. 그리고 9월 15일 역사적인 명량해전을 승리로 이끌었다.

서울 종각역 1번 출구 인근에는 "충무공 이순신 백의종군로 출발지"를 안내하는 이정표가 세워져 있다. 이순신이 갇혔던 옛 의금부터다.

사단법인 한국체육진흥회는 2017년 8월 3일부터 9월 7일까지 24일간 해군이 고증한 백의종군로 서울 운봉 구간과 각 지자체 및 향토사학자들이 고증해 각 지역별로 운영되던 충무공 백의종군로 전 구간을 잇는 도보 대행군을 실시해 서울에서 합천군 율곡면(초계) 전 구간 약 670㎞를 이은 바 있다. 이순신이 활약한 남쪽 바다 남파랑길은 물론, 백의종군로 또한 스페인의 산티아고 순례길에도 손색이 없는 세계적인 테마길이 될 수 있다. 백의종군로를 따라 걸으면서 인고의 시기를 견디고 나라와 백성을 지켰던 이순신의 구국정신을 대한민국 국민뿐만 아니라 전 세계의 많은 사람들이 느낀다면 얼마나 흐뭇할까. 그러면 이순신의 숭고한 얼과 승전기록이 두고두고 후세에 전해질 것이다. 코리아둘레길에 이어 정부가 나선다면 이 또한 의미가 있을 것이다.

낭만연인길을 걸어간다. 철새들은 계절이 아니라서 구경을 할 수가 없다.

제방을 따라 걷고 또 걸어간다. 왼쪽은 순천만, 오른쪽은 갈대밭이다. 순천만갈대길은 동천과 이사천이 만나는 지점에서 시작되어 순천만에 이르기까지 30리 길이다. 61코스와 61-1코스가 만나는 지점에 도착한다.

종주 시 여기까지 다녀갔던 기억이 새롭게 다가온다. 인안교 앞 쉼터를 지나서 학산방조제길을 따라간다. 장산마을 갯벌관찰장 입구를 지나간다. 화포해변까지 3.8㎞ 남았다. 순천만 건너편 지나온 와온해변이 보인다. 길었던 제방길이 끝나고 민가가 보이기 시작한다. 간척사업 전에는 섬이었다는 장산마을로 들어선다. 학산보건진료소와 장산마을을 지나 인적이 없는 자전거길을 따라 계속 나아간다.

우명마을회관을 지나고 우명마을 포구를 지나간다. 순천만 갯벌 어부십리길 조성사업을 하고 있다. 별량면 화포해변 61코스 종점에 도착했다.

61-1코스

★ ★ ★ ★ ★ ★ ★ ★

순천만갈대길

[임금을 어버이처럼 사랑했고]

순천만 소리체험관에서 순천만제방까지 3.4㎞

순천만 소리체험관 → 순천만습지공원 → 순천만제방

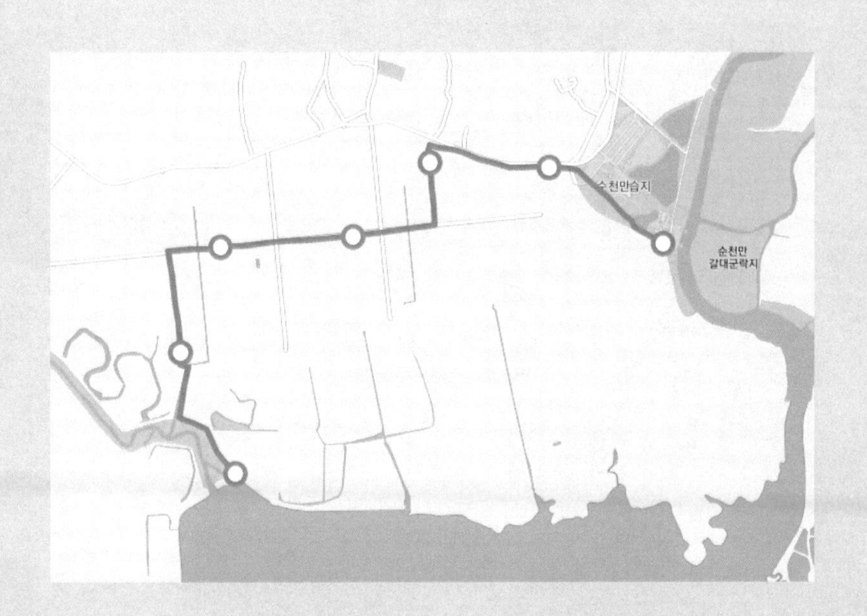

"임금을 어버이처럼 사랑했고 나라를 내 집처럼 근심했네."

12월 8일 7시 여명이 밝아오는 시각, 순천만 소리체험관에서 61-1코스를 시작한다. 순천만습지공원을 걸어 순천만제방에 이르는 구간이다. 순천만습지 내부 걷기여행길 중 겨울철에 철새보호를 위해 폐쇄되는 구간을 우회하는 길이다.

서서히 여명이 밝아온다. 순천만 자연의 소리체험관에서 생태연못을 지나 람사르광장으로 나아간다.

순천만습지는 광활한 갯벌과 갈대밭으로 이루어진 세계 5대 연안습지 중 하나이자, 연안습지 최초로 람사르협약에 등록된 대한민국 대표 생태관광지이다. 2006년 1월 20일 국내 연안습지 최초로 'Suncheon Bay'라는 이름으로 람사르협약에 등록되었으며, 2008년 6월 13일 '순천만'이라는 이름으로 명승 제41호에 지정되었다. 2011년에는 세계적인 여행안내서 『미슐랭 그린가이드』 한국 편에서 꼭 가봐야 할 명소로 지정될 만큼 국내의 대표적인 생태관광지이다.

순천만은 남해안 중앙에 있으며, 국내 대표적인 연안습지로서 동쪽의 여수반도와 서쪽의 고흥반도에 둘러싸여 있다. 행정구역상 순천시와 보성군·고흥군·여수시에 걸쳐 있으며, 강 하구와 갈대밭, 염습지, 갯벌, 섬 등 다양한 지형이 형성되어 있다. 썰물 때 하구 일대의 넓은 갯벌이 드러나 각종 철새도래지가 되고 있으며, 동천 하구는 깊은 갯골의 형태로 변한다. 갯벌이 살아 숨 쉬고 갈대가 춤을 추는 순천만 갯벌의 면적은 22.21㎢이며, 이 가운데 갈대 군락은 5.4㎢를 차지한다.

순천만국가정원은 대한민국 국가정원 제1호로 2013년 4월 순천만 국가정원1호길 일원에서 세계 23개국이 참가하는 순천만 국제정원박람회가 열렸다. 국제정원박람회가 끝난 후 2014년 4월 20일 순천시는 이곳을 '순천만국가정원'이라는 이름으로 영구적으로 개장하였다. 세계적인 정원디자이너와 설치예술가들이 참여하여 조성한 독특하고 아름다운 정원을 간직하고 있는 순천만국가정원은 대한민국을 대표하는 정원으로서 정원문화의 진수를 볼 수 있는 곳이다.

순천시 옆에는 여수시와 광양시가 있다. 이곳에는 대규모 국가산업단지가 있다. 화학과 제철산업으로 대표되는 산업단지의 조성은 여수와 광양의 경제력에 크게 이바지했다. 수많은 사람들에게 일자리를 제공했고 지방 중소도시로서는 윤택하게 살아갈 수 있는 기반이 되었다. 그러나 한 가지를 얻으면 한 가지를 잃는 법, 이곳은 경제적인 풍요를 누리는 대신 좋지 않은 대기 환경을 얻었다. 반면 두 도시 옆의 순천은 산업단지 조성에서 제외되었다. 그 대신 천혜의 순천만을 그대로 보존하는 반대급부를 받았다. 인간이 자연을 개발하여 얻는 것과 잃는 것의 극명한 대조를 이루는 순천만의 교훈은 인간과 자연의 공존과 공영에 대해 다시 한번 생각하게 한다.

지금의 순천은 대한민국에서 가장 살고 싶은 도시 중의 하나로 손꼽히지만 조선시대에는 임금의 눈 밖에 난 학자들의 유배지였다. 조선 초기 연산군 4년(1498년) 무오사화에 연루돼 유배를 당한 한헌당 김굉필(1454~1504)과 매계 조위가 대표적인 인물이다. 옥천서원은 김굉필을 추모하기 위해 세운 서원이고 임청대는 두 학자의 덕을 기리기 위해 세운 비석이다.

옥천서원은 명종 19년(1564) 순천부사 이정이 처음 세웠고, 선조 1년(1568) 부사 김계의 상소로 조선시대 호남지역 최초의 사액서원이 되었

다. '항상 마음을 깨끗하게 가지라'는 뜻의 '임청'은 조위가 붙인 이름이다. 임청대 앞의 비문은 퇴계 이황의 글씨다.

세계문화유산이 된 대구 달성의 도동서원은 김굉필을 모신 서원으로 퇴계 이황은 김굉필을 두고 '공자의 도가 동쪽으로 왔다'라며 극찬했다. 김굉필은 어려서부터 김종직에게 학문을 배웠는데, 후에 조선 오현(五賢)의 한 사람으로 불렸으며, 조광조의 스승으로 죽은 뒤에는 우의정의 직함을 받기도 했다. 조선 오현은 조선시대 성리학을 이끈 다섯 명의 대가를 일컬으며, 한헌당 김굉필, 일두 정여창, 정암 조광조, 회재 이언적, 퇴계 이황이다.

호남 사림은 중종 때부터 각종 과거에 여타지역보다 많은 합격자를 배출했다. 그 이유는 김굉필·최부·송흠·박상 등의 학문 활동의 영향 때문이다. 이들 문하생들은 중종 대부터 선조 대에 이르기까지 과거 급제자 대부분을 차지하였고, 장원급제자 역시 마찬가지였다.

이들 중심으로 인맥·학맥이 형성돼 중종 대의 호남 삼걸(최산두·윤구·유성춘), 명종 대의 호남 삼고(고경명·안축·임억령), 선조 때의 호남 오현(이항·유희춘·기대승·박순·김천일)과 송순, 정철과 같은 시인문장가를 중심으로 당시 중앙정계에서 요직을 차지했다.

정암 조광조(1482~1519)는 김굉필의 제자로 화순군 능주면 남정리에 기묘사화 때 유배 와서 사약을 받았던 유허지가 있다. 조광조는 열일곱 살에 평안도로 귀양 온 '소학군자(小学君子)' 김굉필에게서 성리학을 배웠다. 개혁의 동반자였던 중종의 사림 견제와 중종반정 때 공을 세운 훈구파의 반발로 기묘사화가 일어나고, 조광조의 급진 개혁정책은 실패로 끝났다.

사약을 받고 죽은 조광조의 시신을 양팽손(1488~1545)이 은밀히 거두어 지금의 서원 터에 가매장했다가 이듬해 용인으로 이장했다. 훗날 이이는 조광조에 대해 "자질과 재주가 뛰어났음에도 불구하고 학문이 부족한 상태에서 정치 일선에 나아가 개혁을 급진적으로 추진하다가 결국 실패하고 말았다"라고 평가했다.

반정으로 연산군을 몰아내고 임금의 자리에 오른 중종은 정국공신이라는 기득권 세력의 눈치를 살피는 데 급급하던 차에, 조광조를 만나 "정암은 과인의 스승이로세"라며 총애했다. 하지만 중종은 조광조 일파의 젊은 대간들의 주청과 강요에 기력이 쇠진해 있던 터라 조광조 일당을 치죄하겠다는 밀지를 훈구파에게 내리게 된다. 결국 '주초위왕(走肖為王)'사건으로 신진사류의 씨를 말리는 기묘사화가 일어나고, 조광조는 유배지 능주에서 중종이 내린 사약을 받고 서른여덟 살의 극적인 삶을 마감했다. 사약을 마시기 직전에 남긴 풍운아 조광조의 시다.

> 임금을 어버이처럼 사랑했고/ 나라를 내 집처럼 근심했네.
>
> 해가 아래 세상을 굽어보니/ 붉은 충정 밝게 비추어주리.

곡고화과(曲高和寡)라, 가락이 고상하면 화답이 적다. 초나라 왕과 송옥의 대화에 나오는 이야기다.

> 어떤 가수가 길에서 노래를 부른다. 아주 쉬운 통속적인 노래를 부르자 주위 사람 대부분이 알아듣고 따라 부른다. 점차 고상한 노래를 부를수록 화답하는 사람이 적어진다. 봉황은 푸른 하늘을 등에 지고 구름 위까지 오르는데, 동네 울타리를 나는 참새가 어찌 하늘 높음을 알겠으며, 곤이라는 큰 물고기를 어항 속 작은 물고기가 어찌 알겠는가. 선비 중에도 그렇고, 삶 또한 그렇다. 곧은 나무는 먼저 베인다. 못생긴 나무가 산을 지킨다. 물맛이 좋은 샘물은 먼저 마른다. 실실허허가 아닌 허허실실이다.

잔디광장을 지나고 주차장을 지나서 도로를 따라가다가 끝이 없는 한적한 농로를 따라 걸어간다. 목줄이 풀린 개 두 마리가 농로 주변을 서성이다가 나그네에게 관심을 가지고 짖기 시작한다. 순간 긴장감이 감돈다. 그때 뒤쪽에서 농부의 차량이 오는 소리가 나고 농부는 개들을 데리고 비닐하우스로 들어간다. 다시 정적이 감돈다.

서서히 날이 밝아온다. 동녘의 아침노을이 붉게 타오르고 태양이 떠오른다. 순간 아름답고 평화로운 철새들의 환상적인 군무가 펼쳐진다. 수십 마리, 수백 마리가 하늘을 날아오른다. 마치 나그네를 기다렸다는 듯이 화려한 공연을 펼친다. 한 곡조의 피리 소리에 맞춰 순천만의 철새들이 아름다운 군무로 아침 하늘을 수놓는다.

온 세상의 평화를 원한다면 먼저 내 자신이 평화로워야 한다. 남파랑길은 길을 걷는 사람의 마음가짐에 따라 보이는 것도 다르고 마음의 크기에 따라 느끼는 것도 다르다. 철새들의 환상적인 군무를 보면서 영원한 18번 '철새는 날아가고(El Condor Pasa)' 한 곡조를 부른다. 가벼운 아침 산책으로 61코스와 만나는 지점에서 61-1코스를 마무리한다.

62코스 남도삼백리길

[호남 의병]

별량면 별량화포에서 벌교읍 부용교사거리까지 24.7㎞

별량화포 → 창신복지회관 → 거차뻘배체험장 → 구룡사 → 별량농협 → 벌교장양어촌체험마을 → 벌교갯벌습지보호지역 → 벌교생태공원 → 중도방죽 → 부용교사거리

"의로써 국가를 위하여 마땅히 죽을 때이다. 모든 사람은 병기로서 혹은 군량을 바쳐서 도와야 한다."

2020년 12월 9일, 별량화포에서 62코스를 시작한다.

일출이 아름다운 화포선착장에서 순천만을 바라본다. 매년 1월 1일 일출 소망탑이 있는 이곳 화포선착장에서는 순천만 해맞이 일출 행사를 한다. 순천만 9경 중 8경은 '화포 해돋이'다. 화포 일출은 서정적이고 낭만적이다. 순천만의 하늘과 갯벌 그리고 갯골이 붉게 물들기 시작하면 해가 슬그머니 갯벌 속에서 얼굴을 내민다. 화포마을 뒤의 봉화산은 순천만의 일출과 일몰을 동시에 볼 수 있는 산이다.

인생에서 그렇듯 일출과 일몰은 상징이다. 내 인생도 저무는 구나, 알게 된 사람들은 일몰을 무심히 바라볼 수만은 없다. 얼마 안 남은 시간 동안 타오르듯 살고 싶다. 세상에는 떠오르는 해만 있는 게 아니다. 지는 해도 아름답고 황홀하다.

순천시가 조성한 남도삼백리길 코스 안내도를 바라본다. 남파랑길 62코스에는 남도삼백리길 2코스 '꽃산너머 동화사길'이 일부 포함되어 있어 동초교까지는 남파랑길과 함께 간다.

동화사는 별량면 대룡리 개운산에 잇는 사찰로 1047년 의천에 의해 창건된 사찰이다. 남도삼백리길은 11개 코스 총 220㎞로, 세계 5대 습지인 순천만과 상사호, 낙안읍성, 선암사, 송광사, 동화사 등을 두 발로 걸어서 만나는 길이다.

화포마을을 향해 해안도로를 따라 진행한다. 죽전방조제까지는 1.6㎞이다. 순천만 갯벌습지보호지역을 바라보며 걸어간다. 순천시 별량면, 해룡면에 위치하고 있는 순천만 갯벌은 우리나라 최초로 람사르협약에 등록된 연안습지이다.

해안길에서 벗어나 차도(일출길)로 올라서서 데크길을 따라간다. 세발낙지 갯벌낙지 음식점이 곳곳에 있다. 금천수문을 지나고 창산복지회관을 지나 고장방조제로 나아간다. 고장방조제 수문을 지나 거차마을회관 앞에 도착한다. 문이 닫힌 거차뻘배체험장을 지나간다. 뻘배타기, 꼬막 캐기, 짱뚱어 잡기, 갯벌 미끄럼틀 타기 등 다양한 갯벌 체험을 할 수 있는 뻘배체험장으로 아이들 아토피에도 탁월할 뿐만 아니라 피부에도 좋다. 바다의 검은 속살 갯벌은 해양생태계에서 가장 생산성이 높은 곳으로 다양한 동식물이 살아가는 생태계의 보고이다. 갯벌은 그 안에 살고 있는 모든 생명체를 키워낸다.

거차방조제길로 나아간다. 추운 날씨로 갯벌의 바닷물이 얼었다. 마산양수장과 배수관문을 지나 덕산수문을 만나고 덕산방조제를 따라 걸어가며 너른 갯벌의 다양한 모습을 바라본다. 용두마을 입구의 소공원에는 노송들이 숲을 이룬 곳에 쉼터 정자가 있다. 작은 사찰 구룡사(九竜寺)에는 인기척이 없다.

용두마을을 지나 용머리해안에서 구룡방조제길을 따라가다가 길게 이어진 농로를 따라간다. 경전선이 지나는 구룡건널목을 지나서 별량면 구룡마을로 들어선다. 세월이 흘러 낙안읍성 안내도의 색이 바랬다.

순천 낙안읍성은 600년의 역사를 오롯이 간직하고 있는 조선시대 대표적인 계획도시로서 관아시설과 전통민가가 원형대로 보존되어 있는, 살아 있는 민속마을이다.

이순신이 의병을 모집할 때 지원자 중에 유독 낙안읍성 출신들이 많았다. 이순신은 우국지사가 많은 낙안읍성을 격려하기 위해 방문했다. 이에 많은 주민이 의병에 지원했고, 군량미도 내놓았다. 이순신이 의병과 군량미를 모아서 돌아가는데, 은행나무 앞에서 마차의 바퀴가 빠져 잠시 머물게 되었다. 마차를 수리하고 좌수영으로 돌아가는데, 낙안에서 순천으로 향하는 길목의 커다란 다리가 무너져 있었다. 이순신은 주변 사람들에게 사연을 물어보니, 얼마 전에 큰 굉음과 함께 다리가 무너졌다는 이야기를 들었다. 이순신이 그 날짜를 셈해보니, 바퀴가 빠져 낙안의 은행나무 밑에서 쉬고 있을 시간이었다. 장군은 은행나무 목신(木神)이 자기를 보호해준 것이라 생각했다.

임진왜란 초기 불리한 상황을 역전시킨 것은 조선 수군과 의병이었다. 향토지리에 밝았던 의병들은 지리에 알맞은 전술을 구사하면서 왜군에 타격을 주었다. 전쟁이 장기화되면서 의병은 관군에 편입되었고 이로써 관군의 전투능력은 크게 향상되었다.

우리나라 역사상 임진왜란 때와 같이 전국적인 규모로 광범위하게 의병활동이 전개된 일도 많지 않다. 의병은 전란 초기에 관군이 무력하게 흩어지고 국가가 위태로운 상황에서 민중의 힘으로 왜군을 격퇴하기 위하여 자발적으로 봉기한 군사집단이다. 대체로 재지 사족(士族)들이 주창하여 그 지방 민중들이 호응하는 형태로 이루어졌다. 이들 재지 사족들은 15세기 후반 이래 향교와 유향소 등을 중심으로 향촌사회의 지배체제를 구축하고 있었다. 이들이 가지고 있는 경제적 기반은 의병의 조직과 활동을 위한 물질적 토대가 되었다.

이순신이 연전연승하는 과정에서 빼놓을 수 없는 군사력은 자진 종군했던 해상의병들의 활동이었다. 이들은 1592년 8월과 9월 사이에 순천부를 중심으로 전라좌도 연해지역에서 자발적으로 뛰어든 의병들이다. 이순신은 관내에 격문을 발하여 의병을 직접 모집하기도 하였다.

이들 해상 의병은 자발적으로 후방 지원활동을 펼치는 등 전라좌수사 이순신을 보좌하면서, 이순신의 모친을 보호하는 역할을 담당하기도 했다.

임진왜란 중 가장 먼저 침략을 받은 경상도에서 가장 먼저 의병이 일어났다. 국가가 위기에 처하자 평소 충효사상을 체득한 전국 각지의 유생들은 앞장서서 의병을 모집하여 구국 전선에 나섰다. 특히 안동지방은 유학의 산실로 의병 활동이 활발하였다. 안동을 중심으로 한 경상도 북부지방은 사회경제적 조건으로 고려 말 이래 전래된 성리학을 재빨리 수용하여 충효사상이 널리 보급된 지역이었다. 곽재우, 정인홍, 김면은 경상도 3대 의병장이었다. 서애 유성룡은 선조와 함께 피난길에 오르면서부터 "호남의 충의지사들이 머지않아 봉기할 것"이라고 예견했던 대로 호남에서 의병이 일어났다.

임란 초기 호남 의병의 활동은 김천일의 나주 의병과 고경명이 주도한 담양 의병의 봉기였다. 당시 김천일의 나주 의병은 경기도, 충청도, 경상도에서 활동하였으며, 고경명의 담양 의병은 1592년 7월 10일 제1차 금산성 전투의 패전으로 와해되고 말았다.

이런 상황에서 전라좌·우의병이 다시 봉기했다. 최경회를 맹주로 한 전라우의병은 고경명의 담양 의병을 재결집한 의병이었고, 전라좌의병은 독자적으로 성군했다.

전라좌의병은 보성의 임계영과 박광전, 장흥의 문위세 등 전라좌도의 남부 지역 사람들이 1592년 7월 20일, 7백여 명의 군사를 모아 보성관문에서 봉기했다. 여기서 임계영을 의병장으로 추대하고 전라좌의병이라 칭했다. 호남 의병장들은 사전에 경상도에서 호남을 수호하려 했다.

임란 초기 일본군에게 일방적으로 당했던 이유는 첫째, 정치 기강의

낙안읍성
HAWAII
남파랑길
NAMPARANG TRAIL
남파랑길 순천 62코스 NAMPARANG TRAIL I Suncheon62 section
순천만 생태관광협의회
"뻘배 체험장"
순천만 거차 마
부드러운 거차뻘은 아이들의 아토피에 탁월한 효과
머드팩 기능, 체험장내 생물채취가능(칠게, 짱뚱어,

해이와 경제·사회질서의 문란, 둘째는 위정자 상호 간의 당리당략 때문에 국방에 소홀했던 점, 셋째는 왜군은 잘 훈련되고 신무기인 조총을 사용하였다는 점이다. 그리고 무엇보다 지배층의 학정으로 민심이 이반되었다는 점에서 외침이 아니더라도 불길한 징조가 상존하고 있었다.

부산첨사 정발과 동래부사 송상현 등 극히 소수의 관리가 용감히 싸워 순국한 반면, 대부분의 관리들은 성을 버리고 도주하기에 바빴다. 경상병사 이각은 송상현의 만류를 뿌리치고 도주하였으며, 경상좌수사 박홍, 경상좌병사 조대곤, 밀양부사 박진 등도 도주하는 데 예외가 아니었다. 또한 경상우수사 원균은 군영을 불사르고 해상으로 나가 자기가 타고 있던 배만 지키는 형편이었다.

왜적의 침략을 받지 않았던 전라도에서는 전라관찰사 이광이 아무런 조치도 취하지 않았다. 그러다가 교지를 받고 근왕병을 일으켜 공주에 이르러 임금이 한양을 버렸다는 소식을 듣고 휘하 관군을 해산시켰다. 부당한 군의 해산 명령에 여러 수령이 그 잘못을 지적했으나 이광은 듣지 않았다. 하지만 조정의 재 기병 요구와 주변의 권유에 의해 이광은 어쩔 수 없이 관군의 동원령을 내리게 되었다.

이광은 6만 여의 관군을 이끌고 북상을 시작하였는데, 용인에서 와키자카 야스하루의 1천 5백 명에게 기습을 당하여 무너졌다. 임란 중 가장 뼈아픈 패배였다. 이 관군의 붕괴 과정에서 이광은 전주로 돌아갔고 권율은 광주로 내려갔다. 이때 이광의 실책을 규탄하던 김천일이 전라우도에서 의병을 일으켰다. 김천일은 의병을 일으킨 이유를 이렇게 말했다.

"국난을 당하여 왕은 서울에서 북쪽으로 옮기었다. 우리는 대대의 신하로서 어찌 숨어서 생명을 보존할 것인가. 나는 의군을 일으켜 국난에 달려가고자 한다. 강적을 무찌르지 못하면 죽음이 있을 뿐이다."

의병장에 추대된 김천일은 서울 수복에 1차 목적을 두었다. 이때 고경명도 의병을 모집하기 위하여 다음과 같은 격문을 각 읍에 보냈다.

"의로써 국가를 위하여 마땅히 죽을 때이다. 모든 사람은 병기로서 혹은 군량을 바쳐서 도와야 한다."

고경명은 스스로 의병장을 일컫고 민중의 궐기를 촉구하였다. 고경명의 의병군은 7월 9일 금산에 진출하여, 전날 이치에서 권율에게 패배하여 금산으로 도주한 적장 고바야카와 다카가케의 금산성을 공격하였다. 이때 고경명은 충청도 의병장 조헌에게 서신을 보내 합세하여 금산의 적을 치기로 약속하였다. 결국 고경명을 비롯하여 유팽로, 고인후 등이 전사하고 호남 최대 의병은 쓰러지고 말았다. 금산에는 칠백의총이 있다.

고경명(1533~1592)은 1558년(명종 13년) 문과 갑과에 장원급제해 벼슬을 시작했으며, 시문으로 명나라에까지 이름이 났던 문인이었다. 울산, 영암, 서산, 순창군수 등을 거쳐 임란 한 해 전 동래부사를 끝으로 낙향했다. 노년의 고경명은 왜적의 침략으로 선조가 의주로 파천했다는 소식에 분연히 일어섰다. 59세로 건강이 온전치 않았지만 격문을 돌려 의병 6,000명을 모았다.

도성을 떠난 선조에게 돌팔매가 날아왔지만 제봉은 근왕(勤王)을 다짐하고, 아들 인후에게 무주, 진안에 복병 수백 명을 배치해 왜적이 영남에서 호남으로 넘어오지 못하도록 했다. 그 후 진을 옮겨 장남 종후, 차남 인후와 합류한 뒤 호서, 경기, 해서 지역에 창의구국(倡義救国)의 격문을 보냈다.

이 무렵 왜군이 금산을 점령하고 호남 총공세를 펼칠 것이라는 정보를 입수했다. 고경명은 호서 의병장 조헌에게 왜적 토벌을 제의했다.

그러나 조헌은 청주 공략에 바빠 참전을 못 했다. 고경명은 전라도 방어 관군과 함께 왜적이 주둔한 금산성을 공격했다. 왜적은 취약한 관군부터 무너뜨린 뒤 의병부대를 기습했다.

그때 고경명과 차남 인후 등 수많은 의병이 목숨을 잃었다. 비록 패했지만 의병들의 피어린 분투로 왜적의 기세는 한풀 꺾였다. 곡창지대인 전라도를 왜적이 넘보지 못하게 만들었기 때문에 충무공의 수군이 해전에서 연전연승을 할 수 있었다.

치열한 금산 전투에서 장남 종후는 가까스로 목숨을 건졌다. 아버지와 동생의 시신을 40여 일 뒤 간신히 수습하고 다시 의병을 일으켜 스스로를 '복수(復讐) 의병장'으로 칭했다. 진주성이 함락될 위기에 처하자 고종후는 김천일 등과 함께 왜적을 상대로 9일간 사투를 벌이다 전세가 기울자 남강에 몸을 던져 순절했다.

3부자가 한 전쟁에서 순국한 사례는 세계 전사(戰史) 어디에도 없다. 3부자는 과거에 급제한 문인들이었다. 16세 막내도 죽음을 각오하고 전쟁터로 가는 아버지를 따라나섰으나 고경명은 "너는 어머니를 모시고 경상도 안동의 김성일 선생 댁을 찾아가서 피난을 하여라. 그 집은 높은 의리가 있는 집이니 난리 중에도 너희들을 그냥 죽게 버려두지는 않을 것이다"라며 막내를 돌려보냈다.

학봉 김성일과 제봉 고경명 집안과는 특별히 끈끈한 인연이 있었다. 학봉이 고을을 맡아 다스리기는 처음이자 마지막이 나주목사였다. 학봉은 영남의 선비로서 유달리 호남 선비들과 인연을 맺었다. 그중에서도 광주 무등산의 고경명과의 인연이 특별했다. 임진왜란이 일어나자 60세 노인인 고경명은 아들 셋 가운데 두 아들과 함께 전쟁터로 나가서 3부자가 장렬하게 전사했고, 당시 16세이던 셋째 아들 용후는 안동의 학봉 집안으로 보내 대를 잇게 했다. 고경명이 전쟁터로 가면서 마지막 남은 핏줄 하나를 의탁한 곳이 학봉 집안이었고, 이때 학봉의 부인과 아들들은 고씨 가족 50여 명을 받아들여 보살펴주었다.

고경명과 장남 고인후가 금산전투에서 전사하고, 일 년도 채 안 되어 김성일도 진주성을 지키다가 병사했다. 몇 달 뒤 또 고종후가 진주성에서 전사했다. 김성일의 집에서 4년 동안 피난하였던 고용후 일가는 광주로 돌아갔고, 1617년 고용후는 안동부사가 되어 안동으로 내려왔다. 고용후는 그때까지 생존해 있던 김성일의 부인과 큰아들 김집을 관아로 초청하여, "두 분의 은덕이 아니었다면 어찌 오늘이 있겠습니까?" 하고 울먹이면서 큰 절을 올렸다.

김천일의 의병부대는 북상 도중에 이광의 용인 패전 소식을 들었다. 이후 김천일의 의병군은 전면전을 펼치지 않고 게릴라 전법을 구사하며 적의 후방 교란책과 민심의 안정에 기여했다. 1592년 10월 5일에 시작한 1차 진주성 전투는 김시민 이하 장병들의 결사항전과 의병장 곽재우, 최경회, 임계영 등의 합동작전으로 무난히 왜군을 격퇴하였다. 하지만 다음 해 2차 진주성 전투에서는 적의 대군을 대적하기 어렵다는 도원수 김명원, 순찰사 권율, 의병장 곽재우와 죽음을 무릅쓰고 진주성을 지켜야 한다는 김천일과 최경회, 충청병사 황진 등으로 의견이 엇갈렸다. 김천일은 주장하였다.

"지금의 호남은 국가의 근본이 되어 있고 진주는 호남과 밀접한 곳으로 입술과 이의 관계인데 진주를 버린다면 적의 화가 호남에 미칠 것이다. 그러기에 힘을 합쳐 진주성을 지켜 막아야 한다."

일본군의 궁극적인 목표는 진주성을 장악한 후 호남지방을 공략하는 것이었지만, 진주성을 장악한 일본군은 전력 손실로 철군하지 않을 수 없었다.

제2차 진주성 전투에서 거의 대부분의 의병장들이 순국한 후에도 광주의 김덕령 등이 다시 일어났다.

순천시 별량면 구룡리에 보성군수가 세운 보성 갯벌습지보호구역 안내도가 서 있다. 신기정류장삼거리에서 벌교 방향으로 나아가다 동초교를 건너간다. 여기서 남도삼백리길과 헤어져 동룡천 둑길을 따라 호동건널목을 지나 동막2교 맡을 통과한다. 여기부터는 보성군 벌교읍 호동리다. 드디어 보성 땅에 들어섰다.

보성의 갯벌을 바라보며 걸어간다. 머나먼 길 저 끝에 하늘이 있고 산이 있다. 산티아고 가는 길과 다른 점은 바다가 가까이 있다는 것, 산티아고 가는 길에는 해발 800m에 메세타평원을 걸었다면 남파랑길의 평원은 바다 가까이 있어서 해발이 0m에 가깝다. 벌교가 가까워지고 해변에는 꼬막 조각상이 반겨준다. 벌교갯벌체험장을 지나서 바다를 가르는 벌교대교 아래를 지나간다. 벌교읍내가 점점 가까워진다. 환상적인 풍경이 펼쳐지고 장양항을 지나고 벌교생태공원을 지나간다. 벌교천을 아치형 목교로 만든 다리를 건너 중도방죽 산책로를 따라 걸어간다. 빽빽하게 들어선 광활한 갈대밭이 장관이다. 명상의 의자에 앉아 아름다운 갯벌습지보호구역의 경관을 바라보다가 명상에 잠긴다.

중도방죽은 일본인 중도(中島, 나카시마)의 이름을 따 붙여진 간척지방죽의 이름이다. 중도는 일제강점기 실존 인물로, 철다리 옆에 있는 마을에서 살았다. 소설 『태백산맥』 중 '저 방죽에 쌓인 돌뎅이 하나하나, 흙 한 삽 한 삽 다 가난한 조선 사람들 핏방울이고 한 덩어린디, 정작 배불린 것은 일본놈덜이었응께, 방죽 싼 사람들 속이 워쩌겠소'라는 구절을 통해 당시의 고난을 엿볼 수 있다.

'천상의 갯벌이 숨 쉬는 중도방죽' 포토존에서 사진을 촬영한다. 갈대로 뒤덮은 갯벌을 건너는 긴 아치교를 바라본다. 벌교천을 따라서 꼬막의 고장 벌교읍내에 들어선다. 오후 1시 10분 부용교에서 62코스를 마무리한다.

보성 구간

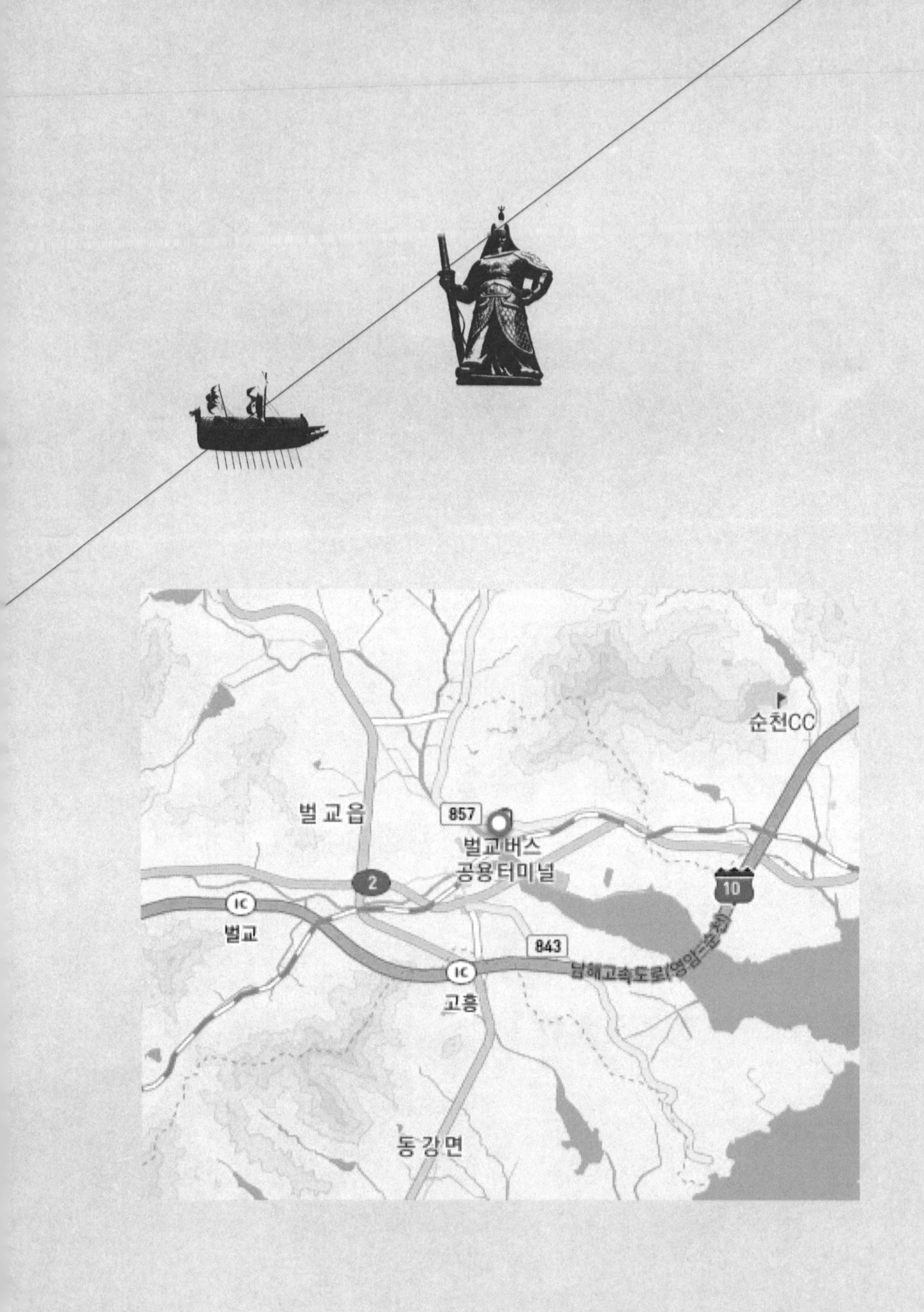
순천CC
벌교읍
857
벌교버스
공용터미널
2
10
IC
벌교
843
IC
고흥
남해고속도로(영암~순천)
동강면

63코스

★ ★ ★ ★ ★ ★ ★ ★

태백산맥문학기행길

[이순신과 이준경]

벌교읍 부용교사거리에서 남양면 팔영농협 망주지소까지 19.9㎞

부용교 → 채동선생가 → 벌교읍사무소 → 보성여관 → 벌교역 → 벌교숲공원 → 수차마을 → 죽동마을 → 용암마을 → 팔영농협 망주지소

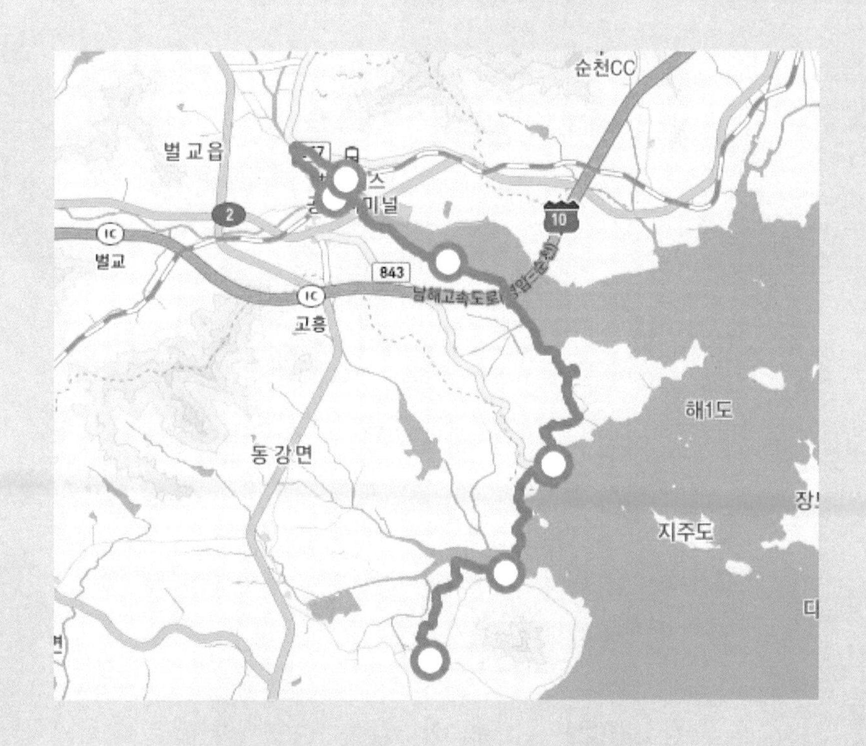

"아버님, 화살 여기 있습니다!"

12월 10일, 여명이 밝아오는 아침. 오늘은 '녹차의 수도 보성'에서 '지붕 없는 미술관' 고흥으로 이어지는 구간이다. 벌교천이 흐르는 부용교에서 63코스를 시작한다.

부용(芙蓉)은 연꽃이다. 연꽃은 불교의 상징이다. 임제선사는 땅 위를 걷는 것이 기적이라고 했다. 공기 위를 걷고 물 위를 걷고 불 위를 걷는 것이 아니라 하루하루 땅 위를 걷는 것이 기적이다. 아름다운 지구를 걷는 것이, 남파랑길을 걷는 자체가 기적이고 놀라운 일이다.

세계적인 명상가이자 평화운동가인 '살아있는 부처'라 불린 틱낫한 스님은 고행이나 좌선을 권유하기보다는 "무슨 일을 하든 걱정과 불안, 망상에 한눈을 팔지 않고 마음을 호흡과 발밑에 집중하며, 온전히 지금 하는 일에 집중하라"라며 "지금 여기 깨어 있는 마음이 바로 정토요 천국이다"라고 가르쳤다. "이 몸은 내가 아니며, 이 몸은 나를 가둘 수 없으며 생사는 오고가는 출입문일 뿐이며, 태어나고 죽는 것은 숨바꼭질의 놀이일 뿐"이라는 틱낫한 스님의 "지금 그대로 행복하라!"라는 메아리가 부용교에 들려온다.

원래의 이름을 되찾은 부용교(芙蓉橋)는 1931년 6월 건립되어 그때가 일제강점기 소화 6년이라 '소화다리'로 불리고 있었다. 지금도 대부분 소화다리라 부른다. 이 다리는 여순사건의 회오리부터 시작해서 6·25의 대격정이 요동치면서 남긴 우리 민족의 비극과 상처의 아픔을 고스란히 품고 있다. 양쪽에서 밀고 밀릴 때마다 이 다리 위에서 총살형이 이루어졌던 것이다. 소설에서 그때의 처참상을 상세히 묘사하고 있다.

소화다리 위에는 태백산맥을 형상화한 표지판이 서 있다. 소화다리에서 조금만 걸어가면 김범우의 집이 나온다. 그 앞에 무지개형 홍교에서 걸음을 멈춘다. 홍교는 벌교포구를 가로지르는 다리 가운데 가장 오래된 것으로 세 칸의 무지개형 돌다리다. 원래는 강물과 바닷물이 만나는 곳에 뗏목다리가 있었는데, 1729년(영조 5년) 순천 선암사의 승려인 초암과 습성 두 선사가 지금의 홍교를 건립했다. 우리나라에 남아 있는 홍교 가운데 가장 규모가 크고 가장 아름다워 보물로 지정되었다.

벌교(筏橋)라는 지명은 '뗏목으로 잇달아 놓은 다리'라는 뜻으로 보통명사가 고유명사가 된 특별한 경우다. 그러므로 뗏목다리를 대신하고 있는 이 홍교는 벌교의 상징일 수밖에 없다.

홍교를 건너 채동선 생가로 나아간다. 민족음악가 채동선(1901~1953)은 이곳 벌교에서 태어나 홍난파로부터 바이올린을 배웠다. 일본 유학을 다녀와서 1932년 가곡 '고향'을 발표하였고, 1937년 일제의 감시와 제재가 더욱 심해지자 서울 근교에서 은둔생활을 하면서 주로 민요 등 민족음악의 채보에 힘썼다. 1953년 부산 피난생활 중에 신병을 얻어 53세를 일기로 타계하였다.

남파랑길은 공원에 올라 정자를 지나고 종이컵 모양의 이색적인 안내소를 지나 데크 계단을 내려오면 벌교읍 행정복지센터에 이른다. 태백산맥문학공원을 둘러보고 태백산맥문학거리로 나아간다. 벌교읍사무소와 조정래의 벽화를 지나면 보성여관으로 이어지는 태백산맥문학거리가 나온다. 금융조합과 술도가, 장터거리를 지난 뒤 철다리, 중도방죽을 만나며 막바지에 이른다.

태백산맥문학관부터 시작하는 태백산맥문학기행길은 소설 태백산맥의 무대인 벌교읍 시가지와 갯벌 옆으로 이어진 방죽길을 둘러보는 8㎞ 구간의 걷기 코스다.

소설 『태백산맥』은 해방 이후부터 한국전쟁 때까지 치열했던 이념 대립과 민중들의 한을 묘사하여 많은 독자들로부터 사랑을 받은 조정래 작가의 대하소설이다. 책은 사람이 쓰지만 책을 통하여 사람이 영향을 받는다. 나폴레옹, 히틀러, 스탈린, 모택동의 공통점이 있다. 그들은 엄청나게 책을 읽은 독서광이고, 수천만 명을 죽인 인간 백정이다. 히틀러, 스탈린, 프랭클린 루즈벨트, 윈스턴 처칠의 공통점이 있다. 그들은 다 마약 중독자들이었다. 세계 2차 대전은 마약중독자들이 벌인 살인게임이었다. 마약도 책도 독이 되기도 하고 약이 되기도 한다. 사용하기 나름이다.

벌교읍사무소를 지나고 보성여관을 지나서 태백산맥문학거리를 벗어나 벌교역에 이른다. 벌교역 앞에 '남도이순신길 조선수군재건로' 안내도가 상세히 적혀 있다. 1597년 8월 9일 삼도수군통제사 이순신이 병참물자 확보를 위해 낙안읍성을 거쳐 보성으로 향하던 중간 거점으로 들렀던 곳이 오늘날 벌교역이다.

정유재란이 있었던 1597년, 백의종군하던 이순신이 삼도수군통제사로 재임명되어 군사, 무기, 군량, 병선을 모아 명량대첩지로 이동한 구국의 길을 '조선수군재건로'라 명명하여 역사스토리 테마길로 조성했다.

순천에서 무기와 화살을 구한 이순신은 보성에서 식량을 선적하고, 장흥에서 해상 출전을 결의했다. 강진에서 해상 추격전을 벌인 이순신은 해남에서 아침 일찍부터 우수영 바다에서 전투를 시작하여 저녁 늦게까지 진도 벽파진 바다에서 명량대첩을 이루었다.

보성 지역의 재건로는 벌교역을 지나서 조양창 터(고내마을) → 박곡 양산항의 집(박실마을)인근 득량역 → 열선루(보성군청) → 율포해수욕장 → 명교마을(백사정) → 군영구미(군학마을)로 이어진다.

1597년 8월 3일 다시 삼도수군통제사가 되어 구례 석주관과 순천을 거쳐 8월 9일 현 보성군 벌교읍(당시 낙안군 고상면)에 들렀을 때 이순신의 모습은 위풍과 권위는 간데없고 겨우 군관 9명과 군사 6명이 수행하는 초라한 모습이었다. 그러나 벌교 사람들은 오 리 정도 되는 인파가 줄을 서서 술을 권하는 등 대대적인 환영으로 이순신의 사기를 북돋았다. 또한 벌교의 열혈 청장년 70여 명이 자진 입대하였다.

벌교 장양리 선소와 부용산성은 이순신이 병참물자 회수를 위해 수색전을 전개하였던 곳이다.

이순신의 처가는 보성이다. 이순신의 장인 방진은 1514년 충청도 온양(현 아산시 염치읍)에서 태어났다. 제주목 대정현에서 1535년부터 1537년까지 제주현감으로 근무하였고, 그 후 1558년경 보성군수를 지냈다.

방진의 조부는 평창군수를 지낸 방흘이었고 부친은 영동현감을 지낸 방국형이다. 방진의 아들 방숙주는 일찍 유명을 달리했고 딸이 하나 있었다.

방진의 딸 방태평은 19세 나이에 두 살 위인 21세의 청년 이순신과 결혼하였다. 당시 방진은 온양 지역에 경제적 기반을 갖고 있던 큰 부자였다. 방진의 데릴사위가 된 이순신은 장인의 정신적 격려와 경제적 후원 속에서 과거에 급제할 때까지 처가에서 지내면서 무예를 연마했다. 무관이었던 방진은 활을 잘 쏘기로 이름이 높았고 역대 명궁에 올라 있다. 방진은 22세에 무과 공부를 시작한 사위 이순신에게 병학과 무술을 가르치며 무관의 길을 열어주었으니, 이순신에게 방진은 장인

太白山脈
BEolGYo
남파랑길
NAMPARANG TRAIL
남파랑길 고흥 63코스 NAMPARANG TRAIL / Goheung63 section
태백산맥
문학거리
Merry Christmas
남도 이순신 길
조선수군 재건로
보성군 : 상유십이 득량길
趙廷來 大河小說
太白山脈

이자 스승이었다. 이순신은 방진의 후원으로 10년 만인 1576년 2월에 치러진 무과 시험에서 급제했다. 예로부터 활을 잘 쏜 장군을 선사(善射)라 하였는데, 조선 선조 대의 명 궁사로 방진의 이름이 있다. 『이충무공전서』의 「방부인전」에 방진의 활솜씨에 대한 내용이 있다.

> 어느 날 방진의 집에 화적들이 안마당까지 들어왔다. 방진이 화살로 도둑을 쏘다가 화살이 다 떨어지자 딸에게 방 안에 있는 화살을 가져오라고 했다. 그러나 도둑들이 이미 계집종과 내통해서 화살을 몰래 훔쳐 나갔으므로 남은 것이 하나도 없었다. 이때 영특한 딸이 베 짤 때 쓰는 대나무 다발을 화살인 양 다락에서 힘껏 내던지며 큰 소리로 "아버님, 화살 여기 있습니다!" 하고 소리쳤다. 방진의 활 솜씨를 두려워했던 도둑들은 화살이 아직 많이 남은 것으로 알고 놀라서 도망갔다.

방진의 딸은 영특했던 것으로 전해진다. 임진왜란 중 이순신은 아들들을 통해 온양 본가에 있던 방씨 소식을 듣기는 했지만 직접 다녀오지는 못했다. 그러나 방씨가 병에 걸려 위독하다는 소식을 듣고는 잠을 설치며 걱정했고 점까지 쳤다.

방진의 묘는 아산시 염치읍 백암리 현충사 인근의 방화산에 있다. 방진의 묘소 비문에 의하면 동고 이준경(1499~1572)이 이순신의 중매를 섰다. 1565년 이순신이 21세 때 당시 병조판서였던 이준경이 적극적으로 중매에 나섰다. 승승장구하던 이준경이 왜 중매를 하게 되었을까? 그랬다. 이준경은 양가와 뗄 수 없는 인연으로 얽혀져 있었다.

1522년(중종 17)에 치러진 식년 사마시에서 이준경과 이순신의 조부 이백록, 그리고 이순신의 처조부 방국형, 이 세 사람은 모두 생원시 동방(同榜)이었다. 같은 해 급제한 동기생들을 동년(同年), 또는 동방이라 불렀다.

한국학중앙연구원자료에 기재된 방목(榜目)에 따르면 이준경은 3등 9위(39/100), 이백록은 3등 50위(80/100), 방국형은 3등 56위(86/100)였다. 이준경은 10년 후 1531년(중종 26) 대과에 급제했다. 그리고 전라순찰사, 좌찬성, 좌의정 등을 거쳐 영의정에 올랐다.

이백록은 성균관 유생과 평시서 봉사를 지냈고, 방국형은 강화교수, 영동현감을 지냈다. 동방 세 사람 중 대과에 급제한 이준경만이 승승장구하여 영의정까지 올랐고, 이백록과 방국현은 고위직에 오르지 못했다. 그런데도 세 사람의 관계는 생원시 동방으로서 매우 돈독한 형제의식을 지니고 있었다.

이준경은 성종이 폐비 윤씨에게 사약을 내렸을 때, 그 사약을 들고 갔던 승지 이세좌의 손자였다. 폐비 윤씨에게 사약을 전달했다는 이유로 연산군 때 정치보복 1호가 되었던 비운의 예조판서 이세좌(1445~1504)는 주역의 세계를 담고자 하는 꿈이 있었다. 그래서 주역의 4대 원리인 '원형이정(元亨利貞)'에서 '이'만 같은 뜻의 '의(義)'로 바꿔 네 아들의 이름을 이수원, 이수형, 이수의, 이수정으로 지었다. 그러나 네 아들은 아버지 이세좌의 죄에 연좌되어 4형제가 동시에 목이 달아났다. 하지만 이수정의 둘째 아들이 명종 때 영의정에 오르게 되는 명재상 이준경이다. 이세좌의 꿈은 대를 건너뛰어 실현되었다.

벌교시장을 지나고 부용교(서단부) 오른쪽 아래 벌교천변으로 내려가 철다리 밑을 지나서 읍내를 완전히 벗어나 2번국도 벌교대교 밑을 지나고 딱딱한 시멘트 포장 둑길을 벗어나 데크탐방로를 따라 벌교생태공원으로 들어선다.

갈대밭이 무성한 벌교숲공원을 지나서 벌교천을 따라 바다로 나아간다. 바다 건너 어제 걸었던 장양항을 바라보며 남해고속도로 벌교대교 밑을 지나간다.

앞에 가는 그림자가 길을 안내한다. 남파랑길은 스페인의 산타아고 가는 길처럼 동쪽에서 서쪽으로 가는 길이다. 태양을 뒤에 두고 걸어간다. 그림자는 항상 앞에 있다. 고개를 돌리면 그림자도 돌린다. 반대로 돌리면 저도 똑같이 한다. 그림자는 낮에는 태양 아래에서만 제 모습을 나타낸다. 달빛 아래 홀로 가는 밤길에도 그림자는 길동무다. 벗과 가족이 떠나도 그림자는 늘 곁을 지킨다. 그를 잊고 지낸 자신이 부끄러워 머리를 긁자 그가 내 머리를 쓰다듬는다.

"여보게, 주인공! 나 여기 있네. 자네에겐 내가 잘 안 보여도 나는 늘 자네를 지켜보고 있지. 자네는 언제나 참 열심히 걸어왔네. 이제 얼마 남지 않았으니 우리 계속 기운을 내서 가세나. 인간의 욕망이란 허깨비 꿈에 지나지 않는다네. 그것은 그림자 같고 거품 같고 이슬 같고 번개 같은 허망한 것이라네. 길 위에 허망한 것들 버리고 남은 인생 실답게 살아야지."

"그래, 친구! 자네도 수고 많았네. 참 고마우이. 언제나 지금처럼 곁에서 나를 지켜주게나"라면서 고개를 끄덕이자 그림자도 고개를 끄덕인다. "들어오고 나갈 때마다 날 따르는데도 고마워 않으니 네가 나와 비슷하지만 참 나는 아니구나"라고 김삿갓이 그림자를 노래한다.

막다른 길, 해안에서 벗어나 농로로 가다가 비탈길을 올라간다. 장암길을 걷다가 대포리 제두마을을 지나 다시 해안으로 나아간다. 대포리 당집에는 금줄이 쳐져 있다.

대포항을 지나 한적한 해안길, 시골길을 걸어 고흥군 동강면 죽암리, 드디어 이순신이 좋아했던 고을 흥양(고흥) 땅에 들어섰다. '고흥군민의 노래'를 부르면서 힘차게 나아간다.

> 팔영산 높은 봉에 정기를 받은/ 수려한 이 고장은 우리의 낙원/ 웃는 얼굴 일하는 손 내일의 행복/ 부강하게 이룩하자 번영의 터전/ 고흥 고흥 복되어라 정다운 고장/ 힘찬 전진 끊임없이 길이 빛내자

죽암리 죽림마을회관을 지나간다. 대나무가 울창하다 하여 붙여진 죽림마을이다. 소 한 마리가 나그네를 멀뚱멀뚱 쳐다본다. 맹사성은 소를 타고 다녔다는데, 소를 타는 기분은 어떨까? 옛 얘기가 떠오른다.

> 한 나그네가 길을 가고 있었다. 마침 빈 길마를 맨 소 한 마리가 지나가고 있었다. 같이 가는 길이면 타고 가는 것이 좋겠다고 생각했다. 소에 올라탄 나그네는 한동안 가다 보니 기왕이면 걷느니보다 달리는 것이 좋겠다는 마음이 들었다. 발뒤꿈치로 소 배때기를 마구 차 달리게 했다. 그러다가 이젠 달리느니 더 빨리 뛰어가고 싶어졌다. 마냥 채찍질을 하다가 미친 듯 뛰어가는 소 길마에서 떨어져나가 팔다리 부러진 병신이 되고 말았다.

우생마사(牛生馬死)라, 물에 빠지면 느긋한 소는 살고 성질 급한 말은 죽는다. 호시우행(虎視牛行), 호시우보(虎視牛步)다. 호랑이처럼 날카롭게 주시하며 소처럼 천천히 걸어간다.

나는 온몸이 길로 뭉쳐진 사람이다. 내 몸속의 길은 끊임없이 나를 어디론가 이끌어가고 있다. 고향으로, 뜨거운 여름날의 산으로, 바다로, 섬으로, 하얗게 덮인 설국의 세계로, 한라산에서 백두산까지 백두대간으로, 대한민국 100대 명산으로, 북한산둘레길로, 지리산둘레길로, 제주올레길로, 청산으로 가는 길로, 마라도에서 통일전망대까지 국토종주로, 4대강 자전거길로, 해파랑길로, 남파랑길로, 엘 콘도 파사의 마추픽추로, 히말라야로, 아이슬란드로, 알래스카로, 남아프리카공화국의 테이블마운틴과 희망봉으로, 나미비아 나미브사막으로, 미국

의 그랜드캐년으로, 캐나다의 로키산맥으로, 스위스의 마테호른과 융프라우와 몽블랑으로, 뉴질랜드의 밀포드로, 호주의 블루마운틴으로, 브라질의 리우데자네이루로, 나이아가라폭포로, 이구아수폭포로, 잠비아의 빅토리아폭포로, 프랑스의 피레네산맥을 넘어 스페인의 산티아고로, 세계의 땅끝 피스테라까지….

하지만 나는 너에게로, 내가 가장 사랑하는 너에게로 가는 길만 아직 모른다. 나는 끝없이 걸을 것이다. 너를 찾는 그날까지. 너를 만나 포옹하고 웃는 그날까지. 그리고 기도한다. '주님! 오늘은 너를 만나 사랑을 나눌 수 있게 도와주소서.' 내가 여명의 새벽에 홀로 일어나 서늘한 가을바람, 쌀쌀한 겨울바람 맞으며 길을 걷는 이유는 너를 만나고 싶어서다.

마을 전경이 항아리 모양처럼 생겼다 하여 이름 지어진 옹암마을 쉼터를 지나서 대강천과 남해바다를 가로지르는 죽암방조제를 지나간다. 동강면 죽암리와 남양면 월정리의 경계 지점이다. 점심 식사를 하러 들어가니 허영만의 백반기행에 나오는 식당 앞에는 코로나에도 불구하고 차들이 많이 세워져 있고 앉을 자리가 없다. 조용한 옆 식당에서 식사를 하고 길을 간다.

멀리 팔영산을 바라보며 대강천을 따라 걸어간다. 천변(川邊)에는 조사들이 고기를 낚는지 세월을 낚는지 조각처럼 무심해 보인다. 농로를 따라 망주산(349m)을 바라보면서 걸어간다. 산의 형상이 왕거미가 줄을 치는 모습으로 그물 망(網), 거미 주(蛛)자를 써서 망주산이라고 한다. 고흥반도의 잘룩한 목 중에서 여자만 쪽으로 혹처럼 돌출한 지역에 외롭게 우뚝 솟아 있다. 망주리의 동쪽 마을 망동마을의 팔영농협 망주지소에 도착해서 63코스를 마무리한다.

★ ★ ★ ★ ★ ★ ★ ★ ★ ★ ★ ★ ★ ★

PART 5

고흥 구간

★ ★ ★ ★ ★ ★ ★ ★ ★ ★ ★ ★ ★ ★

고흥군
낭도
27
15
형제섬
다도해
해상국립공원
거금도
나로도

고흥으로 가는 길

[사림의 나라 선조의 나라]

팔영농협 망주지소에서 과역면 독대마을회관까지 11.9㎞

팔영농협 망주지소 → 남양중학교 → 거군지 → 슬항회관 → 독대마을회관

"어진 이와 간사한 자를 분간하는 역할을 맡아달라!"

12월 10일 이른 아침 남양면 망주리농협 망주지소에서 64코스를 시작한다. 망동 마을회관 앞으로 천천히 걸어간다.

걷기는 자신의 내면과 마주하면서 지나온 삶을 돌아보고 나아갈 내일을 바라보는 시간이다. 직립보행, 일어서서 걷는다는 사실은 인류가 받은 가장 큰 축복이다. 유목민들이 육신의 먹이를 찾아가듯 오늘날 걷기를 통해 보다 인간다운 삶을 찾아간다.

이제 닻줄을 풀고 오늘 하루 희망의 항해를 출항한다. 자신을 묶어두는 모든 제약을 하나하나 벗어던지고 자유롭게 훨훨 날아간다. 처처불상 사사불공(処処仏像 事事仏供)이라, 세상 곳곳에 부처가 계시니, 하는 일마다 불공을 드리는 마음으로 대한다. 감사하는 마음으로 고흥으로 가는 길을 걸어간다.

이순신은 고흥과 특별한 인연이 있었다. 고흥은 1270년부터 사용한 지명이며 조선시대에는 '흥양'이라 불렸다. 1914년에 개칭되기 전까지 흥양현이었다. 흥양읍성은 고흥읍 옥하리에 있다. 도화면 내발리의 발포진은 자신이 전날에 발포만호로 근무했다. 고흥은 이순신이 수군 지휘관으로서는 처음 근무한 곳이다. 1580년 7월부터 1582년 1월까지 18개월 동안 그가 근무한 발포는 발포선소와 본현선소가 있는 조선 최고의 수군기지였다. 조선 후기까지 이곳에서 거북선을 만들었다. 참모들 중 '좌정운 우희립'이라 불리는 정운은 고흥의 녹도만호이고, 송희립과 송대립 형제는 물론, 조방장 정걸 또한 고흥 사람이었다.

이순신은 고흥을 중시하여 고흥에서 6차례 군사활동을 전개하였다. 전사하기 10일 전까지 나로도에서 홍양선소를 설치하여 진린 제독과 사변에 대처했다.

이순신이 고흥에 2차로 방문한 것은 『난중일기』 1592년 2월 19일부터 2월 26일까지 7박 8일이다. 2월 19일 여수 백야곶을 출발하여 고흥 여도진에 도착하였고, 여도진을 시작으로 고흥 관아, 본현선소, 녹도진, 성두(발포), 발포진, 당오리 세동리 옥강리 내초, 사도진에 이르는 9일 동안 군사기지를 살폈다.

이순신이 고흥에 3차로 방문한 것은 『난중일기』에 1596년 윤8월 18일부터 윤8월 20일까지 2박 3일이다. 이순신은 고흥 양강역, 남양산성, 항소청, 도양둔전, 득량도를 순시하며 방책과 전선, 무기 등을 몸소 점검하였다.

이순신이 고흥에 4차로 방문한 것은 1598년 7월 18일부터 24일까지 7박 8일이다. 1598년 7월 18일 중국 수군 진린 부대와 연합군을 편성하여 일본군을 추격하여, 7월 19일 절이도(거금도) 앞바다에서 50척의 일본군 전함을 불태웠다. 이어서 7월 24일 녹도전양에서 적군 전함 6척을 나포하고 69급을 베고 2명을 생포했다.

이순신이 고흥에 5차로 방문한 것은 1598년 9월 15일부터 9월 18일까지 3박 4일이다. 이순신은 나로도에 진을 치고 있다가 조·명연합군을 이끌고 동진하여 여수 방답진까지 진출하였다.

이순신이 고흥에 6차로 방문한 것은 1598년 10월 12일부터 11월 9일까지 27박 28일이다. 순천 왜교성에서 적들의 돌아가는 길을 끊고 사변에 대처하고 있었다.

이순신은 홍양(고흥)을 '영주(금강산)'라 불렀다. 2월 20일 이순신은

『난중일기』에 "홍양(고흥)에 이르니 좌우로 핀 산꽃과 교외에 자란 봄풀이 그림과 같았다. 옛날에 있었다면 영주(瀛州)도 이런 경치가 아니었을까"라고 하면서 고흥의 아름다운 경치를 보고 옛날 중국 전설에 신선이 살았다는 삼신산(봉래·방장·영주)의 하나인 영주를 떠올렸다.

노거수가 지키고 있는 평촌마을회관을 지나서 길 끝에 방조제가 보이는 넓은 평야간척지를 걸어간다. 이 간척지에서 농사를 짓는 농민들은 과거 갯벌을 근거로 살아가는 어민들이었을 것이다. 배수갑문을 지나 방조제를 따라 걸어간다. 황량한 겨울 벌판에 차가운 겨울바람이 불어온다.

덕동마을회관을 지나 제왕산(帝王山) 기슭을 올라간다. 제왕은 흔히 황제와 국왕을 아우르는 호칭으로 군주를 가리킨다. 왕은 하늘이 내리는 인물인데, 아마도 태어나는 순간엔 왕이 될 운명이라고 누구도 생각할 수 없었던 중종의 일곱 번째 서자 덕흥군의 셋째 아들 하성군이 왕이 되었으니, 이는 임진왜란으로 이어져 조선이라는 나라와 백성들의 불행이 되었다.

1567년 6월 28일, 명종이 숨을 거둔 바로 그날 후궁의 손자 하성군 이연이 왕이 되었다. 그가 바로 조선의 14대 임금 선조다. 16세의 선조(1552~1608)가 임금이 되는 데는 이준경의 역할이 컸다. 광해군 때 김시양이 지은 『부계기문』의 기록이다.

> 명종이 여러 왕손들을 궁중에서 가르칠 때 하루는 익선관을 왕손들에게 써보라 하면서 말하기를 "너희들의 머리가 큰가, 작은가 알려고 한다" 하시고 여러 왕손들에게 써보게 했다. 선조는 나이가 제일 적었는데도 두 손으로 관을 받들어 어전에 도로 갖다놓고 머리 숙여 사양하며, "이것이 어찌 보통 사람이 쓰는 것이오리이까" 하니, 명종이 심히 기특하게 여기어 왕위를 전해줄 뜻을 결정하였다.

하성군이 명종의 후사로 결정된 것은 2년 전 명종이 앓아누웠을 때 영의정 이준경과 인순왕후가 하성군을 이미 후계자로 지목했던 것이다. 명종이 죽고 하성군이 대를 이을 아들로 결정된 뒤 이준경은 곧바로 인순왕후에게 수렴청정을 청했다. 선조가 국정을 전혀 몰랐기 때문이었다. 인순왕후가 "내가 본래 문자를 모르니 어떻게 국정에 참여하겠는가"라며 사양했지만 이준경은 세 번에 걸쳐 수렴청정을 권하고 인순왕후는 못 이기는 척 이를 받아들였다.

여염에서 태어나 사가에서 자란 16세의 소년이 임금의 자리에 올랐다. 처음으로 서자 출신의 아버지에게서 태어난 아들이 왕이 되었다. 선조 이후에는 역대 임금도 모두 서류였다. 선조 때 쓰인 허균의 『홍길동전』은 아버지를 아버지라 부를 수 없었던 서자의 이야기다. 양인 신분 첩에서 난 서자(庶子)의 한도 컸지만 천인 첩에서 난 얼자(孼子)는 제 형제의 종이 되기도 했다. 그래선지 서얼들의 꾸준한 요구가 있었고 나라에서는 차츰 그 차별을 완화해갔다. 인조 때 이원익의 건의를 계기로 처음 서얼이 요직에 진출하는 것을 허용했고, 천한 무수리의 서자 영조 대에 와서는 청직과 요직까지 열렸다. 영조는 자신의 재위 기간 중 이룬 업적 여섯 가지를 꼽을 때 서얼에게 청요직을 개방한 것을 들기도 했다. 정조 때에는 서얼들을 많이 등용했다. 선조의 가슴에는 자신이 서자의 아들이라는 열등감이 있었다.

1567년 7월 4일 선조가 즉위한 바로 그날, 이준경은 퇴계 이황에게 명종의 행장을 수찬하게 하고 다음 날 이황을 예조판서 겸 동지경연춘추관사로 임명했다. 명종의 갑작스런 죽음으로 이준경은 사림 세력의 단합을 도모할 필요가 있었고, 이를 위해서 이황을 예조판서에 임명하고 개혁에 동참할 것을 요구했다. 그러나 이황은 이준경의 화해와 동참의 요청을 거부했다. 이황은 자신을 그토록 무겁게 명소해준 명종의 장례식에도 참여하지 않고 고향 안동으로 낙향했다. 도성에 머물면서 자문이라도 해달라는 요청마저 거절했다.

그해 10월 1일, 인순왕후는 다시 이황을 명소하는 전교를 내렸다. 인순왕후는 선조의 이름을 빌려 내린 명소에서 "어진 이와 간사한 자를 분간하는 역할을 맡아 달라"라고 청하였다. 이처럼 간곡한 부름에도 이황은 안동에서 꿈쩍도 하지 않았다. 그러자 또다시 명소를 내렸다.

"지금 조정에 덕망 있는 사람이 많기는 하나 내가 경을 바람은 또한 북두성과 같으니 경은 부디 진퇴를 가지고 혐의하지 말고 올라와 병중에서라도 조정에 머물면서 나의 어리석은 자질을 도와달라."

이는 이황에게 당시 조정을 이끌고 있는 이준경의 반대 세력을 모아 달라는 암시였다. 당시 이준경은 공신 책봉마저 거부한 고집 센 늙은이가 된 반면, 인순왕후의 동생인 심의겸이 실질적인 지도자로 활약이 눈부셨다. 조정의 분위기는 서서히 이준경에게 불리하게 돌아갔고, 이황은 다음 해 7월 1일 안동에서 몸을 일으켜 도성으로 올라왔다. 이황이 도성에 입성한 것은 1568년 7월 19일, 선조는 이황의 여행길을 각별하게 보살피라고 연도의 감사와 수령들에게 지시했다. 세상은 이제 이준경의 개혁 사림 세력, 이황의 신진 사림 세력, 인순왕후의 동생 심의겸의 척신 세력으로 나눠지면서 분열과 투쟁의 시대로 접어들었다.

이황은 8개월 동안 조정에 머물렀다. 짧은 기간 동안 이황은 조광조의 학문과 정신을 계승한 적자로서 자신을 자리매김했으며, 정치투쟁에서 이준경을 꺾어 사림의 새로운 구심점으로 우뚝 섰고 정치적 위상은 인순왕후와 심의겸 등 척신들을 능가하게 되었다. 이황은 기대승, 이이, 정철, 윤두수 등 조정의 신진 사림은 물론 재야 사림을 하나로 묶어 조선 사림의 새로운 주류가 되었다. 이황은 명실공히 사림의 종장으로 우뚝 섰다. 조선 정치사에 일어난 거대한 태풍이었다. 조선이 개국한 이래 200년간 사림은 훈구 세력에 밀려 항상 소수 세력이었다. 그러나 바야흐로 조선은 사림의 나라가 되었다.

69세의 이황은 선조의 만류를 뿌리치고 귀향길에 올랐다. 명사(名士)들이 서울을 비우다시피 모두 나와 전송을 하면서 시를 읊어 작별의 정을 나누었으며, 전송 나온 사람들을 차마 뿌리치지 못한 이황은 한강가에서 사흘 밤을 보낸 후에 고향으로 돌아갔다.

이황이 낙향한 후 조정은 30대 초반의 심의겸(1535~1587), 이이(1536~1584), 정철(1536~1593)의 세상이었다. 그리고 성혼(1535~1598)과 송익필(1534~1599)은 이들의 벗이자 최고의 동지였다. 젊은 선비들은 방안에 모여 조정 중신을 마음껏 조롱하고 비판했다.

신진 사림의 지도자로 투쟁의 선봉에서 빛나는 공을 세운 기대승(1527~1572)은 돌연 좌승지에서 밀려났다. 인순왕후와 심의겸에게 부담스러운 존재였던 기대승은 이이와 정철의 견제로 물러나고, 기대승이 주도하던 경연은 홍문관 교리가 된 이이가 주도하게 되었다. 이이는 자신이 쓴 『석담일기』에 기대승에 대한 불편한 감정을 고스란히 적었다. 선조는 그런 이이에 대해 차가운 반응을 보였다.

이황이 물러날 때 선조가 학문하는 사람 중에 아뢸 만한 자가 있으면 추천하라고 하자, 이황은 기대승이 가장 문자를 많이 보았고 이학에도 조예가 가장 높으니 통유(通儒)라고 추천하였다.

낙향한 이듬해인 1570년 12월, 이황은 향년 70세의 나이로 안동에서 세상을 떠났다. 그리고 1572년 1월, 또 한 사람의 큰 스승 남명 조식이 지리산 밑에서 세상을 떠났다. 향년 72세였다. 조식은 죽음을 앞두고 학문을 묻는 제자들에게 말했다.

"모든 것은 너희들이 알고 있다. 다만 실천하라."

八影山
旗臺峯
609m
八影山
儒影峯
八影山
聖主峰
八影山
笙簧峯
제3봉
564m
八影山
獅子峯
제4봉
578m
팔영산 | 八影山
남파랑길 고흥 64코스

조식의 수양론은 간단하고 명쾌했다. 조식은 항상 '경의검(敬義劍)'이라는 칼을 차고 허리에는 '성성자(惺惺子)'라는 방울을 달고 마음이 흐트러지는 것을 경계했다. 곽재우는 조식의 외손녀와 혼인을 했고, 임진왜란이 일어나자 정인홍, 곽재우 등 조식의 제자들은 일제히 의병을 일으켰다.

그해 1572년 7월에는 이준경이 세상을 등졌다. 향년 74세, 실천하는 도학자적 삶을 살았던 이준경은 1570년(선조 3) 겨울에 더 이상 조정에서 자신이 할 일이 없음을 알고 스스로 물러났다. 이준경은 죽음을 앞두고 선조에게 네 가지 조목을 들어달라고 청하는 치자를 올렸다. 그중 넷째, "붕당(朋党)의 사론을 없애야 한다"라고 하면서 붕당의 출현을 예고하는 조목에서, "이준경의 관작을 삭탈하고 사림을 모함한 죄를 다스리자"라는 격렬한 상소가 올라왔다. 특히 붕당의 존재를 인정하지 않은 율곡 이이는 이준경을 여우 같은 무리라고 비난했다. 『연려실기술』의 내용이다.

"준경이 머리를 감추고 형상을 숨기고 귀신과 불여우처럼 지껄였습니다. …(중략)… 준경의 말은 시기와 질투의 앞잡이요 음해하는 표본입니다. …(중략)… 옛사람은 죽을 때에는 그 말이 선했지만, 오늘 날은 죽을 때에도 그 말이 악합니다."

그리고 1572년(선조 5) 11월, 기대승이 46세의 젊은 나이로 세상을 떠났다. 조선을 주자학의 나라로 만드는 데 최선봉에 섰던 투사 기대승을 이이는 이렇게 평하였다.

"그 학식이 다만 옳고 그름을 논박하여 크게 늘어놓을 뿐이요 실상은 굳게 잡고 실천하는 공부가 없었고, 또 남에게 이기기를 좋아하는 병통이 있어 사람들이 자기에게 따르는 것을 기뻐하였으므로 성품이 깨끗하고 굳은 선비들과는 합하지 아니하고 아첨하는 자가 많이 따랐다."

선조 3년부터 선조 5년 사이에 사림 정치를 이끌던 큰 선비들이 차례로 사라지고 이제는 이이가 조선 정치의 명실상부한 실력자가 되었다. 이이의 사랑방은 늘 수많은 선비들로 붐볐다. 정철 같은 싸움꾼도 이이에게는 언제나 승복했으며, 성혼 같은 학자도 평생 이이를 감싸주었다.

선조 6년(1573) 9월, 38세의 홍문관 직제학 이이는 선조에게 국정개혁을 건의했다. 하지만 선조는 이이의 건의를 받아들이지 않았다. 22세의 선조는 오히려 비아냥거리는 투로 마치 남의 일을 말하듯 이이의 건의를 비판했다. 사가에서 자라나 16세에 대궐에 들어와 대비의 눈치만 보고 있던 어린 임금이 어느덧 성장해서 권력의 실세와 대립각을 세웠다. 선조는 후궁의 손자로서 자신을 임금으로 만들어준 대비의 뜻을 거역할 수는 없었다. 그러나 인순왕후가 정치 일선에서 물러난 뒤부터 상황이 달라졌다. 선조는 이때부터 서서히 군왕으로서 정치의 한가운데 서게 되었다. 이후 조선의 정치는 숨은 실력자 이이와 선조의 대립 및 협력을 중심으로 전개되었다.

선조 7년(1574) 개혁을 요구하는 「만언봉사」를 올려 받아들여지지 않자 이이는 39세의 나이로 향리로 물러났다. 그리고 선조 8년(1575), 심의겸과 김효온의 갈등으로 동서분당이 시작됐고, 당파를 자신의 권력 장악에 이용한 선조는 지난 8년간 조선을 움직이던 핵심 세력을 모두 권력에서 밀어내는 데 성공했다. 이제 세상은 드디어 후궁의 손자, 선조의 나라가 되었다.

장동제를 바라보며 내리막길을 재촉해 장동마을회관과 장동제를 지나간다. 한적한 농촌마을을 걸어서 바다를 끼고 있는 한적한 낚시 명소 거군지에는 겨울임에도 붕어 낚시꾼들이 많다. 오도방조제를 따라가는 길, 키 높이의 방조제로 인하여 바다와 갯벌이 보이지 않는다. 방조제 위로 올라서니 드넓은 갯벌 너머로 여자만과 여수의 산들이 길게 드리워져 있다. 저도, 미도, 백일도, 진진도가 바다 위에 떠 있다. 고흥의 명산 팔영산(608m)이 어서 오라고 우뚝 서서 환영을 한다. 고흥군에서 가장 높은 산으로 8개의 봉우리로 이루어져 있으며, 산세가 험하고 기암괴석이 많다. 김정호의 대동여지도에는 신령할 령(靈)자로 표기되어 과거에는 신령한 산으로 팔령산이라고도 했다.

팔영산은 1봉 유영봉(491m), 2봉 성주봉(538m), 3봉 생황봉(564m), 4봉 사자봉(578m), 5봉 오로봉(579m), 6봉 두류봉(596m), 7봉 칠성봉(598m), 8봉 적취봉(608m)으로 여덟 봉우리가 남쪽을 향해 일직선으로 솟아 있어 팔봉산, 팔전산 등으로도 불렸다.

옛날 중국의 위왕이 세수를 하다가 대야에 비친 여덟 봉우리의 그림자(影)에 감탄하여 신하들에게 찾게 하였으나 중국에서는 찾을 수 없어 우리나라까지 오게 되었는데, 왕이 몸소 이 산을 찾아와 제를 올리고 팔영산이라 이름 지었다는 전설이 서려 있다.

팔영산지구는 2011년 1월 10일 도립공원에서 다도해해상국립공원으로 승격했다. 고흥에서 제일 아름답고 유려한 절경을 꼽는다면 팔영산 정상에서 바라보는 다도해상의 풍경이다. 눈앞에 펼쳐진 다도해의 수려하고 아련한 풍경에 압도당하지 않을 수 없다. 굽이굽이 곡선으로 이루어진 고흥만의 섬들과 그 섬들과 접촉을 이루고 있는 해안선을 바라보는 것은 팔영산이 주는 선물이다.

오도배수문을 지나서 해안길이 아닌 농로를 따라간다. 오도 외호마을을 지나고 또다시 만나는 방조제길, 갯벌을 벗어난 바다에는 다리미섬과 미덕도가 떠 있다. 끊임없이 이어지는 방조제와 간척지다. 연등마을 뒷산 언덕을 돌아 내려가 과역면 독대마을에 도착한다. 마을 형국이 거미 형국이라 하여 거미 독(蠹), 터 대(垈)자를 써서 독대(蠹垈)라

하였다가 홀로 입향한 제주 고씨에서 따와 독대(独坐)로 바뀌었다고 한다.

오늘은 한 코스를 걷는 날, 11시 55분, 64코스 종점인 독대마을에 도착하자 택시가 한 대 나타난다. 이런 횡재가!

★ ★ ★ ★ ★ ★ ★ ★

여도진 가는 길

[꽃비에 흠뻑 젖었다!]

과역면 독대마을회관에서 영남면 간천버스정류장까지 24.7㎞

독대마을회관 → 화덕회관 → 여호항 → 간천버스정류장

"고흥에 이르니 좌우로 핀 산꽃과 교외에 자란 봄풀이 그림과 같았다. 옛날에 있었다던 영주(瀛州)도 이런 경치가 아니었을까."

12월 14일 월요일, 집과 회사를 다녀오는 3일간의 일정을 마치고 오후 12시 32분 독대마을회관에 도착하여 현실에서 다시 꿈과 낭만의 세계로 나아간다. 독대마을에서 65코스를 시작한다.

체감 온도가 영하 12도, 쌀쌀한 기온이 걷기에는 시원하고 참 좋은 날씨다. 고흥반도 동쪽 해안 여자만에 호수처럼 잔잔한 바다 위에 떠 있는 백일도를 바라보며 길을 간다. 여자도를 두고 여수에서 바라보던 여자만을 이제는 반대 방향 고흥에서 바라본다. 여자만 바다 위에 한 마리 새가 날아간다. 동양신화의 보고라는 중국의 『산해경(山海経)』에 나오는 전설의 정위새가 날아간다. 정위전해(精衛填海)라, 정위라는 새가 바다를 메웠다.

먼 옛날 염제 신농(神農)에게는 여왜라는 어린 딸이 있었는데, 바다에서 헤엄치는 것을 좋아했다. 그런데 어느 날 여왜가 동해에 놀러 갔다가 그만 파도에 휩쓸려 죽고 말았다. 죽은 딸은 한 마리 새가 되어 환생했는데, 울음소리가 "정위 정위"로 들린다고 하여 사람들이 정위란 이름을 붙였다.

어느 날 정위새는 자기 목숨을 빼앗아간 바다가 원망스러워 메워버리기로 작정했다. 그래서 날마다 서산으로 날아가 돌멩이와 나뭇가지를 물어 와서 바다에 떨어뜨렸다. 우공이산처럼 가망 없는 일이었지만 정위새는 하루도 쉬지 않았다. 이를 본 후세의 사람들은 정위새를 가리켜 의자가 센 새라는 뜻의 '지조(志鳥)'라 부르며 그 뜻을 가상히 여겼다.

산을 깎고 바다를 메우는 것은 태초 이래 인간이 부단히 계속해온 일이다. 산과 바다로 막힌 자연환경을 극복하여 길을 내고 집을 지어온 것이 인류의 역사이기 때문이다. 우공이산의 전설과 정위새의 신화에는 그런 인류의 모습이 상징적으로 담겨 있다.

에라스무스는 『우신예찬』에서 "신은 인간의 이성을 머리 한 쪽에 처박아놓고 어리석은 정념을 몸 전체에 뿌려놓았다"라고 했다. 인생을 끌고 가는 것은 합리적인 머리가 아니라 어리석은 몸이라는 뜻이다. 에라스무스는 영웅의 생애 전체가 어리석음의 장난이라고 말한다. 어리석음에 이끌려 영웅들은 권력에 맞서고 나라를 세우고 지키는 등 무모한 도전을 감행해왔다는 것이다. 태산에 삽질하는 우공과 바다에 돌멩이를 던지는 정위새 이야기는 인간의 그런 어리석음에서 비롯되었다고 할 수 있다.

산을 옮기고 바다를 메우는 것은 합리적인 이성이 아니라 어리석은 열정이다. 가능한 일만 하는 합리적인 사람은 가능한 인생만 살 뿐이다. 가망 없는 일에 도전하는 사람만이 불가능한 기적을 맛볼 수 있다. 우직함이 운명이라는 태산을 옮긴다.

1,470㎞ 남파랑길 위에서 자신을 성찰하는 것은 육체와 정신에게 가혹한 이중고다. 세상과 떨어져 나 홀로 자신을 성찰하는 것은 사실 고된 정신훈련 중 하나다.

나그네는 혼자 여행을 하면서 엄청난 발견을 했다. 인생에서 가장 큰 계명을 발견한 것이다. 그것은 "행복하라!"였다.

인간은 자신을 사랑해야 행복해지고 나아가 타인을 사랑할 수 있다.

내가 불행한데 어떻게 타인을 행복하게 하겠는가. 내 마음에 평안이 없는데 어떻게 타인에게 평안을 나누어줄 수 있겠는가. 나 홀로 존재하는 시간은 삶의 여정에서 특별하면서도 긍정적인 힘이 된다.

힘들게 이루어야 내 것이다. 두 발로 걸어야 진정한 나의 길이다. 자신의 노력으로 얻은 성취가 오래간다. 내 몸 편한 길이 죽는 길, 안락은 죽는 길, 고통과 역경은 사는 길이다. '걸음아 날 살려라!' 하면서 오늘도 고행의 길을 간다. 하나, 둘, 셋…. 고흥의 진산 팔영산의 꼭대기를 세며 걸어간다.

간척지 차도와 농로를 따라 걸어 작은 방조제 위에 올랐다. 백일도가 길게 바다를 감싸고 있어 바다는 물결 하나 없이 잔잔하기만 하다. 남파랑길을 걸으며 볼 수 있는 대부분의 바다는 이렇다. 일망무제의 바다가 펼쳐지는 해파랑길의 바다와는 달라도 판이하게 다르다.

언덕을 오르면서 먼바다를 바라본다. 남도의 바닷가 풍경이 살갑게 다가온다. 길가에는 무덤들이 많다. 제주올레에서 만나는 무덤처럼 밭 가운데 무덤이 있기도 하다. 무덤들마다 잘 단장이 되어 있는 것을 보면 조상들을 모시는 이들의 지극한 효성을 엿볼 수 있다.

고개를 넘어 검은 갯벌이 펼쳐지고 길은 갯벌을 돌아나간다. 어디까지가 육지이고 어디가 섬인지 구별할 수 없는, 겹겹이 산으로 둘러싸인 바다다. 긴 방조제를 따라가는 동안 풍경은 마치 정지되어 있는 듯하다. 고요하고 평온하다. 나그네의 발소리만 뚜벅뚜벅 들려온다.

방조제 끝에서 방향을 바꾸자 팔영산이 다가온다. 길게 이어진 논길이 마치 팔영산으로 들어가는 듯하다. 예동마을을 지나 버스가 다니는 도로로 나왔다. 여호제를 지나서 우무도 입구에 도착했다. 우무도로 들어가는 간척지에 갈대밭과 웅덩이들이 드문드문 있다. 방조제 공사 이후 우모도는 좌우가 육지로 연결되어 이름만 섬이다.

방조제 끝 소나무 숲을 지나 갈대숲과 팔영산을 바라보며 걸어간다. 또다시 긴 방조제가 나타나며 원주도가 다가온다. 갯벌은 방조제로 매립되고 해변에는 바닷물이 찰랑찰랑거린다. 우모도 방향으로 시선을 돌리자 바다가 눈에 들어온다. 팔영산이 숨어 있는 호수를 지나간다. 호수 속에 앉아 있는 팔영산의 봉우리를 세어본다. 왼편도 팔영산이요, 오른편도 팔영산이다.

또다시 긴 방조제를 걸어간다. 원주도와 여호마을이 점점 다가온다. 폐교를 지나 여호마을로 들어가는 임도를 따라간다. 점암면 여호해안길을 걸어 여호항에 도착했다. 바다 건너편 여수의 이목리가 보인다.

여호마을 좁은 골목길을 나와 반대쪽 여호항으로 나온다. 지금까지 지나쳐 온 마을 중 가장 부유한 마을인 듯하다. 농촌마을보다 어촌마을이 수입이 더 많아서일까? 소품 같은 등대와 방파제가 일품이다. 작은 섬까지 어우러져 환상적이다. 5관 5포의 여도진성지가 이웃에 있지만 오늘은 남파랑길로 나아간다.

그리고 이틀 후인 12월 16일 8시 30분 점암면 여호리 여도진성지에 도착했다. 우주발사센터가 있는 외나로도에서 숙박하고 이른 새벽 승용차로 팔영대교 건너 적금대교, 낭도대교, 화정대교를 건너 여수를 건너갔다가 돌아오는 환상적인 여명의 드라이브를 마친 후였다.

여도진(呂島鎭)은 녹도진과 함께 조선 초기에 설치된 수군진이다. 『세종실록』에는 전라좌도 도만호영으로 근방의 수군만호영 8개를 관할하였다가 1439년(세종 21)부터 만호진으로 운영된 것으로 기록되어 있다.

임진왜란 당시 여도만호 김인영은 이순신을 지속적으로 도와 크게 활약하였는데, 『이충무공전서』에는 이순신이 그의 포상을 청하는 장계가 실려 있다. 현재 잔존 서벽을 제외한 대부분의 성벽이 윤곽만 남아 있다.

여도진성은 남쪽으로 팔영산을 등지고 돌로 쌓은 성으로, 비교 앞에 펼쳐지는 여자만을 방어하는 천연 요새이자 해상요충지였다. 이순신 휘하의 좌수영에는 여수 본영과 행정조직인 5관, 군사조직인 5포가 있었다. 5관은 광양, 순천, 낙안, 보성, 흥양(고흥)이었고, 5포는 방답·여도·사도·발포·녹도였다. 그중 흥양에는 1관 4포가 있었다.

이순신은 전라좌수사가 되어 5관과 5포를 순시했다. 1592년 2월 19일부터 여도진, 녹도진, 발포진, 사도진, 방답진의 순으로 다섯 해안기지를 2월 27일까지 9일간 순회하며 점검했다. 임진왜란이 일어나기 불과 한 달 보름 전이었다.

여수 이목구미에서 출발하여 고흥에 도착한 이순신은 고흥의 아름다운 경치를 보고 옛날 중국 전설에 살았다는 삼신산(봉래·영주·방장)의 하나인 영주를 떠올렸다. 『난중일기』 9일간의 기록이다.

> 2월 19일. 저물녘에 이목구미에 가서 배를 타고 여도(고흥 여호리)에 이르니 흥양 현감(배홍립)과 여도권관(만호)이 나와서 맞았다. 방비할 무기를 점검하였다. 흥양 현감은 내일 제사를 지내야 한다고 먼저 갔다.
> 2월 20일 맑음. 아침에 갖가지 방비와 전선을 점검해보니, 모두 새로 만든 것이고 무기도 완전한 것이 적었다. 늦게 출발하여 고흥에 이르니 좌우로 핀 산꽃과 교외에 자란 봄풀이 그림과 같았다. 옛날에 있었다던 영주(瀛州)도 이런 경치가 아니었을까.
> 2월 21일. 맑음. 공부를 본 뒤에 주인이 자리를 베풀고 활을 쏘았다. 조방장 정걸이 와서 만나고 황숙도(능성현령)도 와서 함께 취했다. 배수립도 나와 함께 술잔을 나누니 매우 즐거웠다. 밤이 깊어서야 헤어졌다. 신홍헌에게 술을 걸러 전날 심부름 하던 여러 하인들에게 나누어 먹이도록 했다.

2월 22일. 아침에 공무를 본 후 녹도로 가는데 황숙도도 같이 갔다. 먼저 흥양의 전선 만드는 곳에 가서 배와 기구를 직접 점검하고, 그 길로 녹도로 갔다. 곧장 새로 쌓은 봉두의 문루에 올라가보니, 경치의 빼어남이 경내에서 최고였다. 만호 정운의 마음이 미치지 않은 곳이 없었다. 흥양현감(배흥립)과 능성현령 황숙도, 만호(정운)와 함께 취하도록 마시고, 대포 쏘는 것도 구경하느라 촛불을 한참 동안 밝히고서야 헤어졌다.

2월 23일. 흐림. 늦게 배가 출항하여 발포에 도착하니, 역풍이 크게 불어 배가 갈 수가 없었다. 간신히 성머리에 대고는 배에서 내려 말을 타고 갔다. 비가 크게 내려 일행 모두가 꽃비에 흠뻑 젖었다. 발포에 들어가니 해는 이미 저물었다.

2월 24일. 가랑비가 산에 가득히 내려 지척도 분간할 수가 없었다. 비를 무릅쓰고 길을 떠나 마북산(고흥 포두) 아래 사량에 이르러 배를 타고 노질을 재촉했다. 사도(영남면 금사리)에 이르니, 흥양현감이 벌써 와 있었다. 전선을 점검하고 나니 날이 저물어 그대로 머물러 잤다.

2월 25일. 흐림. 여러 가지 전쟁 준비에 결함이 많아 군관과 하급 관리들을 처벌하고 첨사는 잡아들이고 교수는 내보냈다. 방비가 다섯 해안기지 가운데 가장 하위인데도 순찰사의 포상하는 장계 때문에 그 죄상을 조사하지 못했으니 우스운 일이다. 역풍이 크게 불어 배를 출발시킬 수 없어서 그대로 머물러 잤다.

2월 26일. 이른 아침에 출항하여 개이도(여수 개도리)에 이르니, 여도의 배와 방답의 마중하는 배가 나와서 기다렸다. 날이 저물어서 방답에 가서 공사간의 인사를 마친 뒤 무기를 점검했다. 긴 화살과 편전은 쓸 만한 것이 하나도 없어서 걱정했으나 전선은 그런대로 완전하니 기쁘다.

2월 27일. 흐림. 아침에 점검을 마친 뒤 북봉에 올라가 주변 형세를 살펴보니, 외롭고 위태로운 외딴 섬이 사방에서 적의 공격을 받을 수 있고, 성과 해자 또한 지극히 부실하니 매우 걱정스러웠다. 첨사(이순신: 李純信)가 심력을 다했지만 미처 정비하지 못했으니 어찌하겠는가.

여도진성지
점암면 오산교차로
나로도
영남
여수
팔영대교
남파랑길
NAMPARANG TRAIL
65코스
남파랑길 고흥 65코스
1관4포배치도//1872년 제작
규장각 소장

이 순시에서 사도진은 전쟁 준비상태가 허술하여 관련자는 모두 처벌을 받았다. 이순신은 참모들과 밤이 늦도록 매우 즐거운 술자리를 하고 전날 심부름하던 여러 하인들에게도 술을 먹였다. 만호는 종4품, 첨사는 정4품으로 사도첨사는 발포만호보다 한 계급 위였다.

여호항에서 한적한 시골 농촌길을 걸어서 방내마을을 가로질러 방내제 저수지를 지나간다. 우뚝 솟은 팔영산으로 점점 가까이 다가간다. 팔영산의 북쪽에서부터 동쪽까지 다양한 모습의 팔영산을 보며 걸어간다. 알프스산맥의 마테호른을 가운데 두고 주변을 돌며 며칠 간 멋지고 아름다운 마테호른을 다양한 각도에서 트레킹했던 추억이 스쳐간다. 제법 규모가 큰 명주배수갑문을 지나간다. 방조제 왼쪽으로 팔영대교가 희미하게 모습을 드러낸다. 적병도, 둔병도, 낭도 등 섬들이 보인다.

방조제를 벗어나 간척지 사이의 긴 논길을 걸어 팔영대교로 이어지는 차도로 올라선다. 아직 확장공사가 마무리되지 않은 '능가사로'다.

팔영산 아래 위치한 능가사는 천년의 유서 깊은 사찰로 신라 눌지왕(419) 때 아도화상이 세웠다는 이야기가 전한다. 원래 이름은 보현사였으나 임진왜란 때 소실되었다가 인조 22년(1644) 정현대사가 인도의 명산을 능가한다고 하여 이름을 능가사로 바꾸었다고 한다. 이중환의 『택리지』의 기록이다.

> 능가사는 팔령산 밑에 있다. 옛날에 유구국 태자가 풍파에 떠밀려왔다. 이 절 앞에서 관음보살에게 일곱 낮 밤을 엎드려 기도하며 고국에 돌아가기를 청하였더니, 큰 무사가 형상을 나타내어 태자를 옆에 끼고 물결을 넘어갔다 한다. 절 스님이 그 화상을 그려서 지금도 그대로 있다.

흥양 팔영산은 바다에 들어가 섬처럼 되었는데, 남사고는 복지라 일컬었다. 임진년에 왜적의 배가 좌우에 들랑날락하였으나, 이 산에는 끝내 들이오지 않았다.

능가사는 한때 팔영산 부근에 40여 개의 암자를 거느린 큰 사찰로 호남의 4대 사찰로 꼽히기도 했다. 능가사에 들어서면 '즉심시불(即心是仏)'이 나타난다.

마음은 범부의 경우나 부처의 경우나 그 자체는 다름이 없어서 그 마음이 그대로 부처라는 뜻이다. 『화엄경』의 "마음과 부처와 중생, 이 셋은 차별이 없다"라는 경우와, 『대승찬』에서 "마음이 곧 부처인 줄 이해하지 못하면 마치 말을 타고서 말을 찾는 것과 같다"라는 경우가 그것이다. 마음이 곧 부처이고 부처가 곧 마음이니 마음을 관찰하면 부처가 안에 있는 줄 알게 되므로 밖에서 찾지 말라는 말이다. 오는 것도 없고 가는 것도 없다. 앞도 없고 뒤도 없다. 나는 너를 가까이 안으며 너를 자유롭게 놓아준다. 왜냐하면 나는 너 안에 있고 너는 내 안에 있기 때문이다.

팔영대교로 가는 백리섬섬길과 영남면으로 넘어가는 갈림길 오산교차로에 도착한다. 팔영대교는 고흥과 여수를 잇는 11개의 다리 중 첫 번째 다리로 고흥의 많은 다리 가운데 가장 빼어난 모습을 지녔다. 팔영대교, 적금대교, 낭도대교, 둔병대교, 조화대교를 지나 여수 화양면에 닿게 된다.

오산교차로 오른쪽 나로도 방향 팔영로 갓길을 따라 오르막을 오른다. 오르막이 있으면 내리막이 있는 법, 내리막 팔영로를 따라 신성마을을 지나간다. 신성삼거리에서 좌측 간천마을로 향한다.

요즈음 젊은이들 사이에서는 '마싸'가 트렌드다. 마싸는 마이사이더(My sider)의 현대식 어휘다. '아싸'는 부조리에 대항하는 아웃사이더

(Out sider)의 현대식 어휘다. 고독한 늑대다. '인싸'는 기존 질서에 묻혀 관계에서 자신의 위치를 찾는 인사이더(In sider)의 현대식 어휘다. 따라 짖는 개다. 마싸는 나만의 행복과 만족을 찾고 자신만의 길을 가는 삶의 방식이다. '무소의 뿔처럼 혼자서 가라'라고 부처는 말했다. '마싸'가 되라는 말씀이다. 소리에 놀라지 않는 사자처럼, 그물에 걸리지 않는 바람처럼, 흙탕물에 더럽혀지지 않는 연꽃처럼, 무소의 뿔처럼 마싸가 되어서 혼자서 남파랑길을 걸어간다. 오늘 드디어 1,000㎞를 돌파했다. 아직 가보지 않은 걷기의 기록을 갱신하며 이제 꽃비에 흠뻑 젖는다.

오늘의 발걸음은 여기까지. 간천마을 버스정류장에서 65코스를 마친다.

미르마루길

[지금 아는 것을 그때 알았더라면]

영남면 간천버스정류장에서 남열마을 입구까지 11.2㎞

간천버스정류장 → 우주발사전망대 → 남열해돋이해수욕장 → 남열마을 입구

"지금이 옳고 지난날이 그른 줄을 깨닫는다오."

12월 15일 아침 7시 40분, 영남면 우천리 간천버스정류장에서 66코스를 시작한다.

오늘도 길을 간다. 니체는 "진정으로 위대한 생각은 걷기로부터 나온다"라고 했다. 나 홀로 걷는 이 시간, 이 공간을 통해 시간과 공간을 씨줄과 날줄로 하는 좌표상에서 자신의 위치를 바라볼 수 있다. 그리고 어디로 나아갈지 방향을 잡게 한다.

나의 가치가 중요하다. 산으로 가든 바다로 가든 나만의 삶의 가치를 지니면서 살아가야 한다. 가족, 자유, 사랑, 용기 등 무엇이 되었든 절대 포기하고 싶지 않은 가치를 정하고 살아간다면 삶의 모습도 그에 맞게 변화해나간다.

나 홀로 여행은 인생의 가치에 대해 깊이 생각할 수 있는 기회를 준다. 나는 어떤 가치를 소중하게 여기는지 끊임없이 되새기게 하고, 그 가치를 수호하기 위해 결심하고 용기를 북돋아준다. 나 홀로 여행은 자신의 내면의 목소리에 귀를 기울이고 자기 삶의 나침반을 들여다보는 시간으로, 자신이 나아갈 방향을 재점검하게 한다. 나 홀로 여행을 할 때마다 그렇게 스스로에 대해 더 많은 것을 알아간다. 도보여행은 길에 대한 사랑이요, 모험이요, 전투다. 소통이고 발견이다. 깨달음이고 자유이며 은총이다. '자유의지를 주신 하느님! 지금 보고 계십니까?' 외치며 걸어간다.

간천마을 주민 한 사람이 집안에서 골목으로 나온다. 반갑게 목례를 한다. 하지만 무거운 얼굴로 "등산로는 저쪽이니 돌아가라!"라고 한다. 순간적이었다. "남파랑길 이정표가 이쪽으로 되어 있어서 왔다"라고 했다. 말없이 돌아서는 주민을 바라보며 코로나로 인하여 외지인들에게 느끼는 불편함이 밀려온다. 역병이 주는 인심이다.

우미산(449m) 등산로 안내판을 지나서 임도를 따라 '천년의 오솔길' 삼림욕장을 걸어간다.

66코스는 '천년의 오솔길' 코스와 많은 부분을 함께 간다. 선인들이 천년간 다녔던 옛길을 오솔길 형태로 복원한 길이다. 천년간의 한 나그네가 찬란한 아침 이슬을 맞으며 풀숲 길을 걸어간다. 불어오는 아침 바람 산뜻한 풀냄새에 가슴이 트인다. 흐르는 물소리와 산들산들 바람결에 가도 가도 싫지 않은 푸른 숲속 길, 아무도 없는 깊은 산길 외로운 길이지만 보이는 곳은 모두 나의 청산, 보이는 곳은 다 나의 하늘이다.

천년의 오솔길 길가로 겨울로 가는 숲이 우거졌다. 숲은 글자가 생긴 모양도 숲같이 생겼다. 진달래 개나리 피는 봄이면 숲은 새색시같이 즐거워하고, 우거진 숲 위로 검은 구름 몰리고 성난 하늘이 천둥이며 번개며 비바람 몰아치는 여름이면 숲은 무서워서 후들후들 떨고 있다.

찬바람에 우수수 나뭇잎 떨어지고 달밤에 귀뚜라미, 풀벌레 우는 가을이면 숲은 쓸쓸하여 한숨짓는다. 뿌연 하늘에 함박눈 내리고 눈보라 휩쓸고 달도 별도 얼어 떠는 겨울이면 숲은 발가벗은 몸으로 오도도 떨며 서로를 껴안고 서 있다.

임도가 끝나는 지점에서 직진하면 우미산 정상으로 가는 길, 좌측 산길로 접어들어 본격적으로 산행을 시작한다. 금년 들어 가장 추운 날, 땀을 흐리며 산행을 한다. 예쁜 오솔길을 걷는다.

우미산 정상 0.7㎞를 뒤로하고 남파랑길을 간다. 중앙삼거리 갈림길에서 0.2㎞를 걸어 우암전망대에 도착한다. 팔영대교가 보이고, 다도해 해상국립공원의 섬들이 펼쳐진다. 섬들의 파노라마 절경이다. 여수를 사이에 두고 적금도, 낭도, 사도, 상화도, 하화도 등 많은 섬들이 바다에 떠 있다. 멋지고 즐겁고 행복한, 아름다운 인생이다.

산 위에는 흰 구름이 흘러가고 마음에는 느낌의 조각들이 떠간다. 침묵의 묵중한 산처럼 유연한 구름처럼 살고 싶다. 자연과 더불어 자유롭게 살고 싶다. 씨줄 날줄로 얽힌 인연의 굴레에서 벗어나 가끔은 혼자이고 싶다. 그리고 내 안의 나를 보고 싶다. 가끔은 이렇게 훌훌 떠나 모든 것을 놓아버리고 싶다. 그래서 가끔은 정말 자유인이, 자연인이 되고 싶다. 그리고 가끔은 바보가 되고 싶다. 그리고 바보처럼 웃고 싶다. 그리고 가끔은 눈을 감고 침묵하고 싶다. 우뚝 솟은 바위처럼 침묵하고 싶다. 그리고 무소의 뿔처럼 혼자서 가고 싶다. '큰 소리에 놀라지 않는 사자처럼, 그물에 걸리지 않는 바람처럼, 흙탕물에 물들지 않는 연꽃처럼, 무소의 뿔처럼 혼자서 가고 싶다(수타니파타).'

'塞翁之馬 昨非今是(새옹지마 작비금시)'라고 쓰인 노란색 리본이 눈길을 끈다. 작비금시, '어제 작 아닐 비 이제 금 옳을 시'이니 작일은 비, 금일은 시, 전날에는 그르다고 생각했던 일이 오늘에는 옳다고 생각하게 된다는 말이다. 지난 잘못을 걷고 옳은 지금을 간다는 의미다(覺今是而昨非). 도연명은 「귀거래사」에서 이렇게 노래했다.

이제껏 마음이 육신의 부림 받았으니/ 어이 구슬피 홀로 슬퍼하리오.

지나간 일 소용 없음 깨달았지만/ 앞일은 따를 수 있음 알고 있다네.

실로 길 잃음이 아직 멀지 않으니/ 지금이 옳고 지난날이 그른 줄을 깨닫는다오.

도연명은 평택현의 현령이었으나 '쌀 다섯 말에 허리를 굽히기(五斗米折腰)' 싫다며 벼슬을 버리고 고향으로 돌아가면서 귀거래사를 썼다. 이 시에서 금시작비라는 말이 나왔다. 작비금시라고도 한다. 작비금시! 어제가 그르고 오늘이 옳다. 작비금시는 붕 떠 있는 허깨비 같은 인생을 걷어내고, 내가 주인이 되는 삶을 살겠다는 선언이다. 사람은 이렇듯 나날이 향상하는, 일신우일신하는 작비금시의 삶을 살아야 한다. 오늘을 살아야 한다. 어제와 내일이 아닌 오늘을 살아야 한다. '바로 지금 이 순간!' 이 순간을 열심히 살아야 한다. 오늘은 잊고 어제와 내일을 살아서는 안 된다.

춘추시대 위나라 대부 거백옥(蘧伯玉)은 50세 때 인생을 돌아보고는 지난 49년의 삶을 '내가 지금 아는 것을 그때 알았더라면'이라며 포맷했다. 50세를 지비(知非)라고 하는데 여기서 나온 말이다. 명나라 때 정선은 자신의 거처 이름을 작비암(昨非庵)으로 지었다. 정선은 그 안에서 날마다 지난 삶을 돌아보며 허물을 걷어냈다. 그리고 인생의 성찰을 담은 『작비암일찬』이란 책을 남겼다. 돌아보면 왜 그랬을까 하는 후회와 아쉬움이 들 때가 많다. 눈에 뭔가 씌었던 것이 틀림없다. 욕심을 털고 탐욕을 내려놓고 살자. 지금이 옳다. 그때는 왜 몰랐던가?

'그때가 좋았어!'가 아니라 금쪽같은 지금을 탕진하지 말고 즐겁게 보람 있게 살아야 한다. 로또로 역전되는 인생은 없다. 벼락같은 행운은 더 큰 비극의 시작일 뿐이다.

'전에는 나쁘던 게 오늘은 좋다'는 뜻의 새옹지마(塞翁之馬)와 작비금시는 무슨 관계일까? 류시화 시인이 '지금 아는 것을 그때 알았더라면'이라며 노래한다.

우주는 무한하고 인생은 짧다. 이왕 사는 인생, 착하고 성실하고 아름답게 살아야 한다. 나이 60이 넘어서야 비로소 깨닫는다. '함부로 살

기에는 너무나 소중한 인생이다.'

우암전망대를 다녀와서 하산하다가 다시 150m 거리에 있는 용암전망대를 향한다.

용암전망대에서 보이는 남해안 다도해를 바라본다. 동해, 서해와 비교해 섬이 많다. 아름다운 해안풍광을 감상하고 되돌아온다. 전망대에서 그대로 하산하면 용암포구의 영남용바위로 내려간다. 영남용바위는 고흥 10경 중 6경으로, 높이 120m의 바위산으로 퇴적된 암벽이 병풍처럼 둘러쳐져 있다. 용이 암벽을 타고 승천했다는 전설 때문에 '용바위'라고 불린다.

영남용바위에서 시작되는 미르마루길은 몽돌해변을 거쳐 우주발사전망대까지 4㎞로, 미르는 '용', 마루는 '하늘(우주)'를 뜻하는 순우리말이다. '미르마루길'은 웅장한 해안절벽과 절경을 줄곧 감상하며 걷는 길이다. 고흥군에서는 미루마루길 축제를 개최한다.

경사가 있는 내리막길을 내려와서 등산로가 끝나고 임도로 들어선다. 우주발사전망대가 가까이 보인다. 곤내재로 내려섰다. 바로 우측에 우주발사전망대가 있지만 남파랑길 이정표는 좁은 길을 통해 해안길로 안내한다.

'질러갈까?' '아니야!' '힘들잖아?' '그래도.'

경허선사와 제자 만공이 탁발을 다녀오는 길, 바랑을 맨 만공은 경허의 뒤를 힘겹게 따르고 있었다. 갑자기 경허가 물동이를 인 동네 아낙에게 입을 맞추고 줄행랑을 쳤다. 만공도 정신없이 줄달음을 쳤다. 산길로 접어든 경허가 길가 널찍한 바위에 걸터앉으며 입을 열었다.

"만공아! 아직도 바랑이 무거우냐?"

경허는 무거운 바랑에다 짚신까지 해져 불평하는 제자 만공에게 축지법으로 편히 가게 해주겠다고 약속했던 참이었다. 그리고 절 아래 마을의 김씨 처녀에게 입맞춤한 뒤 마을 사내들로부터 봉변을 피하기 위해 '걸음아 날 살려라!' 하는 줄행랑 축지법을 쓴 것이다. 모든 것은 일체유심조라는 가르침이다.

마음으로 세상을 보고 행동을 일으키므로 이 세상의 모든 사물은 마음에서 만들어진다는 일체유심조(一切唯心造), 불행과 고통을 느끼는 것도, 행복과 기쁨을 맛보는 것도 모두 마음이다.

『주역』에서는 "천하는 한곳으로 돌아가게 되지만 그곳에 이르는 길은 다르고, 사람들의 생각은 결국 일치하게 되지만 일치점을 찾기까지 생각하는 방도는 다 다르다"라고 한다.

좁은 길을 통해 해안가로 내려간다. 왼쪽으로 가면 미르마루전망대와 용바위가 있다고 '미르마루길' 이정표가 안내한다. 몽돌해변과 사자바위를 바라보고 우측 우주발사전망대로 향한다.

가파른 데크 계단을 올라 나로호 발사 광경을 넓은 바다와 함께 볼 수 있는 고흥우주발사전망대에 도착했다. '우주로 가는 길 고흥'의 대표적인 우주관광 콘텐츠이다.

우주선 발사 장면을 가장 잘 볼 수 있는 우주발사전망대는 용바위, 사자바위, 팔영대교 등 주변의 해안 절경들과 더불어 고흥의 새로운 랜드마크로 자리 잡고 있다.

고흥우주발사전망대는 한국이 자체 기술로 인공위성을 우주공간으로 쏘아올리기 위해 건설된 한국 최초의 우주발사기지까지 해상으로 15㎞ 직선거리에 위치하여 나로호 발사 광경을 넓은 바다와 함께 볼 수 있다. 전망대 7층에는 턴테이블을 설치하여 수려한 다도해 절경 조망이 가능하다.

우미산정상 1.9km
곤 내 재 3.1km
용암전망대 0.75km
용 흥 사 1.7km
KOREA
대한민국
세계로 통하는
고흥 옥빛바다
대한민국 고흥

나 홀로 방문객, 전망대에서 커피로 추위를 녹인다. '앞에는 끝없는 수평선, 당신은 어디까지 가보셨나요'라고 스티커가 묻는다. 대한민국 고흥에서 남극 13,706㎞, 남아공 13,636㎞, 미국 LA 9,788㎞, 뉴질랜드 웰링턴 9,680㎞, 호주 시드니 7,970㎞, 필리핀 마닐라 2,306㎞ 그 외에도 대만, 상하이 후쿠오카 등이 있다. 저 멀리 나로도의 나로우주센터가 보인다.

1961년 4월 12일 키 157㎝의 아담한 체구를 가진 27세의 소련 청년 유리 가가린은 우주선 보스토크 1호에 몸을 싣고 108분 동안 지구를 한 바퀴 도는 우주비행을 마치고 귀환했다. 전 세계의 영웅이 됐고, 인공위성(스푸트니크)에 이어 유인 우주비행에 선수를 빼앗긴 미국을 자극해 미·소 우주 경쟁시대가 본격적으로 막을 올렸다.

모스크바 시내의 떠돌이 개였던 라이카는 1957년 11월 3일 러시아가 발사한 '스푸트니크 2호'에 태워져 우주공간에 나간 최초의 생명체가 되었다. 당시 소련은 '발사에 성공하였고, 라이카는 우주에서 안락한 죽음을 맞이하였다'라고 발표하였다. 하지만 사실은 발사한 지 몇 시간 만에 비극의 우주견(犬) 라이카는 고열과 스트레스로 공포에 질려 죽었다고 한다.

우주로 날아가 지구를 바라보면 광대무변한 우주 속에서 인간은 사소하기 짝이 없을 것이다. 하지만 자신이 티끌임을 깨닫는 순간 자신은 더 이상 티끌이 아니다. 무한한 작은 존재임을 자각하는 순간, 그의 마음은 우주처럼 넓어진다.

무한대의 관점에서 보면 인간은 너무도 보잘것없는 존재다. 무한소의 관점에서 보면 인간은 우주보다 크고 위대한 존재다. 파스칼의 『팡세』의 이야기다.

파스칼은 무한대와 무한소의 중간에 놓인 인간의 실존에 대해 비참하면서도 위대한 존재, 우주에서 가장 연약한 존재지만 그것을 알고 있는 한 우주보다도 더 위대한 존재라고 말한다.

망원경과 현미경은 인간의 또 다른 눈이다. 망원경에 비친 인간의 모습은 보잘것없는 티끌에 불과하지만 현미경으로 보면 그 속에 은하수가 흐르는 또 하나의 우주가 있다. 은하수는 밤하늘에만 흐르는 것이 아니라 내 몸 안에도 흐른다. 삶이 버거우면 망원경으로 바라볼 필요가 있다. 우주에서 바라보면 아무리 큰 괴로움이라도 티끌에 불과하다.

매월당 김시습은 망원경과 현미경으로 세상을 바라보며 자신의 비극적 삶을 해탈의 경지로 끌어올렸다. 우주 속의 인간은 자기 속에 우주를 품을 수 있다. 초라함을 아는 것이야말로 초라함을 벗어나는 첫발이다. 와각지쟁(蝸角之爭), 달팽이 뿔 위에서 촉나라와 만나라의 수많은 군사들이 전쟁을 하고 있다.

공자가 노나라의 동산에 올라보니 자신이 살고 있는 나라가 너무나 작아 보였다. 그 뒤에 태산에 올라보니 이번에는 천하마저 작아 보였다. 마치 바다를 본 사람에게는 물이 물로 여겨지지 않는 것과 마찬가지였다.

전망대에서 내려와 고흥짚트랙 앞에서 남열해맞이해수욕장을 바라보며 데크 계단을 내려온다. 남열해돋이해수욕장은 일출로 이름난 고흥 10경의 하나이자 여름 여행의 명소이다. 해돋이를 볼 수 있고 아름다운 노을을 감상할 수 있다. 뒤돌아 전망대를 올려다보니 우주로 비상하듯 위용이 우람하다. 행하는 자 이루고 가는 자 닿는다. 남열해수욕장에 도착한다. 갯벌해변을 보다가 고운 모래밭을 만나니 느낌이 새롭다. 고운 모래가 깔린 길이 800m의 넓은 백사장과 울창한 송림, 용바위를 비롯한 기암괴석과 해안절벽이 절경을 이루는 한낮의 해돋이 해수욕장을 걸어간다. 인적 없는 바닷가, 아름다운 이 해변이 나만의 것이다. 모든 것은 누리는 자의 것, 모두가 내 것이다. 인간 정신의 본질은 새로운 경험의 창조에 있다. 퍼질러 앉아 있지만 말고 새로운 세상을 향해 걸어가야 한다. 인생에서 원하는 게 있으면 팔을 뻗어 잡아야 한다. 신은 세상 곳곳에 삶의 기쁨과 슬픔을 숨겨놓았다. 기쁨과 슬픔은 경험하는 모든 곳에 존재한다. 그저 관점만 바꾸면 된다. 온 세상은 신이 맡겨준 선물이다.

'신이여! 지금 보고 계십니까?'

430년 전 이순신이 없었다면 오늘의 축복은 없었을 것, 서해를 거쳐 북상하려던 일본 수군의 전략은 한산대첩으로 완전히 바뀌었다. 이순신은 여세를 몰아 왜군의 본거지인 부산포를 공격했고, 남해안 제해권을 장악해 왜군의 해상 보급로를 차단했다. 남해안은 이제 완전히 이순신의 바다였다.

포르투갈 예수회 소속 선교사로서 당시 일본에서 활동하던 루이스 프로이스 신부는 『일본사』에서 "절망적인 상태에 있던 조선 병사들이 단결하고 연합해 수많은 선박을 동원하기 시작했다. 그 배들은 견고하고 장대했으며 화약과 탄약, 군수품이 대단히 잘 갖춰져 있었다. 그들은 일본인들을 만나면 습격하고 약탈하면서 해적질을 하며 다녔다. 더욱이 조선군은 일본군보다 해전에서 우수해 일본군에게 계속해서 커다란 피해를 주고 다녔다. 일본군은 해전에 대해 거의 지식이 없었으며, 조선군을 공격하기 위한 화기가 부족했으므로 해전에서 항상 최악의 상태가 됐다"라고 한산대첩 이후의 상황을 소개했다. 철저히 일본 입장에서 쓴 글이지만 조선 수군의 활약상은 명확히 드러난다.

해수욕장을 벗어나 해맞이로를 따라가다가 남열마을로 들어선다. 남열버스정류장을 지나고 남열마을 쉼터를 지나서 11시 15분, 남열마을 입구 66코스 종점에 도착한다.

66코스는 고흥에서 가장 난코스니 그만큼 '지붕 없는 미술관' 고흥에는 어려운 코스가 없다.

67코스

★ ★ ★ ★ ★ ★ ★ ★

고흥 마중길

[왜 어서 죽지 않는 것인가!]

영남면 남열마을 입구에서 포두면 해창만캠핑장 앞까지 16.4㎞

남열마을 입구 → 지붕 없는 미술관 → 양화경로당 → 영남만리성 → 금사 보건진료소 → 해창만캠핑장

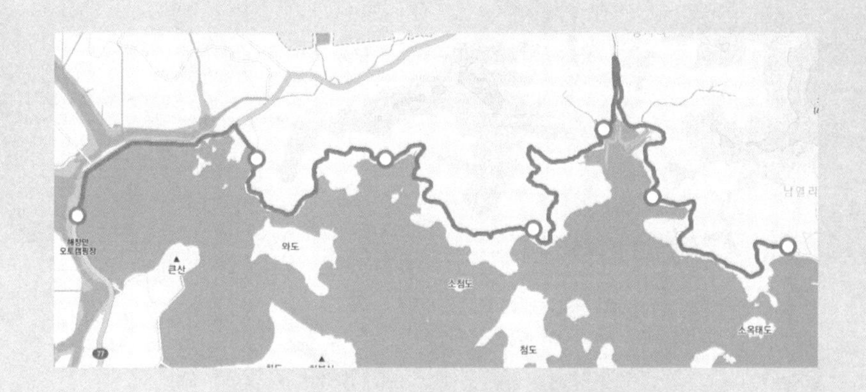

"어찌하랴, 어찌하랴. 천지 사이에 나와 같은 사정이 있겠는가. 어서 죽는 것만 같지 못하구나."

남열마을 입구에서 67코스를 시작한다.

멀리 있는 것이 아름답다고 했던가. 멀리 있는 것이 더욱 보고 싶고 그리워진다고 했던가. 길을 가면 멀리 있는 것도 어느 덧 곁에 와 있다. 매일매일 그리움을 만나고 멀리 있는 것들을 만난다. 길을 걷는 자의 기쁨, 유랑자의 특권이다. 마음에는 만남의 기쁨, 웃음소리가 가득하다.

아름다운 해안경관을 바라보며 남열해맞이길 도로를 따라 오르막을 걸어간다. 팔영산 아래 꽃처럼 핀 섬을 찾아 가는 '남열해맞이길' 18㎞는 2019년 '남해안 해안경관도로 15선'에 선정되었다. 팔영산의 등줄기를 타고 내려온 우미산(449m)이 우뚝하고 바다에는 첨도, 비사도, 옥태도, 적금도, 낭도 등 올망졸망한 섬들이 파노라마처럼 펼쳐진다. 시종일관 다도해를 끼고 달리는 환상적인 드라이브 코스다. 고개에 올라서서 고즈넉한 남열마을과 우주발사전망대를 뒤돌아 바라본다.

고갯마루에 있는 '남열리' 표지석을 지나서 내리막 차도를 따라간다. '우주로 가는 길' 안내판을 바라보며 걷다가 바다가 보이는 언덕의 '지붕 없는 미술관' 전망대에서 발걸음을 멈춘다. 아름다운 다도해의 경치를 바라볼 수 있는 고흥의 명소이다. 전망대에서 아름다운 다도해 경치를 감상한다. 저 멀리 우주센터를 품은 나로도가 위치하고 가까이에는 태양의 섬 대옥태도, 까막섬 오도, 원시의 섬 시호도, 토끼섬 토도, 비사도, 첨도, 취도 등 수많은 섬들이 한 폭의 수려한 산수화를 그려내 지붕 없는 미술관을 연상케 한다.

섬들이 옹기종기 올망졸망 경관이 너무 아름다워 2012년 1월 9일 산림청 발표 '전국 100대 산림경관지역'으로 선정되었고, 2018년 7월 22일 국토교통부 선정 '거제-고흥 간 남해안 해안관광도로 오션뷰 경관 20선'에 포함되었다.

'지붕 없는 미술관'이라는 별칭을 가진 고흥군은 '남해안 오션뷰 명소 20선'에 8개 시군 중 가장 많은 5곳이 선정됐다. 거금도 금산해안도로에 자리한 금의시비공원과 소록대교와 소록도, 녹동전망대, 더수연안어부림, 지붕 없는 미술관, 우주발사전망대다.

지붕 없는 미술관에서 위험한 도로를 따라 서쪽으로 걸어간다. 남파랑길은 동쪽에서 서쪽으로 가는 길이다. 남파랑길의 나그네는 동쪽의 끝 부산에서 늘 서쪽의 끝 땅끝탑으로 간다. 서방정토가 있다는 믿음으로 서쪽으로 간다. 유라시아 대륙 동쪽 끝 대한민국의 순례자가 서쪽 끝 스페인의 산티아고 데 콤포스텔라를 향해, 땅끝 피스테라를 향해 걸어갔던 추억이 새롭게 다가온다.

태양은 동쪽에서 일어나 서쪽으로 흘러간다. 인류의 위대한 모험은 대부분 동쪽에서 서쪽으로 이루어졌다. 중국의 노자는 서쪽으로 갔고, 시저나 콜럼부스, 아틸라 등은 모두 서쪽에 그 답이 있다고 믿었다. 서쪽으로 가는 것, 그것은 미래를 알고자 하는 것이었다.

태양이 어디로 흘러가는 지를 궁금해하는 사람들이 있던 반면, 태양이 어디로부터 오는지 알고 싶어 하는 사람들도 있었다. 그들은 동쪽으로 갔다. 인도의 달마는 동쪽으로 갔고, 마르코 폴로, 나폴레옹 등은 동쪽으로 갔다. 하지만 모험가들에게는 두 개의 방향 모두 탐험의 대상이었다. 태양이 잠든 북쪽으로 가는 것은 자신의 힘을 시험하기 위한 장애물을 찾아가는 것이요, 태양이 중천에 떠 있는 남쪽으로 가는 것은 휴식과 평온을 찾아 떠나는 것이었다.

인디언들은 다섯 방향의 이름을 부를 때 동쪽은 태양이 항상 비추는 곳, 서쪽은 천둥의 정령이 사는 곳, 남쪽은 항상 바라보는 곳, 북쪽은 거대하고 하얀 거인들이 사는 곳이라면서 사후세계는 행복한 사냥터라고 했다. 그러면서 "미타쿠예 오예신!", 즉 '우리 모두는 연결되어 있다!'라고 했다.

남열리에서 양사리로 바뀌면서 양화마을 경로당을 지나간다. 양화마을 표지석을 지나서 사포마을 입구에서 좌측 해안길로 나아간다. 고흥 마중길 영남만리성 역사탐방길 안내도가 길을 안내한다. 영남면 양사리, 여기서부터 고흥 마중길과 남파랑길 67코스가 같이 간다.

고흥 마중길은 해창만공원에서 우주전망대까지 섬과 섬을 잇는 17.7㎞ 역사탐방길로 전망대에서 걸어온 여기까지가 3구간, 여기에서 사도진까지가 2구간, 사도진에서 해창만까지가 1구간이다.

2구간 사도진과 영남만리성 구간은 임진왜란 당시 전라좌수영 산하 4포 중 1곳으로 역사가 살아 숨 쉬는 유적이며, 섬섬옥수 다도해의 비경을 조망할 수 있는 곳이다. 1구간 출발지인 해창만공원은 1963년 해창만의 드넓은 바다를 막아 옥토로 바꾼 간척사업의 대역사가 일어난 곳이다. 영남면 금사리 영남만리성에 도착한다.

영남만리성은 여자만에서 갈라져 들어오는 해창만의 북쪽 해안입구에 자리하고 있다. 해창만은 간척사업 이전에는 고흥읍 근처까지 바닷물이 들어갔다. 성의 북쪽으로는 사도봉수가 있고, 동쪽으로는 우미산의 우미산봉수가 있다. 서쪽으로는 사도진이 있고, 남쪽으로는 첨도가 있다. 성곽은 흔적만 있어 초라하기 짝이 없다.

마을 윗길로 임도는 계속되고 바다에 떠 있는 작은 장고도가 다가온다. 해안길을 따라 작은 어촌 주변으로 빈집들이 이곳저곳에 산재한다. 젊은이들이 도심으로 떠나고 부모만 남아 있다가 세상을 등지면 집을 버려두는 것 같다. 암울한 옛터의 모습이다.

영남면 금사리마을 중앙을 통과한다. 금사보건진료소 옆에는 임진왜란 때 중요한 수군 거점 역할을 했던 사도진 성지에 대한 설명문이 있다. 금사리 사도마을과 사도만리성은 임진왜란 당시 전라좌수영 5포 중 하나인 사도진이 있던 유서 깊은 곳이다. 사도해안길을 걸어서 사도진성지에 도착한다.

홍양현은 고려 말 조선 초 왜구가 창궐하면서 연해 방어 거점으로서 부각되었다. 그 예로 전라좌수군이 관할하는 5관 5포 중 1관 4포가 이곳 홍양에 설치되어 있었다.

수군의 지휘체계는 수군절도사(정3품), 첨절제사(종3품), 만호(종4품)로 이루어졌는데, 사도진에는 첨사가, 여도진, 발포진, 녹도진에는 만호가 주둔하였다. 임진왜란 기간 동안 홍양의 1관 4포는 중요한 수군 거점으로 활용되었다. 이순신의 발자취가 스며 있는 우국충정의 사도마을을 지나서 바닷가를 걸어간다.

이순신의 어머니 초계 변씨는 "부디 나라의 치욕을 크게 씻어야 한다!"라며 이순신에게 나라에 충성하기를 당부했다. 이순신은 효자였다. 1596년 이순신은 이것이 살아생전 마지막이 될 줄 모르고 어머니를 위해 수연을 베풀었다. 『난중일기』의 기록이다.

사도진성지
GOHEUNG COUNTY
영남만리성(影南萬里城)
고흥
마중
길

10월 7일. 맑고 온화했다. 아침 일찍 수연을 베풀어 온종일 매우 즐거워하니 참으로 다행스러웠다. 남해현령은 조상의 제삿날이라 먼저 돌아갔다.

10월 8일 맑음. 어머님의 채후가 평안하시니 참으로 다행이다. 순천부사와 술잔을 나누고 작별했다.

10월 9일 맑음. 공문을 처리하여 보냈다. 하루 종일 어머니를 모셨다. 내일 진영에 들어갈 일로 어머니께서는 다소 서운한 빛을 띠었다.

10월 10일 맑음. 삼경 말(새벽 1시경) 뒷방으로 갔다가 4경(새벽 2시경)에 누대방으로 돌아왔다. 오시에 어머니께 떠날 것을 고하고 미시에 배를 타고 바람에 따라 돛을 달고 밤새도록 노를 재촉하며 갔다.

이순신은 여수에 있는 어머니를 한산도로 모시고 수연(寿宴)을 베풀었다. 그리고 10월 10일 헤어진 후 다시는 살아서 어머니를 뵙지 못했다. 다음 해 4월 감옥에 갇혔다가 나와서 다시 만났을 때는 이미 어머니가 이 세상 사람이 아니었던 까닭이다. 1597년 4월 11일, 어머니 변씨는 통제사에서 파직된 후 의금부 옥에서 나와 백의종군하는 이순신을 찾아가는 배 위에서 83세의 나이로 숨을 거두었다.

한산도 시절의 이순신은 그의 전 생애를 돌이켜볼 때 가장 행복한 시간이었다. 여수 부근에 모신 어머니를 찾아뵙고 부인과 조카들을 걱정하며 점도 치고 꿈도 꾸는 등 전란 중이었지만 행복한 시절이었다. 오직 애국충정으로 풍전등화 같았던 나라를 구했던 그 당시의 이순신의 지극한 효성이 『난중일기』에 잘 나타나 있다.

이순신은 1597년 2월 25일 자로 통제사에서 해임당하고, 신임 통제사인 원균에게 업무를 인계하고 그 다음 날 길을 떠나 한양으로 향했다. 왕명을 거역한 죄로 3월 4일 의금부에 투옥되었다.

『난중일기』에는 1597년 1월부터 3월말까지 기록이 없다. 이 시기에 일기를 쓰지 않았던 것인지, 아니면 그 후에 없어진 것인지 알 수 없다. 가장 참혹하고 힘들었을 그 시기의 이순신의 심정을 일기를 통해 확인할 수 없다.

4월 1일 석방된 이순신은 그 이튿날 유성룡을 방문했다. 임진왜란과 정유재란 전 기간에 걸쳐 유성룡은 이순신을 적극 후원했다. 그런 유성룡과 밤을 지새운 그날 이순신은 백의종군을 위해 남쪽을 향하여 떠났다. 인덕원, 수원, 진위, 평택을 거쳐 4월 5일에 그리운 고향 아산에 도착했다. 그때 어머니가 아들의 석방 소식을 듣고 배편으로 아산으로 올라온다는 소식을 들은 이순신은 고향집에서 기다렸다. 어머니를 기다리는 이순신의 마음은 걱정으로 가득했다.

『난중일기』를 읽으면서 가장 많이 접하는 이름, 어머니. 그러나 어머니는 감옥에서 풀려나 백의종군하는 아들을 만나기 위해 뱃길로 여수에서 아산으로 가는 중에 숨을 거두고 말았다. 어머니의 임종을 예감했을까? 『난중일기』의 기록이다.

> 1597년 4월 11일. 새벽꿈이 말로 표현할 수 없을 정도로 정신 사나웠다. 덕이를 불러서 대강 이야기하고 또 아들 울에게도 말했다. 마음이 몹시 언짢아서 취한 듯 미친 듯 마음을 가눌 수 없으니, 이것이 무슨 징조인가? 병드신 어머니를 생각하니 나도 모르게 눈물이 흘렀다. 종을 보내 어머니 소식을 알아보게 했다. 금부도사는 온양으로 돌아갔다.
>
> 4월 12일. 종 태문이 안흥량에서 들어와 편지를 전하는데, “초아흐레에 어머니와 위아래 모든 사람이 모두 무사히 안흥량에 도착하였다”라고 한다. 아들 울을 먼저 바닷가로 보냈다.
>
> 4월 13일. 일찍 아침을 먹은 뒤에 어머니를 마중 가려고 바닷가로 가는 길에 홍찰방집에 잠깐 들러 이야기하는 동안 아들 울이 종 애수를 보내놓고 하는 말이, “아직 배 온다는 소식이 없다”라고 했다. 얼마 후 종 순화가 배에서 와서 어머니

의 부고를 전했다. 뛰쳐나가 가슴을 두드리며 몸부림치니 하늘의 해조차 캄캄해졌다. 바로 해암(아산시 인주면 해암리)으로 달려갔더니 배는 벌써 와 있었다. 길에서 바라볼 때의 찢어지는 마음을 이루 다 적을 수가 없다.

4월 16일. 궂은비가 왔다. 배를 끌어 중방포(아산시 염치읍 중방리)로 옮겨대고 영구를 상여에 옮겨 싣고 집으로 돌아왔다. 마을을 바라보니 찢어지는 아픔을 어찌 말로 다할 수 있으랴. 집에 도착하여 빈소를 차렸다. 비가 크게 쏟아졌다. 나는 기력이 다 빠진데다가 남쪽으로 갈 일이 또한 급박하니, 부르짖으며 울었다. 다만 어서 죽기만 기다릴 뿐이다.

4월 19일. 일찍 나와서 길을 떠나며 어머님 영전에 하직을 고하고 울부짖으며 곡하였다. 어찌하랴, 어찌하랴. 천지 사이에 나와 같은 사정이 있겠는가. 어서 죽는 것만 같지 못하구나.

어머니는 미처 육지에 상륙하기도 전에 배 위에서 돌아가셨다. 백의종군하는 아들을 찾아서, 보고 싶은 아들을 만나러 노심초사하며 먼 뱃길을 오다가 아들과 가까운 거리에서 어머니는 운명했다. 아들을 지척에 두고 다시는 못 볼 머나먼 길을 떠나는 어머니의 심정은 어떠했을까.

이순신은 애통했다. 참으로 애통했다. 이순신은 오래 머물 수 없었다. 나라의 명으로 권율의 분진으로 내려가는 길이었기에 이 길에는 금부도사가 동행하고 있었다. 금부도사가 길을 재촉했다.

4월 19일, 어머니를 잃고 장례도 치르지 못한 채 이순신은 남쪽으로 길을 떠나야 했다. "나라에 충성하고자 했으나 죄를 얻었고, 부모님께 효도하려 했으나 부모님은 돌아가셨구나" 하면서 남도 땅 곳곳에서 일기를 쓰는 이순신의 눈에는 눈물이 마르지 않았다.

이순신이 공주, 은진, 여산, 전주, 임실, 남원을 거쳐 운봉에 도착했을 때는 4월 25일, 운봉에 있으리라 여겼던 권율은 이미 순천으로 떠난 뒤였다. 이순신은 다음 날 구례를 거쳐 4월 27일 순천에 도착했다. 이순신이 도착하기 전 권율은 경상도 초계로 떠났기 때문에 이순신은 5월 13일까지 순천에 머물렀다. 순천에 머물면서 비통한 심정에 빠진 이순신은 『난중일기』에 이렇게 썼다.

> 5월 4일. 비. 오늘이 바로 돌아가신 어머니 생신이다. 슬프고 애통함을 어찌 견딜까? 닭이 울 때 일어나 앉아 눈물만 흘렸다. 오후에 비가 몹시 퍼부었다.
> 5월 5일. 오늘은 단오절인데 천 리 되는 천애의 땅에 멀리 와서 종군하여 어머님 장례도 못 모시고 곡하고 우는 것도 마음대로 못 하니, 무슨 죄로 이런 앙갚음을 받는 것인가. 나와 같은 사정은 고금에도 같은 것이 없을 터이니, 가슴이 찢어지는 듯 아프다. 다만 때를 못 만난 것이 한탄스러울 뿐이다.
> 5월 6일. 아침저녁으로 그립고 원통한 마음에 눈물이 엉겨 피가 되건마는, 하늘은 어찌 아득하기만 하고 내 사정을 살펴주지 못하는가. 왜 어서 죽지 않는 것인가.

이순신은 때를 만나지 못한 자신의 운명을 깊이 탄식하며 때로는 차라리 어서 죽기만을 바라는 절박한 상태에 빠졌다. 이순신은 그 후 가눌 수 없는 슬픔을 자주 보이며 달빛이 대낮같이 밝으니 어머니를 그리며 슬피 우느라 밤늦도록 뒤척이며 잠들지 못했고, 홀로 배 위에 앉아 '세상에 나 같은 사람이 또 어디 있겠는가?'라고 한탄하며 울었다. 23전 전승의 꿈을 이루고 난 이후의 준비, 이순신의 준비는 죽음이었다.

"왜 나는 어서 죽지 않는가!"

이순신은 죽고 싶은 심정이었다. 아버지는 동구비보에 근무할 때 돌아가셨고, 어머니는 정유재란 때 백의종군할 때 돌아가셨고, 두 형 희신과 요신도, 아우 우신도 죽고 없었다. 이제 이순신에게는 부모 형제가 없었다. 모두 저 세상으로 떠나갔으니, 오직 다음 세상에서 만날 뿐이었다. 심지어 사랑하는 아들 면도 명량해전 후 왜적의 손에 죽었다. 그런 와중에 선조가 자신을 죽이고 싶어 한다는 것을 알고 있었던 이순신은 꿈을 이룬 뒤를 준비하였다. 그것은 죽음이었다. 영웅적인 죽음이었다.

고홍 마중길을 걸어간다. 어머니는 감옥에서 나오는 이순신을 마중 나오다가 배 위에서 돌아가셨다. '마중 나오는 사람이 부처'라는 얘기처럼 어머니는 마중길에서 돌아가셨다.

고홍 마중길 1코스 사도마을 버스정류장을 지나서 마을 윗길을 걸어 능정마을로 향한다. 능정삼거리에서 맛집으로 유명한 도로변 일성식당으로 들어가서 민생고를 해결한다. 포만감에 행복감이 밀려온다. 영남면이 끝나고 포두면으로 들어선다. 드넓은 해창만을 바라보며 방조제길을 따라간다. 잔잔한 바다에 다도해의 섬 그림자가 나그네 그림자에게 말을 건다.

"어디 가니?" "남파랑길 걸어가." "왜?" "친구가 걷고 싶대." "왜?" "걷는걸 좋아해. 동해의 해파랑길도 걸었는걸." "그럼 너도 해파랑길 걸었겠네?" "그럼. 너는 동해바다 구경 못 했지?" "응. 그래도 괜찮아. 우리 친구는 조용한데 네 친구는 참 바쁘다?" "그래. 바쁘게 열심히 사는 게 좋대." "부럽다. 잘 가." "그래, 안녕. 잘 있어." 무성한 갈대들이 온몸으로 춤을 추며 환호한다.

"우와, 나도 가고 싶다!"

한쪽에는 바다, 한쪽에는 벌판인 훤히 트인 방조제를 따라 걸어간다. 찬바람이 시원하게 불어온다. 뒤쪽에는 팔영산이 점점 멀어지고 앞쪽에는 해창만 캠핑장이 점점 가까워진다. 저 멀리 나로도우주전망대가 보인다. 웅장했던 전망대가 작은 점 같다. 나 역시 우주의 한 티

끌 같은 존재다. 하지만 내가 있어 우주가, 지구가, 삶이 존재한다. 내가 이 세상의 중심이요 주인공이다

행복홀씨 옆에 솟대들이 소박하고 아담하다. 아담하고 소박한 것이 행복의 홀씨다. 솟대가 땅의 소망을 하늘로 전해준다. 오후 3시 30분 포두면 오취리 해창만오토캠핑장 67코스 종점에 도착했다. 오늘 하루 27.6㎞를 걸었다.

66코스와 67코스를 걸었던 오늘, 남파랑길 걸은 날 중 가장 추운 날씨였다. 계절은 점점 겨울로 가고 있다. 오래 전 다녀간 적이 있는 외나로도에 가서 고흥 우주발사대를 둘러보았다.

청렴의 길

[발포만호 이순신]

포두면 해창만캠핑장에서 도화면 도화버스터미널까지 20.5㎞

해창만캠핑장 → 별나로마을 → 우산마을회관 → 도화재래시장 → 도화버스터미널

"오동나무는 관청의 재물로 나라 것이니 누구도 함부로 벨 수 없다고 전해라."

12월 16일 9시 30분, 해창만오토캠핑장에서 68코스를 시작한다.

여도진성지, 팔영산 능가사를 다녀와서 출발이 늦어졌다. 기온이 내려가서 도로에는 얼음이 살짝 얼어 있다. 나날이 날씨가 추워진다. 계절이 겨울로, 점점 겨울로 들어간다. 폴란드의 명언에는 봄은 처녀, 여름은 어머니, 가을은 미망인, 겨울은 계모라며 사계절을 여인에 비유한다. '봄은 처녀처럼 부드럽다. 여름은 어머니처럼 풍요롭다. 가을은 미망인처럼 쓸쓸하다. 겨울은 계모처럼 차갑다'라는 것이다. 겨울 바닷가에 찬바람이 몰아친다. 어느 누가 봄바람을 혜풍(惠風), 여름바람은 훈풍(薰風), 가을바람은 금풍(金風), 겨울바람은 삭풍(朔風)이라 했던가. 세찬 바람과 추위에 얼어붙은 태양이 말한다.

"내가 조금만 더 가까이 가면 지구에 있는 모든 것은 죽어버려. 지금처럼 떨어진 채 사랑해야 해. 만물에게 생명과 온기를 주고 만물을 기쁘게 바라보는 마음, 그것이 나의 마음이야."

제방의 둑에 올라서서 바다와 벌판을 바라보며 걸어간다. 해창만 간척준공기념탑이 위용을 자랑한다. 해창만오토캠핑장은 1963년 드넓은 바다를 막아 옥토를 일군 고흥 간척사업의 대역사가 시작된 곳으로, 아름다운 풍광과 역사적 현장을 간직한 고흥 여행의 중심이다. 새들이 하늘을 날아간다. 파란 하늘에 점을 남기며 훨훨 날아간다. 새는 하늘을 날아야 하고 사람은 대지를 걸어야 한다. 걸으면 새처럼 하늘을 나는 것 같은 쾌감을 느낀다.

타조는 다리도 목도 가장 큰 새지만 하늘을 날 수 없다. 몸이 가볍고 날개가 커야 날 수 있는데, 타조는 무겁고 큰 데다 날개도 작다. 타조는 위기 상황을 맞닥뜨리면 머리를 땅속에 파묻어 위기 상황을 회피하려고 한다. 이처럼 문제가 발생하였을 때 현실을 부정하는 심리적 성향을 '타조 증후군'이라고 한다. 반면에 '퍼스트 펭귄'이라는 말이 있다. 바다에는 펭귄의 먹이도 있지만 바다표범과 같은 천적도 있다. 이로 인해 펭귄들은 바다로 뛰어드는 것을 주저하는데, 이때 한 마리의 용기 있는 펭귄이 뛰어듦으로써 다른 펭귄에게 연쇄적 동기를 유발한다. 이와 같이 상황에 대처하는 타조와 펭귄의 행동양식은 대조적이다. 회피하는 타조가 될 것인가, 용기 있는 펭귄이 될 것인가는 자신의 선택이다. 둘 다 하늘을 날 수 없는 새지만 선택은 다르다.

위험하게 살아야 한다. 위험하게 살고 있다면 아직 제대로 살아 있는 것이다. 새로운 일에 도전해야 한다. 세상의 어떤 일이든 주인의식을 갖고 추구하면 참됨을 이룰 수 있다. 임제선사는 "가는 곳마다 주인이 되고 머무는 곳마다 진실되라"라고 했다. 앉은 자리가 꽃자리다. 시방 가시방석처럼 힘들고 외로운 남파랑길, 이 자리가 바로 꽃자리다.

짬뽕이 맛있기로 소문났다는 '청운반점'이 어제도 오늘도 문이 닫혀 있다. 겨울이고 코로나에 캠핑족들이 없어서이리라. 방조제 끝에 있는 배수관문을 지나 오도(梧島)로 진입한다. 남파랑길 이정표가 별나로마을이 1㎞ 남았다고 가리킨다. 옆으로 보이는 해창만 너머 팔영산과 점점 멀어진다. 광활한 바다와 갯벌을 활용한 풍부한 먹거리의 별나로마을을 지나서 해안가로 걸어간다. 다도해를 감싸 안은 형태를 한 거북이 모양의 섬마을이다.

상오마을을 지나고 해안가 건너 마복산(535m)을 가까이 보면서 걷다가 신오마을로 들어선다. 제2방조제를 걸어 배구관문을 건너 옥강리를 지나 봉암마을 방향으로 간다. 봉암마을을 지나서 임도를 따라 걸어간다. 임도길을 내려서면서 대곡제 저수지를 지나고 논밭길을 지나 남성마을로 들어선다. 입구에 커다란 나무 두 그루가 반겨준다. 나무 아래에는 쉼터가 있다. 나무는 오랜 세월 사람들에게는 물론 새들에게 벌레에게 구름에게 달과 별들에게 쉬어가는 자리를 제공했으리라.

공자는 제자들을 해(楷)나무 아래에서 가르치고, 석가는 보리수나무 아래에서 성도(成道)했고, 소크라테스는 플라타너스나무 숲길에서 사색한 것은 단지 그 나무가 볕을 가려주고 공기를 맑게 해준다는 것 그 이상의 그 무엇이 있기 때문이리라. 세상 죄를 지고 가는 어린 양 예수가 십자가 나무에 매달려 죽은 것은 단순한 죽음 이상의 의미가 있는 것처럼. 하지만 가룟 유다의 자살나무처럼 저주받은, 가장 불행한 나무도 있다.

나무도 집들도 정겹고 마을길도 정겨운 남성마을을 지나서 차로를 따라 익금마을로 향한다. 물이 빠진 익금해수욕장은 넓은 백사장의 모습을 드러낸다. 익금마을 앞바다를 바라보며 익금방파제길을 걸어서 차도로 올라가 포두면에서 도화면으로 넘어간다. 차도는 '충무사길'이며, 이 길 끝에는 도화면 발포리의 충무사와 이순신이 발포만호로 근무했던 발포진이 있다.

도로와 농로를 따라 걸어 중산마을회관 앞을 지나 멀리 도화면소재지가 보인다. 한적한 농로를 걸어 면소재지 입구에서 차도로 들어선다.

1시 40분, 68코스 종점인 도화면 당오리 도화버스터미널에 도착하니 인근에 해장국집이 있다. 따끈한 해장국과 막걸리 한 통이 소확행의 기쁨을 준다.

해창만 캠핑장에서 승용차로 이순신이 만호 시절 근무했던 발포진으로 향했다. 오래전 다녀간 적이 있었던 발포성곽과 충무사에 새롭게 단장한 변화가 느껴졌다.

이순신은 1580년 36세 7월 발포의 수군만호가 되었으며, 38세 1월에 발포만호에서 파면되었다. 1576년 32세에 무과에 급제, 함경도의 동구비보권관이라는 최하급 자리로 첫 벼슬을 시작했다. 국경지대는 여진족이 자주 넘보던 곳으로, 군사시설은 엉망이었고 군사들은 고향으로 돌아갈 생각만 하고 적당히 날짜를 보냈다.

이순신은 병사들을 시켜 허물어진 성벽을 고치고 망루를 설치하게 했다. 군사들은 고된 노동에 불평불만이었지만 이순신이 솔선수범하자 감동하여 아무런 불평도 하지 않았다. 동구비보에서 국경을 지킨 지 3년, 이순신은 35세 2월에 한양으로 돌아와 훈련원 봉사가 되었다. 이 당시 있었던 일화로 『징비록』의 기록이 있다.

> 병조정랑 서익이 친근한 사람이 훈련원에 있었는데, 그 사람을 차례를 뛰어넘어 천거하여 보고하도록 했으나, 순신은 원중 장무관으로서 옳지 않다고 버텼다. 그래서 서익은 이순신을 패지(牌旨)로 불러 뜰아래 세우고 힐문했으나, 순신은 말과 기색이 조금도 변하지 않고 곧게 변명하여 흔들리지 않았다. 서익은 더욱 크게 노하여 기승을 부렸으나 순신은 조용히 대답하면서 끝내 조금도 기가 꺾이지 않았다. 서익은 본래 객기가 세어 남을 업신여겼기 때문에 동료들도 그를 꺼려 될수록 말다툼을 하지 않으려고 했다. 이날 하리(下吏)들이 섬돌 아래 있다가 모두 사로 돌아보며, 놀라 혀를 내두르면서 "이분(이순신)이 감히 본조의 정랑에게 대항하니 앞길이 어찌 될지 생각하지 않는 것인가?" 하였다. 날이 저물어서야 서익이 계면쩍게 기세가 꺾이면서 순신을 돌려보냈는데, 견식이 있는 사람들은 이 일로 순신의 인품을 알게 되었다.

소문이 훈련원 안에 퍼지자 모두들 입을 모아 용기 있는 이순신을 칭찬했다. 하지만 웃음거리가 된 서익은 그해 10월 이순신을 충청도 병영으로 쫓아버렸다. 병마절도사를 시중드는 군관의 직책이었다.

이순신이 훈련원에 있을 때 유성룡과 이순신의 차납지변(借納之辨), '달라는 겁니까? 빌려달라는 겁니까?'라는 이야기가 있다. 이순신이 몹시 아름다운 전통(箭筒)을 지니고 있었다. 이 말을 들은 서애 유성룡이 사람을 보내 빌려달라고 하자, 이순신이 거절하며 말했다.

"이것은 빌리자는(借) 것입니까, 달라는(納) 것입니까?"

서애가 이 말을 전해듣고는 기이하게 여겨 비로소 발탁해 쓰리라는 뜻이 서게 되었다. 윤기의 『정상환화』에 나오는 이야기다. 윤기는 이 일을 적고 나서 이렇게 덧붙였다.

"지금의 시속으로 말한다면, 충무공은 반드시 활집을 바쳐서 친해지려 했을 테고, 서애는 틀림없이 유감을 품고 성을 내어 배척해 끊었을 것이다."

윗사람과 친해질 절호의 기회를 박찬 이순신의 강직함과, '요놈 봐라' 하면서 해코지를 하지 않은 유성룡의 도량을 함께 칭찬했다. 같은 이야기가 『충무공전서』에는 다르게 나온다. 정승 유전이 활쏘기 시합을 살피다가 이순신의 좋은 활집을 보고는 탐이 나서 이를 자기에게 달라고 했다. 이순신이 말했다.

"활집을 드리기는 어렵지 않습니다. 하지만 사람들이 대감께서 받은 것을 어찌 말하고, 소인이 바친 것을 또 어떻다고 하겠습니까? 활집 하나로 대감과 소인이 함께 욕된 이름을 받게 될 테니 몹시 미안한 일입니다."

"그대의 말이 옳다."

유전이 깨끗이 수긍했다.

충무사(忠武祠)

병마절도사의 신임을 얻은 이순신은 1580년 36세에 이곳 전라도 발포의 수군만호가 되었다. 만호직은 오늘날 연대장급에 해당하는 종4품 계급이었다.

1582년 발포만호에서 파면된 이순신은 1583년 39세 7월에 함경도 남병사의 군관이 되었고, 10월에 건원보의 군관이 되어 여진족 추장 울지내를 사로잡았으며, 11월에는 훈련원 참군으로 진급되었다. 1585년 41세 1월에 사복시 주부가 되었고, 이어 함경도 조산보의 만호가 되었다. 1587년 43세 8월에 녹둔도 둔전관을 겸하였고, 병사 이일의 모함으로 파직, 백의종군했다. 이듬해인 1588년 44세에 백의종군에서 풀려나 집으로 돌아와 한거했다. 1589년 45세 2월에 전라도 순찰사 이광의 군관이 되었다가 12월에 정읍현감에 임명되었다.

이순신은 1591년 2월 47세에 전라좌수사가 되었다. 10년 전 발포만호로 바닷가에서 근무했던 경력이 있었던 이순신은 준비된 전라좌수사였다. 그리고 하늘이 우리 민족을 사랑하여 임진왜란에 대비하고자 보내준 준비된 영웅이었다.

도화면 발포성촌길 발포리 입구에는 '이충무공 머무시던 곳'이라는 안내판과 함께 발포진 성터가 있고 뒤편에는 이순신 장군을 기리는 충무사(忠武祠)가 있다. 이 사당은 1580년(선조 13) 이순신이 36세 때에 이곳 발포만호로 부임하여 1582년 1월 모함을 받아 파면되기 전까지 18개월간 재임하신 것을 기념하여 건립하였다. 매년 탄신일인 4월 28일에 충무공 탄신제를 거행하고 있다.

충무사의 외삼문, 내삼문을 지나서 사당에 도착했으나 코로나로 문이 굳게 닫혀 있다. 충무사에서 바다를 내려다보다가 발포성곽을 걸어 '발포만호 이순신 오동나무 터'와 '청렴광장'으로 들어선다.

1580년 7월, 발포만호가 된 이순신은 서른여섯 살의 나이로 처음 바다와 인연을 맺게 되었다. 탁 트인 넓은 바다를 바라보자 왜구가 바다를 건너와 백성을 괴롭힌다는 옛 생각이 났다. 이순신은 굳게 결심했다. 하지만 병영을 둘러본 이순신은 실망을 금치 못했다. 수군은 육군보다 더욱 형편이 나빴다. 배도 몇 척 안 되고, 그나마 닻과 돛은 부러지고 찢어져 있었다. 병사들은 수십 명, 대부분 칼과 활을 제대로 다룰 줄도 몰랐다. 이순신은 병사를 더 뽑아 바닷가 곳곳에 새로운 진지를 구축하고 부서진 배를 수리하고 병사들을 훈련시켰다. 본인 또한 배를 만드는 설비, 해전 연구에 열심이었다.

이순신이 발포진에서 만호 벼슬을 하고 있을 때 전라좌수사 성박이 심부름꾼을 보내왔다. 청렴광장에는 이때의 이야기가 '관아의 오동나무는 나라의 것이다'라는 만화로 그려져 있다. 심부름꾼이 말했다.

"좌수사 성박께서 보내셨습니다."

"좌수사께서 무슨 일로 보내셨는가?"

"이곳 발포에 있는 오동나무를 베어오라고 합니다요."

"오동나무를? 무엇에 쓰신다고 하더냐?"

"네. 오동나무로 거문고를 만든다고 합니다. 좌수사께서는 풍류를 즐기시니까요."

"이런! 나라가 위급한 시기에 전함도 아니고 거문고를 만들어 풍류를 즐기시다니! 오동나무는 관청의 재물로 나라 것이니 누구도 함부로 벨 수 없다고 전해라."

심부름꾼은 당황하며 속으로 말했다. '하찮은 만호 따위가 자기 우두머리에게 대들다니…. 미쳤군.' 심부름꾼은 좌수사 성박에게 사실대로 고했다.

좌수사 성박은 이순신의 말을 전해들었지만 하나도 그른 것이 없었다. 나라의 물건을 사사로이 쓸 수 없기 때문이다. 하지만 속으로 분개했다.

'감히! 나한테! 이순신, 나중에 두고 보자.'

이는 이순신의 청렴함과 강직함을 보여주는 사건이었다. 그러는 동안 성박은 다른 곳으로 옮겨가고 이용이 전라좌수사로 부임해 왔다. 성박의 인수인계를 받은 이용은 이순신을 미워했다.

어느 날 이용이 관할 5포 지역을 불시 점검하였는데 이순신의 발포진에 3명의 결원이 생겼음이 밝혀졌다. 이용은 이순신을 문책하며 조정에 보고하겠다고 했다. 이순신은 태연하게 따졌다.

"5포 가운데 사도, 여도, 녹도, 방답 등 4곳은 이곳 발포보다 훨씬 더 결원이 많은 것으로 압니다. 결원이 있다지만 제 관할인 발포가 가장 양호한데도 수사께서는 어찌 이 지역의 책임만을 묻고자 한단 말입니까?"

이용은 뜨끔하여 보고를 포기했다. 대신 이순신에게 가장 낮은 평점을 주려 했다. 하지만 관리들 사이에서는 발포가 전시 대비가 가장 훌륭하다는 소문이 파다했다. 훗날의 의병장 조헌마저 이를 알고 이순신을 옹호했다. 이용은 낮은 점수 주기를 포기했다. 이용은 시간이 지나면서 이순신의 성품과 능력을 인정하게 되었다. 그리고 훗날 이순신이 어려움에 처했을 때 도움의 손길을 내밀어주었다.

1581년, 이순신에게 뜻밖의 소식이 들려왔다. 훈련원 때 병조정랑 서익이 검열관이 되어 남서쪽 지방의 해안을 돌고 있다는 것이었다. 일말의 불안감이 스쳐갔다. 예감은 들어맞았다. 발포로 내려온 서익은 이순신에 대한 거짓 보고서를 작성하여 조정으로 올렸다. 이순신은 파직되었다. 첫 번째 파직이었다. 두 번째는 녹둔도에서 파직과 백의종군, 세 번째는 한산도에서 파직과 백의종군으로, 이순신은 모두 세 번의 파직과 두 번의 백의종군을 했다.

'아, 허무하구나. 아직 할 일이 많이 남았는데.'

파면된 이순신은 씁쓸한 마음으로 한성으로 돌아왔다. 당시 유성룡은 대사간이었다. 왕의 잘못을 고치도록 간하는 사간원의 으뜸이었다.

"너무 상심 말게. 곧 다시 기회가 올 걸세."

유성룡은 이순신을 위로했다. 서익이 사사로운 감정으로 이순신을 파직시켰다는 소문이 자자했다. 이 소문은 이조판서 율곡 이이의 귀에도 전해졌다. 같은 덕수 이씨 중에 인성이 대쪽 같은 그런 인물이 있다니 한번 만나고 싶었다. 이이는 유성룡에게 중재를 부탁했다. 당시 율곡과 이순신에 대한 『이충무공행록』 기록이다.

> 율곡 이이 선생이 이조판서로 있을 때, 공의 이름을 들었다. 같은 덕수 이씨인 줄을 알고 서애 유성룡을 통해 한번 만나보기를 청하였다. 유성룡이 이순신에게 가보라고 권했지만 공은 "나와 율곡이 같은 성씨라 만나볼 만도 합니다. 그러나 이조판서로 있는 동안에는 안 됩니다" 하고 끝내 가지 않았다.

덕수 이씨 종중에서는 이순신과 율곡 이이 등 몇몇 집안을 명문으로 치고 있다. 이순신과 이율곡은 제4대 조상 때 나누어져 이순신은 제12대가 되고 이이는 제13대가 되어 두 사람의 촌수는 19촌 숙질간이 된다.

이순신이 발포만호에서 파직당하는 1582년, 일본은 오다 노부나가가 부하 아케치 미쓰히데의 배신으로 혼노지에서 불의의 죽음을 당했다.

얼마 후, 이순신은 다시 훈련원 봉사(종8품)가 되었다. 대령급에서 파직당하고 중위급으로 복직된 것이다. 종4품 발포만호보다 낮은 벼슬이었지만 이순신은 맡은 일에 열중했다.

그리고 10년 세월이 흘러 이순신은 전라좌수사가 되어 다시 발포를 찾았으니, 참으로 감회가 새로웠다. 전라좌수사로서 임란 전에 치밀하게 전쟁을 준비할 수 있었던 데에는 발포만호로서의 경험이 유익했으니, 이 또한 우리 민족의 홍복이라 할 것이다. 인생이 길에 길 아닌 길이 없으니, 돌아보면 모든 길은 길에 연하여 현재에 이르는 길이었다.

숙소가 있는 고흥의 어업과 해상교통의 중심지인 녹동항에서 소록도와 소록대교 너머로 아름다운 일몰을 바라보고 저녁에는 녹동항의 야경을 곁들여 회 한 접시에 한잔 술을 기울인다.

천등산 먼나무길

[진린과 절이도해전]

도화면 도화버스터미널에서 풍양면 백석버스정류장까지 15.7㎞

도화버스터미널 → 천등산 → 천등회관 → 백석버스정류장

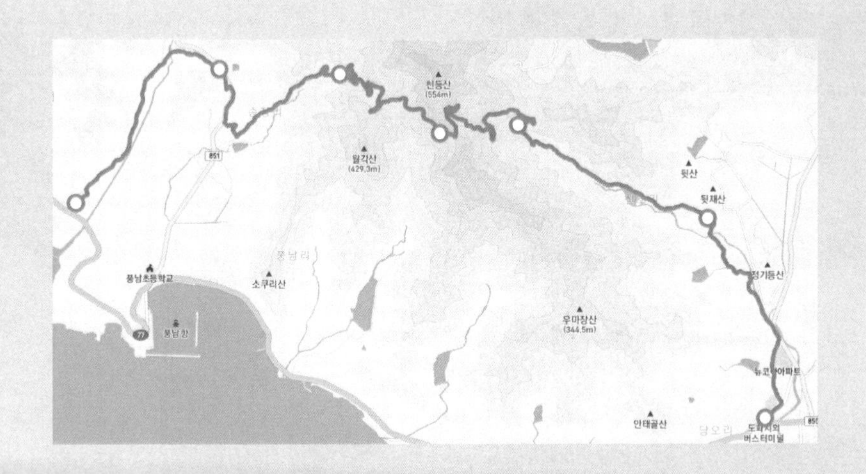

"이순신은 작은 나라의 사람이 아니니 중국 조정에 들어가면 마땅히 천하의 대장이 될 것이다."

12월 17일 여명이 밝아오는 새벽, 녹동항에서 택시를 타고 도화버스터미널에 도착해서 69코스를 시작한다. 시원한 아침 공기를 마시며 도화면사무소를 지나고 면소재지를 벗어나 아담한 규모의 도화성당을 지나간다.

산티아고 순례길에서는 마을마다 성당이 있었고, 매일 성당에 들어가서 기도를 올렸으니, 기도는 순례자의 의무였다. 중세 스페인은 가톨릭국가였기 때문에 마을이 있는 곳에는 성당이 있었고, 성당은 마을의 가장 중심적인 역할을 했다. 성당의 십자가와 성당 옆의 성모마리아에게 모처럼 두 손 모아 고개 숙여 기도를 올린다.

여행은 잊지 못할 기억을 남긴다. 눈이 시리도록 아름다운 풍경, 친절했던 사람들 등등. 그것만으로도 충분하지만 정말 좋은 여행은 인생을 바꾼다. 일상으로 돌아와서 자신의 삶이 더 나아지도록 행동하고 주변을 보는 시야가 넓어지게 된다. 세상을 바꿀 정도로 거창하지는 않더라도 삶에 기쁨과 용기를 주는 것은 분명하다.

"지혜란 받는 것이 아니다. 그 누구도 대신해줄 수 없는 여행을 한 후 스스로 지혜를 발견해야 한다"라고 무르셀 푸루스트는 말한다.

여행은 목적지로 향하는 순간부터 시작된다. 여행의 유통기한을 늘리기 위해서는 당시의 생각이나 감정을 기록해두어야 한다. 천재의 머리보다 둔재의 연필이 낫다고 하는 것처럼 여행에서 느꼈던 감정들은 시간이 지나면서 자연스럽게 잊혀진다. 일상에서 그와 같은 경험을 반복할 수 없기 때문이다. 사진으로 남기는 것도 좋은 방법이지만 사진에는 생각과 느낌을 담을 수 없다. 글쓰기는 사진보다 더 생생하게 여행을 기억하게 한다. 간단하게 날씨, 목적지, 이동시간, 먹었던 음식, 숙소를 짧게 기록해두는 것으로도 충분하다. 특별한 사건은 특별하게 기록해두는 것도 좋다. 여행을 마치고 돌아와서 읽어보면 마치 내가 다시 그곳으로 돌아간 것 같은 느낌이 든다. 글로 남김으로써 그때의 감정이 사라지지 않고 생명을 얻어 유지된다.

이순신의 『난중일기』와 유성룡의 『징비록』은 세계기록유산에 등재되었다. 이순신이 『난중일기』를 기록하지 않았다면, 유성룡이 『징비록』을 남기지 않았다면 임진왜란도, 이순신도 입체적으로 제대로 알 수 없을 뿐더러 잊혀진 존재가 되었을 것이다. 다산 정약용이 "기록하기를 좋아하라"라며 기록을 명령한다.

'천등산 정상 6.4㎞, 철쭉공원 5.5㎞' 이정표가 갈 길을 안내한다. 차도와 농로를 걷고 단아한 돌담길을 걸어 신호리에 들어선다. 삼거리에서 왼쪽으로 철쭉공원 4.6㎞, 이 구간은 이름이 '싸목싸목길'이다. 고흥에는 사계절 힐링할 수 있는 싸목싸목길이 있다. '싸목싸목'이라는 말은 '조금씩 조금씩 앞으로 걷거나 나아간다'라는 뜻의 전라도 방언이다. 봄철에는 철쭉이 아름다운 천등산을 오르내리는 먼나무길 11㎞가 있고, 여름에는 운암산과 봉두산 녹음길 12㎞, 가을에는 국내 최대 규모의 팔영산 편백림과 단풍을 즐기는 단풍나무길 4㎞, 계절에 상관없이 오르내릴 수 있는 편백림과 삼나무 군락지 본래산 사계절 향내길 3㎞도 있다. 싸목싸목길이 더 특별한 이유는 자연 그대로 간직했다는데 있다. 걸을 수 있는 이정표와 노면 정비만 했을 뿐 인위로 가공하지 않았다.

불광사 갈림길, 본격적인 임도가 시작된다. 천등산 자락에는 금탑사와 한국의 아름다운 숲으로 선정된 금탑사 비자림이 있다. 천등산 중턱 포근한 곳에 자리 잡은 금탑사(金塔寺)는 원효대사가 창건했다. 고흥에서 팔영산의 능가사와 쌍벽을 이룬다. 능가사가 평지사찰이면 금탑사는 산지사찰이다. 둘 다 송광사의 말사다. 금탑사 비자나무숲은 고흥의 제1경 팔영산을 비롯하여 소록도, 고흥만, 나로도해상경관, 영남용바위, 금산해안경관, 마복산기암절경, 남열리일출, 중산일몰과 함께 고흥10경에 속한다.

산사태 등 산림재해 예방을 위한 사방댐 신호제를 지나서 천등산 철쭉공원으로 서서히 고도를 높인다. 등산이 주는 효과는 아주 많다. 등산은 자연 속에서 하는 인터벌 트레이닝이다. 인터벌 트레이닝은 일정 강도의 운동과 그 운동 사이에 불완전한 휴식을 주는 훈련방법으로 주로 엘리트 선수들의 심폐지구력을 강화할 때 쓰이는 운동이다. 산을 오를 때는 급격사와 완만한 경사, 평지, 내리막이 반복된다. 이를 휴식할 때까지 보통 한 시간 이상 반복한다. 등산은 자연 속에서 하기 때문에 정신적인 스트레스를 날려버릴 수도 있다. 등산은 다이어트에도 효과적이며 하체 근육 발달에도 큰 도움이 된다.

명나라 주국정(1558~1632)이 지은 『황산인소전』에는 산 사람이 갖춰야 할 다섯 조목, 산인오조(山人五条)가 있다. 첫째는 산홍(山興)이다. 산에 미쳐 산에만 가면 없던 기운이 펄펄 난다. 둘째는 산족(山足)이다. 산을 타는 기본 체력을 갖춰야 한다. 셋째는 산복(山腹)이다. 체질 자체가 산행에 최적화되어 있다. 넷째는 산설(山舌)이다. 유람한 산수를 꼼꼼히 기록으로 남기는 근면함을 갖춰야 한다. 다섯째는 산복(山僕)이다. 복(僕)은 하인을 말한다. 표정만 보고도 뜻이 통하는 조력자가 있어야 한다.

산에 대한 흥취, 산을 타는 체력, 산행에 최적화된 체질, 기록으로 남기는 성실성, 훌륭한 조력자, 이 다섯 가지가 산행에서 요구되는 산사람의 조건이다. 특히 네 번째 기록하기가 중요하다.

나 홀로 산행에 어느 순간 사람의 목소리가 들리고 능선이 가까울수록 목소리가 점점 커진다. 오랜만에 등산객을 만난다는 반가움이 채 가시기도 전에 산에서 일을 하는 사람들이 보인다. 무슨 일을 할까. 철쭉동산의 철쭉을 손질하는 사람들이다. 능선에 올라 모처럼 사람과 대화를 나누었다. 드디어 천등산 철쭉공원, 데크에서 사방을 둘러본다.

풍양면, 도화면, 포두면 3개 면에 걸쳐 있는 천등산은 암릉으로 세밀하게 갈라져 있고 남해바다 조망이 좋다. 봉우리가 하늘에 닿는다 해서 '천등(天登)'이라고도 하고, 스님들이 정상에 올라 천 개의 등불을 바쳤다는 설과 금탑사 스님들이 밤이면 수많은 등불을 켰다 해서 '천등(天灯)'이라 했다고도 한다.

안동의 봉정사가 있는 천등산에는 천상의 선녀가 동굴에서 수행하는 능인대사를 유혹하려다가 오히려 수행을 돕기 위해 천등을 밝혀주었다는 전설이 있다.

철쭉공원 전망대로 오르는 길과 반대편 정상으로 가는 길, 그리고 남파랑길 사이에서 전망대를 향한다. 전망대에서 아름다운 다도해 풍광을 바라본다. 거금도 앞바다에서 이순신의 절이도해전의 전경이 펼쳐진다.

절이도해전은 이순신이 고금도에 진을 치고 있을 때 적선 50여 척을 분멸하여 일본군 수천 명이 전사했던 역사적인 승리였다. 승리 규모로만 놓고 보면 상당히 큰 승리였지만 의외로 덜 알려진 해전이다.

사방댐
사동마을
5.5km
호덕마을
5.2km
철쭉공원
남파랑길
NAMPARANG TRAIL
남파랑길 고흥 69코스 NAMPARANG TRAIL / Goheung69 section
(부산 ~ 해남)
비자나무 숲 (Torreya nucifera Forest)
금탑사 (Geumtap Temple)
천등산

1597년 9월 명량해전에서 이순신에게 패한 이후 도망만 다니며 싸울 엄두를 못 내던 일본 수군이 1598년 7월 19일, 느닷없이 당시 조선 수군이 있던 고금도에 기습공격을 시도했다. 옥포와 명량에서 패했던 도도 다카도라와 안골포에서 패했던 가토 요시아키가 무려 100여 척의 함대와 병력 1만 6천 명을 이끌고 오고 있었다. 그러나 사전 정찰로 조선 수군은 적의 기습 시도를 파악하였고, 거금도, 녹도 인근에 함대를 배치하여 일본 함대에 역공을 가했다. 하루 전날인 7월 18일, 명나라 장수 진린도독이 고금도에 도착한 직후였다.

이순신이 전투 장소로 선택한 곳은 절이도(현재의 거금도) 근방 금당도였다. 이순신은 항상 원하는 곳에서 원하는 때에 전투를 했다. 그리고 승리했다.

녹도만호 송여종이 이끈 수군은 일본군의 수급 71급을 베고 명군은 먼바다에 있다가 하나도 포획하지 못했다. 이를 본 진린이 크게 노하자, 이때 이순신이 진린에게 말했다. 윤휴의 『통제사 이충무공유사』의 기록이다.

> 대인께서 와서 아군을 통제하고 있으니, 아군의 승첩은 명나라 장수의 승첩입니다. 어찌 감히 우리가 사사로이 하겠습니까. 머리를 모두 드릴 터이니, 대인께서는 속히 황조(명나라 조정)에 아뢰소서. 대인께서 이곳에 온지 오래지 않아서 적들을 공격하여 잡았으니, 이 큰 공을 황조에 고하면 어찌 아름다운 일이 아니겠습니까.

이에 진린은 크게 기뻐하며 이순신의 손을 잡고 말했다.

"내가 본국에 있을 때 공의 이름을 익히 들었는데 과연 허명(虛名)이 아니군요."

그리고 "이순신은 작은 나라의 사람이 아니니 중국 조정에 들어가면 마땅히 천하의 대장이 될 것이다" 하고 선조에게 글을 올려, "이 통제는 천하를 다스릴 재주와 세상을 만회한 공로가 있다"라고 하였다. 그 뒤(8월 말경) 명나라 황제에게 보고되어 이순신에게 도독인을 하사하여 통제영에 간직하고 이때 수군 도독에 임명되었다. 이는 이순신의 신도비에 나오는 윤행임의 기록이다.

이날 이순신과 진린은 종일 주연을 베풀고 만취했다. 이때 녹도만호 송여종이 노획한 전선 6척과 왜군의 머리 69급을 모두 진린 도독에게 주었다. 이때부터 진린은 이순신에게 마음을 터놓았다. 전투에 임해서는 판옥선에 타고 군령 지휘를 양보하면서 이순신에게 반드시 이야(李爺)라고 불렀다. 이야는 '어르신'이라는 뜻으로 윗사람에게 사용하는 존댓말이었다.

진린(1543~1607)은 명나라 광동 출신으로 수군 제독으로서 5천 군사를 거느리고 조선에 왔다. 처음에는 조선 군사를 침범하고 백성을 괴롭히며 말썽을 부렸으나 이순신의 처사에 감복하여 적극 협조했다. 진린의 나이는 이순신보다 두 살이 많았다. 때로는 노야(老爺)라고 불렀는데, '노야'는 '나으리'에 해당하는 존칭이다. 천자국의 장수 진린이 제후국의 장수 이순신에게 '노야'라고 하면서 아예 상관으로 대우한 것이다. 진린은 이순신에게 "이야는 작은 나라에 있을 사람이 아니니 명나라에 가서 벼슬을 하라"라고 자주 권했다.

중국과 일본의 학자들이 집필한 『아시아 역사를 바꾼 이순신』이란 책에 나오는, 진린이 본 이순신에 대한 내용이다. 명나라의 황제 신종(만력제)는 조선에 있는 진린 도독으로부터 한 통의 서신을 받는다.

황제폐하, 이곳 조선에서 전란이 끝나면 조선의 왕에게 명을 내리시어 조선국 통제사 이순신을 요동으로 오게 하소서. 신(臣)이 본 이순신은 그 지략이 매우 뛰어날 뿐만 아니라 그 성품 또한 장수로서 지녀야 할 품덕을 고루 지닌바 만일 조선국 통제사 이순신을 황제폐하께서 귀히 여기신다면 우리 명국의 화근인 저 오랑캐(훗날 청나라)를 견제할 수 있을 뿐만 아니라, 오랑캐의 땅 모두를 우리 명국으로 귀속시킬 수 있을 것이옵니다. 혹여 황제폐하께서 통제사 이순신의 장수됨을 걱정하신다면 신이 간청하옵건대, 통제사 이순신은 전란이 일어나고 수년간 수십 차례의 전투에서 단 한번도 패하지 않았음에도 조선의 국왕은 통제사 이순신을 업신여기며 조정 대신들 또한 이순신의 공적에 질투를 하여 수없이 이간질과 모함을 하였으며, 급기야는 통제사의 충의를 의심하여 결국에는 그에게서 조선수군통제사 지위를 빼앗아 백의종군에 임하게 하였나이다. 허나 통제사 이순신은 그러한 모함과 멸시에도 굴하지 않고 국왕에게 충의를 보였으니, 이 어찌 장수가 지녀야 할 큰 덕목이라 하지 않을 수 있겠나이까. 조선 국왕은 원균에게 통제사 지휘권을 주었으나 그 원균이 자만심으로 인하여 수백 척에 달하는 함대를 전멸케 하였고 단 10여 척만 남았으며, 당황한 조선 국왕은 이순신을 다시 불러 통제사에 봉했으나, 이순신은 단 한 번의 불평도 없이 충의를 보여 10여 척의 함대로 수백 척의 왜선을 통쾌하게도 격파하였나이다. 허나 조선 국왕과 대신들은 아직도 잘못을 깨닫지 못하고 또다시 통제사 이순신을 업신여기고 있나이다. 만일 전란이 끝이 난다면 통제사 이순신의 목숨은 바로 풍전등화가 될 것이 뻔하며, 조정 대신들과 국왕은 반드시 통제사 이순신을 해하려고 할 것입니다.

황제폐하께 바라옵건대, 이순신의 목숨을 구명해주소서. 통제사 이순신을 황제폐하의 신하로 두소서. 황제폐하께서 이순신에게 덕을 베푸신다면 통제사 이순신은 분명히 목숨이 다하는 날까지 황제폐하께 충을 다할 것이옵니다. 부디 통제사 이순신을 거두시어 저 북쪽의 오랑캐를 견제케 하소서.

항간에 책의 존재 유무가 논란이 되고 있지만 이순신과 진린의 우호적인 관계는 현재 후손들까지 이어지고 있다. 1598년 노량해전 두 달 전『난중일기』의 기록이다.

> 9월 15일. 맑음. 명나라 도독 진린과 함께 일시에 군대를 움직여 나로도에 가서 잤다.
>
> 9월 16일. 맑음. 나로도에 머물면서 도독과 함께 술을 마셨다.
>
> 9월 17일. 맑음. 나로도에 머물면서 진린과 함께 술을 마셨다.
>
> 9월 18일. 미시(오후 2시경)에 군사를 움직여 방답(돌산도)에 가서 잤다.

철쭉공원에는 자생철쭉이 대규모 군락을 이루고 있고 병풍처럼 둘러싸인 기암절벽, 신선들이 바둑을 두었다는 신선대, 왜군의 침입을 알리는 봉수대가 있다. 봉수(烽燧)는 높은 산 위에서 불을 피워 밤에는 불빛(烽: 횃불), 낮에는 연기(燧)로 변방의 급한 소식을 중앙에 전달하던 통신 방법이다. 천등산 봉수대는 고흥의 주요 명산에 있는 25개 봉수 중 현재까지 그 형태가 남아있는 대표적인 시설로, 조선 초기에 설치되어 1895년 봉수제도가 폐지될 때까지 운영되었다. 근대 이전의 통신 수단으로는 봉화, 파발제, 서신 등이 있었고 현대에 이르러 인공위성 등을 이용한 전화 등 유선통신과 SNS 메신저 등 무선통신이 있으며, 나로우주센터에서 발사되는 통신위성은 최첨단 통신시설이다.

철쭉공원을 지나면서 고흥군 도화면에서 풍양면으로 바뀐다. 꼬부랑꼬부랑 임도길을 따라 내려간다. 딸각산(429.3m) 가는 길 이정표가 보인다. 바위를 밟고 오르면 딸각딸각 소리가 난다고 해서 붙여진 이름으로 옛 기록에는 월각산(月角山)으로 표기되어 있다. 오른쪽 사동마을 방향으로 내려간다. 멋진 천등산 암릉 구간을 바라본다. 암릉 아래에는 겨울로 가는 나무들이 조화를 이룬다. 산에 나무가 없다면 얼마나 황량할까. 2005년 평양 순안공항에서 평양 시내로 가는 길에 벌거벗은 산을 보았던 기억은 잊을 수가 없다.

봄에는 흐드러지게 꽃을 피워 향기를 뽐내던 나무는, 여름에는 무성한 잎으로 새롭게 단장한다. 그리고 가을엔 옷을 벗고 하나둘 잎을 떨어뜨린다. 찬바람 불고 눈이 오는 겨울, 옷을 다 벗은 나무는 앙상한 가지를 드러낸 채 추위에 떨고 있다. 자기를 이겨내며 안으로 힘을 기르는 고행의 계절, 그리고 봄이 오면 새롭게 꽃을 피운다. 묵연히 오가는 사계의 흐름 속에 자연이 주는 법문을 깨닫는다.

굽이굽이 임도를 돌고 돌아 내려간다. 우측에는 병풍처럼 둘러 싼 암릉이 바라보고, 뒤편에는 천등산이 잘 가라고 등불을 밝힌다. 등불에 비춰 자신의 모습을 찾아간다.

인간은 유일하게 '나는 누구인가?'라고 질문하는 동물이다. '나'를 '나'라고 할 수 있는 '참나'를 찾아야 한다. 그리고 나 자신에게 충실한 삶, 이것이 정말로 원하는 삶이다. 인생 후반기는 '참나'를 찾을 수 있는 최적기다. 전반기에는 그럴 여유가 없었다. 나를 찾고 나를 만나야 한다. 나를 찾아서 얼마나 많은 방황을 했던가? 나를 찾고 만나고 사랑해야 한다. '참나'는 진정한 자신의 정체성이다. 나의 가치는 다른 사람이 인정해서가 아니라, 내가 창조하고 내가 의미를 부여하기 때문에 소중하다.

'참나'를 찾는 데에서부터 모든 것이 새롭게 시작된다. 어떤 상황에서도 변할 수 없는 영원한 나를 만나고 "나는 나다!"라고 기쁘고 자랑스럽게 외칠 수 있어야 한다.

"나는 나다!"

이 얼마나 가슴 벅차고 감동적인 말인가? 진정 행복하고 싶다면 '나'를 튼튼하게 가꾸어야 한다. 돈과 명예는 원래 내 것이 아니기에 언제고 사라질 수 있다. 그러나 '건강한 나'는 누구도 빼앗아가지 못한다. 자아가 크고 당당한 사람은 세파에 흔들리지 않으며 늘 힘차고 밝다. '나'는 누구도 빼앗아갈 수 없는 재산이다. '나'를 더욱 건강하게 만들기 위한 '나'의 행동을 즐기면서 남파랑길을 걸어간다.

천등비파농원을 지나서 송정리 천등마을에 들어선다. 마을을 벗어나 농로와 차도를 번갈아 걸어간다. 한적한 시골마을, 어릴 적 추억이 밀려오고 고향 생각, 엄마 생각이 난다. 오전 11시, 69코스 종점 풍양면 백석길 백석버스정류장에 도착했다.

70코스

★ ★ ★ ★ ★ ★ ★ ★

거금해안경관길

[국가가 오른팔을 잃었다!]

풍양면 백석버스정류장에서 녹동읍 녹동버스정류장까지 13.3㎞

백석버스정류장 → 오마간척 한센인추모공원 → 녹동전통시장 → 녹동버스정류장

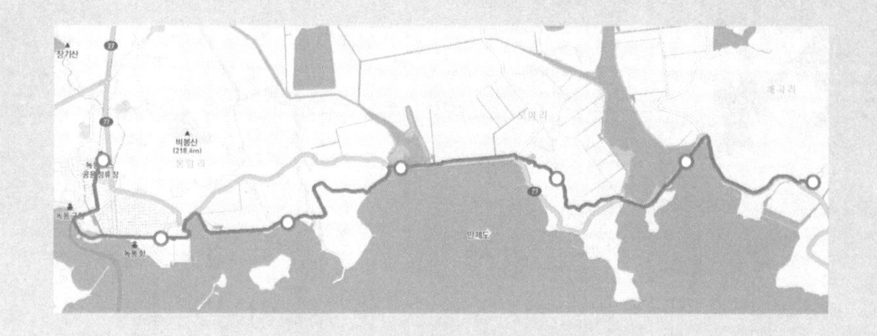

"슬픔 머금고 극진한 정성으로 한잔 술 바치니 아아, 슬프도다, 아아 슬프도다!"

백석버스정류장에서 70코스를 시작한다.

육체적인 고행(苦行)의 남파랑길을 정신적인 고행(高行)의 남파랑길로 승화시켜 즐겁게 걸어간다. 내가 좋아하는 일에 몰두하는 행복을 찾는 길이 내 삶의 주인이 되는 진정한 길이다. 누구나 꿈을 꾼다. 그러나 꿈이 욕망으로 변질되는 순간, 비극이 탄생한다. 꿈은 절제할 줄 알지만 욕망은 경계를 가리지 않는다. 남파랑길의 나그네가 버림과 채움의 미학을 체득하며 홀로 걷는 수행의 길, 고행의 길을 간다.

풍양면 매곡리 '백석마을 정든 내 고향' 표석을 지나간다. 마을 명칭은 마을 앞바다에 염전이 많아 흰 소금을 백 석(百石) 이상 생산을 하였으므로 '흰 소금이 많다'는 뜻에서 붙여진 이름이라고 한다. 1979년 이 마을의 앞바다를 매립하는 간척사업을 하여 주변에는 논이 많다.

백석마을 입구로 나와 천마로 도로 갈림길에서 도양(녹동) 방향으로 나아간다. 이순신의 『난중일기』 고흥의 들판 둔전 도양의 기록이다.

1595년 2월 13일 맑음. 일찍 대청에 나가고 도양(道陽)의 둔전에서 벼 3백 섬을 싣고 와서 각 해상기지에 나누어주었다. 우수사와 진도군수, 무안현감, 함평현감, 남도포만호, 마량첨사, 회령포만호 등이 들어왔다.

단재 신채호는 영국의 넬슨보다 이순신이 위대하다고 했다. 무적의 나폴레옹 군을 격파한 영국의 영웅이자 세계적으로 유명한 해군 제독인 넬슨보다 이순신이 위대한 이유는 무엇일까. 그것은 넬슨이 국가적으로 대대적인 지원을 받았던 반면, 이순신은 전혀 그렇지 못한 상황에서 혁혁한 전공을 세웠기 때문이다. 이순신은 군량이나 물자를 오로지 자급자족하였다.

오마2교를 건너 제1호 방조제 둑으로 걸어간다. 한가로이 걸어가는 길, 푸른 바다 위에 수많은 보석들이 반짝반짝 빛이 난다. 수많은 보석을 지닌 바다는 부자다.

갈대밭을 지나간다. 바다 건너 거금도와 적대봉을 바라보며 걸어가는 방조제길은 풍양면 매곡리에서 도덕면 오동도까지 이르는 843m의 제방이다. 방조제 우측 호수에는 갈대숲 섬들이 물 위에 두둥실 떠 있다. 방조제가 끝나기 전에 둑에서 천마로로 내려와 배수갑문과 오마1교를 건넌다. 제2호 방조제를 건너고 천마로 옆 임도로 들어선다. 온전마을 뒤로 언덕을 오르고 숲길을 따라 가다 보니 멀리 거금대교가 보인다. 섬과 섬을 잇고, 사람과 사람을 잇고, 마음과 마음을 잇는 거금대교가 햇빛에 반사되어 금빛으로 반짝인다.

거금도는 고산 윤선도가 반한 섬으로, 섬 전체가 관광지라고 할 만큼 해안경관이 뛰어나다. 거금대교를 건너면 박치기 왕 프로레슬러 챔피언 김일의 고향에 김일체육관이 있다.

거금도에서 바라보는 해안 절경은 단연 으뜸이다. 국도를 따라 오천 쪽으로 도로를 따라 달리다 보면 오른편으로 다도해의 비경이 한눈에 펼쳐진다. 섬, 섬, 섬… 섬들이 옹기종기 펼쳐져 있다.

2019년 '남해안 해안경관도로' 15선에 선정된 '거금해안경관길' 23㎞는 녹동항에서 출발해 소록대교를 건너 한센병 환자들의 애환이 담긴 소록도와 거금도를 잇는 거금대교를 지나 거금도에서 금산해안경관도로를 따라 고흥 최고의 드라이브 코스가 완성된다. 태양 가득 태평양을 품고 달리는 거금해안경관길에서는 시원한 바다가 한눈에 보이고 빼어난 절경을 마음껏 만끽할 수 있다. 거금도는 고흥의 섬 중 가장 큰 섬으로 조선시대 도양목장에 속한 방목지의 하나로 '절이도'라고 했다.

산길을 올라 억새가 아름다운 능선에 오르니 쉼터가 있고 아래로 오마간척 한센인추모공원이 보인다. 도덕면 오마리 오마간척지 한센인추모공원에 도착하니 정오다. 오마간척지 체험현장은 한센병 환자들의 힘겨웠던 공사현장을 느끼고 체험해볼 수 있는 현장이다. 개척단 부단장의 시가 심금을 울린다.

> 아으 슬프도다!
>
> 오호통재라!
>
> 오천 원생은 곡하노라!
>
> 우리의 비원의 숙원사업이었던 오마도 간척공사를 1962년 7월 10일에 착공하였으나 세계적인 대 기만극으로 1964년 5월 25일에
>
> 대단원의 막을 내렸기에
>
> 여기에 그 유래를 새겨 만천하에 고하노라.
>
> 1964년 5월 25일 국립소록도병원 오천원생 일동 애곡(哀哭)

1962년 소록도원생들은 '오마도 개척단'을 창설, 7월 10일 착공하여 1964년 6월 56.7%의 공정상태에서 진행하던 사업을 보사부에서 전라남도로 이관하였다. 수많은 나환자들의 희생과 노력이 수반됐으나, 지역 주민들의 나환자들 정착 반대에 부딪혀 완공을 보지 못하고 철수하였다. 이후 조성사업은 1988년 12월 30일 고흥군에서 완공하였다.

한화운 시인의 「보리피리를 불며」 시와 애곡(哀哭)이 가슴을 아프게 한다. 오마간척지는 이청준의 소설 『당신들의 천국』의 주 무대로, 이 책을 통해서 당시 방조제 축조 시 소록도 나환자들의 애환과 고통, 진정한 삶의 의지를 확인할 수 있다.

> 문둥이가 땅에서 못살고 쫓겨난 恨(한)은/ 땅에서 살아보려는 願(원)은
>
> 땅에서 살아보지 못한/ 땅을 만들어…
>
> 여기,/ 그토록 인간을 소망하던 문둥이들에게
>
> 그 지친 영혼들이 안식할 땅을 위해/ 큰 산이 바다 되고, 바다가 다시 육지 됨을
>
> 보게 하여주신 거룩한 신의 섭리여!

추모공원기념탑을 지나고 추모공원을 나와서 농로길, 방조제길을 걸어 매동마을로 들어간다. 매동마을을 나와 동봉마을을 지나서 다시 해안길로 걸어간다. 해안을 따라 거금도와 소록도 일대를 조망하며 녹동항으로 가는 길, 갯벌과 높이가 비슷한 해안둑길을 걸으며 벌거벗은 갯벌을 바라본다. 봉서삼거리를 지나 녹동신항여객터미널이 다가온다.

남파랑길 종주가 끝나고 이곳 녹동여객터미널에서 여수의 거문도와 백도를 다녀왔다. 20년 전 여수항에서 거문도를 다녀온 적이 있었지만 여수에 속한 거문도가 오히려 이곳에서 가까웠다.

거문도는 세 개의 섬이 병풍처럼 둘러쳐서 1백만 평 정도의 천연 항만이 호수처럼 형성되어 있다. 이러한 입지적 요건 때문에 빈번히 열강의 침범을 받아왔다. 영국군 묘지가 그 흔적의 하나이다. 1885년(고종 22) 군함 여섯 척과 수송선 2척으로 구성된 영국 해군 선단이 거문도를 점령하고 기지와 항구를 구축했다.

거문도는 섬 일대가 다도해국립공원에 속해 있는 곳으로, 동백나무

숲을 지나 거문도등대까지 산책로를 지나서 관백정에서 내려다보이는 남해바다의 진풍경은 가히 장관이다. 날씨가 좋은 날에는 거문도등대에서 해 뜨는 방향으로 39개의 무인군도로 이루어진 천상의 비경을 자랑하는 백도가 보인다. 푸른 바다에 떠 있는 섬 하얀 백도가 눈가에 어린다.

녹동 만남의 다리를 건너 활기찬 녹동항으로 나아간다. 소록도와 소록대교가 지척으로, 사랑과 희생이 있는 그곳으로 들어가는 다리가 점점 다가온다. 소록대교는 편견과 슬픔으로 얼룩졌던 소록도의 역사를 마주하는 다리다. 20년 전에는 배를 타고 소록도를 다녀왔다.

소록도(小鹿島)는 맑은 영혼이 모여 사는 곳으로 멀리서 보면 마치 작은 사슴처럼 보인다고 해서 붙여진 이름이다. 고흥반도 끝자락인 녹동항에서 보면 마치 잡힐 듯이 있다.

소록도는 많은 이야기를 간직하고 있다. 한센병(나병) 환자들의 아픔을 사랑으로 끌어안았던 오스트리아 출신 '할매 천사' 마리안느와 마가렛 수녀의 숭고한 사랑의 역사는 지금도 소록도 곳곳에 남아 있다. 나병 시인 한화운의 보리피리 소리가 지금도 아련하게 남아 있고 한센병 환자들의 애환과 상처가 깃들어 있다. 국립소록도병원이 있으며 현재 500여 명의 한센인들이 애환을 딛고 사랑과 희망을 가꾸고 있다. 섬의 면적은 여의도의 1.5배인 113만 평이며, 깨끗한 자연환경과 해안절경, 역사기념물 등이 잘 보존되어 있다.

소록대교를 건너면 소록도 주차장에 주차를 하고 중앙공원과 소록도박물관까지 도보 관람만 가능하다. 중앙공원 입구에는 일제강점기 때 지어진 건물로 과거 한센병 환자들의 비참한 생활을 살펴볼 수 있는 감금실과 검시실이 있다. 감금실에 구금되었다가 출감하는 날에는 예외 없이 정관절제 수술을 당해야 했던 일제 철권통치의 상징물이다.

박치기 왕 김일!
(부산 ~ 해남)
거문도등대
방문을 환영합니다.
녹동
장어거리
임진왜란 해전성지
녹도진성지
쌍충사(이대원·정운장군)

감금실 안에는 25세 젊은 나이에 강제로 정관수술을 받은 환자의 애절한 시가 남아 있어 보는 이의 마음을 아프게 한다.

검시실은 해부실이라고도 하였는데, 사망 환자의 해부실로 사용되었다. 사망 환자는 본인의 의사와 전혀 상관없이 우선 이 검시실에서 사망원인에 대한 시신 해부를 거친 뒤에야 장례식을 거행할 수 있었고, 시신은 구북리 바닷가에 있는 화장장에서 화장되어 유골은 만령당에 안치되었다. 소록도 사람들은 한센병 발병, 시신 해부, 그리고 화장의 과정을 '세 번의 죽음'이라고 불렀다.

중앙공원 인근에는 84인 학살사건의 희생자를 추모하는 '애환의 추모비' 한센병 환자였던 한화운 시인의 보리피리 시비, '한센병은 낫는다'라는 글귀가 새겨져 있는 구라탑(救癩塔) 등 다양한 기념물들이 세워져 있다. '인류 역사는 질병 극복의 역사였고 한센병 또한 극복하였다'라는 글귀가 가슴으로 다가왔다.

녹동항의 '임진왜란해전성지' 녹도진성지에 도착한다. '쌍충사(이대원·정운 장군)'란 안내판이 맞이한다. 홍양의 1관 4포 중 녹도진은 만호가 배치된 수군진으로, 1490년(성종 21)에 축조된 성곽은 대부분 훼손되고 현재 일부 잔존 석렬만이 남아 있는 상태이다.

임진왜란 당시 녹도진은 이순신 막하에서 활약하였다. 정운은 돌격장으로 많은 해전에 참여하였지만 임진왜란 초기인 1592년 9월 1일 부산포해전에서 안타깝게 순절하였다. 그의 후임인 녹도만호 송여종도 이순신과 함께 많은 전공을 세웠으며 특히 절이도해전과 노량해전에서 크게 기여하였다.

녹도진성 안에는 녹도만호로 순절한 이대원과 정운을 배향한 쌍충사가 있다. 쌍충사는 임진왜란 이전 남해안에 침입한 왜적을 막다가 손죽도에서 전사한 충렬공 이대원(1566~1587)과 임진왜란 중에 전사한 충정공 정운(1543~1592)을 함께 배향한 사우다. 원래 1587년(선조 20) 녹도만호를 역임한 이대원을 추모하기 위해 세웠으나 임진왜란 때 불타 버리고, 그 뒤 정운과 함께 초가집을 마련하여 제사를 지내오다가 숙종 때 사우를 세우고 쌍충사라는 사액을 받았다.

손죽도사건은 1587년 왜구가 손죽도에 침범했던 사건이다. 이때 전라좌수군은 싸울 생각을 하지 않고 피하기 바빴으며, 당시 녹도만호 이대원만이 장렬하게 싸우다 전사했다. 이 사건 이후 일본에서 전쟁을 준비한다는 첩보와 징후를 감지하고 유능한 무관들을 특채하기 시작했다. 이때 용력 있는 장수를 발굴했는데, 1591년 서애 유성룡의 천거로 이순신은 전라좌수사에, 정운은 녹도만호에 부임했다.

1592년 2월, 이순신은 9일간 5포를 순시할 때 녹도진을 찾았다. 녹도진의 준비상태는 완전했고, 이순신은 녹도만호 정운을 극찬했다. 정운은 의협심 넘치는 무장으로 이순신과 서로 성품이 비슷했다. 이순신은 정운과 술을 마시고 대포 시연도 함께 보았다. 정운은 이순신의 심중을 가장 잘 알았고, 이순신은 정운을 전적으로 신뢰했다.

두 달 후인 4월 13일 임진왜란이 발발하고, 5월 1일 이순신 휘하의 장수들이 속속 모여들었다. 전라우수사 이억기를 기다리고 있었던 5월 3일 밤 정운이 이순신에게 단독 면담을 요청했다. 더 이상 출전을 미루었다가는 후회할 것이라며 정운은 출전을 강력히 요청했다. 당초 4월 30일 출전하도록 계획이 되어 있었으나 벌써 3일이 지체되었다. 이순신은 중위장 이순신을 불러 즉시 출전 준비를 명령했다. 정운은 이순신의 출전 결심에 결정적 역할을 했다.

실전 경험이 없던 조선 수군의 첫 싸움은 옥포해전이었다. 왜선 32척 중 26척을 격침했고 아군의 전사자는 없었다. 부상자만 1명 있었다. 합포, 적진포에서 연이어 승리했다. 이는 임진왜란의 흐름을 바꾸는 중요한 계기가 되었다 이때 정운은 함대의 맨 뒤에 배치된 후부장임에도 다른 배들이 감히 나서지 못하자 선봉으로 나서 전방에 나아가 싸웠다.

정운은 1592년 9월 1일 부산포해전에서 전사했다. 적의 본진을 공격하여 전쟁을 끝내고 싶었던 이순신은 가덕도를 출발하여 다대포, 절영도를 지나서 부산포에 도착했다. 왜선 470여 척의 거대한 선단이 정박해 있었고 왜군은 육지에 포를 설치하고 공격했다. 적선 120여 척을 격침시키고 날이 저물어 이순신은 돌아가려 하는데 정운이 나아가 싸우려 했다. 이때 정걸이 말렸으나 듣지 않았다. 정운은 마지막까지 최전방에서 공격했다. 그때 일본군이 쏜 철환에 머리를 맞고 정운은 즉사했다. 정운의 전사 소식을 들은 이순신은 통곡하며 말했다.

"국가가 오른팔을 잃었다!"

임진왜란 초기 정운의 전사는 이순신으로서는 참으로 애석했다. 정운의 나이 49세였다. 정운은 1570년 28세로 과거 급제했다. 이순신은 1576년에 급제했으니, 과거는 6년 선배, 나이로는 2년 선배였다. 이순신은 손수 제문을 지어 정운을 추모했다. 부하를 사랑하고 아끼는 마음이 절절히 애도하는 광경으로 그대로 나타난다.

> 어허, 인생이란 반드시 죽음이 있고 죽고 삶에는 반드시 천명이 있나니, 사람으로 한 번 죽는 것은 아까울 게 없건마는 오직 그대 죽음에 마음이 아픈 까닭은 나라가 불행하여 섬 오랑캐 쳐들어와 영남의 여러 성들 바람 앞에 무너지자 몰아치는 그들 앞에 어디고 거침없어 우리 한양 하루 저녁 적의 소굴 이루도다.
> 천리 관서로 님의 수레 옮기시고 북쪽 하늘 바라보면 간담이 찢기건만 슬프다, 둔한 재주 적을 칠 길 없을 적에 그대 함께 의논하자 해를 보듯 밝았도다. 계획

을 세우고서 배를 이어 나갈 적에 죽음을 무릅쓰고 앞장서 나가더니 일본군들 수백 명이 한꺼번에 피 흘리며 검은 연기 근심 구름 동쪽 하늘 덮었도다. 네 번이나 이긴 싸움 그 누구 공로던고. 종사(宗社)를 회복함도 기약할 만 하옵더니, 어찌 뜻했으랴 하늘이 돕지 않아 적탄에 맞을 줄을 저 푸른 하늘이여 알지 못할 일이로다.

돌아올 제 다시 싸워 원수 갚자 맹세터니, 날은 어둡고 바람조차 고르잖아 소원을 못 이루매 평생에 통분함이 이에 더할쏘냐!

여기까지 쓰고 나니 살 에듯 아프구나. 믿느니 그대려니 이제는 어이할꼬. 진중의 모든 장수 원통해하기 그지없다오. 늙으신 저 어버이 그 누가 모시리요. 황천까지 미친 원한 눈을 언제 감을런가. 슬픔 머금고 극진한 정성으로 한잔 술 바치니 아아, 슬프도다, 아아 슬프도다.

그 재주 다 못 펴고 덕은 높되 지위는 낮고 나라는 불행하고 군사 백성 복이 없고 그대 같은 충의야말로 고금에 드물거니 나라 위해 던진 그 몸 죽어도 살았도다.

슬프다 이 세상 그 누가 내 속 알아주리. 극진한 정성으로 한잔 술 바치노라.

아하 슬프도다!

이순신은 정운의 공을 선조에게 아뢰는 「정운을 이대원 사당에 배향해주기를 청하는 장계」에서 정운을 이렇게 높이 사고 있다.

“세 번의 승첩 시에는 언제나 앞장서서 나갔으며, 이번 부산 싸움에서도 몸을 던져 죽음을 잊고 먼저 적의 소굴에 돌입하였습니다. 하루 종일 교전하면서도 어찌나 힘을 다하여 활을 쏘았던지 적들이 감히 움직이지를 못하였는바, 이는 정운의 힘이었습니다. 그런데, 그날 돌아 나올 무렵에 그는 철환에 맞아 전사하였는바, 그 늠름한 기운과 순결한 정신이 쓸쓸히 아주 없어져서 뒷세상에 전혀 알려지지 못한다면 참으로 뼈아픈 일입니다.”

이순신의 장계로 정운은 녹동항의 쌍충사에 이대원과 함께 배향되었다. 쌍충사는 손죽도 사건으로 숨진 이대원을 모신 사당이었지만 이순신은 이 사당에 정운을 함께 모실 것을 건의했다.

녹동전통시장 거리를 지나고 도양읍사무소를 지나서 녹동버스공용정류장에서 70코스를 마무리한다.

리더의 길

[이순신의 사람들]

도양읍 녹동버스정류장에서 고흥만방조제공원까지 21.8㎞

녹동버스정류장 → 당남해변 → 용동해수욕장 → 고흥만방조제공원

"그의 백성을 아끼는 마음은 무엇으로 나타낼 수 있겠는가."

12월 18일 금요일; 녹동버스정류장에서 71코스를 시작한다. 세네카는 "화가는 그림을 완성시켰을 때보다도 정신없이 그림에 몰두할 때 더 큰 기쁨을 느낀다"라고 했다. 해남 땅끝마을 남파랑길 종점에 도착하는 것이 목표이지만, 나그네는 힘겹게 걸어가는 길 위에서 즐거움을 느낀다. 고대 이집트에서는 잔치를 베푸는 자리에 해골이나 미라를 갖다놓는 관습이 있었다. 그리고 "그대는 흙이니 머지않아 흙으로 돌아가리라" 하는 노래와 함께 잔치를 시작했다. 기쁨의 잔치에 죽음의 모습을 초대하는 이유는 무엇일까. 삶과 죽음, 기쁨과 슬픔, 행복과 불행은 언제나 함께한다는 진리를 말하는 것이 아니겠는가. 오늘 하루도 '메멘토 모리! 아모르 파티! 카르페 디엠!'을 외치면서 남파랑길을 걸어간다.

만해사 사찰 앞을 지나고 녹동고등학교 정문을 지나서 용정리로 들어선다. 용정리는 장기산 산자락의 남쪽에 용수산이 있어 마치 길게 누워 있는 용의 품 안에 사계절 맑은 물이 솟고 있는 것 같다 하여 용정(龍井)이라 하였다.

차경길을 따라 차경마을로 들어선다. 차경마을은 조선시대 녹도만호가 주둔한 인접마을로 '갈고 또 갈고 하여 비옥한 전답을 일구다'라는 의미로 차경(且耕)이라 하였다. 차경마을을 지나고 백옥마을을 지나간다. 세월의 흔적이 묻어나는 열녀비가 세워져 있다.

저수지 대분제를 지나 농로를 따라 걸어간다. 억새들이 장관이다. 어영마을을 지나는데 열녀비가 세 개나 세워져 있다. 경상도에서 잘 볼 수 없는 효자비, 열녀비가 전라도에서는 자주 눈에 뜨인다. 이 고을에는 열녀가 많았는가 보다.

원동마을을 지나서 도양읍에서 도덕면으로 들어선다. 도덕면(道德面)은 고흥군의 서쪽에 위치한 면으로 북동쪽에는 고흥호, 서쪽에는 보성만, 북쪽에는 득량만, 남쪽에는 거금도가 있다.

고요한 아침 나지막한 임도를 따라 걷는다. 넓은 배추밭에 아침 햇살이 비친다. 어영마을을 지나고 도덕면소재지 도덕리로 들어선다. 본래 흥양군 도양면 지역으로 도촌, 덕흥 두 마을의 머리글자를 합하여 도덕리라 하였다. 도덕면 도덕리 도덕초등학교를 지나간다.

마이클 샌델은 "도덕이란 무엇인가?", "왜 도덕인가?(Why morality)" 하고 묻는다. 『정의란 무엇인가』로 한국 사회에 돌풍을 일으킨 하버드 명교수 마이클 샌델은 무엇이 우리 사회에 도덕적 해이와 거짓말을 양산해내고 있는가를 말하면서 아리스토텔레스와 칸트의 철학 전통을 통해 "정치, 경제, 사회, 교육, 종교 등 사회를 구성하는 각 분야가 도덕에 기반해야 한다"라고 역설한다. 그는 도덕성이 살아야 정의도 살 수 있고, 무너진 원칙도 바로 세울 수 있음을 강조한다.

『성경』 다음으로 많은 언어로 번역되었다는 노자의 『도덕경』은 약 5,000자이며 상편 37장, 하편 44장으로 상하 2편, 81장으로 되어 있다. 형이상학적인 내용이 많아 읽는 이에 따라 해석이 천차만별이다. 그러나 기본적으로 도와 덕에 관한 경전이기 때문에 『도덕경』이라 부른다.

『도덕경』은 동서양과 시대를 막론하여 많은 영향을 주는 경전이다. 노자사상은 인위적이고 가식적인 것들을 부정한다. '자연'은 그 반대편에 있는 것으로 물처럼 흐르고 아이처럼 순수하고 여성처럼 부드러운 것을 최고로 쳤다. 노자의 이러한 사상은 당시에 유가의 인위성을 폭로했다. 노자의 도가철학은 공자를 비롯해 손기, 범러, 장지, 순자, 한비자 등에 저마다 차이는 있지만 영향을 끼쳤다.

나이가 들수록 무위의 가르침이 필요하다. 노자의 무위사상은 끊임없이 비움을 강조하고 여유와 안정을 가르쳐준다. 젊은 날에는 공자의 실체가 분명한 유위의 지식을 배운다면 중년의 나이에는 공자를 버리고 노자를 만날 때다. 실체가 녹아든 노자의 무위사상의 지혜를 배우고 체화해야 한다.

도덕초등학교 운동장에 이순신 동상이 보인다. 『난중일기』에 '도양의 말 먹이는 하인 박돌이를 처벌했다'라고 기록된 '도양'은 고흥군 도양읍(지금은 도덕면) 도덕리에 소재하는 고을로 조선 세종 때부터 도양감목관을 두고 목마장을 만들어 목책을 세웠다. 1594년 『난중일기』의 기록이다.

> 8월 29일. 맑았으나 북풍이 크게 불었다. 아침에 마량첨사(강응호)와 소비포권관(이영남)이 와서 함께 밥을 먹었다. 늦게 활 쏘는 정자로 옮겨 앉아 공문을 작성하여 보냈다. 도양의 말 먹이는 하인 박돌이를 처벌했다. 도둑 3명 중에 장손은 곤장 백 대를 치고 얼굴에 '도(盜)'자를 새겨 넣었다. 해남 현감(현즙)이 들어왔는데, 의병장 성응지가 세상을 떠났다고 한다. 매우 슬프다.

절도한 범인의 얼굴이나 팔에 글자를 새기는 자자형(刺字刑)은 고대의 묵형에 해당하는 형벌이다. 이는 주로 강도나 절도범에게 행하는데, 경국대전에 따르면 소나 말을 훔쳐 죽인 자는 장형 백 대에 글자를 새겼다.

이순신의 군율은 엄했다. 『난중일기』에는 '참했다', '곤장을 때렸다' 등의 구절이 많이 등장한다. 제갈공명이 아끼는 마속을 참하고 울었다는 읍참마속(泣斬馬謖)의 고사처럼 이순신의 군율은 엄했고, 또한 군사들을 사랑하는 마음이 깊었다. '정의와 함께 축을 이루는 사랑'. 이것이 리더의 길, 이순신의 리더십이었다.

『아시아 역사를 바꾼 이순신』이란 책에 나오는 명나라의 사신 운덕이 본 이순신에 대한 내용이다.

> 하루는 어두운 밤, 눈이 몹시 내리고 그 바람이 칼날 같아서 살결을 찢는 듯하니, 감히 밖으로 나서지 못하겠더라. 그러한데 그 속을 통제사 영감이 홀로 지나가니, 무슨 까닭으로 이 어둡고 추운 바람 속으로 거닐고 있는 걸까? 궁금하던 차에 한번 따라가보니 통제사 영감이 가고 있던 곳은 바로 왜놈이 잡혀 있는 현장으로 가는 게 아닌가. 더욱이 이상하여 더 밟아보았더니 통제사 영감 손에는 한 권의 책이 있었다. 밖에서 보니 통제사 영감은 그 왜군에게 『명심보감』 중 「효행」 편을 읽어주고 있는 것이 아닌가.
>
> 다음 날 알아보니, 그 왜군의 나이는 15세였다. 10살의 어린 나이에 병사가 되어 왔음에 이 아이가 포로가 된 후 이를 딱히 여긴 통제사 영감이 별도로 감싸주었던 것이다. 10살에 포로가 되었으니, 벌써 5년이 되었고, 그 동안 왜군의 아이는 조선말을 배웠으며, 간간이 통제사 영감이 책을 읽어주기도 했다고 한다. 서로 죽이고 죽이는 전쟁이지만, 저 두 사람을 보면 누가 어찌 서로를 원수라고 하겠는가. 내가 본 저 두 사람은 조선 장수 대 왜군이 아닌 한 아버지와 그의 아들로 보였으니, 통제사 영감이 저러하다면, 그의 백성을 아끼는 마음은 무엇으로 나타낼 수 있겠는가.

이순신은 '준사', '남녀문' 등 투항한 왜군들을 활용하여 왜적을 물리치는 데 많은 도움을 받았다. 이순신을 도운 사람들은 항왜뿐만 아니라 이름 모를 백성들, 군졸들로부터 조정의 고위관료에 이르기까지 수없이 많았다. 그중에서도 전라좌수영 산하이 5관(순천, 낙안, 광양, 흥양, 보성) 5포(사도, 여도, 방답, 발포, 녹도)의 장수들, 특히 순천부사 권준, 방답첨사 이순신, 광양현감 어영담, 흥양현감 배흥립, 군관 송희립의 형제들, 조방장 정걸, 군관 나대용, 소비포권관 이영남, 녹도만호 정운 등은 이순신이 믿고 의지했던 장수들이었다.

고흥 포두면 출신 정걸(1514~1597)은 이순신이 47세로 전라좌수사 부임 당시 78세로 31살이 많았다. 군 경험이 풍부했던 정걸은 이순신의 부탁으로 조방장으로 고문 역할을 했다. 정걸은 임란 전에 이미 경상도와 전라도의 수사를 지낸 화려한 경력을 가지고 있었다. 이순신은 정걸에게 실전 경험, 무기, 을묘왜변 참전 경험 전수, 판옥선 개조 등 많은 것을 배웠다. 정걸이 1555년 을묘왜변, 달량포왜변에 참전해서 전투를 하며 왜구의 전술을 경험했던 그 당시에는 판옥선에 포를 설치하지 않았다. 정걸이 경험을 전수하여 판옥선을 개조하고 신무기를 만들었다. 정걸은 한산해전에 직접 참여하여 부상을 당하기도 하였다. 『난중일기』에는 정걸과 이야기를 나누었다고 모두 29번이나 기록되어 있다. 이순신은 정걸을 진정으로 존경했기에 정걸을 위해 조정에 장계를 올렸다.

"정걸 장군은 여든의 나이에도 나랏일에 힘을 바치려고 아직도 진중에 머무르고 계십니다. 이분에게 은사가 내려진다면 군사들의 마음이 필시 감동할 것입니다."

이순신은 삼도수군통제사가 된 후 정걸을 충청수사로 천거하였다. 1593년 2월, 충청수사 정걸은 행주대첩 때 승리에 결정적 역할을 했다. 『난중잡록』의 기록이다.

"한창 싸울 때에 화살이 거의 다 되어 진중이 위태롭고 답답하였는데 정걸이 배 두 척에 화살을 실어 바다로부터 성중에 들여왔다."

이때 정걸의 나이 79세였다. 79세 가선대부, 노령으로 은퇴할 때가 되었지만 국가의 위기에 출전했다. 임란이 끝나기 1년 전 정걸은 83세로 사망했다. 정걸이 관직에서 은퇴하고 고향으로 내려갈 때 선조는 노장에 대한 예우로 유생을 딸려 보냈다. 정걸의 아들 정연은 영광군수직을 지내다가 정유재란 때 전사하였고, 손자 정홍록 역시 아버지의 원수를 갚겠다며 전장에 나가 전사하였다. 고흥군 포두면 정걸이 태어난 마을에는 지금도 후손들이 살고 있다.

고흥 사람 송희립은 군관 출신으로, 의병을 이끌고 이순신을 찾아가서 전란 내내 함께 있었다. 임진년에 43세였던 송희립, 둘째 송대립, 셋째 송정립 3형제가 군관으로 이순신의 휘하에서 활약했다. 송희립은 1583년(선조 16) 무과에 급제하여 지도만호를 시작으로 벼슬길에 올랐다. 임진왜란 직전인 1591년 녹도만호 정운의 군관으로서 영남 지역에 원병 파병을 주장했다. 임진왜란 직전까지 나대용, 정걸 등과 함께 거북선 건조와 수군 교육을 감독하는 일을 맡았다.

송희립은 핵심참모로서 뛰어난 지략과 용맹을 발휘했다. 이순신이 하옥되자 한양에 올라가 정탁, 정경달 등과 함께 구명활동에 힘썼다.

가장 치열했던 노량해전에서 이순신이 왼쪽 겨드랑이를 맞고 최후를 맞이할 때까지 대장선 갑판에서 송희립은 '좌정운 우희립'으로서 이순신의 그림자 역할을 다했다.

"전투가 급박하니 나의 죽음을 말하지 말라"라고 하면서 이순신이 전사하자, 이를 숨긴 채 그의 갑옷과 투구를 입고 독전의 북을 쳤다. 송희립은 이순신의 아들과 조카들에게 울음을 그치게 하고 시신을 싸

코로나19 예방을 위하여 외부인 출입을 금지합니다.
용동마을회

서 초둔(草芚)으로 덮은 후에 이순신을 대신하여 갑옷을 입고 기와 북채를 들고 독전을 했다. 이순신의 죽음은 싸움이 끝난 뒤에 알려졌다. 송희립은 이순신과 최후를 함께했다. 임란이 끝나고 1612년 송희립은 전라좌수사로 승진했다. 이순신을 처음 만났던 그때 이순신의 그 직책이었다.

선박건조전문가 나대용은 거북선 제조에 결정적 역할을 했다. 가공할 위력을 가진 거북선의 총통 시험을 마친 날은 전쟁이 나기 하루 전이었다.

나대용은 1556년 나주에서 태어나 28세인 1583년 무과에 급제하여 훈련원 봉사로 있다가 32세 때인 1587년 사직하고 고향인 나주로 돌아왔다. 이후, 나대용은 자신이 거처하는 방의 벽에다 거북선 설계도를 수없이 그려 붙여가며 거북선 연구에 몰두했다. 낮에는 산에 올라가 목재를 베어왔고, 밤에는 거북선 모형을 제작하는 데 시간을 보냈다. 정읍 현감 이순신이 전라좌수사로 발령 나자 종형하고 같이 좌수영에 스스로 찾아 내려가 이순신을 만났다.

이순신은 나대용을 군관으로 임명하고 여수 선소에서 거북선을 만들게 했다. 자발적 군관 나대용은 전선감조군관으로 전략전술도 뛰어났다. 나대용은 당시 주력함이었던 판옥선을 개조하여 거북선 내에서 총통을 발사하고, 적진 한가운데로 들어가 근거리에서 포격을 가하여 엄청난 위력을 발휘하게 했다. 왜군의 등선 육박전을 막기 위해 거북선의 등에는 쇠못을 박았다. 밖에서는 안을 볼 수 없기에 거북선은 적진을 마음대로 돌진했다.

4차 출전인 사천해전 이후 나대용은 해전에 직접 뛰어들어 혁혁한 공을 세웠다. 사천해전에서는 전투의 선봉에 서서 탄환에 맞고 이순신과 함께 부상을 당했다.

이순신은 나대용을 장하게 여겨 조정에 아뢰기를, "분발하여 몸을 돌아보지 아니하고 죽을힘을 다해 싸웠으니 나대용의 공이 가장 으뜸"이라며 칭찬을 아끼지 않았다. 세계 최고의 전투선을 만들고 전략전술에서 뛰어난 참모 역할을 했던 나대용은 훗날 전쟁이 끝나자 부상이 악화되어 죽었다. 나대용의 무덤에는 거북선이 그의 비를 받치고 있다. 나대용은 역사상 유래를 찾아볼 수 없을 만큼 탁월한 조선기술자로 평가된다.

1594년부터 1598년까지 이순신의 종사관으로 문서의 작성, 둔전과 목장 검칙, 명나라 장수들과 외교 문제 처리 등을 담당했던 정경달은 1597년 이순신이 하옥되자 조정에 나아가 석방을 강력히 주장했다.

"이순신의 애국심과 적을 방어하는 재주는 일찍이 그 예를 찾을 수 없습니다. 전쟁에 나가 싸움을 미루는 것은 병가에서 이기는 길인데 어찌 적세를 살피고 싸움을 주저한다 하여 죄로 돌릴 수 있겠습니까? 임금께서 이 사람을 죽이면 나라가 망하겠으니 어찌하겠습니까?"

1602년 청주목사로 재직하던 정경달은 함경도관찰사로 제수되었으나 부임하지 못하고 죽었다. 아들인 정명열도 정유재란 때 쌀과 배를 보태고 명량해전에 참전했다. 정경달이 이순신에게 지어 올린 시 60수 중 일부이다.

통제사 장군 본시 뛰어나시니/ 난세에 나라 건질 방책을 세우셨네.

손에 든 화살은 석 자가 넘고/ 무찌른 왜선들 몇만 척이었던가.

상을 줄 때는 많고 적음을 고르게 하고/ 벌을 내릴 때는 먼저 꼼꼼히 살펴보고

배 안에서 노래 읊다가 고개를 돌리니/ 비바람이 싸움터처럼 엉키고 있구나.

한비자는 군주의 성공 비결에 대해 이렇게 말했다.

"하급 군주는 자기 혼자만의 능력을 사용하고, 중급 군주는 여러 사람의 힘을 사용하며, 상급 군주는 여러 사람의 지혜를 사용한다."

이순신 주위에는 수많은 조력자들이 있었다. 그중에서도 이순신이 있는 데는 항상 유성룡이 있었다. 아시아 최고의 갑부 홍콩의 리카싱 회장은 이런 말을 했다.

"인생의 가장 큰 기회는 바로 귀인을 만나는 것이다. 긴 여행을 떠날 때 짐을 꾸려주는 사람, 비바람을 만났을 때 우산이 되어줄 사람, 성공이 코앞에 놓여 있을 때 마지막으로 뒤에서 밀어줄 사람, 귀인은 바로 그런 존재를 가리킨다."

성공한 사람들은 자신의 노력뿐만이 아니라 남의 도움을 받았다는 공통점이 있다. 성공한 사람들에게는 반드시 귀인이 있다.

"천 리 길도 한 걸음을 내딛는 데서부터 가게 되는 것"이라는 노자의 말처럼 도덕면 도덕리를 한 걸음 한 걸음 걸어서 도덕리를 벗어나 신양리로 들어선다. 마을 농로를 따라 걷다가 능선을 넘어서 가야리를 지나고 가야리의 위쪽에 잇는 가상마을을 지나서 들길을 걷고 산길을 걸어간다. 조망이 트이는 곳에서 득량만의 득량도를 바라본다.

득량만(得粮湾), 얻을 득(得), 양식 량(粮), 곧 양식을 얻었다고 해서 붙여진 만 이름이다. 득량도는 도양읍 득량리에 있는 섬으로 득량만 입구에 자리 잡고 있다.

『난중일기』에 따르면 이순신이 도양 둔전에서 두 차례에 걸쳐 벼 300석과 820석을 받은 것으로 되어 있는데, 이 섬이 당시 장흥부의 목장과 함께 도양 둔전의 일부로 추정된다. 득량이라는 지명은 임진왜란 당시에 이순신이 이곳에서 식량을 구했다고 하여 득량이라고 했다는 설과, 이순신이 풀을 엮어 산꼭대기에 마름처럼 쌓아놓고 왜군들에게 그것을 군량미로 속인 데서 유래하였다는 설이 있다.

임도에서 내려와 용동리마을회관을 지나고 용동방파제를 지나서 용동해변으로 나아간다. 해변 화장실 앞 쓰레기장 앞에 용동마을회에서 걸어놓은 예쁜 현수막 글귀가 보인다. '코로나19 예방을 위하여 외부인 출입을 금지합니다'.

가슴이 철렁, 갑자기 죄인이 된 기분이 들어 발걸음이 빨라진다. 득량만 건너편에 보성군 율포해수욕장이 보이고, 저 멀리 장흥의 진산 천관산이 보인다. 득량만 바다 하늘에 새들이 떼를 지어 군무를 이룬다. 장관이다.

금호해수욕장을 지나서 해안도로를 따라 돌출된 해안선을 따라가니 종점이 방조제공원이 시야에 들어온다. 고흥지구 남해안관광사업 개발공원인 해변테마공원에 도착했다. 고흥 썬밸리리조트가 다가온다. 11시, 전망대 앞 '환경이 미래를 지배한다'라고 쓰인 표석 앞에서 71코스를 마무리한다.

풍류의 길

[이순신의 노블리스 오블리제]

고흥만방조제공원에서 두원면 대전해수욕장까지 14.9㎞

고흥만방조제공원 → 풍류해수욕장 → 신흥마을회관 → 내당회관 → 대전해수욕장

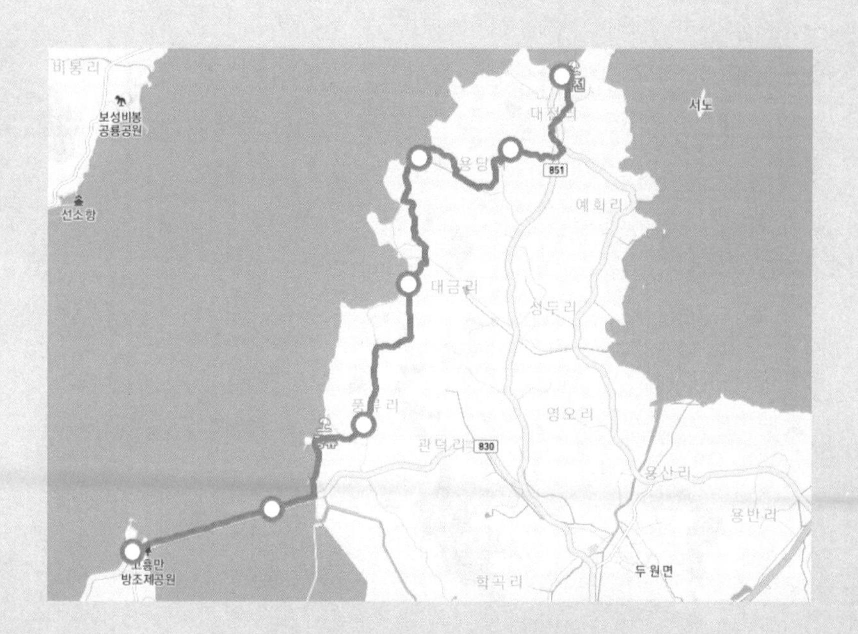

"우리 장하신 선조께서 나라를 다시 일으키신 공로는 오직 충무공 한 사람의 힘으로 마련된 것이니 이제 충무공에게 특별히 비명을 지어주지 않고 누구의 비명을 지어주겠는가?"

왼쪽은 득량만, 오른쪽은 고흥호. 고흥만방조제에 앉아서 휴식을 갖는다. 가노라면 쉬는 것을 잊어버리고 쉬노라면 가는 것을 잊어버린다. 간다는 것과 쉰다는 것은 결국 하나, "인생이 휴식할 줄 몰라서 병인데, 세상은 휴식하지 않는 것을 낙으로 여기니 대체 어쩌자는 것인가" 하며 강희맹은 탄식을 한다. 그리고 "어릴 적과 늙고 병든 햇수를 제외하면 강건하여 일자리에 다다른 때가 40, 50년에 불과하다. 그 사이에 또 승침, 영욕, 애락, 이해가 내 병이 되고, 내 진기를 해롭게 하는 것을 제외하고 유연히 즐기고 휴식할 수 있는 날은 역시 몇 달에 불과한데, 하물며 백 년도 다 못사는 몸으로 무궁한 근심걱정을 감당함에 있어서랴. 이러기에 세상 사람이 우환에 골몰하여 휴식할 기약이 없게 되는 것이다"라고 말한다. 세상에 쉬는 것처럼 좋은 것이 어디 있으랴. 남파랑길은 말 그대로 인생의 아름다운 쉼표다.

고흥만방조제에서 72코스를 시작한다. 봄철에는 4㎞가 넘는 벚꽃길이 있는 길, 득량만 바다 건너편은 보성, 방조제 완공으로 생긴 광대한 호수와 농경지가 눈길을 끈다. 간척사업으로 만들어진 고흥만방조제는 길이 2,873m, 높이 21.6m로 도덕면 용동리에서 두원면 풍류리에 걸쳐 있다.

고흥호의 쉼터에 새들이 한가롭고 득량만에는 파도가 출렁인다. 가운데 방조제를 걸어가는 나그네의 수염이 바람에 휘날리며 얼굴을 간지럽게 한다. 40일 넘게 면도를 하지 않아서 수염이 제법 많이 길었다. 수염도 집안 내력인가.

1144년(인종 22) 선달그믐 밤, 문신 김부식의 아들 김돈중이 무신 정중부에게 촛불을 들이대 수염을 장난삼아 태워버렸다. 1170년(의종 24년), 수염방화사건 26년이 지난 후 정중부는 무신정변을 일으켰다. 쿠데타에 성공한 정중부는 의종을 폐위한 후 김돈중을 처형하고 죽은 김부식을 부관참시했다.

김굉필은 『조의제문』을 쓴 김종직의 제자라는 이유로 연산군 때 자행된 두 번의 사화에 연루돼 유배와 처형을 당했다. 무오사화로 평안도 희천으로, 전라도 순천으로 유배형을 받고 갑자사화 때 참형을 받고 저잣거리에 효수됐다. 김굉필의 마지막 모습은 단아하고 비장했다. 처형 명령이 내려지자 김굉필은 목욕을 하고 관대(冠帶)를 갖춘 후 형장에 나갔다. 그리고 손으로 수염을 쓰다듬어 입에 물고 칼날을 받았다. "몸과 터럭과 피부는 부모에게 받은 것이니 감히 훼손할 수 없다"라는 『효경(孝経)』의 가르침을 마지막까지 지키려 했던 것이다. 그의 죽음은 불의에 굴하지 않는 의연한 죽음이었다.

『유토피아』, 이상향에 대한 글을 출판한 토마스 모어는 국왕 헨리 8세의 처사에 반대하며 대법관직을 사임했다. 결국 사형선고를 받은 토마스 모어는 죽음의 순간에도 유머를 잃지 않고, 사형장에서 "수염은 반역죄를 짓지 않았으니 도끼를 받을 이유가 없다"라며 수염을 잡아 빼고 사형집행인에게 "내 목은 짧으니 조심해서 자르라"라고 당부하기도 했다.

"수염을 자르라!"

17세기 러시아의 표트르 대제의 명령이었다. 하지만 귀족과 교회들은 "하느님이 주신 신성한 수염을 자를 수 없다!"라며 반발했다. 이때 표트르 대제가 꺼내든 카드가 수염세였다. 수염을 기르려면 해마다 100루블씩 세금을 내야한다는 것이다. 이렇게 수염세가 도입되고 7년 후 주류 사회에서 수염은 자취를 감추었다.

일상생활에서는 기르지 못하는 수염이 길을 나서면 자연스럽게 자라난다. 고흥만방조제가 끝이 나고 문이 닫힌 고흥만생태식물원을 지나서 항동포구 선착장을 걸어간다.

점심을 해결하려 해도 코로나로 식당이 모두 문을 닫았다. 선착장으로 가지 않고 강산횟집을 지나 풍류마을로 들어선다. 허기가 지건만 해안가에 식당이 없다. 풍류해수욕장에서 고픈 배를 잡고 풍류의 길을 간다. 배고픈 원숭이는 눈앞의 바나나만 보고 달려간다. 그러나 배부른 원숭이는 바나나 뒤에서 번득이는 사냥꾼의 눈빛을 쉽게 발견한다. 사람도 마찬가지다. 여유가 있는 사람은 일에서 벗어나 보다 차분하고 넓은 시야로 무엇이 진정 추구해볼 만한지 생각한다. 그래서 눈앞의 조그마한 이익보다 더 크고 가치 있는 그 무엇을 손에 넣곤 한다.

'배고픈 것은 참아도 배 아픈 것은 못 참는다'라고 했으니, 나그네는 비록 배가 고프지만 나그네를 바라보는 사람들은 분명히 풍류의 길을 가고 있는 나그네를 보고 배 아파할 것이다. '먹을 것은 없지만 그래, 풍류를 즐기자!' 하니 갑자기 신바람이 난다. 풍류오솔길에 풍류가 넘쳐난다.

젊은 날 다산 정약용은 풍류를 즐겼다. 당시 친교를 맺었던 이치훈, 이유수, 한치응 등 열네 명의 뜻 맞는 선비들이 죽란시사(竹欄詩社)라는 풍계를 맺고서 다음과 같은 규약을 정했다. 『여유당전서』에 실린 '죽란시사 풍류계의 규약'이다.

살구꽃이 피면 한 번 모이고/ 복숭아꽃이 필 때와 한 여름 참외가 무르익을 때 모이고/ 가을 서련지(西蓮池)에 연꽃이 만개하면 꽃구경하러 모이고/ 국화꽃이 피어 있는데 첫눈이 내리면 이례적으로 모이고/ 또 한 해가 저물 무렵 분에 매화가 피면 다시 한 번 모이기로 했다.

풍류리 풍류마을은 마을 뒷산의 산세가 동쪽으로는 옥여탄금(玉女彈琴) 형국이고 서쪽으로는 선학가무(仙鶴歌舞) 형국이라 사계절 풍치가 좋은 마을이라 마을 이름을 풍류(風流)라 칭했다니 풍치 좋은 풍류마을에서 풍류를 즐긴다.

동양 전통에서 풍류는 인간이 갖추어야 할 기본 소양이다. 일도 잘 해야 하지만 시나 그림, 음주가무를 즐길 줄도 알아야 한다는 뜻이다. 그렇지 못한 인간은 성실한 소나 말과 다를 바 없다.

서양 전통에서도 마찬가지다. 고대 그리스에서 여가는 매우 중요한 개념이었다. 생계를 떠나 휴식할 수 있는 여유가 있을 때만 진정 사람은 사람답다고 생각했다. 더 많은 여가는 삶을 보다 인간적으로 만들어주기도 한다.

최치원은 공자를 모신 성균관 문묘에 최초로 종사된 데서 알 수 있듯이 한국 유학사상 최초의 도통(道統)으로 대접받을 정도의 유학자였지만, 사실상 최치원의 사상은 유교와 불교와 도가를 통합한 통합사상이었다. 유자로 자처하면서도 불교 및 도가 사상에 정통했던 최치원은 선승들의 탑비문을 찬술하고, 노장사상에도 관심을 가졌다는 견지에서 유·불·도 삼교의 통합을 주장하게 되었다. 최치원의 『난랑비서문』에 나오는 '풍류도(風流道)'에 관한 글이다.

남파랑길
NAMPARANG TRAIL
파랑길 고흥 72코스NAMPARANG TRAIL / Goheung72 section

> 우리나라에 현묘한 도가 있으니 풍류라 한다. 이 교(教)를 설치한 근원은 『선사(先士)』에 자세히 실려 있거니와, 실로 이는 삼교를 포함하는데 군생(群生)을 접촉하여 교화한다. 이를테면 집에 들어오면 부모에게 효도하고 나아가면 나라에 충성하는 것은 노사구(공자)의 주지(主旨)요, 무위의 일에 처하여 불언(不言)의 가르침을 행하는 것은 주주사(노자)의 종지(宗旨)이며, 모든 악한 일을 하지 않고 착한 일을 봉행하는 것은 축건태자(석가)의 교화인 것이다.

최치원은 궁극적으로 모든 사상과 종교가 대립과 갈등을 해소하고 서로 화합과 조화를 이루어야 한다고 생각하며 노력했다. 관직에서 물러난 최치원은 유랑 속에서 생을 마쳤다. 만년에는 친형인 승려 현준이 있는 가야산 해인사에 머물렀다. 삼국사기에는 그가 해인사에서 여생을 마쳤다고 하였지만 그때가 언제였는지는 밝히지 않고 있다.

최치원은 가히 풍류가객의 원조였다. 유불선에 통달했던 최치원은 풍류는 '현묘한 도'라 했다. 유교의 본질은 아욕(我慾)에 찬 자기를 버리고 인간 본성인 예(禮)로 돌아가는 데 있고(克己复礼), 불교의 본질은 아집(我執)을 버리고 인간의 본성인 한 마음, 곧 불심(仏心)으로 돌아가는 데 있으며, 도교의 본질은 인간의 거짓된 언행심사를 떠나 자연의 대법도를 따라 사는 데(無為自然) 있으니, 삼교(三教)의 본질은 결국 욕망에 사로잡힌 자기를 없애고 참 마음으로 돌아가는 데 있다는 것이 현묘한 도요, 풍류도였다.

남파랑길을 걸어 풍류의 길을 간다. 풍류가객이 되어 현묘한 도를 즐긴다. '풍류'란 바람 풍(風)에 흐를 유(流)자를 쓰니 바람이 부는 대로 흘러흘러 자연을 벗 삼아 떠다니는 멋스러운 유랑이다. 지구별에 귀양을 온 신선 이백이 남파랑길의 아름다운 정취를 보았다면 술 한잔에 감흥을 느끼며 읊었을 시를 상상하며 나그네가 '지금, 여기' 신과 자연이 펼치는 하나의 세계를 걸어간다. 남파랑길에서 자연의 숨결을 맛본다. 길에서 만나는 하늘과 바람과 나무와 새들은 모두 풍류의 벗이다.

풍류가객이 고흥반도 서북쪽 한적한 곳에 위치한 아담한 풍류해수욕장을 걸어간다. 풍류보건진료소를 지나고 풍류리 상촌마을 표석을 지나간다. 효열부 비석들이 줄을 서 있다. 상촌마을은 풍류리의 높은 곳에 위치한 마을이라 하여 '웃뜸'이라 불리다가 한자어로 상촌(上村)으로 고쳐 부르고 있다.

고개를 올라가 고갯마루의 월하마을 표지석을 지나 월하마을로 언덕길을 내려선다. 월하마을은 전형적인 시골 농촌마을이다. 작은 반월산의 능선 줄기가 뻗어 있는 아래의 마을이라 하여 '달하골'이라 불러오다 한자어로 '월하(月下)'라 부르고 있는 마을이다. 월하독작(月下独酌), "꽃 사이에서 한 병의 술을 친구도 없이 혼자 마시고 있네"라며 달빛 아래 홀로 술을 마시면서 풍류를 즐기는 이백의 노래가 들려온다.

'월하길'을 따라나가다 삼거리 갈림길에서 월하방조제 방향 득량만으로 향한다. 다시 농로길을 따라 신흥마을로 들어선다. 신흥마을회관 앞을 지나서 신흥버스정류장 우측에 근육질의 노거수가 반겨준다. 나무에서 새들이 지저귀는 소리가 들린다. 구름이 나무 위에 앉아 한가롭다. 바람도 쉬어 간다. 밤이면 달빛과 별빛이 이 나무 위에 내려앉아 소곤거리며 잠을 청하겠지. 이곳에서 살다 간 많은 사람들과 생명체들에게 오랜 세월 아낌없이 베풀어준 장수 느티나무의 미덕, 노블리스 오블리제를 실천하는 느티나무의 관대함과 베풂에 경의를 표한다.

우리 역사의 가장 위대한 노거수는 누구일까. 한국갤럽 여론 조사에 이순신과 세종대왕은 각각 1, 2위를 차지하고 있다. 세종대왕이 1위를 차지하는 다른 설문조사도 있지만 누구도 3위로 떨어지는 경우는 거의 없다. 한국사에서 두 사람이 차지하고 있는 위상과 상징성을 고려하면 순위를 매기는 것은 불가능할 뿐 아니라 의미가 없다. 두 사람의 공통점은 문과 무에서 각각 1위이며, 서울에서 태어났다는 점과 54세에 세상을 떠났다는 것이다. 정조는 손수 이순신 신도비의 글을 짓는 이유를 『충무공전서』에서 이렇게 적고 있다.

> 우리 장하신 선조께서 나라를 다시 일으키신 공로는 오직 충무공 한 사람의 힘으로 마련된 것이니 이제 충무공에게 특별히 비명을 지어주지 않고 누구의 비명을 지어주겠는가. 문정공 송시열은 대의를 앞장서서 밝혔기 때문에 대보단에 제사하는 대열에 그 자손이 참석하도록 허락하고 이를 법으로 삼았다. 하물며 충무공은 명나라 도독이라는 고인(誥印)을 받는 자가 아닌가? 충무공의 후예도 문정공 집안의 예를 따라서 제사에 참석하게 하라.

병자호란 이후 송시열은 나라에서 가장 받들어 대접하는 인물이었다. 심지어 공자, 맹자, 주자처럼 송자(松子)라 부르고, 그의 문집을 송자대전(松子大全)이라 일컬었다. 그런 송시열과 이순신을 같은 반열에 두겠다는 것이니, 이순신을 최고의 예우로 대접하겠다는 뜻이었다.

선조를 제외한 역대 왕들은 이순신을 높이고 추모하는 일을 주저하지 않았다. 인조는 1643년 이순신에게 '충무(忠武)'라는 시호를 내렸다. 병자호란이 일어나 삼전도의 굴욕을 겪은 지 겨우 6년이 지난 때였다. 효종, 현종, 숙종, 영조까지 모든 임금이 남해안 사당에 편액을 하사하고, 온양온천을 다녀오는 길에 충무공 묘소에 들러 제사 모시기를 잊지 않았다.

이순신에 대한 예우가 정점을 찍은 것은 바로 정조 때였으니, 예우의 증거가 신도비에, 영의정 증직 교지에, 『이충무공전서』에 남아 있다.

"왕은 충절을 높이고 공로에 보답하는 일이라면 아끼지 않고 할 수 있는 모든 일을 다 했다. 특히 충무공 이순신과 충민공 임경업을 최고로 여겨 그들이 남긴 글과 전해오는 일을 모아 편집하고 충무공은 '전서', 충민공은 '실기'라 하여 책을 찍어내었다"라고 『극원유고』에 전한다.

이순신의 자손들도 충신의 후예라 하여 중히 등용되었다. 이순신의 집안에서 4명의 충신과 9명의 대장, 12명의 통제사가 나왔다. 병마절도사와 수군절도사는 꼽을 수 없을 정도로 많았다.

대한제국이 멸망할 때 스스로 목숨을 끊은 선비 황현은 『매천야록』에서 "선유(先儒)로는 송시열을 추앙하고 충훈(忠勳)으로는 이순신을 추앙하는데, 조정에서 그 후손을 융숭히 대접하는 것이 다른 이름난 집안과 비교가 되지 않을 정도다"라고 적었다.

이순신 집안은 조선 중기 대표적인 무반 가문 중의 하나였다. 이순신 가문은 국가의 위기에서 몸을 사리지 않았고, 아버지와 아들, 삼촌과 조카, 사촌들이 함께 전장에 나아가 목숨 바쳐 싸웠다. 큰아들 이회, 조카 이분, 이완, 이봉이 이순신 휘하에서 임진왜란에 참전해 공을 세웠다. 임진왜란 중에 셋째 아들 이면, 이괄의 난(1624) 때 서자 이훈, 정묘호란(1627) 때 서자 이신과 조카 이완, 이인좌의 난(1728) 때 5세손 이봉상이 전사했다.

아산 현충사에는 충신, 효자, 열녀가 났을 때 임금이 하사한 편액을 걸어두는 정려를 모신 정려각(旌閭閣)이 있다. 왼쪽부터 이순신, 이순신 휘하에서 참전했던 조카 이완, 4세손 이홍무, 5세손 이봉상 등 네 명의 충신과, 8세손 효자 이제빈까지 모두 다섯 사람을 정려한 편액이 걸려 있다.

덕수 이씨 집안에서는 여기에 이면과 이훈, 이신, 그리고 8세손 효자 이은빈을 더해 5대에 걸쳐 일곱 충신과 두 효자가 나왔다 하여 "5세 7충 2효"라 하며 자랑스러워한다. 이는 이순신 가문의 노블리스 오블리제였다. 현충사 입구에 있는 비석의 내용이다.

> 여기는 이순신 장군이 자라나신 거룩한 터전이라. 1706년 숙종대왕 때 이 고장 선비들의 힘으로 현충사를 세워 수백 년 동안 제사를 받들어왔다. 1931년 일제 때에 빚으로 이 땅을 뺏기게 되자 동아일보사가 앞장서서 온 국민들의 성금을 모아 사당을 다시 짓고 공의 유적을 보존하게 되었다. 1962년 박정희 대통령이 국가원수가 된 뒤로 충무공의 구국정신으로 민족 지도이념을 삼고자 특별한 분부를 내려 경내를 십만여 평으로 넓히고 사당을 새로 세워 나라와 국민들이 갈 길을 밝힌다. 이 성역화 사업이야말로 만인이 칭송하는 일이요, 이로부터 이곳은 우리 민족의 복전이 될 것이다.

마을 안길을 지나서 엉뚱이고개를 넘어 와포 앞바다와 건너편 보성과 득량만을 바라보며 완만하게 내려선다. 풍류로 차도로 나서서 신흥마을 표석을 보면서 고개를 넘어 용당리에 들어선다. 두원면 용당리 바닷가에서 발걸음을 멈춘다.

파도가 밀려온다. 쉴 새 없이 걷는 것은 마치 파도의 움직임과 같다. 파도는 멈추지 않는다. 움직이지 않으면 파도가 아니다. 뒤로 잠시 후퇴하는 움직임을 보일지언정 세찬 기세로 일어나 다시 바위를 때린다. "나는 천천히 가는 사람입니다. 하지만 뒤로 가지는 않습니다"라는 링컨의 말이 밀려온다.

용당방조제길을 따라가다가 농로를 걷고 또 걸어 '고흥 휴양 독서당' 표석 앞에서 우측으로 휘어져 걷다가 내당마을로 들어선다. 내당길을 따라 솟을대문이 있는 사당을 지나 내당마을을 벗어나 임도의 고개를 넘어서 대전리로 들어간다. 대전리는 마을 앞에 큰 밭이 있어 '큰밭골'이라 부르다가 한자로 대전(大田)이라 고쳐 부른다.

2시 30분, 대전해수욕장에서 72코스를 마무리한다. 기다리고 있던 정겨운 방문객들과 함께 녹동항으로 가서 녹동장어거리에서 고흥 9미의 1미인 장어 요리로 단백질을 보충하고 유쾌한 밤을 보낸다.

영웅의 길

[이몽학의 난과 이순신]

대전해수욕장에서 과역면 내로마을회관까지 16.9㎞

대전해수욕장 → 용등산 → 언안들 → 금성마을 → 내로마을회관

"장차 바다를 건너가 일본 땅을 쑥밭으로 만들어버리겠다."

12월 19일 오전 9시, 대전해수욕장에서 73코스를 시작한다.

오늘은 네 사람이 걷는 날. 묵언수행에서 해제되어 말을 할 수 있는 날이다. 대전해수욕장에 차가운 바닷바람이 불어온다. 남파랑길 1,470㎞, 가야 할 길이기에 오늘도 즐거운 마음으로 신명나게 걸어간다.

득량만에 자리한 백사노송(白沙老松)이 장관을 이루는 대전해수욕장은 광활한 은빛 백사장과 500여 그루의 소나무가 숲을 이루고 있다. '세한도'에서 추운 겨울이 와야 소나무와 잣나무의 푸르름을 안다고 했던가. 겨울 소나무가 푸르고 푸르다.

이제는 완연한 겨울, 날씨가 제법 쌀쌀하다. 불어오는 차가운 아침 바닷바람이 폐부를 상쾌하고 시원하게 적신다. 바다 건너 보성 땅에는 호남정맥 산너울이 좌우로 길게 펼쳐져 있다.

해수욕장에서 나와서 방조제 끝 갈림길에서 좌측으로 서도와 정박해 있는 어선들을 바라보며 걸어간다. 고갯마루에서 송정마을을 내려다보고 우측 대전리 북쪽 끝에 비스듬히 누워 있는 용등산(40.7m)을 바라본다. 송정마을은 옛날 마을 아래쪽 산기슭에 소나무와 정자가 같이 우거져 있어 마을 이름을 송정(松亭)이라 하였다.

두원면 예회리로 들어서서 득량만 해변으로 내려간다. 예회리 방파제 길 따라 우향하여 나아가며 좌측의 서도와 바다에 떠 있는 어선들을 바라본다. 갈대밭과 S라인 물길이 어우러진 멋진 경관들을 바라보면서 나아간다. 느티나무 고목을 지나서 예회마을로 들어선다. 예회버스승강장과 전통 한옥 형태의 마을정자 동락정(東樂亭)이 있다. 예회리는 1880년(고종 17) 예조판서가 이 마을을 지나가는 중에 마을 사람들의 예의범절에 감탄하여 마을 이름을 예회(禮会)라고 불렀다고 전해진다. '효자 김해김공 기적비' 앞을 지나간다.

임도로 올라서서 푸르고 푸른 득량만을 내려다본다. 갈대밭이 바람에 따라 흔들흔들 춤을 춘다. 나그네도 덩달아 건들건들 춤을 춘다. "둘이서 걷던 갈대밭 길에 달은 지고 있는데 잊는다 하고 무슨 일로 눈물이 날까요. 아아 길 잃은 사슴처럼 그리움이 돌아오면 쓸쓸한 갈대숲에 숨어 우는 바람 소리"라는 노랫가락을 흥얼거린다.

방파제 우측 농로를 따라 끝까지 나가 해변길을 걸어간다. 멀리 팔영산 봉우리들이 보인다. 방조제길을 따라가다가 또 다른 방조제로 이어져 나아간다. 긴 제방길을 걸어 끝 지점에서 뻘밭 안으로 들어가는 경운기길을 보면서 우측 언덕으로 올라간다. 배수 갑문 방향으로 내려서서 성두리로 들어간다. 성두리는 넓은 들이 펼쳐져 있는 마을이다. 마을 우측 금성산의 산세가 마치 백호 형국으로 호랑이 머리 지점에 마을이 생겼다 하여 한 때 마을 이름을 '호두(虎頭)'라 부르다가, 옛날 성의 흔적이 마을 주위에 남아 있어 '성머리'라 하였다가 '성두(城頭)'라 칭하게 되었다.

우측 도로 따라 약 600m 지점에는 '두원운석 낙하지점'이 있다. '두원운석(隕石)'은 국내 최초로 낙하지점이 확인된 운석으로, 1943년 11월 23일 이곳 성두리 야산에 떨어졌다. '두원운석길'로 들어서서 왼쪽 영오리로 들어선다. 영오리는 삼면이 야산에 둘러싸여 있어 산수가 수려하고 동쪽은 바다에 접하는 고장이다.

길은 다시 임도를 따라 진행하다가 농로를 지나고 바닷가로 나서서 방조제길을 따라 용산리로 들어간다. 용산천 둑길을 따라 길게 진행하다가 와룡마을 버스승강장에 도착한다. 용산제에서 물놀이를 하던 오리 떼가 인기척에 놀라 하늘 높이 날아올라 군무를 선보인다. 용산제를 우측에 두고 농로를 따라 신월마을에 들어선다. '새롭게 뜨는 달'의 '신월(新月)'이다.

영화 '구르믈 버서난 달처럼'은 임진왜란 당시 일어난 이몽학의 난을 소재로 했다. 임진왜란은 조정에 대한 백성들의 생각을 근본적으로 바꾸어놓았다. 이제 백성들은 왕조에 직접 저항했다. 선조 27년(1594)에는 송유진이, 선조 29년(1596)에는 이몽학이 조선왕조 타도를 내걸고 봉기했다. 남쪽지방에 일본군이 잔류하고 있었으나 이들은 조선왕조나 일본군이나 다를 것이 무엇이냐는 생각에서 개의치 않았다.

송유진은 의병장을 사칭해 세력을 규합했는데, 지리산 등에 은거했던 일당의 수가 2천이 넘었으며, 1594년 정월 보름에 거사하기로 하였으나 거사 직전에 고변자가 생기는 바람에 무산되고 말았다.

이몽학(?~1596)의 난은 불만에 찬 농민들을 선동하여 충청도 일대에서 일으킨 반란으로 실제 거병까지 이루어졌다. 이순신은 이몽학의 난 소식을 듣고 "바깥 도둑도 아직 섬멸하지 못하고 안의 도둑들이 이러하니 매우 놀라운 일"이라고 했다. 『난중일기』의 기록이다.

> 1596년 7월 17일. 새벽에 비가 뿌리다가 곧 그쳤다. 충청도 홍산에서 큰 도둑(이몽학)이 도발하여 홍산현감 윤영현이 붙잡히고, 서천군수 박진국도 끌려갔다고 한다. 바깥 도둑도 아직 섬멸하지 못하고 안의 도둑들이 이러하니, 매우 놀라운 일이다. 남치온과 고성현령, 사천현감이 돌아갔다.
>
> 7월 20일. 맑음. 경상수사(권준)가 와서 만났다. 본영의 정탐선이 들어와서 어머

님께서 평안하시다는 것을 알게 되어 매우 기쁘고 다행이다. 또 그편에 충청도 토적(이몽학)이 이시발의 포수가 쏜 총에 맞아 즉사했다는 소식을 들었는데 매우 다행이다.

1596년 7월 8일 충청도 순찰어사 이시발이 장계를 보내 이몽학의 난을 최초로 보고하면서 조정은 충격에 빠져들었다. 이몽학은 왕족의 서얼 출신으로 성품이 불량하여 아버지에게 쫓겨난 후 충청도와 전라도를 전전하였다. 왜군을 물리친다는 명목으로 반란군을 거느린 이몽학은 홍주성을 공격했는데, 홍주목사 홍가신, 박명현 등이 철저히 방어를 했다. 이몽학은 공격이 여의치 않아 물러가면서 외쳤다.

"장군 김덕령과 영천군수 홍계남 등이 다 우리와 공모했으니 군사를 거느리고 와서 함께 서울로 향할 것이다."

서울로 향할 것이라는 이몽학의 말과는 달리 덕산 방면으로 후퇴하자 진중의 사기는 크게 떨어졌고, 박명현은 군사를 이끌고 청양까지 추격했다. 이때 윤계는 부하 군졸들과 이몽학의 진중에 뛰어들어 크게 외쳤다.

"도원수(권율)와 전라감사, 충용장군(김덕령)이 각기 수만 군사를 거느리고 이미 도착했다. 너희 중에 협박 때문에 따른 자들은 장수의 목을 베어오면 화를 면할 수 있을 것이다."

이몽학은 김덕령이 공모했다고 선전해왔는데, 윤계가 거꾸로 김덕령이 토벌군 장수라고 말하자 농민군은 이몽학을 의심했다. 이몽학은 결국 그의 부하 임억명·김경창·태근 등 3명에 의해 살해되었고, 난민들은 흩어져 살길을 찾았다.

서울로 실려 온 이몽학의 목은 철물전 길가에 효시되었다가 각 지방을 돌며 전시되었고, 그의 홍산 가옥은 파헤쳐져 연못이 되었다. 공모자들도 처벌을 받아 서울로 압송되어 처형된 자가 33명이며, 현지에서 처형된 자도 1백 명이 넘었다. 하지만 난의 여파는 계속되었다. 압수된 이몽학의 문서에 기록된 '김·최·홍' 세 사람을 추적하는 과정에서 의병장들이 연루되기 시작했다.

도원수 권율이 김·최·홍이 누구냐고 묻자 당초 이몽학과 공모했던 한현은 '김덕령·최담령·홍계남'이라고 대답했다. 나아가 의병장 곽재우와 고언백도 모두 자신의 심복이라고 대답했다.

김덕령(1567~1596)은 이몽학 군을 토벌하라는 권율의 명령에 따라 진주에서 전라도 운봉까지 왔을 때 난이 평정되었다는 소식을 들었다. 그는 이틈에 광주에 다녀오려고 권율에게 휴가를 신청했다가 도리어 체포되었다. 서울로 압송된 김덕령은 8월 초 선조의 친국을 받았다.

"멀리 있는 남도의 백성들아, 짐의 말을 들을지어다. …(중략)… 지난 기축년 정여립 모반 사건 이후 도내의 걸출한 인물들을 뽑아 쓰지 아니하여, 그윽한 난초가 산골짜기에 홀로 향기를 뿜고 있었으며 아름다운 옥이 형산에 자취를 감추었도다. …(중략)… 이제야 난을 당하여 널리 인재를 구하고자 하니, 그대들 보기에 부끄러움에 얼굴이 뜨겁도다."

의병을 일으킨 김덕령을 칭찬하고 '충용(忠勇)장군'이라 군호를 하사하였던 선조가 김덕령을 당장 고문하려 했으나 유성룡이 다른 역적들이 도착한 다음 해야 한다며 말렸다. 한두 차례 고문을 하면 웬만한 장사도 죽기 일쑤이므로 유성룡은 관련 인물들을 모두 조사해 김덕령의 유·무죄를 밝혀내야 한다고 여겼다. 그러나 선조가 알고 싶은 것은 김덕령의 유·무죄가 아니었다. 선조는 백성들의 신망을 받는 전쟁 영웅들을 질시했다. 후궁의 손자로 왕이 되어 정통성에 자신감이 떨어진 선조는 이런 전쟁 영웅들이 올무에 걸리기를 기다렸다.

남파랑길

"김덕령은 수백 번의 형장 신문에 드디어 정강이뼈가 모두 부러졌다"라고 『선조수정실록』이 전한다. 김덕령은 "다만 신이 모집한 용사 최담령 등이 죄 없이 옥에 갇혀 있으니, 원컨대 죽이지 말고 쓰소서"라고 주청했으나 그 자신은 물론 별장 최담령도 고문을 받다가 죽었다. 민심은 극도로 분개했다. 『선조수정실록』은 전한다.

> 남도의 군민들은 항상 그에게 기대고 그를 소중하게 여겼는데 억울하게 죽자 소문을 들은 자는 모두 원통하게 여기고 가슴 아파하였다. 그때부터 남쪽 사민(士民)들은 김덕령의 일을 경계하여 용력 있는 자는 모두 숨어버리고 다시는 의병을 일으키지 않았다.

김덕령을 죽여버린 이 사건은 전쟁 영웅 죽이기의 서막에 불과했다. 김덕령을 죽인 선조의 칼끝은 이제 다른 먹이를 찾아 헤매고 있었다. 당시 왜적들은 김덕령을 가리켜 '석저장군'이라 부르며 그 이름만 듣고서도 벌벌 떨며 기를 펴지 못했다. 가토 기요마사는 몰래 화공(畫工)을 보내 김덕령의 형상을 그려오도록 하여 그 그림을 보고서 '참장군'이라고 했다. "장차 바다를 건너가 일본 땅을 쑥밭으로 만들어버리겠다"라는 말을 하던 김덕령은 이렇게 호언하기까지 기개가 넘쳤으나 허무하게 죽었다. 김덕령은 죽기 전에 「춘산곡(春山曲)」을 남겼다.

> 춘산에 불이 나니 못다 핀 꽃 다 붙는다.
> 저 뫼 저 불은 끌 물이나 있거니와
> 이 몸에 내 없는 불이 나니 끌 물 없어 하노라.

불은 임진왜란이다. 온 나라를 다 덮은 그 불은 끌 물이 있으나 연기 없는 이 몸의 불길은 끌 물이 없으니, 원통하고 또 비통하다는 심정을 나타낸다. 이때 김덕령의 나이 서른이었다. 송유진의 난 때는 의병장 이산겸이 반란군과 무관함을 뻔히 알면서도 그대로 때려 죽이더니, 이몽학의 난 때는 반란군을 결성할 당시 이몽학이 "김덕령을 비롯한 몇몇 의병들, 도원수와 수사들이 나와 함께한다"라고 거짓말을 한 것을 빌미로 김덕령을 모진 고문 끝에 죽게 만들었다. 이몽학의 난이 일어나기 직전 1596년 6월 26일 『선조실록』의 기록이다.

> 임금이 이르기를, "이순신은 처음에는 힘껏 싸웠으나 그 뒤에는 작은 적일지라도 잡는 데 성실히 하지 않았고, 또 군사를 일으켜 적을 토벌하는 일이 없으므로 내가 늘 의심하였다."
> 김응남이 답하기를, "원균이 당초 사람을 시켜 이순신을 불렀으나 이순신이 오지 않자 원균이 통곡을 하였다 합니다. 원균은 이순신에게 군사를 청하여 성공하였는데 도리어 공이 순신보다 위에 있게 되자 두 장수 사이가 서로 멀어졌다 합니다."
> 임금이 답하기를, "이순신의 사람됨으로 볼 때 결국 성공할 수 있는 자인가? 어떠할지 모르겠다."

선조는 이 무렵부터 이순신을 통제사직에서 파직시킬 생각을 하고 있었다. 선조는 이몽학의 난 이후 본격적으로 이순신을 경계하면서 원균을 추켜세우기 시작한다. 이는 이순신에 대한 견제와 의심 때문이었다. 그리고 끝내 이순신을 파직, 백의종군시켰다. 1596년 10월 21일 『선조실록』의 기록이다.

> 임금이 이르기를, "원균은 국사를 위하는 일에 매우 정성스럽고 또한 죽음을 두려워하지 않는다고 한다."
> 이원익이 아뢰기를, "원균은 전공이 있기 때문에 인정하는 것이지, 그렇지 않다

면 결단코 기용해서는 안 되는 인물입니다."

김순명이 이르기를, "충청도 인심이 대부분 불편하게 여긴다고 합니다."

임금이 이르기를, "원균은 마음은 순박한데 고집이 세기 때문이다."

그리고 11월 7일 선조는 "내가 들으니 군사를 청하여 수전한 것은 원균이고 이순신은 따라간 것이니, 공을 이룬 것은 실로 원균에게 비롯되었다 한다"라고 하면서 이순신에 대한 마음이 삐뚤어지고 있었다. 사실 이몽학의 난 이전까지만 해도 선조는 상대적으로 이순신의 후원자에 가까웠다. 애시당초 북방에서 이일의 장계를 받고도 백의종군으로 처벌을 낮췄고, 평소대로라면 전라좌수사로 진급할 수 없었던 낮은 계급의 이순신을 고집을 피우면서까지 전라좌수사로 임명한 게 선조였다.

이몽학의 난 자체는 이순신과 관련이 없지만 이 난을 진압하는 데 공을 세운 홍가신은 이순신의 오랜 친구이자 사돈지간이었다. 이순신의 딸과 홍가신의 아들 홍비가 혼인했다. 아산 현충사 인근에는 홍가신기념관과 묘소 등이 있다.

농로를 따라 용반리를 지나서 득량만 절경을 감상한다. 금성마을 뒷산인 구사산(九寺山: 133.5m) 우측 산허리 방향을 나아가서 어느 가문의 재실인지 '追慕齋(추모재)' 현판과 솟을대문에 '崇礼門(숭례문)' 현판을 바라본다. 용반리 금성마을에 들어서서 금성리사무소 앞 느티나무 고목을 바라본다. 수령이 340년 이상인 보호수로 수고 19m, 수폭 4.7m이다.

마을 안길에 들어서서 옛 돌담길을 지나고 마을 뒤 언덕으로 올라 지나온 금성마을을 뒤돌아본다. 타향살이 들녘에 가을이 가고 겨울이 온다. 겨울바람에 몸이 흔들리고 마음이 얼어간다. 산 노을에 두리둥실 홀로 가는 저 구름처럼 허공 속에 허상을 그리며 생각 없는 듯 생각을 좇아가는 나그네의 발걸음이 구부린 산 어깨 위를 터덜터덜 나아간다. 새들이 보금자리를 찾아 날아간다.

대나무 사싯길을 지나서 동촌마을 앞바다로 내려선다. 득량만 맞은편에 오늘의 종점인 노일리 내로마을이 보인다. 노일방조제 배수갑문으로 올라서면서 지나온 방향의 구사산을 바라본다. 우측으로는 사정천이 길게 펼쳐져 흐르고 있다. 사정천을 지나는 배수갑문을 지나 과역면 노일리로 들어선다.

과역면(過駅面)은 조선시대 북쪽 남양면에 벽사도 찰방역인 양강역이 있었는데, 이 역을 지나왔다는 의미를 담아 '과역(過駅)'이라는 명칭이 생겨났다.

다시 농로와 차도를 따라 진행하던 길은 벚나무 가로수길을 따라 내로마을로 향한다. 내로마을 여성복지회관 건강관리실 앞에서 73코스를 종료한다.

과역면 노일리에서 점심 식사를 하고 오후 1시 20분, 일행들은 돌아가고 혼자 남았다. 함께 걸었던 형님은 "혼자 두고 가는 것이 마음 아프다"라며 술잔을 건넸다. 정미옥 사무장과 현미옥 님의 표정에도 부러움과 안타까움이 교차했다.

한시외전에는 "말을 잘 부리는 사람은 그 말을 잊지 않고, 활을 잘 쏘는 사람은 그 활을 잊지 않으며, 윗사람 노릇을 잘 하는 사람은 그 아랫사람을 잊지 않는다"라고 했다.

'늘 감사하는 마음을 기지고 인생길의 동반자들을 사랑해야지!' 다짐한다.

오늘은 1개 코스, 시간의 여유가 있어 빨래도 하고 휴식을 취한다. 시골마을 모텔이라 트레킹 기간 중 가장 싼 3만 5천원에 1박을 했다.

★ ★ ★ ★ ★ ★ ★ ★

메타세콰이어길

[이순신의 가족을 몰살하라!]

과역면 내로마을회관에서 남양면 남양버스정류장까지 9.2㎞

내로마을회관 → 도야부녀복지회관 → 메타세콰이어길 → 남양버스정류장

"내가 죽고 네가 사는 것이 이치에 마땅하거늘, 네가 죽고 내가 살았으니, 이런 이치에 어긋난 일이 어디에 있느냐? 천지가 캄캄하고 해조차도 빛이 바랬구나. 슬프다, 내 아들아!"

12월 20일 일요일 8시, 과역면 노일리 내로마을회관에서 74코스를 시작한다. '오늘 하루도 무사히!' 간절한 마음으로 기도를 하며 걸어간다.

인디언의 삶 속에는 단 하나의 의무만 있었다. 그것은 기도의 의무였다. 모든 영혼은 각자 아침의 태양과 만나야 했다. 기도는 눈에 보이지 않는 영원한 존재를 날마다 새롭게 인식하는 방법이었다. 하루를 기도로 시작하는 것은 음식을 먹는 것보다 더 중요했다. 인디언은 한 모금의 물을 마시기 전에 먼저 어머니 대지에게 약간 부어주었다. 마치 '고수레' 하듯이. 그것이 어머니 대지에게 감사를 표시하는 방법이었다.

음식을 먹을 때도 마찬가지였다. 많지도, 적지도 않게 음식을 떼어 어머니 대지의 가슴속에 사는 영혼들에게 나눠주었다. 인디언들은 전능한 힘을 지닌 위대한 정령과, 영혼의 불멸성, 삶이 영원히 이어지리라는 것, 그리고 생명을 가진 것들이 모두 한 형제임을 믿었다.

노일리 해변가, 기온이 내려가 밤사이 득량만 바다가 살짝 얼어붙었다. 차가운 겨울바람에 가슴속 찌꺼기들이 날아간다. '너는 어찌 마음을 맑게 할 것인가?' 자신에게 묻는다. 마음을 청정하게 하는 데는 욕심이 적고 물욕에 끌리지 않아야 하고, 나아가 무(無)를 지향해야 한다. 하지만 그것은 지나친 욕심, 마음의 호수에는 항상 구름이 덮여 있거나 탁한 물이 가득 담겨 있기 일쑤이다. 인간의 마음속 호수에는 항상 바람 잘 날이 없다. 모든 것 내던진다고 하면서도 던지지 못하는 삶, 이를 대체 어찌한단 말인가. 남파랑길에서 인생의 길을 묻는다.

길을 가는 나그네는 휴일도 없이 오늘도 걸어간다. 인생은 결코 두 번은 없다. 흘러간 강물에 발을 씻을 수는 없다. 누구나 아무런 연습 없이 태어나서 아무런 훈련 없이 죽는다. 반복되는 하루는 단 한 번도 없다. 두 번의 똑같은 아침도 없고, 낮도 밤도 없고 눈빛도 입맞춤도 속삭임도 없다. 어차피 한 번밖에 없는 인생, 결국은 사라지고 말 인생인데, 가슴속 깊은 불안 떨쳐버리고 늘 자유롭고 재미있게 살아야 한다. 끝이 있어 아름다운 인생, 인생의 땅끝탑을 향해 진군, 또 진군이다.

우측 해변방조제를 따라 걸어간다. 죽도로 가는 길, 바닷길이 열렸다. 우리나라 곳곳에 죽도라는 섬이 많은데, 이곳 고흥에만 4개의 죽도가 있다. 주로 작은 섬 중에 대나무가 많으면 붙여지는 이름이다. 모세의 기적이 일어난 신비의 바닷길마냥 썰물이면 바닷길이 열린다.

억새와 갈대가 공존하여 바람에 휘날리는 긴 방조제를 걸어간다. 좌측에는 죽도가 지나가고, 우측에는 우도가 다가온다. 배수갑문에서 우측으로 수로를 따라 마을길로 접어든다. 노일리의 외로마을이다. 위험표시가 있는 과역로 0.9㎞ 차도를 걷고 대나무 군락지 고개를 넘어 도천리로 들어선다. 방란버스정류장에서 좌측 농로로 접어든다. 마을 주변에 난초와 꽃나무가 많아 꽃다울 방(芳)자와 난초 난(蘭)자를 합하여 방란마을이라 한다.

꽃다운 난초, 이순신을 만날 때 부인 방(方)씨는 19세의 아리따운 그런 여인이었다. 이순신과 방씨 부인은 모두 세 명의 아들과 한 명의 딸을 두었다. 장남 회(1567~1625)와 차남 열(울: 1571~1631)은 일찍부터 이순신을 따라 수군으로 전쟁에 참가했다. 회는 이순신이 죽는 순간에도 옆에 있었다.

『난중일기』를 보면 회와 열, 면은 수시로 병영과 집을 오가며 가족들의 안부를 전했다. 훗날 이회는 노량해전에서 세운 공으로 음보로 임실군수가 되어 선정을 베풂으로써 백성들의 칭송을 받았다. 차남 이열은 선조 때 음사로 벼슬에 나갔다가 광해군 때 벼슬을 버리고 낙향했다. 인조반정 이후에 형조정랑을 지냈다. 집안에 미색인 계집종이 있어서 광해군이 바치라고 명했지만 신하가 임금에게 미인을 바치는 것은 신하의 도리가 아니라며 죽음을 각오하고 바치지 않았다.

삼남 이면(염: 1577~1597)은 어려서부터 인물이 출중하고 말 타기와 활쏘기에 능했다. 이순신을 많이 닮아서 이순신이 가장 극진히 아꼈다. 명량해전 직후 면은 아산에서 어머니를 모시고 있었다.

도요토미 히데요시는 "이순신의 가족을 몰살하라!"라는 밀명을 내렸고, 명량에서 패배한 복수를 이순신 가족에게 대신했다. 이순신의 본가와 아산 마을 전체가 일본군에 의해 불태워졌다. 이면은 왜적들이 마을에서 분탕질을 할 때 이를 공격하다가 21세의 약관으로 전사했다. 정조 때 체재공은 이렇게 말했다.

"이순신이 통제사 시절에 그 아들 면이 고향집에 있다가 적의 한 부대를 상대하여 적장 셋을 죽이고 본인 또한 죽으나 당시에 총각이라 참으로 충무의 아들이라 할 것이다."

1597년 이 무렵 『난중일기』의 기록이다.

10월 1일. 맑음. 아들 회를 보내서 제 어머니도 보고 여러 집안사람의 생사도 알아오도록 하였다. 마음이 초조하여 편지를 쓸 수 없었다. 병조의 역군이 공문을

가지고 내려왔는데 "아산 고향집이 이미 분탕을 당하고 잿더미가 되고 남은 것이 없다"라고 전하였다.
10월 2일. 맑음. 아들 회가 배를 타고 올라갔는데, 잘 갔는지 알 수가 없다. 내 마음을 말로 다할 수 있겠는가.
10월 13일. 맑음. …(중략)… 이날 밤 비단결 같고 바람 한 점 일지 않는데 홀로 뱃전에 앉아 있으니 마음이 편치 않았다. 뒤척거리며 앉았다 누웠다 하면서 밤새도록 잠을 이루지 못하고 하늘을 우러러 탄식하였다.

그런 다음 날, 이순신에게 막내아들 면이 아산에서 전사했다는 충격적인 소식이 전해졌다. 이때의 심정을 이순신은 처참하게 기록했다.

10월 14일. 맑음. 4경(새벽 4시경)에 꿈을 꾸니 내가 말을 타고 언덕 위로 가다가 말이 발을 헛디뎌 냇물 가운데로 떨어졌으나 거꾸러지지는 않았다. 막내아들 면을 붙잡고 안은 형상이 있는 듯하다가 깨었다. 이것은 무슨 징조인지 모르겠다. …(중략)… 저녁에 어떤 사람이 천안에서 와서 집안 편지를 전하는데, 아직 봉함을 열기도 전에 뼈와 살이 먼저 떨리고 마음이 조급해지고 어지러웠다. 대충 겉봉을 펴서 열이 쓴 글씨를 보니, 겉면에 '통곡(痛哭)' 두 글자가 씌어 있었다. 마음으로 면이 전사했음을 알게 되어 나도 모르게 간담이 떨어져 목 놓아 통곡하였다. 하늘이 어찌 이다지도 인자하지 못할까? 내가 죽고 네가 사는 것이 이치에 마땅하거늘, 네가 죽고 내가 살았으니, 이런 이치에 어긋난 일이 어디에 있느냐? 천지가 캄캄하고 해조차도 빛이 바랬구나. 슬프다, 내 아들아! 나를 버리고 어디로 갔느냐? 영특한 기질이 남달라서 하늘이 이 세상에 머물게 하지 않는 것이냐? 내가 지은 죄로 인해 네 몸에 화가 미친 것이냐? 이제 내가 세상에서 끝내 누구를 의지할 것인가. 너를 따라 죽어 지하에서 함께 지내고 함께 울고 싶건만 네 형, 네 누이, 네 어미도 역시 의지할 곳이 없어 아직은 참고 연명한다마는 마음이 죽고 형상만 남은 채 부르짖어 통곡할 따름이다. 하룻밤 지내기가 일 년

> 같다. 이날 2경(10시경)에 비가 내렸다.
>
> 10월 16일, 맑음. …(중략)… 내일이 막내아들의 죽음을 들은 지 나흘째 되는 날인데 마음대로 통곡하지도 못했다.
>
> 10월 19일. 맑음. 새벽꿈에 고향집의 종 진이 내려왔는데 죽은 아들이 생각나서 통곡을 하였다. …(중략)… 어두울 무렵 코피를 한 되 남짓 흘렀다. 밤에 앉아 생각하느라 눈물이 났다. 어찌 말로 다 하리요. 금세에 죽은 혼령이 되었으니, 끝내 불효가 이 지경에 이르게 된 것을 어찌 알랴. 비통한 마음은 꺾이고 찢어지는 듯하여 억누르기 어렵다.

이순신은 나라와 백성들을 지켰지만 제 가족은 지키지 못하였다. 정유년 한 해에 불과 6개월 만에 사랑하는 어머니와 목숨보다 소중한 아들을 잃은 이순신은 무슨 생각을 했을까? 어서 빨리 그들을 따라가고 싶지 않았을까? 아들 면이 죽고 이순신은 통곡했다. 코피를 한 되 남짓 흘리며 통곡했다.

옛 선비들은 한가하게 어울리면 사상(史上) 최고의 호걸이 누구냐, 최고의 악녀가 누구냐 등등 해박한 지식을 겨루어 순위를 매기며 즐겼다. 다산 정약용은 '죽란시사'라는 친목계에서 '사상 값비싼 눈물은 누가 흘린 눈물이냐'를 두고 겨룬 적이 있다.

누구는 하서 김인후가 유배지에서 읊은 시(詩), "푸른 강물 위의 부르지 못할 혼이여, 백일이 어느 때에 이 원통함을 비춰주랴. 석양에 물들 눈물 아까워서 못 떨어뜨리겠네"라고 했다.

또 누구는 목은 이색의 눈물을 들었다. 이성계의 집권에 숨어사는데 그의 아들마저 무고로 형을 받고 죽었다. 그리고 인적이 끊어진 산속에 들어가 "내가 여기 온 것은 실컷 울고 싶었기 때문이다"라며 하루 종일 통곡을 하여 앉아 있던 둘레가 마치 비 뿌린 땅과 같았다 했다.

충무공세째아들
이면의 무덤
남파랑길
NAMPARANG TRAIL
남파랑길 고흥 74코스NAMPARANG TRAIL / Goheung74 section

전쟁으로 사랑하는 가족을 잃은 이가 어디 이순신뿐이겠는가. 이순신은 부하들 앞에서 자식 잃은 슬픔을 드러내지 못하였다. 이순신의 눈물, 어머니의 죽음과 아들의 죽음을 맞이한 이순신의 눈물을 그 누구의 눈물과 비교하겠는가.

이순신에게는 서자 훈과 신이 있었고, 서녀 둘이 있었다. 소실 부안댁 해주 오씨의 소생 서자들인 훈과 신(?~1627)에 대한 이야기들과 딸들에 대한 이야기들은 찾아볼 수가 없다. 다만, 훈은 인조 2년 이괄의 난 중에, 신은 정묘호란 중에 죽었다고 전해진다.

이순신은 발포만호(36세) 때 둘째 형님 요신(1542~1580)이 사망하고 녹둔관 재직(39세) 시에 아버지가 사망했다. 43세 때 맏형 희신(1535~1587)이 사망하고, 통제사 재임 기간인 1596년 4월 아산으로 돌아간 아우 우신이 처와 함께 병사했다.

1597년 4월 백의종군길에 어머니가 세상을 떠났다. 그리고 10월에 셋째 아들 면이 죽었다. 이순신에게는 조카들도 아들과 마찬가지였다. 일찍 세상을 떠난 희신, 요신 두 형을 대신하여 이순신은 두 형수와 함께 조카들까지 모두 돌봐야 했다.

희신의 아들은 뇌와 분과 완, 요신의 아들은 봉과 해가 있었다. 이뇌(1561~1648)는 이순신 곁에서 주로 고향 소식을 전하는 심부름을 했다. 이분(1566~1619)은 임진왜란 때 성천으로 피난하여 성천부사 정구에게 학문을 배웠고, 1597년 이순신에게 와서 군중문서를 담당했다. 이순신 생애에 대한 일대기 『충무공행록』을 지었다.

이완(1579~1627)은 이순신이 부양했고, 이순신을 따라 해전에 참전했다. 특히 노량해전에서 이순신의 임종을 지키며 독전했다. 이후 무과에 급제하고 의주부윤 부임 당시 정묘호란 때 분전 끝에 자폭했다. 이봉(1563~1650)은 요신의 맏아들이다. 이순신을 따라 종군했다. 이해(1566~1645)는 요신의 둘째 아들이다. 1603년 무과에 급제하고 어모장군과 훈련원 주부를 지냈다.

이순신이 1589년 정읍현감으로 부임했을 때 데리고 갔던 가족은 모두 24명이었다. 관리가 가족들을 많이 데리고 가면 백성들의 부담이 된다 하여 파직 사유가 되기도 했던 그때, 이순신은 형수들과 조카들을 모두 데리고 가서 돌보았다.

이순신은 그렇게 조카들을 아들처럼 소중하게 돌보았고 조카들 또한 이순신의 옆에서 이순신을 돕는 것을 마다하지 않았다. 결혼도 조카들을 먼저 출가시키거나 장가를 들게 하고 아들을 보냈다.

정유재란이 일어난 1597년은 이순신 개인에게 있어서 너무나 잔인한 한 해였다. 삼도수군통제사 파직과 투옥, 죽음의 위기를 넘기는 고문과 백의종군, 어머니의 죽음과 아들 면의 죽음이 있었다. 그런 가운데 수군을 재건하여 명량해전의 승리가 있었으니, 이는 이순신 개인의 슬픔을 넘어 우리 민족에게는 참으로 천행이었다.

이순신은 다음 해 노량해전에서 죽었다. 1년 동안 이순신은 자신이 해야 할 일들을 부지런히, 성실히 행한 후 멋지게 떠났다. 사랑하는 가족들을 지켜줄 수는 없었지만 조선의 백성과 조선의 강산을 지켰고, 자신의 의무를 훌륭하게 해냈다. 결국 이순신을 만들고 이순신에게 조선을 지키게 한 건 어머니와 그의 가족들이었다.

이순신은 어머니의 죽음도, 막내아들 면의 죽음도 나쁜 꿈을 꾸고 난 뒤에 일어났다. 이순신은 꿈을 해몽하고 때로는 척자점을 치기도 했다.

척자점은 기존의 복잡한 64괘의 주역점을 간편화하여 조선의 민간에서 사용한 윷점이다. 이순신은 전쟁 중에 이 점법을 사용하여 미래를 예견했다. 점법은 윷가락 4개를 준비해서 3번을 던지면 하나의 괘를 얻는 방식이었다. 1594년 『난중일기』의 기록이다.

> 7월 13일 비가 계속 내렸다. 홀로 앉아 아들 면의 병세가 어떠한지 염려가 되어 척자점(擲字占)을 치니, "군왕을 만나 보는 것과 같다"라는 괘가 나왔다. 매우 길하다. 다시 쳐보니, "밤에 등불을 얻은 것과 같다"라는 괘가 나왔다. 두 괘가 모두 길하여 마음이 조금 놓였다. 또 유성룡의 점을 쳐보니, 점은 "바다에서 배를 얻은 것과 같다"라는 괘를 얻었다. 또 다시 점치니, "의심하다가 기쁨을 얻은 것과 같다"라는 괘가 나왔다. 매우 길한 것이다. 저녁 내내 비가 내리는데 홀로 앉아 있는 마음을 스스로 가누지 못했다.

도야마을을 지나고 우주항공로 차도 아래 굴다리를 통과하여 남양면 대독리로 넘어간다. 남양초등학교를 지나니 약 600m의 메타세콰이어길이 펼쳐진다. 수십 년 된 메타세콰이어 나무가 우람한 팔을 벌리고 다리를 세워 키 재기를 하면서 하늘을 향해 뻗어 있다.

이 나무를 심은 사람은 누구일까. 그는 왜 이 나무를 이곳에 심었을까. 나무의 나이테는 나이만 가르쳐주는 게 아니라 살아온 환경과 내력까지 품고 있다.

나무는 깨달음을 주는 스승이다. 부처는 보리수나무 아래에서 깨달음을 얻었고, 예수는 십자가 나무에서 "다 이루었다"라고 했다. 예수 그리스도의 열두 제자 가운데 유다는 은 30냥에 매수되어 예수를 밀고하여 십자가에 못 박히게 한다. 이에 가책을 받은 유다는 그 은을 성소에 버리고 올리브나무에 목매어 자살했다. 후세에 만들어졌을 가능성이 있는 예루살렘의 그 자살나무는 이 세상 나무 가운데 가장 저주받은 나무가 되었다. 그 방대한 신약성서 가운데 자살에 대한 기록은 바로 유다가 처음이요 마지막이다. 기독교의 영향인지 19세기까지만 해도 유럽에서의 자살은 범죄였다.

나무는 자연이고 책은 인간이다. 나무의 줄기와 가지의 길은 하늘이고 뿌리의 길은 땅이다. 쓸모없는 나무가 산을 지킨다. 좋은 목재가 될 수 없는 나무들이 산을 지킨다. 4대강 국토종주 자전거길, 영산강을 달리며 만났던 담양의 메타세콰이어길이 스쳐간다. 추억은 언제나 아름다운 것, 사는 날 동안 추억을 남겨야 한다. 사람의 길은 결국 추억이다. 하늘과 땅 사이에 이보다 더한 즐거움이 어디 있겠는가. 남파랑길에서 사람의 길, 추억의 길을 걸어간다.

나이 든다는 것은 무엇인가. 나이 든다는 것은 돌아보며 사는 것, 나이 든다는 것은 초월하며 사는 것, 나이 든다는 것은 나누며 사는 것, 나이 든다는 것은 여유롭게 사는 것, 나이 든다는 것은 버리며 사는 것, 나이 든다는 것은 물려주며 사는 것, 나이 든다는 것은 물러나며 사는 것, 나이 든다는 것은 비우며 사는 것, 나이 든다는 것은 혼자가 되어가는 것이다.

잠 못 드는 영혼, 철새 같은 한 사내가 외로운 디아스포라가 되어 남파랑길을 유랑한다. 길가에 누워 몸살 앓는 낙엽들의 신음을 들으며 한 걸음 한 걸음 또 다른 세상을 꿈꾸며 나아간다.

우주항공로의 대곡교 아래를 통과하여 임도를 따라가다가 다시 득량만을 만나 대곡방조제를 따라 걸어간다. 갯벌이 드넓게 펼쳐진다. 다시 굴다리 지나 마을을 넘어 남양리 면소재지로 들어선다. 10시 20분, 74코스 종점인 남양버스정류장에 도착했다.

75코스

★ ★ ★ ★ ★ ★ ★ ★

신비의 바닷길

[이순신의 바다, 원균의 바다]

남양버스정류장에서 대서면 신기수문동정류장까지 20.6㎞

남양버스정류장 → 중산마을 → 신촌회관 → 신기거북이마을 → 신기수문동버스정류장

"이순신을 잡아올 때 원균과 교대한 뒤에 잡아올 것으로 말해 보내라!"

남양버스정류장에서 고흥로를 따라 75코스를 출발한다.

도로를 따라 남양교 굴다리를 통과하여 '가족의 섬 우도'와 증산일몰전망대 방향으로 나아간다. 하늘에서는 해와 달과 별과 구름이, 땅에서는 나무와 꽃과 뭇 짐승들이, 그리고 온갖 새들과 벌레들과 바람이 그 사이를 오락가락하면서 사연들을 남긴다. 나그네는 자신의 사연은 잠시 뒤로하고 보지 못하고 듣지 못하고 느끼지 못했던 그 사연들을 천천히 음미한다.

누구나 살면서 삶의 무게를 느낀다. 그 무게는 자신만이 알고 있다. 하늘에 흘러가는 저 흰 구름의 무게는 얼마나 될까. 남파랑길에서 짓누르는 피곤의 무게는 얼마나 될까. 이별하는 눈물의 무게는 얼마나 될까. 마음을 찢는 아픔의 무게는 얼마나 될까. 일상의 즐거움의 무게는 얼마나 될까. 고조되는 기쁨의 무게는 얼마나 될까. 인생 무게의 총합은 얼마나 될까. 바람이 지나가면서 날려버리라고 웃는다.

시원한 바람이 불어오는 한적한 해안가를 걸어간다. 우도마을 입구가 다가온다. 신비의 바닷길이 열려 있다. 우도 가는 길, 길이 1.2㎞의 신비의 바닷길은 밀물과 썰물이 만들어내는 경관이다. 우도는 득량만 내에 있는 섬으로 소머리처럼 생겨 소섬, 쇠이로 불렸으며 훗날 한자로 우도(牛島)가 되었다. 남해안 최고의 절경을 자랑하는 우도는 모세의 기적처럼 신비의 바닷길이 하루 두 번 열린다. 해안선의 길이는 3㎞이며 우도전망대에서 남해안 최고의 절경인 다도해를 감상할 수 있다.

우도에는 고려 말 황씨가 처음 거주했다. 이 섬에 자생하는 대나무가 많으므로 황씨들은 임진왜란 때 화살을 만들어 국가에 바쳤고, 그 화살로 대승을 거두었다고 하여 마을 이름도 우죽도(牛竹島)로 칭하다가 '竹'자를 없애고 우도라 하여 오늘에 이르고 있다.

하늘에도 길이 있고 바다에도 길이 있다. 신비의 바닷길은 성경 '모세의 기적'에 나타난다. 모세가 지팡이를 내리쳐 홍해바다를 갈랐던 것이다. 기적이란 무엇인가. 명량해전은 바닷길을 이용한 이순신의 기적이었다. 부산에서 해남, 진도까지 남해바다는 이순신의 바다였다. 이순신의 바다는 승리의 바다였고 원균의 바다는 패배의 바다였다. 이순신의 바다는 23전 23승, 전승이었고, 원균의 바다는 1전 1패, 전패였다. 이순신에게 조선의 바다는 승리의 바다였고, 원균에게 조선의 바다는 패배의 바다였고 일본의 바다가 되었다.

2차 진주성 전투가 있었던 1593년 6월 이후 전쟁은 4년째 휴전상태를 유지하고 있었다. 그동안 명나라 심유경과 일본의 고니시 유키나가의 휴전회담은 계속되고 있었다. 두 사람은 조·명연합군이 평양성을 탈환하기 전부터 회담을 전개하던 사이였다.

1593년 4월 18일, 일본군이 조선에 한양을 내어주고 남해안으로 후퇴하면서 휴전회담은 본격화되었다. 심유경은 고니시와 함께 일본에 건너가 도요토미 히데요시를 만났다. 이때 도요토미 히데요시는 심유경에게 일곱 가지의 요구사항을 내밀었다.

첫째, 명나라 황제의 공주를 일본 국왕의 후비로 삼는다.

둘째, 명나라와 일본 간의 무역을 재개하여 관선과 상선을 왕래하도록 한다.

셋째, 명나라와 일본 양국의 전권대신이 통교를 서약하는 문서를 교환한다.

넷째, 조선의 4도를 일본에 할양한다.

다섯째, 조선의 왕자와 대신을 일본의 볼모로 보낸다.

여섯째, 일본은 포로가 된 조선의 두 왕자와 대신을 송환한다.

일곱째, 조선의 중신이 일본에 영원한 항복을 서약한다.

도요토미 히데요시의 요구사항은 명나라로서 단 하나도 받아들일 수 없는 내용이었다. 심유경은 이 내용을 고스란히 명나라로 가져갔다가는 자기 목이 달아날 판이었다. 명나라에서도 자기에게 "도요토미 히데요시의 항복문서를 받아오라!"라고 재촉을 하고 있었다. 심유경은 결국 거짓 항복문서를 만들어 황제에게 바쳤다. 그리고 명 황제는 일본 측에 다음과 같이 요구했다.

첫째, 조선에서 완전히 철병할 것.

둘째, 조선의 두 왕자를 송환할 것.

셋째, 도요토미 히데요시는 공식적으로 조선 침략에 대해 사과할 것.

이러한 황제의 요구서를 도요토미 히데요시에게 가져갔다가는 고니시 역시 목이 달아날 판이었다. 답을 찾지 못했던 심유경과 고니시는 서로 시간만 질질 끌었고, 그러다보니 4년간의 휴전 아닌 휴전이 유지된 것이다.

1596년 명 황제 만력제는 결국 심유경에게 속았다는 사실을 알았다. 이로 인해 조선 출병을 주장했던 명나라 병부상서 석성이 감옥에 갇혀 죽었고, 심유경 역시 도망가다가 잡혀 목이 잘리고 말았다.

도요토미 히데요시 또한 고니시에게 속았다는 것을 알게 됐지만 워낙 고니시를 아꼈기에 차마 죽이지를 못했다. 휴전 회담은 아무 성과 없이 끝났고, 감정이 상하여 더욱 악랄해진 도요토미 히데요시는 다시 조선을 침략하기로 마음먹었다.

도요토미 히데요시는 처음 조선을 침략할 때 우선 조선 왕을 볼모로 잡고, 이후 조선의 병력을 동원해 함께 명나라를 공격할 생각이었다. 이후 인도까지 진출하겠다는 것이 그의 망상이었다. 하지만 막상 조선을 침략해보니 현실은 생각과 달라도 너무 달랐다. 일단 조선 점령조차 쉽지 않았다. 가장 큰 이유는 당연히 이순신과 조선 수군이었다. 이순신부터 제거하기로 마음먹었다.

1597년 휴전협상이 실패로 끝나고 재침이 우려되는 상황에 이중간첩 요시라가 은밀히 경상우병사 김응서에게 속삭였다.

"가토 기요마사의 부대가 지금 대마도까지 와 있습니다. 언제 부산으로 건너올지 모르는 상황이지요. 이순신으로 하여금 그를 요격하도록 해야 합니다. 이건 전쟁을 끝내고 싶어 하는 고니 장군의 생각이기도 합니다."

규슈 지역의 세력가 고니시와 가토는 물과 불의 관계로 서로를 죽이지 못해 안달하는 사이였다. 상황이 이렇다 보니 조선 조정은 요시라의 말을 믿어버렸다. 선조는 이순신에게 출동 명령을 내렸다.

"대마도를 건너오는 가토 기요마사를 요격하라."

이순신은 이것이 요시라의 반간계임을 알았다. 이순신은 "적 첩자의 말은 믿을 수 없으며, 적의 말을 믿고 많은 선단을 이끌고 출항하게 되면 적에게 군사작전이 노출될 염려가 있고, 적은 수의 선단을 출전시키면 적에게 협공당할 염려가 있다"라고 조정의 명령을 거부하는 보고를 올렸다.

요시라가 김응서에게 가토의 도해설을 발설하여 조정에 보고한 것은 1597년 1월 13일이었는데 가토는 이미 전날인 1월 12일 도해를 완료했다. 그러나 선조는 이순신이 요시라의 정보를 따르지 않아서 가토를 제거하지 못했으니 이는 나라의 은혜를 배반한 죄라고 주장했다. 바로 이때 원균의 장계가 올라갔고, 이는 이순신의 파직과 백의종군에 결정적인 역할을 했다. 1월 22일『선조실록』의 기록이다.

> 다만 수륙의 일을 헤아려 말한다면 우리나라의 위무는 오로지 수군에 달려 있습니다. …(중략)… 원하건대 조정에서 수군으로서 바다 밖에서 맞아 공격해 적으로 하여금 상륙하지 못하게 한다면 반드시 걱정이 없게 될 것입니다. 이는 신(원균)이 쉽게 말하는 것이 아니라 전에 바다를 지키고 있어서 이런 일을 잘 알기 때문에 이제 감히 잠자코 있을 수가 없어 우러러 아룁니다.

원균의 속셈은 뻔했다. 원균의 장계가 있고 며칠 뒤 서인의 영수 윤두수가 나섰다. 1월 27일『선조실록』의 기록이다.

> 이순신의 죄상은 임금께서도 이미 통촉하시지만 이번 일은 나라의 인심이 모두 분노하고 있으니, …(중략)… 위급할 때에 장수를 바꾸는 것이 비록 어려운 일이지만 이순신을 체직시켜야 할 듯합니다.

원균은 윤두수와 사돈지간이었고, 윤두수는 선조와 사돈 관계였다. 선조는 이날 "이순신을 용서할 수가 없다. 무장으로서 어찌 조정을 경멸하는 마음을 갖는가"라고 했다. 그리고 2월 6일 급기야 파직 명령을 내렸다.『선조실록』의 기록이다.

> 이순신을 잡아올 때 원균과 교대한 뒤에 잡아올 것으로 말해 보내라. 또 만약 이순신이 군사를 거느리고 적과 대치하여 있다면 잡아오기에 온당하지 못할 것이니, 전투가 끝난 틈을 타서 잡아올 것도 말해 보내라.

가족의섬 우도
An island for family, Udo
중산 일몰전망대
Jungsan Sunset an Observatory
1km
남파랑길
남파랑길 고흥 75코스
장사마을
우도마을

명을 받은 선전관이 한산도까지 오는 데 10일 정도 걸렸고 이순신은 부산 앞바다에 나가 작전을 수행하고 있었다.

2월 25일 한산도에 돌아온 이순신은 자신이 파직되었음을 알았고, 26일 한양으로 압송길에 올랐다. 이순신이 한양에 도착한 날은 3월 4일이었다.

『난중일기』에는 1597년 1월부터 3월까지의 기록이 없고, 의금부에서 풀려나는 4월 1일부터 기록이 시작된다. 3월까지 일기를 기록했다면 이순신의 그 심정은 과연 어떠했을까.

정유재란 직전 조선 남부에는 4만여 명의 일본군이 주둔하고 있었다. 여기에 다시 본토에서 12만여 명이 더 증원되어 일본군은 모두 16만여 명이나 되었다.

이중간첩 요시라를 이용해 이순신 제거에 성공한 고니시 유키나가는 원균에게도 같은 전술을 적용했다. 고니시 유키나가는 요시라를 김응서에게 보내 일본군 후속부대가 도해하는 시일을 알려주었다.

1597년 4월 19일 삼도수군통제사 원균은 조정에 "고니시 유키나가, 요시라 등이 거짓으로 통화하는 것이므로 그 실상을 알 수가 없습니다"라고 보고했다. 그러나 조정에서 출진을 독촉했다. 원균은 6월 18일 조선 수군의 전력(全力)인 200여 척의 함대를 이끌고 한산도를 출항해 일본 수군과 맞붙었다. 그러나 원균은 칠천도로 퇴각했다가 겨우 한산도로 귀환했다. 권율이 재출전을 지시하였으나 말을 듣지 않자 선조에게 원균이 출전을 기피한다고 보고했다. 선조는 "전일과 같이 후퇴하여 적을 놓아준다면 나라에는 법이 있고 나 역시 사사로이 용서하지 않을 것이다"라며 크게 화를 냈다. 선조가 공격하는 대상이 이순신에서 원균으로 바뀐 셈이었다. 『징비록』의 기록이다.

원균이 처음에 한산도에 부임하고 나서 이순신이 시행하던 여러 규정을 모두 변경하고, 모든 부하 장수들과 사졸 가운데서 이순신에게 신임을 받던 사람들을 모두 쫓아버렸다. 특히 이영남(소비포권관)은 자신이 전일 패전한 상황을 자세히 알고 있는 사람이므로 더욱 미워했다. 군사들은 마음속으로 원망하고 분개했다.

이순신은 한산도에 있을 때 운주당이라는 집을 짓고 밤낮으로 그 안에 거처하면서 여러 장수들과 전쟁에 관한 일을 함께 의논했는데, 비록 지위가 낮은 군졸일지라도 전쟁에 관한 일을 말하고자 하는 사람에게는 찾아와서 말하게 함으로써 군중(軍中)의 사정에는 통달했으며, 매양 전쟁할 때마다 부하 장수들을 모두 불러서 계책을 묻고 전략을 세운 후 나가서 싸웠기 때문에 패전하는 일이 없었다.

원균은 자기가 사랑하는 첩과 운주당에 거처하면서 울타리로 당의 안팎을 막아버려서 여러 장수들은 그의 얼굴을 보기가 드물게 되었다. 또 술을 즐겨서 날마다 주정을 부리고 화를 내며, 형벌 쓰는 일에 법도가 없었다. 군중에서 가만히 수군거리기를, "만일 적병을 만나면 우리는 달아날 수밖에 없다"라고 했고, 여러 장수들도 서로 원균을 비난하고 비웃으면서 또한 군사 일을 아뢰지 않아 그의 호령은 부하들에게 시행되지 않았다.

고성에 있던 권율은 원균이 아무런 전과도 올리지 못했다며 격서를 보내 원균을 불러와서 곤장을 치고 다시 나가서 싸우도록 했다. 이런 상황에서 일본 수군이 습격했다. 『징비록』의 기록이다.

(이날) 밤중에 왜적이 습격하자 원균의 군사는 크게 무너졌다. 원균은 도망쳐 바닷가에 이른 뒤 배를 버리고 언덕에 올라 달아나려 했으나 몸이 살찌고 거동이 둔하여 소나무 아래에 앉았는데, 측근 사람들은 모두 흩어져 가버렸다. 어떤 이는 원균이 이곳에서 적에게 살해되었다고 하고 또 어떤 이는 달아났다고도 하는데 확실한 것은 알 수가 없다. 이억기는 배 위에서 물에 뛰어들어 죽었다. 배설은 그 전부터 원균이 반드시 패전할 것이라 생각해 여러 번 간했으며, 이날도 칠천도

는 물이 얕고 협착해서 배를 운행하기가 불편하니 다른 곳으로 옮겨 진을 치자고 말했으나 원균은 전혀 듣지 않았다. 배설은 자기가 거느린 배들과 은밀히 약속하고 엄중히 경계하면서 싸움을 대비하고 있다가 적병이 내습하는 것을 보자 항구를 벗어나 먼저 달아났기 때문에 그가 거느린 군사는 홀로 보전되었다.

배설은 한산도에 돌아오자 불을 놓아 여사(廬舍)와 양곡, 병기를 불사르고, 성안에 남아 있는 백성들을 옮겨 적병으로부터 안전한 곳으로 피난시켰다. (우리 수군이) 한산도에서 패전한 후에 적군이 이긴 기세를 타고 서쪽으로 향해 쳐들어오자, 남해군과 순천부가 차례로 함몰되었다.

…(중략)…

적군이 임진년에 우리 국경을 침범한 이후로 오직 수군에게만 패전을 당해서 도요토미 히데요시가 이것을 분하게 여겨 고니시 유키나가에게 책임을 지워 우리 수군을 반드시 쳐부수라고 명령했다. 이에 고니시는 거짓으로 김응서에게 실정을 통하는 체하여 이순신이 죄를 얻게 하고, 또 원균을 유인하여 바다로 나오도록 하여 방비가 있는지 없는지 다 알게 된 후에야 습격한 것이다. 그들의 계책이 지극히 교묘하여 우리는 모두 그들의 꾀에 떨어지고 말았으니, 참으로 슬픈 일이다.

원균은 탈출하다가 시마즈 요시히로 군의 추격을 받아 고성의 춘원포에서 전사했고, 전라우수사 이억기도 전사했다. 경상 우수사 배설만이 한산도로 퇴각하는 데 성공했다. 이때 배설이 거느린 배가 12척이었다. 조선 수군은 이렇게 궤멸했다. 이순신이 체포된 지 불과 5개월 만이었다. 일본군은 드디어 임진년 이후의 숙원인 제해권을 장악했고, 안정적인 보급로를 확보했다. 삼도수군이 모두 궤멸했으므로 조선은 영·호남을 막론하고 어느 한 곳 안전하지 못했다. 그리고 이순신은 다시 삼도수군통제사가 되었다. 이제 이순신의 바다에 기적이 서서히 움트고 있었다.

바다에 떠 있는 상구룡도, 중구룡도, 하구룡도를 조망하면서 중산마을로 나아간다.

고흥 최고의 낙조 감상지인 중산 일몰전망대는 보성과 고흥 사이의 바다인 득량만의 수많은 섬들과 드넓은 갯벌에 물드는 노을빛이 장관을 이룬다. 중산 일몰은 아름다운 모습과 앞에 펼쳐진 넓은 갯벌과 섬들이 하나의 예술처럼 다가온다. 겨울철이면 가장 아름다운 노을을 볼 수 있다.

중산마을 앞 갯벌의 갈대숲이 바람에 아우성을 친다. 바닷가 갈대밭의 아름다운 풍경을 바라보며 걷는 이 길이 눈물 나도록 외롭고 아름다운 길이다. 멀리 교회 탑 위로 십자가가 외로운 나그네에게 손짓을 한다.

해안가를 따라가다가 방파제길을, 다시 농로길을 걸어간다. 갯벌 속의 작은 섬에도 노두길이 열려 있다. 득량만의 끝없이 펼쳐지는 갯벌을 바라보다가 해안을 잠시 벗어나 진등마을로 들어선다. 진등마을을 지나가고 태양광 발전소를 지나간다. 고흥에는 태양광 설비가 지나치게 많은 것 같다. 잘못된 시대의 산물이다. 계속 이어지는 농로를 따라 금곡마을 입구를 지나간다. 차도를 벗어나 송강마을 표석을 지나서 송강마을로 향한다.

신촌마을을 지나서 고개 넘어 해안길로 나아간다. 나그네 하루의 여정이 서서히 마무리되어간다. 정자와 벗을 하며 여행 중의 휴식을 즐기면서 고흥만의 아름다운 풍경을 만끽한다. 맑은 날씨에 하늘도 바다도 파란색이다. 흰 구름이 여유롭게 흘러간다.

장사마을 해변길을 따라 대서면 송림리 바닷가, 송림마을을 지나서 다시 해변으로 송림방조제 둑길로 나아간다. 아담한 포구의 모습이 정겹게 들어온다. 방조제 끝에서 우측 농로길로 진행한다. 편안한 농로

길을 걷고 또 걸어 조그만 고개 넘어 동네 이름도 신기한 대서면 안남리 신기거북이마을이다. 마을 뒤 고개 넘어 다시 해안가를 바라보며 내려간다. 2시 38분, 75코스 종점 신기수문동 정류소에 도착했다. 택시를 불러서 숙소가 있는 율포해수욕장으로 달려간다.

보성 구간

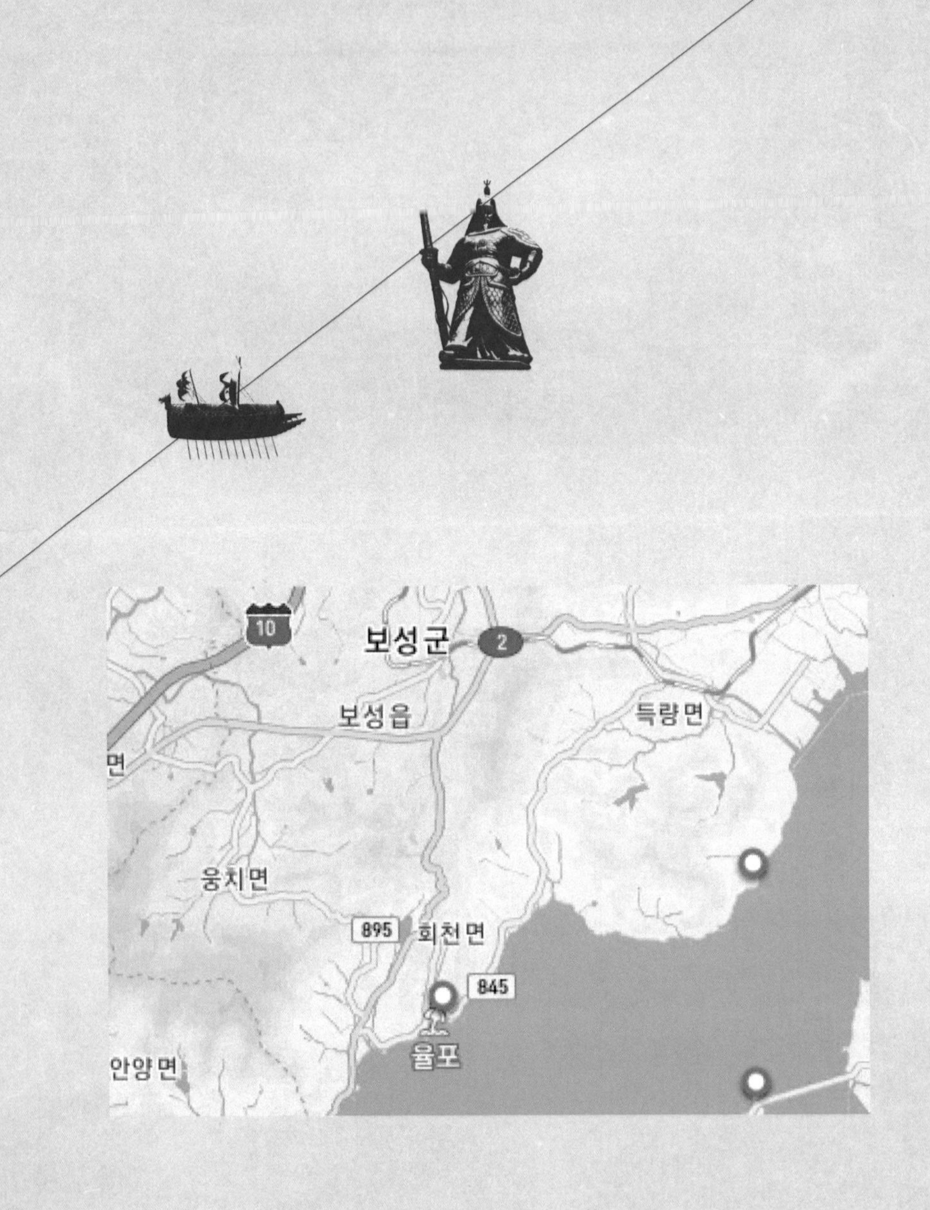
10
보성군
2
보성읍
득량면
면
웅치면
895
회천면
845
율포
안양면

보성다향길

[다시 삼도수군통제사가 되다]

대서면 신기수문동정류장에서 득량만 바다낚시공원까지 16.3㎞

신기수문동정류장 → 수문동나루터 → 장선해변 → 비봉공룡공원 → 비봉마리나 → 선소어촌체험장 → 득량만 바다낚시공원

"지난번에 경의 벼슬을 뺏고 백의종군하도록 하였던 것은 사람의 헤아림이 깊지 못하여 생긴 일이었다."

12월 21일 월요일 새벽, 율포해수욕장 숙소에서 미리 예약한 택시를 타고 신기수문버스류장으로 간다. 73세 택시기사, 군 복무 시절 외에는 고향을 떠나 본 적이 없다며 고향에서 살아가는 자신의 삶이 너무나, 너무나 행복하다는 이야기를 그칠 줄 모른다. 택시기사의 행복이 나그네에게, 나그네의 행복이 택시기사에게 전염되는 즐거운 하루의 시작이다.

여명이 밝아오는 시각, 신기수문정류장에서 76코스를 시작한다. 시원한 바닷바람이 폐부를 부드럽게 감싼다. 언어는 가슴속에서 나오는 혼이다. 말을 못 해 혀가 굳어버리는 것 같은 외로운 나그네가 하늘을 보고 산을 보고 바다를 보고 섬을 보고 나루터를 보고 새들을 본다. 기쁨이 있고 자유가, 평화가, 사랑이, 웃음이, 행복이 있다. 인생은 누리는 자의 것. 나그네는 진정 자유를 욕망하고 자유를 누린다.

아침 해가 솟아오른다. 드디어 태양이 '안녕!' 하면서 인사를 한다. 산 노을, 바다 노을, 아침노을이 꼬리를 감추고 태양이 붉음에서 흰색으로 서서히 색깔을 바꿔 입는다. 그러자 살아 있는 모든 존재들이 인사를 한다. 바다가 안녕, 산이 안녕, 나무들이, 새들이, 갈대들이, 심지어 생명이 없는 존재들까지 인사를 한다. 안녕이라고. 나그네도 덩달아 인사를 한다.

별나라체험장 입구를 지나고 해안가 데크길을 걸어간다. 출입금지

표시가 붙어있다. 왜? 그렇다고 돌아갈 수는 없는 일, 그대로 진행한다. 해안 목재데크가 낙석으로 파손되어 있다. 그래 선가? 조심스럽게 옆으로 지나간다. 데크길을 지나서 산으로 올라간다. 날이 점점 밝아온다.

능선에 묘지가 있다. 누구의 무덤인가. 다음 세상으로 가는 안식처가 경치가 좋다. 사는 게 뭔가, 시시하게 다가온다. '헛되고 헛되며 헛되고 헛되니 모든 것이 헛되도다! 해 아래 새것이 없나니!'라는 솔로몬의 탄식을 새기며 무덤에서 다시 도로로 내려온다. 해안가를 걸어간다. 안남리 화천마을을 지나고 화천해변 솔숲을 지나서 자선해변 소공원을 지나간다. 갈대가 멋진 풍광을 자랑한다. 장선마을 앞바다를 바라보면서 소나무 숲과 함께 걸어간다. 장선도 노두길이 시원스레 펼쳐진다.

외떨어진 작은 섬 장선도에는 어떤 보물이 숨겨져 있을까. 하지만 갈 길 먼 나그네는 길을 재촉한다. 옛날에는 장선도까지 어패류를 운반하는 갯길이 있었는데, 없어지고 사라져버린 옛 정취에 대한 아쉬움을 달래고자 노두길을 복원했다. 장선마을을 지나고 '장선마을' 표석 앞에서 발길을 멈춘다.

광활한 노을을 감상할 수 있는 장선해변, 고흥의 일몰 명소로 득량만 갯벌 위의 해넘이가 아름답다지만 오늘 나그네는 일출의 아침을 걸어간다.

득량만 방조제 둑길로 걸어간다. 엄청난 크기의 수상 태양광 시설이 눈길을 끈다. 방조제 중간에 고흥군에서 설치한 남파랑길 마지막 안내판이 서 있다. 고흥군과 보성군의 경계 지점이다.

고흥군을 떠나 드디어 보성군으로 들어선다. 갈매기들이 끼룩끼룩 '보성군민의 찬가'를 부른다.

제암산 정기 타고 내려진 터전/ 보성강 천년 유수 옥토 이루네/ 선인의 위대한 얼 숨 쉬는 이곳/ 길이길이 가꾸고 지켜나가세/ 인심 좋아 산기 좋은 삼보의 고장/ 미래의 꿈을 싣는 희망찬 보성

장선포에서 보성으로 넘어가는 방조제 위에서 저기 천관산이 부르고 장흥의 삼합이 부르고 완도가 부르고 해남의 땅끝마을 땅끝탑이 부른다. 다산초당의 다산 정약용이 부르고 달마산의 달마대사가, 두륜산의 서산대사가 부르고 사명당 유정이 부른다. 멋진 날이다. 호수의 물은 얼었고 바닷물은 얼지 않았다. 출렁이는 물은 얼지 않고 고인 물은 얼었다. 고인 물은 썩지만 흐르는 물은 썩지 않는다. 부레 없는 상어가 끊임없이 헤엄치는 것처럼 나그네는 오늘도 흘러간다.

득량면 예당리의 득량만방조제를 걸어간다. 득량면(得糧面)은 백의종군을 하던 이순신이 다시 삼도수군통제사로 임명된 후 득량면에서 식량을 구했다고 해서 득량면, 득량만, 득량도라 불린다.

거제도의 칠천량에서 조선 수군이 궤멸하고 사흘 뒤인 7월 18일 도원수 권율의 군관인 이덕필 등이 백의종군을 하고 있는 이순신을 찾아왔다. 삼도 수군의 궤멸 소식을 들은 이순신은 통곡했다. 잠시 후 도원수 권율이 사태 수습을 위해 이순신을 방문했다. 『난중일기』의 기록이다.

1597년 7월 18일. 맑음. 새벽에 이덕필과 변홍달이 와서 전하기를, "16일 새벽에 수군이 밤의 기습을 받아 통제사 원균과 전라우수사 이억기, 충청수사(최호) 및 여러 장수들이 다수의 피해를 입고 수군이 크게 패했다"라고 하였다. 듣자니 통곡함을 참지 못했다. 얼마 뒤 원수(권율)가 와서 말하기를, "일이 이미 이 지경에 이르렀으니 어쩔 수 없다"라고 하면서 사시(오전 10시)까지 이야기를 나누었으나 마음을 안정하지 못했다. 나는 "내가 직접 연해지방에 가서 듣고 본 뒤에

결정하겠다"라고 말했더니, 원수가 매우 기뻐하였다.

7월 21일. …(중략)… 점심을 먹은 뒤 노량에 도착하니, 거제현령 안위와 영등포 만호 조계종 등 10여 명이 와서 통곡하고, 피해 나온 군사와 백성들도 울부짖으며 곡하지 않는 이가 없었다. 경상수사(배설)는 피해 달아나서 보이지 않았다. 우후 이의득이 보러 왔기에 패한 상황을 물었더니 사람들이 모두 울면서 말하기를, "대장 원균이 적을 보고 먼저 달아나 육지로 올라가자, 여러 장수들도 모두 그를 따라 육지로 올라가서 이 지경에 이르렀다"라고 하였다. 그들은 "대장의 잘못을 입으로 표현할 수 없고 그의 살점이라도 뜯어먹고 싶다"라고 하였다. 거제의 배 위에서 거제 현령(안위)과 이야기하는데, 4경(새벽 2시경)에 이르도록 조금도 눈을 붙이지 못해 눈병을 얻었다.

백의종군 중이었던 이순신은 직접 눈으로 상황을 보고 듣고 판단하기로 했다. 그리고 칠천량에서 도망친 배설이 찾아와서 만났다. 배설은 원균의 패망한 일을 많이 말했다. 이순신은 물었다.

"12척의 판옥선은 어디에 있소?"

경상우수사 배설이 대답했다.

"그대는 백의종군 중인데, 내가 왜 그대에게 말해야 하오?"

그리고 7월 22일, 선조는 이순신을 전라좌수사 겸 삼도수군통제사로 재임명했다. 『징비록』의 기록이다.

이순신을 다시 기용하여 삼도수군통제사로 삼았다. 한산도의 패전 보고가 이르자 조야가 크게 놀랐다. 임금께서 비변사의 여러 신하들을 불러보시고 계책을 물었으나, 군신들은 두렵고 당황하여 대답할 말을 알지 못했다. 경림군 김명원과 병조판서 이항복이 조용히 임금께 아뢰기를 "이것은 원균의 죄이오니, 마땅히 이순신을 기용하여 통제사로 삼는 길뿐입니다" 하자 임금께서 이 말에 따랐다. 이때 권율은 원균이 패전했다는 소식을 듣고 이순신을 보내 남은 군사를 거두어 모으게 했는데, 적군의 형세가 한창 강성한 때였다. 이순신은 군관 한 사람을 데리고 경상도에서 전라도로 들어갔는데, 밤낮으로 몰래 기며 이리저리 돌아서 간신히 진도에 이르렀고, 군사를 거두어 적군을 막고자 노력했다.

백의종군 중에 받은 선조의 교서는 어머니를 잃고 상중에 있는 이순신을 다시 삼도수군통제사로 임명한다는 내용이었다. 흔히 기복수직 교서라고 부른다. 부모에 대한 효를 무엇보다 중요한 가치로 여겼기 때문에 상중에는 벼슬을 하지 않고 시묘살이를 하는 것이 보통이나 나라가 필요할 때는 상복을 벗고 벼슬에 다시 나아가야 하는데 이를 기복출사(起复出仕)라 했다.

8월 3일 이른 아침, 임금의 명을 받든 선전관이 교서를 가지고 나타났다. 진주 수곡리 정개산성 건너편 손정례의 집이었다. 칠천량 패전 후 전황을 살피기 위해 나선 길이었다. 이순신은 전날 밤 임금의 명을 받을 징조로 보이는 꿈을 꾸었다. 『이충무공전서』의 기록이다.

생각건대 경은 수군절도사로 임명할 때부터 벌써 이름이 드러났고 임진년 해전의 승리를 거둔 뒤부터는 크게 공을 떨쳐, 변방 군사들이 만리장성처럼 든든히 여겼다. 지난번에 경의 벼슬을 빼고 백의종군하도록 하였던 것은 사람의 헤아림이 깊지 못하여 생긴 일이었다. 그리하여 오늘 이같이 패전의 치욕을 당하게 되었으니, 무슨 말을 하겠는가? 무슨 말을 하겠는가? 지금 상중에 있는 경을 특별히 기용하고, 또 백의에서 다시 전라좌수사 겸 충청·전라·경상 삼도수군통제사로 임명하노니, 경은 부임하는 날 먼저 부하를 불러 위로하고 흩어져 도망간 자를 찾아서 단결시켜 수군의 진영을 만들라.

임금이 스스로 자신의 잘못을 토로한 보기 드문 이 교서는 그만큼 전황이 다급하다는 반증이기도 했다. 삼도의 수군이 칠천량의 한 차례 패전에서 모두 다 없어졌으니 선조의 근심과 걱정이 오죽하겠는가? 선조는 결국 이순신에게 충의의 마음을 더욱 굳건히 하여 나라를 구제하길 바라는 소망을 이루어주길 간절히 기대할 수밖에 없는 처지였다.

교서에 절을 한 이순신은 잘 받았다는 서장(書狀)을 써서 올리고 곧바로 길을 떠났다. 이제 통제사로서 뿔뿔이 흩어진 수군을 재건하여 적의 공격을 막아야 할 막중한 임무가 다시 주어진 것이다. 『난중일기』에는 이때의 이순신의 동태와 심경이 잘 나타나 있다.

> 8월 3일 맑다. 이른 아침에 선전관 양호가 교유서를 가지고 왔다. 삼도수군통제사 임명장이다. 숙배를 한 뒤에 다만 받들어 받았다는 서장을 써서 봉하고, 곧 떠나 두치에 이르니 날이 새려 한다. …(중략)… 저물어서 구례현에 이르니 일대가 온통 쓸쓸하다. 성 북문 밖에 전날의 주인집에서 잤는데, 주인은 이미 산골로 피난갔다고 한다.
>
> 8월 5일 맑다. 옥과(곡성)에 이르니 피난민이 길에 가득하다. 말에서 내려 타일렀다. …(중략)… 옥과현감 홍요자는 병을 핑계로 나오지 않았다. 잡아다 죄주려 하자 그제야 나와서 봤다.
>
> 8월 9일 일찍 떠나 낙안에 이르니 사람들이 많이 나와 오 리까지나 환영했다. 백성들이 달아나고 흩어진 까닭을 물으니 모두 "병마사가 적이 쳐들어온다고 겁을 먹고 창고에 불을 지르고 달아났기에 백성들도 뿔뿔이 흩어졌다"라고 답했다. 군청에 이르니 관청과 창고가 다 타버리고 관리와 마을 사람들이 눈물을 흘리며 와서 봤다. 오후에 길을 떠나 십 리쯤 오니, 늙은 노인들이 길가에 서서 술병을 다투어 바치는데, 받지 않으면 울면서 억지로 권했다.

이순신은 다시 삼도수군통제사가 되었다. 파직되기 전 정2품이었으나 삼도수군통제사로 재임명될 때 품계는 원래 품계가 아닌 정3품 절

충장군으로 임명되었다. 선조의 뒤끝이 작렬했다. 재임명하면서도 선조의 마음은 이순신을 경계했다. 후날 명량해전의 전공에 대해 선조가 이순신에게 포상을 내리기를 주저하자 보다 못한 명나라 경리 양호가 원래 품계라도 돌려주라고 계속 압박하여 이순신은 정2품 정헌대부로 복귀했다.

이순신은 왜 통제사직을 순순히 받아들였을까? 선조에 대한 분노와 원망은 없었을까? 그것은 충(忠)이었다. 나라에 대한 충이고 백성에 대한 충이었다. 이순신의 충은 더 이상 선조를 향하고 있지 않았다. 다시 삼도수군통제사로 임명받은 후 이순신은 한양의 선조를 향해 망궐례를 행하지 않았다.

이순신은 진주에서 삼도수군통제사로 제수된 바로 다음 날 수군 재건을 위해 길을 나섰다. 옆에는 송대립, 유황 등 군관 9명과 병졸 6명이 전부였다. 이순신은 진주에서 하동으로 갔다가 구례로 갔다. 구례를 떠나 곡성으로 가는 길에 많은 피난민들을 만났다. 피난민들은 이순신을 보자 길에 엎드려서 대성통곡을 했다. 이순신 일행도 함께 울었다.

이순신은 곡성에서 순천으로 갔다. 순천에서는 청야작전으로 인하여 군량미로 쓸 곡식이 전혀 없었다. 순천을 떠나 보성으로 들어간 이순신은 보성 조양창에서 상당량의 군량미를 확보했다. 그 기쁨은 이루 말할 수 없었다. 또 칠천량에서 죽은 줄 알았던 송희립을 다시 만났다. '좌정운 우희립'이라 불리는 수족 역할을 하는 군관이었다. 거제현령 안위도 찾아오고 전라좌수영부터 부하인 이몽구도 찾아왔다. 이순신은 처가 동네 보성에서 기쁨을 나누었다.

남파랑길
남파랑길 고흥 76코스NAMPARANG TRAIL / Goheung76 section
다항길 4코스안내도
제 4코스

보성군 방조제 배수갑문으로 나아간다. 보성군 제2수문교를 통과하고 배수갑문 끝 지점에 '2호 배수갑문 준공비'를 지나간다. 보성방조제 초입에 '다향길 종점' 매립 표석이 설치되어 있다. 이는 '다향길 4코스'의 종점 표시로 4코스는 비봉공룡공원에서 득량만 방조제까지의 9㎞이다. 보성다향길은 보성 생태문화 탐방로로서 전체가 4코스로 이루어져 있으며 대한다원에서 득량만 방조제까지 총거리가 마라톤과 같은 42.195㎞로 되어 있다.

보성 사람 선거이(宣居怡) 장군은 이순신과 각별한 사이였다. 1570년 21세로 무과에 급제하여 이순신보다 다섯 살 적었지만 무과는 6년이나 빨랐고, 계급은 7등급 앞서갔다. 1587년 선거이는 병마절도사 이일의 계청 군관으로, 조산보만호인 이순신을 처음 만났다. 그리고 두 사람의 오랜 우정이 시작되었다. 두 사람은 녹둔도에서 변방을 침입하는 여진족 무리를 막는 데 공을 세웠다. 하지만 이때 이순신은 병사 이일의 모함으로 붙들려가 하옥되었다. 선거이는 이순신을 변호하였고, 하옥된 이순신을 붙들고 눈물지으며 위로했다.

선거이는 임진왜란 직전 전라병사로 임명되었고, 이순신과 자주 편지를 하며 문안을 하면서 육군의 형세를 알렸다. 1592년 12월에는 독산산성에서 일본군과 분전하는 권율을 도왔으며, 행주산성으로 가도록 도와줬다. 1594년 9월 장문포해전에서는 곽재우, 김덕령 등의 의병과 육군의 전라병사 선거이 군대가 합쳐 이순신과 수륙협공 작전을 하였다.

1595년 5월 선거이는 충청병사를 거쳐 충청수사로 임명이 되고 전투에서는 많은 활약을 하였다. 전쟁이 소강상태일 때는 이순신을 도와 둔전을 관리하여 많은 군량을 비축하는 공을 세웠다.

선거이와 이순신은 서로의 자질을 높이 평가하였고, 이순신은 그를 혈육과도 같이 여겼다. 선거이가 충청수사로 한산도 본영에 있을 때 전염병에 걸리자 이순신은 큰 걱정을 하면서 자주 문안을 한 것이 『난중일기』에 기록되어 있다. 두 사람은 거의 매일 만나는 사이였는데, 선거이가 황해병사로 명을 받고 떠날 때 이순신은 이별을 아쉬워하였다. 이순신이 삼도수군통제사로 한산도 본영에 있을 때 충청수사 선거이와 이별하며 "북에 가선 고난을 함께했고/ 남에 와선 생사를 함께했네./ 이 밤 달 아래 한잔 술/ 내일이면 이별이라네"라고 노래했다.

이순신은 무인(武人)이면서 문(文)과 시(詩)와 서(書)에 뛰어난 예술인이다. 칼과 활을 쓰는 무장 이순신도 붓을 들면 글을 쓰는 문장가요, 마음을 노래하는 시인이었다. 이후 선거이는 정유재란 때 남해와 상주 등에서 활약했고, 1598년 1월 4일 제2차 울산성 전투에서 2만 명의 병력을 이끌고 도원수 권율의 휘하에서 싸우다가 적의 총탄에 맞아 전사했다.

갈대밭과 어우러진 득량만을 바라보고 데크전망대에 올라가 지나온 원곡마을과 구룡마을 앞 갯벌과 득량만과 득량도를 바라본다. 자성머리재를 지나면서 해편리에서 비봉리로 들어선다. 비봉리는 청정해역 득량만을 배경으로 각종 어패류가 풍부하며 공룡알 화석지가 발견된 곳이다. 한적한 길을 걸어 청암마을 해안길을 따라나가서 비봉공룡공원을 지나간다. 공룡관광의 중심지로 종합 공룡테마파크다.

비봉공용공원 앞 해안로를 따라가다가 청암선착장 방향으로 나아가서 해상데크를 길게 걸어가 선소 어촌체험장으로 나선다. 이곳 선소마을은 이순신이 임진왜란 당시 병졸들을 주둔시켜 훈련하고, 무기와 군량을 모으고 병선을 만들던 곳이다.

지그재그 도로를 따라 올라 선소 어촌체험장 출입구 밖 솔갓재로 나서서 '공룡로'에 합류하여 고갯마루를 내려간다.

선소마을을 지나서 득량만 바다낚시공원 선소정류장에서 76코스를 마무리한다.

봉정만리길

[신에게는 아직 열두 척의 배가 있나이다]

득량만 바다낚시공원에서 화천면 율포솔밭 입구까지 13.4㎞

득량만 바다낚시공원 → 비봉공룡알화석지 → 객산어민회관 → 금광마을 → 율포해수욕장

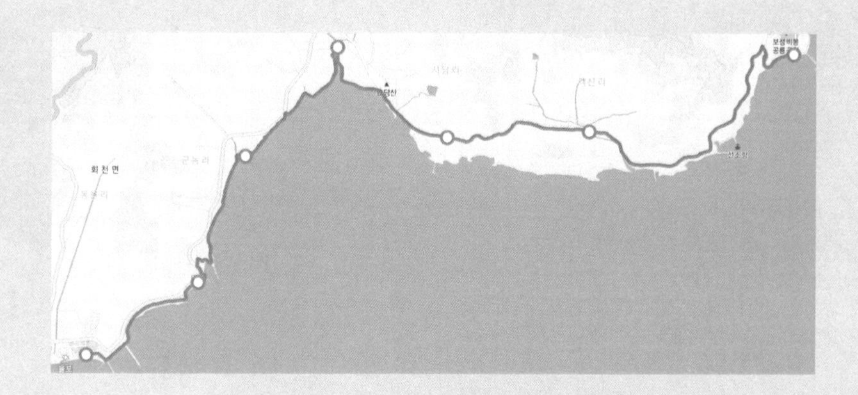

"설령 전선 수가 적다 해도 미신(微臣)이 아직 죽지 않았으니 적이 감히 모멸하지는 못할 것입니다."

득량만 바다낚시공원 선소마을 입구 선소정류장에서 77코스를 시작한다. 보성다향길 2코스와 4코스가 일부 포함된 구간이다. 남파랑길 종점이 점점 다가온다. 이제는 다 와 간다는 생각에 자신감이 저절로 솟는다. 자신감은 길이 없는 곳에서 길을 뚫어나가는 모험을 감행할 수 있는 용기를 바탕으로 한 도전정신이다. 자신감으로 하늘과 바다와 산과 들의 길을 뚫고, 나아가 마음의 길도 활짝 뚫어 걸어간다. 뜻을 이루기 위해서는 일편단심으로 끝까지 용맹정진해야 한다. 『정관정요』에서는 "알기가 어려운 것이 아니라 행하기가 어려운 것이요, 끝맺음을 보기에는 더 어려운 것이다"라고 했다. '초지일관, 한 걸음만 더, 한 걸음만 더, 그렇게 땅끝까지 가자!' 하고 자신감을 북돋는다. 안내판에는 '이곳은 보존상태가 거의 완벽한 세계적 규모의 공룡알과 공룡알둥지화석지이다. 중생대 백악기의 퇴적층으로 3㎞ 해안선 내에 10여 개의 둥지와 공룡알 100여 개가 관찰되고 있다. 초식 공룡의 집단 산란지로 추정된다'라고 기록되어 있다.

선소정류장 건너편에 있는 다향길 3코스 안내판에는 회천면 서당리에서 득량면 비봉공룡공원에 이른 약 9㎞로, 다양한 갯바위와 공룡알 화석지 등을 감상할 수 있다고 안내한다. 갓길이 거의 없는 2차선 공룡로 차도를 따라 걸어간다. 득량만 바다 건너편 남파랑길 72코스 대전해수욕장이 보인다. 고흥군 도덕면 용동리에서 두원면으로 연결되는 고흥군이 벌써 추억처럼 흘러간다. 우측 멀리 바다 가운데 떠 있는 득량도가 보인다.

득량(得糧)이란 지명은 이순신이 곡식을 얻은 데서 유래한다. 이순신은 1597년 8월 9일부터 10일까지 조양창터(조성면 우천리 11-1 고내마을)에 머물며 임시 통제영을 설치하고 군량을 확보하였다. 보성 선소와 해창 등도 병참 물자 회수를 위한 수색지역이었다. 조양창 동헌 터 북쪽 창고에는 6백 가마 정도의 봉인된 군량미가 저장되어 있었다. 이순신은 네 명의 군사를 보내 그곳을 지키게 하였다. 이순신은 구례에서 이곳까지 밤낮으로 달려와 귀한 군량을 얻게 되었다. 그래서 그 후 이곳 지명이 득량으로 불리게 된다.

고내마을은 조선시대 조양현성의 일부인 양곡창고인 조양창이 있던 곳으로 이순신이 군량을 다량으로 확보하게 되어 장기전에 대비할 수 있게 큰 역할을 한 곳이다. 이순신은 이때 8월 9일부터 17일까지 9일간 보성에 머물렀다. 『난중일기』의 기록이다.

> 1597년 8월 9일. 맑다. 저녁에 보성 조양항에 이르니 사람은 하나도 없고 창고 곡식은 출입문을 봉인한 그대로 있었다. 군관 네 사람을 시켜 지키게 하고 군관 김안도의 집에서 잤다. 그 집 주인은 벌써 피난 가고 없었다.
>
> 8월 10일. 맑다. 몸이 몹시 불편하여 그대로 김안도의 집에서 머물렀다. 흥양현감 배홍립도 같이 머물렀다.
>
> 8월 11일. 맑다. 아침에 박곡 양산항의 집으로 옮겼다. 이 집 주인도 바다로 피난해 갔고 곡식은 가득 쌓여 있었다. 늦게 송희립과 배대성이 보러 왔다.
>
> 8월 12일. 맑다. 아침에 장계 초고를 작성하였다. 늦게 거제만호, 발포만호가 들어와 명령을 들었다. 그 편에 경상우수사 배설이 머물고 있는 소식을 들었다. 보성군수가 왔다.
>
> 8월 13일. 맑다. 거제현령 안위, 발포만호 소계남이 인사하고 돌아갔다. 우후 이

몽구가 전령을 받고 들어왔다. 하동현감 신진이 와서 전쟁 상황을 전했다.

8월 14일, 맑다. 아침에 여러 곳으로 보낼 장계 일곱 통을 봉하여 윤선각 편에 보냈다. 저녁에 어사 임몽정과 만나기 위해서 보성군으로 갔다. 밤에 큰비가 쏟아졌다. 열선루에서 잤다.

8월 15일. 비 오다 오후에 맑게 개었다. 열선루에 나가 기다리니 선전관 박천봉이 임금의 유지를 가지고 왔다. 8월 7일에 만들어진 것이었다. 영의정은 경기지방 순행 중이라 한다. 곧바로 장계를 만들었다. 보성 군기를 점고하여 네 마리 말에 나누어 실었다. 과음하여 잠들기 어려웠다.

보성은 이순신의 장인 방진이 한때 군수를 역임한 곳이었다. 동헌에서 하룻밤을 보내고 다음 날 열선루에 올라 박천봉이 갖고 온 선조의 유서(諭書)를 받았다. 내용은 수군을 폐지하고 육군에 편입해 싸우라는 것이었다. 이순신은 "선전관 박천봉이 8월 7일 작성된 국왕의 유지를 가져왔다. 즉시 회신 장계를 작성한 후에 과음했으나 잠을 이루지 못했다"라고 일기에 적었다.

이순신을 과음하게 하고 잠 못 이루게 한 선조의 유지는 "수군을 철폐하니 권율 아래로 가서 육전에 참가하라"라는 내용이었다. 이때 이순신은 "신에게는 아직도 12척의 전선이 있습니다"라는 유명한 장계를 올렸다. 그때 한가위 보름달이 열선루 하늘 높이 떠올라 있었다. 가을바람 스산한 기운이 밀려오자 둥근 달이 애처롭게 보였다. 이순신의 충혼시 「한산도가(閑山島歌)」가 한산도가 아니라 이때 열선루에서 지어졌다는 설이 있다. 『이충무공행록』에 전하는 장계의 내용이다.

임진년으로부터 5, 6년간 적이 감히 호남과 충청 등에 돌입하지 못한 것은 우리 수군이 적의 진격로를 막았기 때문입니다. 지금 신에게는 아직도 12척의 전선이 있으니 사력을 다해 싸우면 적의 진격을 저지할 수 있습니다. 지금 만일 수군을 전폐시킨다면 이것이야말로 적에게는 다행한 일로 호남과 충청 연해를 거쳐 한강까지 도달할 것이니 이것이 신이 두려워하는 바입니다. 설령 전선 수가 적다 해도 미신(微臣)이 아직 죽지 않았으니 적이 감히 모멸하지는 못할 것입니다.

통제사 이순신이 "신에게는 아직 12척의 전선이 있으며(今臣戰船 尚有十二)", "미신이 아직 죽지 않았다(微臣不死)"라고 반대하는데 선조는 수군을 폐지할 수는 없었다. 600여 척의 일본 전선을 12척의 배로는 어차피 이길 수 없는 싸움이니, 이순신을 죽이려는 선조 쪽이나 반대파 쪽에서도 이순신이 전투 도중 전사하는 것도 나쁘지 않다고 생각했을지도 모른다. 그러나 열선루에서 붓을 들고 "금신전선 상유십이 미신불사"라고 하는 이순신의 자신감은 어려움 속에서도 굴하지 않는 용기, 다시 일어설 수 있는 강한 의지를 보여준다.

이순신은 8월 11일부터 14일까지 3박 4일간 득량면 송곳리 328-1 박곡마을 양산항의 집에 머무르며 정보를 파악하고 일곱 통의 장계를 썼다. 이순신은 이곳에서 득량 선소와 석대, 장흥 회령 등으로 전령을 보내고 관원과 군관들에게 소집 전령을 전달했다. 이순신의 전령을 받고 보성군수와 전라좌수영의 유진장을 지낸 이몽구, 하동현감 신진, 거제현령 안위, 발포만호 소계남이 차례로 소집하였다. 첩보 수집을 위해 의병장 최대성과 송희립 등이 와서 이순신을 도왔다.

이순신은 일본군의 이동 상황을 파악하기 위해 여수와 하동 등으로 계속 전령을 보냈다. 피난민에 섞여 이동하고 있는 경상우수사 배설 휘하의 여러 장수의 소재도 파악하였다.

득량면 비봉리에서 회천면 객산리로 넘어간다. 보성읍으로 넘어가는 길목인 봇재에는 수많은 다원이 있다. 녹차의 수도라 불리는 보성은 전국 최대의 차 주산지이다. 한국 차의 명산지로서 지리적으로도 한반

보성공룡알화석지
Boseong Dinosaur Eggsite
다향길
73

도 끝자락에 위치해 바다와 가깝고 기온이 온화하면서 습도와 온도가 차 재배에 아주 적당하다. 보성군에서는 차 산업과 차 문화의 보급 발전을 위해 매년 '다향제'를 개최하고 있다. 녹차 향 가득한 대한다원의 보성차밭은 수려한 자연경관으로 이루어진 곳으로 150만 평 규모의 차밭으로 조성되었다. 대한다원관광농원은 한국 유일의 차 관광농원이다.

옛사람들은 차를 마시며 마음을 나누었다. 맑고 향기로운 차 한잔을 마시며 시를 노래하고 인생을 노래했다. 찻물을 끓이는 동안 대숲과 솔바람 소리를 듣고, 한잔의 차를 마시며 흰 구름과 밝은 달을 초대하여 벗을 삼았다. 그 맥을 이어 다향이 된 보성은 차 문화를 보급하는 전진기지로서 자리매김을 하였다.

차 씨는 구법승들에 의해 중국에서 들어오기도 했지만, 오히려 신라의 차 씨를 중국에 퍼뜨린 후 등신불이 된 지장법사는 우리나라 최초의 다시를 남겼다. 스님의 시 「동자를 산 아래로 내려보내며」다.

> 암자가 적막하니 너는 부모 생각 나겠지/ 정든 절을 떠나 구화산을 내려가는 동자여/ 난간을 따라 죽마 타기 좋아했고/ 땅바닥에 앉아 금모래를 모았었지/ 냇물로 병을 채우려 달 부르던 일/ 단지에 찻물 끓이며 하던 장난도 그만두었네/ 잘 가라, 부디 눈물일랑 흘리지 말고/ 늙은 나야 벗 삼는 안개와 노을이 있느니라.

객산리 청포마을 표석을 보면서 청포정류장 앞을 지나 녹차해안도로를 지나고 큰재를 넘어서 회천면 서당리로 들어선다. 서당이 있었으므로 서당골이라 하였다. 바람결에 서당골에서 판소리가 들려온다.

보성은 '판소리서편제 보성소리고장'이다. 민간전승문화인 판소리는 민중들의 삶이 촉촉이 묻어나오는 예술로서 호남 지역을 중심으로 발전해왔다. 섬진강을 중심으로 남서쪽인 보성, 장흥, 나주 지역의 가늘고 애잔하며 기교와 수식을 가미한 소리를 '서편제'라 하고, 섬진강을 중심으로 동편인 구례, 운봉, 순창, 고창 지역의 굵고 우람한 통성의 소리를 '동편제'라 한다.

보성의 소리가 일맥을 이룬 것은 특히 회천면 강산마을의 박유전에 이르러서였다. 그의 음악은 대원군에 의해 '강산제(岡山制)'라는 칭호를 받는데 대원군은 실각 후 박유전을 찾아 강산마을에 와서 소리판을 벌였다고 한다.

대원군의 실각으로 귀향한 박유전은 1906년 71세로 세상을 떴다. 그가 죽은 후 3일 동안 밤이면 마을 뒷산에서 "내 소리 받아가라!"라는 혼백의 외침이 있었다고 한다.

무지개골 표시가 붙은 전봇대를 지나서 서당리 보성만의 연동마을 앞바다를 바라보며 걸어간다. 연동(蓮洞)마을은 마을 형성 당시에는 '발막금'이라 불렀으나, 마을의 형국이 연꽃 형국이라 하여 연동이라 고쳐 오늘에 이르고 있다.

잡목이 무성한 서당방조제길을 걷고 한적한 시골길을 걸어 선정교를 건너면서 화천면 화죽리로 들어선다. 화족천변 도로를 따라 갈대 군락지를 걸어간다. 바람이 세차게 불어온다. 외로운 나그네가 갈대와 세찬 바람을 벗 삼아 걸어간다. 커다란 붕새는 바람을 거슬러 날고, 살아 있는 물고기는 물을 거슬러 헤엄친다.

백범 김구의 좌우명은 '대붕역풍비 생어역수영(大鵬逆風飛 生魚逆水永)'이다. 거슬러 날아야만 대붕이 될 수 있고 거슬러 헤엄칠 수 있어야만 살아 있는 물고기라 할 수 있다. 오로지 운명을 개척하는 자만이 이 험난한 세상에서 살아남을 수 있다. 강한 자가 살아남는 것이 아니라 살아남는 자가 강한 자다.

유학자에서 동학교도로, 동학교도에서 걸시승(乞詩僧)으로, 걸시승에서 기독교인으로 변모해가는 백범 김구의 사상 역정은 얼마나 진지하고 치열하게 삶의 의미를 추구하고 민족과 백성을 위해 고뇌했는지를 알 수 있다.

> 눈 오는 벌판을 가로질러 걸어갈 때(踏雪野中去)
>
> 발걸음을 함부로 하지 말지어다(不須胡亂行).
>
> 오늘 내가 남긴 자국은(今日我行跡)
>
> 드디어 뒷사람의 길이 되느니(遂作後人程).

서산대사의 시로 백범이 애송했다. 백범은 뒷사람의 길이 되는 위대한 길을 걸어갔다. 바람을 거슬러 날아가는 대붕과 물결을 거슬러 헤엄치는 물고기의 가장 큰 특징은 고난을 극복하고 전진한다는 데 있다. 장자는 큰 뜻을 품은 위대한 인간이 가는 길을 설파한다.

"북쪽 바다에는 물고기가 있으니 그 이름을 곤이라 한다. 곤의 크기는 몇천 리인지 알 수 없다. 변하여 새가 되니 그 이름을 붕이라 한다. 붕의 등은 몇천 리인지 알 수 없다. 한 번 떨쳐 날면 그 날개가 하늘에 드리운 구름과 같다. 붕이 날면 물길을 갈라치는 것이 삼천 리요, 요동쳐 오르는 것이 구만 리이며 여섯 달을 가서 쉰다고 한다. 그래서 큰 뜻을 품고 떠나는 위대한 인간의 모습을 표현할 때 '붕정만리(鵬程万里)'라고 한다."

백범이 남긴 발자국 붕정만리를 바라보며 화죽리 마산마을을 지나서 갯벌 안으로 이어지는 방조제길을 따라 나아간다. 충의로를 따라 화천면 군농리로 들어선다. 원형 쉼터에서 지나온 길을 돌아보고 방조제길을 따라간다. 방조제 위에 설치된 전망대에서 두루두루 전망을 한다.

다시 방조제길을 따라 석간마을 안내판을 본다. 교회 십자가가 눈에 확 들어온다. 마을 앞 바다에 바위들이 옹기종기 모여 있어 석간(틀틈)이라 한 것에서 마을 이름이 비롯되었다고 한다. 방조제길을 따라 신촌마을을 지나고 금광마을을 지나서 충의로에 올라 차도를 걷다가 다시 임도로 내려선다.

군농항 해안을 지나고 데크 탐방로를 따라 전망대에 서서 보성만의 전경을 감상한다. 휴게소 옆 화장실 이름이 '버리고 기쁨을 얻는 곳'이라 하였으니, 나그네 또한 길에서 버리고 채우면서 기쁨을 얻는다.

보성생태문화안내판을 지나고 동율리로 들어선다. 율포 동쪽이라 동율이다. 율포선착장 사이 동율항을 좌측에 두고 진행하여 율포해변으로 들어선다. 시인 문정희의 「율포의 기억」이다.

> 일찍이 어머니가 나를 바다에 데려간 것은/ 소금기 많은 푸른 물을 보여주기 위해서가 아니다./ 바다가 뿌리 뽑혀 밀려나간 후/ 꿈틀거리는 검은 뻘밭 때문이었다./ 뻘밭에 위험을 무릅쓰고 퍼덕거리는 것들/ 숨 쉬고 사는 것들의 힘을 보여주고 싶었던 거다./ 먹이를 건지기 위해서는/ 사람들은 왜 무릎을 꺾는 것일까./ 깊게 허리를 굽혀야만 할까./ 생명이 사는 곳은 왜 저토록 쓸쓸한 맨살일까. …
>
> (후략)

호수처럼 잔잔한 득량만이 안겨준 은빛 고운 모래와 해송의 어우러짐이 아름다운 율포해변 백사장을 걸어간다. 길이는 1.2㎞, 너비는 60m의 깨끗한 바닷물과 모래, 50~60년 묵은 곰솔이 조화롭다. 크고 작은 섬들에 둘러싸여 잔잔한 호수처럼 느껴지는 수심이 깊지 않은 아름다운 경치의 율포해수욕장은 1991년 국민관광지로 지정되었고, 우리나라에서 유일하게 관광지 안에 해수 녹차온천탕과 해수풀장이 마련되어 있다.

율포해변에서는 매년 보성 전어 축제가 열린다. 조선 수군은 전어를 먹고 힘을 내어 왜군을 무찔렀다. 전어는 뻘을 먹고 사는 생선으로 득량만의 지역 특성상 미네랄이 풍부하고 청정지역인 관계로 여기에서 잡힌 것을 최상품으로 친다. 예로부터 전어가 최고로 맛이 오르는 9월 중순부터 잡히는 것은 제사상에 오르며, 그 구수한 맛은 집 나간 며느리도 다시 돌아올 정도로 기가 막힌다.

율포솔숲해변도로를 따라 '율포솔숲 낭만의 거리' 아치형 일주문을 지나간다. 사진곽 형태의 포토박스에서 셀프 사진을 찍는다.

2시 40분, 율포해변에서 77코스를 마무리한다. 인근에 있는 숙소로 걸어간다. 오늘은 일 년 중 밤이 가장 긴 동짓날, 외로운 나그네가 남쪽 바닷가에서 잠 못 이루며 황진이의 시조를 노래한다.

동짓날 기나긴 밤 한 허리를 베어내어

춘풍 이불 아래 서리서리 넣었다가

어른 님 오신 날 밤이여든 굽이굽이 펴리라

장흥 구간

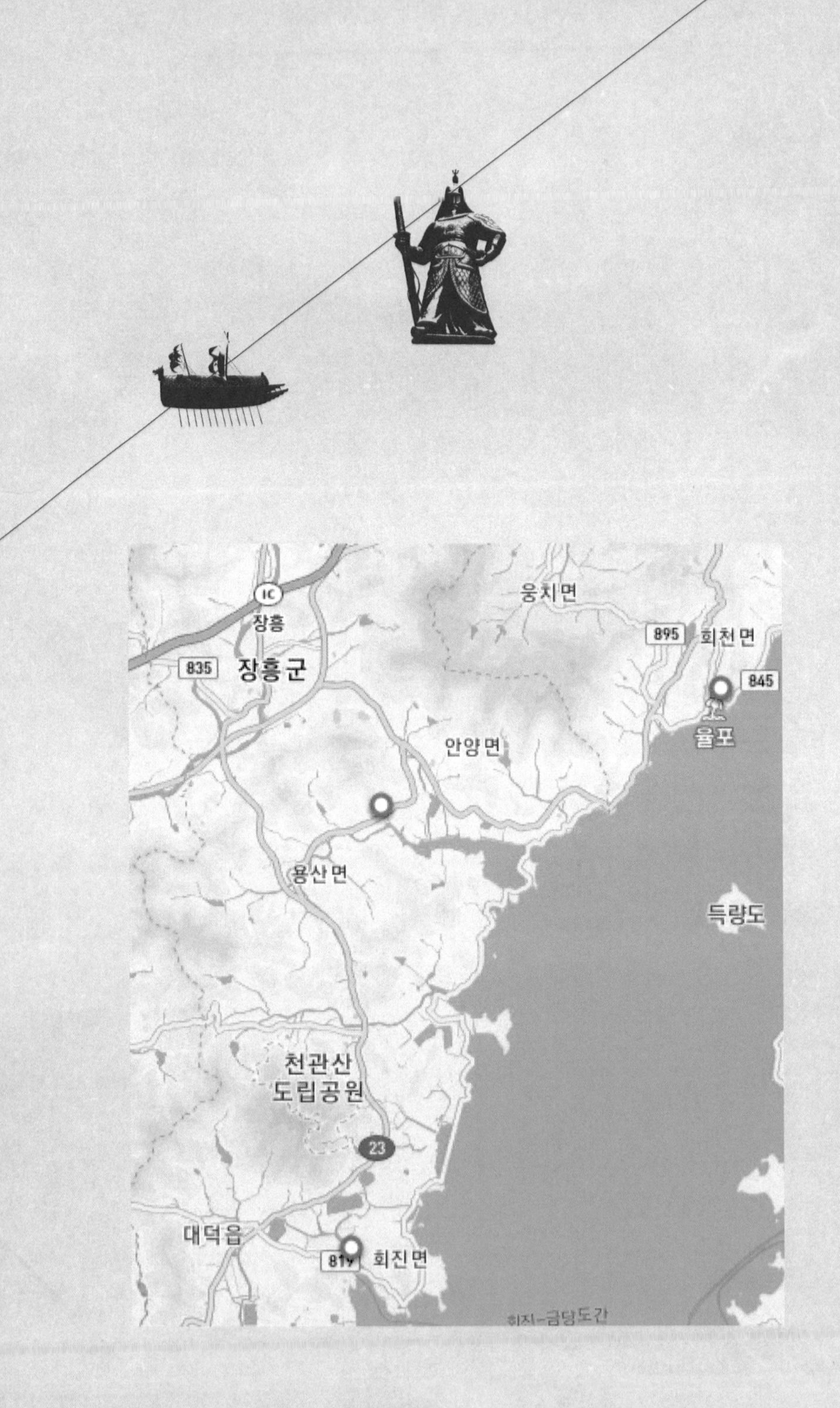
IC
장흥
835
장흥군
웅치면
895
회천면
845
율포
안양면
용산면
득량도
천관산
도립공원
23
대덕읍
회진면
회진-금당도간

78코스

★ ★ ★ ★ ★ ★ ★ ★

상유십이 득량길

[이순신의 여인들]

화천면 율포솔밭에서 장흥 현동마을회관까지 18.9㎞

율포솔밭 → 화천수산물직판장 → 명교해수욕장 → 수문해변 → 장흥 키조개마을 → 한승원문학산책로 → 원등마을회관

"나랏일이 이 지경에 이르렀으니, 다른 일에 생각이 미칠 수 없다."

12월 22일 7시, 여명이 밝아오고 아름다운 율포해변의 정경이 찾아와 인사를 한다. 쌀쌀한 날씨의 시원한 기운을 맛보며 율포해변에서 78코스를 시작한다. 동지가 지났으니 오늘부터 다시 하루하루 2분씩 밤이 짧아진다. 하지만 날씨는 점점 추워지면서 계절은 가을에서 완전히 한겨울로 달려간다.

보성 생태문화탐방로 안내판을 지나고 율포항을 지나서 보성회천수산물위판장을 지나간다. 율포리를 지나서 이제는 벽교리다. 벽교리는 대부분 평지로 이루어져 있으며 영천천이 흐른다. 명교를 건너서 명교해수욕장을 걸어간다.

바다에 떠 있는 빈 배 한 척이 외로운 나그네와 같은 신세다. 배는 물 위에 서 있고, 나그네는 땅 위를 걸어간다. 배는 항해를 할 때 배의 역할을 하고 나그네는 걸어갈 때 진정한 나그네다.

외로운 노인이 개와 함께 아침의 바닷가를 산책한다. 동병상련일까. 마음에 울림을 준다. 남파랑길을 나 홀로 걸어가는 나그네는 근본적으로 외로울 수밖에 없다.

인류 역사상 가장 고독했던 남자는 아담이다. 아름다운 에덴동산에 있었지만 신이 보아도 외로워 보였던 남자, 그래서 신은 하와를 만들었다.

1969년 아폴로 우주선에 홀로 남은 콜드린에게는 아무도 없었다. 콜

드린은 우주 공간에 홀로 남아 우주선을 지키며 인류 최초로 달의 뒷면을 관측하는 특별한 경험을 했다. 콜린스는 '에덴동산의 아담 이래 가장 고독했던 남자'였다.

콜린스는 홀로 칠흙 같은 어둠 속에서 달의 뒷면을 관찰했다. 48분간 지구와 교신이 끊어지기도 했다. 콜린스는 당시 "완벽히 혼자다. 이곳을 아는 이는 오직 신과 나뿐"이라고 메모했다. 콜린스는 "태초의 아담 이래 가장 고독했던 남자", "지구에도, 달에도 없던 제3의 인간" 등으로 불렸고, "지구에서 가장 멀리 떨어진 인류"로 기네스북에도 올랐다.

구름 사이로 태양이 떠오른다. 구름의 장난에도 태양은 어김없이 떠오른다. 명교해수욕장에 아침 해가 밝았다. 외로운 남파랑길의 나그네가 명교해수욕장 우측으로 조성된 데크탐방로를 따라 걸어간다. 도로 건너편에는 '명교마을' 표석이 세워져 있다.

이순신은 군학마을 가는 길에 보성군청의 열선루와 율포해수욕장을 지나서 이곳 명교마을 백사장을 지나면서 말을 쉬게 했다. 이순신이 결혼할 때 장인 방진은 보성군수였다. 장인 방진은 결혼 후 무관의 길을 걷기로 한 사위 이순신에게 "국가에는 문관과 무관이 있다. 문관은 양으로 봄과 같이 따뜻한 기운을 발생하므로 그 마음이 어질어야 한다. 무관은 음으로 가을같이 차가워 그 마음은 정의로워야 한다. …(중략)… 너는 무관의 길을 걷기로 하였으니 공격할 때 수비를 생각하고 수비할 때 공격할 수 있도록 마음 자세를 갖추거라"라고 말했다.

어린 시절을 보성에서 보낸 방씨 부인은 19세에 두 살 위의 이순신과 혼인했다. 부인 방씨는 영특하기가 남달랐고 전쟁에 나간 이순신을 내조하여 집안을 알뜰하게 살폈다. 이순신이 전사한 후 방씨 부인은 정경부인의 품계에 80세를 누렸다.

12살 때 집 안까지 화적들이 쳐들어왔을 때 번뜩이는 재치로써 아버지 방진을 도와 화적들을 도망가게 했다는 방씨 부인에 대해 보성군은 한국 여성상의 표상으로 삼고, 역점사업으로 추진하고 있는 충무공 이순신 유적지 복원사업으로 2016년 보성군수 관사를 리모델링해 역사교육 방진관을 개관하였다. 남파랑길 종주 후 방문한 방진관에는 코로나로 찾는 발걸음이 아무도 없었다.

방씨 부인은 1567년 큰아들 회를 낳고 1571년 둘째 열을 낳았다. 이순신은 1576년 2월에 치러진 무과 시험에서 급제하였고, 이듬해인 1577년 방씨 부인은 31세 되던 해에 막내아들 면을 낳았다. 3형제 외에 딸 하나를 더 두었는데, 남양 홍씨 홍비에게 출가를 했다. 시아버지가 염치읍 대동리 홍가신이며, 이순신의 장모 역시 남양 홍씨였다. 장인 방진과 장모 남양 홍씨가 살던 아산 집은 이순신이 물려받았으며, 보성 방진의 집은 임진왜란 시기까지 그대로 있었다. 이순신에게는 소실로 부안댁이 있었다. 이 집은 이순신의 어린 서자 훈과 신, 그리고 두 명의 서녀(사위 임진과 윤효전)가 지켰다. 이순신에게 보성은 처가 마을이자 추억이 있는 곳이다. 아내 상주 방씨에 대한 『난중일기』의 애틋한 기록이다.

> 1594년 8월 27일. 맑음. 아침에 울의 편지를 받아보니, 아내의 병이 위중하다고 했다.
> 8월 30일 맑고 바람도 없었다. …(중략)… 이날 아침에 정탐선이 들어왔는데, 아내의 병세가 매우 위중하다고 했다. 나랏일이 이 지경에 이르렀으니, 다른 일에 생각이 미칠 수 없다. 아들 셋, 딸 하나가 어떻게 살아갈 것인가. 마음이 아프고 괴로웠다. 김양간이 서울에서 영의정(유성룡)의 편지와 심충겸의 편지를 가지고 왔는데, 분개하는 뜻이 많이 담겨 있었다. 원수사(원균)의 일은 매우 놀랍다. 내

가 머뭇거리고 앞으로 나아가지 않는다고 했다 하니, 이는 천년을 두고 한탄할 일이다. 곤양군수가 병으로 돌아갔는데, 보지 못하고 보냈으니 더욱 아쉬웠다. 2경(밤 11시경)부터 마음이 어지러워 잠들지 못했다.

9월 1일. 맑음. 앉았다 누웠다 하면서 잠들지 못하여 촛불을 밝힌 채 뒤척거렸다. 이른 아침에 손을 씻고 조용히 앉아 아내의 병세를 점쳐보니 "중이 속세에 돌아오는 것과 같다"라고 하였다. 다시 쳤더니, "의심하다가 기쁨을 얻은 것과 같다"라는 괘를 얻었다. 매우 길하다. 또 병세가 나아질 것인지와 누가 와서 고할지를 점쳤더니, "귀양 땅에서 친척을 만난 것과 같다"라는 괘를 얻었다. 이 역시 오늘 안에 좋은 소식을 들을 징조였다. 순무사 서성의 공문과 장계 초본이 들어왔다.

9월 2일. 맑음. …(중략)… 저녁에 정탐선이 들어왔는데, 아내의 병이 좀 나아졌다고 하나 원기가 몹시 약하다고 하였다. 매우 걱정이 된다.

이순신의 여인으로 논란이 있는 여진(女真)은 사비(私婢)였다. 여진이 등장하는『난중일기』의 기록이다.

9월 12일. 비바람이 크게 불었다. 늦게 나서긴 했으나 진눈깨비가 내려 길에 오를 수 없었다. 10리쯤 되는 냇가에 이광보와 한여경이 술을 갖고 와서 기다리고 있었기에 말에서 내려 함께 이야기를 나누었는데 비바람이 그치지 않았다. 안세희도 왔다. 저물녘 무장에 도착했다. 여진(女真)과.

9월 14일. 맑음. 하루를 더 묵었다. 여진과 함께했다.

9월 15일. 맑음. 체찰사가 현(무장현)에 이르렀기에 인사하고 대책을 의논하였다. 여진과 함께했다.

과연 여진(女真)은 누구인가? 김훈의 소설『칼의 노래』에는 "여진과 세 번 관계했다. 여진이 아파 울었다" 등 노비 여진의 이야기가 여러 번 나온다. 여진은 『난중일기』 1596년 9월 12일, 14일, 15일에 세 차례 기록됐지만 인명인지 여진족인지 불분명했다. 당시 이순신은 전라도 무창(현 전북 고창)에 있었고, 14일, 15일 여진이라는 글자 뒤에 각각 '스물 입(卄)'과 '서른 삽(卅)'인 것처럼 보이는 글자를 썼다. 일각에선 이것이 성관계 횟수였다고 봤다.

그러나 '입', '삽'으로 보이는 글자는 '함께 공(共)' 자의 변형된 초서체로 판독됐다. 만약 여자와 잠자리를 같이했다는 의미라면 가까이했다는 뜻으로 '근(近)' 자를 썼을 것이라는 설명이다. 국내의 고전 및 초서 전문가 10여 명이 모두 '共'자로 인정했다.

20세기 초 일본은 식민지 통치에 필요한 조선 사료를 수집하기 위해 조선사편수회를 만들었다. 조선사편수회는 전국에 소재한 각종 사료들을 수집하여 정리하였는데, 이때 아산 염치면 백암리에 있는 이순신의 종손 이종옥의 집을 수차례 방문하여 이순신의 유물을 조사하고 1928년 2월 촬영을 마치고 이듬해 『난중일기』를 해독하여 등사했다. 1934년 조선사편수회는 『난중일기초』를 간행하였는데, 여기에는 오독되고 조작된 이순신의 인물 평가가 있었다. 그 대표적인 오독 사례는 "여진입(女真卄)"과 "여진삽(女真卅)"이었다. 여기서 '스물 입(卄)' 자와 '서른 삽(卅)' 자는 모두 '함께할 공(共)' 자를 오독한 글자다.

『난중일기』에는 '공(共)' 자가 모두 72회 나오는데, 이순신은 남녀노소를 불문하고 진영에서 만난 사람을 일기에 적을 때 인명 뒤에 '공(共)' 자를 적었다. 이순신이 만난 대상이 설사 여자라 할지라도 그 뒤에 붙은 '공(共)'의 의미는 전혀 바뀌지 않는다. 『난중일기』의 "개(介: 여자 종)와 함께했다"와 "여진과 함께했다(女真共)"라는 내용에서 공(共)의 의미는 역시 일상적으로 만났다는(見) 의미일 뿐이다. 만약 진짜 동침을 했다면 공(共)자가 아닌 '사사로울 사(私)' 자나 '가까울 근(近)'을 써야 한다고 노승석 교수는 말한다.

이순신은 원균이 서리의 아내를 사통하려고 했다는 글을 『난중일기』에 적을 때 '사(私)'를 썼고(1597년 5월 8일), 이항복과 윤휴 등은 이순신이 7년 동안 여색을 가까이하지 않았다고 기록할 때 '근(近)' 자를 썼다.

이순신 연구가인 노승석 여해고전연구소장은 한국학중앙연구원에 소장된 1602년 해남 윤씨 집안의 분재기(分財記)에서 '비(婢: 여자 종) 여진(女真)'이라는 이름을 확인했다. 이 가문의 사비(私婢)였던 여진은 전란 중에 죽었다는 소설 속 설정과는 달리 임진왜란 종전 뒤에도 생존해 있었으며, 모두 11남매를 낳았다고 기록되어 있다. 이 여진이 난중일기 속 여진이라는 근거는 『난중일기』에 기록된 노비의 이름은 여진을 제외하고 옥이, 옥지, 갓동, 덕금, 한대, 춘화 등 모두 여섯 명인데, 이 여섯 명 이름이 모두 해남 윤씨 분재기에 그대로 등장하기 때문이다. 여기에는 1577년 해남 윤씨 집안에서 이순신의 둘째 형 이요신의 전답을 매입했다는 기록도 나온다. 임진왜란 당시 지역의 유력자였던 이 가문에서 인연이 있던 이순신의 휘하에 노비 인력을 제공한 것으로 볼 수 있다는 것이다.

훈련원봉사(종8품) 시절 병조판서였던 김귀영은 이순신의 인품을 높이 사 이순신을 자신의 서녀를 이순신의 첩으로 주려고 하였다. 그러나 이순신은 "벼슬길에 갓 나온 사람으로서 어찌 권세가의 집에 발을 들여놓을 수 있겠습니까" 하고 거절하였다. 이에 김귀영도 노여움은커녕 오히려 이순신에 대해 더 이해하고 아끼는 마음을 가지게 되었다. 이순신의 여인들에 대한 기록은 당시로서는 아주 드물게 부인과 1명의 소실 외에는 없었다. 이순신이 통제사가 된 후의 진중생활에 대해 조카 이분이 쓴 『행록』에서는 다음과 같이 적고 있다.

조선수군 재건로
장흥
안양
Anyang
수문리
남파랑길
남파랑길 보성·장흥 78코스 NAMPARANG TRAIL
한승원
문학산책 길
今臣戰船
尙有十二
보성
방진관 | 方震館

공은 진중에 있는 동안 여자를 가까이하지 않았으며 매일 밤 잘 때도 띠를 풀지 않았다. 겨우 한두 잠을 자고 나서는 사람들을 불러들여 날이 샐 때까지 의논하였다.

팔각정 쉼터를 지나고 회천생태공원 야구장을 지나서 회천천을 가로지르는 운교를 건너서 둑길을 걸어간다. 고요한 아침의 거리를 걸어간다. 전일교를 건너 전일리로 들어선다. 전일산 밑에 있어 전일리라 한다. 자연마을로는 내래, 왜래, 군학마을 등이 있다. 내래마을 지명은 이곳에 회령현을 다스리는 동헌(東軒)이 있었는데, 찾아오는 손님을 접하는 곳이라 하여 내접(內接)이라 하다가 내래(內來)로 바뀌었다고 한다.

회령천 우안 둑길을 따라 해변으로 나아간다. 방조제길을 따라가다가 무성한 갈대밭을 만난다. 봉강천 둑길을 따라가다가 녹차해안도로 교통표지판을 지나면 들판 너머로 군학마을 선착장이 길게 뻗어 있다. 군학선착장을 지나서 군학해변 백사장을 보면서 나아간다. 군학해변 방풍림 옆에 조선수군재건로 안내판이 있다.

남도이순신길 조선수군재건로는 정유재란이 있었던 1597년, 파직당하여 백의종군하던 이순신이 삼도수군통제사로 재임명되어 군사, 무기, 군량, 병선을 모아 명량대첩지로 이동한 구국의 길을 조선수군재건로로 명명하여 역사스토리 테마길로 조성한 길이다.

구례에서 장정과 군사를 모은 이순신은 곡성에서 군관들과 수군 재건을 의논하고 순천에서 무기와 화살을 구했다. 보성에서 식량을 선적한 이순신은 장흥에서 해상 출전을 결의하고 강진에서 해상 추격전을 벌였고, 해남 우수영 바다에서 명량대첩을 시작하여 진도에서 저녁 늦게까지 벽파진 바다에서 왜적을 물리쳤다.

벌교역에서 고내마을 조양창 터를 지나고 박곡마을 양산항의 집에서 묵고 보성군청의 열선루와 율포해수욕장, 명교마을 백사정을 거쳐 이곳 군학마을 군영구미에 도착했기에 보성군이 조선수군재건로는 '상유십이 득량길'이라고 명명되었다.

이순신은 조속히 수군을 재건하여 일본군을 물리치고 나라를 구해야 한다는 일념으로 아직 일본군의 발걸음이 미치지 않은 득량 지역과 조양창을 수색하여 식량을 확보하고 보성군창에서는 무기를 확보하였다. 또한 보성 지역의 의병들을 모아 군사를 재건하여 조선 수군 재건의 기틀을 마련하였다.

이순신은 너무도 급박한 당시의 상황에서 단시간에 수군을 재건하고 무기와 식량을 확보했다. 보성군 군학마을에서 향선을 마련하여 군사와 물자를 싣고 바다로 나아갔다. 군학마을은 이순신이 명량해전을 준비하기 위해 첫 출항한 수군기지였다. 『난중일기』의 기록이다.

1597년 8월 16일. 맑다. 선전관 박천봉이 돌아가는 편에 나주목사 배응경과 어사 임몽정에게 답장을 보냈다. 활장이 지이, 태귀생이 보러 왔다. 선의와 대남도 들어왔다. 김희방, 김붕만도 뒤따라왔다.
8월 17일. 맑다. 이른 새벽 출발하여 백사정(白沙汀: 벽교리 명교마을)에서 말을 쉬고 군영 구미(전일리 군학마을)로 가니 경내 사람 하나 찾아볼 수 없었다. 경상우수사 배설이 탈 배를 보내지 않았다.
8월 18일. 맑다. 늦은 아침 군영구미 바다로 출정하였다.

군학마을은 조선 세종 때 이곳에 수군만호진이 개설됨으로써 '군영구미'라 불러오다가 현재는 군학이라 부른다. 1597년 8월 17일 삼도수군통제사 이순신이 병참물자를 향선에 선적하여 바다로 출정한 곳이 이곳 회천면 군학 군영구미이다. 이곳의 지형은 전일산으로 이어져 그

모습이 거북과 같다 하여 구미라 하였고, 이순신은 이곳을 군영구미라고 하였다.

칠천량해전 후 경상우수사 배설이 군영구미 항구에 입항하기로 하였으나 나타나지 않았다. 배설은 장흥 회령포로 이미 들어갔다. 기다리던 이순신은 회령포로 가기 위해 보성과 장흥 일대 해상 의병의 협조를 구하였다. 이순신의 전령을 받은 김명립, 마하수 등이 어선을 이끌고 왔다.

군학해변 데크탐방로를 따라서 가다가 계단길을 올라 이후 도로를 따라 걷는다. 드디어 보성에서 장흥으로 들어간다. 보성군과 장흥군 경계를 지나 대한민국 홍이 시작되는 곳, 장흥군 안양면 수문리로 들어선다. 수문해수욕장에 '장흥의 찬가'가 울려 퍼진다.

> 해 떠오는 억불산아 달 떠오는 천관산아/ 꽃 피고 물새 우는 황금 들판 만선 바다
>
> 정든 그대 고운 얼굴 내 가슴에 뜨거워라/ 한반도의 남쪽 머리 나의 사랑 나의 장흥
>
> 장흥 나의 사랑 나의 희망 장흥이여/ 정든 그대를 품에 안고 영원토록 살렵니다.

정남진토요시장에서 삼합을 즐기며 마라도에서 고성 통일전망대까지 국토종주의 외로움을 씻었던 2010년의 추억이 스쳐간다.

수문리는 1747년까지 '수문포'라 표기되던 마을로 속칭 '숨포'라 했다. 수문포는 장흥의 관문이며 왜구의 침입을 막는 역할을 했다 하여 붙인 이름이다. 이곳에서 태어나 어린 시절을 보낸 시인이자 소설가인 한승원은 "은빛으로 번쩍거렸고, 금빛 칠을 해놓은 것 같은 수문리는 동양의 나폴리"라고 노래했다. 한국 최초로 영국의 맨부커상 수상작

『채식주의자』를 쓴 소설가 한강이 한승원의 딸이다.

용곡해변을 지나고 용곡선착장을 지나면서 앞바다에 떠 있는 득량도를 바라보고 마을 쉼터인 '祥雲亭(상운정)' 옆을 지나서 우측 용곡마을을 바라보고 '용곡마을' 표석을 지나 수문마을 해안산책로에 들어선다. 수문해수욕장 바다 한가운데로 다리와 전망대가 뻗어나가 있다. 데크 다리 끝 전망대로 나아간다. 아름다운 남해바다의 경관에 넋을 잃고 서 있다가 돌아 나온다.

아무도 지나가지 않은 수문해수욕장 백사장을 걸어간다. 수문해수욕장은 백사장 길이 1㎞, 너비 300m로 수온이 따뜻하고 경사가 완만해 피서지로 인기가 높다.

일제강점기 때 음성 나환자들을 태우고 소록도로 가기 위해 정기여객선을 기다리다 더위에 지친 일본 관헌과 나환자들이 이곳에서 목욕을 하였더니 나병이 완치되어 해수욕장으로 개장하였다는 이야기가 전해진다.

수문정류장 앞을 지나 '장흥키조개거리'로 들어선다. 키조개 전문 횟집들이 줄지어 있다. 장흥의 명산물 키조개는 모양이 곡식을 까부르는 키를 닮아 붙여진 이름이다. 보통 수심 90m 정도의 모래진흙 또는 진흙 바닥에 집단으로 서식한다. 자기 몸의 2/3 정도를 뻘 속에 묻은 채 생활한다. 산란기는 6월에서 9월이다. 전남 여자만 가막만, 충남 천수만, 경남 진해만 등에서 자연산이 생산되고 있지만, 우리나라에서 유일하게 합법적으로 양식하는 곳은 수문 앞바다 득량만뿐이다. 2004년 우리나라 키조개 200ha가 개발되었다. 현재 수문 어촌은 어가 250호 중 100호가 키조개 양식산업에 종사하며 지역 명산물로 육성하고 있다.

키조개거리를 지나 수문항 선착장에 들어서면 키조개상설전시장 앞에 '장흥키조개거리'를 상징하는 대형 키조개 조형물이 서 있다. 수문항 남쪽 선착장을 지나면서 안양 수문보건진료소를 지나 수문천 위로 놓인 '해안교'를 건너 한승원산책길을 지나면서 안양면 사촌리로 들어선다. 정남진종려거리조성기념탑 앞을 지나면서 '시가 있는 여닫이 바닷가 산책로', '한승원문학산책길'을 걸어간다.

한승원이 율산마을에 거주하면서 쓴 시 30기가 모래언덕 약600m 사이에 20m 간격으로 놓여 있다. 한승원이 바다에서 낙지, 주꾸미 등을 잡으면서 사는 마을 사람들의 희망과, 이 바다에 뜬 해와 달과 별과 불어오는 바람과 춤추는 파도와 찾아오는 물새와 방긋 웃는 꽃과 안개와 이슬들을 무지갯살처럼 피어올린 시들인데, 이 바다를 찬양하는 헌사로 읽힌다. 쉼터를 지나서 시비를 읽으면서 걸어간다.

"꽃 중에 사람꽃보다 더 곱고 아름다운 꽃이 있을까/ 짐승들 가운데 사람보다 더 무섭고 더러운 짐승이 있을까"라고 한승원이 「사람꽃」을 노래한다.

여닫이해변 데크 산책로를 따라나가 월송도자기 입구를 우측으로 보면서 걸어간다. 장재도 입구를 바라보며 사촌리 사촌마을로 들어선다. 장재도(長財島)는 사촌리 남쪽에 있는 섬으로 장재(장자, 부자)가 살았다 하여 장재도라 부른다고 한다. 1957년에 600m의 연륙제방을 쌓아 육지와 연결하였다. 사촌복지회관을 지나서 사촌제방길을 걸어간다. 방조제 중간에 해창리(海倉里)로 들어서서 제방 끝까지 나아간다. 해창은 조선 선조 때에 서울로 배로 실어 보낼 세곡 따위를 쌓아두었던 조운창이다. 해창로를 따라가다가 팽나무 고목과 정자가 있는 고갯마루를 넘어서 해창마을로 들어선다. 물 빠진 해창 앞바다를 바라보며 걸어서 덕동방조제 우측 아래 농로를 따라간다. 남상천제방길을 따라 멀리 보이는 원등마을로 나아간다.

덕암마을을 지나고 원등마을회관 앞에서 78코스를 마무리한다. 11시 30분이다.

한승원문학길

[배설이 도주했다!]

용산면 현동마을회관에서 화진시외버스터미널까지 26.2㎞

원등마을회관 → 정남진전망대 → 한승원 생가 → 한재공원 → 화진시외버스터미널

"권세 있는 가문에 아첨하여 감당 못 할 자리에 함부로 올라가 나랏일을 크게 그르쳤는데도 조정은 살피지 못하고 있으니 어찌하겠는가."

원등마을회관 앞에서 79코스를 시작한다.

시작점 사각 패널이 '원등마을' 표석 옆 가로등 기둥에 달려 있지만 안내판은 보이지 않는다. 수령 200년 이상의 푸조나무가 늠름한 자태로 나그네를 반겨준다. 루소는 "나는 걸을 때만 사색할 수 있다. 내 두 발이 움직여야 머리가 움직인다"라고 『고백록』에서 고백한다. 인간은 직립보행을 하면서 두 손을 자유롭게 쓰고 덕분에 뇌의 용량이 늘어나면서 호모 사피엔스, 곧 '사색하는 사람'이 되었다. 오늘 하루도 사색하며 행동하며 남파랑길 유람을 즐긴다.

'덕암풍길로'를 따라 좌측으로 휘어져 나가다, 원등마을 소공원을 건너다보고 남상천 위에 놓인 덕암교를 건너는데, 멸종위기야생동물 2급 '기수갈고둥' 서식지 안내판이 세워져 있다. 기수갈고둥은 민물과 바닷물이 만나는 하천 하류에 사는 작은 민물고둥으로, 민물고둥 중에서 가장 장수하는데 무려 12년이나 살 수 있다. 바닷물(海水)과 민물(淡水)이 만나 섞이는 지역을 기수(汽水)지역이라 하는데, 강의 하구에 있다.

농어가 많이 잡힌다고 하여 '농어두마을'이라 불리는 마을을 지나서 풍길버스정류장 앞을 지나간다. 두암천을 지나고 우측 농장길로 임도를 따라 올라간다. 개인 사유지여서 철 난간대로 막아놓은 듯 보이지만 비상 차량이 통행하여야 할 임도를 막아놓았다. 황소 한 마리가 철 난간대를 넘어가는 나그네를 멀뚱히 쳐다보고 있다.

매양 달밤이면 술을 가지고 소를 타고 산수 사이에 놀았던 선비가 있었다. 그 유람하는 즐거움을 아는 선비는 옛사람이 알지 못하는 신묘한 바를 다 얻었다. 우생마사라, 빠른 말은 죽고 더딘 소는 산다는 것이니 소를 타는 것은 곧 더디고자 함이다. 만 가지 일을 다 뜬구름같이 여기고 긴 휘파람을 맑은 바람에 보내며, 소를 놓아 가는 대로 맡기고 생각나는 대로 자신이 술을 부어 마시면, 그 즐거움이 오죽하겠는가.

소를 타고 그 소가 가는 대로 맡기고, 자신은 술이나 마시거나 시나 읊조리는 풍류는 옛 선비들의 공통된 꿈이었으리라. 바다에 배를 타고 노는 풍류도 좋지만 그건 위험하여 소 등의 안전함 같지 못하다. 소를 타고 가는 맹사성을 떠올리며 남파랑길의 나그네가 우생마사, 호시우행의 발걸음으로 느림의 놀이를 즐긴다.

매월당 김시습과 함께 생육신(生六臣)을 대표하는 추강 남효온(1454~1492)은 이곳 장흥에서 세상을 떠났다. 임진왜란이 일어나기 100년 전 1492년의 어느 날, 서른아홉의 이른 나이였다. '지극한 즐거움을 얻었다'는 『득지락부』를 남겼다. 『득지락부』는 천상병 시인이 남긴 절창 「귀천」의 "아름다운 이 세상 소풍 끝나는 날 가서 아름다웠다고 말하리라"라고 하는 마지막 구절을 떠오르게 한다. 하지만 남효온은 "내 세상에 태어남이 쓸쓸함이여"라고 하듯 삶도 죽음도 쓸쓸했다. 그는 수많은 방랑길에서 항상 혼자였다. 음주가무를 일삼고 현실 비판에 거침이 없던 남효온을 위험하게 생각하여 벗들은 하나둘 그를 떠났다. 마치 미치광이처럼 행동하던 김시습을 위태롭게 여겨 모두 멀리했듯 남효온도 김시습처럼 점차 홀로 남겨지게 되었다. 죽음을 앞둔 남효온은 세상과의 모든 교류를 끊어 자유로워졌다고 했지만, 실제로는 모든 사람들이 남효온과 교류를 끊어 본의 아니게 자유로워진 셈이었다. 자신은 자유롭게 훌훌 돌아갈 수 있게 되었다고 말했지만, 남효온의 귀천(歸天)은 쓸쓸했다.

남효온은 죽은 지 299년이 지난 1791년 정조에 의해 단종에게 충절을 바친 인물로 김시습과 함께 생육신이 되었다. 은둔과 방랑의 길을 걸으며 극과 극의 삶을 살았던 남효온은 압록강으로부터 장흥까지 팔도 사방을 떠돌아다녔지만 그 어디에도 뿌리내리지 못한 채 부유(浮游)하다가 고난에 찬 생을 마감해야 했다. 그는 경계인(境界人)이었고 방외인(方外人)이었다.

남효온과 평생의 지기(知己)였던 김시습은 자기 무덤의 묘비에 "꿈꾸다 죽은 늙은이(夢死老)"라는 석 자를 써주면 족하다고 했다. 남효온과 김시습은 꿈꾸다가 떠나갔던 사람들이다. 김종직과 김시습 같은 스승의 가르침을 가슴에 안은 채로 장흥에서 쓸쓸하게 죽어간 남효온을 생각하며 남파랑길을 걸어간다.

농장을 지나고 임도에서 내려와 농로를 따라 상발마을을 지나간다. 서운정 쉼터를 지나고 고무줄놀이 담장벽화를 바라보면서 해안의 상발전망대에서 득량만의 풍경을 감상한다. 득량도가 반갑다고 손짓을 한다. '남포(소등섬) 0.5㎞'를 바라보면서 남파랑길을 이탈하여 남포로 내려서니 '정남진 표지석'에 정남진이 태어난 유래를 적고 있다.

정남진은 광화문에서 정 남쪽에 있는 바닷가다. 서울 광화문을 기점으로 위도상 정동쪽에는 정동진, 정서쪽에는 인천의 오류동 아라바람길이 있고, 경도상 정남쪽에는 정남진 장흥이 있다. 북쪽의 중강진과 일직선상에 있다. 그 좌표점은 관산읍 신동리에 있다.

남포마을 앞바다에 떠 있는 무인도 작은 소등섬을 둘러본다. 먼바다에 나간 남편이나 가족들을 위해 호롱불을 켜놓고 그 불빛을 보고 무사히 귀환을 빌었다 하여 소등섬이라 불린다고 한다. 소등섬을 둘러보고 생태체험장 바닷가를 가로질러 다시 남파랑길로 들어선다.

전망대에서 내려와 자라섬을 바라보면서 정남진해안도로를 따라 걸어간다. 마을 앞 자라섬은 옛날 삼신할머니가 치마에 흙을 담아 노두를 놓고 고흥으로 건너가려다 치마에 구멍이 뚫려 흙이 쏟아져 자라섬이 되었다는 전설이 전해오고 있다. 제주 창조의 여신 설문대할망이 치마에 흙과 돌을 담아 한라산을 쌓다가 치마 구멍이 뚫어져 새어나간 흙과 돌이 제주 오름이 되었다는 전설과 일맥상통한다.

죽순이 많아서 '대파리'라 불리는 죽청리 신원마을을 지나가는데 굴구이가 배고픈 나그네를 유혹한다. 오후 1시 45분, 굴 구이와 라면으로 푸짐한 점심 식사를 한다.

아아, 굴 구이와 라면. 생애 최고로 많이 먹은 날이다. 하지만 시간을 너무 지체했다. 라면만 먹어도 되는데 아저씨의 다짜고짜 강매에 유혹당하여 소주 한 병 곁들여 신선놀음을 즐겼다.

추위는 물러가고 훈훈한 몸과 마음으로 길을 간다. 죽청방조제를 따라 나아가다가 고마리로 들어선다. 해안로를 벗어나 잠시 농로로 들어섰다가 다시 해안로로 가서 정남진 표석을 지나서 신당선착장을 지나고 사금마을에 들어선다. 사금마을의 '扇遊閣(선유각)' 표지석이 세워져 있는 정자에 올라 먼바다를 바라본다.

선유각은 통상 '신선 선(仙)' 자를 써서 신선이 노니는 곳인데, 이곳 정자는 '부채 선(扇)' 자를 쓰니, 부채를 부치면서 신선처럼 노니는 전각이라, 손부채를 부치며 신선이 되어본다.

선유각을 나서서 정남진해안로를 따라가다가 사금선착장을 지나간다. 멀리 고흥의 녹동항과 소록도, 거금도가 스쳐간다. 삼거리 중앙소공원 끝에 이 지역 출신 이승우 소설가의 문학지도 안내판이 세워져 있고, 옆에는 사홍만 시인의 「정남진에 가면」 시비가 서 있다.

삼산방조제를 따라 걸어간다. 방조제는 1997년 2월에 시작하여 2009년 12월에 준공하였다. 그리고 2010년 2월, 마라도에서 고성 통일전망대까지 790㎞ 국토종주 시 억수같이 비 오는 날 방조제를 걸었던 추억이 스쳐간다. 그 뒤에도 여러 번 정남진전망대를 다녀갔지만 변해가는 주변 모습은 말 그대로 상전벽해였다.

간척지가 끝나고 삼산호가 넓게 펼쳐지는 곳에 '정남진둥근바다조형물'이 세워져 있다. 푸른색 둥근 바다의 이미지는 연꽃 형상의 물비늘로, 소설가 한승원은 "정남진의 바다는 모든 생명을 품어 천관보살의 넉넉한 마음이 깃들어 있다"라고 하였다.

삼산배수갑문 삼거리에서 '삼산호' 표석을 바라보고 정남진전망대 들머리 방향으로 나아간다. 방조제가 끝나는 산봉우리에 정남진전망대가 보인다. 우산도관광지구 안에 10층 규모의 정남진전망대로 데크 계단길을 따라 올라간다.

우산도(于山島)는 삼산리 동쪽 바다에 있는 섬으로, 섬 모양이 소처럼 생겼다고 하여 우산도라 부른다. 현재는 육지와 연결되어 정남진전망대를 비롯한 정남진테마숲공원 등이 조성되어 있다.

4시 50분 정남진전망대에 도착했다. 전망데크에 서서 걸어온 길을 바라보고 삼산호를 내려다보고 득량만 일대와 고흥 소록도, 거금대교, 완도, 금일도 등 수많은 섬들과 저 멀리 서 있는 웅장한 천관산을 바라본다.

전망대 정면에는 귀여운 캐릭터 형상으로 만들어진 십이지신상이 이순신의 12척 판옥선과 연결되고, 판옥선 형상의 좌대에는 대형 원형

조형물인 '율려'가 조성되어 있다. 어울림의 시작 율려(律呂)는 정남진의 방향과 의미를 담고 있는 조형물로, 바다·하늘·땅을 의미하는 태극의 원리에 따라 하나로 융합되는 통합적 세계관을 표현하고 있다.

정남진전망대는 10층 규모로 상층부는 떠오른 태양을, 중층부는 한국 고유의 황포돛대를, 하층부는 역동적인 파도를 형상화했다.

전망대 입구로 들어서서 열 체크를 하고 입장료를 지불하고, 승강기로 9층까지 이동한 뒤 10층 전망대로 올라서 사방을 둘러보고, 아래층으로 한 층씩 내려서면서 각 층의 테마별 전시관을 관람하고 전망대 바깥으로 나가 안중근 의사 동상 앞에 선다. 나 홀로 관광객이다.

안중근(安重根: 1879~1910) 의사 동상이 왜 여기에 서 있을까? 장흥 유림 안홍천이 민족의 영웅 안중근 의사를 제사지내는 곳이 한 곳도 없다는 사실을 알고 문중을 설득하여 죽산 안씨 문중 사당인 만수사 옆에 작은 전각인 해동사(海東祠)를 창건하여 안중근 의사의 영정과 위패를 봉안하고 매년 음력 3월 12일에 추모제향을 지내고 있다. 2010년 서거 100주년을 기념하여 독지가의 성금으로 동상을 세웠다고 한다. 바다를 향해 있는 안중근 의사 동상 옆에서 반대편으로 일몰을 바라본다. 계영배를 생각하며, 석양에게 인사하고 오늘은 이제 발걸음을 멈춘다.

저녁노을을 바라보며 바닷바람에 귀를 기울인다. 태고의 바람의 소리, 생명을 잉태하는 원시의 바람 소리가 들려온다. 절망과 희망은 모두가 함께 나누라고 주어진 것, 바람이 마음의 문을 두드린다. 부처는 손을 들어 "나는 오로지 길을 가리킬 뿐이다"라고 했다. 그 길이 어디인가? 짙푸른 바다 수평선 너머 저쪽 어디쯤인가?

정남진권역안내도
2020! 안중근의사 순국 110주년
'해동사' 방문의 해
전국 유일의 안중근의사 사당 '장흥 해동사'
전남 장흥군 장동면 만수길 25-121
정남진전망대
정남진전망대
남파랑길
NAMPARANG TRAIL
남파랑길 장흥 79코스 NAMPARANG TRAIL | Jangheung79 section
이청준·한승원 문학길
한승원생가
덕산마을

다음 날 12월 23일 아침 7시 30분, 삼일수하(三日樹下)라, 숙소에서 나와 율포해변에서 일출을 감상한다. 서서히 태양이 떠오른다. 저녁노을과 함께 어제 정남진에서 헤어진 태양이 아침노을과 함께 나타났다.

8시 30분, 다시 정남진전망대에 섰다. 그리고 정남진 바닷가를 걸어간다. 오늘도 태양과 함께 동행을 한다. 파도가 밀려온다. 희망찬 하루를 시작한다. 즐거움은 누리는 자의 것, 아름다운 인생이다.

대망의 남파랑길 종주를 마치고 2020년 12월 31일 오후 정남진으로 와서 2021년 1월 1일, 정남진에서 새해를 맞이했다. 코로나로 세상이, 대한민국이 어수선할 때 한적한 정남진에서 벗들과 함께 일출을 보면서 새해를 시작했다.

정남진 아침의 바닷가, 신선한 하루를 시작한다. 하늘을 나는 저 새처럼 바다를 항해하는 저 배처럼 나그네는 나그네의 길을 간다. 돌의도로 이어지는 제방둑을 걸어간다. 우도 마을길인 돌의도길을 따라 우산배수장 앞을 지나 배수갑문 위를 건너서 관덕방조제를 따라가다가 국도로 신상마을에 들어선다. 수령 250년 된 은행나무가 마을을 지키고 있다. 신상마을독립자금기념탑이 우뚝 솟아 있다. 동학혁명 당시 회진리, 신상리를 중심으로 재산과 전답을 팔아 민족자주독립운동의 모금운동을 하였다.

신상버스정류장이 있는 사거리에서 오른쪽으로 신덕경로당에서 한승원 생가로 향한다. 벽화에는 “사랑은 늘 혼자 깨어 있게 하고 혼자 헤매이게 한다”라는 한승원의 시 「잠 못 이루는 밤」의 첫 구절이 적혀 있다. 한승원의 생가는 관리가 되지 않아 거의 폐가가 되어 있다.

1939년 9남매 중 차남으로 태어난 한승원은 고향의 역사적 현실과 숙명에 천착하는 소설가이자 시인으로, 초기에는 남해 바닷가의 풍경을 토착어가 살아 있는 작품으로 표현함으로써 삶에 대한 토속성과 한(限)의 세계를 다루다가 나중에는 인간 내면 심층을 파고들었다. 남해 바닷가는 그에게 한국 근대사가 압축된 곳이며, 그 안에 존재하는 억압과 해소를 표출하는 원형 상징적인 공간이었다. 주요 작품으로 『다산』, 『포구』, 『아제아제바라아제』 등이 있다.

갈림길로 되돌아 나와서 한재고개 방향으로 나아가 아래번덕지라는 쉼터고개를 지나간다. 한승원 소설의 주인공들이 장에 다녀오다가, 땔감나무를 해오다가, 소를 먹이고 오다가다 쉬었던 장소다. 임진왜란으로 인해 피난 와서 이 섬에 정착한 사람들이 이순신 휘하에 들어가 왜군들과 싸우기 위해 이 고개를 넘었고, 갑오년 동학군들이 이 고개를 넘었고, 3·1운동 때는 장터에서 독립만세를 부르기 위해 이 고개를 넘었고, 6·25를 전후해 인민군과 경찰이 번갈아 사람들을 묶고 끌고 이 고개를 넘었던 눈물과 의분의 고개였다. 청운의 뜻을 품고 세상으로 나아갈 때도 넘어가야 하는 고갯길이었다. 한재고개는 이곳 신덕리에서 나고 자란 한승원 선생의 문학 현장으로 명소가 되었다. 한재고개에 올라 79코스 안내판을 만나고, 한재광장에서 한재고개의 내력을 둘러본다.

득량만 바다가 내려다보이는 한재공원은 능선 약 10만 ㎡에 걸쳐 할미꽃이 자생하고 있는 전국 최대의 할미꽃 군락지로, 청정해역 득량만이 한 폭의 그림처럼 펼쳐져 보이는 바닷가의 언덕이다. 할미꽃은 노고초(老姑草), 백두옹(白頭翁) 혹은 할머니꽃으로 불린다. 매년 4월 초 '할미꽃 봄나들이 축제'가 열린다.

한승원문학길 안내판이 길을 안내한다. 한승원문학길은 회령진성에서 시작해 할미꽃단지가 있는 한재공원을 올라와 웅달샘 등 한승원 선생이 유년 시절을 보낸 생가를 경유하여 해산 한승원문학현장비가 있는 신상방파제에 도착하는 7㎞ 길이다.

고갯마루를 넘어 회진면 신상리에서 덕산리로 들어간다. 원균이 칠천량전투 패전 이후 당시 경상우수사 배설이 부서진 배 12척을 이끌고 피신을 하였으며, 그 배를 고쳤던 곳이 덕도(덕산마을)이다.

이순신은 다시 통제사로 취임한 후 곧바로 전선 정비를 착수하여 덕산마을에서 300여 명의 주민들을 동원해 난파 직전의 배를 수리하였다. 아직도 마을에는 배를 숨겨놓은 고집(庫集)들이라는 지명이 남아 있으며, 12척의 배를 수리하던 거두쟁이(톱쟁이)의 후손들이 거주하고 있다.

백의종군하던 이순신이 진주 운곡에서 삼도수군통제사에 다시 임명되고 나서 이곳 회령진에 도착하여 수군과 조우하고 제장들이 교서에 숙배하며 충성을 맹세하는 삼도수군통제사 취임식을 거행한 후 전선 12척을 정비하고 군량미와 병기, 수군을 점고하여 발진하였던 곳이다. 1597년 당시 경상우수사 배설에 대한 『난중일기』의 기록이다.

> 8월 12일 맑음. 아침에 장계 초본을 수정했다. 늦게 거제현령(안위)과 발포만호(소계남)가 들어와서 명령을 들었다. 그 편에 배설이 겁내하는 기색을 들으니 탄식을 참지 못했다. 권세 있는 가문에 아첨하여 감당 못 할 자리에 함부로 올라가 나랏일을 크게 그르쳤는데도 조정은 살피지 못하고 있으니 어찌하겠는가. 보성군수(반혼)가 왔다.
>
> 8월 17일 맑음. 이른 새벽에 길에 올라 백사정에 가서 말을 쉬게 했다. 군영구미에 가니 온 경내가 이미 무인지경이었다. 수사 배설이 내가 탈 배를 보내지 않았다. 장흥 사람들이 많은 군량을 임의대로 훔쳐 다른 곳으로 가져갔기에 잡아다가 곤장을 쳤다. 날이 벌써 저물어서 그대로 머물러 잤다. 배설이 약속을 어긴 것이 매우 한스럽다.
>
> 8월 18일 맑음. 늦은 아침에 회령포에 갔더니, 배설이 뱃멀미를 핑계로 나오지

않았다. 다른 장수들은 보았다.

8월 19일 맑음. 여러 장수들로 하여금 교서와 유서에 숙배하게 하였는데, 배설은 교서와 유서를 공경하여 맞지 않았다. 그 태도가 매우 놀랍기에 이방과 하급 관리에게 곤장을 쳤다.

8월 27일 경상우수사 배설이 와서 보는데, 많이 두려워하는 눈치다. 나는 "수사는 어찌 도망가려고만 하시오"라고 말했다.

8월 28일 적선 여덟 척이 뜻하지도 않았는데 쳐들어왔다. 여러 배들은 두려워 겁을 먹고 경상우수사 배설은 피하여 물러나려 하였다. 내가 움직이지 않고 호각을 불고 깃발을 휘두르며 따라잡도록 명령하니 적선이 물러갔다. 갈두(땅끝 갈두리)까지 쫓아갔다가 돌아왔다.

8월 30일 맑음. 그대로 벽파진에 머물면서 정탐꾼을 나누어 보냈다. 늦게 배설은 적이 많이 몰려올 것을 걱정하여 도망가기 위해 배속된 여러 장수들을 소집하였다. 나는 그 속뜻을 알고 있었지만, 때가 아직 분명하게 드러나지 않았기에 먼저 발설하는 것은 장수의 계책이 아니었다.

9월 2일 맑음. 배설이 도주했다.

배설은 명량해전 직전 탈영하였으며, 이에 도원수 권율은 전국에 수배령을 내렸다. 노량해전을 끝으로 전란이 끝난 뒤에 권율이 선산 땅에서 붙잡아 서울로 보내어 참수되었다. 칠천량해전에서 판옥선 12척을 이끌고 도주했던 배설의 최후였다.

그림을 그린 듯한 청명한 하늘과 탁 트인 푸른 바다의 회진항을 바라보고 회진리 번화가를 통과하여 회진시외버스터미널에서 79코스를 마무리한다.

★ ★ ★ ★ ★ ★ ★ ★

조선수군재건로

[회령포에서 시작된 열두 척의 기적]

회진시외버스터미널에서 강진 마량항까지 20.0㎞

회진시외버스터미널 → 회령진성 → 천년학세트장 → 이청준 생가 → 마량항

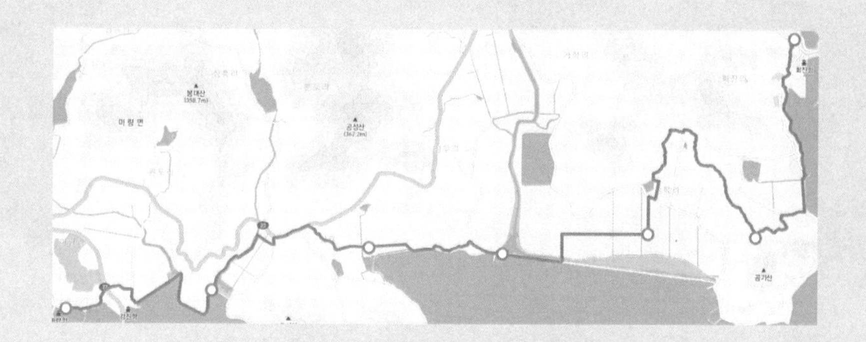

"지금 임금의 명령을 다 같이 받들었으니 의리상 같이 죽는 것이 마땅하도다."

회진면 회진리 회진시외버스터미널 맞은편의 회령진성 들머리에서 남파랑길 80코스를 시작한다.

회령진성에서 아래를 내려다본다. 나는 어디에 있는가. 어디로 갈 것인가. 이 세상에 있어서 중요한 것은 어디에 있느냐도 중요하지만 어디를 향해 움직이느냐이다. 모든 위치가 목표에 닿을 수 있는 출발점이다. 길이 가깝다고 해도 가지 않으면 도달하지 못하고, 일이 작다고 해도 행하지 않으면 성취되지 않는다.

진정한 발견은 새로운 땅을 찾는 것이 아니라 새로운 눈으로 보는 것, 구원의 길은 왼쪽이나 오른쪽을 통해 있는 것이 아니라 자신의 마음을 통해 있다. 사람들은 매일 시간의 길, 공간의 길을 걸어간다. 그리고 자기가 걸어온 시공의 길을 자기의 인생이라고 한다.

동구마을 표석과 유래 안내판 앞에 섰다. 회령진성은 1490년(성종 21) 축조를 시작하여 1554년(명종 9)에 완공하였는데, 전라우수영에 소속된 수군만호가 주둔하면서 마을이 형성되었다.

이순신 조선수군재건로 5코스 회령진성 순환길을 걸어간다. 남도에는 '이순신길 조선수군재건로'가 있다. 구례에서 진도까지 모두 8개 코스로 걷기길, 자전거길, 자동차길이 있다.

1코스 걷기길은 수군재건입성로 24㎞로 석주관 → 운조루 → 구례읍사무소(구례현청 터) → 신월치안센터로 이어지는 길이다. 2코스 걷기

길은 곡성 섬진강변 애민길을 따라 걷는 길 4㎞ 순환길이다. 3코스 걷기 길은 물자충원길로 순천 학구삼거리에서 순천 팔마비까지 14㎞와 낙안 읍성 순환길 3㎞이다. 4코스 걷기 길은 벌교읍 5㎞ 순환길로 왕복 10㎞와 율포해변 3㎞이다. 순환길은 고내마을 조양창터 2㎞, 득량면 송곳리의 박곡 양산원의 집 3㎞이며, 율포해변 걷는 길은 율포해수욕장에서 명교해수욕장 백사정까지 3㎞이다. 5코스 걷기길은 장흥 회령진 숙배 출항길로 해상 출전을 결의한 코스로 회령진성 순환 3㎞이다.

『이충무공 행록』의 기록에 의하면, 1597년 8월 18일 회령포에 도착하여 전라우수사 김억추를 불러 군선을 거두어 모으게 하고, 또 여러 장수들에게 분부하여 전선을 구선으로 꾸며서 군세를 높이도록 하였다. 6코스는 강진 마량진 해상 승전길로 해상 기동 추격전을 벌인 테마길이다. 걷기 길은 가우도 출렁다리 순환길 4㎞이다. 마량 마도진 만호성지는 정유재란 중 진린과 이순신이 연합 작전을 전개하여 승리한 곳이다. 7코스는 해남 우수영 바다에서 명량대첩을 이룬 길이며, 걷는 길은 이진성 샘터 순환길 3㎞와 우수영관광지에서 우수영, 망해루, 명량대첩비를 거쳐 진도대교에 이르는 8㎞ 길이다. 8코스는 진도에서 이순신 장군이 군사, 무기, 군량, 병선을 모아 명량대첩지로 이동한 구국의 길로 저녁 늦게까지 벽파진 바다에서 명량대첩을 이룬 길이며, 걷는 길은 진도대교에서 진도각 휴게소의 녹진관광지, 망금산 진도타워를 거쳐 울돌목 무궁화동산에 이르는 길이다. 벽파진은 고려 삼별초군의 주요 공방전 지역으로 대진항이라고도 한다.

회령포(회령진성)는 정유재란 이후 이순신이 처음으로 수군 함대를 이끌고 해상 전투를 위해 출정한 곳이다. 이순신이 수군을 짧은 시간에 복귀시킬 수 있었던 것은 전라도 연해민들의 후원에 힘입어 군수물자를 모을 수 있었기 때문이다.

이순신은 회령포에서 경상우수사 배설 휘하의 전선을 인수하였다. 그리고 전라우수사 김억추에게 명령하여 전라도 연해 지역 군영 소속의 잔류함선을 수습하게 하였다. 이순신이 삼도수군통제사 교지를 받고 회령진성을 내려올 당시 이끌고 왔던 군졸의 수가 120명, 이때 이순신의 전선은 12척이었다.

장흥군 회진면은 명량대첩의 신화를 일군 조선함대 12척의 출발지였음을 알리는 의미를 안고 있는 곳으로 회령포에는 이순신이 출정한 것을 기념하는 공간이 있다.

이순신은 1597년 8월 18일 회령진에 도착해 이것저것 점검을 지시하며 판옥선의 갑판이 깨진 것도 수리하라고 이르고, 그동안 있었던 일을 보고받고 조사, 지휘하였다.

8월 19일 이순신은 회령포(会寧浦)에서 전 병력을 무장하여 도열하고 통제사 지휘관에게 충성을 다짐하는 행사를 가졌다. 임금의 교서를 들고 충성을 결의하는 군례인 '숙배' 행사였다. 이 자리에 배설이 뱃멀미를 핑계로 나오지 않아 그의 속리 이방을 잡아다 곤장 20대를 쳐서 엄하게 다스렸다. 선조는 이순신을 다시 통제사에 제수할 때 경상우수사 배설, 전라우수사 김억추와 같은 품계로 제수하여 분란을 초래했다.

이순신은 임금이 내린 교서를 병사들에게 내보이며 "지금 임금의 명령을 다 같이 받들었으니 의리상 같이 죽는 것이 마땅하도다" 하고 충성을 맹세하였다. 그리고 이때 해남 이진으로 진을 옮긴 이순신은 건강이 아주 좋지 않았다. 1597년 『난중일기』의 기록이다.

> 8월 20일 맑음. 앞 포구가 매우 좁아서 이진(해남 북평면 이진리)으로 진을 옮겼다.
>
> 8월 21일 맑음. 날이 새기 전에 곽란이 나서 심하게 아팠다. 몸을 차게 했다는 생각이 들어서 소주를 마셨더니 조금 후 인사불성이 되어 거의 구하지 못하게 될 뻔했다. 밤새도록 새벽까지 앉아 있었다.

8월 22일 맑음. 곽란이 점점 심해져서 일어나 움직일 수가 없었다.

8월 23일 맑음. 통증이 매우 심해져서 배에 머무르기가 불편하여 배를 버리고 바다에서 나와 육지에서 잤다.

8월 24일 맑음. 일찍 도괘(해남 북평면 남성리 바다)에 가서 아침밥을 먹었다. 어란 앞바다에 도착하니, 가는 곳마다 이미 텅 비었다. 바다 가운데서 잤다.

8월 25일 맑음. 그대로 어란포에 머물렀다. 아침 식사를 할 때 당포의 포작이 방목한 소를 훔쳐 끌고 가면서 허위 경보를 알리기를, "왜적이 왔다. 왜적이 왔다" 라고 하였다. 나는 이미 그것이 거짓임을 알고 허위 경보를 낸 두 사람을 잡아다가 바로 목을 베어 걸게 하니, 군중의 인심이 크게 안정되었다.

해남의 이진진성에 머무를 때 이순신은 토사곽란으로 고생했다. 명량해전이 일어나기 불과 한 달 전이었다. 이순신은 일본군과 싸울 수 있는 최적의 장소를 찾아야 했기에 회복되자 해남 내 어란진으로 이동하였다.

1597년 9월 7일 고흥반도를 지난 일본 전함들이 어란진 인근에 나타났다. 칠천량해전의 승리감에 취한 일본 함대 8척이었다. 칠천량해전 이전만 해도 일본 함대는 전라도 바다는커녕 견내량을 통과하지도 못했다. 그런 일본 함대가 한산도를 점령하여 쑥대밭으로 만들고 섬진강 하구를 지나 전라좌수영의 본영인 여수를 유린했다.

조선 수군이 어란진에 나타난 적선에게 함포사격을 가하자 일본 전선은 도망을 갔다. 적의 대규모 공격을 방어하기에는 불리한 어란진을 떠난 이순신은 다시 진도 벽파진에 진을 쳤다. 이때 칠천량에서 죽은 이억기를 대신하여 전라우수사 김억추가 판옥선 1척을 이끌고 합류하였다. 조선 수군의 판옥선은 모두 13척이 되었다.

이순신이 어란진에서 벽파진으로 이동하자 일본 수군은 어란진까지 진격하여 수백 척에 달하는 함선을 집결시켰다.

회령진성
회령진성
Hoeryeongjinseong Fortress
문학이 함께 하는 아름다운 마을
선학동(仙鶴洞)의 역사와 지형
선학동(仙鶴洞) 마을 유래 & 위치도
천년학세트장
강진애(愛)
문학관광기행특구 · 정남진 장흥
이청준 소설문학길
영화와 영상의 만남 - 소설:선학동 나그네 / 영화:천년학
남파랑길
NAMPARANG TRAIL
남파랑길 장흥·강진 80코스 NAMPARANG TRAIL | Jangheung · Gangjin80 section
이청준 · 한승원 문학길

이순신은 울돌목 앞 벽파진에 13척의 판옥선을 배치하고 진을 쳤다. 그리고 열흘 뒤 9월 16일 울돌목에서 이제 기적 같은 명량해전이 기다리고 있었다.

회령포에서 시작된 열두 척의 기적을 생각하며 데크 계단길을 올라서서 회령진성 역사공원을 둘러본다. 회령진성은 남해에 출몰하는 왜구를 방어하는 주요 수군기지로, 동쪽으로는 고흥의 사도진, 발포진, 녹도진으로 연결되고, 서쪽으로는 마도진, 이진진, 어란진으로 연결된다. 이순신의 전선 12척을 상징하는 판옥선 형태의 돌 의자 12개가 놓여 있다.

역사공원 앞쪽에 상징조형물인 '회령승상' 조각품이 전시되어 있다. 넓은 바다를 원으로 표현하여 과거 회진에 울려 퍼졌던 백의종군 정신이 널리 퍼져 나가기를 소망하고, 사람을 단순화하여 원을 떠받들게 함으로써 장흥군민들이 협동하여 발전해나가기를 기원하는 의미를 담았다고 한다.

회령진성 끝에서 좌측으로 '회진북문길'을 따라나가다가 '회령진성길' 마을길을 따라 회진항을 내려다보고 회진파출소를 지나 해안 방향으로 나아간다.

갯벌을 간척하여 만든 농장마을 선착장을 돌아 나가면 붉은 슬레트 지붕 건물 옆을 지나는데, '천년학 세트장' 건물이다. 천년학의 선술집 셋트장을 지나서 순홍방파제 위를 아슬아슬하게 걸어간다. 이리 떨어지면 갈대밭, 저리 떨어지면 낭떠러지, 오직 집중해야 한다.

천년학리조트를 지나서 '천년학의 고향' 선학동(仙鶴洞)마을에 들어선다. 선학동마을은 회진면에서 가장 높은 공지산 아래에 위치하고 있는

데, 이 산의 형상을 주제로 『선학동나그네』가 창작되었고, 산의 선(線)은 '날아오르는 학의 날갯짓'으로 묘사되기도 하였다.

임권택 감독의 '천년학'은 '서편제'의 속편 격으로, 이청준의 단편소설 『선학동나그네』를 영화화한 작품이다. 선학동마을은 원래 산저마을이었으나 영화가 개봉되고 이름이 바뀌었다. 봄날에는 유채꽃이 마을을 가득 채워 선학동 유채마을로도 불린다. 가을에는 메밀꽃이 흐드러지게 피어 10월에는 메밀꽃 축제가 열린다. 이청준은 『선학동나그네』에서 "포구에 물이 차오르면 관음봉은 한 마리 학으로 물 위를 떠돌았다. 선학동은 그 날아오르는 학의 품 안에 안겨진 셈이다. 동네 이름이 선학동이라 불리게 된 연유이다"라고 표현했다.

임도를 따라 이청준 소설문학길을 걸어간다. 이청준 소설문학길 8㎞는 회령진성에서 시작해 이청준 생가 및 묘지에 도착하는 구간이다. 이청준 소설문학길에는 이청준에 대한 내용을 100여 개의 표지판에 세워놓았다.

'문학을 사유하는 이청준·한승원의 소설길' 1구간은 소설문학길, 2구간은 눈길(이청준소설문학길), 3구간은 이청준 소설문학길, 4구간은 한승원 소설문학길이다.

한국 현대소설문학의 성지처럼 회자되는 회진면은 이청준, 한승원으로 대변되는 걸출한 작품들이 이곳의 산과 바다의 서정, 사물과 사람들을 소재로 나온 곳이다.

미백(未白) 이청준은 1939년 3월 회진면 진목리에서 태어나 2008년 7월 타계하고 고향인 진목리 갯나들에 안장되었다.

정자에 앉아서 마을을 내려다본다. 나그네의 행색에 놀란 개 소리가 그치지 않는다. 마을 앞에 펼쳐진 득량만의 푸른 바다, 그 바다가 연출하는 매혹적인 서정은 참으로 아름답다. 이어진 섬들, 오가는 배들, 밀려오는 파도가 황홀한 영상으로 다가온다. 2012년에는 대한민국에서 가장 아름다운 농어촌마을로 선정된 마을, 소박하게 느껴지는 시골 예배당의 십자가가 햇살에 비쳐 신비롭게 다가온다.

원목 계단길을 따라 산으로 올라간다. 옹달샘을 지나고 공지산 갈림길 능선에 올라서서 우측으로 이청준 생가 2.4㎞ 방향으로 능선 길을 걸어간다. 능선을 따라 좌측은 회진면 진목리, 우측은 회진면 회진리다. 사각사각 밟히는 낙엽 소리를 들으며 넓은 이청준 문학길을 따라 걸어간다. 이청준 생가마을인 진목리에 들어서서 '이청준 생가 100m' 표지판을 따라 들어선다. 남파랑길은 직진이나, 좌측 40m 거리에 있는 이청준 생가를 다녀온다.

마을을 벗어나 농로를 걸어 진목제1저수지 둑길을 걸어간다. 청둥오리들이 한가롭게 놀고 있다. 청둥오리들이 경계한다. 한적한 들판을 나 홀로 걸어가며 청복(淸福)을 누린다. 다산 정약용은 사람이 누리는 복을 열복(熱福)과 청복으로 구분했다. 열복은 뜨거운 복으로, 말 그대로 높은 지위에 올라 부귀를 누리며 떵떵거리고 사는 것을 말한다. 반면 청복은 욕심 없이 맑고 소박하게 세상사를 보내는 것을 말한다. 가진 것이 넉넉지 않아도 자족하며 삶을 누리는 것이 청복이다. 다산은 "하늘이 매우 아껴 주려 하지 않는 것은 청복이다. 열복을 얻은 이는 흔하지만 청복을 얻은 이는 몇 되지 않는다"라고 말한다. 청복은 찾는 사람이 많지 않기 때문이다.

옛 사람들은 석복(惜福)이란 말을 사랑했다. 석복은 복을 아낀다는 뜻이다. 다 누리지 않고 아껴둔 복을 함께 나눴다. 하지만 요즘 세상은 절제를 모른다. 누릴 복을 조금씩 덜어 아끼고 나누며 살아가면 좋을 텐데, 그 일이 쉽지가 않다.

좌우의 넓은 농수로를 바라보며 걷다가 덕촌방조제로 올라서서 대대구도와 소대구도를 바라본다. 덕촌선착장을 바라보며 덕촌방조제길을 따라 대덕읍 가학리로 들어선다. 대덕읍에 있는 천관산(天冠山: 723m)의 추억이 스쳐간다. 좌측으로는 태양이 빛나는 바다를 바라보고 우측 갈대밭 너머 농경지와 저 멀리 천관산 자락을 바라보면서 방조제길을 따라 걸어간다. 해안길을 벗어나서 '정남진해안도로' 표지판이 붙은 양하덕촌길을 걸어간다. 멀지 않아 강진이다. 부산에서부터 참으로 머나먼 길을 걸어왔다. 백척간두진일보(百尺竿頭進一步)다. 백 척의 긴 장대 끝에 서서 움직임이 없는 사람이라면 비록 입도(入道)의 경지에 이르렀으나 아직 진정으로 깨달은 것이 아니고, 백 길의 장대 끝에서도 다시 한 걸음 전진할 수 있다면 온 세상이 모두 자기의 것이 될 것이다. 작은 성취와 향상에 만족하지 말고 한 걸음 또 한 걸음 일신우일신 앞으로 전진해야 한다.

신리어촌체험마을을 지나고 상흥천을 지나서 대덕읍 신리에서 드디어 강진군 마량면 상흥리로 군계가 바뀐다. '강진군민의 노래'를 힘차게 부르며 나아간다.

보은산 우두영봉 아침해 떠오르면/ 천년신비 고려청자 흙과 불로 타오르고

영랑의 모란향기 시심으로 이어지며/ 다산의 실학사상 애민정신 꽃피네

희망찬 우리강산 남도답사 일번지/ 영원무궁 빛나리 청자골 강진이여

마량면은 강진군 남부에 위치하고 있는 면이다. 삼국시대부터 해상교통이 발달했던 곳으로 장흥, 해남, 영암으로 들어가는 관문으로서 역할을 했다. 또한 청해진 장보고가 운용한 해상로였으며, 고려와 조선시대에는 세곡선이 운항하는 뱃길이었다. 이런 이유로 역사적으로는 왜구의 침입이 잦아 많은 피해를 입었던 곳이기도 하다.

신리배수갑문을 지나 신리 앞바다 방향으로 나아간다. 넓은 바다 김 양식 밭을 지나고 호수와 같이 잔잔한 바다를 바라보면서 걸어간다. 멀리 신마항과 고금대교가 보인다. 2007년에 개통된 고금대교는 강진군과 완도군 고금면 고금도와 연결된다.

마량천이 바다와 만나는 신마방조제 배수문 위를 지나 마량리로 들어선다. 마량마을은 완도군 고금면(고금도) 사이에 바닷길이 좁아지는 구간이라 마돌목이라 부르다가 후에 마량마을이라 개칭되었다.

신마방조제를 걸어서 신마항으로 들어선다. 신마항 선착장에서 KBS 인간극장에 소개된 '은영씨의 꽃 피는 바다 전복' 앞을 지나서 고금대교로 이어지는 신마교차로 밑을 통과하여 마량항에 도착했다. 드디어 강진군 마량면 마량리 마량항에 도착했다. 마량항 광장에는 '강진애(康津愛)' 노래비와 강진 출신 이용식이 쓴 '고수목마(곶자왈에서 기르는 말)' 시비가 있다. 정의송이 작사 작곡한 노래 '강진애(愛)'가 들려온다.

> 백련사 동백꽃이 흐드러지게 피었네./ 길 위에 떨어진 동백꽃잎은 외로움의 눈물이었나/ 사랑을 맹세하며 함께 걷던 이 길에 무심한 산새 소리만/ 아아 님은 떠나고 동백꽃만 붉게 피었네/ 사랑을 맹세하며 함께 걷던 이 길에 무심한 산새 소리만/ 아아 돌아와주오 내 사랑 강진 강진애

수많은 소형 어선들이 정박해 있다. 옆에 81코스 안내판이 있다. 3시 30분, 80코스 종점에 도착했다.

배가 고파 가까이 있는 소박한 시골 밥상으로 늦은 점심을 맛있게 먹는다. 식당 주인아저씨가 밥 한 공기를 더 주신다. 측은지심, 따뜻한 마음이 피로를 풀어준다.

베이스캠프 승용차를 가지고 마량항으로 되돌아와서 마량항에서의 일몰. 그리고 첫날 밤이 흘러간다

강진 구간

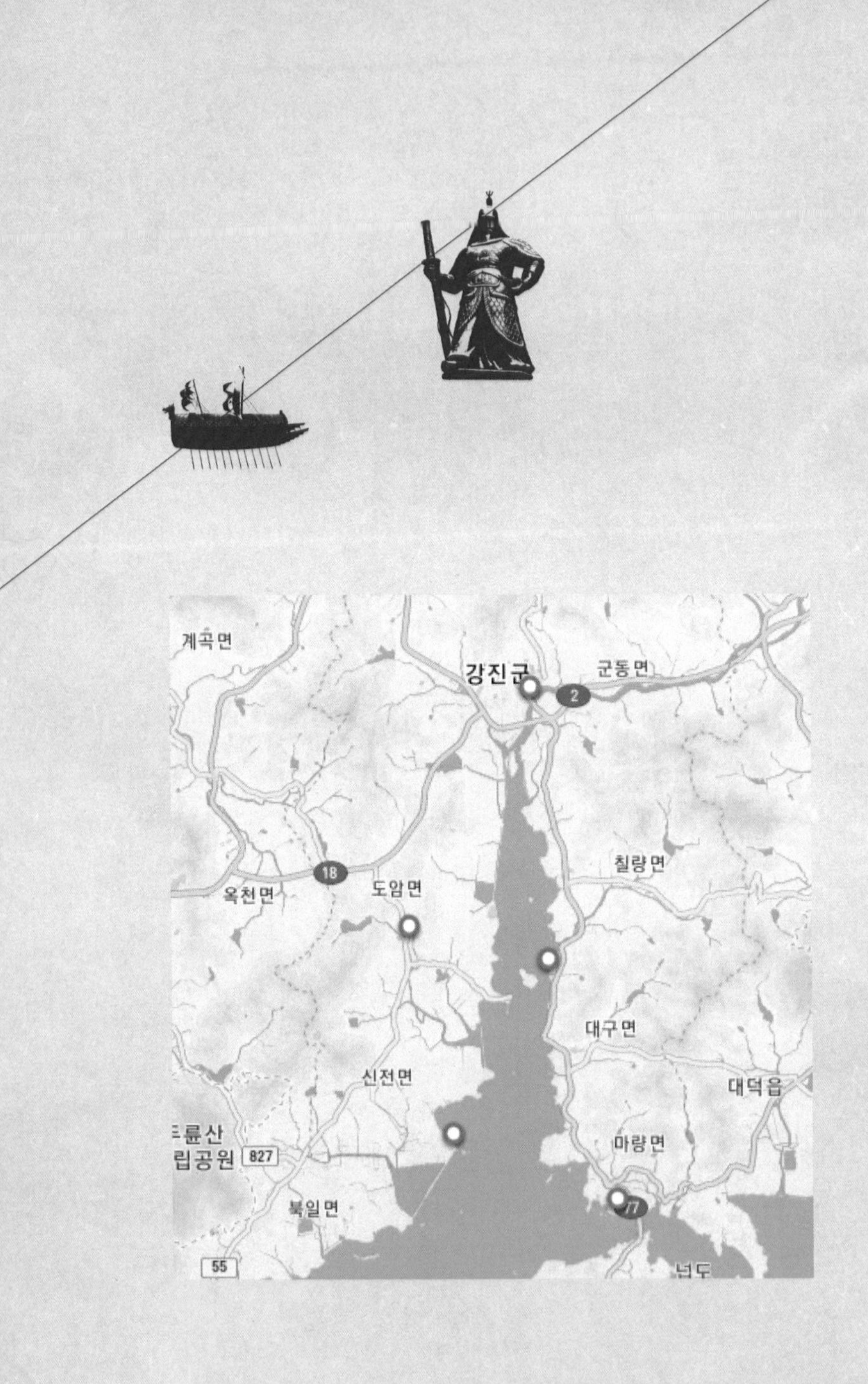

계곡면
강진군
군동면
2
18
옥천면
도암면
칠량면
대구면
신전면
대덕읍
마량면
827
북일면
55

강진바다둘레길

[이순신과 진린]

마량면 마량항에서 대구면 가우도 입구까지 15.2㎞

마량항 → 백사어촌체험마을 → 고바우전망대 → 하저어촌체험마을 → 가우도 입구

"통제사는 천하를 다스릴 만한 인재요. 하늘의 어려움을 능히 극복해낼 공이 있다."

12월 24일 목요일 7시 마량항에 서서히 여명이 밝아온다. 해장국을 먹기 위해 숟가락을 들다 말고 오늘처럼 속 빈 아침에 배고팠던 시절을 떠올린다. 숟가락질을 배우는 것은 홀로 가는 삶을 알아가는 것, 돌아보면 끊임없이 비굴해지고 비겁해지고 피와 땀과 눈물을 흘린 힘들었던 세월, 오두미절요의 굴욕을 견디게 힘을 준 것은 오직 이 한 자루의 삽, 숟가락 덕분이었다. 구불구불 몸속의 길 채우러 줄기차게 밥과 찌개를 삽질하며 남파랑길에서 살아 있음을 확인한다.

마량항에서 81코스를 시작한다. 81코스는 마량항에서 출발하여 가우도 입구까지 느림, 끌림, 그림 같은 '강진 바다둘레길' 1코스 '바다가 보이는 풍경길'과 함께 간다. 강진군의 핵심 관광명소로 부상한 가우도까지 걷는 내내 아름다운 해안경관을 감상할 수 있는 길이다.

강진은 백제시대에 도무군의 도강과 동음현의 탐진이 영합된 지역으로 도강(道康)의 '강(康)' 자와 탐진(耽津)의 '진(津)' 자를 합해 강진(康津)이라 호칭한다. '미스터트롯' 우승자인 임영웅이 불러 유명해진 '마량에 가고 싶다'와 미스트롯 2의 김다현 양이 부른 '강진애'로 유명한 마량항은 유서 깊은 만호성 터가 남아 있고 까막섬이 물고기가 서식하기 좋은 환경을 제공하는 어부림의 역할을 하고, 고금도가 마량항으로 밀려드는 파도를 막는 방파제 역할을 해주어 사시사철 해산물이 넘쳐나는 천혜의 자연환경을 갖춘 풍요로운 항구다. 전국 최초로 어촌어항 복합

공간으로 개발되었고, 천연기념물인 마량 까막섬 상록수림, 마량과 고금 연륙교가 아름다워 미항(美港)으로 불린다.

남도답사 1번 강진만 끝자락에 위치한 마량(馬良)은 고려 시대 때는 강진만 일대에서 만든 고려청자를 개성까지 실어 나르던 500㎞ 뱃길의 시작점이었고, 조선시대에는 국가에 바쳐지던 제주 말이 한양으로 이동하던 유일한 해상관문이었다. 육지에 도착한 말들은 마량에서 일정 기간 육지 적응 기간을 거쳐 한양으로 보내졌다. 1417년 조선 태종 때는 마도진이 설치되어 만호절제도위가 주재하였고, 임진왜란 시기에는 거북선 한 척이 상시 대기하는 전략적 요충지였다.

현대에 이르러 마량은 말을 매개로 하여 제주도와 인적·물적 교류가 활발히 이루어지고 있으며 말과 관련된 지명들이 많은데, 말이 잠자던 곳이라 하여 붙여진 숙마(宿馬)마을을 비롯하여 신마(新馬)마을, 원마(元馬)마을 등이 있으며, 마량(馬良)은 말이 잠시 머물렀다고 해서 붙여진 이름이다.

'한국의 나폴리 마량미항은 강진 발전의 시발점'이라는 홍보판을 보면서 마량항 전망대를 바라보고 마량놀토수산시장을 지나간다. 매주 토요일 아름다운 항구와 관광객이 하나가 되는 흥겨운 음악회와 수산시장이 열렸건만 코로나19로 문이 닫혔다.

마량항여객터미널을 지나서 작은 까막섬 소오도(小烏島)와 큰 까막섬 대오도(大烏島)를 바라보며 해안으로 나가다보면 '남도이순신길/조선수군재건로' 대형 안내판 앞을 지나간다.

정유재란이 있었던 1597년 8월 20일 회령포(회령진성)를 출발한 조선 함대는 조심스럽게 마량 앞바다로 진출하여 이곳 바다에서 첫 해상 순항이 전개되었다. 이어 이순신이 이끄는 조선 함대는 해남 이진항까지 진출하였다. 이순신은 마량 앞바다가 보성, 장흥, 완도, 해남, 진도 뱃길의 중간 요로이기 때문에 이곳 물목에 큰 관심을 기울였다. 해상조망에 적합한 마량항을 조선수군재건로의 해상 대체 육상구간으로 편입시켰다.

마량항 끝지점에서 까막섬을 뒤돌아보면서 해안로인 미향로를 따라간다. 마량과 고금 사이의 연륙교인 고금대교가 드디어 웅장한 모습을 드러냈다. 고금도는 마량에서 배로 10분 정도 거리이지만 단지 섬이라는 이유로 사람들의 접근이 용이하지 않다가 2007년 그 길이 열린 것이다.

고금도는 임진왜란 때 통제영이 마지막으로 있던 곳이다. 『선조실록』 1598년 3월 18일 기록이다. 『난중일기』는 1598년 1월 5일 이후 9월 14일까지 기록이 빠져 있다.

> 고니시 유키나가는 예교에 웅거하고 2월 13일에는 히데이에도 군사를 거느리고 여기에 왔습니다. 우리 수군은 멀리 나주의 보화도에 있어서 낙안과 흥양 등의 일본군이 멋대로 다녀 매우 통분합니다. 온화한 바람이 부니 바로 흉적들이 발동할 때이므로 2월 16일에 보화도에서 배를 몰아 17일에 강진의 고금도로 진을 옮겼습니다. 고금도가 호남 좌우도에 있어서 안팎의 바다를 제어할 수 있고 산봉우리가 중첩되고 망보는 것이 연이어 있어서 형세의 빼어남이 한산도보다 배나 됩니다.

명량 앞바다에서 기적 같은 승리를 일궈내고는 곧바로 진도 앞바다를 떠나 멀리 고군산도까지 올라갔다가 다시 되돌아 목포 앞 고하도(보화도)에서, 그리고 고금도에서 이순신은 최후의 닻을 내렸다. 고하도에 있을 때는 거리가 멀어 일본군을 견제하기가 어려웠기 때문에 전라좌우도의 해상을 제어할 수 있는 고금도로 통제영을 옮겼다. 고금도는 예교와 그 일대 지역을 출입하는 일본군을 공격할 수 있는 전략적인 천혜의 요새였다. 형세의 빼어남이 안팎의 바다를 제압할 수 있으며 산봉우리가 첩첩이 있어 망을 볼 수 있게 연결되어 있어 한산도의 두 배였다.

고금도에 진주한 이순신에게는 군사 8천 명이 있어 먼저 군량미를 해결해야 했다. 이에 이순신은 백성을 모집하여 군사와 함께 고금도에 이웃한 흥양과 광양의 둔전에서도 농사를 짓게 했다. 한편, 해로통행첩을 발행하여 3도 연해의 배에 통행첩이 없는 자는 간첩으로 간주하여 통행을 금지한다는 영을 내렸다. 백성들은 통행첩을 받은 대신 대선(大船)은 3석, 중선은 2석, 소선은 1석의 쌀을 바치게 했다. 이에 전쟁 중에 이순신을 따라 피난하는 사람들은 배를 타고 와서 모두 통행첩을 받아갔다. 피난 가는 백성들은 재물과 곡식을 모두 싣고 바다로 나왔기 때문에 쌀 바치는 것을 어렵게 여기지 않고 기뻐했다. 그 결과 십여 일 동안 1만여 석의 군량을 확보할 수 있었다.

고금도는 갑자기 섬 전체가 조선소와 군수공장으로 변하고 미곡창고도 만들어졌다. 피난민들이 모여들어 섬이 넘칠 지경이었고, 장사를 하며 생활을 꾸려가는 사람들도 있었다. 이순신은 자신들을 따라오는 피난민들을 고금도와 인근 섬에 안착시켰다. 섬이 안정될수록 피난민들은 더욱 많이 몰려들었다. 이순신은 그들을 군사로 확보하고 전선을 제조할 인력으로 활용했다.

명나라 수군이 조선에 출전한다는 사실이 조정에 알려진 것은 1597년 10월이었고, 이순신이 명나라 수군이 강화도에 도착했다는 사실을 안 것은 10월 24일이었다. 그리고 10월 25일 『난중일기』는 이렇게 기록하고 있다.

맑음. 몸이 몹시 불편했다. …(중략)… 초경에 선전관 박휘무가 유지를 가지고 왔는데, "명나라 수군이 배를 정박하기에 적합한 곳을 파악하여 급히 보고하라"라는 것이었다. 양희우가 장계를 가지고 서울로 올라갔다가 되돌아왔다.

그리고 1598년 7월 16일 명나라 수군 도독 진린이 고금도에 도착했다. 고금도는 이제 조선과 명나라의 수군기지가 되었다. 이순신은 고금도의 덕동에 진을 치고 있었고, 진린은 거기서 서쪽인 묘당도에 진을 쳤다. 진린의 성격은 오만하고 포악했다. 1598년 5월, 한양에 도착한 진린이 선조에게 말했다.

"조선의 장수 가운데 군율을 어긴 자가 있으면 내 혼쭐을 내겠소이다."

진린은 군량미 조달을 제대로 못 했다는 이유로 이를 담당하는 조선 관리의 목에 밧줄을 묶은 채로 말을 타고 끌고 다니기도 했다. 보다 못한 영의정 유성룡이 따졌으나 듣는 둥 마는 둥 했다. 이처럼 포악하기 이를 데 없는 진린에 대해 우려하는 목소리가 커졌다.

6월 26일 선조는 한강의 동작 강가에서 고금도로 떠나는 진린을 전송하는 연회를 베풀었다. 그때 진린은 이렇게 말했다.

"작은 나라의 신하들이 혹시라도 명령을 어기는 일이 있으면 절대로 용서하지 않고 일체 군법에 의해 처리할 것이다. 이 뜻을 남쪽 변방 수군 장수와 군사들에게 특별히 강조해달라."

진린은 이순신의 조선 수군을 직접 통솔하겠다는 것이었다. 『징비록』의 기록이다.

임금께서 청파(靑坡) 들까지 나와서 진린을 전송하셨다. 나는 진린의 군사가 수령을 때리고 함부로 욕을 하며, 찰방 이상규의 목에 새끼줄을 매어 끌고 다녀서 얼굴이 피투성이가 된 것을 보고 역관을 시켜 말렸으나 듣지 않았다. 나는 같이 앉아 있던 재신들을 보고 "아깝게도 이순신의 군사가 장차 패전하겠구나! 진린과 같이 군중에 있으면 행동이 제지당하고 의견이 서로 어긋나서 분명히 장수의 권한을 빼앗기고 군사들은 함부로 학대당할 텐데, 이것을 제지하면 화를 더 낼 것이고 그대로 두면 한정이 없을 테니 이순신의 군사가 어찌 패전하지 않을 수 있겠소?" 하니 여러 사람들도 "그렇습니다" 하면서 서로 탄식만 할 따름이었다.

그런 진린이 고금도에 도착한 것이다. 이순신은 진린 도독이 온다는 소식을 듣고 병사들을 시켜 사슴과 산돼지, 바닷고기 등을 많이 잡아와 성대한 술잔치를 준비했다. 진린의 배가 고금도 앞바다에 들어오자 이순신은 군대 의식을 갖추고 영접했다. 진린과 명나라 군사들은 진수성찬에 술대접을 받고 모두 흠뻑 취했다.

이틀 후인 7월 18일 절이도해전이 일어나고 승리한 이순신은 수급을 진린에게 건네주었다. 진린은 고마움에 뛸 듯이 기뻐했다. 진린은 절이도해전에서 장수로서의 이순신의 참모습을 보았다. 절이도해전 후 이순신은 선조에게 두 종류의 장계를 올렸다.

"진린이 열심히 싸운 끝에 왜선을 침몰시키고 수급을 얻었다."

"조선 수군 단독 참전이었지만 진린이 공을 시샘하여 안타까워하기에 우리 군이 거둔 수급 가운데 40개를 건넸다."

진린은 명나라 본국에 수급을 전공으로 자랑하며 자신의 승리라는 거짓 보고를 올렸다. 8월의 어느 날 명나라 마귀 제독이 선조에게 아뢰었다.

"내가 듣기에는 명나라 군대는 이순신이 아니었으면 조그마한 승리도 거두지 못하였으리라고 합니다."

이는 이순신의 장계를 미리 받았던 선조도 알고 명나라 장수들도 알고 있는 사실이었다. 이런 이순신의 배려에 진린과 명나라 장수들은 감동했다.

남파랑길
NAMPARANG TRAIL
남파랑길 강진 81코스 NAMPARANG TRAIL | Gangjin81 section
마량놀토수산시장
고바우 전망대
수산자원보호구역 안내표지판
▪근 거
- 수산자원관리법 제51조
▪위 치
- 육역부(21.3㎢) : 강진,군동,칠량,대구,마량,도암,신전
- 해면부(54.5㎢) : 강진군 도암만 일원
▪행위제한
- 수산자원 보호·육성 및 주민생활을 영위하는데 필요한 건축물이나 시설, 조림·육림·임도의 설치나 경미한 행위 등 "허가대상행위"에 대하여만 관리청의 허가를 받아서 행위가 가능함
▪벌 칙
- 허가를 받지 아니하고 행위를 한 자 2년이하 징역 또는 2천만원 이하 벌금
⊙위반 행위자 신고
(해양산림과 ☎430-3263)
강 진 군 수
강진군
LOVE
SEA
SKY
GANGJIN
CELADON
FOREVER
LOVE
TIME

고금도에 주둔한 명나라 군사들은 조선군과 백성들에 대해 행패와 약탈이 심했다. 하루는 이순신이 군에 영을 내려 크고 작은 집을 헐게 하고 본인의 침구와 옷을 배에 옮겨 실었다. 이 소식을 들은 진린이 부하를 보내어 그 까닭을 물었다. 이에 이순신이 대답했다.

"우리 소국군민(小国君民)은 귀국 장수를 하늘과 같이 믿었는데 오늘에 약탈이 심하므로 우리 백성들이 참을 수 없어 여기를 떠나려 하니, 나는 대장이 되어 혼자 남아 있을 수 없어 배를 타고 다른 곳으로 가려고 합니다."

이에 진린은 크게 놀라 한달음에 달려와 이순신의 손을 잡고 만류하며 부하들을 시켜 이순신의 침구를 도로 옮겨놓으며 애걸복걸하였다. 그때 이순신이 말했다.

"그러면 대인(大人)도 내 말을 들어주면 좋겠습니다."

진린이 말했다.

"내가 어찌 들어주지 않겠소."

"명나라군이 잘못하는 것을 처벌하는 권한을 내게 주면 서로 좋은 것입니다."

이에 진린은 두말없이 승낙하였다. 그 이후로 명나라 군사들은 진린 도독보다 통제사 이순신을 더 무서워했다. 명나라 군대는 원군으로서 조선을 도왔으나 육군의 장수와 군사들도 오만과 행패, 약탈이 심하였다. 오죽했으면 '왜놈은 얼레빗, 되놈은 참빗'이라고 했으니, 일본군의 약탈보다 명군의 약탈이 더 심했다. 이들 명군을 제어하고 조선의 법으로 엄격히 다스린 것은 오직 고금도의 통제영뿐이었다.

진린이 이순신을 얼마나 높게 평가하였는지는 선조에게 이순신을 칭찬하는 글을 보아도 알 수 있다.

"통제사는 천하를 다스릴 만한 인재요. 하늘의 어려움을 능히 극복해낼 공이 있다."

고금도에는 이순신의 유적지가 있다. 고금면 덕동리에 있는 묘당도의 유적지는 고금도가 이순신과 아주 밀접한 관계를 맺고 있는 섬이라는 사실을 알려준다. 노량해전에서 순국한 이순신이 노량포구에서 아산으로 가는 길에 잠시 머물렀던 묘당도(廟堂島)에는 그때 유해를 잠시 안치했던 월송대와 충렬사가 있다. 노량해전에서 고금도로 돌아오면서 조선 수군 어느 누구도 승리의 함성을 지를 수 없었다.

'삼도수군통제사 이순신 전사!'

이순신의 전사 소식을 듣고 고금도는 물론 인근의 강진, 장흥과 해남, 진도의 주민들까지 하늘을 원망하며 울었다. 명나라 군사들도 함께 소리 내어 울었다. 진린 역시 땅바닥을 뒹굴며 곡을 하였다.

"어른께서 오셔서 나를 구해주셨는데, 이 어인 일이란 말입니까!"

이순신의 영구는 마지막 고금도 월송대에 묻혔다. 이순신의 사망 소식에 남도 백성들은 모두 흰옷을 입었고 입에 고기를 대지 않았다. 이순신의 시신은 20일 후 가족들이 있는 아산으로 옮겨졌다. 고금도에서 충청도 아산에 이르기까지 운구행렬이 움직이는 곳마다 백성들의 통곡이 이어졌고, 수많은 백성들이 수레를 붙잡고 울어 행렬이 앞으로 나아가지 못하였다. 아산으로 옮겨진 다음 날 이순신의 장례가 치러졌다. 유생들은 글을 지어 이순신을 추모했고, 승려들은 제를 올리며 죽어 돌아온 영웅의 극락왕생을 빌었다.

이순신의 운구행렬을 따라 아산까지 올라온 진린은 아들 이회를 만나 두 손을 붙잡고 울며 위로했다. 진린은 조선 원정에 함께 따라온 지관 두사충에게 이순신의 묫자리를 당부했다. 두사충은 당나라의 시성(詩聖) 두보의 후손으로 임진왜란이 끝난 후 명나라로 돌아가지 않고 조선에 귀화했다.

이순신의 유해는 두사충이 정해준 아산의 금성산 아래에 묻혔다. 그리고 15년 후, 이순신의 묘는 아산 어라산으로 가족들에 의해 이장되었고, 지금까지 그곳에 묻혀 있다.

남파랑길 종주를 마치고, 이전에도 여러 번 찾아간 적이 있는 이순신의 무덤, 주변은 공사 중이었다. 현충사에는 인적이 드물고 한산했다. 일본의 야스쿠니 신사를 찾아갔을 때는 평일에도 사람들이 북적거렸는데.

진린은 이순신을 "장수 중의 장수다!"라고 하였으며, "나는 불세출의 영웅 통제사 이순신을 살리고 싶다"라고 하였고, 전쟁 후 "이순신은 죽어도 죽지 못하고 살아도 살 수 없다"라고도 하였다.

1636년 명나라가 멸망하고 청나라가 들어서자 진린의 손자 진영소는 망국의 한을 품고 원수와 같은 하늘을 이고 살 수 없다며 난징을 출발하여 고금도를 거쳐 해남군의 내해리에 정착했다. 진영소는 조선에서 광동 진씨의 시조가 되었고, 그 집성촌이 지금도 해남에 있다.

빼어난 절경을 자랑하고 이순신의 충혼이 서린 고금도를 생각하며 남파랑길을 걸어간다. 마량초등학교 정문을 지나서 마량 앞바다로 나가 해변길을 걸어간다. 좌측 멀리 고금대교의 횃불 모양의 교각이 잘 가라고 손짓을 한다. 노루목선착장을 지나고 서종어촌체험마을 펜션 앞을 지나서 바닷물이 살짝 얼어 있는 서중해변을 따라 걸어간다. 수인마을어촌계 선착장을 지나고 수산자원보호구역 안내판을 지나 계속 해변길을 따라 걸어간다.

앞쪽 내호도와 뒤쪽 외호도를 향해 나가다가 우측 구수리로 이어지는 소로를 지나면서 마량면에서 대구면 구수리로 들어선다. 대구(大口)란 지명은 '강진으로 들어가는 큰 어구'에 해당한 데서 이름이 붙여졌다. 강진으로 흐르는 강이 탐진강(耽津江)인데, 이는 '탐라(耽羅: 제주)로 건너가는 나루'에서 붙여진 이름이다.

대구면의 당전(党田)은 고려청자의 도요지가 자리한 곳으로 유명하다. 이곳은 원료가 되는 고령토와 함께 연료가 풍부하다. 길은 내호도 방향으로 이어지고 있는 물길을 보면서 가다가 '강진바다둘레길' 표지를 만난다. 강진바다둘레길은 미항 마량에서 영랑생가까지 이어진 굽이굽이 해안선을 따라 28.36㎞를 걷는 길이다. 1코스는 마량미항에서 청자다리까지 '바다가 보이는 풍경길' 18.7㎞, 2코스는 청자다리에서 가우도를 통과하여 다산다리를 건너 다산박물관까지 '갯내음 가득한 출렁다리길' 9.66㎞이다.

구수리 카페 앞을 지나서 삼거리에서 우측으로 나아가 남호마을로 들어선다. 구수리 자연마을로는 구곡, 남호, 덕바우마을이 있는데, 구곡마을에는 구곡사(亀谷祠)가 있어 익재 이제현과 백사 이항복을 배향하고 있다. 왜군의 침입을 방어하기 위해 축성된 마류장성(또는 만리성)은 남호마을에서 시작하여 장흥 대덕면까지 이어진다.

남호마을 쉼터 정자나무 옆을 지나서 해안으로 내려서서 '청자로' 해안길을 따라간다. 마을 주위에 아홉 개의 골짜기가 있다 하여 이름 붙여진 '구곡마을' 선착장을 지나간다.

수동리를 지나서 '청자해안길'을 따라나가다가 저 멀리 가우도 청자다리가 보이기 시작한다. 바닷속 바위섬으로 연결되는 해상데크길을 지나고 백사 어촌체험마을로 들어선다. 백사마을 이름은 하얀 모래등에 위치한 지형에서 유래하였다. 백사마을 육각정자를 지나면서 대구면 사당리로 들어선다. 사당리(沙堂里)는 12세기 경 고려청자를 생산하던 가마가 있었던 마을로 가마터 45곳이 발견되었고, 현재 우리나라 국보급 고려청자의 대부분을 이곳에서 생산하였다.

백사선착장을 지나고 토끼와 눈사람 인형이 전시된 해안옹벽을 지나서 대구천에 놓인 잠수교 다리를 건너간다. 좌측으로 미산마을 어촌계 안내판과 갯벌 진입로, 우측으로 '청자박물관' 입구 이정표를 보면서 직진해 나간다.

강진군 대구면과 칠량면 일대는 9세기에서 14세기까지 500년 동안 청자를 제작하였던 곳이다. 우리나라 국보, 보물 청자의 85%가 이곳 강진에서 생산한 것으로, 우리나라 청자의 발생과 발전, 쇠퇴 과정을 일목요연하게 볼 수 있는 '청자의 보고(宝庫)'이다. 그 생산품은 왕실과 귀족, 사찰 등지에 사용되었다.

청자박물관 갈림길을 지나 청자해안길을 따라 가다가 고바우공원 전망대로 올라간다. 고바우전망대부터 대구면 저두리(猪頭里)다. 저두마을은 지형이 돼지머리처럼 생겼다 하여 붙여진 이름이다.

전망대를 지나서 차도 옆길을 따라 걸어가면서 벚나무 사이로 보이는 가우도를 바라본다. 가우도에서 좌측 강진군 도암면으로 연결되는 보행자다리는 '다산다리(716m)'이고, 가우도 우측 대구면으로 이어지는 보행자 다리는 '청자다리(438m)'로 명명되어 있다. '강진만 해안도로' 표지만을 지나면서 가우도가 점점 다가온다.

저두바닷길로 걸어서 하저 어촌마을 승선체험장을 바라보며 해안로를 따라 길게 진행해나간다. 드디어 가우도 입구 82코스 안내판 앞에서 마무리를 한다.

함께해(海)길

[사람사냥전쟁]

대구면 가우도 입구에서 강진읍 구목리교 서쪽까지 16.3㎞

가우도 입구 → 세심정 → 칠량중학교 → 칠량농공단지 → 구목리교

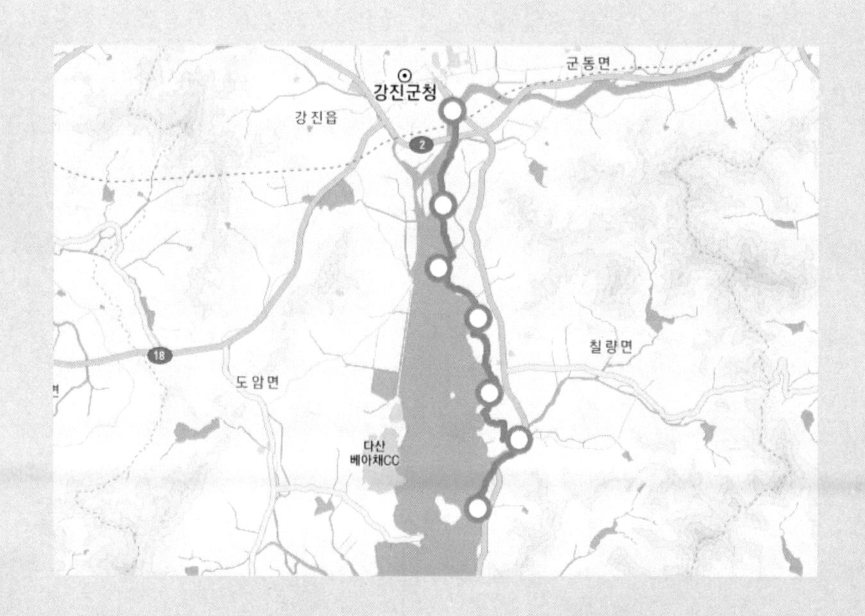

"또 조선을 침략해주면, 더 많은 하인을 부릴 수 있을 텐데…."

가우도 입구에서 식사를 하고 82코스를 시작한다.

반주를 곁들인 간단한 요기에 새로운 기운이 감돈다. 밥과 물과 술은 최상의 기쁨을 준다. 밥이 허기를 진정시키고 힘을 주는 것처럼 물은 갈증을 해소하는 생명수다. 그렇지만 술은 영혼을 젖게 하여 확산된 환희를 제공한다.

가우도 가는 길, '가고 싶은 섬' 가우도 포토존을 지나서 로터리 쉼터를 지나 관광안내소를 통과하면 물고기 조형물 'SEE LOVE SEA'가 다가온다. 강진에서 진행된 한중일 청년예술가 공동 창작 워크숍을 통해 만들어진 결과물로, 강진만 주변의 쓰레기와 생활쓰레기를 모아 작업하였다는 정크아트다. 438m 청자다리는 원래 '저두출렁다리'였는데, "출렁다리가 출렁이지 않는다"라는 민원으로 '청자다리'로 이름이 바뀌었다고 한다.

'전라남도의 가고 싶은 섬'으로 선정된 가우도(駕牛島)는 강진군 도암면 망호에 속한 강진만의 8개 섬 가운데 유일한 유인도로, 대구면을 잇는 청자다리와 도암면을 잇는 다산다리(716m)에 연결되어 있다. 해안선을 따라 조성된 생태탐방로와 '함께해(海)길' 2.5㎞는 산과 바다를 감상할 수 있는 천혜의 트레킹 코스다. 두꺼비바위를 바라보며 사랑하는 이를 떠올리면 사랑이 반드시 이루어진다는 신비한 바위도 있다.

가우도의 유래는 강진읍 보은산이 소의 머리에 해당하고 섬의 생김

새가 소(牛)의 멍에에 해당된다 하여 '가우도(駕牛島)'라 부르게 되었다. 가우도 정상에 올라 높이 25m로 조성된 청자타워에서 강진만의 아름다운 풍경을 한눈에 볼 수 있다. 산세가 봉황이 날개를 활짝 펴고 나는 듯하다 하여 이름이 붙은 강진의 주작산이 보인다. 남파랑길 종주 후 다리 건너 가우도둘레길을 걸으며 청자타워에 올라 힐링을 했다.

남파랑길을 따라 코로나로 인하여 운영하지 않는 가우도 짚트랙 앞을 지나서 해안가에서 산길을 올라간다. 힘들게 산을 올라가면 항상 아름다운 비경이 준비되어 있다. 그런 기대감으로 올라간다. 인생 또한 그러하다. 거친 바람이 앞을 가로막지만 꿋꿋하게 길을 간다. '가자!' 힘을 내어 능선에 오르니 가우도의 풍광이 눈길을 끈다. 전망대에서 청정바다의 갯벌을 바라보고 세심정에 도착한다. 세심정(洗心亭)에서 아름다운 강진만을 바라보며 마음을 씻는다.

세심정에서 내려와 장계교를 건너 둑방길로 진행하며 아름다운 S 물길을 감상한다. 일직선의 둑방길을 걷고 또 걸어간다.

걷기는 단순히 이동수단일 뿐만 아니라 건강수단이고 즐거움의 수단이다. 걸을 때 어떤 마음으로 걷느냐가 중요하다. 이동수단으로 바쁘게 힘겹게 걷기보다는 운동으로 생각하며 즐겁게 걸어야 한다. 건강이나 행복, 평화가 먼 데 있는 것이 아니라 바로 걸음걸이 속에 있다. 걸음에 따라 삶의 질이 달라진다. 걸어야 하니까 걷는 것이 아니라 운동이라 생각하고 걸으면 걸음은 건강수단으로, 행복을 창조하는 기쁨의 수단으로 바뀐다.

해안가 도로변에 도자기들이 일렬로 전시되어 있다. 칠량면 봉황옹기마을로 들어섰다. 칠량면에는 이순신의 원한을 풀어준 염걸 장군의 유적이 있다. 허수아비로 고려청자를 지켰다는 염걸 장군은 이순신과 같은 해인 1545년 강진군 칠량면 율변에서 출생했다. 기마와 궁술에 능하여 임진왜란 때인 1592년 9월 구강포(현 구십포)의 정수사 사이에 쳐들어오는 적을 두 아우 서(瑞)와 경(慶), 외아들 홍립(弘立)과 함께 의병을 일으켜 섬멸했다.

왜군이 강진만을 경유해 이곳으로 들어온 것은 고려청자 때문이었다. 적선 수백 척이 구강포에 들어오자 염걸 장군은 수백 개의 허수아비를 바닷가에 세우고 의병들이 후퇴하는 척 위장전술을 펼쳐 정수사 꼭대기에 매복해 유인된 적 수천 명을 소탕했다. 이후 염걸 장군은 이순신의 휘하에 들어가 장흥 회령진과 부산의 몰운대, 순천의 왜교성 싸움에서 왜선을 격파하는 등 큰 전공을 세우기도 했다. 특히 몰운대에서는 이순신의 셋째 아들 면을 살해한 적장을 체포했다. 그날 밤 이순신의 꿈에 왜적에 붙잡혀 전사한 아들 면이 나타나 원수를 갚아줄 것을 간청하자 이순신이 염걸이 넘긴 포로들에 대해 조사한 결과 면을 죽인 원수를 찾아낸 것이다.

1598년 11월 18일 노량해전에서 염걸 장군은 이순신과 작전 회의 후 선봉장으로 최전방에 나서 거제도까지 왜적을 추적하여 백병전을 벌이다 형제들과 함께 순국했으며, 후에 병조판서에 추증됐다.

정유재란을 일본에서는 '도자기전쟁'이라 한다. 도요토미 히데요시는 정유재란 때에 특히 도공과 인쇄공, 학자 등을 닥치는 대로 잡아올 것을 명령했다. 당시의 일본 문화란 문자 그대로 한심한 지경이었다. 도자기는 옥과 같은 귀한 것이라 지배계급인 상급 무사들의 다기(茶器)로 사용되었을 뿐, 서민들은 밥그릇에서 물통에 이르는 모든 생활용구로 목기로 된 것을 쓰고 있었다. 게다가 문자를 터득한 사람도 많지 않아서 주자학은 그 개념조차 정립되어 있지 않았고, 인쇄술 또한 초보 단계였다. 다만 오랜 전국시대를 겪으면서 살았던 탓에 무기를 만드는 기술만은 조선에 비길 수 없을 정도로 뛰어났다.

일본 규슈의 가고시마는 일본인들이 동양의 나폴리라고 자랑하는 아름다운 항구도시로, 이곳에 임진·정유 양란에 걸쳐 10만여 명이라는 엄청난 수의 조선인 포로가 끌려왔다. 그중 5만 여명이 멀리 포르투갈, 네덜란드, 이태리 등에 노예로 팔려갔다. 나가사키에서 유럽까지 교역시장 노예로 매매됐고, 국제 노예 값이 대폭락했다. 규슈에 남은 5만 조선인의 피가 400년이 지난 지금 규슈인들에게 흐르고 있다. 그래서 임진·정유 양란을 일명 '사람사냥전쟁'이라고도 부른다. 인신 매매상들과 무사들, 비전투원들도 조선인들을 잡아갔다. 농민이 부족했기에 조선인은 남녀노소 가리지 않고 잡아갔다. 줄로 목을 매고 뒤에서 두들겨 팼다. 조선인들은 세계 곳곳으로 팔려갔다. 전국시대 이후 일본 사회에서는 적지에 있는 인간 약탈이 극히 일반적으로 이루어졌으며, 조선 침략 당시 피로인의 연행도 그러한 국내의 전쟁 관습이 외국에까지 적용된 결과로 발생한 현상이었다. 지금까지 하인이 없던 사람들까지 별안간 주인이 되어 기쁜 나머지 "또 조선을 침략해주면, 더 많은 하인을 부릴 수 있을 텐데…."라고 했다는 기록이 있는 것을 보면 얼떨결에 주인이 된 사람들의 흥분을 엿볼 수 있다.

일본 구시키노의 남쪽 바다 해안에 조선인 도공을 비롯한 포로들을 태운 배가 도착했다. 조금 더 남쪽으로 내려가면 가미노가와의 하구(河口)가 있다. 조선인 도공과 포로를 태운 배가 도착한 곳이다. 일본의 기록에 의하면 구시키노의 시마비라하마에 박평의와 그의 아들 정용을 비롯하여 43명의 남녀가 상륙했고, 가미노와가 하구에 김해를 비롯한 남녀 10명이, 그리고 규슈의 남단을 돌아서 가고시마에 남녀 20명이 도착한 것으로 되어 있다.

박평의와 김해는 일본인들이 하늘처럼 떠받드는 도공으로 지금까지 그 기록이 상세하게 전해진다. 특히 김해의 경우는 그 가계(家系)까지 문서로 남아 있고, 박평의의 경우도 조선인 도공 최초로 쇼야(촌장과 같은 지위)가 되어 사족(士族)의 대우를 받았다.

구시키노에 도착한 조선인 도공들이 최초로 도자기 가마를 연 것은 도착한 다음 해인 1599년이었고, 이때 처음으로 구워낸 그릇은 백토(白土)가 없었기에 검은색이었다. 그러나 시마즈 요시히로는 너무도 기뻐한 나머지 교젠쿠로라고 이름 지으며 대견히 여겼다. 마침내 시마즈는 박평의에게 묘지다이토, 곧 성과 이름을 쓰고 칼을 찰 수 있는 사족 계급을 주었다. 그리고 다시 병사와 말을 내려서 백토를 찾을 것을 몸소 독려하고 나섰다. 박평의는 일본 땅에 잡혀온 지 16년 만인 1614년에 마침내 백토를 찾았다.

조선에서 납치된 대표적인 도공 이삼평은 1616년 아리타에서 자기원료인 백자토를 발견해 일본에서 처음으로 백자를 만들었다. 이후 유럽에 대량 수출된 아리타 자기는 유럽 전역으로 퍼져나갔고, 일본 자기는 세계적인 명성을 얻게 되었다. 첫 수출 뒤 70년 동안 약 700만 개의 아리타 자기가 세계 각지로 팔려나가는 등 유럽에서는 일명 자포니즘(19세기 중·후반 유럽에서 유행하던 일본풍)이 유행하였다.

15대 심수관은 1598년 정유재란 때 조선에서 끌려온 심당길의 15대 손이다. 심수관의 선조인 심당길에 대한 납치 기록은 없다. 그래서 심당길은 도공으로 잡혀온 것이 아니라, 후일 박평의의 문하에서 수련하여 도공이 되었을 것이라 추측한다. 심수관 가문은 423년간 도자기 명가의 맥을 이어오고 있다. 메이지유신 때 가업을 빛낸 12대 심수관을 기려 이후 자손들은 '심수관'이란 이름을 계승하고 있다. 심수관은 "나에게 한국은 조국(祖国)이고 일본은 모국(母国)이다. 한일관계가 나쁘면 나는 부부싸움을 보는 듯하다"라고 말하면서 "나의 역할은 한국을 사랑하는 일본인, 일본을 사랑하는 한국인을 한 명이라도 더 만드는 것"이라고 덧붙였다.

2021년 4월 6일 가고시마 명예총영사관 개관식이 있었다. 조선 도공의 후예인 15대 심수관(65세)은 가고시마현 미야마의 심수관요(窯)에서 진행된 대한민국 명예 총영사관 개관식 행사에서 이처럼 소감을 밝혔다.

"한국과 일본 사이에 여러 정치 문제가 있지만 그것과 별개로 문화 분야에서 활발하게 교류해야 한다. 거기에 조금이라도 도움이 됐으면 좋겠다."

한국 정부는 1월, 그를 가고시마 명예총영사로 임명하고 심수관요(窯)에 명예총영사관을 개설했다. 개관식에는 일본의 NHK 등 약 20개 언론사가 취재하러 올 정도로 일본 언론의 관심이 높았다. 15대 심수관의 아버지인 14대 심수관은 앞서 1989년 명예총영사에 임명됐다. 2019년 6월 별세하면서 명예총영사가 없다가 이번에 15대 심수관이 명예총영사가 된 것이다. 일본 내 명예총영사는 현재 가고시마와 시모노세키에 각각 1명뿐이다.

칠량면 칠량옹기로를 걸어간다. 봉황옹기는 50~60년대 홍하다가 70년대 플라스틱 용기가 일반화되면서 점점 수요가 줄어들었다.

칠량면 영복리 담벼락에 '행복을 약속하는 땀을 흘려라. 삶에 만복과 건강을 약속한다', '당신은 당신이 생각한 대로 이루어진다'라고 쓰여 있고, 그림이 그려져 있다.

영풍마을 이정표를 통과하여 해안가 도로를 따라 해안가 갈대밭 사이로 나아간다. 끝없이 펼쳐지는 갈대밭을 통과하여 강만배수장을 지나서 방조제길을 걸어간다.

강진만에서 불어오는 엄청난 바람으로 발걸음이 더디다. '아아! 바람

중저마을
가우도
남파랑길
남파랑길 강진 82코스 NAMPARANG TRAIL | Gangjin82 section
가우도

참 세구나!' 하고 탄성을 지르지만 소리마저 바람에 휩쓸려 가버린다. 갈대들이 바람에 맞춰 춤을 춘다.

강진만은 20만 평의 갈대군락지와 천연기념물 큰고니 등 철새들의 집단서식지다. 강진만 건너편 만덕산이 강진만을 한눈에 굽어보고 있다. 만덕산 기슭에 자리한 다산초당은 정약용(1762~1836)이 강진 유배 18년 중 10여 년 동안을 생활하며 『목민심서』, 『경세유표』 등 500여 권에 달하는 저술을 하고 제자들을 가르치며, 조선조 후기 실학을 집대성한 위대한 업적을 이룬 곳이다. 다산이 유배를 온 것은 개인적으로는 불행이었지만 유배가 없었다면 어찌 불후의 명저들이 탄생할 수 있었을까.

중국의 사마천은 불구의 몸으로 10년의 각고 끝에 불후의 명저 『사기』 130권을 완성하여 후세에 남겼다. 그는 편지에서 "이 저작을 완성해서 내 뜻을 전할 수만 있다면, 일만 번 궁형을 받는다 해도 한이 없을 것"이라고 했는데 마침내 뜻을 이룬 것이다. 죽음만도 못한 치욕을 이긴 감회가 어떠했을지는 『사기』 「자서(自序)」에서 가늠해볼 수 있다.

> 옛날 주나라 문왕은 갇힌 몸이 되었을 때 『주역』을 만들었고, 공자는 곤경에 처했을 때 『주역』을 만들었다. 굴원은 추방된 뒤에 『이소』를 지었으며, 좌구명은 눈이 먼 뒤에 『국어』를 지었다. 손빈은 다리가 잘리고서 『손자병법』을 만들었고, 여불위는 유배된 뒤에 『여씨춘추』를 편찬했다. 한비자는 억류된 몸으로 『세난』, 『고분』 등의 명문장을 지었다. 이들은 모두 가슴에 맺힌 응어리를 풀어낼 길이 없어 이렇게 과거를 돌아보고 미래에 희망을 건 것이다.

정약용의 호가 다산이 된 것은 만덕산에 차나무가 많아서 다산(茶山)이라고 부르는 이 산의 이름에서 유래한다. 다산은 만덕산 백련사의 아암 혜장선사와 깊은 교유를 하고 지냈다. 다산이 지은 대흥사 혜장 선사 탑 비문의 글이다.

> 신유년(1801) 겨울에 나는 강진으로 귀양을 왔다. 이후 5년이 지난 봄에 아암이 백련사에 와서 살면서 나를 만나려고 하였다. 하루는 시골 노인의 안내를 받아 백련사로 가 신분을 감춘 채 혜장을 찾아보았다. 한나절을 이야기하였지만 그는 나를 알아보지 못하였다. 작별하고 대둔사 북암에 이르렀는데, 해질 무렵 아암이 헐레벌떡 뒤쫓아와서 머리를 숙이고 합장하여 말하기를 "공께서 어찌하여 사람을 속이십니까? 공이 바로 정대부(鄭大夫) 선생이 아니십니까? 빈도는 밤낮으로 공을 사모하였습니다" 하였다. 그리하여 다시 백련사로 돌아와 아암의 방에서 함께 자게 되었다.

혜장은 다산에게 차의 맛을 처음으로 알게 한 선사이며, 다산은 백련사 주지였던 혜장이 만든 차에 홀딱 반하게 되었다.

혜장은 강진 동문 밖 시끄러운 노파의 밥집에 있던 다산을 강진현의 주산(主山)인 소머리형상을 한 우두봉(牛頭峰)의 고성암 요사로 옮겨주어 다산이 독서도 하고, 고문으로 생긴 지병이 낫도록 도움을 주었다. 그래서 다산은 고성암 요사에 보은산방(宝恩山房)이라는 편액을 내걸었다.

혜장은 보은산방에서 그곳 승려들에게 『주역』을 가르치고 있는 다산에게 백련사 부근에서 자생하는 어린 찻잎으로 만든 차를 보내주었다. 그러는 사이 차꾼이 된 다산은 "병을 낫게 해주기만 바랄 뿐 쌓아두고 먹을 욕심은 없다오"라고 하면서 혜장에게서 차가 오지 않을 경우 간절하게 달라고 하는 걸명(乞茗)의 시를 지어 보내기도 하였다.

1806년 다산이 혜장의 주선으로 보은산방에 머물러 있을 때, 그의 제자 미감이란 승려가 동무 승려들과 말싸움 끝에 다산을 찾아왔다.

다산은 그에게 몽땅 빗자루 이야기를 들려주었다.

"선인이 선과로 맺어지면 기쁘고, 악인이 악과로 맺어지면 통쾌하겠지? 하지만 세상일이 어찌 다 그렇더냐? 반대로 되는 수도 많다. 그때마다 기뻐하고 슬퍼한다면 사는 일이 참 고단하다. 그게 다 제 눈에 몽당 빗자루(敝帚)니라. 깨달음의 눈으로 보면 다 망상일 뿐이지. 꿈에서 곡을 하면 얼마나 슬프냐. 부르짖을 때는 안타깝기 짝이 없지. 하지만 깨고 나면 한바탕 웃고 끝날 일이 아니냐. 너도 그저 껄껄 웃어주지 그랬냐."

폐추자진(敝帚自珍), 제집에서 쓰는 몽당비가 남 보기에는 아무 쓸모가 없어도, 제 손에 알맞게 길이 든지라 보배로 대접받는다는 의미로 쓰는 말이다. 누구에게나 애지중지하는 몽당빗자루가 있다. 하지만 남은 그 값을 안 쳐주니 문제와 갈등이 생긴다. 선인(善因)은 선과(善果)를 낳고 악인(惡因)은 악과(惡果)를 낳는다. 뿌린 대로 거둔다.

강진 시가지가 보인다. 하지만 엄청나게 불어오는 바람이 앞을 가로막아 나아가기가 힘이 든다. 바람에도 아랑곳하지 않고 새들이 무리를 지어 유유히 날아간다. 나그네는 홀로 길을 걸어간다. 바람은 바람의 길을, 새들은 새들의 길을, 태양은 태양의 길을, 나그네는 나그네의 길을, 저마다 가야 할 길을 간다.

허허벌판에서 갈대들이 세찬 바람을 맞으며 비명을 지르고 있다. "인간은 갈대, 즉 자연에서 가장 약한 것에 지나지 않는다. 그러나 인간은 생각하는 갈대이다"라고 파스칼은 말했다. 인간은 자연 속에 연약한 갈대이다. 그러나 자연에 순응하는 결코 부러지지 않는 부드러운 갈대이다. 바람이 부는 대로 흔들리는 갈대는 연약해 보이지만 결코 부러지지 않는 유연성을 가지고 있다. 부드러움으로 강한 바람을 비켜간다. 부드러움이 강함을 이기는 이치다. 물은 부드럽고 아래로 흐르는 겸허한 자세를 유지하지만 그 속성은 불을 이길 정도로 강렬하다. 부드러운 것은 강한 것을 이긴다. 물은 불을 이긴다.

바다가 얼어 있다. 강진만생태공원의 오리 형상이 반겨준다. 한 쌍의 오리가 얼굴을 마주 보고 사랑을 나눈다. 외로운 나그네가 「황조가」를 부르는 고구려 유리왕의 심정으로 노래한다.

"펄펄 나는 저 꾀꼬리/ 암수가 서로 노니는데/ 외로울 사 이내 몸은/ 뉘와 함께 돌아갈꼬."

'고병원성 AI 방지를 위해 동절기간 내 데크탐방로 출입을 일시 통제합니다'라고 하며 출입을 통제한다. 강진만으로 들어오는 탐진강을 따라 올라간다. 전남의 3대강은 섬진강과 영산강, 탐진강으로 탐진강은 총 55㎞로 영암군 금정산에서 발원하여 장흥을 지나서 영암군 월출산에서 발원한 금강천과 합류하여 강진만으로 흐른다. 생태공원의 오리 형상들이 정겹게 반겨준다. 목리교를 건너간다.

오후 3시 40분 강진군 군동면 삼신리 종점에 도착했다. 마량항의 숙소로 돌아가 아름다운 일몰과 환상적인 야경을 맛보았다. 머나먼 길을 걸어온 다리와 발에게 진심 어린 찬사와 감사를 보냈다.

다산초당 가는 길

[어떤 것에도 얽매이지 않는 자유]

강진읍 구목리교 서쪽에서 도암면 도암농협까지 18㎞

구목리교 서쪽 → 강진만생태공원 → 백련사 → 동백림 → 다산초당 → 석문공원 → 도암농협

"동트기 전에 일어나라. 기록하기를 좋아하라."

12월 25일 7시, 어떤 이는 새벽이라 부르고 어떤 이는 아침이라 부르는 여명의 시각, 이틀간 머문 마량항의 숙소에서 나와 마도진에서 마량항과 까막섬을 내려다본다. 마도진성은 강진군 마량리 관문에 소재하는 해상 요새지이다. 이곳은 전라도 강진, 장흥, 해남, 영암으로 이어진다.

아침 8시, 강진교회 앞에 주차를 하고 구 목리교에서 83코스를 시작한다. 오늘은 크리스마스, 성탄절이다. 코로나19로 인해 성탄절의 분위기가 전혀 느껴지지 않는 교회 앞 비석에 성구가 새겨져 있다.

"예수께서 가라사대 내가 곧 길이요 진리요 생명이니 나로 말미암지 않고는 아버지께로 올 자가 없느니라(요한복음 14장 6절)."

'하늘에는 영광, 땅에는 평화!' 예수의 탄생을 축하하는 햇살이 눈부시게 밝아오는 강진만 둑을 걸어간다. 예수와 함께했던 크리스마스의 추억들이 바람에 밀려온다.

산과 구름 사이로 태양이 떠오른다. 환상적인 풍경, 형용할 수 없는 너무나 아름다운 모습에 천지를 창조하신 절대자에게 감사와 경배를 올린다. 창세기의 에덴동산은 기쁨의 동산, 곧 낙원이었다. 남파랑길의 이 아름다운 아침이 곧 예수와 함께하는 에덴동산이다.

제방 아래 데크길로 접어드니 갈대숲과 형형색색 바람개비들이 바람결에 신나게 춤을 춘다. 갈대숲 건너편에는 어제 만난 백조 모형이 반갑게 인사를 한다.

순천과 벌교의 갈대숲에 뒤지지 않는 강진만의 대규모 갈대숲을 홀로 걸으며 신선이 된 듯 유유자적 걸어간다. 데크길 양옆으로 원색의 바람개비가 나그네의 정취를 더한다. 만덕산 중턱에서 다산 정약용과 혜장스님이 어서 오라고 손짓을 한다.

약 3㎞ 정도 갈대숲을 지나서 생태도시 남포마을로 들어선다. 조선시대 전라도에서 해상 교역이 가장 발달한 곳이 강진이었고, 강진의 15개 포구 중 남당포구(남포)의 규모가 가장 컸으며, 강진만 깊숙한 곳에 위치하여 강진의 관문이자 제주도로 향하는 출발지였다. 다산의 「애절양(哀絶陽)」에 나오는 장소가 남포마을이다. 다산은 백성들의 고통에 눈물 흘리며 유배지의 아픔을 「애절양」으로 노래했다. 유배생활 3년 차에 쓴 작품이다.

> 갈대밭의 젊은 아낙 울음소리 처량도 해/ 관문 향해 울부짖고 하늘 향해 통곡하네
>
> …(중략)…
>
> 칼 갈아 방에 드니 흘린 피 자리에 흥건하고/ 스스로 한탄하길 자식새끼 낳은 것이 원수라오 …(중략)… 말이나 돼지 거세함도 가엾다고 말하거늘/ 하물며 우리 백성 자손 잇는 길임에야/ 부잣집엔 일 년 내내 풍악 소리 울리지만/ 쌀 한 톨, 비단 한 치 바치는 일 없구나./ 다 같은 백성인데 이다지 불공평한고/ 내 시름 겨워 객창에 홀로 앉아/ 거듭거듭 시구편(鳲鳩篇)을 읽는구나

「시구편」은 『시경』의 한 편명으로, 뻐꾸기가 새끼 일곱 마리를 먹여 키울 때 한 마리도 거르지 않고 공정하게 먹이를 주어 기른다는 내용이다. 시아버지의 상을 당한 지 3년이 지났고, 갓 태어난 아이는 호적

에 먹물도 마르지 않았는데 3대의 이름이 나란히 군적에 올라 있는 것이다. 세 사람 장정의 군포 값으로 농가의 유일한 재산인 소를 빼앗긴 농부가 새끼 낳은 것이 죄라며 그만 잘 드는 칼로 자신의 성기를 제거해버린 것이다. 애절양(哀絶陽), 남성의 양근을 끊어버리고 슬피 운다는 이야기다.

강진만을 바라보며 끝없이 이어지는 방조제길을 걸어간다. '전라도 천년가로수길' 표석을 바라보며 걸어간다. 태양이 강진만 앞바다에 빛을 내리고 바다에 내려앉은 태양빛이 눈부시게 다가온다. 하늘에는 철새들이 포물선을 그리며 날아간다. 철새들이 까맣게 떼를 지어 연이어 하늘을 날아가는 군무가 펼쳐진다.

방조제 끝 지점의 철새관찰지에서 한겨울 철새들의 보금자리가 된 강진만 철새도래지의 철새를 관찰한다. 철새는 계절에 따라 이동하는 방랑자다. 철새처럼 방랑을 좋아하기에 '철새는 날아가고(El Condor Pasa)'는 나의 애창곡이다. 남미 페루의 민요에 가사를 붙여 사이먼과 가펑클이 노래한, 이국적이며 아름답고 애잔한 곡이다. 페루 잉카제국의 수도 쿠스코와 마추픽추를 여행할 때 인디오들의 민요 연주는 가슴을 저미는 슬픔과 애환을 느끼도록 하였다. 고향을 떠나 전쟁터를 누비던 전사들, 태양을 숭배하던 그들은 해가 지면 전쟁을 멈추고 산 위에서 멀리 고향 하늘을 바라보며 "콘도르야, 콘도르야, 어서 네 날개 위에 나를 태워 그리운 고향, 사랑하는 가족들에게 데려다다오"라고 하며 애타게 노래했다.

콘도르(Condor)란 말은 잉카인들 사이에서 '어떤 것에도 얽매이지 않는 자유'라는 의미를 가지고 있으며 콘도르란 새 역시 잉카인들에 의해 신성시되어온 새다. 그들은 영웅이 죽으면 콘도르로 부활한다는 종교적 사상을 가지고 있었으며 높이, 오래, 멀리 나는 콘도르를 '미래로의 여행'의 동반자로 삼았던 것이다. 날아가는 철새를 바라보며 '철새는 날아가고'를 부르면서 유랑자가 갈대숲을 걸어간다.

신평마을을 지나서 백련사 가는 길, '다산 정약용 남도유배길' 2코스 화살표가 길을 안내한다. '삼남대로를 따라가는 정약용의 남도유배길' 2코스를 따라간다.

다산초당과 백련사 등 문화유적지를 지나며 사색과 명상을 즐길 수 있는 다산오솔길이다. 다산오솔길은 강진 영랑생가에서 다산초당까지 이어지는 약 15㎞ 길이다.

강진이 낳은 20세기 한국의 대표적인 서정시인 영랑 김윤식(1903~1950)은 주옥같은 80여 편의 시를 쓰고, 그중 60여 편을 일제치하 창씨개명을 거부하며 이곳 강진에서 생활하던 시기에 썼다. '북에는 소월, 남에는 영랑'이라는 말을 되새기면서 다산오솔길을 걸어간다.

강진은 영랑이 "고금도 마주 보이는 남쪽 바닷가 한 많은 귀양길/ 천리 망아지 얼렁 소리 쇤 듯 멈추고/ 선비 여윈 얼굴 푸른 물에 띄웠을 제" 하고 노래했듯이 남쪽 바닷가 귀양지였다. 다산 정약용이 18년 귀양살이를 하며 대작 『목민심서(牧民心書)』를 완성한 곳이 영랑생가에서 불과 30리 길이다.

만덕산을 바라보며 동백나무 숲이 아름다운 백련사로 올라간다. 신라 말에 창건된 백련사는 고려시대 귀족불교에 대한 반발로 서민불교 운동이 한창이던 1232년 보현도량을 개설하고, 1236년에는 백련결사문을 발표하여 '백련결사운동'을 주창함으로써 백련결사운동의 본거지로 전국에 널리 알려지는 계기가 되었다.

백련사 일주문을 지나서 멋진 동백길을 걸어간다. 이곳 백련사의 동백은 2월부터 머금어 초봄인 3월부터 개화하기 시작하여 3월 말에 낙화한다. 백련사 사적비에는 아름다운 숲이라는 기록이 남아 있다. 동백꽃이 굵은 피눈물처럼 간간이 떨어져 있는 백련사 동백나무 숲에서 아름다운 바다가 펼쳐진 강진만을 내려다보며 다산과 혜장선사의 만남을 떠올린다.

다산은 백련사에 새 주지로 온 혜장(1772~1811)을 신분을 감추고 찾아가서 만났다. 처음 만난 혜장은 꾸밀 줄 모르고 진솔했지만 거칠었다. 다산은 그런 혜장이 퍽 마음에 들었다. 이후 두 사람은 의기투합해 자주 만나 학문의 대화를 이어갔다. 밤새 차를 마시며 『주역』에 대해 이야기했는데, 혜장은 입에서 구르듯 물이 도도하게 흐르듯 막힘이 없었다. 혜장은 일찍이 대둔사(지금의 대흥사)로 출가하여 나이 30세에 두륜회(학승들의 학술대회)에 주맹(主盟)이 될 만큼 불교와 유교에 밝은 승려였던 것이다. 하지만 유학에서는 다산의 깊이를 넘어설 수 없었다. 밤이 늦어서야 혜장이 처량하게 탄식했다.

"산승(山僧)이 20년 동안 『주역』을 배웠지만 모두가 헛된 거품이었습니다. 우물 안 개구리요 술단지 안의 초파리 격이니 스스로 지혜롭다 할 수 없습니다."

이때 혜장은 34세, 다산은 44세였는데 이후 두 사람은 다우(茶友)가 되어 자주 만났다. 혜장은 다산에게 차를 마시게 함으로써 다시 일으켰다. 혜장의 차가 없었다면 다산이 다시 일어설 수 있었을까?

타협할 줄 모르고 자존심이 강한 혜장에게 하루는 다산이 "자네도 어린아이처럼 유순할 수 없겠나?" 하고 진심의 충고를 담아 시를 써주었다. 시를 받아든 혜장이 말했다. "선생님, 어린아이처럼 부드럽게 처신하란 말씀을 새겨듣겠습니다. 오늘부터 제 호를 아암(兒巖)으로 하렵니다. 아이처럼 고분고분해지겠습니다."

남파랑길
NAMPARANG TRAIL | Gangjin83 section
따라가는
용의 남도 유배길
강진만생태공원
Gangjinbay Ecopark
백련사에서
다산초당 가는길
다산박물관
DASAN Museum
다산초당
Dasan-Chodang
茶山艸堂

혜장은 그때부터 호를 '아암(兒庵)'이라고 지어 불렀다.

젊은 시절 다산 또한 반짜반짜 빛났지만 낭중지추(囊中之錐), 주머니에 든 송곳 같았다. 1795년 7월 천주교 연루 혐의로 금정찰방에 좌천되었을 때 이삼환이 다산에게 위로를 겸해 편지를 보냈다. 이삼환은 '변명하지 말라'라며 자신이 평생 좋아했다는 『명심보감』에 실린 고시 한 수를 소개했다.

> 못난이들 화가 나 성내는 것은/ 모두 다 이치가 안 통해서지.
>
> 마음에 이는 불을 가라앉히면/ 귓가를 스쳐가는 바람이 되리.
>
> 저마다 장단점은 있는 법이요/ 덮고 추움 어디나 다름없다네.
>
> 시비는 실상이 없는 것이라/ 따져본들 모두가 헛것인 것을.

혜장은 죽을 무렵에 혼잣말로 '무단히(부질없이)! 무단히(부질없이)!'라고 중얼거렸다. 불가(仏家)에는 일가를 이루었으나 부처에는 이르지 못한 자신의 삶이 부질없었다는 회한이었으리라.

술병이 나서 일찍이 요절한 혜장은 저 바다를 술이라 생각하고 부처의 자비를 중생들에게 베풀듯 고단하고 힘든 백성들에게 술을 나누어 위로를 주고 싶어 했을지도 모를 일이다. 혜장은 죽기 전 자신의 회한을 읊조린 시 한 편을 다산에게 보내주었다.

> 백수(참선) 공부로 누가 깨달았나./ 연화세계는 이름만 들었네.
>
> 외로운 노래는 늘 근심 속에 나오고/ 맑은 눈물은 으레 취한 뒤에 나오네.

혜장은 다산이 인정한 유불에 달통한 천재였음에도 불구하고 술병이 나 40세에 요절했다. 혜장이 죽자 다산은 만시(輓詩)를 지어 조문을 갔다. 혜장의 시신을 다비하고 나자 비가 내려 한 줌의 재마저 비에 씻겨 사라지고, 그것이 서러워 어린 사미승은 통곡을 하는데, 혜장과 이별하는 다산의 심사는 허허롭기만 하다.

> 중의 이름에 선비의 행위여서 세상이 모두 놀랐거니/ 슬프다 화엄의 옛 맹주여/ 『논어』 한 책 자주 읽었고/ 구가의 주역 상세히 연구했네./ 찢긴 가사 처량히 바람에 날려가고/ 남은 재 비에 씻겨 흩어져버리네./ 장막 아래 몇몇 사미승/ 선생이라 부르며 통곡하네.

백련사를 둘러보고 '백련사에서 다산초당 가는 길'로 들어선다. 천연기념물인 동백나무숲은 백련사와 다산초당 1㎞를 잇는 '백련사 가는 길' 약 5.2ha 면적에 7m쯤 되는 동백나무 1500여 그루가 숲을 이루고 있으며, 그 중간중간에 보이는 아득하고 아늑한 풍경이 숨 막힐 듯 아름답다.

백련사와 다산초당을 오가는 다산오솔길은 다산과 혜장선사가 교류하던 사색의 숲이며 철학의 숲이고 구도의 숲이다.

하늘이 맑게 갠 어느 봄날, 다산은 초당 뒤편 나무꾼이 다니는 길로 발걸음을 옮겼다. 보리밭을 지나며 다산은 탄식했다.

"나도 늙었구나. 봄이 되었다고 이렇게 적적하고 친구가 그립다니."

백련사에 혜장선사를 찾아가는 길이었다. 궁벽한 바닷가 마을에 혜장은 다산에게 갈증을 풀어주는 청량제 같은 존재였다.

다산과 혜장이 서로를 찾아 오갔던 이 오솔길은 동백숲과 양생차가 아름답지만 무엇보다 아름다운 것은 친구를 찾아가는 설렘이다. 혜장이 비 내리는 깊은 밤에 기약도 없이 다산을 찾아오곤 해서 다산은 밤길도록 문을 열어두었다. 보고 싶은 친구를 찾아가는 기쁨, 친구를 찾아가는 길의 행복을 그 누가 알겠는가. 다산오솔길을 걸으며 200년 전 위대한 두 사람의 우정을 생각한다.

드디어 다산초당이 보이고 왼편 천일각에서 강진만을 내려다본다. 천일각(天一閣)은 '하늘 끝 한 모퉁이'라는 뜻의 천애일각(天涯 閣)을 줄인 말이다. 다산의 유배 시절에는 없었던 건물인데 1975년 강진군에서 세웠다. 정약용은 흑산도에서 유배 중인 형님 정약전이 그리울 때면 이 언덕에 서서 멀리 흑산도 방향과 강진만을 바라보며 스산한 마음을 달랬다.

10시 20분, 다산초당(茶山草堂)에 도착했다. 다산 정약용의 유상(遺像) 앞에 잠시 머리를 숙인다. 다산초당은 강진만이 굽어보이는 만덕산 기슭에 자리하고 있다. 실학의 집대성자인 다산 정약용이 18년 유배생활 중 10년간 머물렀던 곳으로, 『목민심서』, 『흠흠심서』를 비롯한 수많은 저서가 저술된 실학의 성지이다.

다산초당은 원래 초가였을 터이나 이제는 기와로 덮여 있다. 정약용이 직접 판 샘 약천(藥泉)이나 차부뚜막인 다조(茶竈), 초당 왼편 바위 위에 그가 '정석(丁石)'이라고 새긴 바위, 제자들과 함께 만든 연지(蓮池) 등 '다산사경(茶山四景)'이라 부르는 초당의 네 가지 경치는 그대로다. 다산사경은 아직도 다산의 숨결을 느끼게 해준다. 서암은 제자들이 머물면서 공부하던 곳이며 동암은 다산이 평소 기거하던 곳으로 2,000권이 넘는 책을 둔 서재, 연구실, 손님을 맞이하는 사랑방이었다.

1808년 봄, 해남 윤씨 집안 윤박의 산정(山亭)에 놀러 갔던 정약용은 아늑하고 경치가 아름다운 '다산서옥(茶山書屋)'에 반했다. 지난 7여 년간 전전하던 주막이나 보은산방, 제자의 집에 비할 바가 아니었다. 더구나 가까운 백련사에 절친한 벗 혜장이 있었고 다산은 그 이름처럼 차나무가 가득했다.

다산은 시를 지어 머물고 싶은 마음을 전했고, 윤씨 집안은 이를 흔쾌히 허락했다. 이곳에서 정약용은 비로소 안정을 찾고 후진 양성과 저술

활동에 몰두했다. 10년 동안 다산학단으로 일컬어지는 18명의 제자를 길러냈고, 500여 권에 달하는 방대한 저술을 집필했다. 초당을 가꾸는 데도 정성을 기울여 채마밭을 일구고 연못을 넓히고 석가산을 쌓고 집도 새로 단장하였다. 이런 과정을 거쳐 윤씨 집안의 산정은 다산초당으로 거듭났고, 정약용은 스스로 다산초부(茶山樵夫)라고 칭하게 되었다.

다산초당은 유배객의 쓸쓸한 거처가 아니라 선비가 꿈꾸는 이상적인 공간이자 조선 학술사에 가장 활기찬 학문의 현장이었다. 정약용은 제자들에게 말했다.

"동트기 전에 일어나라. 기록하기를 좋아하라."

이는 자기 질서를 지키고자 날마다 자신에게 다짐했던 맹세의 말이었다. 정약용이 실학을 집대성한 대학자가 된 것은 바로 자신과의 약속을 몸부림치며 지켜냈기 때문이었다. 이 말은 울림 큰 말이 되어 200년 뒤 남파랑길을 걷는 한 나그네의 가슴에 새겨졌다. 다산에게서 배우는 감동의 글이다.

> 다산에는 꿀벌 한 통이 있다. 내가 벌이란 놈을 관찰해보니, 장수도 있고 병졸도 있다. 방을 만들어 양식을 비축해두는데, 염려하고 근심함이 깊고도 멀었다. 모두 함께 부지런히 일을 하니, 여타 다른 꿈틀대는 벌레에 견줄 바가 아니었다.
> 내가 나비란 놈을 보니, 나풀나풀 팔랑팔랑 날아다니며 둥지나 비축해둔 양식도 없는 것이 마치 아무 생각 없는 들까마귀와 같았다.
> …(중략)…
> 벌은 비축해둔 것이 있어서 마침내 큰 재앙을 불러들여 창고와 곳간이 남김없이 약탈자에게로 돌아가고 무리는 살육자들에게 반쯤은 죽는다. 그러니 어찌 저 나비가 얻는 대로 먹으면서 일정한 거처도 없이 하늘 밑을 소요하고 드넓은 들판을 떠돌며 노닐다가 재앙 없이 마치는 것과 같겠는가.

당연히 부지런한 꿀벌을 칭찬할 줄 알았는데, 다산은 나비가 더 부럽다고 뒤집어 말했다. 배가 조금 고프면 어떤가. 인생 나그네길, 내가 기쁜 삶을 살 때 내 삶의 주인이 된다. 세상사 나를 추월하면 어떠한가. 각자 가는 길 다른데. 송익필의 시 「산행」이 스쳐간다.

다산초당에서 하산길, '다산의 제자 윤종신의 묘'가 길가에 있다. 다산이 초당에서 양성한 18제자 가운데 한 사람으로 당시 다산의 저술은 제자들의 역할이 컸다. 다산이 유배에서 풀려나 고향인 남양주로 돌아가자 18인의 제자들은 다산계를 조직해 평생 동안 차(茶)를 만들어 보냈다.

'오솔길' 안내판이 있다. 다산초당에는 다산의 정취가 묻어 있는 3개의 길이 있다. 하나는 입구에서 초당에 이르는 '뿌리의 길'이고, 다른 하나는 동암을 지나 천일각 왼편으로 나 있는 '백련사 가는 길'이다. 윤종진의 묘 앞을 지나는 이 '오솔길' 역시 다산이 이곳에 머무는 동안 마을을 오가며 다녔던 길이다. 정호승이 「뿌리의 길」을 노래한다.

> 다산초당으로 올라가는 산길/ 지상에 드러난 소나무의 뿌리를 무심코 힘껏 밟고 가다가 알았다./ 지하에 있는 뿌리가 더러는 슬픔 가운데 눈물을 달고 지상으로 힘껏 뿌리를 뻗는다는 것을/ 지상의 바람과 햇볕이 간혹 어머니처럼 다정하게 치맛자락을 거머쥐고 뿌리의 눈물을 훔쳐준다는 것을/ 나뭇잎이 떨어져 뿌리로 가서 다시 잎으로 되돌아오는 동안/ 다산이 초당에 홀로 앉아 모든 길의 뿌리가 된다는 것을
> 어린 아들과 다산초당으로 가는 산길을 오르며 나도 눈물을 닦고 지상의 뿌리가 되어 눕는다./ 산을 움켜쥐고 지상의 뿌리가 가야 할 길이 되어 눕는다.

바스락 소리를 들으며 '바스락길'을 걸어간다. 다산 정약용이 산책하며 걸었던 1코스 인연의 길이다.

다산과 백련사 혜장선사와의 우정, 배움을 나눈 인연의 길은 백련사에서 출발하여 다산초당과 마점마을, 그리고 용문사를 지나 석문공원, 소석문, 도암중학교, 도암면사무소까지 약 8㎞이다. 바스락길 2코스는 자아의 길, 3코스는 평안의 길이다.

마점마을을 지나서 석문공원으로 향한다. '석문공원 구름다리 1.66㎞' 이정표가 나오고 '남도명품길 석문쉼터'를 쉬지 않고 지나서 석문공원으로 들어선다.

계곡을 따라 웅장한 산을 배경으로 구름다리가 보인다. 200년 전 죽장에 삿갓 쓰고 방랑한 천재 시인 김병연이 다녀간 그 도암 석문이다. 남도의 소금강이라 불리는 석문공원은 '석문(石門)'이라는 이름 그대로 긴 세월 비바람이 조각한 기암괴석들이 병풍처럼 펼쳐져 있다. 높이 111m 출렁다리 아래로 보이는 기암괴석들의 아름다운 절경에 저절로 감탄사가 나온다. 산악현수형 출렁다리인 구름다리는 만덕산과 석문산의 단절된 등산로를 연결한다.

중국 역사상 가장 위대한 시인으로 일컬어지는 이백과 두보는 744년 운명처럼 만나 1년간 함께 유람을 한 뒤 노군 동쪽 석문산에서 각자의 길을 떠나게 된다. 이때 이백은 「노군 동쪽 석문에서 두보를 보내며」 시를 읊는다.

> 이별 아쉬워 술에 취하기 벌써 며칠째인가/ 산과 강, 연못 가 누대를 두루 돌아다녔지./ 석문 위의 길에서 어찌 말하리오/ 다시 황금 항아리 술을 나눌 수 있다고./ 가을 물결은 사수에 출렁이고/ 조래산이 밝게 비치어 바닷빛인데/ 바람에 날리는 쑥처럼 각자 멀리 헤어지게 되었으매/ 지금은 숲속의 잔 기울여 실컷 마시세나.

44세의 시선(詩仙) 이백과 33세의 시성(詩聖) 두보는 11살의 나이를 뛰어넘어 깊은 우정을 나누다가 이때 헤어지고, 이듬해 늦가을에 석문에서 다시 만난 후 영영 만나지 못하게 되었다. 두보는 이백의 뛰어난 시재(詩才)와 호방한 성격을 흠모하여 평생토록 이백을 그리워하면서 여러 편의 시를 지었다.

낭만적이고 아름다운 시로 자연과 사랑을 노래한 '시를 짓는 신선' 이백과, 전쟁으로 피폐해진 백성들의 삶을 애정 어린 시선으로 표현한 '시를 짓는 성인' 두보를 생각하며 세찬 바람이 불어오는 인적 없는 구름다리 앞에 앉아서 출렁다리와 건너편 기암괴석의 절경을 감상한다.

나 홀로 누리는 이 얼마나 아름다운 정경인가. 200년 전 김삿갓은 이곳에서 과연 무슨 생각을 하였을까. 전남 화순에서 생을 마감한 김삿갓을 흠모하여 영월 김삿갓 주거지에서부터 그의 행적을 좇아갔던 숱한 시간들이 스쳐간다.

출렁출렁 출렁이며 출렁다리를 건너간다. 출렁인다는 것은 버팀목이 있다는 것, 버팀목이 없으면 출렁이지 않는다. 세차게 출렁이면 출렁일수록 더 큰 버팀목이 있어야 한다. 출렁출렁 출렁다리를 출렁거리며 걸어간다. 버팀목이 있다는 믿음으로 출렁거리며 걸어간다. 너는 나의 버팀목 나는 너의 버팀목, 서로 간의 굳건한 버팀목이기에 아무리 출렁거려도 넘어지지 않는다. 외로운 나그네가 출렁다리에서 출렁출렁 출렁거리며 신명나게 걸어간다.

다리를 건너 바위를 올라간다. 익선관을 쓰고 인자한 모습으로 아래를 내려다보고 있는 형상의 세종대왕 탕건바위에 올라 주변의 아름다운 경관에 탄성을 지른다.

하산길, 역사·문화의 향기가 깃든 '남도오백리역사숲길'이라는 안내판이 서 있다. 전라남도는 다양한 역사와 빼어난 자연환경을 가진 지역으로 해남 땅끝에서 강진, 영암, 화순, 곡성, 구례 지리산 자락까지의 500리 길을 조성하였다.

텅 빈 겨울 들판을 지나서 도암중학교를 지나고 하천을 건너 도암마을 도암면 석문리 83코스 종점 도암농협 앞에 도착했다.

12시 30분, 점심 식사를 위해 2010년 국토종주 시 아침 식사를 했던 식당에 들어섰다. 세월이 흘러 옛 주인은 어디 가고 새 주인이 반긴다.

84코스

남도유배길

[이충무공전서]

도암면 도암농협에서 신전면 사내방조제 북쪽 교차로까지 14.5㎞

도암농협 → 부흥저수지 → 신전면 해안관광로 → 사내방조제 교차로

"이순신은 효자였다. 내가 일찍이 이순신의 난중일기를 보니, 어머니를 그리워 해서 밤낮으로 애쓰고 지성으로 슬퍼한 모습이 사람을 감동시킬 만했다."

도암농협 우측에 세워진 종합안내판 앞에서 84코스를 시작한다.

남파랑길 종점, 땅끝마을 땅끝탑이 점점 가까워진다. 도착한다는 상상만 해도 전율이 흐른다. 이제는 얼마 남지 않았기에 한 걸음 한 걸음 아끼듯 더욱 성스럽게 걸어간다. 도암면사무소를 지나고 도암버스정류장을 지나간다. 농로를 따라가다가 향촌마을 사장나무가 있는 정자에 도착한다.

'삼남대로를 따라가는 정약용의 남도유배길' 1코스 구간이다. 강진의 걷기여행길로는 오래된 미래를 읽는 아름다운 길, 다산 정약용 남도유배길 65.7㎞가 있다. 1코스는 '주작산 휴양림길'이며, 해남 북일면 장수마을에서 시작하여 주작산 휴양림관리사무소와 학동의 다산 사위 묘를 거쳐 다산수련원에 도착하는 20.7㎞ 길이다.

2코스는 '사색과 명상의 다산 오솔길'이며, 다산박물관에서 출발하여 다산초당, 백련사, 철새도래지, 이학래 생가를 거쳐 영랑생가에 이르는 15㎞ 길이다.

3코스는 '시인의 마을길'이며, 현대시문학의 선구자인 영랑 김윤식이 태어난 영랑생가에서 출발하여 울창한 소나무 숲길을 산책하듯 고성사를 지나 대월달마지마을까지 13.4㎞ 길이다.

4코스는 '그리움 짙은 녹색 향기길'이며, 대월달마지마을에서 출발하여 사찰 무위사를 지나 월출산을 배경으로 10만 평의 녹차밭 사잇길을 걷는 16.6㎞이다.

남도의 끝자락 강진은 푸른 물과 월출산 깊은 골짜기마다 다산의 실학정신과 영랑의 시혼이 빛나는 고장이다.

다산 정약용은 지금의 경기도 남양주시 조안면 능내리에서 태어났다. 어려서부터 재능이 뛰어나 7세 때 이미 시를 썼고, 10세 이전에 시집을 낼 정도였다. 28세에 과거에 급제한 후 정조의 특별한 총애 속에서 한강에 배다리를 설치했고, 수원성을 설계하는 등 기술적 업적도 남겼다. 정조의 두터운 신임을 받아온 정약용은 노론의 공격에도 벼슬을 거듭하다가 정조가 승하한 후 40세 되던 해인 순조 1년(1801)에 천주교 탄압사건인 신유박해 때 체포되어 국문을 받았다. 이때 천주교 신자인 셋째 형 약종과 이가환, 이승훈, 권철신 등은 사형을 당하고 둘째 형 약전은 신지도로, 자신은 경상도 장기로 유배를 갔다. 그러나 그해 10월 '황사영 백서사건'의 황사영이 체포되자 다시 국문을 받고 형은 흑산도로, 그는 다시 강진으로 유배를 갔다.

정약전과 정약용은 어려서부터 유별난 형제애를 과시했다. 정약전은 다산의 학문을 이해하고 도움을 주었다. 어려운 글이나 경전을 해석할 때는 꼭 함께 깊게 토론했고, 정약용은 책자를 만들기 전에는 먼저 형에게 보내 교정을 볼 정도로 학문적으로나 정신적으로 스승과 같은 존재였다. 이토록 형제애가 돈독했던 두 사람이 흑산도와 강진으로 가기 전에 나주의 북쪽 2㎞ 지점에 위치한 율정리 밤남정에서 이별을 앞두고 있었다. 1801년 음력 11월 22일 새벽, 이제 각자의 유배지로 가면 다시는 못 만나게 되는 「밤남정 주막집의 이별」이다.

초가주막 새벽 등불 푸르스름 꺼지려는데/ 일어나 샛별 보니 이별할 일 참담해라
두 눈만 말똥말똥 둘이 다 할 말 잃어/ 애써 목청 다듬으나 오열이 터지네.

정약전은 목포에서 배를 타고 우이도를 거쳐 흑산도로 갔다. 정약전은 『자산어보』 등 책을 쓰면서 학생들을 지도했다. 다산은 다산초당 앞에 위치한 천일각에서 강진만 바다 건너 흑산도를 바라보며 형 정약전을 생각하면서 흐느껴 울었다. 서로에게 편지를 보내며 애틋한 형제애를 나누다가 16년째인 1816년 정약전은 흑산도에서 병환으로 세상을 떠났다. 형의 부음 소식을 들은 정약용은 다산초당에서 목 놓아 울면서 밤남정의 이별이 끝내 죽을 때까지 만나지 못하는 이별이 되었다고 한탄했다.

다산이 강진에 도착한 것은 1801년 음력 11월 22일이니, 양력으로는 12월 28일, 남파랑길을 걷고 있는 얼추 지금 이맘때다. 다산은 몸도 마음도 성치 못했다. 포도청에서 혹독한 고문을 당했고, 고문 끝에 천주교를 배교했다. 또한 매형 이승훈과 조카사위 황사영의 죄목을 일러바쳤고 천주교인 색출법도 알려주었다. 그 대가로 목숨을 부지했다.

나주 율정점에서 형 정약전과 헤어진 다산은 강진읍성 동문 밖 주막에 겨우 거처를 얻었다. 다들 대역죄인이라며 줄행랑을 칠 때 늙은 주모만 받아주었다.

다산은 처음 이삼 년 동안은 국문을 받은 후유증과 고향 생각에 술로 세월을 보냈다. 둘째 형 약전은 흑산도로 유배 가고, 셋째 형 약종과 매형 이승훈, 조카사위 황사영은 처형을 당하는 등 친인척과 선후배를 한꺼번에 잃은 비극과 자신만 살아남았다는 절망감으로 괴로워했다. 그런 정약용이 밥집 노파의 한마디에 정신을 차렸다. 어느 날 노파가 물었다.

"부모의 은혜는 같은데 왜 아버지만 소중히 여기고 어머니는 그렇지 아니한가?"였다. 생의 뿌리를 묻는 노파의 물음에 세상을 기피하려던 정약용은 '하늘과 땅 사이에서 지극히 정밀하고 미묘한 뜻이 밥을 팔면서 세상을 살아온 밥집 주인 노파에 의해서 겉으로 드러날 줄이야 누가 알았겠는가?' 하면서 크게 깨닫고 흐트러진 자신을 경계하게 되었다.

「공자천주(孔子穿珠)」는 송나라 때 『조정사원』에 나오는 이야기다. 공자가 진(陣)에서 곤경에 처해 아홉 구비 구멍이 있는 구슬에 실을 꿰지 못해 끙끙거릴 때 뽕밭에서 뽕을 따는 아낙네가 방법을 가르쳐주었다.

"찬찬히 꿀을 가지고 생각해보세요."

공자는 잠시 후 그 말뜻을 깨닫고 개미를 붙잡아 허리에 실을 묶어 구슬의 한쪽 구멍에 밀어넣고 꿀로 유인하여 구슬을 꿰었다. 공자는 이처럼 배우는 일에 있어서는 나이나 신분을 따지지 않았다.

그렇게 다산은 이 주막에서 아동용 교재 『아학편훈의』를 손수 만들어 아이들을 가르쳤다. 왕을 가르치던 그가 시골 아이들을 가르쳤다. 그렇게 다산은 밥을 벌었다. 체면 따위는 귀양살이에서 없었다. 다산은 행랑채를 '사의재(四宜齋)'라 불렀다. 생각·용모·언어·동작 네 가지를 반듯이 하는 곳이라는 뜻으로 결국 자신을 향한 담금질이었다.

다산이 머물던 방 사의재는 '생각을 맑게 하되 더욱 맑게, 용모를 단정히 하되 더욱 단정히, 말을 적게 하되 더욱 적게, 행동을 무겁게 하되 더욱 무겁게' 하라는 의미로 몸과 마음을 추스르며 학문에 힘쓰고 아전의 아이들을 가르쳤다.

천장 낮은 행랑채에서 다산은 꼬박 4년을 버티다가 혜장의 도움으로 강진읍 뒷산에 있는 고성사의 보은산방으로 옮겼다. 이후 보은산방에서 잠시 지내다가 제자 이학래의 집에서 수년, 그리고 1808년 봄 다산초당으로 거처를 옮겼다.

다산이 유배 와 있을 때 막내아들 농아가 홍역을 앓다가 마마로 죽었다. 그 이전에 자식 다섯을 이미 언 땅에 묻은 다산은 눈물로 어린 아들을 위해 글을 지었다.

> 네가 세상에 왔다가 세상을 떠난 것이 겨우 세 해였는데, 나와 헤어져 지낸 것이 두 해가 된다. 사람이 60년을 산다 치면 40년을 아비와 헤어져 지낸 셈이니, 슬퍼할 만하다. 네가 태어났을 때 내 근심이 깊었기에 네 이름을 '농(農)'으로 지었다만, 뒤에 집 형편이 나아지면 어찌 너를 농사나 지으며 살게야 했겠느냐? 그래도 죽는 것보단 나았겠지. 내가 죽었더라면 장차 기쁘게 황령을 넘어 열소를 건넜을 테니. 나는 죽는 것이 사는 것보다 낫다. 그런데도 나는 멀쩡히 살아 있고, 사는 것이 죽는 것보다 나은 너는 죽었으니, 내 마음대로 할 수 있는 것이 아니로구나. 내가 네 곁에 있었다 해도 꼭 살지는 못했을 것이다. …(후략)

"나는 죽는 것이 사는 것보다 낫다. 그런데도 나는 멀쩡히 살아 있고, 사는 것이 죽는 것보다 나은 너는 죽었으니" 하면서 이순신이 셋째 아들 면의 죽음에서 했던 말을 하면서 다산은 슬퍼했다. 다산은 농아가 태어난 뒤 자신을 참소하고 시기하는 사람이 많은 것을 알고 칼날을 피하기 위해 처자식을 이끌고 은거했다. 아들 이름을 농(農)이라 지은 것은 어지러운 세상에서 글을 배워 우환을 만들지 말고 그저 농사꾼으로 사는 것이 좋겠다고 해서였다. 자식이 아비를 찾다 죽어도 가볼 수조차 없는 아비의 처지가 참담했던지 죽었어야 할 사람은 정작 자신이라고 했다. 고작 세 해를 살고 제 생일날 죽은 아들이 못내 가슴이 아팠던 아버지는, 뒤에 천연두 치료 방법을 정리한 『마과회통』이란 책을 지어 안타까움을 달래니 정말 절망을 극복하는 다산다운 방법이었다.

다산은 강진에서 병든 아내가 부쳐온, 시집올 때 입었던 낡은 치마

다섯 폭을 가위로 잘라 작은 첩을 만들어 두 아들에게 보내는 편지글을 썼다.

"입에 들어가기만 하면 더러운 똥이 되고 말 음식을 위해 정력과 지혜를 소모하지 말아라. 그것은 화장실에 충성을 바치는 일이다. 근면과 검소 그리고 성실, 이것은 선비가 어떤 처지에 있더라도 결코 잊어서는 안 될 것이니라."

"내가 벼슬을 하는 동안에 너희에게 물려줄 자그마한 밭뙈기조차 장만하지 못했구나. 하지만 가난에서 벗어나 잘살 수 있도록 정신적인 부적 두 글자를 너희에게 유산으로 물려주겠다. 너희는 야박하다고 서운해하지 말고 마음에 지니도록 해라. 한 글자는 '부지런할 근(勤)'이요, 또 한 글자는 '검소할 검(検)'이다. 이 두 글자는 좋은 논이나 기름진 밭보다도 나으니, 평생토록 써도 다 닳지 않을 것이다."

다산은 아들 학연과 학유에게 보내는 편지에서 심지어 '이제 망한 집안의 자손'이라며 자백했다. 아비로서 어찌 자식들에게 할 수 있는 말이었던가. 다산은 시집간 외동딸에게도 그림을 그리고 글을 써서 보냈다.

2018년은 『목민심서』 저술 200주년이었다. 다산은 한자가 생긴 이래 가장 많은 저술을 남긴 대학자다. 산문이 15권, 『여유당집』 250권과 『다산총서』 246권 등 590권의 책을 썼으며 2,500여 수의 시를 남긴 탁월한 시인이고 애국애민의 사상가였다. 평균 한 달에 한 권 이상 저술을 하였는데 오랜 저술 활동으로 엉덩이에 종창이 걷잡을 수 없이 번지자 그는 선 채로 선반 위에 필묵을 올려 두고 집필을 했다.

정조가 진실로 사랑한 선비 정약용은 서른아홉 살에 고향을 떠나서 쉰여섯 살에 고향으로 돌아왔다. 17년 10개월 만의 귀향이었다. 고향에서 다산은 18년을 더 살았다. 다산의 유배는 아버지와 남편으로서 개인적으로는 불행한 세월이었지만 학자로서는 알찬 기간이었다. 다산은 학문에 전념하며 수많은 저서를 펴냈다. 서포 김만중이 남해로 유배 가서 많은 저술을 남기고, 송강 정철이나 고산 윤선도가 그러한 것처럼 다산 정약용이 강진으로 유배를 오지 않고 벼슬자리에만 있었다면 바쁜 공무로 인해 어찌 『목민심서』, 『경세유표』 등 불후의 명작을 기록할 수 있었을까. 다산은 해배 후 75세를 일기로 세상을 떠났으며 자택인 여유당 뒷산에 묻혔다. 그의 인생은 '인생에서의 미끄러짐은 오히려 성공의 지름길이 될 수 있다'라는 교훈을 보여준다.

남파랑길 종주 후 다산이 머물렀던 강진의 주막집과 사의재를 찾아갔다. 2007년에 강진군에서 새로 단장한 주막집 주변에는 한옥체험 숙박시설, 다산 강학당, 저잣거리 등이 있었다. 늙은 팽나무가 여전한 주막, 영업시간 전이라 사의재 마루에 앉아서 생각에 잠겼다. 팽나무는 그날 한 사내의 눈물을 기억하고 있었다. 주막집 주모와 대화를 나누며 다산이 좋아했던 아욱국, 200년 전 세상으로부터 내팽개쳐진 한 사내가 한 입 뜨며 화를 삭였다는 그 아욱국에 막걸리를 곁들였다. 1804년 7월, 이 팽나무 아래에서 쓴 시 「혼자 웃다(独笑)」를 떠올리며 나그네가 혼자 웃는다.

> 양식이 있으면 먹어줄 자식이 없고/ 아들이 많으면 주릴까 근심하네.
>
> 높은 벼슬한 사람 어리석기 마련이고/ 재주 있는 사람은 그 재주 펼 데 없네.
>
> 한 집안에 완전한 복 드문 법이고/ 지극한 도(道) 언제나 무너져버리네.
>
> 애비가 검소하면 자식이 방탕하고/ 아내가 영리하면 남편이 어리석네.
>
> 달이 차면 구름을 자주 만나고/ 꽃이 피면 바람이 불어 날리네.
>
> 모든 사물 이치가 이와 같은데/ 아는 사람 없음을 홀로 웃노라.

남도유배길, 유배지의 열악한 환경에서 사회와 인생의 모순을 정확히 묘사한 다산의 시를 떠올리며 21세기 남파랑길을 걸어가는 나그네가 혼자 웃는다.

다산 정약용은 이순신의 인품을 높게 평가했다. '과거 시험의 무과에서도 덕행을 평가하자'라고 주장한 『경세유표』에서 다산은 이순신에 대해 이렇게 썼다.

"이순신은 효자였다. 내가 일찍이 이순신의 난중일기를 보니, 어머니를 그리워해서 밤낮으로 애쓰고 지성으로 슬퍼한 모습이 사람을 감동시킬 만했다."

정조는 다산 정약용과 더불어 진실로 사랑한 선비 규장각 각신 윤행임에게 『이충무공전서』를 쓰게 했다. 『이충무공전서』는 규장각에서 이순신에 관한 글과 사적들을 모두 모아 을묘년에 활자로 인쇄한 책이다. 이 을묘년은 1795년(정조 19)으로, 정조에게는 아주 뜻깊은 해였다. 즉위한 지 20년이 되는 해인 동시에 어머니이신 혜경궁 홍씨와 돌아가신 아버지 사도세자 두 분의 회갑이 되는 해였다. 효성이 지극한 임금 정조가 즉위한 지 20년이 되는 해인 동시에 어머니와 아버지 사도세자 두 분의 회갑이 되는 이런 뜻깊은 해에 『이충무공전서』가 나왔다.

이순신을 기릴 수 있는 길을 닦아준 『이충무공전서』는 정조의 명으로 규장각에서 만들어져 세상에 나올 수 있었다. 『이충무공전서』는 임금이 직접 편찬을 명한 책이기에 임금의 글로 서문을 대신했다. 거기에는 이순신의 후손을 대보단 제사에 참여시키라는 명, 『이충무공전서』를 편찬하면 고금도 사당에도 한 질을 보내라는 명, 신도비를 세우고 동시에 이순신을 영의정으로 증직하라는 명이었다. 정조는 손수 신도비의 글을 짓는 이유를 『이충무공전서』에서 적고 있다.

사의재
동문주막
다산 선생님께서
즐겨 드셨던 밥상
(바지락전 & 아욱된장국)
남파랑길
남파랑길 강진 84코스 NAMPARANG TRAIL | Gangjin84 section

우리 장하신 선조께서 나라를 다시 일으키신 공로는 오직 충무공 한 사람의 힘으로 마련된 것이니 이제 충무공에게 특별히 비명을 지어주지 않고 누구의 비명을 지어주겠는가. …(후략)

『이충무공전서』 첫머리에 실린 왕명의 한 구절이다. 지금도 비명(碑銘)의 글씨체를 그대로 새긴 신도비가 충남 아산 이순신 묘소 앞에 서 있다.

정조는 나라에 공이 있는 사람들에게 각별한 정을 기울였다. 특히 임진왜란 때 조선의 바다를 홀로 지키다시피 한 이순신과 병자호란 때 백마산성에서 굳게 버틴 임경업을 가장 높게 평가했다. 그래서 두 사람을 기리는 책을 만들라고 지시했다. 이순신에 대해서는 특별히 책 이름을 '전서(典書)'라고 이름 붙이라고 했다. 임금이 신하의 시문을 모아 책으로 엮어내는 일도 흔치 않거니와 그 이름을 전서라 한 사례는 더더욱 없었다. 이순신을 흠모하는 정조의 마음을 읽을 수 있다.

강진읍 영파리에는 정조 5년(1781)에 창건한 이순신을 추향하고, 김억추 장군을 배향한 금강사(錦江祠)가 있다. 고종 5년(1868)에 서원 철폐령에 의해 훼철당하고, 그 후 1901년에 설단 향사하여 오다가 1946년 현재의 건물로 복원하였다. 이 사우에 이순신을 주향으로 모시고 김억추(1548~1618)를 배향한 것은 김억추가 정유재란 때 전라우수사가 되어 이순신을 도와 명량대첩에 성공하였기 때문이다. 강진 출신의 역사적 인물 김억추는 나라가 위태로울 때 나아가 지킨 강진의 자랑이다.

김억추는 1584년 강진군 작천면 박산마을에서 출생하였다. 1577년(선조 10) 알성 무과에 급제하였으며, 순창현감을 맡고 있을 당시인 1592년 4월 임진왜란이 일어나자 어명을 받아 피난 어가를 호위하게 되고 대동강 도하작전에 주사대장과 평양방어사가 되어 활약하였다.

1597년 전라우수사가 되어 통제사 이순신을 따라 어란포해전과 명량해전에 참전하였던 김억추는 명량해전의 공으로 선조로부터 부월(쇠로 만든 도끼)을 하사받았다.

강진군 병영면에는 전라병영성이 있다. 조선 태종 17년(1417)에 설치되어 1895년 갑오경장까지 조선조 500년간 전라남도와 제주도를 포함한 53주 6진을 총괄한 육군의 총지휘부이다. 1894년 갑오농민전쟁을 맞아 병화로 소실되었고, 이어 1895년 신제도에 의해 폐영되고 말았다. 1599년(선조 32) 도원수 권율의 상소로 일시 장흥으로 이설되었다가 1604년 다시 당초의 위치로 옮겨왔으며, 제주도에서 표류 중이던 네덜란드인 하멜이 이곳으로 압송되어 7여 년 동안 억류되어 있기도 했다.

도암면 도로변에 '해남윤씨세장비(海南尹氏世莊碑)'가 위용을 나타내고 있다. 다산은 딸을 해남 윤씨에게 출가시켰다. 다산의 어머님도 해남 윤씨였다. 고산 윤선도의 집안은 다산의 외가였다. 해남의 녹우당에는 다산 정약용이 어릴 적 그의 어머니와 함께 머물렀던 초당이 있었다. 정약용의 외증조부가 공재 윤두서인데, 친정을 그리워하는 손녀를 위해 윤두서가 초당을 지어주었다. 유배 시절 정약용은 이곳의 서책을 빌려보았다.

향촌교를 건너 농로를 따라 걸어가는 중에 멋있게 펼쳐진 덕룡산 능선이 계속해서 시선을 사로잡는다. 용흥저수지를 지나고 농로를 따라 계속 걸어가다가 도암천 위 돌다리를 건너간다. 농로를 따라 계속해서 나아가다가 신기마을 입구에서 우측으로 논정방조제 가는 길로 나아간다.

도암면 신기리에 소재하는 가우도가 보이고 정상의 청자타워가 이색적이다. 가우도 정상에는 25m 높이의 세계 최대 규모의 청자타워가 있다.

방조제를 따라 남파랑길이 이어지고 우측으로 주작산과 덕룡산 능선이 시선을 유혹한다. 좌측으로는 강진만 갯벌이 펼쳐져 있다. 하늘에 반달이 동행한다. 비록 태양의 빛에 억눌려 빛을 잃은 모습이지만 어차피 스스로는 빛을 내지 못하는 존재인지라 겸손하다. 파란 하늘 파란 바다, 온통 세상이 파랗다.

도암배수갑문교를 건너 계속 방조제를 따라 남파랑길이 이어진다. 배수갑문, 바닷물에서 소금기를 빼서 민물로 만들어 농업용수로 이용한다. 방조제 따라가는 길, 강진만 갯벌이 끝없이 펼쳐지고 우측에는 도암천의 갈대밭이 춤을 춘다. 논정방조제 끝에서 신전면 해안관광로를 따라 나아간다. 바다 가운데 비래도가 외로이 떠서 파도에 출렁인다. 나무데크가 나타나고 갈대숲이 무성하다. 갈대밭 전망데크로 들어간다. 강진만의 갯벌과 갈대밭을 만끽한다.

4시 30분 사내방조제 북쪽교차로에서 84코스를 마무리한다. 12월 25일 성탄절의 하루가 길 위에서 흘러간다.

PART 9

해남 구간

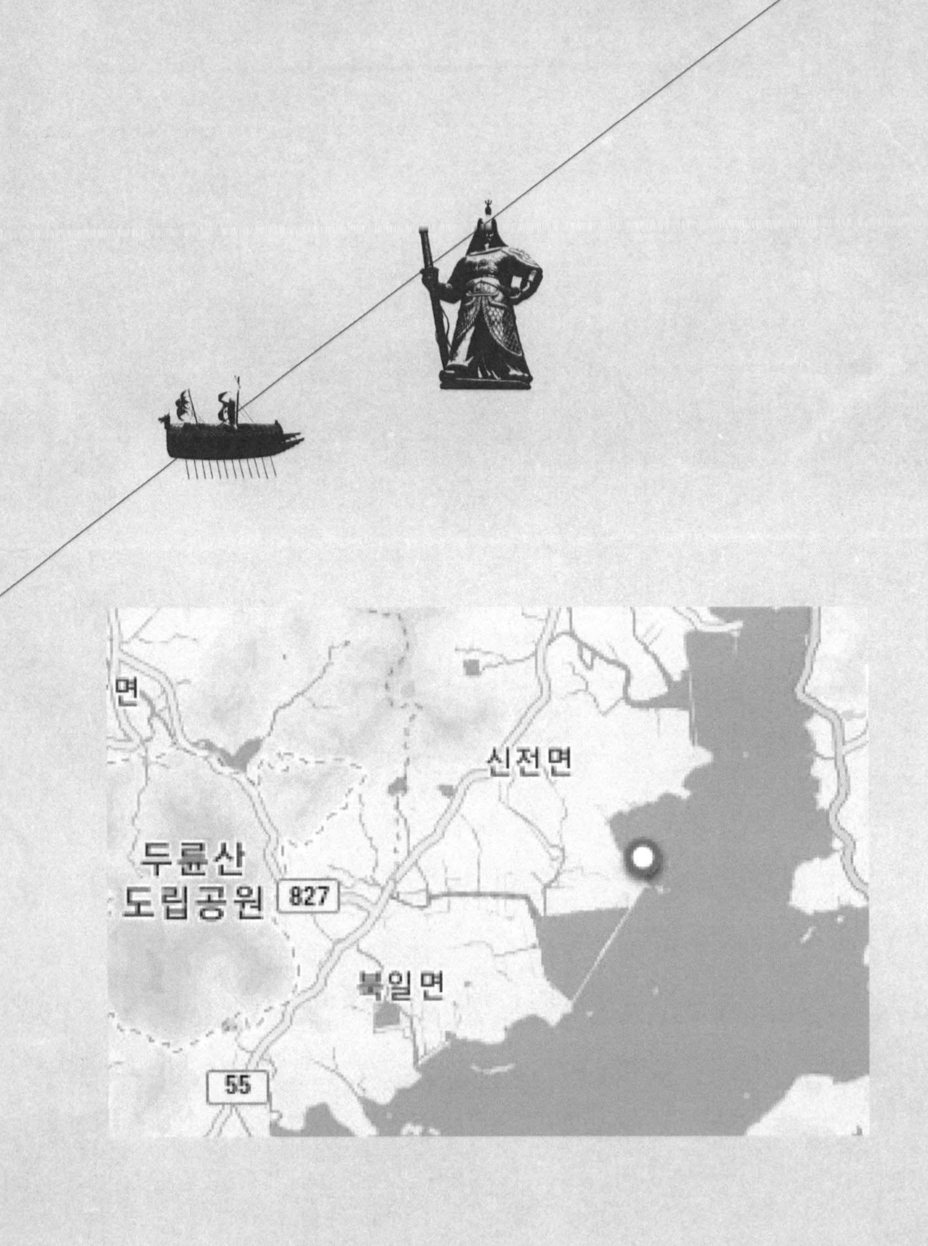
면
신전면
두륜산
도립공원
827
북일면
55

조선의 삼남길

[이순신의 해남 순시]

사내방조제 북쪽 교차로에서 해남 남창정류소까지 18.2㎞

사내방조제 북쪽 교차로 → 내동리발섬고분군 → 북평초등학교 → 해남 남창정류소

"충무공 싸움터엔 옛 얼이 살아 있고"

12월 29일 9시 23분, 강진군 신전면 사초리 사초마을 사내방조제 북쪽 교차로에서 하루의 길을 시작한다.

12월 26일부터 28일까지 완도의 86코스, 87코스, 88코스를 순서를 바꾸어 먼저 걸었다. 89코스 일부 구간도 해남 남창정류소에서 마쳤다.

오늘 85코스는 강진에서 해남으로 연결되는 구간으로 남창정류소에서 마무리하고, 내일 30일은 89코스 남창정류소에서 달마산 미황사까지, 그리고 12월 31일 대망의 90코스, 미황사에서 땅끝까지 걸어갈 계획이다. 남은 사흘간 하루 한 코스의 여유 있는 발걸음, 길에서 행복한 나그네의 심장이 뛰고 흥분이 가시지 않는다.

구름이 많고 잔뜩 흐린 날씨가 어제와는 완연히 다르다. '좋다고 너무 좋아하지 말라'라며 하늘이 신호를 보낸다. 단순하게, 무거운 짐 벗어놓고 가볍게 길을 가는 행복을 만끽한다. 걸어온 길, 기억 저편의 먼 놀이의 추억을 돌아보며 새로운 놀이의 기쁨을 쌓아간다. 마음속에는 언제나 아이가 떠나가지 않지만 어른으로 살아가는 슬픔을 뒤로하고 이제 다시 신명나게 철없는 아이가 되어 남파랑길을 걸어간다.

남파랑길 85코스는 땅끝에서 서울로 이어지는 구 삼남길(호남대로)의 처음 길이다. 삼남길은 해남 땅끝마을에서 시작하여 강진, 영암, 나주, 광주, 장성, 정읍, 완주, 익산, 논산, 공주, 천안, 평택, 수원, 남태령, 서울 남대문까지 1,000리에 이르는 길로 한반도 동맥과 같은 길이다. 삼남길은 국가적 행사를 위한 길었으며, 유배의 길이었고, 아픈 역사의 길이자 민초들의 애환이 담긴 길이었다. 삼남길의 땅끝 해남 구간은 총 56.7㎞의 제1구간으로 해남 땅끝에서 강진 사초리까지 이어진다.

조선시대에는 모두 10개의 주요 간선도로가 있었는데 이 도로는 조선팔도를 잇는 국토 대동맥이었다. 1로와 2로는 북쪽 국경으로 난 도로로, 1로는 서울에서 파주를 거쳐 의주에 이르고, 2로는 원산으로 가서 함흥을 거쳐 두만강으로 가는 길이다. 3로와 10로는 동해 쪽으로 난 길이다. 관동로라 부르던 3로는 원주, 강릉을 거쳐 평해에 이르고, 10로는 충주를 지나 안동, 봉화에 이르는 영남 내륙지방으로 뻗은 길이다.

서해 쪽으로 난 길에는 8로와 9로가 있다. 8로는 평택을 거쳐 충청도, 수영으로 이어졌고 9로는 강화로 가는 길이다. 남쪽으로 난 길에는 모두 4개 노선이 있었다. 4로는 부산으로 가는 길이었고, 5로는 통영으로 가는 길인데 조령, 진해를 지나가고, 6로는 전주, 남원, 진주를 거쳐 통영에 이르렀다. 7로는 과천을 지나 수원, 정읍, 나주, 해남을 거쳐 수로로 제주에 도착하는 길이다.

여행자에게는 옛날이나 지금이나 먹고 자고 쉴 수 있는 공간이 가장 소중하다. 역사적으로 조선 전기에 이미 여행자를 위한 편의시설이 제법 훌륭했다. 주요 도로에는 이정표와 역, 먹고 잘 수 있는 원이 일정한 원칙에 따라 세워졌다. 십 리마다 지명과 거리를 새긴 작은 장승을 세우고 삼십 리마다 큰 장승을 세워 길을 표시했다. 그리고 큰 장승이 있는 곳에는 역과 원을 설치했다. 역이 국가의 명령이나 공문서 전달 등을 위해 마련된 교통·통신기관이었다면 원은 그들을 위해 마련된 일종의 공공여관이면서 민간인들에게 숙식을 제공하기도 했다. 당시원 이외에는 여행자를 위한 시설이 없으므로 해가 저물면 여염집 대문 앞에서 “지나가는 나그넨데, 하룻밤 묵어갈 수 없겠습니까”라고 부탁해서 숙식을 해결해야 했다.

임진왜란과 병자호란을 거치면서 민간 주막이나 여관들이 생겨나기 시작했다. 주막은 술을 팔고 마실 수 있는 곳으로 깃발을 달았고, 나그네가 하룻밤 쉬어가는 여관과 같은 역할을 했다. 대체로 소박했으며 원래 술을 파는 것이 본업이지만 때로는 음식도 팔고 여인숙도 겸했다. 주막의 주인은 대개 남의 소실이거나 일선에서 물러난 작부들이 많았다.

아름다운 다도해 해안으로 눈길을 주면서 사내호에 도착하자 흐렸던 날씨가 개고 환해진다. 태양과 함께 왼쪽 강진의 마량항, 고금도, 완도를 바라보고 우뚝 솟은 상왕봉, 백운봉을 바라보면서 걸어간다. 오른쪽에는 두륜산의 케이블카와 산 정상이 나그네를 향해 환호를 한다.

두륜산 대흥사 일지암에서 열반할 때까지 차를 마시며 선열에 잠겼던 초의선사가 차 한잔하고 가라며 손짓을 한다.

나그네가 한 조각 외로운 구름이 되어 흘러간다. 길을 가는 나그네는 외로움이 힘이다. 선택한 고독이라 외로움은 즐거움이다. 사색은 외로움의 샘에서 퍼 올린 맑은 물, 외로우니까 자연과 더욱 가까워진다. 외롭지 않다면, 벗이나 누군가와 동행한다면 하늘도 청산도 계곡도 그냥 스쳐 지나가는 장면일 뿐 마음에 깊이 다가오지 못한다.

추사 김정희(1786~1856)의 삶에도 외로움이 많았다. 선택한 외로움이 아닌 귀양살이였다. 추사가 남긴 편지를 보면 유배 생활의 고독이 얼마나 진한지 느낄 수 있다.

제주도로 유배를 가던 추사는 해남에 와서 동갑내기 친구 초의가 머물고 있는 대흥사의 일지암에서 하룻밤을 묵었다. 이후 초의는 자신이 직접 덖은 차를 품에 지니고 제주도에 다섯 번이나 어선을 타고 건너갔다. 초의는 그중 한 번은 반년이나 제주도에 함께 머물렀으니 그들의 우정이 얼마나 돈독한지 알 수 있다.

제주도 대정현의 유배지를 찾아온 지 6개월이 지난 어느 날 초의가 일지암으로 돌아가겠다고 하자 추사는 "산중에 무슨 급한 일이 있겠느냐"라며 붙잡았지만 초의는 기어코 떠나고 말았다. 추사는 돌아간 초의에게 "보고 싶어 간밤에 눈곱이 다 끼었다"라고 엄살을 한 후 편지로 엄포를 놓았다. 실로 가관이다.

"이보게 일지암 민대머리! 부처님을 모시는 몸이 그토록 신통력이 없는가? 꼭 말을 해야 알아듣겠는가? 초의차가 다 떨어져 못 마시니 혓바늘이 돋고 정신이 멍해지고 있소. 그러니 초의차를 보내지 않으면 내 당장 말을 몰고 일지암으로 달려가 차밭을 모두 밟아버릴 거구만."

아무나 할 수 없는 고승의 외모를 놀리는 인신공격성 발언을 하면서 협박하는 추사. 두 사람의 사랑과 우정이 얼마나 돈독했는가를 엿볼 수 있는 악동 수준의 장난기다. 고독한 유배지에서 추사의 투정은 특별한 우정의 다른 표현이었다.

추사는 서른다섯 살에 다산 정약용의 아들 학연(1783~1859)의 소개로 초의를 만났다. 그 후 추사는 불교와 차에 깊은 조예가 있었던 초의와 벗하며 아름다운 우정의 꽃을 피웠다.

드디어 강진군을 벗어나 해남군 북일면 내동리에 들어왔다. 이제 남파랑길의 마지막 행정구역 해남 땅이다. '해남의 찬가'를 힘차게 부른다.

충무공 싸움터엔 옛 얼이 살아 있고/ 윤고산 가꿔준 문화의 꽃 빛나니/ 자랑스러워 우리 해남 슬기로운 내 고장/ 너도나도 마음 다져 새 일꾼 되자/ 자자 손길

이어 지켜나가자/ 아아아 보아다오 인심도 순후한 우리 해남 만만세 만만세

'만만세!'를 외치며 북평면 와룡리 용루정(龍楼井)을 지나간다. 용의 두 눈에서 솟아오르는 와룡 짜우락 샘으로 바다 가운데 있는 우물샘이다. 밀물이 들면 사라졌다 썰물이 되면 다시 나타나는 이 샘은 신비의 바닷길과도 같다. 철철 흐르는 물 때문에 바가지로 바닷물을 조금만 걷어내면 금세 맑은 샘물로 바뀐다.

병풍처럼 둘러쳐진 두륜산(頭輪山)의 먼 산자락이 선경(禪境)에 드는 관문처럼 그윽하게 다가온다. 가련봉(703m), 두륜봉(630m), 고계봉(638m), 노승봉(685m), 도솔봉(672m), 혈망봉(379m), 향로봉(469m), 연화봉(613m)의 8개 봉우리가 능선을 이루고 있다.

두륜산 대흥사 입구에는 서산대사와 초의선사(草衣禅師)의 부도가 있다. 부도는 붓다의 한역으로, 원래는 붓다의 사리를 봉안한 조형물인데 우리나라와 중국은 고승의 사리를 봉안한 곳도 부도 혹은 사리탑이라고 부른다.

'승려의 일생은 차 달여 조주(趙州)에게 바치는 것'이라고 한 서산대사와 초의선사가 마치 차를 한잔 나누는 것처럼 보인다.

임진왜란이 일어나자 선조는 의주로 피난하면서 신하를 묘향산의 서산대사(1520~1604)에게 보내 나라의 위급함을 알렸고, 서산대사는 전국의 절에 격문을 돌려 승려들이 구국의 길에 나서도록 했다. 서산대사와 제자들은 명나라 군사와 함께 평양을 탈환하였고, 이에 선조는 대사에게 팔도도총섭(정3품)이라는 직함을 내렸으나 대사는 나이가 많음을 이유로 제자 사명에게 물려주었다.

휴정 서산대사는 평안도 안주 출신으로 9세 때 어머니를, 다음 해에 아버지를 잃고 고아가 되었다. 안주목사 이시중이 어린 서산대사의 총

명함을 알고 서울로 데려와 성균관에서 3년 동안 글과 무예를 익히게 했다. 그러나 과거에 낙방하고 친구들과 지리산을 여행하던 중 영관대사의 설법을 듣고 법열에 빠져 출가했다. 이후 명종 4년(1549)에 승과에 급제하였으나 선승의 길을 걷고자 승직을 버리고 금강산, 두류산, 오대산 묘향산 등을 다니며 제자들을 가르쳤다. 한때 정여립의 모반에 연루되었다고 투옥되었으나 무고임이 밝혀져 석방되었다. 이때 선조는 서산대사의 인품을 흠모하여 묵죽 한 폭을 하사했다.

1604년 1월 묘향산 원적암에서 설법을 마친 대사는 자신의 영정을 꺼내어 뒷면에 "80년 전에는 네가 나이더니 80년 후에는 내가 너로구나"라는 시를 적고는 가부좌를 한 채 열반에 들었다. 서산대사는 자신의 가사와 발우를 대흥사에 보관하라고 제자 유정(사명대사)와 처영에게 유언했다. 서산대사의 유언에 따라 의발이 대흥사로 전수되면서 대흥사는 17~18세기 선교 양종의 대도량 역할을 한 사찰이 되었다.

대흥사는 신라 때 창건된 것으로 전하며 임진왜란 때 전소되었다가 1603년 재건한 한국불교의 호국신앙을 상징하는 사찰이다.

임진왜란 때 활약한 대표적인 승병인 서산대사와 그 제자들인 사명대사, 처영대사의 호국충절을 기리기 위해 1789년 사당인 표충사(表忠祠)가 건립되며 정조가 내린 편액이 걸려 있다. 불교사찰 안에 유교식 사당이 존재한다는 것은 대흥사의 종교적 개방성을 잘 보여준다.

대흥사는 2018년에 산사, 한국의 산지 승원 7개 사찰에 들어 통도사, 부석사, 봉정사, 법주사, 마곡사, 선암사와 함께 유네스코 세계유산에 등재되었다. 서산대사가 앉은 채 열반에 들기 전 읊었다는 게송이다.

해남군
남파랑길
NAMPARANG TRAIL
남파랑길 강진-해남 85코스
NAMPARANG TRAIL | Gangjin – Haenam 85 section
땅끝마을
사내호
相忠表

삶이란 한 조각 구름이 일어남이요/ 죽음이란 한 조각 구름이 스러짐이다.

뜬구름 그 자체는 본래 실체가 없나니/ 나고 죽고 오고 감도 또한 그와 같도다.

조그마한 게 한 마리가 게걸음으로 바쁘게 걸어간다. 게는 게의 걸음으로, 나그네는 나그네의 걸음으로 자신의 길을 걸어간다. 사람들은 길을 만들어 간다. 새로운 길을 개척하고 선택하고 그 걸어온 결과물로서의 자신이 존재한다. 위대한 길, "내가 걸어온 길을 보라"라고 한 부처, "내가 길이요 진리요 생명이니"라고 한 예수의 길은 인류를 구원하고 해방하는 길이었다. 그 길은 남들이 가지 않은 길, 외롭고 고단한 길이었다. 그 길 위에서 이순신은 나라를 구하고 백성을 살리는 위대한 길을 갔다.

명량대첩이 일어나기 1년 전인 1596년, 이순신은 해남현과 전라우수영을 찾았다. 지금의 해남군청 터에서 2일, 전라우수영에서 4일간 머물렀다. 그때만 해도 1년 뒤 한 나라의 운명이 걸린 명량해전이 이곳에서 벌어질 줄은 이순신 자신도 몰랐다. 『난중일기』에는 1596년 8월 윤달 6일간 해남을 순시한 기록이 일정별로 나와 있다. 도체찰사 이원익과 전라도 일대를 순시할 때로 이 무렵 전쟁은 소강상태였다.

1596년 윤8월 11일 체찰사 이원익을 모시는 일로 한산도 진중을 출발하여 당포로 갔던 이순신은 체찰사가 이미 떠났다는 소식을 듣고 12일 어머니를 만나서 함께 잠을 잤다. 13일 본영으로 돌아온 이순신은 다시 체찰사를 찾아 두치에 가니 이미 어제 자고 갔다고 해서 다시 광양으로 갔다. 그리고 순천에서 이원익을 만난 이순신은 17일 낙안으로, 18일 고흥으로, 19일 녹도로 갔다. 녹도로 가는 길에 도양의 둔전을 살펴본 체찰사 이원익은 얼굴에 희색이 만연했다. 20일 이원익과 함께 배를 타고 종일 군사 일에 대해 이야기를 나누면서 장흥에 도착했다. 그리고 22일에는 늦게 강진의 병영에 도착해서 원균을 만나 밤이 깊도록 이야기했다. 24일 완도 남망산에 올랐던 이순신은 25일 일찍 이진(梨津)에 도착해서 점심 식사 후 바로 해남으로 갔다.

『난중일기』에 의하면 이순신은 해남 북평면 이진을 두 번 왔다. 이때가 첫 번째 방문이고 1년 후인 1597년 8월 20일 두 번째로 방문했다. 이때 이순신은 포구가 좁아서 이진 아래 창사(남창리)로 진을 옮겼는데, 토사곽란으로 인사불성이 될 만큼 아파서 4일간을 남창에서 묵었다.

이진에서 점심을 먹은 이순신은 말을 타고 해남현으로 이동했다. 이때의 『난중일기』에 "해남으로 가는 길로 접어들었는데, 녹둔도에서 백의종군을 함께 한 경흥부사였던 김경록이 술을 가지고 보러왔다. 어느새 날이 저물어 횃불을 들고 길을 갔다. 밤 10시경에 해남현에 도착했다"라고 적고 있다. 이순신은 북평 이진에서 해남읍 사이에 어디쯤에선가 김경록과 술을 마시다 밤늦게야 해남현에 도착한 것이다. 이순신은 술을 자주 마셨다. 『난중일기』에만 술 마신 기록이 140여 회나 나온다.

해남현에서 하루를 묵은 이순신은 다음 날 우수영으로 향했다. 『난중일기』에는 "26일 아침 일찍 떠나 우수영에 이르렀다. 태평정에서 자면서 우후 이연충과 더불어 이야기를 나누었다"라고 기록하고 있다. 다음날 27일 우수영에서 이순신은 진도 순시에서 돌아온 도체찰사 이원익을 만났다. 체찰사는 전시 때 군사 총사령관이다. 당시 이순신과 전라도 순시에 나섰던 이원익은 다음 해 이순신이 역모죄로 옥에 갇힐 때 정탁과 함께 앞장서서 이순신을 옹호했다. 그 덕에 이순신은 죽음을 면하고 백의종군하게 된다. 『난중일기』에서 이순신이 명량대첩이 일어나기 전 우수영에 왔던 기록은 이때뿐이다.

28일까지 4일간 우수영에 체류했던 이순신은 29일 새벽에 출발해 지금의 해남군청인 해남현 청사에 도착했다. 그리고 다음 날인 9월 1일 새벽에 망궐례를 올리고 새벽 일찍 강진으로 출발했다. 망궐례란 직접 왕을 배알할 수 없는 지방 근무 관리나 파견된 관리가 왕의 상징이 새겨진 패 앞에서 매월 1일과 15일 행하는 의식이다. 이순신은 정유재란으로 백의종군 이후에는 망궐례를 올리지 않았다. 선조를 생각하는 이순신의 마음을 읽을 수 있다. 이순신의 충(忠)은 선조가 아닌 나라와 백성에 대한 충이었다.

이순신은 다시 강진의 석제원에 도착하여 점심을 먹고 영암으로 향했다. 2일간을 영암에 머무른 이순신은 3일에 나주에 도착했고, 4일에는 체찰사 이원익과 함께 공자의 사당(향교)에 알현했다. 나주에 머무르던 이순신은 6일 무안에 갈 일로 체찰사에게 고하고 길에 올라 그날은 무안에서 잤다. 무안을 순시한 이순신은 9일 함평으로 향했다. 몸이 노곤하고 말도 피곤하여 함평에 머물던 이순신은 11일에는 영광에 도착했다. 이날 이순신은 내산월(萊山月)을 만나서 술을 마시며 이야기하다가 밤이 깊어서 헤어졌다. 내산월은 한양 기생으로 이춘원의 『구원집』과 허균의 『성소부부고』에도 나오는데, 구전설화에 의하면 내산월이 이순신에게 금괴를 바쳐 거북선을 만드는 데 도움을 주었다고 한다. 그리고 고창군 무장면 고창무장객사에 도착한 이후 9월 12일부터 15일까지 여진(女眞)과 함께했다.

이순신의 여인으로 알려진 여진은 이때 등장한다. 여진은 노비였다. 이후 9월 16일에 장성에 도착한 이순신은 17일에 장성에서 두 조카딸을 만나고 18일에는 광주로 갔다. 19일에는 아침에 광주목사가 와서 술부터 마셔 밥을 먹지 못한 채 취해버렸다. 20일에는 종일 비가 내려

광주에서 출발하여 멀리 가지 못하고 화순에서 잤다. 화순의 능성현을 순시한 이순신은 22일에는 보성에 도착했다. 23일에는 나라의 제삿날이라 출근하지 않고, 24일에는 병사 선거이를 병문안하고 저물녘 낙안읍성에서 잤다. 25일 하급 관리와 선중렵의 죄를 논한 이순신은 순천에 이르러 머물다가 27일에는 어머니를 뵙고 28일에 여수 본영에 도착했다. 윤8월 11일에 출발한 이순신의 순시는 장장 1개월 18일에 걸친 여정이었다.

이순신은 무관생활 22년 중 절반을 전라도에서 보냈다. 전남지역의 섬과 해안은 물론 육지에도 이순신의 발자국이 찍히지 않은 곳이 없을 정도였다. 해남도 마찬가지였다. 명량대첩 전후에는 해남 바다를 누볐고, 그 1년 전인 1596년에는 말을 타고 해남 땅을 누볐다.

해남을 비롯한 전라도 순시를 마친 5개월 후인 1597년 2월, 파직된 이순신은 옥에 갇혔다. 그리고 삼도수군통제사에 재임명된 1597년 8월 4일 다시 전라도를 찾았고, 8월 20일 북평 이진 아래 남창에 이르렀다. 그로부터 26일 후 명량해전이 일어났다.

드디어 북평면 남창리가 보이고, 말을 타고 가는 이순신이 보인다. 강진을 지나 해남을 순시하는 이순신과 남파랑길을 걸어가는 나그네가 하나가 된다.

12시 30분, 어제 도착한 시외버스터미널 인근 주차장 85코스 종점에 도착했다.

가벼운 흥분을 느끼며 해남 땅끝마을로 갔다. 이제는 마지막을 즐기기 위해서다.

오후 5시 40분, 바닷가에 한파가 불어오고 있는 땅끝마을, 나그네는 미리 땅끝에 와 있다. 얼마나 정겨운 곳인가. 10년 전인 2010년, 마라도에서 출발한 국토종주 시 이곳 땅끝에서 육로를 걸어 고성의 통일전망대까지 갔던 그곳이다. 땅끝에서 새롭게 시작한 추억이 아련하게 스쳐간다.

'해넘이 해맞이 명소를 폐쇄합니다' 현수막이 전망대로 가는 길이 코로나로 인해 폐쇄되었음을 알려준다.

12월 30일 새벽 1시 35분, 눈이 내리는 땅끝 갈두항에 섰다. 세찬 눈발이 몰아친다. 땅끝에 눈이 온다. 얼굴에는 눈이 내리고 눈에는 눈물이 내린다. 눈물은 얼음이 되어 눈 끝에 매달린다.

땅끝 갈두항 새벽 2시, 보름달이 있어야 하건만 강추위에 어딘가로 숨어버렸다. 아아, 날아갈 것만 같다. 엄청난 강풍이 불어오고 눈보라가 몰아친다. 생의 찬미를 노래한다.

오늘은 89코스를 걷는 날, 12시 정오 무렵 89코스 종점 미황사로 내일 마지막 90코스를 함께 걷기 위해 용인에서 벗들이 오기로 되어 있다. 하지만 뜻대로, 계획대로 되지 않는 것이 세상사, 불의의 사고로 오늘 90코스까지 완주했다. 땅끝의 겨울밤이 설렘과 감동으로 깊어간다.

완도 구간

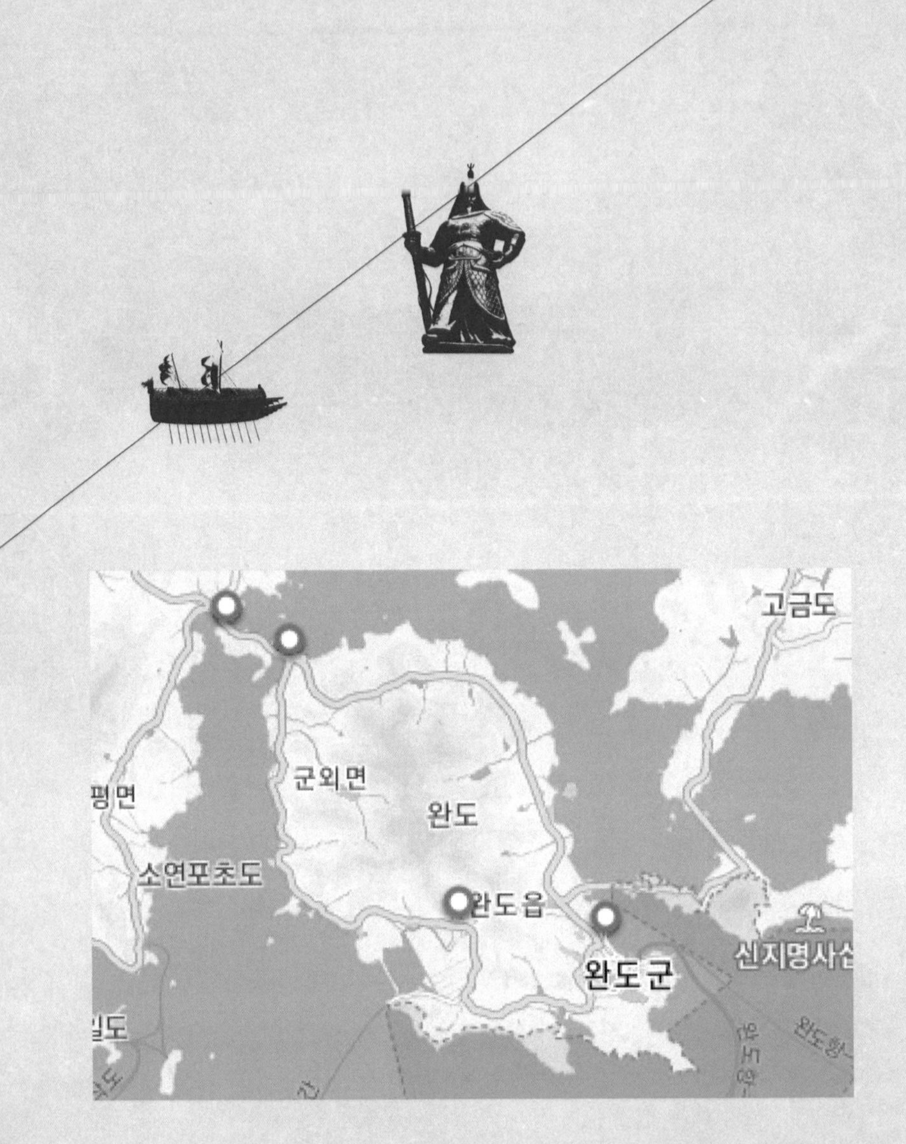
고금도
군외면
완도
소연포초도
완도읍
완도군

완도로 가는 길

[이순신의 용모는 어떤 모습이었을까?]

북평면 남창정류소에서 완도항 해조류센터까지 24.6㎞

남창정류소 → 완도대교 → 청해진유적지 → 장보고기념관 → 장보고공원 → 완도전복거리 → 완도항 해조류센터

"제 몸 바쳐 충절을 지킨다는 말 예부터 있었지만 목숨 바쳐 나라를 살린 일 이 사람에게 처음 보네."

12월 26일 8시, 85코스를 건너뛰어 해남의 남창리에서 완도로 넘어가는 86코스를 시작한다.

완도의 86, 87, 88코스와 89코스의 일부를 걷고 다시 85코스를 걸은 후 89코스의 남은 구간과 90코스를 걸어갈 계획이다.

86코스는 해남 남창에서 완도대교를 지나 완도항까지 연결되는 구간으로, 완도군의 핵심 관광 콘텐츠인 청해진유적지, 장보고공원, 장보고기념관을 지나서 완도 해양생태전시관, 완도전복거리를 지나서 완도 해조류센터에서 마무리를 한다.

북평면 남창리, 남창 5일장이 유명하다지만 가는 날이 장날이 아니라 장 서는 구경은 못 하고 장터를 지나간다. 이순신이 묵었던 이곳 남창의 흔적들이 허공에 맴돈다.

남창교 다리를 건너 완도군의 섬 달도로 들어간다. 달도는 해남에서 완도 진입을 위해 거쳐야 하는 섬으로, 해남과 달도를 잇는 다리가 남창교이고, 달도와 완도를 잇는 다리가 완도대교이다. 완도군 군외면 원동리, '건강의 섬' 완도군으로 들어간다. '완도군의 찬가'를 힘차게 부르며 나아간다.

솟아오른 둥근 해가 남해를 여니/ 여기가 청해진 고을이라네/ 맑은 물 굽이굽이

역사도 깊어/ 곳곳마다 문화유산/ 자랑거릴세/ 가꾸세 보살피세/ 우리의 자랑/ 힘이 솟고 꿈이 넘친 우리의 완도

완도(莞島)는 제주도, 거제도, 진도, 강화도, 남해도, 안면도 다음으로 큰 섬이다. 완도는 완도군의 본섬으로 달도(達島)를 징검다리 삼아 남창교와 완도대교로 육지인 해남반도와 연결되어 있다. 1895년 갑신정변 때 이곳 고금도로 귀양 와서 인연을 맺은 전라감사 이도재의 건의로 1896년에 영암·강진·해남·장흥의 4군에 딸린 섬들을 떼어 완도군으로 독립시켰다.

아침의 바다를 날고 있던 갈매기가 완도대교를 걸어가는 사내를 쳐다보며 미소 짓는다. 기온은 3도 낮아졌다지만 걷기에는 아주 좋은 날이다. 여유 있는 발걸음, 느림의 미학을 즐긴다. 삶의 풍성함은 자기 발밑의 소중한 것을 찾아내는 데서 비롯된다. 그러자면 느림을 즐길 수 있는 여유가 있어야 한다. 느림을 즐기기 위해서는 많은 것들이 뒷받침되어야 한다. 누구에게나 똑같이 주어진 24시간으로 느림의 멋, 느림의 여유를 누리기 위해서는 더욱 부지런해야 한다. 조금씩 천천히 끊임없이 나아가며 낭만이 있고 꿈이 있고 여유가 있는 느림보 달팽이가 되어야 한다. 유럽에서는 사회적 지위와 금전적 수입에 구속되지 않고 인생을 느긋하게 즐기려는 이른바 다운시프트(Downshift)족, 느림보족이라 불리는 사람들이 늘고 있다.

청해진 완도의 조용한 바닷가, 불목리에 이르자 수많은 까마귀 떼가 전깃줄에 앉았다가 나그네를 환영하며 하늘로 날아오른다. 완도읍 장좌리 장군샘에서 걸음을 멈춘다. 통일신라시대 이곳에 청해진이 설치(828년)된 이후 마을 주민과 병사 가족들의 식수와 빨래터로 사용된 샘터다.

드디어 장도, 청해진이 다가온다. 저 멀리 장보고 동상이 넓은 바다를 향해 서 있다. 신라의 삼국통일 이후 828년(흥덕왕 3) 장보고는 1만 명의 군사를 이끌고 죽청리와 장좌리 일대에 청해진을 설치해 당나라 및 일본과 무역·문화 교류를 독점함으로써 해상왕국을 건설하였다.

836년 왕위계승 분쟁에서 패배한 김우징(후일의 신무왕) 계열의 세력들이 청해진에 도피하며 재기를 모색하는 가운데, 838년 재차 왕위를 둘러싼 정변이 일어나자 장보고는 신라의 서울인 경주로 출병하여 그들을 강력히 지원함으로써 신무왕(~839) 즉위에 결정적인 공을 세웠다. 이에 왕은 감사의 뜻으로 장보고를 감의군사로 임명하는 한편 장보고의 딸을 며느리로 받아들일 것을 약속하였다. 그러나 신무왕이 갑자기 서거하고 문성왕이 등극한 후 842년 3월 약조에 따라 장보고의 딸을 제2왕비로 맞아들이고자 하였으나, 조정의 귀족들은 중앙정부를 위협할 만한 청해진의 세력이 중앙정계로 들어오는 것을 두려워하여 이를 강력히 반대한 결과 무산되고 말았다. 이를 계기로 청해진과 중앙정부 사이의 반목과 대립이 깊어가던 중 조정에서 청해진으로 파견한 무장(武将) 염장(閻長)에 의해 장보고가 암살됨으로써 납비(納妃) 문제는 막을 내리게 되었다.

염장은 장보고의 진영에 거짓으로 투항하여 신임을 얻은 후 자신을 위해 준비한 주연석상에서 장보고를 살해하고 돌아갔다. 그 결과 851년 청해진은 폐지되고 장군의 가족과 막료들은 원래 장보고의 활동 무대이던 당나라의 적산촌으로 돌아갔다.

대부분의 주민들은 벽골군(지금의 전북 김제)으로 강제 이주됨으로 청해진은 폐허가 되었다. 고려 초기의 사정은 상세하지 않으며 주민이 언제부터 다시 청해진에 거주하게 되었는지도 알 수 없다. 고려 초기에 비로소 완도라고 불리게 되었으나 지방행정단위로 파악되지 못하였고, 고금도를 포함하여 모두 탐진현(지금의 강진)에 속하였다.

고려 왕건에게 성을 하사받은 안동의 삼태사에는 안동 김씨, 안동 권씨, 안동 장씨가 있다. 안동 장씨의 시조는 장정필인데, 처음 이름은 길(吉), 후일 정필(貞弼)로 개명하였다. 장정필은 청해진 대사 장보고의 현손(玄孫)이다. 장보고의 증손(曾孫)인 장원은 당의 절강성 소흥부에서 거주하며 그곳에서 아들 장길을 얻었다. 이때 당의 정국은 격변기로 크게 혼란하여 민심이 매우 흉흉하여 장원은 증조께서 살던 신라로 다시 이주할 것을 결심하여 다섯 살의 장길을 데리고 명주(강릉)에 도착하였다가 충주에 자리를 잡았다. 후일 장길은 성장하여 당나라에 가서 학문에 진력하여 24세에 장원급제를 하였고, 문장과 덕행으로 중원 전역에서 그 명칭을 떨쳤다. 그러나 재상에 재직하던 중 시기하던 자들의 무고로 인하여 관직에서 물러나 귀국하여 충주로 돌아왔다.

이 당시 신라는 외형상 국가로서의 모습만 겨우 유지하고 있었으며 왕건이 고려의 국왕으로 등극한지 약 2년 되는 시점이었다. 장길은 충주에서 고창(안동)으로 이주하여 김선평, 김행(후일 권행)과 우의를 다졌으며, 930년 태조 왕건과 견훤의 고창 전투에서 열세이던 왕건을 도와 승리했다. 이에 따른 공로로 태조로부터 고창군 성주 김선평은 대광(大匡), 김행, 장길은 대상(大相)에 임명되었다. 이들은 왕건을 도와 고려 건국의 기초를 다진 공로로 성씨를 사성받아 경주 김씨였던 김선평은 안동 김씨, 경주 김씨였던 김행은 안동 권씨, 장보고의 후손 장길은 안동 장씨의 시조가 되었다. 안동 김씨는 이후 김선평을 시조로 하는 '신 안동 김씨'와 경순왕의 넷째 아들인 은열의 둘째 아들 숙승을 시조로 하는 '선 안동 김씨'로 나누어진다. 조선의 순조 이후 안동 김씨 세도정치는 '신 안동 김씨'의 후손들이다.

코로나로 인해 문이 닫힌 장보고기념관을 지나서 멀리 완도타워를 바라보며 걸어간다. 도로변에 있는 완도주요관광지 안내도에 장보고유적지 장도, 완도타워, 해조류센터 야경, 정도리 구계등, 완도수목원, 신지도 명사십리해수욕장, 청산도 도락리, 청산도 범바위, 보길도 세연정, 보길도 예송리 해수욕장 등이 소개되어 있다. 하지만 고금도의 이순신 유적지가 없다. 이럴 수가!

완도시가지를 걸어서 완도읍 가용리 '완도전복거리'를 지나간다.

'1일 1전복 하면 1월 변신(變身)'이라, 즉 '하루에 전복 한 개를 섭취하면 한 달 안에 몸이 변화한다'라고 완도전복을 자랑한다. 어느 철없는 전복의 이야기다.

바닷속에 살고 있는 조개가 살다 보니 별난 조개들이 많다는 것을 알았다. '왜 나는 비범한 조개가 아니고 평범한 조개일까.' 속이 상한 조개는 거북이를 찾아갔다.

"어르신, 조개면 다 같은 능력을 줘야지 왜 이렇게 피조개가 있고 진주조개가 있고 백합조개가 있고 차별합니까?"

"그럼 나더러 어쩌란 말이냐?"

"저도 우아한 조개로 만들어주십시오."

"그건 내 영역 밖이다."

"그럼 저는 어찌 살란 말입니까?"

"너는 전복이니 전복답게 살아라. 그럼 너도 진주조개 못지않게 쓰일 데가 있을 거다."

"그렇다면 제 삶을 제가 사랑해야겠군요."

"물론이지."

이후 전복은 자신의 삶에 자족하고 살다가 이승을 떠나 저승으로 가서 한 줄기 아름다운 자개가 되었다. 장롱에 무늬로 수놓아진 그를 보고 한 여인이 말했다.

"어쩜, 이렇게 아름다운 자개가 있을까!"

오늘을 살면서 내일을 바라는 사람들, 내일을 기대하면서 오늘을 가벼이 사는 사람들, 그러나 오늘은 과거에 기다렸던 그 미래가 아닌가. 내일은 오늘의 삶에 의해 결정된다. 어제도 내일도 중요하지만 오늘을 억척같이 즐겁게 살아야 한다. 마치 오늘 하지 않으면 다시 못 할 것처럼.

삶은 여행이다. 목적지를 찾아가는 여행이 아니라 오늘을 관조하는 여행이다. 그 길은 고속도로가 아니다. 숲속 오솔길에 산새와 나뭇잎과 흰 구름과 바람이 이는 길목이다. 완도의 전복들은 모두 자신의 삶에 만족하고 있다.

드디어 86코스의 종점 완조해조류센터에 도착하여 오늘은 1개 코스로 마무리한다.

전복이 든 물회로 식사를 하고 고금도로 향했다. 고금도는 1417년(태종 17)부터 480년간 강진현에 속하였다가 1896년 완도군이 설군되면서 완도의 섬이 되었다.

이순신은 고금도에 수군 본영인 마지막 통제영을 설치하여 수군을 훈련하고 전선을 건조, 수리하는 등 군비를 재정비하여 왜적의 침입을 물리쳤다.

오후 3시 40분, 고금도의 묘당도 이충무공 유적지에 도착했다. 유적은 관왕묘에서 탄보묘로, 다시 충무사로의 변천 과정을 가지고 있다. 노량해전에서 순국한 이순신의 유해는 관음포에서 남해의 충렬사로 옮겨졌다가 고금도의 묘당도로 운구해서 안치한 후 충남 아산으로 옮겨갔다.

명량해전에서 승리한 이순신은 적과의 접전을 피하여 고군산반도까지 후퇴하였다가 일본군의 추격이 없자 다시 뱃머리를 돌려 남쪽으로

건강의섬 완도
다도테마공원
장군샘
祠武忠
완도전복거리
제112호
이충무공묘

내려왔다. 1597년 10월, 해남의 전라우수영은 이미 불타버렸고, 목포 앞바다 고하도에 닻을 내리고 수군사령부를 설치하였다.

임진왜란의 마지막 해인 1598년 2월 17일 충무공은 수군 8천여 명을 거느리고 목포의 고하도로부터 이곳 고금도로 옮겨 진을 쳤다.

같은 해 7월 16일에는 명의 원병 진린 장군이 5천 명의 수군을 이끌고 고금도에 도착, 연합전선을 펴 왜적의 침략을 막아냈다. 고금도는 해수로의 요새지로 충무공이 고금도로 진을 옮긴 뒤부터는 장홍, 고흥 등에 출몰하여 약탈을 일삼던 왜군이 순천 방면으로 도주했다.

유성룡은 『징비록』에서 "충무공이 고금도에 이르렀을 때는 군의 위세도 장했거니와 섬 안의 민가만도 수만 호에 달해 한산도 시절의 10배나 됐다"라고 기록하고 있다.

같은 해 9월 15일 이순신의 조선 수군과 진린의 명나라 수군이 연합하여 순천의 왜교에 출몰한 왜적을 소탕하고, 다시 10월 9일에는 고금도로 돌아와 전열을 재정비했다. 그리고 11월 9일, 연합함대가 노량해전으로 출전해 11월 19일 아침 이순신은 54세를 일기로 순국했고, 유해가 되어 고금도로 돌아왔다.

'충무공 이순신장군 가묘 유허'가 있는 월송대(月松台)에 올라 이순신의 유해가 임시로 안장되었던 터를 바라본다.

바다를 한눈에 내려다 볼 수 있는 정상에는 소나무가 울창하게 자라고 있는데, 특이하게도 장군의 유해가 묻혀 있던 장소에는 풀이 자라지 않는다. 주변은 소나무가 울창하고 잡풀이 우거져 있는데 둥그렇게 모양이 만들어진 자리에는 풀이 자라지 않고 있는 것이다. 주변 덕동마을 주민들의 이야기다.

"이상해요. 그곳만 풀이 없어. 소나무 그늘 때문에 풀이 안 자란다고 할 수 있는데, 다른 소나무 아래에는 풀이 잘도 자란단 말이에!"

현재 이순신의 묘소는 현충사 안에 있지 않고 현충사에서 9㎞ 떨어진 아산시 음봉면 어라산 고룡산로 12-37에 위치해 있다. 양지바른 언덕에 소나무를 병풍처럼 두르고 단정하게 조성돼 있다. 노량해전에서 순국하신 이순신의 유해는 삼도수군통제영인 고금도를 거쳐 아산 금성산으로 모셔졌다. 장군의 묘소는 원래 명나라의 지관 두사충이 본 금성산 아래 언덕에 있었는데, 1614년 아산의 풍수사가 권한 지금의 덕수 이씨 충무공 가족 묘소 자리로 옮겨 부인 상주 방씨와 합장되었다. 이곳에는 이순신의 부친 이정, 모친 초계 변씨 묘소, 큰형 희신, 둘째 형 요신, 아우 우신의 묘가 있다.

이순신 신도비는 묘소로 들어오는 길 입구에 서 있는 비석으로 1693년에 세워졌다. 충무공 외손자 홍우기가 효종 임금 때 영의정 김육에게 비문을 지어달라고 부탁하여 세운 것이다.

묘소를 바라보는 오른편에는 정조가 직접 세운 신도비가 있다. 당초 좌의정으로 추증된 것을 정조가 영의정으로 승진 추증하자 이를 기록하기 위해 세운 신도비다. 정조 임금이 손수 비문을 지었으며, 이순신을 기리는 내용을 담고 있다. 또한 묘역을 관리하고 제사 비용을 마련하기 위해 묘소 아래에 위토를 두었다. 일제강점기인 1931년 5월 이 위토가 경매에 넘어갈 위기에 처하자 동아일보를 중심으로 전국적인 기금 모금운동이 일어나 위토를 되찾았다. 이 묘역은 1959년 5월 22일 국가지정문화재 사적으로 지정되었으며, 1973년 7월 19일부터 이충무공 종손의 동의를 얻어 지금은 문화재청 현충사관리소에서 묘역을 관리하고 있다.

아산은 이순신의 외가 동네였다. 아버지 이정이 아산의 초계 변씨에게 장가들었던 것이다. 15세 무렵에 아산으로 이사를 온 이순신은 21세 때 아산에서 방진의 무남독녀에게 장가를 들었다. 이순신은 아산에서 10년간 무예를 닦아 무과에 급제했다. 현충사에는 이순신이 말을 달리고 활을 쏘던 곳이 치마장(馳馬場)이라는 이름으로 지금도 남아 있다. 그곳에는 500년 넘은 은행나무가 두 그루 있다. 이 나무는 이순신이 장가들고 무예를 연마하고 회와 울과 면, 세 아이를 낳아서 기르는 모습을 다 지켜보았다.

1597년 4월 1일 감옥 문을 나와 백의종군하면서 실로 오랜만에 들른 집은 바로 어머니의 초상을 치르는 곳이 되었다. 장례를 다 치르지도 못한 채 떨어지지 않는 발걸음을 남쪽으로 옮기던 슬픈 이순신의 모습을 이 나무는 지켜보았다. 4월 19일 그날의 일기에 이순신은 이렇게 한탄하였다.

"어찌하랴? 어찌하랴? 천지에 나 같은 사정이 또 어디에 있단 말인가? 어서 죽느니만 못하구나."

그리고 그날 이 집을 떠나서 살아서는 다시 돌아오지 못하고, 죽어서 돌아온 이순신의 모습을 이 나무는 지켜보았다. 노량해전에서 순국한 이듬해 3월, 고금도에서 올라와 장지를 향해 가는 운구가 집 앞을 지나는 애달픈 장면까지 이 나무는 보았다.

가을이 되면 이 나무의 노란 은행잎이 이순신의 마음을 담은 우산이 되어 삶에 지치고 힘든 이들을 위로해준다.

현충사에 있는 옛집에서는 이순신 사후 그 후손들이 대대로 살아왔으며, 지금도 해마다 음력 11월 18일 밤, 이순신의 기일에는 불천위 제사를 지내고 있다. 불천위(不遷位)는 4대가 지나도 위패를 옮기지 않는다는 의미로, 일반적으로 4대가 지나면 제사를 지내지 않지만 이순신의 경우는 영원히 기제사를 지낸다.

현충사는 바로 그곳에 세운 사당이다. 아산 지역 유생들이 조정에 청원하여 1706년(숙종 32)에 세웠고, 이듬해 숙종이 '顯忠祠(현충사)'라는 편액을 하사했다. 『이충무공전서』에 실린 '현충사에 편액을 내릴 때의 제문'이다.

제 몸 바쳐 충절을 지킨다는 말 예부터 있었지만(殺身殉節 古有此言) **목숨 바쳐 나라를 살린 일 이 사람에게 처음 보네**(身亡国活 始見斯人).

현충사는 흥선대원군의 서원철폐령 때 헐리고 말았다. 삼도수군통제사가 제사를 모시는 통영의 충렬사에 정통성이 있다는 이유였다. 사당을 헐고 위패를 묻었지만 다행히 현충사 편액은 종손이 잘 간직했다. 현충사가 다시 역사에 등장한 것은 일제강점기 때였다. 1931년 동아일보에 「2천 원 빚에 경매당하는 이충무공의 묘소 위토」라는 기사가 보도되었다. 나라 잃은 백성들이 전국에서, 또 멀리 해외에서 성금을 보내왔다. 직접 삼은 짚신을 팔아 보낸 성금, 점심 한 끼 굶고 보낸 성금, 날품팔이 노동자가 보낸 일당 등으로 은행에 진 빚의 여덟 배에 달하는 1만 6천 원이 모였다. 불과 한 달 만에 진 빚을 다 갚고 남은 돈으로 현충사를 중건하였다. 이때 종손이 간직한 편액을 다시 걸었다.

1932년 6월 5일 자 '민족 성금으로 다시 세운 현충사 낙성식의 모습'을 보도한 동아일보 기사에, "이날 전국 각지에서 3만여 명의 군중이 모여 온양온천에서 현충사까지 온통 노점상이 깔리고, 천안에서 온양까지 임시열차가 운행되었다"라고 했다.

현충사 사당을 오르는 길에 있는 1969년에 세운 작은 비석이 현충사의 300년 내력을 소개하고 있다.

월송대에서 내려와 하마비를 지나서 충무공유적지로 들어간다. 충무사는 관왕묘(關王廟)가 있었던 곳이다. 삼국지에 나오는 관우를 모시는 사당이었다. 진린 장군이 임진왜란에 참전했을 때 꿈에 관운장을 보고 대승을 거두었기에 고금도에 주둔할 때 사당을 짓고 관왕을 배향했다. 그 후 현종 때 절도사 유비연이 이곳을 중수하고 정수사 스님이었던 친휘스님이 관왕묘 곁에 암자를 짓고 제사를 올리다가 별채를 하나 지어 진린을 재향했다. 그리고 1683년 충무공까지 제사를 지냈다.

그러나 일제강점기 때 수난을 당하게 되어 제사도 끊기고, 말기에는 관우의 상까지도 바닷물에 던져졌으나 1953년 관왕묘(탄보묘)의 옛 자리에 충무사를 새로 짓고 충무공의 위패를 사당에 봉안하여 현재에 이르렀다. 1979년 충무공의 영정을 아산 현충사와 같은 규격과 모습으로 제작하여 사당에 봉안한 후 관리하고 있다. 매년 4월 28일 충무공의 탄신일에는 공의 전공을 기념하는 탄신기념제를 올리고 있다.

충무사 동무(東廡)에는 가리포진 56대 첨사였으며 노량해전에서 이순신과 함께 순국한 이영남을 추배하고 있다. 서재 뒤편에는 1713년(숙종 39)에 건립된 관왕묘비가 있다. 정유재란을 승리로 이끌었던 이순신과 진린의 행적을 담은 기록물이다.

사당(祠堂)에 올라 참배를 하고 이순신의 영정을 바라본다. 이순신의 참모습은 어땠을까? 이순신에 관한 전기 등 각종 기록에서는 얼굴 생김새나 체격에 대한 설명이 제각기 다르다.

전사한 지 6년이 지나 공신에 책봉된 이순신은 초상화를 남길 수 없었다. 지금 볼 수 있는 모습은 후대에 상상으로 그린 것이다. 상상하여 그린 위인의 초상화는 대개 빼어난 용모를 지니고 있지만 그 사람의 본래의 모습과 다를 수밖에 없다. 이순신의 용모에 대한 가장 오래된 기록인 유성룡의『징비록』에는 이렇게 기록되어 있다.

> 이순신은 말과 웃음이 적고 용모는 단아하여 마치 수양하며 근신하는 선비와 같았으나 가슴속엔 담대한 기운이 있었다. 몸을 잊고 나라를 위해 죽었으니 이는 평소 수양을 쌓았기 때문이다.

반면 이순신과 과거 급제 동기인 고상안 등의 기록에는 전혀 다른 이순신이 묘사되어 있다. 1594년 한산도에서 열린 무과 시험의 감독관으로 참석했을 때 본 이순신의 모습에 대해 『태촌집』에서는 "용모는 풍만하지도 후덕하지도 못하고 얼굴도 입술이 뒤집혀서 마음속으로 복이 있는 장수는 아니라고 여겼다"라고 기록하고 있다. 고상안의 기록은 많이 야위고 극도로 피로해 몸이 엉망이 된 듯한 모습이다. 이 무렵 한산도에는 전염병이 창궐해 이순신의 수군도 3분의 1이 죽어나가던 때이고 이순신 자신도 병에 걸려 한창 병마와 씨름할 때였다. 고상안은 또 "말하는 논리나 일을 도모하는 지혜가 과연 난세를 평정할 만한 재주였다. …(중략)… 죽는 날까지 군사작전을 펼치고 군대를 다스려 죽은 통제사가 살아 있는 고니시 유키나가를 도망치게 하였으니, 다소나마 나라의 수치를 씻었다. 그 공적은 역사에 길이 남아 만고에 전해질 것이니, 죽어서도 죽지 아니한 것이다"라고 기록했다. 고상안은 이때 이순신, 원균, 이억기, 구사직 등과 함께 지내면서 인물 품평을 남겼다.

아버지 윤효전의 소실이 이순신의 서녀였던 윤휴는 『백호문집』의 「통제사 이충무공 유사」 편에서 "공은 큰 체구에 용맹이 뛰어나고 붉은 수염에 담기가 있는 사람이었다. 평상시에도 본디 비분강개하여 적을 죽이면 반드시 간(肝)을 취하였다"라고 기록했다. 윤휴는 아버지의 소실이 이순신의 딸이었기에 이순신에 대해 관심이 많았다. 고상안이 묘사한 이순신이 병에 신음하는 이순신이었다면 윤휴가 묘사한 이순신은 평상시의 이순신이라고 할 수 있다.

윤휴와 같은 시기의 홍우원은 『남파집』에서 이순신을 직접 본 사람의 설명을 정리해 "팔 척 장신에 팔도 길어 힘도 세고 제비턱에 용의 수염, 범의 눈썹에 제후의 상을 가졌다"라고 기록했는데, 윤휴가 묘사한 이순신의 모습과 비슷하다.

현재 현충사의 충무공 영정은 월전 장우성 화백(1912~2005)이 그린 것으로 1953년 현충사에 봉안됐고, 1973년 표준영정으로 지정됐다. 장화백은 1952년 충무공기념사업회 회장 조병옥 박사로부터 충무공의 참모습을 찾아달라는 부탁을 받았다. 하지만 장군의 용모에 대한 기록이 많지 않으니 고민이 많았다. 이순신은 과연 어떤 모습일까. 영정 앞에서 또 다른 얼굴을 그린다.

고금도에서 완도로 돌아오는 길, 신지도 명사십리를 걸으면서 바다의 신 이순신과 장보고를 그리워한다.

완도타워 아래 숙소에서 불빛 찬란한 완도항을 내려다본다. 음력 12일 달빛 밝은 밤, 아귀찜에 막걸리를 곁들여 술을 좋아한 이순신과 한잔 술을 나눈다. 살다가 힘들 때면 찾아가던 '현충사로 가는 길'은 나그네 인생에 언제나 위로와 용기의 길이었다.

이제 남파랑길의 종점이 다가온다. 최후의 시간이 다가오고 최후의 목적지가 다가온다. 과연 어떻게 그 순간을 맞이해야 할까? 주어진 벅찬 감동의 순간을 과연 어떻게 마무리해야 할까. 7년 전쟁의 끝을 바라보는 이순신은 과연 무슨 생각을 했을까. 노량해전을 맞이하는 이순신의 마음은 어떠했을까? 노량해전이 끝난 다음 이순신의 계획은 무엇이었을까. 삶이었을까, 죽음이었을까. 명나라였을까, 조선이었을까. 현실이었을까, 은둔이었을까…. 완도의 밤은 그렇게 깊어간다.

87코스

불광불급의 길

[명량대첩]

완도항 해조류센터에서 화흥초등학교까지 18.0㎞

완도항 해조류센터 → 완도항 → 완도타워 → 부꾸지 → 구계등해변 → 화흥초등학교

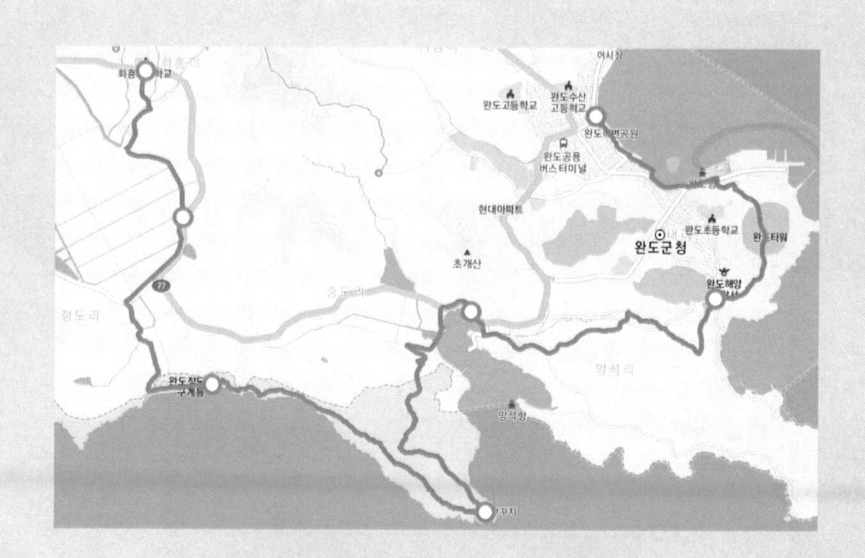

"병법에 이르기를, '반드시 죽고자 하면 살고 반드시 살려고 하면 죽는다!'"

12월 27일 아침 8시 완도항 해조류센터에서 87코스를 시작한다. 87코스는 완도항해조류센터에서 시작하여 당초 정도리 구계등을 지나고 완도호를 지나 청해포구 촬영장 입구까지 20.5㎞였으나 정도리 구계등을 지나 화흥초등학교에서 마무리하는 18.0㎞로 단축되었다. 해조류센터는 해조류 서식의 최적지인 완도 바다의 환경 및 해조류의 종류, 상품 등을 전시하고 홍보하는 곳이다.

남해안을 떠도는 유배객, 스스로 택한 자발적 유배길의 위리안치, 쓸쓸하고 쓸쓸할 때 숨을 수 있는 안식의 길을 걸어간다. 어제는 맑았던 날씨가 오늘은 잔뜩 흐려 금방이라도 비가 쏟아질 것만 같다. 헌 신발이 닳아 바닥이 보여서 새 신발로 갈아 신었건만 발이 적응을 잘 해주고 있다.

"발아! 고맙다. 정말 고맙다. 주인 잘못 만나서 고생한다 하지 말고, 주인 잘 만나 주유천하한다고 생각해주렴. 피해 갈 수 없는 너와 나의 인연을 어찌하랴. 참으로 고맙다. 발아, 친구 평발아! 그리고 발을 감싸 안고 한 발, 한 발, 걸음을 걸어온 신발, 등산화야! 너는 남파랑길 종주를 이룬 위대한 신발이니만큼 두고두고 기리며 곁에 있게 할게. 고맙다. 나의 신발아!"라고 발과 신발에게 메시지를 전한다.

완도항을 지나면서 완도여객선터미널을 바라보며 완도타워로 올라간다. 국토종주 마라도에서 고성의 통일전망대까지 가는 길에 제주항에서 배를 타고 내렸던 여객터미널이다. 추억은 노년의 양식이다. 다도

해일출공원을 지나서 완도타워에 오르니 코로나19 확산 방지를 위해 '12월 24일부터 위기 상황 개선 시까지 임시휴관'이라고 안내한다. 다도해의 아름다운 전경과 영암의 월출산, 제주도까지 한눈에 바라볼 수 있다지만 오늘은 촉촉이 비 내리는 완도타워에서 흐릿한 바다와 한 폭의 그림 같은 완도 시가지를 내려다본다.

비옷을 입고 빗속을 걸어 동망산의 망남리 고개에서 걸음을 멈춘다. 나주경찰부대사건의 현장이다. 1950년 인민군이 남하할 때, 나주에서 후퇴하던 나주경찰관 270여 명은 완도에 진입하여 소위 '나주부대사건'을 일으켰다. 이들은 이곳에서 빨갱이를 색출한다고 주민들을 분류하고 학살하였다. 망남리 고개는 30년 전까지만 해도 해골이 뒹굴던 곳이라 전해진다. 아직도 연고가 확인되지 않은 시신은 흙 속에 묻혀 있다.

사연을 아는지 모르는지 '아름다운 바다 망남리', '망남리는 우리나라 새로운 땅끝으로 가장 먼저 해가 뜨는 아름다운 남쪽바다이다'라는 표석이 환영을 한다.

동망산으로 올라가는 길, 돌탑에 돌을 얹고 마음의 소원을 빌어본다. 비 내리는 산길에 촉촉이 젖은 쓸쓸한 무덤이 다가온다. 삶은 무엇인가, 죽음은 무엇인가.

비 오는 날은 좋다. 봄비는 포근해서 좋고 여름비는 시원해서 좋다. 가을비는 쓸쓸해서 좋고, 겨울비는 적적해서 좋다. 착하고 좋다는 뜻의 선(善)과 아름답다는 뜻의 미(美)는 똑같이 양(羊)에서부터 나왔다. 애초 같은 뜻이었다. 그러니 좋은 것은 아름다운 것, 그래서 비는 아름답다.

완도읍 망석리마을을 지나간다. 원래 마을 이름은 석장리(石場里)로, 임진왜란 당시 이순신이 왜군과 접전을 대비해 돌을 많이 모아두었다

해서 석장포라 하였다가 석장리로 칭했다. 임진왜란 때 인근 주민들이 이곳에 집결하여 왜군들과 투석전으로 대항했던 곳이다.

1596년 이순신은 이곳 망석리를 순시했다. 윤8월 24일 『난중일기』의 기록이다.

> 부사(副使: 한효순)와 함께 가리포로 갔더니, 우우후 이정충이 먼저 와 있었다. 남망산(南望山)에 함께 오르니, 적들이 다니는 좌우의 길과 여러 섬들을 역력히 헤아릴 수 있었다. 참으로 한 도의 요충지이다. 그러나 이곳은 형세가 지극히 외롭고 위태롭기에 부득이 이진(梨津)으로 옮겨 합하였다. 병영에 도착하였다. 원균의 흉악한 행동은 여기에 기록하지 않는다.

남망산은 완도읍 망석리에 있는 산이다. 정상에는 봉수대가 있다. 이순신은 가리포진 진지에 대해 이렇게 말했다. "이 산의 동서남쪽 세 개 산봉우리에 망왜대를 쌓았는데, 이 누대에 오르면 원근의 여러 섬들을 역력히 셀 수 있다. 참으로 호남 제일의 요충이다."

난중일기 곳곳에 원균에 대한 원망의 글을 썼던 이순신. 이날은 "원균이 흉한 짓을 하였으나 여기에 적지 않겠다"라고 기록하고 있다. 이때 원균은 전라병사직을 맡고 있었다. 『선조수정실록』에 따르면 원균은 1596년 8월 11일 부임지로 떠나기 위해 하직 인사를 했다. 선조는 원균이 충청병사 재직 시 죄가 있어도 처벌하지 않고 오히려 지금의 장수로는 원균이 최고라며 설사 정도에 지나친 일이 있을지라도 가벼이 논계해서는 안 된다고 했다. 임진왜란이 끝난 후 논공행상에서 선조는 이순신, 권율과 함께 원균을 선무 일등공신으로 삼았으니, 선조의 원균 사랑은 가륵할 정도였다.

'다도해해상국립공원 완도지구'를 걸어간다. 먹구름이 내려앉아 하늘과 바다의 경계가 없다. 한 몸이 되어버렸다. 태양으로 인해 바다의 증기가 구름이 되는 것이 아니라 바다가 그대로 하늘로 올라가 구름이 되는 것 같다. 산에서 바다를 바라본다. 산신이 해신이 되고 산의 신선이 바다의 해선이 된다. 신선이 따로 있고 해선이 따로 있겠는가. 누리는 자가, 즐길 줄 아는 자가 신선이고 해선이다.

비가 온다. 산에도 비가 오고 바다에도 비가 온다. 빗속의 물 냄새에 하늘의 향기가 묻어난다. 비는 하늘과 땅이 만나는 길, 하늘과 땅이 만나서 무엇을 해야 하는지를 가르쳐준다. 내리는 비에 산천이 흠뻑 젖는다. 내리는 비에 유랑자가 흠뻑 젖는다. 하늘이 좋아하는 비를 뿌려준다.

11월 19일(음력 10월 5일) 거제도에서 걸을 때 비가 왔다. 그날은 생일이었다. 오늘 12월 27일은 창업 23주년인 날, 회사의 생일이다. 그날도 오늘도, 하늘에서 샴페인을 터트려 축하를 해준다. 특별한 날 특별한 비를 내려 특별히 축하해주고 위로해주고 격려해주고 사랑해준다.

비가 와서 좋은 날, 이렇게 비 오는 날 미친놈이 아니면 누가 이 길을 걷겠는가. 불광불급(不狂不及), 미치지 않으면 미칠 수 없다. 미쳐야 미친다. 미쳐야 남파랑길 땅끝탑에 미친다. 하늘의 전령사 새들이 빗속을 날아 13척으로 133척을 상대하는 명량해전을 앞둔 미친 이순신을 불러온다.

이순신은 울돌목의 벽파진에서 일본 함선을 기다렸다. 이순신은 일본 함선이 자신이 막아서고 있는 울돌목을 지나지 않고, 맹골수도를 타고 서해로 올라가는 것을 두려워했기에 벽파진에 진을 치면서 일본군이 자신을 향해 오기를 기다렸다.

울돌목은 서해바다와 남해바다가 만나는 곳, 물살이 너무 세서 바다가 '울면서 돌아가는 길목'이라 울돌목이다. 한자로 '울 명(鳴)' 자를 써서 명량(鳴梁)이다.

명량은 우리나라 삼면 바다의 해협 가운데 가장 물살이 센 곳이다. 두 번째로 센 곳이 강화해협이다. 몽골이 침략했을 때 무신정권의 집권자 최우가 고려의 고종과 개경의 백성을 이끌고 강화로 피난 가서 39년을 저항할 수 있었던 것은 '염하'라 불리는 강화해협의 거친 물살이 있었기 때문이었다. 세 번째로 물살이 센 곳이 진도를 끼고 바깥으로 돌아가는 맹골수도다. 세월호가 가라앉은 곳이다.

어란진에 모여든 수백 척 함선의 일본군은 이순신이 명량 앞을 가로막고 무슨 꿍꿍이를 부리는지 의심스러웠지만 이제 이순신을 잡을 절호의 기회가 왔다고 판단했다.

이순신은 벽파진의 판옥선 13척을 명량을 거슬러 해남우수영 본영으로 불러들이고 일본 함대가 올라오기를 기다렸다. 1597년 명량해전을 앞둔 날들의 『난중일기』 기록이다.

> 9월 8일. 맑음. 여러 장수들을 불러 대책을 논의했다. 전라 우수사 김억추는 겨우 만호에만 적합하고 곤임(장수)을 맡길 수 없는데, 좌의정 김응남이 서로 친밀한 사이라고 해서 함부로 임명하여 보냈다. 이러고서야 조정에 사람이 있다고 할 수 있겠는가. 다만 때를 못 만난 것을 한탄할 뿐이다.
> 9월 11일. 흐리고 비 올 징후가 있었다. 홀로 배 위에 앉았으니 어머님 그리운 생각에 눈물이 흘렀다. 천지 사이에 어찌 나 같은 사람이 또 있겠는가. 아들 회는 내 심정을 알고 심히 불편해하였다.
> 9월 12일. 종일 비가 뿌렸다. 배 뜸 아래에서 종일 심회를 스스로 걷잡을 수가

없었다.

9월 13일. 맑았지만 북풍이 세게 불어서 배가 안정할 수 없었다. 꿈이 예사롭지 않으니 임진년 대첩할 때의 꿈과 거의 같았다. 무슨 징조인지 알 수 없었다.

9월 14일. 맑음. 북풍이 세게 불었다. 벽파정 맞은편에서 연기가 오르기에 배를 보내어 싣고 오니 바로 임준영이었다. 그가 정탐하고 와서 보고하기를, "적선 이백여 척 가운데 쉰다섯 척이 먼저 어란 앞바다에 들어왔다"라고 하였다. …(중략)… 왜놈들이 모여서 의논하는데, '조선 수군 여남은 척이 우리 배를 추격하여 혹은 사살하고 혹은 배를 불태웠으니 통분할 일이다. 각처의 배를 불러 모아 합세해서 조선 수군을 섬멸해야 한다. 그 후 곧장 서울로 올라가자'라고 했다는 것이다. 이 말은 비록 모두 믿을 수는 없으나 그럴 수 없는 것도 아니어서 곧바로 전령선을 보내 피난민들을 타일러 급히 육지로 올라가도록 하였다.

9월 15일. 맑음. 조수(潮水)를 타고 여러 장수들을 거느리고 우수영 앞바다로 진을 옮겼다. 벽파정 뒤에 명량이 있는데 수가 적은 수군으로써 명량을 등지고 진을 칠 수는 없었기 때문이다. 여러 장수들을 불러 모아 약속하되, "병법에 이르기를 '반드시 죽고자 하면 살고 반드시 살려고 하면 죽는다(必死則生 必生則死)'라고 하였고, 또 '한 사람이 길목을 지키면 천 명도 두렵게 할 수 있다(一夫当逕 足懼千夫)'라고 했는데, 이는 오늘의 우리를 두고 이른 말이다. 너희 여러 장수들이 조금이라도 명령을 어기는 일이 있다면 즉시 군율을 적용하여 조금도 용서하지 않을 것이다"라고 하고 재삼 엄중히 약속했다. 이날 밤 꿈에 신인(神人)이 나타나 가르쳐주기를 "이렇게 하면 크게 이기고, 이렇게 하면 지게 된다"라고 하였다.

결전의 날이 다가왔음을 느낀 이순신은 중국의 오기가 쓴 『오자병법』의 '필사즉생 행생즉사', 곧 '죽을 각오를 하면 살 것이고 요행히 살고자 한다면 죽을 것이다'라는 내용을 인용해서 '必死則生 必生則死', 곧 '반드시 죽고자 하면 살고 반드시 살고자 하면 죽는다'라고 했다. 그리고 『난중일기』 기록 중 가장 긴 명량해전이 벌어진 하루다.

벽파정
명량대첩해전도
완도타워
임시휴관안내
2020. 12. 24.(목)~
Dadohaehaesang National Park Guidemap
다도해해상국립공원 안내도
다도해해상국립공원 깃대종

9월 16일. 맑음. 이른 아침에 별망군(別望軍)이 와서 보고하기를, "적선들이 헤아릴 수 없을 정도로 많이 명량을 거쳐 곧장 진지를 향해 온다"라고 했다. 곧바로 여러 배에 명령하여 닻을 올리고 바다로 나가니, 적선 130여 척이 우리 배들을 에워쌌다. 여러 장수들은 스스로 적은 군사로 많은 적과 싸우는 형세임을 알고 회피할 꾀만 내고 있었다. 우수사 김억추가 탄 배는 이미 두 마장 밖에 있었다. 나는 노를 급히 저어 앞으로 돌진하며 지자, 현자 등의 각종 총통을 마구 쏘아대니, 탄환이 나가는 것이 바람과 우레처럼 맹렬하였다. 군관들은 배 위에 빽빽이 들어서서 화살을 빗발치듯 어지러이 쏘아대니, 적의 무리가 저항하지 못하고 나왔다 물러갔다 했다. 그러나 적에게 몇 겹으로 둘러싸여 형세가 장차 어찌 될지 헤아릴 수 없으니, 온 배 안에 있는 사람들은 서로 돌아보며 얼굴빛이 질려 있었다.

나는 부드럽게 타이르기를, "적선이 비록 많다 해도 우리 배를 침범하지 못할 것이니 조금도 마음 흔들리지 말고 더욱 심력을 다해 적을 쏘아라"라고 하였다. 여러 장수의 배를 돌아보니 먼바다로 물러가 있고, 배를 돌려 군령을 내리려 하니 적들이 물러간 것을 틈타 더 대들 것 같아서 나가지도 물러나지도 못할 형편이었다.

호각을 불게 하고 중군에게 명령하는 깃발을 세우고 또 초요기를 세웠더니, 중군장 미조항 첨사 김응함의 배가 차츰 내 배에 가까이 왔는데, 거제현령 안위의 배가 먼저 이르렀다. 나는 배 위에서 직접 안위를 불러 말하기를, "안위야, 군법에 죽고 싶으냐? 네가 군법에 죽고 싶으냐? 도망간다고 어디 가서 살 것이냐?"라고 말하였다. 그러자 안위도 황급히 적선 속으로 돌입했다. 또 김응함을 불러서 말하기를, "너는 중군장이 되어서 멀리 피하고 대장을 구하지 않으니, 그 죄를 어찌 면할 것이냐? 당장 처형하고 싶지만 적의 형세가 또한 급하므로 우선 공을 세우게 해주마"라고 하였다. 그리하여 두 배가 먼저 교전하고 있을 때 적장이 탄 배가 그 휘하의 배 두 척에 지령하니, 한꺼번에 안위의 배에 개미처럼 달라붙어서 기어가며 다투어 올라갔다. 이에 안위와 그 배에 탄 군사들이 각기 죽을힘을 다해서 혹 몽둥이를 들거나 혹 긴 창을 잡거나 혹 수마석(반들거린 돌) 덩

어리로 무수히 난격하였다.

배 위의 군사들이 거의 기운이 다하자 나는 뱃머리를 돌려 곧장 쳐들어가서 빗발치듯 마구 쏘아댔다. 적선 세 척이 거의 뒤집혔을 때 녹도만호 송여종, 평산포 대장 정응두의 배가 잇달아 와서 협력하여 적을 쏘아 죽이니 한 놈도 살아남지 못했다.

항복한 왜인 준사는 안골에 있는 적진에서 투항해온 자인데, 내 배 위에 있다가 바다를 굽어보며 말하기를, "무늬 놓은 붉은 비단옷 입은 자가 바로 안골진에 있던 적장 마다시(馬多時)입니다"라고 말했다. 내가 무상 김돌손을 시켜 갈구리로 낚아 뱃머리로 올리게 하니, 준사가 날뛰면서 "이 자가 마다시입니다"라고 말하였다. 그래서 바로 시체를 토막 내라고 명령하니, 적의 기세가 크게 꺾였다.

우리의 여러 배들은 적이 침범하지 못할 것을 알고 일시에 북을 올리고 함성을 지르며 일제히 나아가 각기 지자, 현자총통을 쏘니 소리가 산천을 흔들었고, 화살을 빗발치듯 쏘아대어 적선 서른한 척을 쳐부수자 적선들은 후퇴하여 다시는 가까이 오지 못했다.

우리의 수군이 바다에 정박하고 싶었지만 물살이 매우 험하고 바람도 역풍으로 불며 형세 또한 외롭고 위태로워 당사도로 옮겨 정박하고 밤을 지냈다. 이번 일은 실로 천행(天幸)이었다.

두려움을 용기로 바꿔 승리한 명량해전의 기적을 이순신은 천행이라고 했다. "신에게는 아직도 12척의 전선이 있사오니(今臣戰船 尚有十二) 죽을힘을 내어 맞아 싸우면 이길 수 있습니다. 지금 만약 수군을 모두 폐한다면 이는 적들이 다행히 여기는 바로서, 말미암아 호서를 거쳐 한강에 다다를 것이니 소신이 두려워하는 바입니다. 전선이 비록 적으나, 미천한 신은 아직 죽지 아니하였으니, 적들이 감히 우리를 업신여기지 못할 것입니다."라고 말한 이순신의 장담이 현실이 되는 순간이었다.

남원 출신의 의병장 조경남은 『난중잡록』에서 "마다시의 머리를 베어 돛대 꼭대기에 내달자 장병들이 분발하여 적을 추격했다"라고 전한다. 마다시는 일본 수군의 선봉장 구로시마 미치후사인데 그는 임진년(1592) 6월 당항포해전에서 이순신에게 전사한 구로시마의 동생이다. 수십 배에 달하는 전선을 믿고 형의 복수를 하기 위해 달려들었으나 형제가 모두 패하고 말았다.

명량해전의 승리는 대단히 중요했다. 빼앗긴 제해권을 다시 되찾는 계기가 되었기 때문이다. 이로써 일본군은 임진년처럼 다시 서해를 통해 한양으로 올라가는 바다를 통한 식량 보급로를 빼앗겼다. 또한 일본군의 기본 전략인 수륙병진작전도 폐기되어야 했다.

다음 날 이순신이 어외도에 이르니 무려 삼백여 척의 피난선이 먼저 와 있었다. 이순신이 크게 승리한 것을 알고 피난민들은 서로 다투어 치하하고 또 많은 양식을 가져와 군사들에게 주었다. 이후 이순신은 적들이 다시 쳐들어올 것을 경계하여 영광 법성포를 거쳐 21일에는 고군산도까지 물러났다.

이순신은 전선 숫자상 10대 1의 절대적 열세를 극복하고서 역사적인 명량해전의 대승리를 이끌어냈다. 만약 이 해전의 승리가 없었다고 한다면, 일본 수군은 서해를 따라 북상하여 전라도를 장악한 육군과 합세하여 한양을 다시 점령하고 돌이킬 수 없는 나라가 망할 화를 초래했을지도 모른다. 명량해전은 풍전등화와 같은 조선의 운명을 되살려낸 구국의 등불과 같은 것이었다. 명량해전은 사자가 지휘하는 양떼가 양이 지휘하는 사자 떼를 이긴 미친 싸움이었다. 이제 다 기울어져가는 전세를 바로 잡는 일에 진력하면서 이순신의 건강은 많이 악화되었다. 명량해전 직후 3일간의 『난중일기』 기록이다.

9월 24일. 맑음. 몸이 불편하여 신음했다. 김홍원이 와서 만났다.

9월 25일. 맑음. 지난 밤은 몸이 몹시 불편하고 식은땀이 온몸을 적셨다.

9월 26일. 맑음. 몸이 불편하여 종일 나가지 않았다.

불광불급의 길, 미치지 않으면 미칠 수 없는 경지의 길에 오른 이순신의 투혼을 생각하면서 상록수로 우거진 방풍림 언덕을 넘어서 구계등길, 완도읍 정도리 구계등에 도착했다.

완도8경의 제3경 구계등의 기빈비말이 펼쳐진다. 기빈비말은 정도리 해안에 여러 가지 자갈들이 구계층으로 갯돌에 부딪혀 아름답게 쌓여 있는 것을 말한다. 통일신라시대 왕실의 녹원으로 지정될 만큼 아름다운 구계등은 1981년 다도해국립공원으로 지정, 관리되고 있다. 구계등이란 이름은 파도에 밀려 표면에 나타난 자갈밭이 아홉 개의 계단(등)을 이룬다 하여 붙여졌다.

갯돌소리 들리는 구계등을 걸어간다. 누군가에게 추천하고 싶은 완도의 멋진 곳이다. 크고 작은 섬들이 많아 다도해라고 하듯 왼쪽부터 청산도, 여서도, 소모도, 대모도, 불근도, 소안도, 보길도, 횡간도, 노화도 등의 섬들이 희미하게 보인다. 날씨가 맑은 날은 제주도까지 보인다고 한다. 작은 섬들이 여기저기 외따로이 서서 밀려오는 물결에 출렁인다. 물결은 다가가서 섬의 아랫도리를 쓰다듬으며 애무를 한다. 섬의 뿌리는 바닷속 깊은 곳에서 서로서로 나란히 손을 잡고 아득한 물 위에 배꼽을 맞대고 있다.

남해바다와 동해바다가, 남해바다와 서해바다가 서로서로 흘러가며 만남과 이별의 기쁨과 슬픔의 눈물을 나누고 물속의 물고기들은 바다의 눈물을 마시며 오늘도 흘러흘러 유랑의 길을 오가고 있다. 바다가 짠 것은 바다의 눈물이 짠 때문이리라. 사람의 눈물이 짠 것은 사람이 바다에서 잉태하였음이라. 바다는 원시 생명의 어머니다.

11시 25분, 배가 고프다. 구계등횟집의 문이 닫혀 있어 아쉽다. 한국수산자원공단 서남해생명지원센터를 지나서 약 300년 전에 조성된 방풍림으로 온대림과 난대림이 함께 어우러진 정도리 자연관찰로를 걸어간다. 지평선이 펼쳐지고 아득하게 먼 곳에 구름에 덮인 산이 보인다. 몽환적이다. 유토피아다. 무릉도원이다.

화홍포항으로 가는 길, 2010년 제주도에서 배를 타고 완도에 도착해서 다시 보길도로 가기 위해 화홍포항으로 걸어가던 갈림길에서 화홍포항에서의 추억이 밀려온다. 화홍포로 가는 숲길, 마을길, 해안길 등 변화무쌍한 경관을 감상하다가 허허벌판을 걷고 걸어서 오르막길을 올라 12시 50분, 드디어 청해포구 촬영장에 도착했다.

이후 87코스는 청해포구 촬영장까지 가지 않고 88코스는 화홍포초등학교에서 상왕산으로 올라가도록 변경되었다. 촬영장에서 올라가는 등산로가 너무 정비가 되지 않았는데, 사필귀정이다.

88코스

★ ★ ★ ★ ★ ★ ★ ★

상왕봉 가는 길

[죽은 순신이 산 왜적을 물리쳤다!]

화흥초등학교에서 군외면 원동버스정류장까지 15.3㎞

화흥초등학교 → 화흥리임도 → 상왕봉 → 완도수목원 → 초평마을 → 원동버스터미널

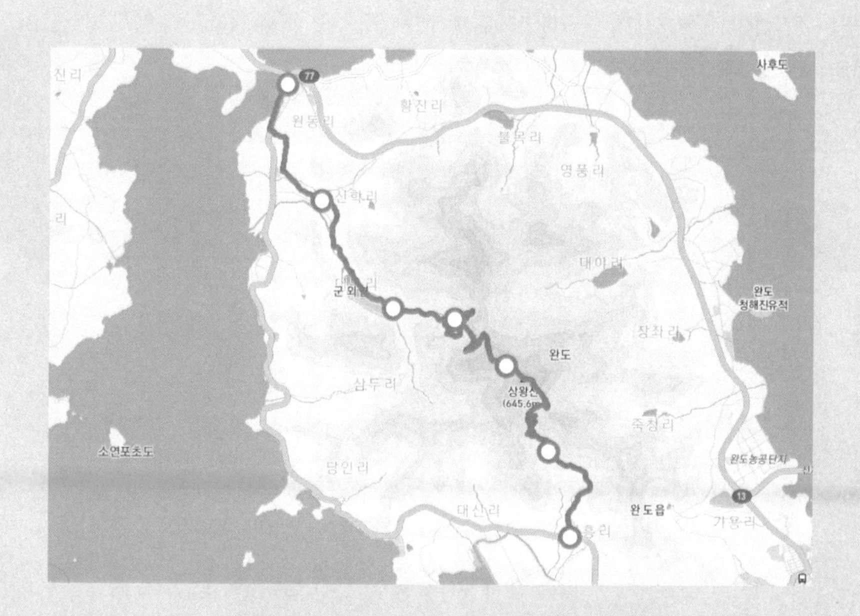

"한 사람이 길목을 지키면 천 명도 두렵게 할 수 있다(一夫当逕 足懼千夫)."

12월 28일 여명의 아름다운 완도항을 뒤로하고 88코스 상왕봉 등산을 위해 화홍초등학교로 달려간다. 어제 비가 온 뒤라 날씨가 쾌청하다. 상왕산 등산로를 따라 올라간다. 헌 등산화가 다 닳아서 교체한 새 신발이 이제는 익숙해져서 편안해졌다. '새 신을 신고 뛰어보자 팔짝!' 하면서 거칠게 산길을 올라간다. 길을 간다는 것은 결국 사람을 태운 신발이 가는 것, '신발아! 고맙다!'를 외친다.

하늘을 가리는 상록수림을 뚫고 가쁜 숨을 몰아쉬며 가파른 숲길을 걸어서 심봉(598m)에 도착한다.

푸른 하늘, 푸른 바다, 환히 트인 경관이 환상적으로 아름답다. 인생은 누리는 자의 것, 신선이 따로 없다. 이 모든 것이 다 내 것이다.

심봉을 지나고 봉수대를 지나서 드디어 완도의 최고봉 상왕봉(象王峯: 644m)에 도착했다. 정상에 오르니 구름 한 점 없는 맑은 하늘과 푸른 바다, 바다 위에 점점이 박힌 섬들이 반긴다.

완도의 진산인 상왕봉은 완도의 크고 작은 섬 200여 개를 거느리고, 주변에 백운봉(600m), 심봉, 업진봉(544m), 숙승봉(461m)을 거느린 오봉산의 중심 봉우리다. 상왕산·상왕봉 지명 개정 안내가 붙어 있다. '국토정보지리원 고시에 의거 산명은 상왕산(象王山)으로 제정하고, 봉우리명은 상황봉(象皇峯)에서 상왕봉(象王峯)으로 지명을 개정한다'는 내용이다.

다도해의 환상적인 풍경을 눈이 시리도록 조망한다. 어디에서도 볼 수 없는 아름다운 정경, 눈 아래 심봉이 보이고 화흥포항이 보이고, 장보고대교가 보이고, 청해진 장도가 턱밑에 보인다. 청산도, 신지도, 금일도, 생일도, 약산도, 고금도가 보이고 저 멀리 보길도가 보인다. 아아, 가고 싶다. 저 섬에 가고 싶다. 가고 또 가고 싶다.

우리나라 사람들이 가보고 싶어 하는 섬으로 1위인 청산도(青山島)는 다도해국립공원의 보석 같은 섬으로 바다, 하늘, 그리고 섬의 산과 들이 모두 푸른빛이 돌아 '청산도'라는 이름을 얻은 섬이다. 완도에서 뱃길로 40분 거리에 있는 시간도 쉬어가는 '슬로우'섬이다. 서편제의 진도아리랑을 찍은 촬영지가 되면서 뭍사람들에게 알려진 청산도를 걷다 보면 절로 발걸음이 느려지며 천천히 자신을 돌아보게 된다. 달팽이처럼 느려 터져 아름다운 땅, 느림의 행복을 맛보게 하는 청산도는 아시아에서 최초로 지정된 '슬로시티(Slow City)'다.

완도8경의 제4경인 보길도 부용동의 고산연지가 보이고 제5경인 예송리의 욱일작림이 보이고 동천석실이, 망끝전망대가 보인다. 보길도의 낙서재에서 조선중기 시조문학 최고의 작가인 고산 윤선도가 읊은 시조가 하늘을 날아 바다를 건너온다.

> 보이는 것은 청산이요 들리는 것은 거문고 소리인데
>
> 이 세상 무슨 일이 내 마음에 들겠는가.
>
> 가슴에 가득 찬 호기를 알아줄 사람도 없이
>
> 한 곡조 미친 노래를 혼자서 읊네.

청산에서 거문고 소리를 들으며 살아가는데 이보다 더 마음에 드는 일이 무엇이 있겠느냐는 고산 윤선도, 나그네는 고산이 부럽지가 않다. 윤선도는 외로운 산 고산(孤山)이었고 바다의 늙은이 해옹(海翁)이었다. 최치원은 외로운 구름 고운(孤雲)이었고, 높은 구름 고운(高雲)이었다. 나그네의 고향 동리 이름은 운산(雲山)이고 뒷산 이름은 청산(青山)이다. 그래서 호는 청산이고 백운(白雲)이다.

신지도의 명사십리 해변이 보이고 그 너머 고금도의 이순신 유허지가 보인다. 이순신의 최후의 시간들이 바다 위에 펼쳐진다.

1597년 9월 명량해전과 천안의 직산 전투에서의 잇따른 패배로 전의를 상실한 일본군은 북상을 포기할 수밖에 없었다. 조선 남부에 웅거한 일본군은 북상할 수 없었고, 조선도 일본군을 축출할 수 없었다. 국지적 전투는 계속되었지만 어느 쪽도 결정적 승기를 잡지 못했다. 다시 임진왜란과 비슷한 소강상태로 접어들었다.

조·명연합군은 다시 총공세에 나섰다. 1598년 8월 총공세 준비를 완료한 조·명연합군은 9월 11일 사로병진 작전을 펼쳤다. 순천 왜교성을 공격한 수로군 진린과 이순신, 명 제독 유정과 도원수 권율이 이끄는 조선군의 공동작전은 유정이 싸움을 기피하는 바람에 실패로 돌아갔다. 조명연합군의 사로병진 작전은 모두 실패했고, 조선 남부의 전황은 대공세 전과 마찬가지였다.

이때 일본 내의 정세도 큰 변화가 있었다. 1598년 8월 18일 도요토미 히데요시가 사망한 것이다. 5대로는 도요토미 히데요시의 사망 사실을 비밀에 부친 채 8월 28일과 9월 5일 두 차례에 걸쳐 조선 출병군의 철수를 명령했다. 이제 종전이 가까워진 것이다. 철병 명령을 받은 순천왜성의 고니시 유키나가는 명 제독 진린에게 뇌물을 써서 안전한 철수 보장을 요청했다. 진린은 철수하겠다며 보내는 뇌물을 거부할 이유가 없었다. 진린과 고니시 유키나가는 마치 전우라도 되는 것처럼 부하들이 서로 왕래하는 사이가 되었다. 하지만 이순신은 달랐다. 이순신은 진린에게 항의했다.

"대장 된 사람은 적과 강화한다는 말을 해서는 안 됩니다."

진린은 얼굴이 빨개졌다. 일본군의 사자가 왔을 때 진린은 말했다.

"내가 너희 왜인들을 위해서 이순신에게 말했다가 거절당했다. 이제 두 번 다시 말할 수는 없다."

안전한 철수가 불가능하다고 판단한 고니시 유키나가는 남해에 있는 장군들에게 구원을 요청했고, 11월 17일 봉화를 올려 군사들을 결집했다. 이튿날인 11월 18일 저녁부터 무수히 많은 일본 전선들이 몰려오기 시작했다. 이순신은 진린과 함께 밤 10시쯤 출발해서 새벽 2시쯤 노량해협에 이르렀다. 적선은 무려 5백 척이었고, 이순신의 조선 수군 함선은 85척이었다. 노량해협과 관음포에서 적선 5백여 척과 조선 함선 85척이 뒤섞여 최후의 해전이 벌어졌다. 『이충무공행록』은 이렇게 전한다.

> 이날 밤 자정에 공은 배 위에서 손을 씻고 하늘에 무릎을 꿇고 빌었다. "이 적을 제거할 수만 있다면 죽어도 여한이 없겠습니다(此讐若除 死即無憾)." 그때 문득 큰 별이 바닷속에 떨어졌는데, 그것을 본 사람들은 모두 이상하게 여겼다.

이순신은 진린에게 "한 번 죽는 것은 아까워할 것이 없소"라고 말하고, 하늘에는"죽어도 여한이 없겠습니다"라고 거듭 죽음에 대해 말했다. 이순신이 최후를 맞이한 것은 11월 19일 아침이었다. 조경남의 『난중잡록』은 그 광경을 생생하게 묘사했다.

"날이 이미 밝았다. 이순신은 친히 북채를 들고 함대의 선두에서 적을 추격해서 죽였다. 적선의 선미에 엎드려 있던 적들이 순신을 향해 일제히 조총을 발사했다. 이순신은 적탄에 맞아 인사불성이 되었다."

이순신은 그렇게 전사했다. 마치 적에게 자신을 쏘아달라고 자청하는 것처럼 직접 부채를 들고 싸우다가 죽음을 맞이했다. 이순신은 죽음으로 7년 전쟁의 대미를 장식했다. 이순신은 싸우지 않아도 되는 해전을 싸워서 죽음으로 승리했다. 이순신은 전사했으나 조선 수군은 큰 승리를 거두었다. 이순신이 노량해전에서 전사한 그날 선조는 유성룡을 파직시켰다. 묘한 일치이자 묘한 운명이었다. 이순신을 죽이려 하고 유성룡을 실각시킨 북인들의 시각에서 쓴 1598년 11월 27일『선조실록』의 사관도 이순신의 죽음을 애석해하지 않을 수 없었다.

> 왜적이 마침내 대패하니 사람들은 모두 "죽은 순신이 산 왜적을 물리쳤다"라고 하였다. 부음이 전파되자 호남 일도(一道)의 사람들이 모두 통곡하여 노파와 아이들까지도 슬피 울지 않는 자가 없었다. 국가를 위하는 충성과 몸을 잊고 전사한 의리는 비록 옛날의 어진 장수라 하더라도 이보다 더할 수는 없다. 조정에서 사람을 잘못 써서 순신으로 하여금 그 재능을 다 펴지 못하게 한 것이 참으로 애석하다. 만약 순신을 병신년(1596)과 정유년(1597) 사이에 통제사에서 체직시키지 않았더라면 어찌 한산의 패전을 가져왔겠으며 양호(兩湖)가 왜적의 소굴이 되겠는가. 아! 애석하다.

전란이 끝난 지 2년이 지나서야 전란 극복의 공훈을 가리는 논의가 시작되었다. 그 시작은 비망기에 달린 임금의 전교에서 비롯되었다. 선조실록 선조 34년(1601) 3월 10일의 기록이다.

> 임진년 의주로 피난할 당시에 나를 호위하여 따랐던 사람들을 공신으로 삼도록 전교하였다. 지금 왜적도 이미 몰아냈고 명나라 군대도 모두 철수하였으며, 왕비의 졸곡(卒哭)도 모두 마쳤고 영의정도 다시 조정에 나왔으니 이제 공신 책봉을 할 수 있게 되었다. 비록 우리나라 장수와 병사가 적을 무찌르지는 못하였지

만 그중에는 간혹 힘껏 싸워 공을 세운 사람도 없지 않을 것이니, 역시 자세히 살펴서 함께 공신으로 삼도록 하라.

너무도 놀라운 전교였다. 임금을 따라 피난한 이들에게 훈장을 주고, 그러고 나서 "우리 장수와 병사들 중에도 간혹 힘껏 싸워 공을 세운 사람도 있을 것이니 살펴서 훈장을 주라"라니. 신하들은 "일본군을 물리친 장수와 병사들을 소홀히 대하면 안 된다"라고 선조에게 고했다. 그러나 선조는 냉정하게 "우리 장수와 병사는 명나라 군대 뒤를 따르거나 패잔한 적군의 머리를 요행히 얻었을 뿐이다. 제 힘만으로는 적병 한 명을 베거나 적진 하나를 함락하지 못했다"라고 말했다.

1601년 조정은 공신청을 설립하여 전쟁에 대한 재조사에 착수했다. 공신청은 1604년 6월까지 4년간에 걸쳐 수많은 기록물을 검토하고 현지 조사를 벌였다.

우여곡절 끝에 무공을 세운 장수들에게 훈장을 주기로 했는데 누가 가장 큰 공을 세웠는지, 또 누구까지 공신 명단에 올릴 것인지가 논란이 되었다. 특히 원균이 문제가 되었다. 그의 공적이 어떠하든 칠천량 해전을 지휘한 최고 지휘관으로서 패전의 책임을 면할 수 없다는 것이 여론이었다. 그러나 선조는 원균을 적극 옹호하고 나섰다.

"칠천량 싸움에서 패전한 것으로 원균에게 허물을 돌리지만, 그것은 그의 잘못이 아니라 바로 조정이 빨리 들어가도록 재촉하였기 때문이다."

"도원수(권율)가 속히 진격케 하며 곤장을 치니, 반드시 패전할 것을 알면서도 부득이 쳐들어간 것뿐이니, 이것이 과연 원균의 잘못이라고 할 수 있겠는가?"

심지어 임진년 승리에 대해 "모두 원균의 솜씨에서 나온 것이고, 이순신은 다만 달려와서 구원했을 뿐"이라고까지 말했다. 결국 선조는

상왕봉
象王峯
완도수목원
망끝전망대
洞天石室
상왕봉
象王峯
해발 598m
심
봉

"왜적을 토벌한 공로는 이순신, 원균, 권율이 1등이 되어야 마땅하다. 이 밖에는 다 삭제하라"라고 지시해 그간의 논란에 종지부를 찍었다. 그 결과 18명의 전쟁 공신을 선정, 발표했다. 공신 수는 1등공신 3명, 2등공신 5명, 3등공신 10명으로서 7년 전쟁의 공신으로서 대단히 적은 수치였다. 그만큼 공신 선정이 인색하고 까다롭게 이루어졌다.

1604년 6월 25일 자 『선조실록』은 "1등은 이순신·권율·원균 세 대장, 2등은 신점·권응수·김시민·이정암·이억기, 3등은 정기원·권협·유사원·고언백·이광악·조경·권준·이순신(동명이인)·기효근·이운룡으로서 각각 관작을 내리고 군(君)으로 봉했는데, 모두 18인이다"라고 기록하고 있다.

이순신이 받은 훈장의 이름은 선무공신으로, 그중 일등공신은 권율, 원균과 더불어 세 명으로 그중에서 첫머리에 이름을 올렸으니, 말 그대로 수훈(首勳)이다.

선조는 자신의 곤란한 처지를 모면하기 위해 원균을 옹호했다. 이렇게 해서 왜란이 끝난 지 무려 6년이나 지나서 결국 원균을 이순신, 권율과 함께 선무공신으로 올려놓게 된 것이다. 이순신의 공을 깎아내리고 패전의 책임이 큰 원균을 전쟁 영웅으로 내세우려는 어처구니없는 처사 때문에 이처럼 오랜 시일이 걸린 것이다. 이리하여 적과 맞서 싸운 무장들과 명나라에 파병을 요청한 외교인사까지 포함한 18명이 선무공신이 되었고, 임금을 좇아간 호성공신은 모두 86명이었다.

선조는 처음부터 장수들을 공신으로 삼을 생각이 없다고 스스로 말했다. 하지만 선조를 좇아 피난을 갔던 신하들은 공신이 되는 것이 부끄러웠다. 그들은 선조에게 직접 전장에서 싸운 장수들을 공신으로 삼아야 한다고 주장했다. 그래서 그나마 18명이라는 선무공신이 이름을 남길 수 있었다. 『선조실록』 1603년 2월 12일 기록이다.

공로에 보답하는 것은 국가의 막중한 일이다. 막중한데도 가볍게 시행하였으니 어찌 몹시 안타깝지 않겠는가? 일찍이 육지(陸贄)는 난리에 임금을 호종한 신하를 공신으로 삼는 것은 옳지 않다고 말하였다. 육지가 공로에 보답하는 방도를 조금이라도 아는 자라고 한다면 임진왜란 때 임금을 호종한 신하들이 부끄럽지 않겠는가? 더구나 요리나 하고 말고삐나 잡던 천한 자까지 모두 공신의 반열에 들어 공신 명부에 이름이 오른 자가 35명이나 되니, 어떻게 후세의 비난을 면할 수 있겠는가?

왜적을 정벌한 공로를 보면 비록 명나라 군대의 힘이 컸었다고 하나 직접 싸워 이긴 전사들의 공 또한 없지 않았다. 그런데 호종한 신하에게는 후하게 하고 전사에게는 박하게 하려고 하였으니, 공에 보답하는 도리를 잃었다고 할 만하다.

사관은 정곡을 찔렀다. 호성공신에는 내시가 24명이나 있었지만 그보다 더한 후안무치는 2등공신의 첫머리에 선조의 아들 신성군 후(珝)와 정원군 부(琈)가 있었다. 임진왜란이 일어났을 때 각각 열여섯 살과 열세 살, 아버지를 따라 가마를 타고 피난을 갔던 왕자들이었다. 다른 왕자도 많은데 어떻게 이들만 아버지를 따라가서 공신이 되었을까.

국난극복을 위해 세자 광해군은 분조를 세워 평안도로 가고, 다른 장성한 왕자들은 의병을 모집하기 위해 함경도와 강원도로 보내기로 했는데, 열아홉 살 첫째 왕자 임해군은 함경도로 가고, 그다음 나이순으로는 신성군이 강원도로 가야 했다. 하지만 신성군은 선조가 총애하는 인빈 김씨 소생이었기에 몸이 약하다는 핑계로 보내지 않고 대신 다른 후궁 소생인 순화군을 보냈다. 임해군과 순화군은 가토 기요마사에게 잡혔다가 풀려나는 고초를 겪었지만 신성군과 정원군은 그저 부왕을 따라 대접을 받으며 피난을 간 공로로 호성공신 전체 서열 3, 4위에 올랐던 것이다. 이는 조선왕조가 멸망할 때까지 아무도 감히 입에 올리지 못했던 사실이다.

한양을 버리고 백성들을 뒤로한 채 국경 끝까지 피난 갔던 선조, 그 임금을 시종했던 아들과 신하들은 공신이 되었다. 선조의 묘호는 원래 선종(宣宗)이었으나 임진왜란과 정유재란을 극복한 공로가 있다는 점과, 후궁의 손자가 왕이 된 최초의 사례가 되었으니 새 왕통을 시작하는 군주라는 뜻이 감안되어 선조(宣祖)로 묘호가 격상되었지만, 후세에서는 인조, 고종과 더불어 조선 역사의 가장 무능한 임금 중의 한 명이라는 평가를 받고 있다.

상왕봉에서 바라보는 환상적인 다도해의 풍광에 젖어 천하를 얻은 듯 발걸음이 떨어지지 않는다. 아름다운 경치 앞에서 떠오르는 얼굴들이 있다면 진정으로 사랑하는 사람이라 그리운 얼굴들이 스쳐간다.

오늘의 경치도 남파랑길에서 가히 수훈감이다. 넓은 바다, 점점이 박힌 섬들의 아름다운 풍경이 환상적으로 다가온다. 인생은 선택이다. 85코스를 건너뛰어 날짜를 조정하기를 잘했구나 하는 생각이 스쳐간다. 어제 비를 맞으며 산에 올라왔다면 그런 대로의 즐거움은 있었겠지만 이렇게 좋은 경치를 보지는 못했을 것이니, 정말 탁월한 선택이었다.

완도8경의 제8경 상왕봉의 백설홍춘, 상왕봉의 겨울 백설 속에 핀 동백꽃의 아름다운 경치는 다음으로 미루고 완도수목원으로 하산을 한다. 전남 유일의 난대림 수목원으로 상록 활엽수로는 세계 최고 최대의 집단 자생지다. 코로나로 폐장이 된 완도수목원을 나 홀로 유람하며 '인생도 여행하듯 즐겁게 즐기면서' 걸어간다.

완도 첫 마을을 지나서 오후 1시 45분 원동버스터미널에서 88코스를 마무리한다.

PART 11 해남 구간

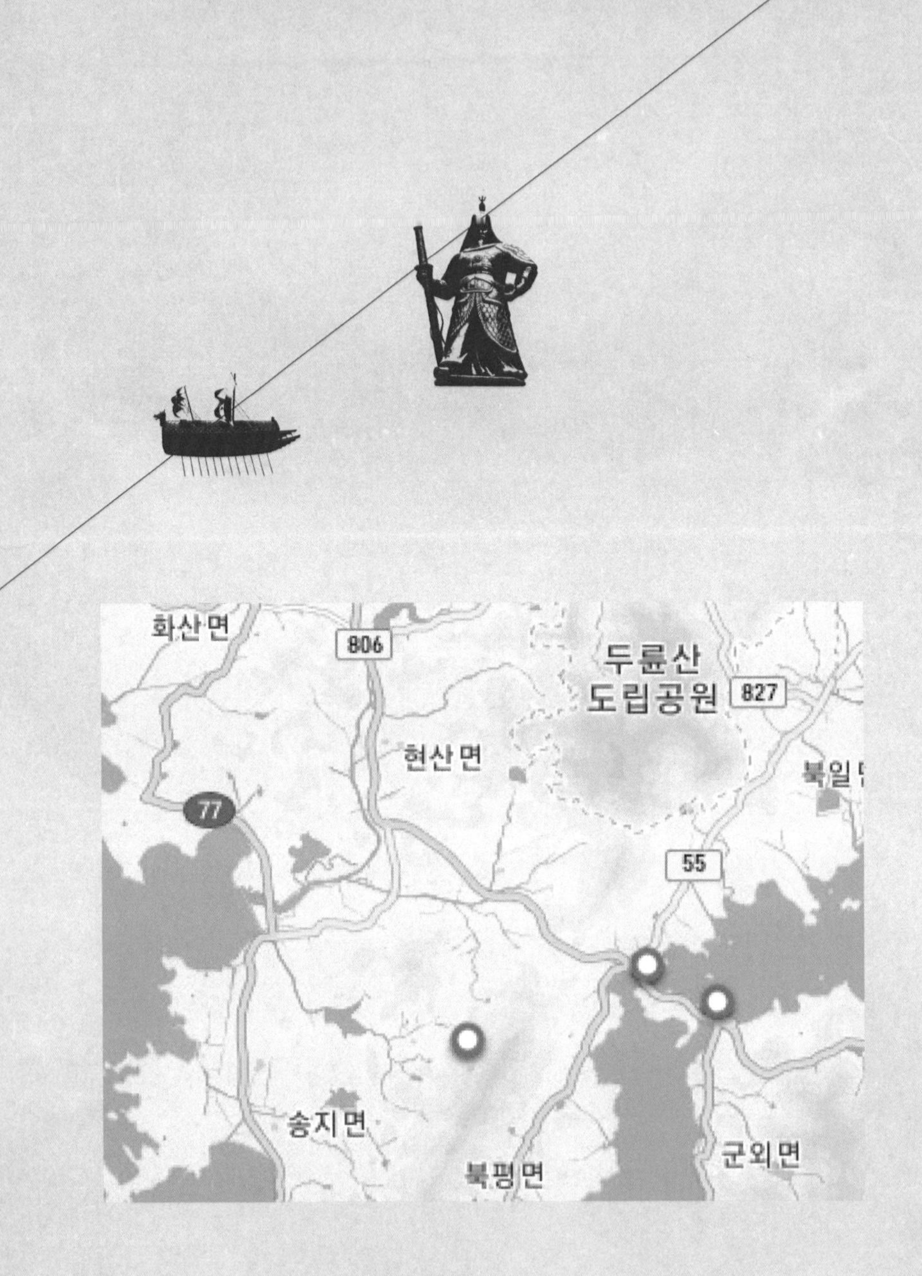
화산면
806
두륜산
도립공원
827
현산면
북일
77
55
송지면
북평면
군외면

달마고도 가는 길

[불멸의 영웅 호남대장군]

군외면 원동버스정류장에서 해남 미황사까지 13.8㎞

원동시외버스터미널 → 완도대교 → 달도테마공원 → 남창시장 → 남창해월루지 → 미황사

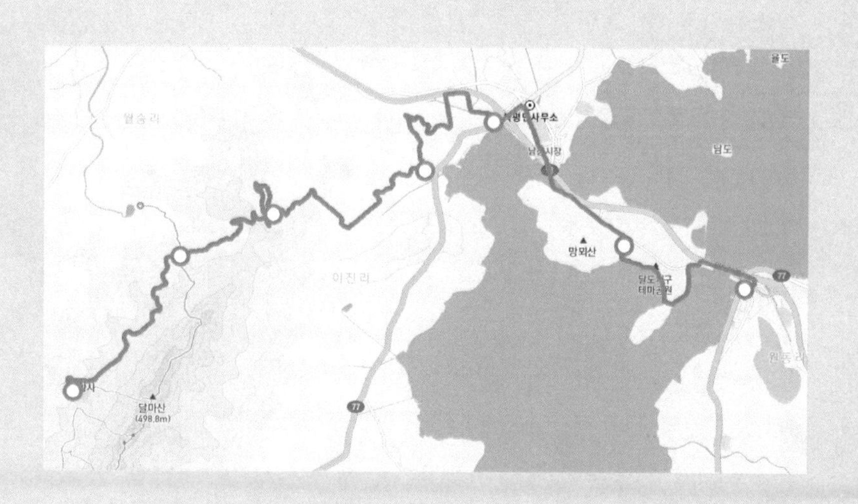

"이 원수들을 제거할 수만 있다면 죽어도 여한이 없겠습니다."

오후 1시 45분 원동버스터미널에서 89코스를 시작한다.

원래는 미황사까지 가는 길이지만 오늘은 남창 버스터미널까지만 가기로 한다. 내일 29일은 건너뛰었던 85코스를 강진 사초마을에서 남창 버스터미널까지 마무리하고, 30일은 남창터미널에서 미황사까지 산책하듯 걸은 후, 12월 31일 마지막 대망의 90코스를 용인에서 오는 친구들과 함께 걸으며 마무리할 계획이다. 해남과 완도를 잇는 연륙교 완도대교를 다시 건너간다.

파란 하늘 파란 바다가 정겹게 어우러진다. 나그네는 구름처럼 물처럼 남파랑길을 흘러간다. 길 위에서 나그네는 자연과 한 조각이 된다. 자연을 닮고 자연과 가까워진다. 자연과 가까워질수록 덕스러워지고 여유로워지고 편안해진다. 자연과 동화되면 자기만의 이익을 위해 머리를 굴리고 눈치를 살피고 꾀를 부리는 인간사의 이쪽저쪽, 그 번잡스런 번뇌와 탐욕의 굴레서 잠시나마 벗어날 수 있다. 부처가 무엇이고 보살이 무엇인가. 길에서 만나는 모든 중생이 부처고 보살이 아니던가. 자리이타(自利以他), 육바라밀의 첫 번째인 자기보다 남을 위한 보시행을 하면 마음 한구석이 훈훈해지고 행복해진다. 다정하고 따뜻한 마음을 나누는 것이 탐진치의 굴레에서 벗어나는 최상의 방편이다.

달도의 호젓한 바닷가를 걸어서 '호남대장군'을 만난다. 달도 주민들이 이순신을 흠모하여 부르던 명칭이다. 여기 당끝당에 그 명칭으로 이순신의 위패를 모셔놓고 제사를 지낸 데서 유래하였다. '불멸의 영웅 호남대장군 이순신'의 일대기를 기록해놓았다. "이 원수들을 제거할 수만 있다면 죽어도 여한이 없겠습니다(此讐若除 死即無憾)."라고 하는 이순신의 목소리가 들려온다.

완도군에는 여기 약샘을 비롯하여 이순신과 관련된 유적과 유물이 다수 산재한다. 서망산에는 이순신이 가리포진을 순시할 때 직접 올라가 사방을 둘러본 호번정이 있다. 고금면 덕동리 충무마을에는 사당인 충무사가 있고, 이 외에도 덕동리 수군유적지, 화성마을에는 어란정과 군사 훈련 터 등이 있다.

농어촌 체험테마공원인 달도테마공원을 지나고 '건강의 섬 완도' 아치를 지나서 남창교를 건너 한반도의 시작 땅끝 해남, 새로운 희망이 시작되는 해남 땅 북평면 남창리로 다시 들어선다.

이제 남파랑길의 종점 해남 땅끝마을이 점점 가까워진다. 가슴이 설렌다. 한반도 최남단 땅끝마을은 백두대간의 시작이자 끝인 그 자체로 한반도 최남단을 상징하는 '랜드마크'다. 돛을 펼쳐놓은 것 같은 삼각뿔 모양의 북위 34도 17분 32초 땅끝탑에서는 더 이상 걸어서 나아갈 곳이 없다.

걸어서 갈 수 있는 대한민국 육지의 최남단은 해남 갈두리 땅끝탑이고, 최북단은 고성 명파리 통일전망대이며, 최서단은 태안군 파도리의 땅끝마을이고, 최동단은 포항 구룡포읍의 석병리다. 대한민국 최남단의 섬은 마라도고 최북단의 섬은 백령도, 최서단의 섬은 가거도, 최동단의 섬은 독도다.

남파랑길 종주 후에는 서울 광화문에서 시작하여 고성 통일전망대, 그리고 동해안을 따라 최동단 구룡포 석병리를 지나고 부산 오륙도 해맞이공원에 도착하여 남해안을 따라 최남단 해남 땅끝마을, 그리고 서해안을 따라 태안의 파도리 땅끝마을을 거쳐서 최북단 교동도에 이르는 4박 5일간 2,800㎞ U자형 국토둘레 자동차 여행을 했다.

육지의 끝, 섬의 끝을 종횡무진 떠돌았던 나그네가 이제 두 발로 걸어서 남파랑길의 끝지점 해남으로 들어선다. 해남의 진산 두륜산과 달마산이 가까이 다가온다. 두륜산은 아름다운 산수미와 사찰, 남해를 조망할 수 있는 지리적 조건 등이 우수하다. 한반도 남쪽 끝 소백산맥의 남단에 위치, 해남반도에서 가장 높은 산으로 높고 낮은 능선이 억새밭을 따라 연봉으로 이루어져 남해를 굽어보며 우뚝 솟아 있어 다도해의 전망이 빼어나다. 특히 해탈문에서 바라보는 두륜산은 영락없이 부처가 누워있는 와불의 형세를 나타낸다.

대둔사지에 의하면, 두륜산은 중국 곤륜산맥의 줄기가 동쪽으로 흘러서 백두산을 이루고, 그 줄기가 남으로 흐르다가 한반도의 땅끝에서 홀연히 일어나 쌍봉을 이루고 일어선 때문에 산 이름도 백두산의 두(頭)자와 곤륜산의 륜(崙)자를 따서 두륜산이라 불리고 있다. 8개의 암봉이 이룬 연꽃형 산세의 두륜산 중턱에는 대흥사가 자리 잡고 있다.

1592년 임진왜란이 일어나자 선조는 의주로 피난하면서 신하를 묘향산으로 보내 서산대사에게 나라의 위급함을 알렸고, 서산대사는 전국의 절에 격문을 돌려 승려들이 구국의 길에 나서도록 했다. 1604년 1월, 묘향산에서 설법을 마친 서산대사는 자신의 영정을 꺼내어 뒷면에 "80년 전에는 그대가 나이더니 80년 후에는 내가 그대로구나"라는 시를 남기고는 가부좌를 한 채 열반(涅槃)에 들었다. 대흥사 대웅전에서 700m가량 정상 쪽으로 가파른 산길을 올라가면 조선 후기 대표적 선승이자 다성(茶聖)으로 추앙받는 초의선사가 '다선일여(茶禪一如)'사상을 생활화하기 위해 꾸민 일지암(一支庵)이 있다. 초의선사는 39세 때인

1824년(순조 24) 일지암을 중건하였으며, 1866년 입적할 때까지 40여 년간 이곳에서 독처지관(独処止観)을 향유했던 유서 깊은 암자이다. 열반할 때까지 차를 마시며 수행한 초의선사는 이곳 일지암에서 『동다송』과 『다신전』을 펴냈고, 다선일여의 기풍을 드날리며 다산 정약용, 추사 김정희와 같은 석학 및 예인들과 교류했다.

다산은 강진에서 18년간 유배생활을 하는 동안 대흥사와 깊은 인연을 맺었다. 추사 또한 제주도에서 귀양살이를 하며 대흥사와 관계를 맺게 되고 동갑인 초의와 남다른 친교를 가졌다. 또한 소치 허련이 이곳에서 초의선사에게 그림 지도를 받았고, 초의선사를 통해 추사 김정희라는 스승을 만나게 되었다. 조선 후기 일지암을 중심으로 펼쳐졌던 학문과 예술의 활동은 이후 많은 영향을 끼치게 된다. 이 때문에 일지암은 우리나라 다도의 요람으로도 불리고 있다. 진도 운림산방의 소치기념관 앞에는 일지매가 서 있다. 해남 대흥사 일지암에 머물던 초의선사가 제자인 허련에게 선물로 주어 심었다.

오후 2시 30분, 해남오일장이 서는 남창전통시장에서 하루 일정을 마무리한다. 89코스는 미황사까지 가야 하지만 여유로운 발걸음을 즐긴다. 그리고 다음 날인 12월 29일에는 85코스를 이곳 남창리까지 마무리했다.

그리고 드디어 12월 30일 9시 30분, 89코스 남창전통시장에서 미황사까지의 남은 구간을 시작한다. 전날 새벽 2시까지 해남 땅끝마을에서 완주의 기쁨을 미리 누렸다. 새벽에 내리던 눈발은 아침이 되니 많이 쌓였다. 온 세상이 하얗게 칠을 한 설국이 탄생했다.

남창해월루지를 지나간다. 해월루(海月楼)는 왜구의 침략을 방어하기 위해 달랑진에 설치되었던 수군의 정박 장소이자, 제주를 왕래하던 사객들이 바람을 기다리던 유서 깊은 장소다.

여수에 전라좌수영이 있으면 해남에는 전라우수영이 있었다. 전라우수영 앞 울돌목은 바다가 운다고 해서 명량(鳴梁)이라 불린다. 해남과 진도 사이의 울돌목은 해남 문내면의 학동리와 진도 녹진 사이의 약 2㎞ 협수로다. 울돌목은 293m의 좁은 해협으로 물살의 빠르기가 평균 11.5노트(초속 5.7m)에 이른다. 해로의 수심은 약 20m이며, 넓은 바다에서 좁은 바다로 들어오는 조류에 따라 급물살을 이루는 곳이다. 울돌목은 한반도 전 해역에서 가장 사나운 물길로서 하루에 네 번 역류를 한다. 물길이 거꾸로 돌아서는 사이마다 바다는 잔물결 한 점 없이 고요해지고 적막함으로 질풍노도의 순간을 예비한다.

이순신은 울돌목의 지형과 조류를 이용해서 13척의 병선으로 왜선 133척을 격퇴시켰다. 명량대첩은 임진왜란 7년 전쟁을 종식시키는 결정적인 계기를 마련했으며 이는 세계 해전사에 길이 남을 극적인 승리였다.

전라우수영은 조선 초기(1440년)에 수군이 주둔하는 전라수영이 설치되었고, 전라수영은 세조 11년(1465년)에 전라수군절도사영으로 승격되었고, 서남해안이 너무 광범위해 성종 10년(1479년)에 순천 내래포(현재 여수)에 전라좌수영이 설치되어 이곳은 전라우수영이라 칭하였다. 우수영에는 유네스코 지정 세계무형문화유산인 우수영 강강술래와 무형문화유산인 부녀농요가 전승, 보존되어 오고 있다.

정유재란 때 명량해전에서 패배한 왜구들이 해상 퇴로가 막혀 퇴각했던 달마산이 점점 다가온다. 눈발이 날리기 시작하더니 이내 폭설이 내리고 세상은 급속도로 하얗게 변모한다. 2020년 첫눈이 내린다. 첫눈은 서설(瑞雪)이다. 오랜 가뭄 끝에 내리는 상서로운 첫눈, 천진무 구한 웃음을 허공에 날린다. 숫자 '2'는 무릎 꿇고 기도하는 형상이고 숫자 '0'은 공이다. 2020년 한 해를 보내며 빈 마음의 공(空)으로 돌아가기를 기도하고 기도한다. 색즉시공 공즉시색이다.

내리는 눈발, 백설의 희디흰 풍경 속에 나그네 또한 하나의 풍경이 되어 걸어간다. 청정한 삶, 가장 순수한 인간의 길을 염원하며 고독한 산짐승처럼 걸어간다. 자유와 평화의 삶을 꿈꾸며 천진난만한 어린아이가 되어 아모르파티를 노래하며 운명을 즐긴다. 붓다는 자비를, 예수는 사랑을, 마호메트는 평화를 주창했다. 온 세상에 사랑과 자비와 평화가 깃들기를 기도하며 걸어간다. 세상 모두가 눈 속에 묻힌다. 세상 모든 불화를 하얗게 덮을 수는 없을까. 첫눈이 온 세상을 포근하게 감싸준다. 달마산이 하얀 이불을 덮어쓰고 다가온다. 나무와 숲이 하얗게, 하얗게 변모해간다.

달마산(489m)은 달마대사의 이름에서 빌려온, 대사의 법신(法身)이 머무르고 있는 명산이다. 달마산을 오르는 사람들은 먼 옛날 구도의 길을 찾아 나선 스님을 떠올리며 산길을 걷는다.

『신증동국여지승람』에 의하면 1218년 이곳 달마산까지 표류한 남송의 배가 이 산을 보고 "이름만 듣고 멀리 공경하여 마지않았더니 가히 달마대사가 살아 계실 만하다"라는 기록이 있다. 이를 통하여 산 이름이 고려시대까지 거슬러 올라가고 있으며, 달마대사와 관련되어 있음을 알 수 있다. 인도의 왕자 달마대사가 동쪽의 중국으로 간 까닭은? 달마대사가 해동의 달마산으로 온 까닭은?

달마대사는 남인도의 왕자로 태어나 출가하여 불법을 배우게 되었는데, 이에 이름을 보리달마라 하였다. 달마가 스승 반야다라에게 수행하기를 40년, 스승은 임종에 이르러 "내가 죽은 후 67년이 지나면 동쪽 중국이라는 나라에 가서 전법하도록 하여라" 유언을 하였고, 이

따뜻한 쪽빛바다, 남파랑길
달마고도
DALMAGODO
17.2km
0.5km
호남 대장군 일대기
불멸의 영웅
호남대장군 이순신
남파랑길

에 달마는 훗날 스승의 명을 받아 중국으로 향했다.

520년 열렬한 불교 신자인 양나라 무제는 달마를 궁궐로 초청하여 물었다.

"나는 지금까지 많은 절을 짓고 경문을 직접 옮기기도 했으며, 또한 많은 승려와 비구니를 육성했소. 그러니 앞으로 얼마나 많은 공덕을 받겠소?"

달마대사는 대답했다.

"무공덕!"

양무제는 당황하며 물었다.

"어째서 그렇단 말이오?"

"그런 일을 할 수 있는 사람이 하는 것은 당연한 일입니다."

양무제는 화가 나서 어쩔 줄을 몰라 했고, 달마는 허무한 마음으로 돌아서야만 했다. 양무제와의 만남에 실망한 달마대사는 조용히 양나라를 떠나 낙양에 도착하여 숭산 소림사를 찾아가서 그곳에 머물며 힘껏 정진에 몰두했다.

어느 날 신광이라는 수도자가 찾아와 달마에게 법을 구하고자 하였으나 달마는 늘 면벽수행만 하고 있었다. 눈 오는 날, 칼로 왼팔을 끊어 바치며 가르침을 받으려고 하는 신광을 달마는 법을 이어받을 그릇임을 알고 감탄하며 제자로 받아들였다.

신광은 달마의 뒤를 이을 수제자가 되었고, 이름을 혜가라고 하였다. 이에 선종의 초조 달마대사는 혜가에게 가사와 능가경 등을 전해주며 법을 전수함으로써 선종의 이조 혜가대사의 시대가 열렸다.

달마대사는 부처의 심적 가르침에 돌아가는 방법으로 선(禪)을 가르쳤기 때문에 그의 일파를 선종이라 하게 되었다. 오늘날 조계종의 시작이다. 달마대사가 선종을 가르쳤기에 기존의 불교학자들은 달마를 미워하여 해칠 마음으로 독을 보냈는데, 독을 마시고도 도력으로 이겨냈던 달마는 여섯 번째 독약에 이르러 법을 전할 신광을 얻었기에 독을 피하지 않고 죽음을 맞이하였다.

528년 달마대사의 시신은 웅이산에 장사지냈다. 하지만 달마대사는 다시 살아나 인도로 돌아갔다는 이야기가 있고, 한편으로는 바다 건너 해남 달마산으로 왔다는 이야기도 전해진다. 달마대사가 살아났다는 이야기를 들은 양무제는 무덤을 파보도록 하였는데, 신발 한 짝만 발견하고 달마대사를 추모하는 비문을 기록했다.

> 슬프도다./ 보고도 보지 못했고 만나고도 만나지 못했으니/ 지난 일, 오늘날에 뉘우치고 한 됨이 그지없도다./ 짐은 한낱 범부로서 감히 그 가신 뒤에 스승으로 모시나이다.

남도의 금강산이라 불리는 아름다운 달마산은 해남군에서도 남단에 치우쳐 긴 암릉으로 솟은 산이다. 백두대간의 맥이 마지막으로 솟아올라 이루어진 두륜산의 끝자락에 이어진 달마산, 멀리서 보면 마치 긴 공룡의 등을 연상시키는 산등성이의 온갖 기암괴석이 구십 폭의 병풍처럼 펼쳐져 그 자연의 신비함이 수려하다. 이 암릉은 봉화대가 있는 달마산 정상을 거쳐 도솔봉(421m)까지 약 8㎞에 걸쳐 그 기세로 이어진 다음 땅끝에 솟은 사자봉(155m)에서 갈무리한다.

한반도의 땅끝은 해남군 송지면 송호리 산 43-6으로 북위 34도 17분 32초, 동경 126도 31분 25초에 위치해 있다. 이곳은 한반도의 최남단으로 갈두산 사자봉 땅끝이다. 우리나라 전도(全図) 남쪽 기점을 이곳 땅끝 해남현으로 잡고 북으로는 함경북도 온성부에 이른다고 말하고 있다. 오래전 대륙으로부터 뻗어내려온 우리 민족이 이곳에서 발을 멈추고 한겨레를 이루었다.

달마고도는 달마산을 중심으로 총 17.74㎞의 둘레길로, 달마산 바위능선을 중심으로 미황사에서 미황사로 돌아오는 원점회귀 코스이다. '천년의 세월을 품은 태고의 땅으로 낮달을 찾아 떠나는 구도의 길'이라는 이름으로 개통한 달마고도는 해남군과 미황사가 공동으로 기획하여 송지면 미황사와 달마산 일원에 조성하였다.

달마고도는 다른 둘레길과 달리 순수 인력으로만 시공을 했다. 전 구간에서 돌흙막이, 돌계단, 돌묻히기, 돌붙임, 돌횡배수대 등을 만날 수 있는데, 이 모든 과정을 외부 자재와 장비 없이 순수 인력만으로 공사를 시공함으로써 이용하는 관광객과 등산객이 자연 그대로의 아름다움을 느끼게 했다.

눈 덮인 구절양장 달마고도에서 청정한 마음의 길을 걸어간다. 하얗게 쌓인 눈길을 묵묵히 앞사람의 뒤를 따라가고 싶지만 앞사람이 없으니 나그네의 뒷모습을 뒷사람에게 보여줘야 한다. '답설야중거 불수호란행 금일아행적 수작후인정'이다.

나 홀로 가는 외로운 길, 길 위에 눈보라가 몰아친다. 설국이다. 온 산이 눈으로 덮였다. 가지는 늘어져 엄살을 하며 신음을 한다. 길 위의 예수님도 부처님도 공자님도 가끔은 외로워 눈물 흘리셨다. 갈매기 조나단이 푸른 하늘을 나는 것도 외로움 때문이고 깊은 밤 누리가 어둠을 향해 짓는 것도 외로움 때문이다. 청산의 그림자도 외로워 하루 한 번 마을로 내려온다. 외로워서 떠나온 길, 길 위에서 외롭다. 그래, 외로우니까 사람이다.

겨울로 가는 길, 눈이 내린다. 길 위에도 내리고 수염에도 내리고 마음에도 내린다. 기온은 내려가고 열기는 올라가고 홍은 하늘 높이 고조된다. 신명나는 하루, 새로운 하루가 길 위에 열린다. 바람이 휘몰이친다. 도대체 어느 나라 나비의 날갯짓으로 이렇게 세찬 바람이 휘몰아친단 말인가. 이 눈은 어느 나라 나비의 눈물이 바람 타고 흘러온 것인가. 내 몸속의 지도를 마음으로 더듬어본다. 정토로 가는 길, 그래, 지금이 극락이고 천국이다. 하얀 눈처럼 자유와 평화가 밀물처럼 밀려온다.

12시 정오, 미황사에 도착했다. 오기로 한 일행에게 전화를 하려는데 막 전화가 왔다. 목포 지나가는 터널 안에서 교통사고가 났다고 한다. 예기치 않은 사태가 벌어졌다. 오늘은 여기까지고 내일 함께 90코스를 걷기로 하였는데, 자칫 폭설로 내일 걸을 수 없지 않을까 하는 우려가 밀려왔다.

만약 내일 걷지 못하면 해를 넘겨야 한다. 그럴 수는 없다. 생각 끝에 90코스를 지금 혼자 걸어야겠다고 결론을 내렸다. 무슨 일이 있더라도 최우선은 오늘과 내일 중에, 12월 31일 전에 90코스를 완주하는 역사적인 사건인데, 불확실한 내일로 일정을 미룰 수는 없었다. 한 치 앞을 알 수 없는 인생길, 남파랑길이다.

땅끝 천년숲 옛길

[성웅 이순신]

미황사에서 송지면 땅끝탑까지 13.9㎞

미황사 천왕문 → 미황사 숲길 → 도솔암 → 땅끝전망대 → 땅끝탑

"변방의 근심을 평정한 뒤엔 도연명의 귀거래사나 나도 읊으리."

12월 30일 12시, 하얀 눈으로 덮인 고즈넉하고 아름다운 미황사 천황문에서 마지막 90코스 땅끝으로 간다. 집을 나서서 부산 오륙도해맞이공원에서 시작한 남파랑길, 이제 대단원의 마지막 코스다.

여행의 최종 목적지는 집이다. 그 가운데 터닝 포인트가 있다. 집에서 출발해 집으로 돌아가는 길, 처음과 마지막, 그리고 터닝 포인트는 언제나 가장 기억에 남는다. 인생에 있어서도 터닝 포인트는 중요하다. 어떤 상황이든 인생을 바꿔줄 터닝 포인트가 될 수 있다. "마지막을 생각하며, 등장할 때의 박수갈채보다 행복한 끝맺음을 위해 노력하라"라고 발타자르 그라시안은 말한다. 우연일까 필연일까. 운명일까 숙명일까. 설국의 남파랑길 90코스, 이제 행복한 끝맺음을 위해 걸어간다.

미황사 대웅전 부처님께 두 손 모아 기도하고 28기의 부도와 5기의 탑비를 둘러본다. 달마산을 병풍 삼아 서쪽에 자리 잡은 미황사(美黃寺)는 신라 경덕왕 8년(749년) 인도에서 경전과 불상을 실은 돌배가 땅끝 사자포구(지금의 갈두항)에 닿자 의조스님이 향도 100명과 함께 소 등에 그것을 싣고 가다가 소가 한 번 크게 울면서 누운 자리에 통교사를 짓고, 다시 소가 멈춘 곳에 미황사를 지었다고 한다. 어여쁜 소가 점지해준 절인 동시에 경전을 봉안한 산이라는 뜻이다.

눈으로 덮인 순백의 달마고도를 따라 '땅끝 천년숲 옛길'을 걸어간다. '땅끝 천년숲 옛길'은 땅끝탑에서 미황사까지, 미황사에서 땅끝탑까지 13.9㎞ 구간으로, 국토순례의 시작과 끝을 품고 있는 길이며, 국토의 맨 마지막 길이자 처음 길이다.

땅끝탑은 남파랑길의 종점이자 코리아둘레길 서해랑길의 출발점으로, 21세기의 새 희망을 열고 조국의 평화통일을 기원하는, 세계를 향한 새로운 출발점이다.

국토의 맨 마지막이자 처음 길로의 상징성이 있는 땅끝탑, 한반도의 희망봉 땅끝전망대를 향해 걸어간다. 땅끝전망대와 땅끝탑에 도착한 기쁨을 미리 누리며 눈보라 몰아치는 숲길을 걸어간다. 숲에는 온통 하얀 눈꽃들이 자태를 뽐내고 있다.

"하늘의 임금이 돌아가셨나/ 나라의 임금이 돌아가셨나/ 온갖 나무들과 청산이 다 상복을 입었구나./ 그러니 내일 해님이 조상할 때면 집집마다/ 처마 앞에 눈물이 뚝뚝 떨어지겠구나"라고 노래한 김삿갓의 시상이 스쳐간다. 자연에 묻히면 추위도 능히 견디고 자연을 노래하면 근심걱정을 잊는다고 했으니, 자연의 절경 앞에 마음이 고요하고 세상살이에 초탈해진다.

임도를 따라가다가 너덜바위 지역을 지나서 편백나무 숲길을 걸어간다. 도솔암으로 가는 갈림길, 도솔암은 남파랑길 구간이 아니지만 그냥 스쳐갈 수는 없는 일, 천 년의 역사를 간직한 도솔암으로 거의 60도의 가파른 산길을 올라간다. 눈이 얼어붙어 빙판길을 조심스레 올라가니, 바위 암벽 위에 앉은 작은 암자 도솔암이 다가온다.

달마산 12암자 중 유일하게 복원된 도솔암은 달마산 남쪽 끝자락의 바위틈에 자리 잡고 있다. 통일신라 말 당대의 고승 화엄조사인 의상대사께서 창건한 천년의 기도 도량으로 알려져 있다. 미황사를 창건한 의조화상께서도 미황사를 창건하기 전 도솔암에서 낙조를 즐기며 수

행정진하셨던 곳으로 역사적으로 의미 있는 암자이다. 그 후에도 여러 스님께서 기도 정진하였던 도솔암은 정유재란 당시 불에 타 흔적만 남아 있던 것을 2002년 오대산 월정사에 계셨던 법조스님이 연속 3일간 선몽을 꾸고 찾아와 도솔암 터를 보시고 해몽한 후 32일 만에 단청까지 복원 중창했다고 전해진다.

도솔암이 위치한 곳은 달마산의 가장 정상부로 석축을 쌓아올려 평평하게 만든 곳에 자리 잡고 있어 마치 견고한 요새와도 같으며, 주변 풍광이 워낙 수려해 일출과 일몰 및 서남해의 다도해를 감상할 수 있고, 마치 구름 속에 떠 있는 느낌을 주어 선경의 세계로 빠져들게 한다.

그러나 오늘은 거센 바람과 눈보라로 시야가 가려 선경은커녕 눈에 뵈는 것이 별로 없다. 남파랑길 종주를 끝내고 2021년 6월 20일, 90코스를 다시 걸었다. 녹음이 우거진 숲길을 걸어서 찾았던 도솔암, 그때는 전혀 다른 세상이 눈앞에 펼쳐졌다.

도솔암의 그 신비한 자태는 미래불인 미륵이 산다는 도솔천이 이사를 왔다고 해도 과언이 아니었다. 추노, 각시탈 등 드라마와 CF 촬영지로도 각광을 받고 있다.

날아갈 것만 같은 세찬 바람을 맞으며 도솔암에서 선경을 맛보고 다시 남파랑길로 조심조심 내려온다.

땅끝으로 가는 산길, 오전하고는 완연히 다른 날씨다. 국토 최남단에서 볼 수 있는 해안 풍경을 감상해야 하건만 세상은 먹구름으로 가득하고 세찬 바람에 눈발이 거칠어 지척도 분간할 수 없다. 만약 여기에서 눈길에 미끄러져 다치기라도 한다면, 일말의 불안감이 스쳐간다. 서두르지 말고 즐기자고 다짐을 한다. 길 위에는 권력도 명예도 없다. 부귀영화도 없다. 다만 길을 가는 자만 있을 뿐이다. 길 위에 있을 때는 언제나 자유롭고 길 위에서는 늘 가슴이 뛴다.

세네카는 "거친 땅 위에서 굳어진 발굽을 가진 짐승은 어떠한 길도 걸을 수 있다"라고 했다. 살아 숨 쉬는 한 유랑의 발걸음을 멈추지 않을 것이다. 언제나 자유인으로 자유롭게 걸어갈 것이라고 다짐한다. 한 점 티끌도 허락하지 않고 하얗게 덮어버리겠다는 하늘의 뜻이 눈길 위에 펼쳐지고 나그네는 마음의 한 점 티끌도 모두 없애버리겠다는 용맹정진의 각오로 걸어간다.

황하 상류 용문협(龍門峡)에는 가파른 절벽이 버티고 서 있다. 거친 물결을 힘겹게 거슬러 온 잉어가 이 절벽을 치고 올라가면 용으로 변화하지만 실패하면 이마에 상처만 입고 하류로 밀려 내려간다. 잉어가 용문협을 힘차게 튀어 올라 꼭대기에 다다르는 순간 머리부터 눈부신 용으로의 변모가 시작된다. 마지막 순간에 하늘은 우레를 쳐서 아직 남은 물고기의 꼬리를 태운다. 소미(燒尾), 즉 꼬리를 태워 끊어버려야 마침내 잉어는 용이 되어 허공으로 올라갈 수가 있다.

잠린(潛鱗), 물속에 잠겨 살던 잉어가 가파른 절벽을 타고 올라 용문에서 꼬리를 태우고 이제 비로소 용이 되어 구름을 타고 오른다. 여의주를 입에 물고 신묘한 변화를 일으켜 천지에 새 기운을 불어넣는 영험스런 존재가 된다. 아무도 걷지 않은 하얀 산길을 한 발자국 한 발자국 한반도의 땅끝을 향해 나아가며 마지막 꼬리를 불태우는 신성한 의식을 거행한다.

몰고리재에서 남파랑길은 달마고도 둘레길과 헤어지고 땅끝기맥과 하나가 되어 하얗게 덮인 능선길로 들어선다. 땅끝기맥은 호남정맥 바람재에서 분기하여 월출산, 두륜산, 달마산을 거쳐 땅끝탑까지 이어지는 마루금이다.

눈이 내린다. 그칠 줄 모르고 하염없이 쏟아져 내린다. 길이 보이지 않는다. 이제 길 없는 길을 간다. 하얀 눈 위에 발자국을 남기면서 땅 끝까지 가야 한다. 가면 살아남을 것이고 가지 못하면 눈 속에 파묻혀 주검이 될 것이다.

다시 태어나면 좀 더 모험을 많이 하고 싶다는 것이 죽음을 앞둔 사람들의 최고의 희망이라던가. 남파랑길 90코스, 최후의 코스에서 모험을 만끽한다. 하늘도 바다도 보이지 않는, 불과 수십 미터 앞만 보이는 낯선 산속을 헤매는 모험의 길, 불안함이 두려움으로, 두려움이 용기로 승화되며 짜릿한 희열을 맛본다. 이 산속에서 누가 나를 구원해줄 수 있는가. 나의 도움이 어디에서 올까. 나는 나를 구제해야 한다. 나는 나를 지켜야 한다. 내가 스스로를 지키려고 할 때, 하늘도 하느님도 지켜줄 것이다.

눈을 짊어진 나무들이 고개 숙여 나그네를 경배한다. 무게를 견디지 못하는 나뭇가지들이 고개를 숙이다 못해 툭툭 부러져 내린다. 2020년 이 한 해의 끝자락 발걸음에 새 희망이 있고, 이 겨울의 끝에 소생하는 봄이 있으리라는 희망으로 세상을 다 덮을 듯 내리는 눈길을 걸으며 겨울 속으로 걸어간다. 부러지는 나뭇가지들의 비명 소리와 뼛속 깊숙이 스며드는 바람의 아우성이 합주를 한다. 마치 또 다른 태양계의 지구를 여행하듯 신세계의 향연이 펼쳐진다.

길가 나무 아래에 누군가가 하얀 눈을 맞으며 앉아 있다. 하얀 도포를 입고 하얀 수염을 늘어뜨린 환영(幻影)이다. 한없이 맑고 맑은 미소로 묻는다.

"어디서 오시오?"

"…."

"그대는 행운아요! 잘 가시오!"

미소 짓는 환영이 세차게 휘날리는 눈보라 속으로 사라진다. 허상과 실상이 상상 속에 교차된다. 땅끝으로 가는 길, 남파랑길은 끝까지 짜릿하고 혹독한 길을 선물로 준다. 능선길을 오르내리며 주변 경관을 전혀 볼 수 없는 상황에서 길조차 눈에 덮인 등산로를 찾아 피 끓는 투지로 땅끝으로 간다. 역경의 경력이 어지간한지라 시련과 역경은 항상 심장을 더욱 뛰게 하고 열정을 북돋운다. 새로운 용기와 투지가 솟아난다. 눈보라 몰아치는 산길에 이순신의 진중음(陣中吟)이 들려온다.

임금의 수레 서쪽으로 멀리 가시고 왕자는 북쪽에서 위태한 오늘, 외로운 신하가 나라를 걱정하는 날이여! 이제 장수들은 공을 세울 때로다. 바다에 맹세하니 어룡이 감동하고 산에 맹세하니 초목이 아는구나. 이 원수 왜적을 모조리 무찌른다면 비록 이 한 몸 죽을지라도 사양치 않으리라.

삼백년 누려온 우리나라가 하루 저녁 급해질 줄 어찌 알리오. 배에 올라 돛대 치며 맹세하던 날 칼 뽑아 천산 위에 우뚝 섰네. 놈들의 운명이 어찌 오래랴. 적군의 정세도 짐작하거니 슬프다. 시 구절을 읊어보는 것 글을 즐겨하는 것은 아닌 거라네.

한 바다에 가을바람 서늘한 밤 하염없이 홀로 앉아 생각하노니 어느 때나 이 나라 평안하리오. 지금은 큰 난리를 겪고 있다네. 공적은 사람마다 낮춰보련만 이름은 부질없이 세상이 아네. 변방의 근심을 평정한 뒤엔 도연명의 귀거래사나 나도 읊으리.

병서도 못 읽고서 반생을 지났기로 위대한 때 연마는 충성 바칠 길 없네. 지난날엔 큰 갓 쓰고 글 읽기 글씨 쓰기 오늘은 큰 칼 들고 싸움터로 달리노니 마음엔 저녁연기 눈물이 어리우고 진중엔 새벽 호각 마음이 상하누나. 개선가 부르는 날 산으로 가기 바쁘거든 어찌타 연연산(燕然山)에 이름을 새기오리.

출입금지
남파랑길 해남 90코스
도솔암
서해랑길
땅끝마을
코리아둘레길
시작지점
天王門
해남땅끝
11.5km
도솔암
2.01km
해남땅끝
8.11km
승강장

아득하다 북쪽 소식 들을 길 없네. 외론 신하 때 못한 것이 한이로구나. 소매 속엔 적을 꺾을 병법 있건만 가슴속엔 백성 건질 방책이 없네. 천지는 캄캄한데 서리 엉키고 산과 바다 비린 피가 티끌 적시네. 말을 풀어 화양으로 돌려보낸 뒤 복건 쓴 처사 되어 살아가리라.

윗사람을 따르고 상관을 섬겨 너희들은 직책을 다하였건만 부하를 위로하고 사랑하는 일 나는 그런 덕이 모자랐도다. 그대 혼들을 한 자리에 부르노니 여기에 차린 제물을 받으오시라.

이순신은 임진왜란이 일어날 줄 알고 1592년부터 일기를 썼던가. 임진년 1월 1일 시작한 『난중일기』는 이순신이 숨을 거두기 이틀 전인 1598년 11월 17일 끝이 났다. 이순신의 마지막 일기다.

어제 복병장 발포만호 소계남과 당진포만호 조효열 등이 군량을 가득 싣고 남해에서 바다를 건너는 왜선 한 척을 한산도 앞바다까지 추격하였다. 왜적은 한산도 기슭을 타고 육지로 올라가 달아났다. 포획한 왜선과 군량은 명나라 군사에게 빼앗기고 빈손으로 와서 보고했다.

이순신은 인류 역사상 몇 안 되는 완전무결한 위인 중 한 사람이다. 단순히 국난에서 백성과 나라를 구한 군인이 아닌, 인류사의 위대한 인간으로 보아도 절대 모자람이 없다. 하물며 세종대왕에 대해서도 정치적 실책이나 인간적 단점이 드러나는데 이순신에게는 그런 것이 없다.

1931년 국어학자이자 독립운동가인 이윤재는 『성웅 이순신』이란 전기 작품에서 최초로 이순신을 성인과 영웅을 합친 성웅(聖雄)이라 일컬었다. '성(聖)'은 유학에서 말하는 '가장 드높은, 완전무결하고 이상적인 인간상'을 일컫는다. 성웅은 거룩한 영웅이다. 성웅은 최고의 영웅이란 뜻이다. 중국에서는 특이하게도 자기 나라인 중국사의 역사 인물이 아니라 인도의 마하트마 간디를 한자로 성웅감지(聖雄甘地)라고 하여 성웅을 쓰는 것이 유일하다. 일본의 아리모토라는 역사학자가 본 이순신에 대한 기록이다.

> 세계의 전쟁 영웅은 피로 만들어진다. 전쟁 영웅은 만인들에게 우러러보게끔 만든다. 알렉산더 대왕도 그러했고, 시저도 그러했고, 징기스칸도 그러했고, 나폴레옹도 그러했다. 하지만 이순신 장군은 우리에게 고개를 숙이게 한다. 우리 자신을 부끄럽게 한다. 이러한 표현이 맞는지는 모르겠다. 나는 크리스찬이다. 십자가에 못 박혀 있는 그분, 이순신 장군을 볼 때면 문득 그분이 떠오른다. 두 분 다 나의 고개를 숙이게 한다. 이순신 장군은 단순히 조선을 구한 영웅이 아니었다. 또한 장군은 피로 혁명을 일으키기보다는 바로 십자가를 선택하셨다. 모든 것을 홀로 짊어지고 가셨다. 이순신 장군은 그 처절한 전쟁 속에서 충(忠), 효(孝), 의(義), 애(愛), 선(善)을 가르치신 분이셨다. 그러고 보니 한국 사람들은 이순신 장군을 영웅 이순신 장군이라고 말하지 않는다. 이렇게 말한다.
> "성웅 이순신"

성웅 이순신, 충무공 이순신과 함께 걸은 남파랑길, 드디어 멀리 땅끝전망대가 보인다. 육지와 바다가 만나는 땅끝 해안 숲길, 나무데크를 걸으며 남도의 쪽빛 바다를 끼고 파도 소리와 함께 걷는다.

눈이 온다. 내리는 하얀 눈이 바다에 떨어진다. 바다에 떨어지는 눈이 부드럽게 죽는다. 죽음을 덮으며 눈이 내리지만 눈은 다시 부드럽게 죽는다. 죽음 위에 새 생명이 탄생한다. 바다에서 산에서 남파랑길에서 새 생명이 움튼다.

땅끝주차장을 지나 땅끝전망대로 올라가는 길, 코로나로 인해 '출입금지!' 현수막과 함께 장애물로 들어갈 수 없도록 길을 막았다. 그럼 어떡하란 말인가? 여기서 그만두라는 말인가? 그럴 수는 없는 일, 어디서부터 걸어왔는데 여기서 멈춘단 말인가. 설령 욕을 먹는다 하더라도 가지 않을 수는 없는 길, 갈두산 땅끝전망대로 올라간다. 갈두산은 해남군 최남단의 산으로 예부터 산자락에 칡이 많았다는 데에서 산 이름이 유래한다. 일명 사자봉으로도 불리는 갈두산의 모산은 해남의 최고봉인 두륜산이다.

땅끝전망대에 올랐다. 천상천하 유아독존이다. 하지 말라는 짓이 정말 재미있다. 하늘이 세찬 바람에 눈을 날리며 축하한다. 횃불을 형상화한 9층 높이의 땅끝전망대에서 제주도와 다도해를 감상할 수 있지만 오늘은 굳게 문이 닫혀 있다.

남파랑길 종주를 마친 후 다시 90코스를 걸었다. 볼 수 없었던 다도해의 아름다운 풍광을 볼 수 있었고, 전망대에서 다도해의 섬들과 바다를 만끽했다.

부산 오륙도해맞이공원에서 출발하여 드디어 '땅끝' 표지석 앞에 섰다. 『신증동국여지승람』에서는 우리나라 국토 남쪽 기점을 이곳 땅끝 해남현으로 잡고 북으로는 함경북도 온성부에 이른다. 육당 최남선은 해남 땅끝에서 서울까지 천 리, 서울에서 함경북도 온성까지를 이천 리로 잡아 우리나라를 삼천리 금수강산이라 하였다.

몸을 가누기 힘들 정도로 세찬 바람이 불어온다. 긴 데크길을 따라 땅끝탑으로 내려간다. 한 걸음 한 발자국, 또 한 걸음 한 발자국, 대미를 장식하는 발걸음을 옮긴다. 가슴이 설레고 심장이 떨린다. 다리가 떨릴 때가 아닌 심장이 떨릴 때 다녀야 누릴 수 있는 여행의 기쁨이다. 계단 아래 땅끝탑이 보이기 시작한다. 바람이 마지막까지 앞을 가로막으며 세차게 불어온다.

드디어 도착했다. 드디어 땅끝탑, 남파랑길 종점인 땅끝탑에 도착했다. 오후 3시 40분, 한반도 최남단 땅끝에 도착했다. 드디어 토말(土末), 땅의 끝, 바다의 시작점에 도착했다. 더 이상 갈 곳 없는 땅끝에서 하늘을, 바다를 바라보며 사랑의 노래, 기쁨의 노래, 감사의 노래를 부른다. 바람이 불어 몸이 흔들리며 절로 춤을 춘다.

전라남도 해남군 송지면 갈두산 사자봉 아래 땅끝탑에서 바다 저편을 바라본다. 세찬 바람이 파도와 어우러져 굉음을 울리며 오케스트라를 연주한다. 하늘이 조명을 쏘아 내린다. 시커멓던 구름 사이로 오늘 하루 처음으로 파란 하늘이 고개를 내민다. 신비하게도 바로 이 순간에 햇살이 비친다. 갈매기 조나단 리빙스턴이 유유히 날아간다. 하늘의 전령이 축복을 전해준다.

아아, 이럴 수가! 정녕 이럴 수가! 감탄사가 절로 나온다. 기쁨의 탄성이 바람에 휘날린다. 바람 속에 성취의 쾌감이 하늘 높이 날아간다. 도대체 누가 이 기쁨을 알 수 있단 말인가. 도대체 어느 누가 이런 행복을 느낄 수 있을까. 하늘이여, 땅이여, 천지간의 모든 인연들이여, 감사하고, 감사하나이다!

돛을 펼쳐놓은 것 같은 삼각뿔 모양의 땅끝탑, 북위 34도 17분 32초, 걸어서 더 나아갈 곳이 없는 땅끝탑에 "이곳은 우리나라 맨 끝의 땅/ 갈두리 사자봉 땅 끝에 서서/ 길손이여/ 땅끝의 아름다움을 노래하게…"라고 새겨져 있다.

아아, 드디어 1,470㎞, 충무공과 함께 걸었던 52일간의 남파랑길 트레킹이 끝이 났다. 남쪽의 쪽빛 바다와 함께 걸었던 남파랑길 종주가 이제 끝이 났다. 그 길은 위대한 발걸음을 낳았다. 길을 가는 옛사람들은 길이 끝나는 곳에 평화와 안식이 있을 거라 믿고 길을 갔다. 산을 넘고 물을 건너는 수고로움에 종교적인 고양감을 느껴 석탑을 세우고 장승을 세우고, 마침내 길이 끝나는 곳에서 평화와 안식, 그리고 벅찬 감동을 찾았다.

땅끝탑을 뒤로하고 이제 그만 돌아 나오는 길, 계단 끝 지점 좁은 삼거리에 이때까지 보지 못했던 새로운 주황색 화살표가 눈길을 끈다. 뭐지?

'서해랑길'

글자가 선명하다. 코리아 둘레길의 서해안길을 가리키는 화살표다. 강화도의 평화누리길까지 연결되는 시작 지점의 표시다. 그렇다. 끝은 끝이 아니다. 땅끝은 바다의 시작이고, 바다의 끝은 땅의 시작이다. 길은 길에 연하여 다시 시작이다. 완결이 아닌 미완이다.

화수미제(火水未濟), 『주역(周易)』의 64괘 중 마지막 괘인 화수미제다. 『주역』은 미제(未濟)는 기제(旣濟)보다 더 형통하다고 가르친다. 그래서 이미 완결된 기제보다 아직 진행 중인 미완의 미제를 더 중요하게 여겨 64괘 중 제일 마지막 장에 다루고 있다. 주역은 이렇게 비유하고 있다.

"어린 여우가 강을 다 건넜을 즈음 그 꼬리를 적신다. 이로울 바가 없다."

왜 주역은 마지막을 완성으로 하지 않고 미완성으로 하고 그것이 형통하다고 했을까? 미완은 늘 새로운 시작이다. 미완은 더 높은 단계를 향한 새로운 출발이기에 완결을 의미하는 기제보다 더 좋은 괘가 아닐까?

남파랑길의 끝 땅끝탑에서 서해안을 따라 올라가는 서해랑길 화살표가 아직 더 가야 할 길을 표시한다. 끝은 끝이 아니라 새로운 시작이다. 끝은 언제나 새로운 시작의 씨앗을 품고 있다. 길은 길에 연하여 남파랑길은 서해랑길로 이어진다.

가자! 다음은 코리아둘레길의 서해안길, 서쪽 바다와 함께 하는 서해랑길이다!

에필로그

사람의 일생에는 누구나 특별한 그날이 있다. 죽는 날까지 잊지 못할 역사적인 그날, 나는 시작했고 도착했다. 그리고 다시 또 시작하고 도전할 것이다. 해파랑길, 남파랑길을 지나서 이제 서해랑길로 달려갈 것이다. '남파랑길의 노래'를 부르며 긴 여정을 모두 마무리한다.

부산 오륙도해맞이공원에서 해남 땅끝마을까지
남해안 일천사백칠십 킬로미터
충무공의 발자취를 찾아
사천 리 길을 걸었네.

남쪽 바다에 울려 퍼지는
조선 수군의 승리의 함성 소리
간사한 왜적의 비명 소리 들으며
오십이일간 걷고 또 걸었네.

부산, 창원, 거제, 통영, 고성, 사천, 남해, 하동,
광양, 순천, 여수, 고흥, 보성, 장흥, 강진, 완도, 해남,
옥포, 합포, 적진포, 사천, 당포, 당항포, 한산도, 안골포,
부산포, 명량, 노량으로 이어지는 23전 전승의 바다에서

충무공 이순신을 만나고 이순신의 혼과 얼을 만나고
구국희생, 효제충의, 백의종군, 공도청렴, 공명정대,
필사즉생, 신상필벌, 유비무환, 어적보민
『난중일기』의 기록정신을 만나고

"부디 나라의 치욕을 크게 씻어야 한다!"라고 하신
백의종군길 어머니의 죽음 앞에 통곡하던 아들을 만나고
"내 아들아! 나를 버리고 어디로 갔느냐!"라며
면의 죽음 앞에서 탄식하던 아버지 이순신을 만나고

남파랑길의 순례자는 이제 목청껏 노래를 부른다.
"한번 죽음으로 영원히 살아 있는 불멸의 이순신
영원한 민족의 태양 충무공 이순신
만세! 만세! 만만세! 만세! 만세! 만만세!"

남파랑길은 인생길의 아름답고 멋진 쉼표였다. 땅끝마을에는 남파랑길 종주를 축하해주기 위해 정겨운 사람들이 기다리고 있었다. 형 최광섭 님, 벗 서석윤, 아우 이세원, 윤상열, 채정화, 그리고 형수 박혜경이었다. 눈보라 몰아치는 땅끝마을의 밤은 축제 분위기였다. 고마웠다. 나그네는 더 이상 외롭지 않았다. 정남진에서 2021년 새해를 맞이했다. 코로나19로 세상은 암울했지만 남쪽 바다에는 자유가 있고 평화가 있고 희망이 있었다.

52일간의 남파랑길 종주는 자신에게 주는 최고의 선물이었다. 때로는 외로운 한 마리 짐승같이 걸었고 때로는 외로운 새처럼 날았다. 길은 고단했지만 즐겁고 행복했다. 그 길은 가슴속에 무늬를 만들면서

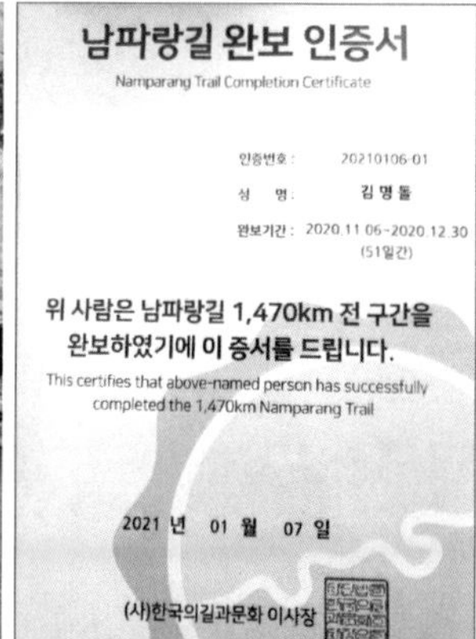

남파랑길 완보 인증서

Namparang Trail Completion Certificate

인증번호 : 20210106-01

성 명 : 김명돌

완보기간 : 2020.11.06~2020.12.30 (51일간)

위 사람은 남파랑길 1,470km 전 구간을 완보하였기에 이 증서를 드립니다.

This certifies that above-named person has successfully completed the 1,470km Namparang Trail

2021 년 01 월 07 일

(사)한국의길과문화 이사장

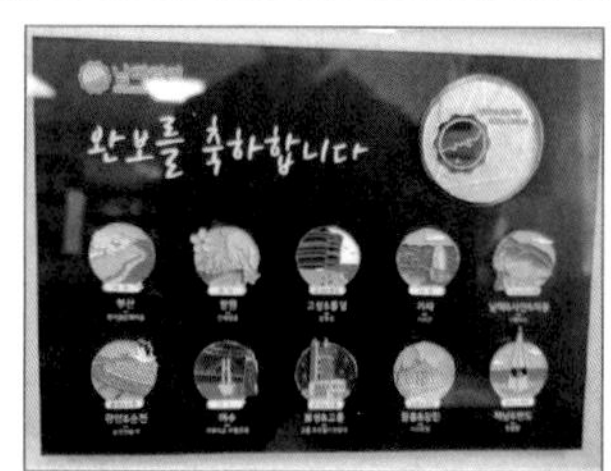

자유인으로, 순례자로 살고자 다짐하는 길이었다.

여행은 호기심으로 시작해서 자아실현으로 끝난다. 여행자는 길 위에서 꿈을 꾼다. 어쩌면 채우지 못할 꿈으로 그칠지라도 살아 숨 쉬는 한 꿈꾸는 것을 결코 멈추지 않는다. 여행에서 만나는 걸림돌은 마음과 육체의 근육으로 승화되어 모두 인생의 디딤돌이 된다. 길 위에는 신분도 귀천도 부자도 거지도 없다. 다만 길을 가는 자만 있을 뿐이다. 길 위에 있을 때면 늘 자유로웠고, 그 길을 글에 옮겨놓을 꿈에 젖어 늘 가슴이 뛰었다.

여행자가 돌아올 때는 기념품을 가지고 온다. 여행의 기념품으로 자신에게 책을 선물한다. 여행에는 독립성이 있고, 열정이 있고, 결단력이 있고, 감사하는 마음이 있고, 평화가 있고, 상처의 치유가 있고, 내면의 성장이 있고, 세상을 바라보는 안목이 넓어지는 등등, 많은 긍정적인 엑기스들이 녹아 있다. 그 내용을 담은 책은 그 어떤 기념품보다도 값지고 의미가 있는, 자신에게 주는 최고의 선물이다. 책에는 열정의 피와 노력의 땀과 정성의 눈물과 사랑과 행복과 감사와 기쁨이 있기 때문이다.

모든 것이 합력하여 선을 이룬다. 먼 길을 달려와 함께 걸었던 모든 분들, 다양한 모습으로 도움을 주신 분들에게 깊이 감사를 드린다. 첫날부터 여러 번 다녀가신 황수섭 목사님, 함께 걸었던 6코스 처조카 김은경, 15, 16코스 벗 김성훈, 강성휴, 17코스 아우 서정안, 채정화, 24코스 형 최광섭 님, 김정연 님, 벗 서석윤, 아우 이세원, 34코스 사천에서 도움을 준 처조카 이정호, 김지은 부부, 46코스에서 격려 방문을 해준 영 써틴 형제들, 52코스에서 만난 광명의 유재홍 님, 73코스를 함께 걸은 윤순대 고문님, 정미옥 사무장, 현미옥 님, 90코스를 함께 걸은 형 최광섭 님, 아우 이세원, 특히 12월 30일 목포에서 교통사고를 당했음에도 불구하고 땅끝마을까지 찾아와서 종주의 마지막을 축하해준 형제들, 모두에게 고개 숙여 감사를 드린다. 아울러 은밀하고 위대하게 도움의 손길을 준 모든 분들에게도 진심으로 감사를 드린다.

원고를 탈고하기 직전 현충사를 다시 찾았을 때 고택 옆 두 그루 은행나무는 쏟아지는 비를 맞으며 오래전 떠나간 누군가를 지금도 기다리고 있었다. 자작시 「두 그루 은행나무」다.

> 한 소년이 이사 오는 것을 보았네.
> 나무 그늘에서 책 읽고 놀던 소년이
> 청년이 되어 장가가고,
> 치마장에서 말 타고 활 쏘며
> 무예 닦는 모습을 보았네.
>
> 회와 울과 면 세 아들을 낳고 기르는
> 행복한 아버지의 모습도 보았네.
> 무관이 되어 나라를 지키려 북쪽의 함경도로
> 남쪽의 전라도 고흥으로 가는 모습도 보고
> 파직되어 돌아온 실직자의 모습도 보았네.
>
> 삼도수군통제사로 23전 전승을 하며
> 남쪽 바다에서 왜적을 물리치는 줄 알았는데
> 옥문에서 나와 하얀 옷 입은
> 실로 오랜만에 찾아온
> 백의종군 모습도 보았네.

어수에서 이 산으로
애끓는 마음으로 아들을 찾아오다가
뱃길에서 세상을 떠난 어머니의 죽음 앞에
통곡하며 슬피 우는
아들의 모습도 보았네.

장례를 다 치르지도 못한 채
금부도사의 재촉에
떨어지지 않는 발걸음을
남쪽으로 옮기던
비탄에 젖은 아들의 모습도 보았네.

"어찌하랴? 어찌하랴?
천지에 나 같은 사정이
또 어디에 있단 말인가
어서 죽느니만 못하구나."
한탄하는 모습도 보았네.

그리고 그날 집을 떠나서
살아서는 다시 돌아오지 못하고
죽어서 돌아온 모습도 보았네.
고금도에서 올라와 장지를 향해 가는 운구가
집 앞을 지나는 애달픈 장면까지도 보았네.

두 그루 은행나무는 보았네.

나라와 백성을 향한 충을 보았고
아버지와 어머니를 향한 효를 보았고
아내와 아이들 형제들과 조카들을 향한
뜨거운 가족애를 보았네.

현충사에 있는 옛집에서
대대로 살아오면서
'5세 7충 2효'의 정려각을 세우고
해마다 음력 11월 18일 밤
불천위 제사를 지내는 모습도 보았네.

현충사를 세우고
"제 몸 바쳐 충절을 지킨다는 말 예부터 있었지만
목숨 바쳐 나라를 살린 일 이 사람에게 처음 보네"
라면서 편액을 내리는
임금의 찬사도 보았네.

500살 넘은 두 그루 은행나무에는
계절의 노래가 그치지 않고
해와 달과 별, 바람과 구름이 쉬어가고
온갖 새들과 벌레들이 놀다 가고
누군가는 나무 그늘에서 충무공을 그리워한다네.

가을이 되면 두 그루 은행나무는
노란 은행잎으로
충무공의 마음을 담은 우산이 되어

삶에 지치고 힘든 이들을 위로해주고

새 힘과 용기와 희망을 준다네.

두 그루 은행나무야,

천년만년 살아서

현충사를 찾는 모든 이들에게

민족의 영웅!

불멸의 이순신을 전해주렴.

이순신 가계도

<table>
<tr><td>증조부</td><td colspan="3">거(琚)</td></tr>
<tr><td>조부</td><td colspan="3">백록(百祿)</td></tr>
<tr><td>조모</td><td colspan="3">초계 변씨(변성 딸)</td></tr>
<tr><td>부친</td><td colspan="3">정(貞)</td></tr>
<tr><td>모친</td><td colspan="3">초계 변씨(변수림 딸)</td></tr>
<tr><td rowspan="4">큰형</td><td rowspan="4">희신(羲臣)</td><td rowspan="4">아들</td><td>뇌(蕾)</td></tr>
<tr><td>분(芬)</td></tr>
<tr><td>번(蕃)</td></tr>
<tr><td>완(莞)</td></tr>
<tr><td rowspan="2">작은형</td><td rowspan="2">요신(堯臣)</td><td rowspan="2">아들</td><td>봉(菶)</td></tr>
<tr><td>해(荄)</td></tr>
<tr><td>본인</td><td colspan="3">순신(舜臣)</td></tr>
<tr><td rowspan="6">부인</td><td rowspan="6">상주 방씨(방진 딸)</td><td rowspan="3">아들</td><td>회(薈)</td></tr>
<tr><td>열(悅) - 초명 울(蔚)</td></tr>
<tr><td>면(葂) - 초명 염(苒)</td></tr>
<tr><td>딸</td><td>홍비 부인</td></tr>
<tr><td rowspan="2">서자</td><td>훈(薰)</td></tr>
<tr><td>신(藎)</td></tr>
<tr><td>동생</td><td colspan="3">우신(禹臣)</td></tr>
</table>

이순신 연보

연도	나이	주요사항
1545 (인종 1)	1	3월 8일(양력 4월 28일) 건천동에서 출생.
유년기		아산 외가로 이사(15세 이후 추정).
1565(명종 20)	21	보성군수 방진의 딸과 혼인.
1566(명종 21)	22	무예수련 시작.
1567(명종 22)	23	2월 맏아들 '회' 출생.
1571(선조 4)	27	2월 둘째 아들 '열' 출생.
1572(선조 5)	28	8월 훈련원 별과 낙방. 낙마 실족 골절.
1576 (선조 9)	32	2월 식년 무과 병과 합격. 12월 함경도의 동구비보에 권관 첫 버슬.
1577(선조 10)	33	2월 셋째 아들 '면' 출생.
1579(선조 12)	35	2월 훈련원 봉사가 됨. 10월 충청병사의 군관.
1580(선조 13)	36	7월 전라도 발포만호가 됨.
1581(선조 14)	37	12월 서익의 모함으로 파직.
1582(선조 15)	38	5월 다시 훈련원 봉사가 됨.
1583 (선조 16)	39	7월 함경도 남병사의 군관이 됨. 10월 건원보의 군관이 되어 여진족 추장 울지내를 사로잡음. 11월 훈련원 참군 승진. 11월 부친 사망(73세).
1586(선조 19)	42	1월 사복시 주부가 됨. 이어 함경도 조산보의 만호가 됨(유성룡 추천)
1587 (선조 20)	43	8월 녹둔도 둔정관을 겸함. 10월 이일의 모함으로 파직, 백의종군.
1588 (선조 21)	44	1월 시전부락 여진족 정벌의 공으로 백의종군 해제됨. 집으로 돌아와 한거함
1589 (선조 22)	45	2월 전라도 순찰사 이광의 군관이 됨. 12월 정읍현감에 오름.
1591(선조 24)	47	2월 전라좌도수군절도사에 오름.
1592 (선조 25)	48	임진왜란 발발. 5월 1차 출전하여 옥포 합포 적진포에서 승리. 가선대부 승자. 5월 말 6월 초 2차 출전하여 사천 당포 당항포 율포해전에서 승리. 자헌대부. 7월 한산대첩. 정헌대부. 9월 부산포해전 승리.

1593 (선조 26)	49	2월 웅포해전 승리. 7월 15일 한산도로 본영 옮김. 8월 한산도에 통제영 창설함. 8월 15일 삼도수군통제사 임명.
1594 (선조 27)	50	3월 2차 당항포해전에서 크게 이김. 4월 진중에서 무과 실시. 10월 곽재우, 김덕령과 작전 모의함. 장문포해전.
1595 (선조 28)	51	1월 맏아들 회의 혼례. 2월 원균 충청병사로. 8월 체찰사 이원익 진영 내방. 9월 충청수사 선거이 시를 주며 송별함.
1596(선조 29)	52	겨울. 요시라의 간계.
1597 (선조 30)	53	2월 26일 서울 압송. 3월 4일 옥에 갇힘. 4월 1일 특사됨. 도원수 권율의 막하로 백의종군. 4월 11일 모친상(향년 83세). 13일 유해 영접. 7월 삼도수군통제사 재임명. 9월 명량해전. 13척의 배로 133척과 대항, 승리.
1598 (선조 31)	54	2월 고금도로 진영 옮김. 7월 16일 진린과 연합작전. 절이도해전. 11월 19일(양력 12월 16일) 노량해전에서 숨짐. 12월 우의정 추증.
1599(선조 32)		2월 11일 아산 금성산 선영에 장사(두사충).
1600(선조 33)		이항복 주청으로 여수에 충민사 건립.
1603(선조 36)		부하들이 이순신을 추모, 타루비 건립.
1604(선조 37)		선무공신 1등, 덕풍부원군 추봉. 좌의정 추증.
1606(선조 39)		통영에 충렬사 건립.
1614(광해 6)		어라산으로 15년 만에 이장.
1633(인조 11)		남해 충렬사에 충민공비 건립.
1643(인조 21)		충무(忠武)의 시호를 받음.
1793(정조 17)		7월 21일 영의정에 추증됨.
1795(정조 19)		『이충무공전서』 간행됨.

징비록 연표

○ 1587년(선조 20)

2월 녹도, 가리포에 왜구가 침입하다.

10월 왜국 사신 귤광강이 오다.

○ 1588년(선조 21)

2월 왜국 사신 종의지, 현소 등이 와서 통신사를 파견해달라고 요구하다.

○ 1589년(선조 22)

6월 종의지 등이 다시 오다.

8월 28일 선조가 종의지 등을 접견하다.

9월 21일 왜국으로 통신사 파견을 결정하다.

○ 1590년(선조 23)

3월 6일 통신사 일행이 종의지 등과 함께 왜국으로 떠나다.

11월 7일 통신사 황윤길 등이 도요토미를 만나 답서를 받다.

○ 1591년(선조 24)

1월 28일 통신사 황윤길 등이 종의지 등과 함께 부산포로 돌아오다.

2월 13일 이순신이 전라좌수사로 임명되다.

4월 29일 선조 종의지 등을 인견하다.

6월 종의지가 왜국으로 돌아가 도요토미에게 보고.

9월 도요토미 조선침략계획을 발령하다.

10월 명나라에 일본 사정을 보고하다.

○ 1592년(선조 25)

1월 5일 침략군 158,700명을 편성, 부서를 결정하다.

2월 신립과 이일을 나누어 파견하여 변방의 수비 순시케 하다.

4월 13일 일본 고니시 병선 700여 척 거느리고 조선 침략.

4월 14일 부산성 함락, 정발 전사.

4월 15일 동래성 함락, 송상현 전사.

4월 17일 가토 군대가 부산에 상륙.

4월 19일 구로다 나가마사 등이 김해성을 함락하다.

4월 20일 신립이 삼도 도순변사로 임명.

4월 21일 가토 경주 함락.

4월 24일 김성일이 의병 초유사가 되다. 곽재우 의병 일으킴.

4월 25일 경상도 순변사 이일, 상주에서 패함.

4월 26일 문경 싸움에서 조령이 점령당함.

4월 27일 도순변사 신립, 충주 탄금대에서 고니시에게 패한 후 자결, 광해 세자 책봉.

4월 28일 고니시와 가토 충주에서 만나다.

4월 30일 선조, 서울을 떠나 개성, 평양으로 몽진.

5월 1일 선조 개성 도착.

5월 2일 고니시 가토 한강을 건너 한양 점령.

5월 3일 선조, 평양으로 항하다.

5월 7일 이순신 옥포에서 일본 함대 30여 척 격파, 선조 평양에 이르다.

5월 16일 김천일 의병을 일으키다.

5월 18일 한응인, 김명원의 군대가 임진강에서 고니시에 패전.

5월 27일 왜군이 개성에 침입.

5월 29일 이순신 사천에서 거북선 최초로 사용. 원균과 더불어 13척 불태움. 고경명이 의병을 일으킴. 신각이 양주 해유령에서 왜군을 격파.

5월 선조, 이덕형을 명으로 보내 구원 요청.

6월 2일 이순신 당포해전.

6월 6일 이순신 율포 승전.

6월 9일 고니시 대동강에 이르다.

6월 11일 선조 영변, 의주로 몽진.

6월 14일 고니시 대동강 도하.

6월 16일 일본군 평양 점령.

6월 21일 명나라 참장 대조변과 유격장군 사유 등이 의주에 이르다.

6월 22일 선조 의주에 이르다. 왕세자 광해가 분조(分朝: 분비변사)를 세우다 여러 지방에서 의병이 일어남.

7월 4일 조헌이 의병을 일으킴.

7월 7일 한산도대첩.

7월 8일 정잠 변응정 등이 웅령을 고수하다가 전사하다. 고경명 금산 전투에서 전사.

7월 9일 이순신 안골포 왜 수군 격파.

7월 10일 이정란이 전주성 고수 왜군 물리침. 명의 장수 조승훈이 평양성 탈환전에서 실패하고 사유가 전사하다.

7월 16일 김면이 우지현에서 왜군을 물리치다.

7월 23일 임해군 순화군 회령에서 일본군에 잡힘.

7월 27일 권응수 정대임 등이 영천을 수복하다.

7월 의병장 곽재우 의령, 현풍, 영산 등지에서 일본군 격파. 최경회, 홍계남, 박춘무, 임계영 등이 의병, 서산대사 전국의 승병 일으킴.

8월 1일 조헌이 청주성을 수복하다.

8월 17일 조헌과 승장 영규 등이 금산 싸움에서 전사.

8월 27일 이정란이 연안성을 고수, 왜군을 물리침.

8월 29일 유격장군 심유경이 평양에서 고니시와 회담.

9월 1일 이순신 부산의 왜 수군 무찌름. 부산포해전.

9월 7일 박진이 비격진천뢰로 경주성을 수복, 가토가 경성에서 북청 함흥을 거쳐 안변으로 되돌아감.

9월 16일 의병장 정문부가 경성 수복.

10월 4~10일 김시민 등이 진주성을 굳게 지켜 왜군 격퇴, 정문부가 명천성 수복.

11월 13일 권율이 삼도의 의병 통솔.

11월 16일 이일이 평안도 순변사가 되다.

11월 17일 선조 심유경을 인견.

12월 3일 심유경이 평양성에서 고니시 현소와 회담.

12월 23일 제독 이여송이 명군을 거느리고 압록강을 건너다.

12월 28일 이여송이 의주에서 남하.

○ 1593년(선조 26)

1월 6일 조선군과 명군이 평양을 공격하다.

1월 7일 고니시 등이 평양에서 패퇴하여 남으로 도주하다.

1월 17일 성주성이 수복되다.

1월 21일 파주에서 집결한 왜군이 서울로 되돌아가다.

1월 27일 이여송이 벽제관에서 패전하다.

1월 28일 정문부 등이 길주성을 수복하다.

2월 9~22일 이순신이 웅천의 왜 수군을 네 차례 공격하다.

2월 11일 권율 등이 행주산성의 왜군을 크게 패퇴시키다.

2월 29일 가토 등이 서울로 되돌아가다.

4월 8일 심유경이 용산에서 고니시와 회담하다.

4월 18일 왜군이 서울에서 나와 남쪽으로 퇴거하다.

5월 23일 도요토미가 명호옥에서 명나라 사신과 만나다.

6월 22~29일 진주성이 함락되고 황진, 김천일, 최경회, 서례원, 성수경, 고종후 등 전사.

7월 8일 심유경이 왜국에서 서울로 돌아오다.

7월 15일 왜군이 부산, 웅천, 김해 등지에 나누어 주둔하다.

7월 22일 임해군 순화군이 석방되다.

8월 이순신이 삼도수군통제사가 되다(이후로 왜군이 잇따라 본국으로 철수).

9월 7일 곽재우가 경상우도 조방장이 되다. 이여송이 본국으로 돌아가다.

10월 1일 선조 도성으로 환궁하다.

11월 명나라 사신 사헌이 입경하여 국사 전관을 강권하다.

○ 1594년(선조 27)

2월 훈련도감을 설치하다.

3월 5일 이순신이 진해 고성의 왜 수군을 공격.

4월 승장 유정이 서생포에서 가토를 만나다.

11월 김응서가 고니시와 만나 강화를 논하다.

12월 왜장 소서비탄수가 납관사로 북경에 이르러 화의를 청하다(전국 대기근).

○ 1595년(선조 28)

1월 명나라 유격 진운홍이 고니시와 강화를 이야기하다.

3월 명나라 도사 위응룡이 서생포에서 가토와 만나다.

4월 고니시 본국으로 돌아가다.

6월 고니시 웅천으로 돌아오다.

11월 22일 명나라 봉왜정사 이종성이 부산의 왜영으로 들어가다.

○ 1596년(선조 29)

1월 4일 심유경이 고니시와 왜국으로 건너가다.

4월 이종성이 왜군의 진영을 탈출, 도피하다. 고니시 부산으로 돌아오다.

5월 15일 명의 사신 양방형 일행이 왜국으로 건너가다.

8월 15일 통신사 황신 일행이 왜국으로 건너가다.

8월 18일 황신이 명나라 사신 양방형 일행과 함께 왜국의 계빈에 도착.

9월 2일 도요토미가 명나라 사신 일행을 오사카성에서 접견, 책봉을 받지 않음.

11월 23일 황신이 양방형 일행과 부산으로 귀환.

12월 황신 일행이 서울에 돌아와 복명.

○ 1597년(선조 30)

1월 1일 도요토미 조선 재침략을 명령하여 정유재란이 일어나다.

1월 27일 이순신이 하옥되고 원균이 경상우수사 겸 삼도수군통제사가 되다

2월 21일 도요토미 재침략의 부서를 하달하다. 총 인원 141,500명.

6월 18일 명장 양원이 남원성에 들어가다.

6~7월 왜군이 현해탄을 건너 재차 침입하여 군선 600여 척이 부산포에 도착하다.

7월 8일 원균이 가덕도에서 패전하다.

7월 15일 원균이 칠천도에서 죽다.

7월 22일 이순신이 삼도수군통제사에 다시 기용되다. 명나라 도독 마귀가 우리나라로 나오다.

8월 12~16일 남원성이 함락되고 이복남, 임현, 김경로, 이춘원, 정기원 등이 전사하다.

8월 25일 전주성이 함락되고 명장 진우충이 싸우지 않은 채 달아나다. 이순신이 진도로 들어가다(이 무렵 왜군의 잔학행위가 혹독했다).

9월 2일 고니시가 순천의 예교에 축성하다.

9월 7일 명나라 장수 해생 등이 직산에서 선전했으나 패전하다.

9월 16일 이순신이 명량해전에서 왜 수군을 크게 격파하다.

10월 8일 가토가 경주를 거쳐 울산으로 철퇴하다.

10월 9일 이순신이 우수영으로 귀환하다.

12월 23일 명나라 장수 양호와 마귀 등이 울산의 왜군을 포위하다.

○ 1598년(선조 31)

1월 3~4일 명나라 군대가 울산성을 총공격했으나 승전하지 못하다.

2월 17일 이순신이 고금도로 진영을 옮기다. 명나라 도독 진린이 수군을 거느리고 내원하다.

3월 이순신이 고금도 근해에서 왜 수군을 격파하다.

6월 경리 양호가 본국으로 돌아가고 그를 대신하여 만세덕이 나오다.

7월 16일 이순신이 고금도 근해에서 왜 수군을 격파하다.

8월 18일 도요토미 죽다. 조선에 출병한 병력의 철수를 유명하다.

8월 21일 이광악이 금산과 함양의 왜군을 공격하여 승전하다.

9월 명장 유정이 순천에 있는 고니시를 공격하다.

10월 1일 명장 동일원이 사천성을 공격했으나 패전하고 달아나다.

11월 울산, 사천, 순천의 왜군이 본국으로 철수하다.

11월 10일 이순신이 명나라 수군과 협동하여 순천에 있던 고니시의 퇴로를 차단하다.

11월 19일 이순신이 노량해전에서 왜의 수군을 크게 격파한 후 전사하다. 모든 왜군이 본국으로 철퇴하여 왜란이 끝나다.

16세기 연대기

1501 이황(~1570). 조식(~1572). 문정왕후(~1565). 흑인노예무역 본격화.

1503 노스트라다무스(~1566)

1504 다비드상. 무오사화. 이사벨 사망(재위 1474~). 신사임당(~1551).

1506 모나리자(1503~). 중종반정. 콜럼부스(1451~).

1509 장 칼뱅 출생(~1564).

1510 삼포왜란.

1511 포르투갈 몰라카 점령.

1512 '천지창조' 미켈란젤로.

1513 『군주론』 마키아벨리.

1516 『유토피아』 토머스 모어.

1517 루터(1483~1546) 종교개혁. 이지함(~1578).

1519 마젤란 세계일주(~1522). 기묘사화 조광조(1482~). 다빈치(1452~).

1520 서산대사(~1604).

1521 코르테스 아스텍 왕국 정복.

1528 왕양명 사망(1472~).

1530 명종(~1567).

1532 잉카제국 멸망.

1533 고경명(~1592).

1534 헨리 이혼. 영국 국교회 성립. 오다 노부나가(~1582). 송익필(~1599).

1535 성혼(~1598).

1536 이이(~1584). 정철(~1593). 도요토미 히데요시(~1598). 송응창(~1606).

1537 권율(~1599). 김천일(~1593).

1538 김성일(~1593). 석성(~1599).

1539 허준(~1615). 이산해(~1609).

1540 원균(~1597).

1541 최후의 심판.

1542 유성룡(~1607). 인도 악바르(~1605). 구키 요시다카(~1600).

1543 코페르니쿠스(1473~) 지동설. 정운(~1592). 도쿠가와 이에야스(~1616).

1544 사명대사(~1610).

1545 을사사화. 이순신(~1598).

1546 서경덕(1489~). 정여립(~1589).

1510 이어순(1508).

1552 곽재우(~1617). 선조(이연: ~1608).

1554 김시민(~1592). 조헌(~1592). 와자카 야스하루(~1626).

1556 이항복(~1618). 도도 다카도라(~1630).

1558 엘리자베스 즉위. 고니시 유키나가(~1600).

1559 임꺽정의 난(~1562). 이황 기대승 논쟁. 누루하치(~1626).

1560 이시다 미쓰나리(~1600).

1561 이덕형(~1613). 이억기(~1597).

1562 프랑스의 위그노 전쟁 (~1598). 가토 기요마사(~1611).

1563 허난설헌(~1589). 만력제(~1620).

1564 셰익스피어(~1616). 갈릴레이(~1642). 미켈란젤로(1475~).

1565 정문부(~1624).

1567 선조 즉위. 김덕령(~1596).

1568 네덜란드 독립전쟁.

1569 허균(~1618).

1581 네덜란드 연방공화국 수립.

1582 그레고리력 성립.

1588 종계변무 에스파냐 무적함대 영국에 패배.

1589 정여립의 난. 기축옥사.

1590 황윤길 김성일 일본 방문.

1592 임진왜란 발발. 한산해전.

1596 이몽학의 난.

1597 명량해전.

1598 노량해전. 앙리 4세 낭트칙령으로 신교의 자유 허용.

1600 영국 동인도회사 성립. 세키가하라 전투.

참고문헌

○ 난중일기 유적편, 이순신 지음, 노승석 옮김, 여해.
○ 교감완역 난중일기, 이순신 지음, 노승석 옮김, 민음사.
○ 국역정본 징비록, 서애 유성룡 지음, 이재호 옮김, 역사의 아침.
○ 이충무공전서 이야기, 김대현 지음, 한국고전번역원.
○ 충무공 이순신 전서 1~4권, 박기봉 편역, 비봉출판사.
○ 류성룡과 임진왜란, 이성무 외 엮음, 태학사.
○ 간양록, 강항 씀, 김찬순 옮김, 보리.
○ 이순신 리더십, 이창호 지음, 해피북스.
○ 이순신의 바다, 황현필 지음, 역바연.
○ 난세의 혁신리더 유성룡, 이덕일 지음, 역사의 아침.
○ 위대한 만남 류성룡과 이순신, 송복 저, 지식마당.
○ 임진왜란과 전라좌의병, 임진왜란사연구회 엮음.
○ 16세기 성리학 유토피아, 강응천 외 지음, 민음사.
○ 세계를 뒤흔든 바다의 역사, 서양원 편, 알에이치코리아.
○ 조선전쟁실록, 박영규 지음, 김영사.
○ 도요토미 히데요시, 야마지 아이잔 지음, 김소영 옮김, 21세기북스.
○ 임진왜란과 도요토미 히데요시, 국립진주박물관.
○ 임진왜란의 원흉, 일본인의 영웅 도요토미 히데요시, 박창기 지음, 신아사.
○ 도쿠가와 이에야스의 삶과 리더십, 이길진 지음, 동아일보사.
○ 임진난의 기록, 루이스 프로이스 지음, 정성화·양윤선 옮김, 살림.
○ 그들이 본 임진왜란, 김시덕 지음, 학고재.
○ 임진왜란과 동아시아 삼국전쟁, 서경대학교 기획, 정두희·이경순 엮음, 휴머니스트.
○ 왜성재발견, 신동명·최상원·김영동 지음, 산지니.
○ 조선 지식인의 위선, 김연수 지음, 앨피.
○ 조선의 힘, 오항녕 지음, 역사비평사.
○ 조선붕당실록, 박영규 지음, 김영사.
○ 조선의 숨은 왕, 이한우 지음, 해냄.
○ 일본인 이야기 - 전쟁과 바다, 김시덕 지음, 메디치.

○ 먼 나라 이웃나라 일본1, 일본2, 이원복 글·그림, 김영사.
○ 하룻밤에 읽는 일본사, 카와이 아츠시 지음, 원지연 옮김, 중앙 MB.
○ 국화와 칼, 루스 베네딕트 지음, 김윤식·오인석 옮김, 을유문화사
○ 일본문화와 상인정신, 이어령, 문화사상사.
○ 조선의 최후, 김윤희·이욱·홍준화 지음, 다른 세상.
○ 택리지, 이중환 지음, 이익성 옮김, 을유문화사.
○ 신정일의 新 택리지, 신정일 지음, 타임북스.
○ 풍류, 신정일 지음, 한얼미디어.
○ 퇴계의 삶과 철학, 금장태, 서울대학교 출판부.
○ 도산잡영, 이황 지음, 이장우·장세후 옮김, 을유문화사.
○ 퇴계생각, 이상하 지음, 글항아리.
○ 유배지에서 보낸 편지, 정약용 지음, 박석무 편역, 창비.
○ 아버지 정약용의 인생강의, 다산 정약용 지음, 오세진 편역, 홍익출판사.
○ 옛 공부의 즐거움, 이상국 지음, 웅진 지식하우스.
○ 오리 이원익 그는 누구인가, 함규진·이병서 지음, 녹우재.
○ 꿈꾸다 떠난 사람, 김시습, 최명자 엮고 씀, 빈빈책방.
○ 남효온 평전, 정출헌 지음, 한겨레 출판.
○ 선비, 최태웅 옮김, 새벽이슬.
○ 선비답게 산다는 것, 안대회, 푸른 역사.
○ 선비의 탄생, 김권섭 지음, 다산초당.
○ 조선의 선비와 일본의 사무라이, 호사카 유지, 김영사.
○ 신사와 선비, 배승종 지음, 사우.
○ 선비정신과 안동문학, 주승택 지음, 이회.
○ 김형석의 인생문답, 김형석 지음, 미류책방.
○ 늙은 철학자의 마지막 수업, 김태관 지음, 홍익출판사.
○ 나는 120살까지 살기로 했다, 이승헌 지음, 한문화.
○ 갈매기의 꿈, 리처드 바크 지음, 공경희 옮김, 나무 옆 의자.
○ 선비, 사무라이 사회를 관찰하다, 박상휘 지음, 창비.
○ 해전의 역사, 허홍범·한종엽 지음, 지성사.